선물로 보는 조선왕조실록
국왕의 선물 ❶

Foreign Copyright:
Joonwon Lee
Address: 3F, 127, Yanghwa-ro, Mapo-gu, Seoul, Republic of Korea
          3rd Floor
Telephone: 82-2-3142-4151, 82-10-4624-6629
E-mail: jwlee@cyber.co.kr

선물로 보는 조선왕조실록

국왕의 선물 ❶

2012.   6. 20. 1판 1쇄 발행
2022.   7.   8. 장정개정 1판 1쇄 발행

지은이 | 심경호
펴낸이 | 이종춘
펴낸곳 | BM ㈜도서출판 **성안당**

주소 | 04032 서울시 마포구 양화로 127 첨단빌딩 3층(출판기획 R&D 센터)
      | 10881 경기도 파주시 문발로 112 파주 출판 문화도시(제작 및 물류)

전화 | 02) 3142-0036
      | 031) 950-6300

팩스 | 031) 955-0510
등록 | 1973. 2. 1. 제406-2005-000046호
출판사 홈페이지 | **www.cyber.co.kr**
ISBN | 978-89-315-7585-9 (03810)
       | 978-89-315-7584-2 (세트)
정가 | **28,000원**

이 책을 만든 사람들
책임 | 최옥현
진행 | 정지현
본문 디자인 | 아홉번째서재
표지 디자인 | 박원석
홍보 | 김계향, 이보람, 유미나, 서세원, 이준영
국제부 | 이선민, 조혜란, 권수경
마케팅 | 구본철, 차정욱, 오영일, 나진호, 강호묵
마케팅 지원 | 장상범, 박지연
제작 | 김유석

■ 도서 A/S 안내

성안당에서 발행하는 모든 도서는 저자와 출판사, 그리고 독자가 함께 만들어 나갑니다.
좋은 책을 펴내기 위해 많은 노력을 기울이고 있습니다. 혹시라도 내용상의 오류나 오탈자 등이 발견되면 **"좋은 책은 나라의 보배"**로서 우리 모두가 함께 만들어 간다는 마음으로 연락주시기 바랍니다. 수정 보완하여 더 나은 책이 되도록 최선을 다하겠습니다.
성안당은 늘 독자 여러분들의 소중한 의견을 기다리고 있습니다. 좋은 의견을 보내주시는 분께는 성안당 쇼핑몰의 포인트(3,000포인트)를 적립해 드립니다.

잘못 만들어진 책이나 부록 등이 파손된 경우에는 교환해 드립니다.

국왕의 선물 1

— 심경호 지음

선물로
조선의
문화사를
읽다

BM 책문

目次

2권

책머리에

이 책은 국왕이 내린 선물과 그에 대해 신하들이 감사의 뜻으로 올린 글들을 소재로 삼아 조선시대의 문화를 개관해 보려는 시도이다. 2003년도에 일본 교토대학 교환교수로 있으면서 그 대학의 문학부에서 효종이 송시열에게 하사한《주자어류》를 보는 순간 이 구상이 떠올랐다. 내사본을 지닌 서적은 그동안 많이 봐왔지만, 효종과 송시열 그리고 《주자어류》 내사본 사이에는 심상치 않은 연관이 있다는 것을 직감했다. 그리고 이것이야 말로 국왕이 신하와의 공치共治를 약속하는 징표라고 생각했다.

선물은 마음과 마음을 맺어주는 끈이다. 그렇기에 선물에는 주술의 힘이 깃들어 있어, 달콤한 말과는 다른 어떤 힘을 발휘한다. 선물이 원시부족사회를 결속시켰다는 유럽 학자의 보고서를 굳이 들먹일 필요도 없다. 선물의 위력을 우리는 매순간 실감하기 때문이다.

옛날에는 뜻 맞는 이들끼리 진심에서 우러나오는 선물을 했을 것이다. 그러다가 인간관계의 갖가지 장場에서 특정한 선물을 주고받는 것이 하나의 관례로 정착했다. 이를테면 이별할 때는 장검을 선물로 주는 것이 의식儀式의 형태로 되었다가 의식意識 속에서만 남게 되었다. 조선의 시

인 권필이 지은 〈술 취하여 이자선李子善에게 주다〉라는 시를 보면, "장검
도 벗어 선뜻 주었나니, 술잔 따위를 어찌 사양하랴. 남아가 남에게 허
락하면, 백발이 되도록 지켜야 하느니."라고 했다. 이것은 이별할 때 귀
중한 장검을 선물로 주었던 고사를 빌려온 표현이다. 춘추시대의 어느
귀공자는 선물을 바란 사람이 이미 죽은 뒤인데도 장검을 무덤에 걸어
두어 생전의 약속을 지켰다. 조선에서는 사대부들이 이별할 때 실제로
장검을 주지는 않았다. 장검을 주는 것이 문화의식으로만 남은 것이다.

　조선시대의 국왕은 국가에 공을 세운 신하나 교화의 정책상 백성에게
감사나 위로의 뜻을 전하기 위해, 그리고 왕족이나 신민에게 사적인 은
혜를 특별히 표시하기 위해 선물을 내렸다. 국왕 이외에 대비, 왕비, 세자
도 신민들에게 갖가지 선물을 내렸다. 하지만 국왕의 선물이야말로 군신
간의 의리를 강화시켜 주는 보조 장치로서 큰 의미를 지녔다.

　국왕이 선물을 내리는 것을 한자로 내사內賜나 하사下賜 혹은 은급恩給이
라 했다. 한글로는 '물어주다'라고 했다고 한다. 이때에는 하사품 외에 선
물의 발급주체와 발급관청이 명시된 은사문도 함께 내렸다. 국왕이 선물
을 내리면 신하나 백성은 국왕에 대한 충성의 뜻을 표해야 했다. 때에 따
라서는 사은謝恩의 의식과 함께 사전謝箋을 받들어 올렸다.

　그리고 조선시대의 국왕은 국가의 주권을 대표하는 존재로서 그 권력
을 외교의 장에서 드러내기 위해 외국의 사절에게 사적인 선물을 내리기
도 했다. 조선 전기에는 일본 서해안이나 유구 일대의 상인들이 쓰시마를
통해 감합 무역을 행했는데, 이것은 선물 증여라고는 할 수 없을 것이다. 하
지만 그 가운데는 대장경의 증여와 같이 무역이 아니라 선물 증여의 성격
이 강한 예도 있었다. 그밖에 조선시대에는 국왕이 일본이나 중국에서 파
견한 사신들에게 규정된 범위 이상의 선물을 증여한 사례가 상당히 많다.

사실, 국왕의 선물 증여는 여러 형태를 띠었다. 여기서 주목해야 할 것은 국왕이 통치권력의 주체로서 군신관계의 의리를 강화하거나 외교관계의 진전을 기대하여 선물을 증여한 사례일 것이다. 그 가운데는 국왕이 실질적인 통치권력의 주체가 되지 못하고, 대왕대비나 권귀의 의지에 따라 선물을 증여하는 형태를 띤 경우도 있었다.

조선시대의 국왕이 신민들이나 외교 사절에게 내린 선물은 종류가 다양했다. 동옷과 초구 같은 의복에서부터 활, 화살, 말, 각종 서적과 문방사보, 약재와 음식물까지 그 종류도 많았고 그 이유도 갖가지였다. 어떤 물건은 아예 한 해의 증여량을 계산하며 상의원에서 미리 준비해 두었다. 또한 상규를 벗어난 사면과 같은 것도 선물의 일종이라고 할 수 있다.

조선의 국왕은 국가권력의 상징이자 권력의 실현 통로였다. 현실 공간에서는 과연 왕권이 신권보다 미약했을지 모른다. 하지만 신하의 권력은 국왕을 통해 구현되었으므로 국왕의 존재가 없었다면 사대부 정치는 이루어질 수 없었다.

조선의 국왕은 절대권력을 행사하지는 못했지만, 유학자이자 정치 담당자인 사대부들의 후원을 받아 정치적 야망을 이뤄냈다. 건국 초에 두 차례에 걸친 왕자의 난이 수습되고 세종이 나라를 안정적으로 이끌어나가면서 유학의 토대는 더욱 굳건해졌다. 사대부들은 관직에 나아가 나라를 이끄는 중추가 되었으며, 국왕은 물론이고 왕자들의 교육까지 담당했다. 국왕은 종묘사직을 안정시켜 영속적인 발전을 구가하겠다는 이상을 실현하고자 했기에, 실무행정을 맡은 신하들의 충성을 필요로 했다.

조선 500년 동안 국왕과 신하의 관계는 실로 어수魚水의 관계가 되어

야만 했다. 또한 국왕과 사대부는 조선의 정치구조에서 민중의 삶을 책임지고, 외환에 대처하는 방안을 구체적으로 제시하면서 스스로의 존립 근거를 제시해야 했다. 그들은 서로 견제하기도 하고 때로는 보완하기도 하면서 자신들의 직분을 수행하기 위해 고심했다.

물론 왕권이 제대로 확립되지 않은 상황에서 군신의 공치共治가 이루어지지 못하고 신하들이 주도권을 장악하려고 당쟁黨爭이나 월권越權을 일삼은 때도 있었다. 그렇다고 조선의 당쟁이 공론의 형성이나 정치구조에 대한 성찰 없이 이루어진 것은 아니다. 더구나 왕권을 무시하고 벌어진 것은 더더욱 아니었다고 생각된다.

조선 초기에 사신으로 왔던 명나라의 동월董越은 "조선에는 국왕이 없다."고 했다. 이 말은 국왕의 권력을 무시하는 사대부들이나 귀척들을 경계하는 의미가 담겨 있었다. 국왕이 없는 조선이라는 것은 생각할 수 없는 일이었기에, 후대의 사대부들은 이 말을 거듭 환기하면서 국왕을 무시한다는 비난을 듣지 않기 위해 조심해야 했다.

국왕은 신하와 자신의 관계를 긴밀하게 유지하기 위해 갖가지 의식을 활용했다. 그중에서도 마음을 담은 선물을 하사하는 것은 가장 '작은' 의식이었다. 또한 국왕은 국가의 주권을 상징하는 존재였다. 국왕은 대외적으로 국가권력을 과시하고 외국과의 관계 설정을 주도했다. 이때 국왕은 공식적이고 관례적인 의식이나 문서를 교환하는 것 외에도 외국 인사들에게 선물을 증여함으로써, 그 관계를 개선하거나 수정하는 지침을 제시했다.

실로 중세 공간에서 국왕의 선물 증여는 국정운영과 외교관계를 지탱하는 매우 중요한 요소였던 것이다.

이 책에서 나는 조선 국왕이 사대부나 외국 사신들에게 증여한 유형 무형의 선물을 통해, 국왕이 사대부와의 공치를 이루어내고 대외적으로 국가권력의 상징성을 견지해 온 과정을 역사적으로 살펴보려고 했다. 특히 국왕이 신하에 대한 신뢰, 격려, 감사의 뜻을 선물로 표현하고, 이에 대해 신하가 문서나 의식, 혹은 행동으로 충성을 서약한 방식을 알아보았다.

하지만 역사적 사실을 세세하게 목록으로 작성하려는 것이 이 책의 목적은 아니다. 정치 권력과 선물은 어떠한 관계를 맺어 왔는지 살펴보고, 지금 우리에게 바람직한 선물 수수는 어떤 형태여야 하는가를 되묻고자 한다.

또한 이 책은 조선의 국왕이 우리에게 주는 선물이기도 하다. 조선의 역사를 보면 인격적 파탄을 드러내거나 신하와의 공치를 실현하지 못한 국왕도 있다. 하지만 역대의 국왕들은 대체로 인문주의의 토대 위에서 국왕으로서의 품격을 유지하려고 노력했다. 그리고 그 사실은 오늘날 행정책임자들에게 하나의 '거울'이 될 수가 있다.

책문 출판사에서 조선의 문화와 정치에 관해 집필해달라고 부탁했을 때, 나는 다시 국왕과 선물이라는 주제를 떠올렸다. 반갑게도 2010년 9월 30일에 서울대학교 규장각한국학연구원에서 인문한국사업단 제8회 HK워크숍의 주제를 "조선의 왕조체제와 선물"로 삼았다. 당시 김혁 씨가 〈왕의 선물 : 조선왕조의 정치경제학〉을, 조영준 씨가 〈조선 후기 선물경제와 조직 : 부의賻儀를 중심으로〉를 발표하여, 조선 국왕의 선물 증여를 정치경제학의 관점에서 논했다. 워크숍의 발표문을 읽어보고, 국왕의 선물을 통해 조선시대의 역사와 문화를 바라보려고 했던 당초의 계획을 완성해야겠다는 의욕이 더욱 커졌다.

집필을 약속하고 원고를 완성하기까지 5년이 걸렸다. 게다가 당초의 계획과 달리 조선의 문화사를 총괄하는 저술로 발전했다. 2011년 4월에는 뇌종양 수술을 받고 체력을 많이 소모했으나, 한여름의 무더위를 참아내면서 하루 열여섯 시간씩 글을 써서 9월 중순에 탈고할 수 있었다.

　　탈고한 원고는 고찰의 범위가 넓어지고 구조도 61장으로 늘어나 있었다. 각 장을 집필할 때는 우선적으로 《조선왕조실록》과 각종 문집들을 중심으로 문헌 자료를 모으고, 내가 연구논문이나 수필에서 다룬 선물의 실물들에 관련된 여러 기록들을 검토했다. 이때 해당 사실에 대해 언급한 여러 학자들의 연구 성과를 참고했으며, 문집의 일부 자료와 《조선왕조실록》의 기록은 대개 고전번역원(구 민족문화추진회)의 번역물을 이용했다. 단, 필요하다고 생각될 때는 일부를 윤문하거나 수정했다. 이 경우 참조한 사실을 일일이 밝히지 못했다. 특히 《조선왕조실록》은 중심 자료의 출처만 명기했다. 고전번역원과 실제 역주자들에게 심심한 사의를 표하는 바이다.

　　그 후 이호준 주간이 원고를 세심하게 읽어 주고 도판의 배열, 글의 서술 방식과 관련해 여러모로 조언을 해 주었다. 또한 연구실 조교인 노요한 군은 원문의 역주를 다시 검토해 주었다. 깊이 감사드린다.

2012년 6월

안암골에서

심경호

선물로 보는 조선왕조실록

국왕의 선물

제 1권

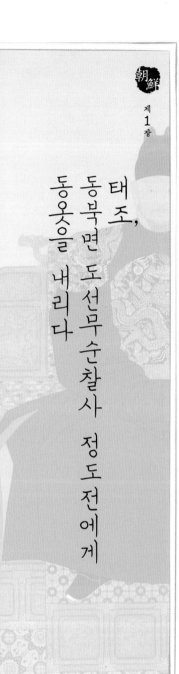

태조,
동북면 도선무순찰사 정도전에게
동옷을 내리다

태조 이성계는 즉위 7년째를 맞은 1398년 정월, 정도전鄭道傳·1342~1398년에게 작은 서찰과 함께 동옷 한 벌을 보냈다.

동옷은 한자로 유의襦衣라 적는다. 솜을 넣고 안팎으로 생무명을 바쳐 추위를 피할 수 있도록 만든 옷으로, 조선시대의 겨울 군복이었다. 이성계의 서찰은 분명히 공적으로 지시하는 내용을 담고 있지만, 투식은 완전히 개인적으로 보내는 편지 같다.

작별한 지 오래되어 몹시 생각이 나서 신 중추辛中樞(중추원부사 신극공辛克恭)를 보내어 그대의 행역行役을 위문하게 하려 했는데, 마침 최긍崔兢(혹은 최신崔兢)이 그쪽에서 돌아왔기에 그대의 근황을 갖추 알고 나니 조금 위로가 되는구려. 이제 동옷 한 벌을 그대에게 보내어 바람과 이슬에 대비하도록 하니, 받아주시오.
이 참찬李參贊·이지란과 이 절제李節制·이원경에게도 유의를 한 벌씩 보내오.
부디 그들에게도 그리워한다는 뜻을 전해 주시오. 나머지 할 말은 신 중추 편에 하겠소.
봄날의 추위가 이렇게 심하니, 몸을 보중해서 변방의 공을 잘 마치도록 하오.
불구不具.

홍무 31년1398년·태조 7년 1월 일, 송헌거사松軒居士 씀.

한 해 전인 1397년에 태조는 정도전을 동북면 도선무사東北面都撫使로 삼아 군·현의 경계를 정하게 하고 공주孔州·함경도 경흥의 토성을 석성으로 개축하여 경원부를 설치하게 했다. 도선무사는 곧 도선무순찰사都宣撫巡察使이다. 태조는 또한 이왕실의 조상 능묘로서 함흥에 있는 덕릉德陵과 안릉安陵도 정비하도록 명했다. 덕릉은 태조의 고조부 이안사李安社, 즉 목조穆祖의 능이고 안릉은 고조모 이씨, 즉 효공왕후의 능이다.

정도전은 자신의 종사관 최긍혹은 최신을 보내어 그간의 경과를 보고하게 했다. 그러자 태조는 중추원부사 신극공을 동북면 도선위사東北面都宣慰使로 임명해서 이 친필 서찰을 전하면서 옷과 술을 정도전에게 하사한 것이다.

정도전의 문집인 《삼봉집》과 조선시대 역대 군왕의 시문을 모아둔 《열성어제列聖御製》에 이 서찰이 실려 있다. 《삼봉집》에는 1398년 정월에 보낸 것으로 되어 있다. 하지만 정월이 아니라 2월 중에 보낸 것이 분명하다. 《태조실록》의 태조 7년1398년 2월 4일신사 기록에, 태조가 좌승지 이문화李文和에게 이르기를, "전조前朝의 충숙왕이 거사라고 일컬으면서 예천군 권한공權漢功에게 글을 보낸 일이 있다고 들었다. 나도 봉화백奉化伯에게 거사라고 자칭하면서 글을 보내려고 하는데, 무엇으로 호를 할까?" 묻자, 이문화가 "상감의 잠룡 때 헌호軒號가 어떠합니까?"라고 해서, 태조가 마침내 송헌을 호로 했다고 되어 있다. 봉화백은 곧 정도전의 봉호다.

태조는 이지란李之蘭과 이원경李原景에게도 유의 한 벌씩을 보내면서, 이 서찰에서 그 사실을 알렸다. 서찰 속의 이 참찬은 곧 참찬문하부사 이지란, 이 절제는 첨절제사 이원경을 말한다. 태조는 이지란과 이원경을 정도전의 부관으로 따라가게 했었다.

서찰 끝의 불구不具는 말을 갖추어 전하지도 못하고 예를 갖추지도 못한다는 뜻이다. 서찰의 마지막에 적는 상투어다. 여불비례餘不備禮나 불비不備라고도 한다. 또 이 서찰에는 왕의 도장을 눌러 두었다고 하며, 겉면에는 '삼봉행차 개탁三峯行次開拆'이라고 썼다고 한다. "외지에 나가 있는 삼봉三峯·정도전은 열어보시오."라는 말이다.

이성계가 정도전에게 동옷을 보내기 전인 1397년 12월 22일경자, 《태조실록》의 기록에 봉화백 정도전을 동북면 도선무찰리사로 삼는 교서가 실려 있다.

이 부덕한 몸이 조종祖宗·선왕들께서 쌓으신 덕을 이어받아 동방을 차지한 지 6년이 되었다. 근본을 잊지 않고 보답하려는 정성이 실로 마음에 간절하므로, 고전을 고찰하여 4대를 왕으로 추숭하고 맨 처음 능원陵園의 침묘寢廟를 세우고, 선영을 봉封하여 모두 깨끗이 가다듬고 사철로 제사지냈다. 오직 덕릉과 안릉이 공주孔州에 있어 길이 멀어서 제사를 받드는 정성을 다하지 못했기에 잘 정비해서 철마다 제사를 지내려고 늘 생각하면서도 우물쭈물 지금에 이르렀으니 마음이 참으로 편치 못하다.

경은 학문이 고금을 통하고 재주는 문무를 겸하여, 이 시대의 법전이 경으로 말미암아 제작되었다. 이제 경을 명하여 동북면 도선무순찰사로 삼으니, 경은 갈지어다. 능원을 봉안하는 방도는 모두 성대한 식전에 따라 빠짐없이 거행하라. 성과 보를 수축하여 주민을 편안하게 하고, 참호를 적당히 두어 왕래를 편하게 하라. 또 고을의 경계를 구획하여 분쟁을 막고, 군민軍民의 호戶를 정리하여 등급을 정하라. 단주端州부터 공주孔州까지 모두 찰리사察理使의 관할 안에 두고, 그 호구의 액수와 군관軍官의 재능을 자세히 갖추어 아뢰되, 소속 백성들을 편하게 할 방도는 편의대로 거행하라.

아아! 조상을 받들어 효도하려는 것은 자식의 정성이요, 왕명을 지켜 오직 부지런히 하는 것은 신하의 직분이로다. 가거라, 삼가 공경하라.

종묘나 능원의 앞 건물을 묘廟, 뒤의 건물을 침寢이라고 한다. 묘에는 조상의 위패나 목주木主·신주를 안치하고 계절이 바뀔 때마다 제사지냈다. 침에는 선조의 의관衣冠과 궤장几杖을 비치했다.

이성계는 정도전에게, 동북면의 성과 보를 수축하고 거주민을 안정시키는 일, 고을의 경계를 구획하여 분쟁을 막는 일, 군민의 호를 정하여 등급을 정하는 일 등등 공적 업무를 맡겼다. 이것은 동북면을 조선의 강역 안에 확실하게 편입시켜 안정시키는 일로서, 매우 의미 있는 정책이었다. 그런데 이성계는 정도전에게,

태조 어진(御眞)

조선 고종 9년(1872년) 모사. 전주 경기전 소장. 어진박물관 제공.

태종 10년(1410년)에 제작하여 영조 38년(1763년)에 수리한 것을 모사한 것이다.

어진(御眞)이란 왕의 초상화를 말한다. 조선시대에는 왕의 초상화를 진전(進殿)에 모셨다. 어진은 성용(聖容)·어용(御容)·왕상(王像)·어영(御影)·수용(睟容)이라고도 한다. 왕의 초상화는 살아있을 때 그리는 도사(圖寫), 왕이 죽은 뒤에 그리는 추사(追寫), 기왕의 어진을 다시 베끼는 모사(模寫)의 방식으로 그렸다. 어진의 실물로는 전주 경기전의 〈태조 어진〉 이외에, 서울 창덕궁의 〈영조 어진〉·〈철종 어진〉 등이 전하고, 연잉군(영조)의 도사본이 별도로 전한다.

함경도에 있는 덕릉과 안릉을 보살피라는 사적 임무도 맡겼다. 그리고 서찰의 마지막에 '조상을 받들어 효도하려는 것은 자식의 정성'이라고 할 만큼 그 사적 임무를 매우 중시했다.

이성계는 서찰의 끝에 송헌거사라는 호를 사용했다. 그는 고려 말에도 송헌이란 별호를 사용했지만, 당시에 그것은 헌호軒號·누헌의 이름였다. 따라서 그가 스스로를 송헌거사라 한 것은 정도전에게 보낸 서찰에서 처음이었다.

송헌이라는 헌호는 고려 말의 학자 이색李穡이 지어 준 것이다. 이색은 이성계의 부탁으로 헌호를 송헌이라 지어 주었고, 또 이성계의 둘째 아들훗날 정종의 이름을 방과로 지어 주었다. 단, 방과는 다음 시 제목에 보면 이성계의 첫째 아들로 되어 있다. 시 제목이 무척 길다.

이상의李商議·상의는 태조 이성계가 왕위에 오르기 전에 담당했던 관직가 자기의 자字와 거실의 이름을 지어 달라고 부탁하면서, 아울러 자기 아들 가운데 일랑一郞의 이름도 부탁했다. 그래서 나는 '계수나무 꽃은 가을에 희고도 깨끗하다(桂花秋皎潔)'라는 시구(당나라 장구령張九齡의 〈감우感遇〉에 나오는 구절)를 취해서 그의 자를 중결仲潔이라 지었다. 그리고 계桂의 짝으로는 송松 만한 것이 없고, 또 공이 중하게 여기는 것은 바로 절의節義라고 생각되어, 그의 거실의 이름을 송헌松軒이라 지었다. 또 삼랑三郞의 이름이 방의芳毅인 점을 감안해서 일랑의 이름을 방과芳果라고 지었다. 과果와 의毅는 그 의미가 서로 짝하면서 의존하는 관계이기 때문이다.

조선 후기의 이덕무李德懋는 이색의 이 시를 인용하면서, 당시 47세였던 이성계가 처음으로 표덕表德(아호·雅號)을 지은 것인지, 아니면 그때 비로소 표덕을 고친 것인지 모르겠다고 했다. 이덕무 때는 헌호와 아호의 구별이 없어졌으므로, 이덕무는 이성계의 헌호를 아호라고 보았던 듯하다. 그런데 정종은 방과라는 이름을 받았을 때 나이 25세였으므로 분명히 그 전에도 다른 이름이 있었을 것이다. 이덕무는 정종의 처음 이름이 전하지 않는 것을 의아해 했다. 어쩌면 그때까지 이방과는 여진의 이름을 사용했을 가능성이 있다. 이덕무는 그렇게 추측하면서도 왕실의 일이라 논평하지 않은 것이리라. 사실, 이색이 이방의를 먼저 언급하고 그 다음에 정종을 언급한 것도 이상하고, 태조의 첫째 아들 이방우李芳雨를 언급하지 않고 둘째인 이방과를 첫째 아들이라 일컬은 것도 이상하다.

이성계는 함경도 영흥永興, 곧 함흥에서 동남쪽으로 13리 떨어진 흑석리란 곳에서 태어났다. 조선시대에는 태조가 출생한 곳에 선원전璿源殿을 세우고 제사를 받들었다. 또 함흥은 제왕이 난 곳이라고 해서 한나라 고조의 고향 풍패豐沛에 견주었다. 함흥 지리지인《풍패지豐沛誌》는 이성계의 생장에 대해 다음과 같이 적고, 송헌거사는 태조의 자호라고 했다.

태조가 등극하기 이전에 귀주동歸州洞 환조의 옛집에서 살았다. 그래서 뒤에 태조가 함흥에 옮겨가 살면서 본궁의 옛 유적지에 손수 소나무 여섯 그루를 심고 송헌거사라고 자호했다. 지금도 그 소나무가 본궁의 뒤뜰에 있다. 이 소나무는 전란의 화도 당하지 않았고 새도 깃을 들이지 않았다. 그런데 천계天啓 · 명나라 희종의 연호 4년갑자 · 1624년 이후로 세 그루는 저절로 말라 죽고 한 그루는 절반쯤 말랐으며, 두 그루만 예전과 같다.

'천계 4년' 이후에 소나무 세 그루가 말라 죽는 기이한 일이 있었다고 말한 것은 그해에 명나라의 모문룡毛文龍이 가도를 떠나 함흥으로 들어왔던 일과 연관이 있는 듯하다. 그 무렵부터 후금의 세력이 강해져서 조선을 침범할 조짐이 있었기 때문이다.

함흥 이북 지역에 관한 지리지인《북관지北關誌》에 따르면, 이성계는 함흥에 살면서 남의 모함을 받아 옥에 갇힌 일이 있다. 이때 그의 편장偏將 · 대장을 돕는 장수 중에 천문으로 점 치는 사람이 있어, 옥 안에 상서로운 기운이 감도는 것을 보고는 방백함경도 관찰사을 만나 그 사실을 말하면서 이성계를 석방하라고 했다. 방백은 놀라서 즉시 이성계를 석방하고는 용龍 자 셋을 운韻으로 불러 주며 시를 짓게 했다.

이때 태조는 이런 시를 지었다고 한다.

요락 연못 속에 숨어 있던 용이
이젠 집을 옮겨 세간의 용 되었구려
훗날 만일 풍운을 얻는다면
필시 패택의 용으로 변하리라

瑤落池中隱潛龍(요락지중은잠룡)
移宅今作世間龍(이택금작세간룡)
他日若得風雲會(타일약득풍운회)
變化當作沛澤龍(변화당작패택룡)

　　시를 보고 방백은 크게 놀라 사례했다고 한다. 이 시는 한시의 규칙을 어기고 글자만 가지런히 했을 따름이다. 하지만 시에는 이성계의 자부심이 담겨 있다. 즉, 이성계는 잠룡숨어 있는 용이 세간룡세상에 모습을 드러낸 용으로 되었으니, 이제 기회를 보아 패택룡이 되리라고 했다. 패택룡은 왕위에 오를 것을 비유한 말이다.
　　한나라 고조는 천자가 된 뒤 고향 패군沛郡에 들러 어른들을 모아 잔치를 베풀고는 노래를 불렀다. "큰 바람 일어나 구름이 흩날렸고, 위엄이 천하를 뒤덮고 고향에 돌아왔네. 어찌하면 용맹한 군사를 얻어 사방을 지킬꼬.(大風起兮雲飛揚. 威加海內兮歸故鄕. 安得猛士兮守四方.)"라는 노래다. 이성계는 이 노래에서 바람과 구름이란 말을 끌어와, 만일 풍운을 얻는다면 패택룡으로 변하리라고 호언한 것이다.

　　이성계는 조선이란 국호를 사용하면서부터 이름을 단旦으로 고쳤다. 그래서 조선시대 문헌에는 旦이란 글자를 쓰지 못했다. 《시경》 같은 경전에 旦이라는 글자가 나오면 '조'라고 읽었다. 아침 朝와 같은 글자라고 해서 그 글자로 바꾸어

읽은 것이다.

이성계는 함흥의 무장 출신으로, 고려 말기에 왜구와 홍건적·나하추를 토벌하는 데 혁혁한 공을 세웠으며, 위화도 회군을 계기로 정권을 잡았다.

1392년 4월, 공양왕의 스승이자 수문하시중으로 있던 정몽주가 이방원의 사주를 받은 무장들에게 살해된 뒤, 7월에 이성계는 정도전·조준·남은·이방원의 추대를 받아 등극했다. 새 왕조의 기틀이 갖춰지자 명나라의 고명誥命·천자가 신하에게 내리는 명령을 받는 외교적 형식을 취하여 나라 이름을 조선으로 하고, 1394년 10월에는 도읍을 한양으로 옮겼다. 그리고 바로 그해에 정도전은《조선경국전》을 편찬하여, 새 왕조의 기틀을 정비했다.

그런데 이성계는 고려 말부터 조상들의 묘를 확인하려고 노력했다. 그 무렵 다른 사대부들도 조상의 묘를 확인하고 비를 세우는 일에 큰 관심을 두었다. 이색은 이성계의 청으로

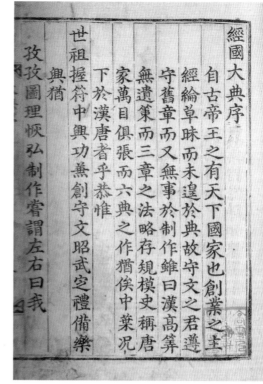

| 《경국대전》

조선 헌종 2년(1661년) 간행. 운각활자본(芸閣活字本) 6권 4책. 국립중앙박물관 소장. 허가번호[중박 201110–5651].

고려 말부터 성종 때까지 약 100년간 반포된 여러 법령, 교지, 조례 및 관례 등을 총망라한 법전이다. 세조 때 최항(崔恒)을 중심으로 노사신(盧思愼), 강희맹(姜希孟) 등이 만들기 시작해 네 차례의 편찬과 수정을 거쳐 성종 16년(1485년) 1월 1일부터 시행되었다. 이보다 앞서 태조 3년(1394년)에 정도전이 《조선경국전(朝鮮經國典)》을 엮었고, 1397년에는 조준(趙俊)이 개국 후의 교지(敎旨)와 조례(條例)를 중심으로 《경제육전(經濟六典)》을 편찬했다. 그 뒤 《경제육전》의 속전(續典)과 등록(謄錄) 등이 편찬되어 오다가, 세조 때 대전(大典)을 편찬하기 시작해 30년 만인 성종 16년(을사년)에 《경국대전》의 골간이 이루어졌다. 이것을 《을사대전(乙巳大典)》이라 한다. 그 뒤로도 여러 차례 보완되면서 조선 왕조 말까지 여러 차례 간행되었다. 이 도판은 개인 소장본으로 헌종 2년에 제작된 활자본이다. 서울대학교 규장각한국학연구원 등에 같은 종류의 판본이 소장되어 있다. 끝에 '신축(辛丑) 6월(六月) 일(日) 운각주자(芸閣鑄字) 중인(重印)'이라는 간기(刊記)가 있다.

우왕 14년1388년 겨울에 〈이자춘신도비李子春神道碑〉를 작성했고, 1389년 2월 을축의 날에 묘비를 세울 때 그 음기陰記·빗돌 뒷면의 기록를 작성했다. 〈전주이씨이거삭방이래 분묘기全州李氏移居朔方以來墳墓記〉가 그것이다.

이성계의 부친 이자춘李子春·1315~1360년은 이름과 자가 모두 자춘이며, 본관은 전 주이다. 신도비에 따르면 이자춘은 공민왕 4년1355년 고려에 귀부하여, 이듬해 유 인우柳仁雨와 함께 쌍성총관부를 탈환했다. 고려에서 벼슬을 받고 개경에 머물다 가 1년 만에 삭방도만호 겸 병마사朔方道萬戶兼兵馬使에 임명되어 다시 함흥으로 돌아 갔으며, 그곳으로 간 지 4년 만에 병사했다. 조선 태종 때 환조로 추증되었다.

이자춘의 신도비는 조선 개국 전후 6년을 사이에 두고 두 차례에 걸쳐 세워졌 다. 이색은 1388년 겨울에 이자춘의 신도비를 지으면서, 그 경위를 다음과 같이 밝혔다.

내가 계묘년공민왕 12년·1363년에 외람되게도 밀직제학이 되었는데, 이듬해 판삼사공이성계 은 추밀원부사가 되었다. 신해년공민왕 20년·1371년에 판삼사공이 지문하知門下에 임명되었 을 때 나는 사공司空에서 정당문학으로 옮겨 임명되었다. 현릉공민왕은 근신들에게, "문 신 이색과 무신 이성계가 같은 날 문하성에 들어왔는데, 조정의 여론은 어떠하냐?" 라고 물었다. 대개 인물을 제대로 선발했다는 긍지를 과시하는 뜻에서 한 말이다. 그 뒤 수십 년 동안 동렬에 있던 자가 거의 없었는데, 나는 공과 더불어 물처럼 담백 하여 한결같았다. 우리가 오래도록 서로 공경하는 풍모를 보고, 사람들은 우리를 흠 모하기도 했다. 그러니 공의 아버지 보기를 나의 아버지 보듯이 해야 하지 않겠는가! 그런 까닭에 사양하지 못하고 그 신도神道에 명銘을 쓴다.

이색이 작성한 신도비문은 이자춘이 세 번 결혼한 사실을 분명하게 기록해 두어, 조선 개국 후에 권근權近과 정총鄭摠이 함께 지은 신도비문과는 차이가 있 다. 뒷날 영춘추관사 하륜河崙 등이 편찬한 《태조실록》은 태조 2년 9월 18일경신의 기사에 권근·정총의 〈환왕정릉신도비문桓王定陵神道碑文〉을 실었다. 이 새로운 신도

〈태조가옥허여문기(太祖家屋許與文記)〉

국립중앙박물관 소장. 허가번호[중박 201110-5651].

〈숙신옹주가대사급성문(淑愼翁主家垈賜給成文)〉이라고도 한다.

태조가 상왕으로 있을 때, 후궁에게서 태어난 딸 '며치'에게 서울 향방동(香房洞)의 집을 하사한다는 내용을 적은 분재기(分財記)이다. 이두문(吏讀文)으로 작성되었는데, 원문이 끝난 후 간격을 비워두고 태상왕(太上王)이라 적고 그 아래 태조의 수결(手決)이 있다. 며치는 훗날 숙신옹주에 봉해졌다.

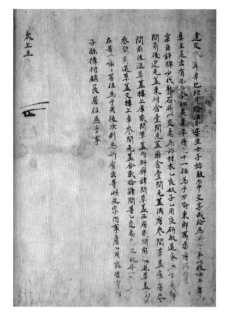

▌삼봉 정도전의 병풍 글씨

경기도 평택시 진위면 은산 2리 삼봉기념관 소장.

정이(程頤, 이천선생)의 〈사물잠(四勿箴)〉 가운데 '시잠(視箴)'과 '청잠(聽箴)'을 적은 친필이다. '시잠'을 '심잠(心箴)'이라고 한 것이 특이하다. 정이의 〈시잠〉은 "심혜본허(心兮本虛) 응물무적(應物無迹)"으로 시작한다. 제1차 왕자의 난이 일어났을 때 정도전과 그의 3남 가운데 아래 두 아들은 참변을 당했으나, 장남 정진(鄭津)은 태조의 삼성재 봉행 때 수행하여 안변 석왕사에 머물러 생명을 부지했다. 삭탈관직되었다가 성석린의 천거로 형조판서까지 올랐으며 죽은 후 희절(僖節)의 시호를 받았다. 그 후손들이 진위에 자리 잡아 봉화정씨를 이루었다. 그곳에 정도전을 위한 문헌사와 희절사가 세워졌고, 2004년에는 삼봉기념관이 세워졌다. 정도전의 병풍 글씨는 겉에 다른 사람의 글씨가 입혀져 있었던 것을 제거하여 본 모습을 찾은 것이다.

이성계 발원 사리구(舍利具)

이성계발원은제도금사리소탑(李成桂發願銀製鍍金舍利小塔)과 은제도금 사리감. 국립중앙박물관 소장. 허가번호[중박 201110-5651].

이성계와 부인 강씨(康氏)를 비롯해 승려, 속인 만 여인이 고려 공양왕 2～3년(1390～1391년)에 발원을 담은 사리구로, 금강산월출봉출토사리장엄구(金剛山月出峰出土舍利莊嚴具)라고도 한다. 1932년에 금강산 월출봉의 석함에서, 은제도금탑형사리기에 봉납된 이성계 발원 사리구와, 겹겹이 포개어져 있는 은제팔각당형사리기, 동제발, 백자발이 발견되었다. 사리 소탑(사진 오른쪽)에는 "분충정난광복섭리좌명공신(奮忠定難匡復燮理佐命功臣) 벽상삼한삼중대광(壁上三韓三重大匡) 수문하시중(守門下侍中) 이성계(李成桂) 삼한국대부인(三韓國大夫人) 강씨(康氏) 물기씨(勿其氏)"라는 명문(銘文)이 새겨져 있다. 은제도금 사리감에는 이성계와 부인 강씨가 발원한 명문(銘文)이 새겨져 있다. 이성계가 신의왕후 한씨가 죽은 뒤 새로 신덕왕후 강씨를 배필로 맞아 대단히 애중했음을 알 수 있다.

비문은 이자춘의 초취 이씨이원계의 모, 삼취 김씨이화의 모 및 그 자손에 관한 기록을 완전히 삭제해 버렸다. 그리고 비문의 말미에 따로 서자손록庶子孫錄을 설정하고 여기에 이씨와 김씨를 노비로 규정해 두었다.

문신이나 무신을 위해 신도비를 제작하는 풍습은 고려 때는 성행하지 않았다. 그런데도 이성계는 부친의 신도비를 이색에게 부탁해서 묘도에 세우려고 했다. 당시 이성계는 충성량절익찬선위정원공신忠誠亮節翊贊宣威定遠功臣에 삼중대광 판삼사사 겸판전농시사 상호군三重大匡 判三司事兼判典農寺事 上護軍의 관직, 완산부원군完山府院君의 봉호를 띠고 있었으니, 그 권력의 강성함을 짐작할 수 있다. 이색은 이성계의 권세를 고려하여, 당시로서는 희귀하게도 이성계의 부친을 위한 신도비문을 짓게 되었을 것이다.

그런데 〈전주이씨이거삭방이래분묘기〉에서 알 수 있듯이, 이성계는 조상의 묘들이 여러 곳에 흩어져 있었으나, 하나의 선산에 이장하려 하지는 않았다. 다만 조상묘의 위치를 기록해 두고, '위로는 조종의 미덕을 전해 받고 아래로는 자손의 효심을 계발하려는' 의도에서 조상의 묘역을 정비하려고 했다. 이성계는 왕좌에 오른 후, 함경도의 조상 묘역을 정비하고 제사를 올리는 일에 각별한 주의를 쏟았다. 그래서 당시 자신의 가장 심복이었던 정도전을 동북면도선무순찰사로 임명하여 보내고, 또 도중에 서찰과 함께 동옷을 선물로 보낸 것이다.

훗날 조선 현종 15년1674년 남구만南九萬은 함흥 지방을 순력하고 〈함흥십경도기咸興十景圖記〉를 지어, 태조 위로 5대조 신위를 제사하던 함흥 본궁과 환조·태조의 신위 및 태조의 화상을 모신 영흥 본궁, 함흥의 덕릉德陵·의릉義陵·순릉純陵·정릉定陵과 안변安邊의 지릉智陵, 문천文川의 숙릉淑陵 등 여섯 능에 대해 상세하게 기록했다. 남구만의 기록에 따르면 함흥의 본궁은 함흥부의 남쪽 15리 지점인 운전사雲田社에 있었다.

태조는 상왕이 되어 북쪽을 순행할 때 함흥의 본궁에 머물고 양속良屬 200호를 두었다. 그 후 선조는 양속을 파하고 내노內奴 500호를 두었다가, 임진왜란 후에는 내노를 200호로 줄였다. 본궁은 임진왜란으로 모두 불탔으

건원릉신도비문

한국학중앙연구원 사진 제공.

신도비문은 권근이 짓고 성석린이 썼다.

전액(篆額)은 정구(鄭矩)가 쓰고 비음기(碑陰記)는 변계량(卞季良)이 작성했다. 태종 9년(1409년)에 구리의 건원릉(健元陵)에 세웠다.

조선 국왕의 신도비는 태조, 태종, 세종의 것이 현전한다. 문종의 경우는 그 내용이 《조선왕조실록》에 전하므로 따로 신도비를 제작하지 않았다. 건원릉이라는 능호가 붙은 태조 이성계의 능은 경기도 구리시 인창동에 있는 동구릉의 하나이다. 태조는 생전에 여러 차례 수릉(壽陵 : 정해 놓는 무덤) 자리를 물색하다가, 신덕왕후가 승하하자 경복궁 서남방의 황화방(皇華坊)에 신덕왕후의 능침을 만들고 자신의 능침도 오른쪽에 조성했다. 하지만 태종은 도성 밖 동북방에 있는 양주의 검암산 아래에 태조의 능을 조영하고, 계모 신덕왕후의 능도 그리로 옮겼다. 또한 태종은 이후 왕실이나 사가의 무덤을 도성 10리 밖에 쓰도록 명했다.

권근은 신도비문을 작성하면서, 태조의 꿈에 신인이 나타나 금척(金尺)을 주는 일이 있었고, 어떤 이인이 지리산 바위 사이에서 얻어 바친 금척에 "나무아들이 삼한을 고쳐 바로 잡는다.(木子更正三韓)"라고 쓰여 있었다는 이야기를 적었다. 그리고 서운관(書雲觀)에는 예전부터 소장하여 내려오는 《비기(秘記)》의 〈구변진단지도(九變震檀之圖)〉에 "건목득자(建木得子)"라는 말이 있었다고도 했다. 태조의 혁명이 천명에 의해 점지되어 있었음을 강조한 것이다.

나, 광해군 2년1610년에 관찰사 한준겸韓浚謙이 중건했다.

태조는 고려 말의 전쟁 영웅이었다. 그런데 6년 2개월의 재위 기간 동안 큰 치적을 이루지는 못했다. 국호를 조선으로 개정하고 한양으로 천도한 일은, 실은 정도전이나 조준의 도움을 받았다. 1398년 9월의 무인난제1차 왕자의 난이 일어난 직후에는 아들 정종에게 왕위를 물려주었고, 1400년에 제2차 왕자의 난을 겪은 뒤에는 태상왕이 되었으나 태종에게 옥새를 넘겨주지 않고 함흥으로 떠났다. 1402년에 한양으로 돌아와 불교에 정진하다가 1408년 5월 24일 창덕궁의 별전에서 74세의 일기를 마쳤다.

태조는 죽은 후 종묘에 신위神位를 모실 때 붙인 호인 묘호廟號이다. 능호는 건원建元이며, 시호는 지인계운성문신무至仁啓運聖文神武이다.

시호의 뜻은 지극히 인자하고 국운을 열었으며 문에 있어 성스럽고 무에 있어 신령했다는 말이다. 태조 이후 조선의 왕들은 모두 죽은 후 묘호, 능호, 시호를 추증받았는데, 여러 번 개정된 예도 있다. 왕은 대개 묘호로 부른다.

명나라로부터 받은 시호는 강헌康憲이다. 백성들을 안락하게 하고 선을 행하여 기록할 만한 것이 있다는 뜻이다. 그래서 태조를 흔히 강헌왕이라고도 한다. 태조부터 선조까지는 명나라에서 이런 시호를 받았고, 인조부터 철종까지는 청나라에서 시호를 받았다. 광해군, 고종, 순종은 중국에서 받은 시호가 없다.

정도전은 1362년 과거에 급제한 이후 1398년의 무인난 때 죽기까지 조선 왕조의 기틀을 마련하는 데 지대한 공적을 남겼다. 곧, 역성혁명과 전제개혁 및 숭유배불정책 등을 주도한 것이다. 조선의 건국 이듬해인 1393년 7월에는 조선 개국의 정당성을 노래한 〈문덕곡文德曲〉, 〈몽금척夢金尺〉, 〈수보록受寶錄〉 등 세 편의 악장을 지었고, 이성계의 무공을 노래한 〈납씨곡納氏曲〉, 〈궁수분窮獸奔〉, 〈정동방곡靖東方曲〉을 지었다. 그리고 태조의 명을 받들어 함흥의 능묘들을 보살폈다. 조선 왕실에 대한 충성심을 극진하게 드러낸 것이다. 하지만 그의 말로는 비참했다.

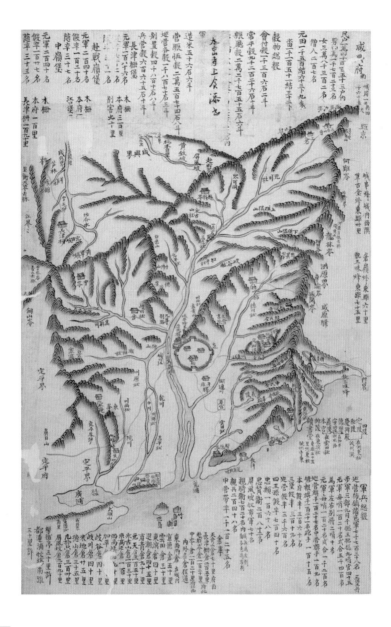

함흥도

태조 이성계의 본향인 함흥을 그린 지도. 서울대학교 규장각한국학연구원 소장.

함흥은 중국 한(漢)나라 고조 유방(劉邦)의 고향 풍패에 비유해서 풍패지향(豊沛之鄕)이라 불렸다. 지도의 왼쪽 아래에 본궁(本宮)이 있고, 그 오른쪽에 화릉(和陵)과 의릉(義陵)이 표시되어 있다. 본궁의 아래에 운전사(雲田社)가 있으며, 그 아래 해변에 임하여 격구정(擊毬亭)이 있다. 운전사는 이성계가 왕위에 오르기 전에 살던 곳이다.

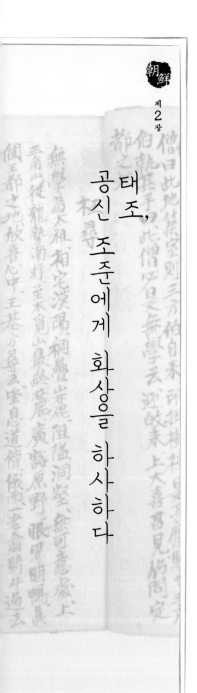

태조 이성계는 두 번이나 화공에게 명하여 조준趙浚·1346~1405년의 초상화를 그리게 한 뒤에, 이를 조준에게 하사했다. 그리고 정도전으로 하여금 그 화상의 빈 공간에 적어 넣을 찬贊을 짓게 했다. 같은 날 지은 것인지, 화상을 두 벌 그려 찬도 둘인지 단정할 수 없다. 단, 첫째 찬과 둘째 찬의 형식이 다른 것으로 보아 서로 다른 시기에 지은 것인 듯하다. 또, 둘째 찬은 수사 방식이 첫째 수와 다르다. 즉, 《논어》와 《맹자》의 경구를 많이 끌어왔다.

[하나]

아아 우리 임금님께서는
중신을 두셨으니
중신은 누구인가
조공 그 어진 이로세
뜻을 경세제민에 두어
세상의 어려움을 구제하고
손으로 해바퀴를 지탱해서
중천에 오르게 했도다
공적은 왕실에 있고
은택은 백성에게 미쳤으니
옛 이름난 재상이라도
이분보다 앞설 이 없어라
공의 마음이여
공의 진심이여
슬픔과 기쁨을 국가와 함께 하여

아아 천년 만년 영구하기를

於惟我后(오유아후) 迺有重臣(내유중신)
重臣伊誰(중신이수) 趙公惟賢(조공유현)
志存經濟(지존경제) 拯世之屯(증세지준)
手扶日轂(수부일곡) 昇于中天(승우중천)
功在王室(공재왕실) 澤被生民(택피생민)
雖古名相(수고명상) 莫能或先(막능혹선)
惟公之心(유공지심) 惟公之眞(유공지진)
與國匹休(여국필휴) 於千萬年(오천만년)

[둘]

멀리서 바라보면
우뚝하게 산이 선 듯하고
말갛게 물이 드넓은 듯한데
가까이 다가가면
윤기 도는 옥처럼 온화하고
따스한 봄볕처럼 포근하여라
누가 만들었는가
휘황하게 푸른 물감 붉은 물감으로 그렸구나
공적은 개국공신들 중에서도 높고
지위는 재상 중 으뜸이라
군주를 섬김에는
단단하고 굳센 절개를
시절이 평탄하든 험하든 바꾸지 않았고

백성을 사랑함에는

낳고 길러주는 부모 같은 마음으로

좔좔 내려주듯 베풀어 주었도다

악을 보기를 질병 앓듯이 하고

선을 갈구하기를 주린 듯이 하며

자처하기를 정도正道로서 하여

남을 차마 속이지 못했도다

나의 찬미는 아첨이 아니니

제제다사들은 이 사람을 본받으라

其望之也(기망지야) 巖然嶽峙(암연악치) 澄然淵渟(징연연정)

其卽之也(기즉지야) 溫然玉潤(온연옥윤) 藹然春陽(애연춘양)

孰其狀之(숙기상지) 炳煥丹靑(병환단청)

功高開國(공고개국) 位冠端揆(위관단규)

其事君也(기사군야) 堅確之節(견확지절) 夷險不貳(이험불이)

其愛民也(기애민야) 生育之心(생육지심) 霈乎厥施(패호궐시)

見惡如病(견악여병) 嗜善如飢(기선여기)

自處以正(자처이정) 人不忍欺(인불인기)

我讚非佞(아찬비녕) 多士是儀(다사시의)

    조준은 태조, 정종, 태종에 걸쳐 8년간 수상영의정의 자리에 있으면서, 정도전 축출과 왕자의 난 평정에 기여해 왕실을 군건히 한 인물이다.

    평양 출신으로, 증조 조인규趙仁規는 고려 정권에서 문하시중까지 올랐고, 아버지 조덕유趙德裕는 판도판서版圖判書를 지냈다.

    조준은 태조 때 검상조례사檢詳條例司를 총괄하면서 왕명에 따라 국조의 헌장과 조례를 모아 교정하여 《경제육전經濟六典》을 이루었다. 외아들 조대림趙大臨은 태종의 딸 경정궁주慶貞宮主에게 장가들어 평녕군平寧君에 봉해졌다.

군주가 공신의 초상을 그려 그 덕을 칭송하는 일은 멀리 중국의 한나라 때 시작되었다. 즉 한나라 무제는 기린이 잡힌 것을 기념해서 미앙궁未央宮 안에 기린 각을 세웠는데, 선제宣帝는 감로甘露 3년기원전 51년에 곽광霍光 · 장안세張安世 · 한증韓增 등 중흥 공신 11인의 초상을 그 안에 그려 두었다.

고려 말에 이성계가 조준의 집을 방문했을 때 조준은 이성계를 본채에 맞이 하여 술자리를 베풀고《대학연의大學衍義》를 드리며 말하기를, "이것을 읽으면 나라 를 만들 수 있을 것입니다."라고 했다. 이성계는 그 뜻을 알고 받았다.《대학연의》는 제왕학의 교과서다. 조준은 이성계로 하여금 혁명을 하여 새 나라의 군주가 되라 고 암암리에 권한 것이다.

조선 왕조가 들어선 뒤, 정도전은 조준을 대신하여 정승이 되려고, 남은과 함 께 이성계에게 조준의 단점을 말했으나, 이성계는 조준을 극진히 대했다. 그리고 두 번이나 화공에게 명하여 조준의 화상을 그려 하사하면서, 정도전으로 하여 금 그 화상에 찬을 짓게 한 것이다.

태종 5년 을유1405년 6월 27일신묘의《실록》기록에 영의정부사 평양부원군 조준 의 졸기卒記·사망기록가 실려 있다. 조준은 공민왕 23년1374년의 과거에 합격하여 우왕 2년1376년에 좌우위호군 겸 통례문부사左右衛護軍兼通禮門副使에 임명되었다가, 강릉도 안렴사가 되었으며, 여러 벼슬을 거쳐 전법판서典法判書에 이르렀다.

하지만 이 무렵 나라의 기강이 풀어지고 왜구가 출몰하여 국가에 내우외환 이 겹쳤다. 우왕 8년1382년 6월에 병마도통사 최영이 그에게 경상도 감군監軍을 맡 겼다. 조준은 도순문사都巡問使 이거인李居仁을 불러 왜적의 침략에 대처하지 못한 죄를 따지고, 병마사 유익환兪益桓을 참했다. 우왕 9년1383년에는 밀직제학이 되었 다. 우왕 14년1388년에 우왕, 최영, 이성계 등은 전횡을 일삼던 이인임李仁任의 일당 염흥방, 임견미, 왕복해 등을 처단하고, 노병으로 지난해 사직해 있던 이인임을

太祖康獻大王實錄卷第一

太祖康獻至仁啓運聖文神武大王姓李氏諱旦字君晉古諱成桂號松軒全
州大姓也有司空諱翰仕新羅娶太宗王十世孫軍尹金殷義之女生侍中
諱自延侍中生僕射諱天祥僕射生阿干諱光禧阿干生司徒三重大匡諱
立全司徒生諱兢休兢休生諱廉順廉順生諱承朔承朔生諱充慶充慶生
諱景英景英生諱忠敏忠敏生諱華平華平生諱珍有珍有生諱宮進宮進大
將軍諱勇勇生諱隣耈隣耈生諱娶侍中文公諱克謙之女生將
軍諱陽茂將軍娶上將軍李公諱康濟之女生諱安社社是爲
穆祖性豪放有志四方初在全州時年二十餘勇略過人山城別監入舘曰官
妓事與州官有隙州官與按廉議上聞發兵圖之
穆祖聞之遂徙居江陵道三陟縣民願從而徙者百七十餘家嘗造舡十五隻
以備倭既元也寇大王兵侵諸郡

太祖實錄卷第一

一

태조강헌대왕실록(太祖康獻大王實錄)

조선 태조 13년(1413년)에 편찬된 《태조강헌대왕실록》의 일부. 서울대학교 규장각한국학연구원 소장.

《태조강헌대왕실록》은 조선 태조 원년(1392년)부터 태조 7년(1398년)까지의 역사를 편년체로 기록한 역사서이다. 《조선왕조실록》의 한 부분
이다. 태조가 태종 8년(1408년)에 승하하자, 태종은 이듬해(1409년) 8월 28일에 춘추관 관원에게 명해 《태조강헌대왕실록》을 편찬케 하여,
1413년 3월에 총 15권을 이루었다. 하지만 세종은 재위 20년(1438년) 9월에 《태조강헌대왕실록》의 기록이 번잡하고 중복 기사가 많다는 이유
로 개수를 명하여, 1442년 9월에 개수본을 이루었다. 세종 30년(1448년)에 다시 정인지가 왕명을 받아 증수하고, 문종 원년(1451년)에도 약간
개수했다. 도판은 최초의 편집본 가운데 일부인데, 국보로 지정되었다.

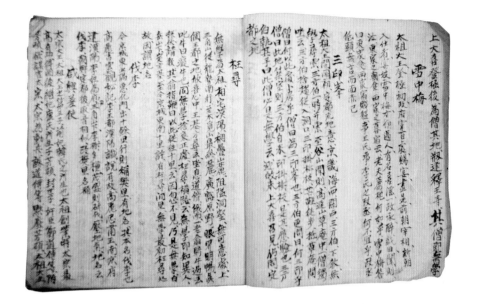

▌오백년기담(五百年奇譚)

필사본 1권. 필자 소장.

고종 33년(병신년, 1896년) 10월 14일 필사 시작. 영광군(靈光郡) 백수면(白岫面) 백신리(白新里)에 거주하는 시골 선비가 태조 때부터 광해군까지의 설화를 한문으로 작성한 것이다.

역사는 크게 보아 문헌과 구비(口碑)로 후대에 전한다. 문헌은 관청의 공식 역사서나 기록만이 아니라 개인의 역사서, 문헌설화 등으로도 전한다. 또한 문헌과 구비는 항시 서로 영향을 주고받고 간섭하기도 한다. 필자가 소장하고 있는 《오백년기담》에는 태조의 즉위와 관련하여 무학해몽(無學解夢), 설중매(雪中梅), 삼인봉(三印峰), 왕심(枉尋), 벌이(伐李), 자마풍간(子馬諷諫), 대목위주(大木爲柱) 등의 설화가 실려 있다.

경산부^{성주}로 안치했다. 이인임은 그곳에서 죽고 만다. 같은 해 5월 최영이 요동을 정벌하기 위해 군사를 일으켰지만, 이성계는 위화도에서 회군하여 최영을 죽이려 했다. 이때 이성계는 조준을 불러 최영을 제거할 방법을 의논한 뒤에, 조준을 지밀직사사 겸 사헌부 대사헌으로 발탁했다. 그리고 이성계는 우왕을 강화도로 쫓아내고 왕씨를 왕으로 세우려 했으나, 이인임의 편당인 조민수曹敏修가 우왕의 아들 창昌을 세웠다. 조준은 조민수의 간사함을 논하여 조정에서 내쫓았다. 그러고 나서 이인임의 죄를 따져, 그에게 내렸던 뇌문誄文·제문과 시호를 깎아 없애기를 청했다. 또한 사전私田을 폐지하여 민생을 후하게 하라고 이성계에게 건의했다. 이성계는 그 건의를 따르고, 조준을 지문하부사로 승진시켰다.

1389년에 즉위한 창왕은 그해 겨울에 명나라에 조회하러 들어가려고 했으나, 명나라 예부는 왕씨가 아닌 사람이 왕이 된 것을 따져 물었다. 조준은 이성계의 계책에 찬성하여 심덕부, 정몽주 등 일곱 사람과 더불어 창왕을 폐위시키고 그해 12월에 공양왕을 즉위시켰다. 그 직후 문하평리가 되고 공훈을 인정받아 조선군 충의군朝鮮郡忠義君에 봉해졌다. 세상에서는 이성계, 조준을 포함한 아홉 사람을 9공신이라 불렀다.

이듬해 1390년 겨울에 조준은 찬성사贊成事가 되었다. 공양왕 2년1391년 6월에는 명나라 태조洪武帝의 탄신을 하례하러 가다가 북평부를 지날 때, 뒷날 태종永樂帝이 되는 연왕의 영접을 받았다. 조준은 연왕이 머지않아 천자가 될 것이라고 예견했다.

당시 우의정 정몽주는 이성계의 심복들을 없애려고 비밀리에 공양왕에게 고하기를, "창왕을 폐위시키는 계책을 세울 때 조준은 이의를 제기했습니다."라고 했다. 공양왕은 이 말을 믿고 조준에게 앙심을 품었다.

공양왕 4년1392년 3월에 이성계가 말에서 떨어져 위독하자, 정몽주는 대간臺諫을 시켜 조준, 남은, 정도전, 윤소종, 남재, 오사충, 조박 등이 붕당을 만들어 정치를 어지럽게 한다고 탄핵하여 외방으로 귀양보냈다가 수원부로 잡아 올려 극형에 처하려고 했다. 4월에 이방원이 조영규를 시켜 정몽주를 선죽교에서 죽이자, 조준은 죽음을 면하고 찬성사에 복직했다.

7월 신묘에 이성계는 왕위에 올랐다. 이날 저녁에 이성계는 조준을 궐내로 불러들여, "한나라 문제가 대代 땅의 사저에서 궁궐로 들어와 밤에 송창宋昌을 위장군衛將軍으로 삼아 남군과 북군을 진무하게 한 뜻을 경이 아는가?"라고 하면서, 도통사의 은 도장과 뿔나팔, 붉은 활을 하사했다. 그리고 조준에게 문하우시중 평양백을 제수하고, 1등의 훈작을 봉하여 동덕분의 좌명개국공신同德奮義佐命開國功臣의 호를 주었으며, 식읍 1,000호, 식실봉실제로 봉읍으로 받아 조세를 취득할 수 있는 전토 300호와 전지, 노비 등을 하사했다.

이성계는 두 번째 부인 강씨 소생인 무안군 이방번을 사랑했다. 그리고 강씨가 개국에 공이 있다는 이유로 이방번을 세자로 세우려고, 조준, 배극렴, 김사형, 정도전, 남은 등을 불러 의논했다. 배극렴은 적장자를 세자로 세우는 것이 고금에 통하는 의리라고 답했다. 이성계는 기뻐하지 않고 다시 조준의 뜻을 물었다. 조준은 "세상이 태평하면 적장자를 우선하고, 세상이 어지러우면 공 있는 이를 우선하는 법입니다. 재삼 생각하소서."라고 했다. 강씨가 엿듣고는 슬피 울어, 그 우는 소리가 밖에까지 들릴 정도였다. 이성계는 종이와 붓을 가져다 조준에게 주며 이방번의 이름을 쓰게 했으나, 조준은 땅에 엎드려 쓰지 않았다. 이성계는 결국 강씨의 어린 아들 이방석을 세자로 삼았다. 조준은 이에 대해서는 감히 말을 하지 않았다. 그해 12월에 조준은 문하 좌시중이 되었다.

태조 3년1394년에 조준은 다시 5도 도통사가 되었다. 이때 이성계는 도성 사대문의 열쇠를 조준의 집에 간직해 두고 사대문을 열고 닫는 일을 맡겼다.

태조 6년1397년에 명나라 태조는 조선에서 보낸 표문表文·천자에게 진정하거나 하례의 뜻으로 올린 문건에 자신을 업신여기는 글자가 들어있다 하여, 표문을 지은 정도전을 잡아 보내게 했다. 정도전은 판삼군부사로 있었는데, 병을 평계로 중국에 가지 않고, 진도훈도관陣圖訓導官을 더 두어 장병을 훈련해야 한다고 건의했다. 정도전과 결탁한 남은은, "사졸을 잘 훈련했고 군량도 갖추어졌으므로 동명왕의 옛 강토를 회복할 만합니다."라고 상서했다. 이성계가 정도전의 의견을 묻자, 정도전은 이민족이 중원의 임금이 된 사례와 도참설을 인용하여 남은의 설을 거들었다. 그리고 나서 정도전과 남은은 와병 중이던 조준을 찾아가 상감의 뜻이 이미 결정되었다고 알렸다. 하지만 조준은 "아랫사람으로서 윗사람을 범하는 것은 불의 중에 가장 큰 불의입니다. 나라의 존망이 이 일에 달려 있습니다."라고 거부했다. 그는 병을 무릅쓰고 궐내로 들어가, "요즈음 양도兩都의 부역으로 백성들이 지극히 피로합니다. 극도로 지친 백성을 동원해서 불의한 일을 일으키면 분명 패하고 말 것입니다."라고 아뢰었다. 이성계는 조준의 말을 따랐다.

태조 7년1398년 가을, 무인난제1차 왕자의 난이 일어나자, 이방원태종은 밤에 박포朴苞를 보내 조준을 부르고, 또 스스로 길에 나와서 맞았다. 조준은 백관을 거느리고 전箋을 올려 적장자를 세자로 삼을 것을 청했다. 이로써 9월에 정종이 내선內禪을 받았다. 조준은 1등 훈공의 정난정사공신靖難定社功臣이 되고 좌정승을 제수 받았다. 정종 원년1399년 8월, 조준은 사직소를 올렸으나 정종은 허락하지 않았다. 12월에 다시 사양하자, 판문하부사로 집에 가 있게 했다.

정종 2년1400년 정월에 이방원의 넷째 형 방간芳幹이 박포와 공모하여 정안군靖安君과 추종세력을 제거하려 했다. 이방원은 이를 평정하고 세제에 책봉되었다.

조준이 수상으로 있는 동안 우의정 김사형은 정무의 결정을 조준에게 맡겼다. 그래서 조준이 권세를 오래 잡고 있다고 원망하는 사람이 많았다. 당시 정빈靜嬪·태종의 비의 동생 민무구와 민무질은 좋은 벼슬을 여러 차례 청했지만 조준이 막고 쓰지 않았다. 1400년 7월에 두 사람은 대간臺諫에게 사주하여 풍문에 따라 조준의 죄를 따져야 한다고 청했다. 이 때문에 조준은 순위부의 옥에 갇혔다. 하지만 동궁으로 있던 이방원이 정종에게 아뢰어서 조준을 풀어주게 했다. 11월에 왕위에 오른 태종은 조준을 그대로 판문하부사로 임명했다. 태종은 1404년 6월에 조준을 다시 좌정승으로 삼았다. 하지만 조준은 신진관료와 뜻이 맞지 않아 정무를 제대로 볼 수 없었다. 이 때문에 얼마 있다가 정승의 직을 그만두었고, 영의정부사가 되었다. 나이 60에 죽었으며, 문충文忠이라는 시호를 받았다.

태조가 조준의 화상을 그리게 하고 정도전에게 찬을 써넣게 하던 시절은 조선 왕조를 세운 이들이 모두 태평시절을 구가하던 때였다. 하지만 그 기간은 무척 짧았다. 1398년 가을의 무인난 때 정도전과 조준의 운명은 갈렸다.

그 뒤에도 살아남아 8년간이나 수상의 지위에 있었던 조준은 정도전의 찬이 들어 있는 자신의 초상을 어디에 두었을까? 자신이 옹립한 태종이 즉위한 후 신진관료들과 불화하여 쓸쓸히 죽어가면서, 그는 자신의 초상을 또다시 꺼내어 바라보았을까?

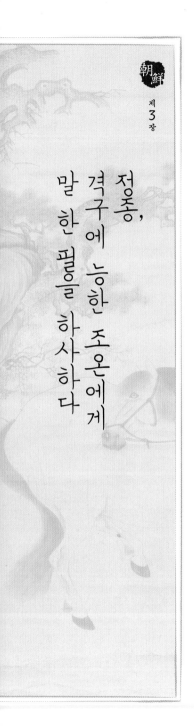

《정종실록》을 보면, 정종 원년1399년 8월 4일신축의 조항
에 다음과 같은 짧은 기록이 나온다.

조온趙溫, 정남진鄭南晉, 조진趙珍이 날마다 모시고 격구擊毬했으
므로, 각각 말 1필을 하사했다.

정종이 날마다 같이 격구를 하던 조온·정남진·조진
에게 말을 한 필씩 하사했다는 내용이다.

격구는 타구打毬, 포구抛毬, 봉구棒毬, 격봉擊棒, 봉희俸戲라
고도 한다. 붉은 옻칠을 한 나무 공이나 수놓은 비단 공
을 쳐서 장시杖匙로 구문毬門을 통과시키거나 작은 구멍에
넣는 무예경기다. 장시는 1미터 가량의 긴 대병부 끝에 가
운데가 뚫어진 타원형 고리시부를 붙힌 형태다.

격구는 페르시아에서 인도와 중국으로 전파되어, 당
나라를 통해 발해와 후삼국에 유입되었다. 고려 태조 2
년에 발해 사신 아자개의 환영식을 격구장에서 했다는
기록도 있다. 고려 의종도 격구에 능했으며, 무신정권 때
무관들도 격구를 즐겼다. 고려 말에는 단오절에 왕이 참
관하는 격구 대회를 열었다.

조선 초 궁궐에서는 보격구步擊毬와 마상격구馬上擊毬가
있었다.

보격구는 궁중이나 넓은 마당에 여러 구멍을 파놓고
걸어다니며 공을 쳐서 구멍 안에 넣는 방식이다. 세종
때부터는 종친을 궁내로 불러들여 보격구를 했다. 세조
때는 수십 명씩 떼를 지어 승부를 겨루었다.

마상격구에는 구문을 하나만 세우는 단구문 방식과

구문을 둘 세우는 쌍구문 방식이 있었다. 단구문 방식은 서양의 폴로polo와 같다. 격구장의 한쪽 끝에 구문을 세우고 양쪽 경기자들이 일제히 말을 달려 가서 공을 차지한 뒤에 구문 사이를 통과시키는데, 공을 구문 밖으로 쳐낸 횟수가 많은 편이 이겼다. 쌍구문 방식은 격구장의 두 끝에 구문을 각각 세워 두고, 두 팀이 마주보고 공을 빼앗아 상대방의 구문을 통과시키게 했다.

《경국대전》을 보면, 장시는 길이 9치27센티미터, 너비 3치9센티미터, 자루길이 3자 5치105센티미터이고, 공의 둘레는 1자 3치39센티미터이다. 출마표出馬標와 치구표置毬標의 거리는 50보, 치구표에서 구문까지는 200보, 구문 사이 거리는 5보로 정했다.

세종은 격구를 무과시험 과목으로 채택했다. 세종 29년1447년 8월 5일에 문·무과의 중시와 별시를 규정했는데, 무과 시험 과목에 격구가 들어 있다. 즉, 관시觀試는 200보의 기사騎射·격구擊毬·농창弄槍을 시험하여 100인을 뽑고, 전시殿試는 200보·50보의 기사·격구와 사서·오경·《통감》·《무경칠서》·《장감박의》·《소학》 중에서 한 가지 책을 강講하게 했다. 중시重試는 180보·200보의 기사·격구와 강경講經을 하도록 정했다. 별시는 200보로 하되 강경에 들지 못한 자는 뽑지 말게 했다.

세조는 재위 12년1466년 12월 24일신유에 화위당華韡堂에 거둥하여 종친들을 좌우로 나누어 격구를 하게 하고 이긴 사람에게 녹비鹿皮 1장씩을 하사했다. 참여한 사람은 의성군 이심李寀, 함양경 이포李誧, 영천부경 이정李定, 낙안부경 이영李寍, 은천군 이찬李穳, 옥산군 이제李躋, 진남군 이종생李終生, 수성도정 이창李昌, 호산부정 이현李鉉, 복성부수 이영李穎, 모양부수 이직李稙 등이다.

수양대군을 도와 정난공신에 책훈되어 정2품 직위에 올랐던 봉석주奉石柱란 인물도 격구에 뛰어났다고 한다.

그런데 조선 중기에 총포와 화포가 발달하자, 마상격구는 쇠퇴해서 무과시험에서도 빠지게 되었다. 하지만 조선 후기 정조 때의 《무예도보통지武藝圖譜通志》에는 마상격구가 24반般 무예의 하나로 들어가 있다.

태조 이성계는 격구에 뛰어났다. 《용비어천가》 44장에서는 이성계가 고려 공민왕 때 궁중의 격구 놀이에서 놀라운 기예를 보인 사실을 예찬했다.

놀음의 방울이실새 말 위에 이어 치시사   二軍鞠手(이군국수)만 즐기니이다
君命(군명)의 방울이어늘 말 곁에 엇막으시니 九逵都人(구규도인)이 다 놀라옵더니

　　현대어로 풀이하면 이렇다.

놀이하는 공을 말 위에서 연달아 치자 두 진영의 노련한 국수들도 기뻐하도다
왕의 명령을 받들어 공놀이하면서 말 옆에서 공을 가로막으니 도성 사람들이 모두
놀라도다

　　앞의 구는 당나라 선종宣宗의 일을 다루고, 뒤의 구는 이성계의 일을 다루었다.
　　당나라 선종은 활쏘기와 격구에 뛰어났다. 선종은 재갈과 굴레뿐인 말을 타
고 내달리면서 장시로 공을 공중에 던지고는 이를 받아치기를 수백 번 거듭했
으므로, 두 진영의 노련한 선수들도 모두 즐거워했다고 한다.
　　《용비어천가》의 주에 따르면, 고려 때는 단오절이면 젊은 무관과 귀족의 자제
를 뽑아서 격구를 했다. 개경의 큰 거리에 용봉장전龍鳳帳殿을 세우고 그 앞 좌우
의 각기 200보쯤 되는 곳에 구문毬門을 세웠으며, 길 양 옆에는 오색 비단 장막을
치고 그림과 꽃방석으로 꾸미고 부녀자들이 관람케 했다. 왕이 용봉장전에 납시
어 연회와 여악을 베풀었는데, 경대부들도 모두 참석했다. 격구 선수들은 복장
을 화려하게 차려 입고, 말 안장도 사치스럽게 장식했다. 선수들이 두 진영으로
나뉘어 서면, 기생 한 사람이 공을 받들고 음악에 맞추어 용봉장전 앞으로 나아
가 노래를 부르고 다시 음악에 맞추어 물러나왔다. 노래의 가사는 "뜰에 가득한
피리소리와 북소리는 날아다니는 공을 불러 모으고, 비단 입힌 채와 붉은 공을
들어올린다."였다.
　　그러고 나서 길 가운데로 공을 던지면, 좌우의 선수들이 모두 말을 타고 달려

격구지도(擊毬之圖)

이여성(1901~?) 그림. 마사박물관 소장.

이여성은 역사를 소재로 〈대동여지도 작자 고산자〉, 〈김유신 참마도〉, 〈청해진 대사 장보고〉와 이 〈격구지도〉 등을 그린 화가이다. 이 그림은 마상격구(馬上擊毬)의 장면을 상상하여 그린 것이다. 그림의 상단에는 《용비어천가》, 《경국대전》, 《무예통지》에서 격구에 관한 기록을 발췌하여 적었다.

양마도(養馬圖)

조선 후기 문인화가 윤덕희(尹德熙, 1685~1776년) 그림. 고려대학교박물관 소장.

윤덕희는 본관이 해남으로, 호는 낙서(駱西)·연포(蓮圃)·연옹(蓮翁)이다. 윤두서(尹斗緖)의 아들로, 벼슬은 도사(都事)를 지냈다. 말과 신선을 잘 그렸다. 동양화에서는 말을 군자의 상징으로 취급해 많은 문인들이 말 그림을 그렸다. 북송의 이공린(李公麟)이나 원나라 때 조맹부(趙孟頫) 등의 말 그림이 특히 유명하다. 윤덕희는 말의 모습이 화면의 하부를 전부 차지하게 그렸다.

나와 공을 다투었다. 이때 맨 먼저 공을 친 사람을 수격首擊이라 하는데, 수격을 제외한 나머지는 모두 물러선다. 수격은 말을 타고 달려 나가 배지排至로 공을 움직이고 지피持彼로 공을 굴린다. 만약 공이 우묵한 데 들어가면 또 배지를 쓴다. 배지는 장시의 안쪽으로 비스듬히 끌어 공을 높이 올리는 기술이고, 지피는 장시 바깥쪽으로 공을 밀어내어 치는 기술이다. 이렇게 공을 세 번 굴리는 것이 끝나면 말을 달려 공을 쳐서 가게 한다. 공이 처음 움직일 때는 장시를 잡아 옆으로 누이어 말의 귀와 나란히 하는데, 이것을 비이比耳 ·귀견줌라고 한다. 비이 후에 손을 들어 마음대로 치고, 손을 더 높이되 막대기는 밑으로 내려 천천히 들어 올리니, 이것을 수양垂楊이라고 한다. 이렇게 해서 공을 구문 밖으로 나가게 하면 즉시 말에서 내려 용봉장전 앞으로 와서 두 번 절하여 사례한다.

공민왕 때 격구 놀이에 참여한 이성계는 말을 빨리 몰아 수양이 되었는데, 공이 갑자기 돌에 부딪혀 튕겨서 말의 앞다리 사이로 들어와 뒷다리 사이로 빠져나갔다. 이성계가 드러누워 몸을 기울여 말꼬리 쪽을 막아 공을 치자, 공이 다시 말의 앞다리 사이로 나가니, 이때 공을 쳐서 구문 밖으로 나가게 했다. 당시 사람들이 이 기술을 방미防尾 ·치나마기라 했다. 다시 격구를 하는데, 이번에도 수양이 되었다. 공이 다리기둥에 세게 부딪혀 말 왼쪽으로 튕겨나가자, 이성계는 오른쪽 등자를 벗고 몸을 뒤쳐 내려 발이 땅에 닿기 전에 공을 쳐서 맞추고, 다시 말에 올라 공을 쳐서 구문 밖으로 나가게 했다. 당시 사람들이 이 기술을 횡방橫防 ·엇마기이라 했다.

이렇게 이성계는 이전에 없었던 방미치나마기와 횡방엇마기의 기술을 사용해서 사람들을 놀라게 했다고 한다.

정종이 함께 격구를 즐긴 조온趙溫 ·1347~1417년은 조선 건국에 공을 세워 대장군이 되었던 조인벽趙仁璧의 아들이다. 할아버지는 용성총관을 지내고 홍건적을 물리치는 데 공을 세워 용성부원군에 봉해진 조돈趙暾이다. 조돈은 곧 이성계의 매부였다. 조인벽에게는 두 아들이 있었는데, 그 첫째가 조온이고 둘째가 우의정을

전통격구

전통격구 시연 장면. 한민족전통마상무예·격구협회 제공.

지내게 되는 조위趙潙다. 한양조씨는 조돈의 후손들이 고려 고종 때 첨의중서사를 지낸 조지수趙之壽를 시조로 하고 한양을 본관으로 하면서 형성되었다.

조선 개국공신 3등의 조영무趙英茂·미상~1414년도 조준의 친족이다. 조영무는 공양왕 4년1392년 이방원의 명으로 조영규趙英珪와 함께 정몽주를 격살했는데, 판전중시사에 올라 개국공신 3등에 책록되고 한산백에 봉해졌다.

조온은 고려 말 이성계의 신진세력에 참여하여 조선 개국 후 개국공신 2등에 책록되고, 한천군漢川君에 봉해졌다. 1398년 무인난제1차 왕자의 난 때 친군위도진무親軍衛都鎮撫로서 이방원을 도와 정사공신 2등에 책록되었다.

무인난은 태조의 계비 강씨에게서 태어난 이방석 일파와 태조의 초비 한씨에게서 태어난 이방원 일파가 정권을 다툰 싸움이다. 이때 이방원을 도와 공을 세운 공신이 29명이었다. 이를 두 등급으로 나누어 1등 공신 12명, 2등 공신 17명을 정했는데, 조온은 2등 공신의 특전을 얻었다. 그 특전과 포상의 내용은 공신녹권에 명시되어 있다. 그리고 왕지王旨가 별도로 있어서, 녹권에 기재된 150결의 공전功田에 대해 위치와 결부속結負束을 명시했다.

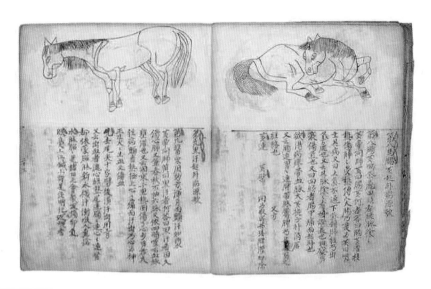

마의방(馬醫方)

필사본. 마사박물관 소장.

말의 병에 관한 처방을 모은 책이다. 세조(世祖)가 서거정(徐居正)에게 명하여, 여러 신하들과 위사(衛士)들로부터 말의 사육·치료에 대한 경험과 견문을 수집해 《마의방》을 편찬했다. 광해군 8년(1616년) 4월 의주에서 간행된 바 있다. 그 뒤 이우신(李雨臣, 1670~1744년)이 1731년 사복시첨정(司僕寺僉正)이 되어《마의방》을 간행하고, 이를 잘 익힌 자를 마의(馬醫)로 임명하게 하여 이후 준례가 되었다. 또한 1634년 4월 에는 명나라 마사문(馬師問)이 편집한 《신각침의참보마경대전(新刻針醫參補馬經大全)》을 인조 12년(1634년) 4월에 훈련도감(訓練都監)에서 소형 활자로 인출했다. 이 책을 흔히 《마경대전(馬經大全)》이라 불렀다. 또한 그 무렵에 《마경언해(馬經諺解)》가 별도로 제작되었다.

　　한국학중앙연구원 장서각에는 조온에게 공전을 내린 사실을 적은 〈정사공신조온사여왕지定社功臣趙溫賜與王旨〉 1폭이 소장되어 있다. 국가의 보물 제1135호이다. 조선왕보朝鮮王寶가 왕지王旨와 한천군조온漢川君趙溫이라 적힌 부분과 문장의 끝에 붉은 색으로 눌려져 있다. 끝에는 왕지를 사급하는 도승지 이문화李文和가 서명하고 수결했다. 이 왕지를 보면 조온은 양주·견주·교하·개성·광주·연안·이천·강화·서원·마전·수원 등에 위치한 전답 150결 38부를 공전으로 받았음을 알 수 있다.

　　정종 2년1400년에 제2차 왕자의 난이 일어나자 조온은 회안대군 이방간의 군사를 평정했다. 이해 상왕태조 이성계의 명으로, 정도전 등을 죽인 죄로 완산부에 유배되었으나, 곧 풀려나와 삼사좌사三司左使에 올랐다. 태종 원년1401년에 의정부참찬사로서 익대좌명공신翊戴佐命功臣 4등에 녹훈되고 부원군으로 진봉進封되었다. 세종 원년1401년에 성절사聖節使로 명나라에 갔다가 이듬해 귀국했는데, 이때 건문제

44

가 준 《문헌통고》를 가지고 왔다. 그해 의정부찬성사와 동북면 찰리사를 지냈다. 조온은 효성이 지극했고, 초가집에서 70 평생을 지낼 만큼 청렴했다고 한다.

조온과 함께 격구 때문에 시상을 받은 정남진鄭南晉은 태조 3년1394년에 왕명에 따라 함부림咸傅霖과 함께 삼척으로 가서 고려 공양왕과 두 아들을 살해했던 인물이다. 훗날 정남진은 명나라에서 물화를 교역하고 또 호송진무護送鎭撫와 다툰 일로 장지화張至和의 탄핵을 받았다. 태조는 정남진이 원종공신原從功臣인 데다가 사명을 받들고 기일 안에 돌아왔다는 이유를 들어 그를 용서했다. 태종 8년1408년에 민무구와 내통했다는 이유로 탄핵을 받았으나, 태종은 또 그를 용서했다.

한편 조진에 관한 기록은 《정종실록》에서 찾아볼 수 있다. 우선 정종 원년1399년 4월 5일을사에 당시 중추원사中樞院使였던 조진을 보내어 금산현에 태胎를 안치하게 하고, 금산을 군으로 승격시켰다는 기사가 있다. 정종 2년1400년 6월 2일을미에는 왕명으로 태상전태조 이성계에 옥책玉冊과 금보金寶를 바친 내상內相·지신사와 승선 하륜·조온·이직·정남진·조진·이숙번 등이 양죽립涼竹笠과 사피화斜皮靴를 하나씩 하사받았다. 수상자 가운데 격구의 일로 상을 받은 정남진이 들어 있는 것이다.

그해 정종이 상왕으로 물러나고 12월 1일신묘에 태종은 백관을 거느리고 상왕 전에 나아가 옥책과 금보를 올리고 헌수했다. 이때 상왕은 책봉 집사관이었던 정승 이거이와 하륜에게 각각 말 1필, 단段·견絹 각각 1필을 하사하고, 찬성사 조영무, 판삼군부사 이무, 삼사우복야 이직과 조박·조진·윤저·김약채·윤자당에게는 단·견 각각 1필씩을 하사했다. 조진은 이 상왕 책봉식에 삼사 우복야로 참석했다.

그런데 태종 원년1401년 2월 2일신묘에 사헌부의 상소로 상왕의 옛 신하 26인이 외방으로 안치되었는데, 정남진과 조진의 이름도 그 속에 들어 있다. 상왕의 옛 신하로서 '대체大體에 어두워 사사로운 뜻을 많이 따르고, 속으로 불만을 품어서 없는 말을 만들어 이간했다.'라는 죄목이었다. 사헌부는 "상왕 전하께서 깊이 사직의 장구한 계책을 생각하셔서 공이 많고 어진 전하를 세자로 삼아 국본國本을 정하시고, 본래 작은 병이 있어 만기萬機(정사政事)의 수고로움을 싫어하셔서 드디어 전하게 선위禪位하셨다. 전하께서 두세 번 사양하시다가 천명과 민심을 어길 수 없어 왕위를 이어받으셨다.”라고 전제하고, 상왕의 옛 신하들이 불만을 품어 없는 말을 만들어 이간함으로써 천지의 변괴가 일어나기까지 한다고 했다. 그래서 그들의 직첩을 거두고 먼 지방에 귀양 보내어 혼란의 싹을 막아야 한다고 주장한 것이다. 태종은 정남진·조진·노필·지청·이지실 등은 다시 거론하지 말고, 그 나머지는 자원해서 안치하게 했다. 이어서 태종은 정남진을 판원주목사사, 조진을 진양대도호부사, 노필을 해주목사, 이지실을 남포진병마사로 삼았다.

조선의 제2대 임금인 정종은 재위 기간이 짧았다. 또, 실권은 정안대군靖安大君 이방원에게 있었다. 1400년 11월에 정종은 마침내 정안대군에게 양위하고 상왕으로 물러났다.

재위 기간 동안 정종은 왕권을 강화하기 위해 몇몇 시도를 했다. 즉위년인 1398년에 정종은 조정신료들이 세력가에 들러붙는 것을 막기 위해 분경奔競금지법을 제정했으며, 족친 및 권력가의 사병을 혁파하고 병권을 의흥삼군부로 집중시켰다. 1399년 3월에는 집현전을 설치하여 서적의 수장과 경전의 강론을 담당하게 하고, 5월에는 태조 때 조준 등이 편찬한 《향약집성방》《향약제생집성방》을 강원도에서 간행하게 했다. 1400년 6월에는 노비변정도감을 다시 설치하여 노비에 관한 쟁송爭訟을 관할하게 했다. 다만 이 정책들은 대개 정안대군이 계획하고 추진한 것들이라고 한다.

정종은 격구를 즐기는 등 정무와 관계없는 활동에 마음을 두었다. 정종 원년1399년 1월 19일경인의 《실록》 기록을 보면, 경연에서 《논어》의 절요節要를 읽은 후 조박趙璞이 이렇게 아뢰었다.

《논어》 한 책은 모두 성인의 말입니다. 전하께서 날마다 숙독熟讀 완미玩味하여 성인을 본받으시면 천하를 다스리는 것도 어렵지 않사온데, 하물며 한 나라이겠습니까? 옛날에 송나라 정승 조보趙普가 평일에 읽던 글이 오직 한 질뿐이었는데, 죽은 뒤에야 사람들이 그 책이 《논어》인 것을 알았습니다. 근일에 전하께서 항상 격구로 낙을 삼고 계십니다. 인군은 하늘을 대신하여 만물을 다스려 가지는 것이 크므로, 경각 사이라도 게을리 하고 소홀히 할 수 없거든, 하물며 유희에 빠질 여유가 있겠습니까?

이해 여름에 정종은 병을 앓았으나, 건강이 회복된 뒤 8월 29일병인에 격구를 했다. 10월 13일기유에는 안개가 끼었지만 격구를 했다. 정종 2년1400년 10월 3일갑오에도 유운柳雲 등을 불러서 격구를 했다.

정종은 1400년 제2차 왕자의 난으로 이방원에게 양위한 뒤에는 상왕으로서 인덕궁에 거처하면서 격구·사냥·온천·연회를 더욱 즐겼다. 세종 원년1419년 9월에 승하한 그는, 12월에 온인공용 순효대왕溫仁恭勇 順孝大王의 시호를 받았다. 이듬해 4월에는 공정恭靖의 시호가 더해져 공정온인 순효대왕恭靖溫仁 順孝大王이라는 시호를 얻었다. 그 뒤 묘호 없이 오랫동안 공정대왕으로 불리다가, 숙종 7년1681년에 이르러 정종이라는 묘호를 받았다. 능호는 후릉厚陵으로, 풍덕에 있다.

역대 왕들은 기예나 무예에 뛰어난 사람에게 선물을 내리곤 했다. 세종이 재위한 지 26년1444년이 되던 해 윤7월 16일계사에 취라치 박불동에게 말을 하사한 게 좋은 사례다. 박불동은 당시 나이 80세에 가까우면서도 소라를 잘 불고 오랫동안 태종을 모셨으므로 말을 하사한 것이다. 취라치는 군대에서 나각을 불어 군사를 모으던 사람이다. 세조 원년1455년 12월 27일무진에 세조가 의정부에 전지하여 원종공신을 녹훈할 때, 박을동은 상호군으로서 원종 공신 1등에 녹훈되었다.

조선 초의 궁궐 안은 격구 소리로 떠들썩했다. 하지만 중기에는 여악의 소리와 문사들의 시 짓는 소리가 가득했다. 조선 후기에 정조는 문신들에게도 사예射藝를 익히도록 하여 궁중에 표적을 걸기도 했다. 그러나 조선 초의 격구와 같은 무예는 궁중에서 사라진 지 오래였다. 조선의 문치는 많은 것을 희생으로 삼아 그 전통을 형성한 것이다.

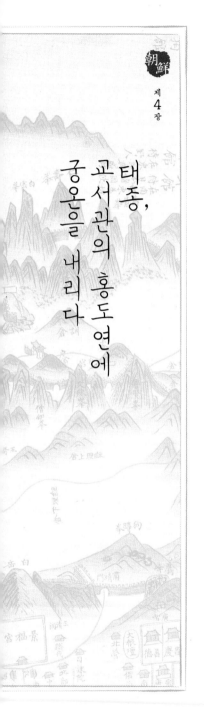

태종,
교서관의 홍도연에
궁온을 내리다

태종 이방원은 재위 2년째인 1402년 2월 28일신사에 교서관校書館의 홍도연紅桃宴에 궁온을 내렸다. 궁온이란 임금이 신하나 백성에게 내려주던 궁중의 술로, 내온內醞 혹은 선온宣醞이라고도 한다. 이 술은 사온서司醞署에서 빚었다.《태종실록》당일의 기록을 보면 이렇다.

대언代言 유기柳沂를 보내 궁온을 교서관의 홍도연에 내려 주었다. 예문관藝文館·성균관成均館·교서관校書館의 3관이 각각 상을 받은 물건으로 연회에 이름을 붙였는데, 예문관에서는 장미연薔薇宴이라 하고, 성균관에서는 벽송연碧松宴이라 하며, 교서관에서는 홍도연紅桃宴이라고 하여, 3년에 한 차례씩 돌아가며 모여 술을 마셨다. 임금이 문인아사文人雅士를 중히 여긴 까닭에 궁온을 내려주어 자리를 빛내어 준 것이다.

교서관은 국가의 제사에 사용하는 축문 등을 짓던 기관이었다. 뒤에는 주자소鑄字所의 목판을 관리해서 국가가 간행한 서적을 인쇄하기도 했다. 예문관은 임금의 말이나 명령을 대신하여 지었다. 성균관은 국가에서 유학 교육을 실시하는 중심기관이다.

조선 초에는 예문관·성균관·교서관을 '삼관'이라 불렀는데, 이 셋은 모두 예조에 속했다.

조선 중기에는 승문원·성균관·교서관을 삼관이라 했다. 과거 시험의 대과大科였던 문과를 치르고 방방을 하면, 급제자에 대해 박사 세 사람이 채점을 하여, 3점을 맞은 사람은 승문원, 2점은 성균관, 1점은 교서관에 보냈다. 그러면 이를 다시 승문원 도제조가 검토해서 수정한 다음 이조에서 계품하여 삼관에 소속시켰다. 문과에 급제한 사람들을 승문원·성균관·교서관의 삼관에 분속시켜 권지權知라는 임시 직함을 붙여 실무를 익히게 하는 것을 분관分館이라고 했다.

또 예문관을 홍문관이라 했는데, 문치국가가 되면서 그 중요성이 더욱 커졌다. 그래서 홍문관·승문원·교서관을 삼관이라 하게 되었다. 성균관이 삼관에서 제외된 것이다. 성균관은 과거에 급제하지 않은 사람을 교육시키는 것이 주된 업무였으므로 성균관을 삼관의 하나로 꼽기는 어려웠을 것이다.

이렇게 삼관의 지칭은 시기에 따라 달라졌으나, 교서관은 반드시 그 삼관에 들어 있었다. 교서관은 서책을 관장하게 되면서, 한나라의 천록각과 당나라의 비서감에 해당한다고 간주되었다. 단, 중국에서는 천록각이나 비서감을 삼관의 하나로 꼽지는 않은 듯하다. 이를테면 한나라 무제 때의 삼관은 공손홍公孫弘이 인재를 기르기 위해 세운 흠현관欽賢館·교재관翹材館·접사관接士館을 말하고, 당나라 때의 삼관은 홍문관·집현관·사관을 말한다. 따라서 조선이 교서관을 천록각이나 비서감에 견준 것은 기능과 직역 때문에 그런 것이다.

조선 초에는 승문원 관할의 주자소가 별도로 있었으므로 교서관에서 직접 책을 인쇄하지는 않았다. 오히려 교서관은 국가의 전례에서 사용하는 축문을 짓고 인장印章이나 비문의 전서篆書를 쓰는 일을 했다. 전서는 한자 글자체의 하나로 진나라 때 통용되던 것인데, 말하자면 옛날 도장에 새기던 것과 같은 구불구불한 필획으로 되어 있다. 다만 교서관의 관원 가운데는 전서에 능한 사람이 그리 많지 않았다. 세종 19년1437년 8월 12일기사, 예조는 인장의 전자篆字와 비갈碑碣·액전額篆을 쓰는 인물을 교서관에서 양성하거나, 양관예문관과 성균관과 승문원의 참외관으로서 전서에 능한 사람을 겸관으로 받아들이게 하라고 건의했다. 세종 때부터 교서관은 주자소에 있던 목판을 관리하는 일을 겸했다. 세종 22년1422년 2월 12일을유에는 의정부가 이조의 첩정보고서에 의하여 아뢰기를, 교서관이 여러 서적의 판版과 활자를 전담하고 있어 서적인쇄의 사무가 많건만 참상관參上官 1인만 있으므로, 제거提擧와 별좌別坐 두 사람을 두되, 3품 이하 6품 이상으로 충차充差·충원하게 해달라고 청했다. 이 무렵부터 교서관은 주자소의 기능을 떠맡게 된 것이다.

교서관은 고려 태조 때의 내서성, 고려 성종 때의 비서성에서 기원한다. 조선 시대에 들어와 태조는 교서감이라 고치고 서열을 12시寺의 위에 두었다. 그 뒤 태종은 원년1401년 7월 13일경자에 관제를 개편하면서 교서감의 이름을 교서관이라 고치고, 소감少監 이상의 관원을 혁파하고, 종5품 교리校理 하나, 종6품 부교리 하나를 두고, 참외參外는 전과 같이 했다. 곧 고위직을 폐지하고 실무관료인 교리를 하나 더 둔 것이다. 이후 세조는 삼관의 법을 혁파하여 관을 고쳐 서署로 삼고 종 5품 아문에 늘어놓았다. 그런데 성종 14년1483년 12월에 전교서 박사 고언겸高彦謙은 교서감을 3품 아문으로 올리고 그 이름을 다시 교서관으로 고쳐야 한다고 상소했다. 성종은 그 건의를 따랐다.

삼관은 문과 급제자들을 특별히 배정하는 영예로운 관서였다. 태종 7년1407년 3월 24일무인에 권근이 권학에 대해 아뢴 상서를 보면 그 사실을 짐작할 수 있다.

삼관의 여러 인원은 유학 제조儒學提調로 하여금 매월 한 번씩 그들이 읽은 경전과 역사서의 여러 글들을 살펴서 그 이름을 기록해 장부에 적어 두게 하고, 연말에 질秩이 차서 옮기게 될 때 그들이 얼마나 경서를 읽었는지 아울러 써서, 상등인 자는 청요淸要한 벼슬에 두고 중등인 자는 전례에 따라 천질遷秩시키며 하등인 자는 외임으로 서용하소서.

다만 조선 초에는 삼관을 거쳐도 승진이 늦었다. 대개 자子·오午·묘卯·유酉년의 식년에 33인을 취해, 이들을 삼관의 권지로 삼아 6, 7년이 지나야 비로소 9품을 제수하고, 다시 성균관에서는 8년, 예문관·교서관에서는 4년이 지나야 6품으로 승진시켰다. 이에 태종 10년1410년 10월 29일임술에 사간원은 시무 7개 조목을 건의하면서, 삼관의 거관去官 : 승진을 1년에 두 번으로 해달라고 요청했다.

삼관의 명부를 홍지紅紙라 하고, 삼관에서 여는 연회를 문주회文酒會라고 했다.

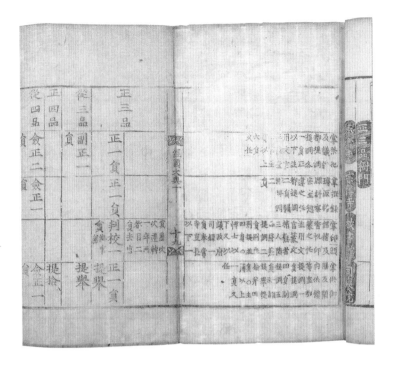

│ 경국대전 교서관 부분

1603년에 간행된 《경국대전》의 교서관 부분. 서울역사박물관 소장.

교서관은 태조 원년(1392년)에 경적(經籍)의 인쇄와 제사 때 쓰이는 향과 축문·인신(印信) 등을 관장하기 위해 설치한 관서로, 일명 교서감(校書監) 또는 운각(芸閣)이라고도 한다. 세조 때 전교서(典校署)로 개칭되었다가 성종 15년(1484년)에 교서관으로 환원되었다. 《경국대전》에 따르면 관원은 모두 문관을 쓰며, 전자(篆字)에 익숙한 자 3인은 그 품계에 따라 겸임시켰다. 판교(判校) 1인은 타관이 겸했고, 교리(校理) 1인, 별좌(別坐) 2인, 별제(別提) 2인, 박사(博士) 2인, 저작(著作) 2인, 정자(正字) 2인, 부정자(副正字) 2인의 관원과 사준(司準) 10인 등의 잡직과 서리(書吏)·전령(傳令) 등 20여 명이 있었다. 교서관은 정조 원년(1777년)에 규장각에 편입되어, 규장각을 내각(內閣)이라 하고 교서관을 외각(外閣)이라 했다.

서거정의 《필원잡기》에 이런 말이 있다.

사문斯文의 옛 풍습에 문주회가 있으면 삼관의 관원들이 큰 술잔을 잡고 술을 가득히 따르며 선생이라 호칭했다. 고관으로부터 낮은 관직에 이르기까지 모두 그렇게 했다. 그 모임에 참여하면, 비록 현달한 관원이나 귀인이라 할지라도 만약 홍지紅紙·홍패 위에 이름을 올리지 못했으면 선생이라 부르지 않고 대인大人이라 불렀다. 이 풍습은 고려에서 비롯되었다. 지금도 혹 홍지에 이름을 올리지 못한 자가 있으면 일부러 문주회를 피하니, 이는 대인이란 소리가 듣기 싫어 그러는 것이다.

삼관의 구성원들은 자부심이 큰 만큼 선배와 후배의 위계를 엄격하게 따졌다. 심지어 먼저 급제해서 분관되어 있던 사람들은 신참자들의 교만한 기세를 꺾는다면서 신참들을 가혹하게 다루었다. 이 가혹 행위는 예문관이 가장 심했다. 성현의 《용재총화》에는 신참의 연회에 대한 이야기가 자세하게 나온다.

예문관원이 처음으로 관직을 배수하여 연석을 베푸는 것을 허참許參이라 하고, 50일이 지나 연석을 베푸는 것을 면신免新이라 하며, 그 중간에 연석을 베푸는 것을 중일연中日宴이라 했다. 연석을 열 때는 새로 들어온 사람에게 성찬을 마련하게 하는데, 혹은 그 집에서 하기도 하고 혹은 다른 곳에서 하기도 하되, 반드시 어두워진 뒤에야 모였다. 춘추관과 그 외의 여러 겸관까지 청하여 으레 연석을 베풀고, 밤중에 이르러 손님들이 흩어져 가면 유밀과를 차린 성찬을 마련하여 다시 선생을 맞이했다. 이때 상관장上官長은 옆으로 약간 비껴 앉고, 봉교 이하는 모든 선생과 더불어 사이사이에 끼어 앉았으며 사람마다 기생 하나를 끼었다. 상관장은 기생 두 명을 끼고 앉으니, 이를 좌우보처左右補處라 했다. 아래로부터 위로 각각 차례로 잔에 술을 부어 돌리고 순서대로 일어나 춤을 추었는데, 혼자 추게 되면 벌주를 먹였다. 새벽이 되어야 상관장은 자리에서 일어났다. 이때 모든 사람이 박수치고 춤추며 〈한림별곡〉을 불렀다. 그렇게 시끄럽게 놀다가 날이 새면 헤어졌다고 한다.

학문과 문학으로 과거에 합격한 사람들이 맡는 관직을 문임文任이라 한다. 그런데 조선시대는 문치를 중시해서, 후기에 갈수록 문임의 위세가 높았다. 조선 후기의 최한기崔漢綺는 문文의 재능으로 관리를 선발해 오던 관행을 비판했다.

당·송 이래 조정의 관직과 작위는 문임을 청요직淸要職으로 간주했으므로, 삼관이니 태학사니 하는 명칭을 두어 그 선발과 임무를 존중하고 문치를 숭상했다. 무릇

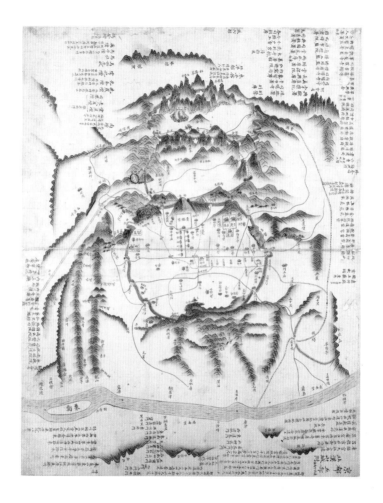

《해동지도》 경도(京都) 부분

1760년대에 제작된 채색필사본. 서울대학교 규장각한국학연구원 소장.

이 지도집은 조선전도, 팔도도별지도, 전국 군현지도뿐만 아니라 〈천하도〉, 〈중국십삼성도(中國十三省圖)〉, 〈황성도〉, 〈북경궁궐도〉, 〈왜국지도〉, 〈유구지도〉, 〈요계관방도(遼薊關防圖)〉, 〈서북피아양계전도〉 등을 실은 관찬 지도집이다. 경도 부분 지도의 왼쪽 위에는 외각사(外各司)를 나열했는데, 그 속에 교서관의 이름이 들어 있다.

치治는 바탕이고 문文은 형식이거늘, 이대로 오래 유행하게 되면 마침내 형식만 성행하고 바탕은 없어지게 된다. 그 병폐를 구제하려면, 치체治體를 중히 여겨 사람을 선발할 때 반드시 치체로 기준을 삼고 사람에게 벼슬을 줄 때 마땅히 치체로 존비를 정해야 한다. 그러므로 차라리 치治가 넉넉하고 문文이 부족할지언정 치가 부족하고 문이 넉넉해서는 안 된다. 후세에는 문이 폐단이 되어, 시詩·부賦·사詞·곡曲에서 아름다운 것을 다투고 능한 것을 자랑하게 되었다. 심지어 그 폐단이 조령詔令과 장주章奏에까지 젖어들어, 글의 주제는 창달하지 못하여도 수식만으로 글을 늘어놓고 글의 의리는 힘이 없어도 연혁만으로 미봉했다. 그러다가 그런 투식이 유행하여 전례로 굳어지면 그 격식을 다시 바꾸게 된다. 이렇게 두세 번 바꾸는 사이에 치治와의 거리는 더욱 멀어져, 이름만 내세우다가 실제를 상실하고 그림자만 희롱하다가 형체를 잃게 되었다. 이것을 정상으로 돌리려면 선발 방식을 규정해야 한다. 치체에 뜻이 있는 자는 그 문文이 치체를 따라 구체적 사실을 밝히고, 치체를 보지 못하는 자는 유행하는 글 쪼가리만 주워 모아 기량을 과시한다. 그러므로 그 문을 보면 그 사람의 실력을 알 수 있고, 그 사람의 실력을 알면 선발에서 어떤 사람을 뽑을지 정할 수 있다.

최한기는 문을 지나치게 중시하다가 관리들이 공용문을 지을 때 정치 이념이나 실제 방안은 하나도 없이 글만 꾸미는 것을 개탄했다. 하지만 그도 문장이 그 사람의 실력과 내실을 그대로 담는다고 보았으므로, 문장 이외의 다른 것으로 인재를 뽑아야 한다고 주장하지는 않았다. 문장을 잘 평가해서 바른 정치에 뜻을 둔 사람을 가려서 뽑으라고 했다. 조선은 이미 문치의 길로 나아갔기에, 시험 과목에서 문장을 배제하기란 불가능했다.

조선의 제3대 국왕 이방원의 묘호는 태종이다. 태종은 함흥부 후주厚州에서 신의왕후 한씨에게서 태어났다. 1400년 11월에 정종으로부터 선양을 받고, 다음해 명나라 건문제의 고명을 받았다. 재위 5년1405년에는 개경에서 다시 한양으로 천도했다. 재위 18년1418년 6월에는 세자 제禔가 패덕하다 하여 폐한 뒤 양녕대군으로 삼고, 충녕대군이 총명하고 효성스러우며 학문을 게을리 하지 않는다고 하여 그를 세자로 책봉했다. 그리고 그해 8월에 선위했다. 세종 4년1422년 5월병인, 56세로 서거했으니, 왕으로 지낸 기간은 19년이었다.

태종은 아버지 이성계를 도와 조선을 건국하고 제1차, 제2차 왕자의 난을 겪으면서 참으로 많은 사람을 죽여야 했다. 그렇다 하더라도, 고려 말 민심이 귀속할 곳을 살펴 새 왕조의 장구한 기초를 열었던 것은 바로 그였다. 그래서인지, 시호는 성덕신공문무광효聖德神功文武光孝이다. 시호만 보면, 덕이 높고 공이 많으며 학문이나 무예가 모두 출중해서 국가를 빛내고 효성이 극진했던 왕을 떠올리게 된다.

태종은 문치의 기반을 마련하고자, 금속활자를 이용해서 책을 인쇄하는 데 관심을 기울였다. 중국에서 들여온 많은 종류의 책을 찍어내려면, 나무판에 새기는 목판 인쇄보다도 활자를 만들어서 조합해 사용하는 활자 인쇄가 더 쉬웠다. 인쇄할 때 경서는 300부내지 500부를 찍었으나, 그 밖의 책들은 200부 이하로 찍었다. 그렇다 보니 활자 인쇄가 훨씬 효과적이었다. 이런 이유로 태종 이후 조선의 역대 왕들은 아름답고 보기 좋은 활자를 만들기 위해 공을 들였다. 그 단초가 태종이 재위 3년1403년의 계미년에 만든 활자다. 이를 계미자라 한다. 계미자로 인쇄한 서적의 뒤에는 권근權近의 주자발鑄字跋이 있다. 태종을 이은 세종은 즉위 이듬해1420년에 계미자를 녹여 새로운 작은 활자인 경자자를 만들게 했다. 이 경자자는 세종 3년1421년 3월 24일에 완성되었다.

한편, 조선의 왕들은 문무 신하들에게 수시로 궁온을 내렸다. 학문과 문장을 주관하는 기관에도 자주 내렸다. 《조선왕조실록》을 보면 국왕이 궁온 혹은 선온을 하사했다는 기사가 대단히 많다.

이를테면 태종 3년1403년 8월 21일병인에는 영의정부사 조준趙浚이 삼방三榜의 문생들에게 잔치를 베풀자, 조준에게 궁온 30병을 하사했다. 또 태종 8년1408년에는 전라도에서 왜적을 무찌른 무신 박자안朴子安에게 궁온을 하사했다. 박자안은 이미 고려 창왕 원년1389년 2월에 원수로서 경상도원수 박위朴葳 등과 함께 대마도를 정벌한 인물로, 조선에 들어와 절제사와 도총제의 직을 거쳤다. 이 태종 8년에는 삼도도체찰사로서 조전절제사助戰節制使 심귀령沈龜齡과 함께 전라도에서 왜적을 무찌른 것이다.

국왕이 궁온을 내리는 일은 조선 후기에도 잦았다. 이를테면 영조 19년1743년 7월 6일병술에는 심양 문안사瀋陽問安使 우의정 조현명趙顯命과 서장관 김상적金尙迪이 하직 인사를 올리자, 왕이 선온을 내린 다음 떠나보냈다.

국왕이 연회를 베풀어 즐기게 하는 것을 수운需雲의 은혜라고 한다. 수운의 은혜란《주역》수괘需卦의 뜻과 관계가 있다. 수괘需卦 상사象辭에 다음과 같이 기록되어 있다.

구름이 하늘로 올라가는 것이 수괘다. 군자는 이 상을 보고서, 마시고 먹으며 잔치하고 즐거워한다.

雲上於天, 需. 君子, 以, 飮食宴樂.

또 한나라 때 초원왕楚元王은 어진 인물인 목생穆生과 백생白生과 신공申公을 초치하여 중대부로 삼았는데, 목생이 술을 좋아하지 않자 연회 때마다 그를 위해 특별히 단술을 빚어 대접했다. 이 고사를 본떠 중국의 천자나 우리나라 국왕은 신하들에게 양조한 술 대신 단술을 대접하기도 했다.

중국에서는 신하들에게 차를 하사한 일도 많았다. 특히 한림학사 등 관각館閣의 신하에게는 강독이 끝난 뒤 소찬素饌을 대접하고 황제가 선물로 차를 하사했다는 고사가 있다. 우리나라에서는 차를 하사한 기록이 보이지 않는다.

조선의 조정은 3월 상사일과 9월 중양절마다, 보제루普濟樓에서 기로연耆老宴을 베풀고 훈련원訓鍊院에서 기영회耆英會를 베풀어 주악酒樂을 하사했다. 기로연에는 전직 당상관이 참례하고, 기영회에는 70세가 된 2품 이상의 종재宗宰와 정1품 이상 및 경연청 당상관이 참례했다. 예조판서는 연회를 관리하고, 승지도 명을 받들어 연회에 갔다. 편을 나누어 투호投壺하여 이기지 못한 자는 술잔을 가져다가 이긴 사람에게 주고 읍揖하고 서서 마셨다. 악장樂章을 연주하고 술을 권했으며 취한 다음에야 끝냈다.

한편 조선 전기에는 특수한 책을 편찬하기 위해 임시로 교정청校正廳을 설치하고, 국왕이 각별한 관심을 보여 이 교정청에 궁온선온을 내리기도 했다.

교정청은 성종 원년1470년에 《경국대전》을 최종 검토하기 위해 처음 설치했었다. 교정관으로는 정창손·신숙주·한명회·구치관·최항 등을 임명했다. 이듬해에 《경국대전》 초간본을 반포했다. 성종 5년1474년 130개 조를 수정·보완하여 재판본을 간행했고, 성종 16년1485년에 완결판을 간행했다. 이것이 현재 전하는《경국대전》이다.

선조 때는 경서의 언해 구결을 확정해서 이른바 언해본을 간행하기 위해 교정청을 설치했다. 특히 임진왜란 뒤에는 《주역언해》를 편찬하는 교정청을 설치하고, 수시로 궁온을 하사했다. 처음에 이 언해 작업에 참여했던 최립崔岦이 교정청에 술을 하사한 데 대해 감사드린 전문箋文이 남아 있다. 〈교정청선온사전校正廳宣醞謝箋〉이다.

태종은 여러 번의 살육을 저질렀지만, 국가의 장래를 관료제와 문치에 두어, 관료와 문임을 우대하는 적절한 방법을 고전에서 찾아서 시행했다. 그 가장 중요한 시책이 바로 삼관의 문사들을 장려한 일이다. 재위 2년 2월에 교서관의 홍도연에 하사한 궁온은 문임들에 대한 예우를 표시한 상징적 선물이었던 것이다.

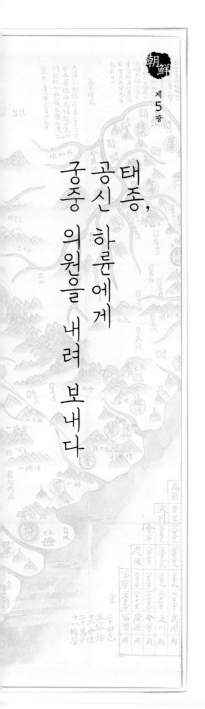

태종 16년1416년 10월 23일신사에 진산부원군 하륜河崙은 국왕에게 사은소謝恩疏를 올렸다. 하륜은 '하윤'으로도 부른다. 사은소란 국왕이 성은을 베푼 것에 대해 감사하여 올리는 글이다. 하륜이 이날 올린 사은소는 태종이 내의 이헌李軒을 보내 준 것을 감사하는 내용이다.

하륜이 후하게 성은을 입어 길에서는 병이 없었으나, 이달 12일에 예원군에 이르러 처음으로 턱 위 오른쪽에 종기가 난 것을 알았습니다. 13일 정평부에 이르러 이틀을 머물면서 질침蛭鍼 100여 매를 쓰고, 16일 함흥부에 이르러 정릉定陵·화릉和陵을 알현하고 이틀을 머물면서 또 질침 100여 매를 썼습니다. 그런데 19일에 도로 정평으로 되돌아가서 삼가 상은上恩을 입어, 특별히 내신을 보내고 내온宮醞을 주시니, 신이 병중에 삼가 수령하고 감격했습니다. 22일에 또 내의를 보내어 병을 묻고 진료하게 하셨습니다. 신이 쇠하고 늙은 가운데에 요행히 사명使命을 받았으므로 병 없이 빨리 돌아가서 성려聖慮를 번거롭게 하지 않기를 바랐더니, 지금 종기의 형세가 점점 넓어지고 아파서 베개에 엎드려 신음하는 차에 내의가 왕명을 받들어 와서 치료하여 주니, 신이 감격하여 목이 메어 말을 다하지 못하겠습니다.

하륜은 두 번의 사은소를 더 올려, 질침蛭鍼이 아니라 인침人鍼을 쓰게 해 달라고 청했다. 질침은 거머리를 이용해서 나쁜 피를 빨아들이는 방식을 말하는 듯하다. 인침은 의원이 침을 놓는 방식이다.

조선 왕실은 내의를 두고 국왕의 병을 수시로 검진했

다. 단종 즉위년인 1452년 5월 25일정사에는 행 부사정行副司正 임원준任元濬이 의학의 편의便宜를 조목조목 진달했는데, 이 임원준은 조선 전기 내의의 대표적인 인물이다. 그가 진달한 조목은 이렇다.

하나. 두세 문신으로 하여금 의학의 가르침을 나누어 맡게 하되 영민한 무리들을 택하여 방서와 경문을 읽게 하고, 또 내의 등으로 하여금 읽게 하여 사맹월四孟月·음력 1, 4, 7, 10월에 재주를 시험하여 승진과 퇴출에 증거로 삼으소서.

하나. 여러 도의 좌우 계수관界首官·서울에서 각 도에 가는 연변 고을이나 도계의 수령이 의국을 설치하여 약을 제조하여서 팔게 하소서.

하나. 중국 약을 덜 쓰고 새로 향약鄕藥을 써서 혜택을 베푸소서.

하나. 다시 침구鍼灸 전문의 법을 세워서 항상 익히게 하여 침과 약을 아울러 쓰소서.

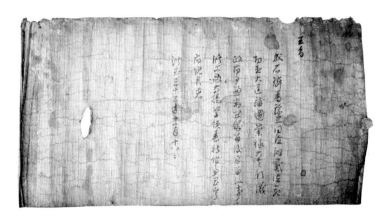

태종의 〈성석린 고신 왕지(成石璘告身王旨)〉

전라북도 진안군 소장. 한국학중앙연구원 사진 제공.

태종 2년 성석린을 영의정부사겸판개성유후사사(領議政府使兼判開城留後司事)로 임명하면서 내린 사령장

태종 2년(1402년) 11월 17일에 창녕부원군 성석린에게 보직을 주면서 내린 왕지이다. 원문은 '성석린위수충동덕익대좌명공신대광보국숭록대부영의정부사겸판개성유후사유후사수문전대제학영춘추관사창녕부원군자(成石璘爲輸忠同德翊戴佐明功臣大匡輔國崇祿大夫領議政府使兼判開城留後司事修文殿大提學領春秋館事昌寧府院君者) 홍무삼십오년십일월십팔일(洪武三十五年十一月十八日)'이라고 적혀 있고, '조선국왕지인'이라는 옥새가 찍혀 있다. 그런데 명나라 연호 홍무는 1398년에 31년으로 끝나고, 1399년부터 1402년까지는 건문(建文) 연호가 사용되었다. 당시 조선에서는 명나라 연호가 바뀐 것을 모르고 홍무 35년이라고 잘못 적었다.

성석린(1338~1423년)은 이성계의 역성혁명에 참여해 단성보절찬화공신(端誠保節贊化功臣)의 녹권(錄券)을 받았고 창성군충의군(昌成郡忠義君)에 봉해졌다. 태조가 즉위한 뒤, 그는 익대공신(翊戴功臣)의 녹권을 받고 문하우정승(門下右政丞)에 올랐다가 곧 좌정승이 되었다. 태종이 즉위해 좌명공신(佐命功臣)이 되고 창녕부원군(昌寧府院君)에 봉해졌으며, 우의정과 좌의정을 거쳐 영의정에 올랐다.

하륜은 처음에는 조선 개국에 반대했으나, 역성혁명이 이루어진 뒤 새 조정에 참여했으며, 무인난 때는 이방원과 힘을 모아 정도전을 제거했다. 비록 사람들로부터 정도전과 같은 인물이라고 비난을 받기도 했지만, 그는 국왕의 권력을 더욱 강화해야 한다고 생각했던 점에서 정도전과 달랐다고 한다.

하륜은 태종 16년1416년 봄에 70세가 되자 치사致仕·벼슬을 내놓음하고, 진산부원군이 되었다. 12월에는 제산릉고증사諸山陵考證使를 자청해서 함경도에 산재한 왕가 조상들의 능을 살폈다. 그러던 중 턱 위 오른쪽에 종기가 나서 정평에서 몸져눕고 말았다. 태종은 급히 내의를 보내 그의 병을 돌보게 했다. 또한 좌군도총제로 있던 하륜의 아들 하구河久가 아버지의 병을 구완하게 해달라고 청하자, 태종은 역마를 보내 주었다. 하지만 하륜의 종기는 온몸으로 번졌다. 내의 이헌이 질침을 사용했으나 차도가 없자 하륜은 인침을 쓰게 해달라고 상소했다. 태종은 다시 내의 양홍달楊弘達을 보내어 치료하게 하고, 또 하륜의 아들 하영河永도 보내어 구완하게 했다. 이때 하륜은 다음과 같은 감사의 상소를 올렸다.

이번 달 28일, 신의 아들 구久가 허락을 받고 질병을 위문하러 왔기에 놀랍고 기뻐함이 어떠했겠습니까. 29일에 삼가 상감의 은혜를 입고, 또 노련한 의원 양홍달을 보내셨습니다. 그가 와서 병을 다스리는 것은 상감께서 저의 완쾌되지 못한 병을 고쳐 주시려 하신 것이겠지요. 게다가 신의 아들 영永으로 하여금 와서 문병하게 하니, 상감의 은혜를 입어 감격하는 마음을 어찌 말로 다 표현할 수 있겠습니까. 생각건대 내의 두 사람이 차례로 왔으나 둘 다 머물게 할 수는 없을 듯합니다. 더구나 이헌은 이미 이레가 지났습니다. 그의 치료와 증험 기술은 신이 데리고 온 방민方敏과 함길도 교유 한보지韓補之가 전수 받아 대강 얻어 알게 되었기에, 아들 구久와 함께 되돌려 보냅니다. 신은 노쇠하고 병든 중에 삼가 상감의 은혜를 거듭 자주 입었으므로, 가까스로 살아나갈 뜻을 지니게 됩니다. 엎드려 바라건대, 상감께서는 자혜를 베푸시고 어여삐 여기소서.

《해동여지도(海東輿地圖)》 함경도 부분

조선 후기 채색 필사본. 3책 244장. 국립중앙도서관 소장.

지도책은 1776년에서 1787년 사이에 제작된 것으로 추정된다. 모든 군현에 동일하게 20리 방안을 적용하여 사용하기 쉽도록 재편집했다. 함경도 지도는 함경도에 24읍 즉 24부(府), 3찰방(察訪), 12첨사(僉使), 20만호(萬戶), 18권관(權官)을 두었다는 사실을 밝혀 두었다. 지도의 오른쪽에는 함흥에서부터 함경도 각 부 및 서울까지의 거리를 피라미드식으로 기록했다. 슬해(瑟海) 아래, 경흥 앞바다의 녹둔(鹿屯)도를 우리 영토로 명시했다.

하륜은 좀처럼 차도가 없어, 결국 죽고 말았다. 그의 부인 이씨는 사람을 시켜 승정원에 나와 "가옹가장·남편이 왕명을 받들어 외방에서 죽었으니, 원컨대 시체를 서울 집에 들여와 빈소를 마련하게 하소서."라고 청했다. 예조에서 "사명을 받들고 죽으면 대부·사는 마땅히 집에 돌아와 염하고 초빈草殯하여야 합니다."라고 하니, 태종은 그대로 따랐다. 사명을 받들어 외방에 나갔던 사대부가 불의의 일을 당했을 때 시신을 집으로 모셔와 염습하고 초빈하는 관습이 이때 이후 정착되었다.

하륜의 묘는 경남 진주시 미천면 오방리에 있으며, 재실을 오방재梧坊齋라고 한다.

역대의 군왕은 병든 신하에게 탕약을 하사하는 일이 많았다. 세종이 김흔金訢에게 탕약인 강활유풍탕을 내린 것은 그 일례다. 김흔은 〈사 사강활유풍탕 전謝賜羌活愈風湯箋〉이란 글을 올려 사례했다. 또 신하의 병이 위중하면 국왕은 내의를 보내기도 했다. 하지만 하륜의 예처럼 두 번이나 내의를 내려 보낸 일은 거의 없는 듯하다. 그만큼 태종은 하륜을 애중했다.

하륜1347~1416년의 본관은 진주다. 순흥부사 하윤린河允燐과 모친 강씨姜氏 사이에서 태어났는데, 외조모는 좌승상을 지낸 차포온車蒲溫의 소생이었다고도 한다.

하륜은 19세 때인 공민왕 14년1365년에 문과에 합격했다. 좌주座主는 이인복李仁復과 이색李穡이었다. 이인복은 동생 이인미李仁美의 딸을 아내로 삼게 했는데, 이인복은 성리학의 원조였던 백이정과 권부의 문생이었다. 동생 이인임은 우왕 때 권세를 부리다가 추방되어 죽었으나, 이인복은 학문과 덕행으로 신흥사대부들의 존경을 받았다. 이방원의 장인 민제閔霽는 하륜보다 여덟 살 연상이었지만 하륜과 망년지교를 맺었다. 하지만 하륜은 이인임의 조카사위였다는 이유에서 이방원·정도전과는 거리를 가질 수밖에 없었다.

하륜의 정치적 행보는 여러 학자들이 언급했듯이 특히 정도전과 대비된다. 김구진 씨가 〈정도전과 하륜—숙명적 맞수〉라는 글에서 둘 사이의 대립관계를 명쾌하게 추적한 바 있다.

공민왕이 재위 23년1374년에 시해되자, 정도전은 이 사실을 명나라에 고할 것을 주장했다. 이듬해 북원의 사신이 고려로 오려 했을 때는 사신을 영접할 필요가 없다고 했다. 이 때문에 정도전은 이인임의 미움을 사서 전라도 나주로 유배되어 10년간 유배생활을 해야 했다. 이에 비해 사헌부 지평으로 있던 하륜은 북원 사신을 영접하자는 이인임의 주장에 찬성했다. 우왕 8년1382년에는 정3품 전리판서가 되었다. 우왕 11년1385년 이듬해 9월에 명나라가 공민왕의 시호와 우왕의 국왕 책봉을 인정하는 조서를 보내오자, 하륜은 사은사의 일원으로 명나라 수도로 갔다. 그러나 우왕 14년1388년에는 요동 정벌을 반대하다가 최영의 노여움을 사서 양주襄州로 유배를 갔다.

같은 해 창왕 원년1388년, 이성계는 위화도에서 회군하여, 정도전 등과 합세하여 이인임 세력을 몰아내고 실권을 장악했다. 하륜은 유배에서 풀려나 정계에 복귀했으나, 이방원과 정도전의 냉대를 받았다. 또 왕환王環이란 자가 일본에 포로로 잡혀갔다가 돌아와서 영흥군을 칭했는데, 하륜은 그가 영흥군이 아니라고 주장했다가 무고 혐의로 광주光州로 유배되었다. 공양왕 원년1389년 12월, 폐출되었던 우왕이 김저金佇에게 신세를 하소연한 것 때문에 옥사가 일어났다. 이 옥사는 이성계와 정도전 등이 이색과 이숭인을 제거하려고 일으킨 것이라고 한다. 하륜은 이색에게 연루되어 울주로 이배移配되었다.

이듬해 공양왕 2년1390년 5월에 윤이와 이초가 명나라로 도망하여, 이성계가 요동을 공격하려 한다고 무고했다. 이 일에 연류되어 하륜은 청주 감옥으로 이송되었다가, 물난리가 나는 바람에 고향 진주로 돌아갔다. 이듬해 정월, 정몽주의 건의로 사면되어 전라도 도관찰사에 제수되었다. 하지만 정도전이 이색을 우왕 복위운동의 혐의로 처벌해야 한다고 주장하자, 하륜은 정도전과 결별했다. 정도전은 정몽주 세력의 탄핵으로 봉화로 유배되었다가 다시 보주甫州 감옥에 갇혔다. 이 무렵 이방원이 수하들을 시켜 정몽주를 격살했다. 하륜이 전라도에서 개경으로 돌아왔을 때는 조선이 개국한 뒤였다. 얼마 지나지 않아 하륜은 새 왕조에 나아가 벼슬을 했다.

하륜은 재상의 직책과 권한에 대해 늘 깊이 생각했다. 〈의정부상규설議政府相規說〉에서는 전한의 곽광霍光에 대해, 임금을 속이고 나라를 어지럽힌 자라고 혹평했다. 사마광의 《자치통감》은 곽광이 한무제의 고명대신顧命大臣으로서 소제를 옹립했으므로 그 공덕이 지극히 컸다고 칭송한 바 있다. 그런데 곽광은 한나라 무제가 죽고 8세의 소제가 즉위하자 전권을 쥐었고, 소제가 21세로 죽은 뒤 창읍왕이 보위에 오르자 그를 방탕하다는 이유로 폐위시키고 선제를 옹립했다. 그러나 그가 병으로 죽자, 선제는 그에게 반란 획책의 죄목을 씌워 일족을 모두 죽였다. 하륜은 군주의 폐립을 멋대로 한 곽광을 비난했으니, 정도전 등을 실제 비난의 표적으로 삼은 듯하다.

하륜은 또 국왕을 대신하여 선비들을 시험하는 책문策問을 작성하여, "보상輔相의 직책은 정말로 어렵다. 그 직책을 다할 수 있는 방도는 어떤 도道인가?" 하고 물었다. 이렇게 볼 때 그가 늘 재상의 직분에 관해 성찰하고 있었음을 알 수 있다.

하륜은 태조 2년1393년 9월에 종2품인 경기좌도 도관찰사에 제수되었다. 이 무렵 태조가 도읍을 공주 계룡산 부근으로 옮기려 하자, 반대했다. 계룡산은 남쪽에 치우쳐 있는 데다가 동북쪽이 막혀 있어서 풍수지리상 좋지 못하다고 여겨, 무악 남쪽이 좋다고 건의했다. 정도전은 천도 자체가 시기상조라고 주장했다. 태조 3년1394년에 이성계가 하륜의 건의를 받아들여 무악 남쪽으로 도읍을 옮기려 하자, 정도전은 반대 상소를 올렸다. 이성계는 서운관원들에게 의견을 물었는데, 그들이 지금의 서울인 남경을 새 도읍지로 추천하자, 마침내 남경으로 도읍을 옮겼다.

하륜은 태조 3년1394년에 첨서중추원사가 되었으나 이듬해 부친상을 당하여 사직했다. 하지만 태조 5년1396년에 기복起復되어 예문춘추관 학사가 되었다. 이때 명나라 태조는 조선의 표문이 공손하지 못하다는 이유로 그 글을 지은 정도전을 입조시키라고 했다. 하륜은 정도전을 명나라로 보내야 한다고 주장했다. 그러나 정도전은 명나라에 들어가지 않고, 명나라를 공격할 계획을 세웠다. 하륜은 명나라에 들어가 일의 전말을 상세히 보고하여 납득을 시키고 돌아왔다. 그 직후, 계림부윤으로 좌천되었다. 명나라는 태조 6년1397년에도 정도전을 제거하라고 요구했는데, 정도전은 요동을 정벌할 기회라고 주장했다.

하륜은 다른 일에 연루되어 1397년 11월부터 수원부에 안치되어 있다가, 태조 7년1398년에 충청도 관찰사로 나갔다. 그 환송연에 이방원이 참석하자, 하륜은 '왕자의 일'이 위급하다고 알렸다. 《연려실기술》과 《대동야승》에 다음 기록이 있다.

하륜이 충청도 관찰사로 제수되자 정안군이방원이 그 집 잔치에 참석했다. 여러 손님들이 앞에 나아가 술을 부을 적에 일부러 취한 척하며 소반을 뒤엎어 정안군의 옷을 더럽혔다. 정안군은 크게 노해서 벌떡 일어나 밖으로 나갔다. 하륜은 "왕자께 사과해야겠다."고 한 뒤 급히 뒤를 따라 나섰다. 정안군이 앞으로 나아가면 하륜도 나아가고 정안군이 멈추면 하륜도 멈춰 섰다. 정안군이 그 이유를 묻자 하륜은 "왕자의 일이 위급합니다. 소반을 뒤집은 것은 죄다 뒤엎어지는 환란이 있을 것이므로 미리 알린 것입니다."라고 했다.

하륜은 정릉의 이안군移安軍을 인솔하고 돌아오는 이숙번을 이방원에게 소개시켜 주면서, 만일 일이 벌어지면 자신을 부르라고 당부했다. 단,《태종실록》에 따르면 하륜이 이방원의 잠저로 가서 이방원의 자문에 응해 왕자의 난에 미리 손을 써야 한다고 대답했다고 한다.

이듬해 태조 7년1398년 8월에 왕자의 난이 일어났다. 무신난, 곧 제1차 왕자의 난이다. 하륜은 말을 달려 서울로 와서 이방원이 거사한 정당성을 선전하면서 사람들을 모아 이방원을 지원했다. 마침내 이성계가 퇴위하고, 둘째아들 방과芳果가 즉위했으니, 곧 정종이다. 하륜은 정사공신 1등이 되고, 정당문학으로서 진산군에 봉해졌다. 그해 5월에 명나라 태조가 죽자 하륜은 진위 겸 진향사陳慰兼進香使로 명나라에 가서 정종의 왕위계승을 승인 받았다. 귀국 후 참찬문하부사, 찬성사, 판의흥삼군부사 겸 판상서사사, 문하우정승을 거쳐 진산백에 봉해졌다.

이듬해 정종 2년에 방간의 난제2차 왕자의 난이 일어나자 하륜은 이를 진압하고 바로 다음날 정종을 압박해서 이방원을 세자로 삼게 했다. 그리고 이방원이 즉위하자 좌명공신 1등이 되었다. 그 후 병으로 사직했다가 영삼사사로서 지공거가 되고 영사평부사 겸 판호조사에 이르렀다.

태종 2년1402년에 명나라 영락제成祖가 조카의 제위를 빼앗고 등극하자, 하륜은 의정부좌정승 판이조사로서 하등극사가 되어 연경에 갔다가, 명나라 황제의 고명誥命과 인신印信을 받아 왔다. 태종 5년1405년에는 좌정승 세자사世子師가 되고, 다음해에는 중시重試의 독권관이 되어 변계량 등 10인을 선발했다. 그런데 태종 6년1406년 여름에 종루와 시가에 익명서가 나붙어, 당시의 극심한 가뭄이 하륜의 탓이라고 비난했다. 윤7월 4일신유에 하륜이 사직하기를 청하자, 태종은 이렇게 답했다.

내가 책을 보니 기상이변이 일어난 것은 재상의 허물이 아니었다. 지금 비가 오지 않는 것은 죄가 실로 내게 있지, 어찌 정승과 관계가 있겠는가? 갑신년太宗 4년·1404년 여름에 경卿은 오래 가문다 하여 굳이 사임하기를 청했는데, 얼마 안 되어 다시 큰물이 지는 장마가 있었다. 그러니 오늘의 가뭄은 정승 때문이 아님이 분명하다. 남을 비방하는 유언비어를 나는 정말로 믿지 않거늘, 경은 어찌 혐의하는가?

하륜은 "정령政令은 먼저 정부에서 의논하는 것입니다. 신이 책임을 지지 않는다면 장차 누구에게 맡기시겠습니까?"라고 했다. 얼마 후 비가 내려 비방이 그쳤다.

하륜은 막강한 권력을 지녔던 도평의사사를 의정부로 고친 뒤 군사권을 분리시켰다. 또한 육조六曹를 격상시켜 의정부를 견제하게 했다. 그리고 군정軍政과 군령軍令을 일원화해서 왕권을 강화하고자 했다. 태종 14년1414년에는 6조 판서가 왕에게 직접 보고할 수 있도록 하는 육조직계제六曹直啓制를 채택하고, 명목만 남은 의정부를 아예 폐지해야 한다고 주장했다.

하륜이 국왕의 권력을 강화하기 위해 갖가지 시안을 마련하자, 조정 신료들은 불만이 많았다. 태종 11년1411년에는 대간이 나서서, 권근과 하륜이 이색·정몽주에 들러붙는 대불경죄大不敬罪를 저질렀다며 처단하라고 요구했다. 사망한 권근이 이색을 위해 썼던 행장과 그것을 근거로 하륜이 작성한 묘지명에 "공을 꺼리는 자들이 공을 무함해 죄를 씌워 극형을 가하고자 했다."라는 내용이 있었는데, 대간들은 그 문구가 태조 이성계를 비난한 것이라고 문제 삼은 것이다. 하륜은 네 번이나 상소를 올려, 공을 꺼리는 자란 정도전을 가리킨다고 변명했다. 태종이 이를 받아들이자, 정도전과 그 일파인 남은南誾을 처벌하지 않을 수 없게 되었다. 이로써 이미 죽은 정도전은 폐서인이 되고 그의 자손도 금고禁錮·관직임용을 금함에 처해졌다. 당시 동요童謠가 유행했는데 이런 내용이 있었다.

| 저 남산에 | 彼南山 |
| 가서 돌을 치니 | 往伐石 |

정釘이 남은 것이 없다.　　　　釘無餘

여기서 정이란 돌을 다듬는 연장이다.

동요의 '남'은 남은을 일컫고, '정'은 정도전을 일컫는다. 정釘은 정鄭과 음이 같고, '남을' 여餘의 글자 새김이 '남은'의 음과 같다. 따라서 이 동요는 정도전과 남은이 다 없어진다고 예견한 것이 된다. 혹은 정도전·남은의 죽음 이후에 그 사실을 애석해 한 것인지 모른다.

하륜은 태종의 신임을 바탕으로 정치와 경제를 개혁하려 했다. 둔전법과 연호미법煙戶米法을 시행하여 국가재정을 확충하고 군량을 조달코자 했고, 용산강에서 숭례문까지 조운에 필요한 운하를 팔 것을 건의했으며, 저화를 발행해서 유통시키자고 주장했다. 하지만 반대하는 여론이 들끓었다. 특히 그가 제안한 둔전법은 관가에서 봄에 호구마다 벼와 콩의 종자를 주고 가을에 그 곱절을 거두는 것이었으므로, 백성들은 세금을 더 내게 된다며 좋아하지 않았다. 신하들의 반대도 많아, 결국 둔전법의 실시는 연기되었다.

하륜은 《고려사》를 편찬하는 등 지난 왕조의 역사 가운데 조선 왕가와 관련된 사실을 고치는 일에 앞장섰다. 본래 《고려사》는 태조 때 정도전과 정총, 윤소종이 편찬한 적이 있지만, 우왕과 창왕 이후의 역사는 조선 왕가에 불리한 기사가 많았던 듯하다. 태종 14년1414년에 한상덕이 공민왕 이후의 기사가 모두 잘못되었다고 지적하자, 태종은 승문원에 명하여 정해년1407년 이후 《고려사》 개정과 관련해서 수교受敎한 조목을 차례대로 편찬하게 했다.

하륜은 태종 16년1416년 봄에 70세로 치사한 뒤 진산부원군이 되었고, 12월에는 제산릉고증사를 자청해 삭북朔北·함길도의 왕가 능침陵寢들을 돌보다가 병으로 죽었다.

부음이 이르자 태종은 대단히 슬퍼했다. 3일 동안 철조輟朝하고 7일 동안 소선素膳했으며 쌀·콩 각각 50석과 종이 200권을 치부致賻하여 예조좌랑 정인지鄭麟趾를 보내어 사제賜祭했다. 그 글은 이렇다.

원로대신은 인군의 고굉股肱이요, 나라의 주석柱石이다. 살아서는 종묘사직과 휴척休
戚을 함께 하고, 죽으면 국가가 은수恩數를 지극히 하는 것은 고금의 바뀌지 않는 전
례典禮다.

생각하면 경은 천지의 정기를 뭉치고 산악의 영靈을 내리받아, 고명하고 정대한 학문
으로 발휘하여 나라를 빛내는 웅대한 문장이 되었고, 충성스럽고 중주한 자질을 미
루어 나라를 경영하는 큰 모유謀猷가 되었다. 일찍 이부二府에 오르고 네 번 상상上相이
되어서, 잘 도모하고 능히 결단하여 계책에는 미진한 것이 없었다. 사직을 안정시키
고 천명을 도운 것은 공훈이 맹부盟府에 있으며, 한결같은 덕으로 하늘을 감동시켜
우리 국가를 보호하고 다스렸다. 근자에 고사에 근거해서 늙었다 하여 정사를 반환
하기에, 그 아량을 아름답게 여겨 억지로 그 청에 따랐다.

거듭 생각건대, 삭북朔北은 기업基業을 시초한 땅이고 조종祖宗의 능침이 있으므로 사신
을 보내어 두루 살펴보게 하려 했는데, 적합한 사람을 찾기가 실로 어려웠다. 경의
몸은 비록 쇠했으나, 왕실에 마음을 다하여 먼 길까지 근로하는 것을 꺼리지 않고
스스로 가고자 했다. 나 또한 능침이 중하기 때문에 경의 출행을 번거롭게 하지 않
을 수 없었다. 교외에 나가서 전송한 것이 평생의 영결이 될 줄을 어찌 뜻했겠는가?
슬프다! 삶이 죽음으로 바뀌는 것은 인도人道의 상리常理다. 경이 그 이치를 잘 알거늘
또 무엇을 한하겠는가! 다만 철인哲人의 죽음은 나라의 불행이다. 이후로 대사大事에
임하고 대의大疑를 결단하여 성색聲色을 동요하지 않고 국가를 반석의 편안한 데에 둘
사람으로 내가 누구를 바라겠는가? 이것이 내가 몹시 애석하여 마지않는 점이다. 특
별히 예관禮官을 보내어 영구 앞에 치제致祭하니, 영혼이 있으면 이 휼전恤典을 흠향하라.

《태종실록》의 태종 16년1416년 11월 6일계사에 진산부원군 하륜의 졸기가 매우
길게 실려 있다. 생몰과 사적에 대해 서술한 부분은 제외하고 인물에 대해 논평
한 부분만 보면 다음과 같다.

하륜은 천성적인 자질이 중후하며 온화하고 말수가 적어 평생에 빠른 말과 급한 빛

이 없었다. 조정에서 관복을 갖추어, 의심을 결단하고 계책을 정함에는 남이 헐뜯거나 칭송한다고 해도 조금도 마음을 움직이지 않았다. 정승이 되어서는 되도록 대체大體를 보존하고 아름다운 모책과 비밀의 의논을 통해 계옥啓沃·임금을 계발함한 것이 대단히 많았으나, 물러나서는 결코 남에게 누설하지 않았다.

자기 몸을 다잡고 타인을 접함에는 한결같이 성실하여 허위가 없었으며, 종족에게 어질게 하고 붕우에게 신실하게 했으며, 아래로 동복僮僕에 이르기까지 모두 은혜를 잊지 못했다. 인재를 천거하기를 항상 채 미치지 못하기라도 할 듯이 했으며, 조금만 착한 것이라도 반드시 취하고 작은 허물은 덮어 주었다. 집에 거처해서는 사치하고 화려한 것을 좋아하지 않고, 잔치하여 노는 것을 즐기지 않았다.

성격이 글 읽기를 좋아하여 손에서 책을 놓지 않고 유유하게 휘파람을 불고 시를 읊어서 자고 먹는 것도 잊었다. 음양·의술·성경星經·지리까지도 모두 지극히 정묘했다. 후생을 권면하여 의리를 의논해 정함에 있어서 대단히 부지런하여 권태를 잊었다. 국정을 맡은 이래로 오로지 문한文翰을 맡아서, 사대事大의 사명辭命과 문사의 저술이 반드시 그의 윤색潤色과 인가印可를 거친 뒤에야 정해졌다.

　

하륜을 비난하는 사람도 많았다. 인사청탁을 많이 받았고, 통진 고양포의 간척지 200여 섬 지기를 농장으로 착복했다고 하여 대간의 탄핵을 받기도 했다.

하지만 태종에게 하륜은 '대사에 임해 대의大疑를 결단하여 국가를 반석 위에 둘 사람'이었다. 고려 말부터 조선 초까지 이인임의 조카사위라는 이유로 정도전의 끊임없는 견제를 받다가 두 차례의 왕자의 난 때 이방원을 도와 정도전을 제거했다.

후대 사람들은 그를 한나라의 장양張良이요 송나라의 한기韓琦(자 치규稚圭)라 일컫기도 했다. 시호는 문충文忠이다. 시호를 내릴 때 국왕이 내린 명령서는 하륜의 문집 《호정집浩亭集》에 실려 전한다.

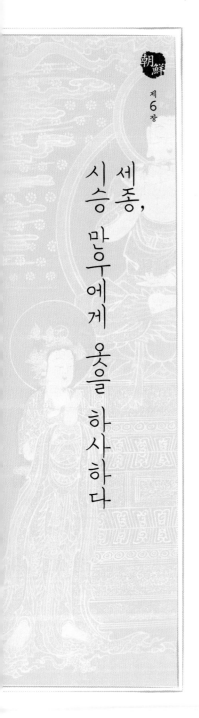

朝鮮

제6장

세종,
시승 만우에게 옷을 하사하다

세종은 재위 6년1424년에 불교 7개 종파 가운데 조계종·천태종·총남종을 합하여 선종으로 만들고, 화엄종·자은종·중신종·시흥종을 합하여 교종으로 만든 뒤, 이들에 소속된 전답과 승려를 관리하기 위해 선종도회소와 교종도회소를 지정했다. 선종도회소는 서울 성북구 정릉 동쪽에 있었던 흥천사興天寺에, 교종도회소는 서울 동대문 밖에 있던 흥덕사興德寺에 두었다.

그런데 세종은 재위 25년1443년 4월 27일임자에 회암사檜巖寺의 주지 만우卍雨·공민왕 6년(1357년) 생를 선종도회소인 흥천사로 부르고 옷을 하사하는 한편, 예빈시禮賓寺로 하여금 3품 관원의 녹봉祿俸을 주고는 두보杜甫 시에 관한 자문에 응하게 했다. 예빈시는 빈객의 연향燕享과 종실 및 재신宰臣들의 음식물 공급을 관장하는 관서다. 《세종실록》의 기록은 이렇다.

회암사 주지승 만우로 하여금 흥천사로 이주하도록 명하고, 이어서 의복을 하사한 뒤에 예빈시로 하여금 3품 관직에 해당하는 녹봉을 지급하도록 한 것이다.

《세종실록》의 사관은 이 기사에 이어 다음과 같은 평어를 붙여 두었다.

만우는 이색李穡과 이숭인李崇仁을 만나 시 논하는 것을 들은 적이 있어서 시학詩學을 조금 알았는데, 지금 두시杜詩를 주해注解하게 되어 의심나는 점을 물어보고자 한 것이다.

▌경복궁 사정전

경복궁 사정전(思政殿)은 왕이 신하들과 나랏일을 논의하던 편전(便殿)으로, 마루방이다. 세종 때 집현전 학사들이 왕명으로 《자치통감》의 훈의본(訓義本)을 편찬한 곳이다. 경복궁 창건 당시인 태조 4년(1395년)에 지었고 명종 8년(1553년)에 화재로 소실되었으나 다음해 재건했다. 임진왜란 때 소실된 후 고종 4년(1867년)에 근정전, 경회루, 수정전 등과 함께 중건했다. 근정전의 근정(勤政)은 《논어》에서 공자가 정치에 게 을리하지 말라고 가르쳤던 뜻을 이은 것이다. 사정(思政)은 정치를 생각한다는 뜻으로 결국 정치를 게을리하지 않는다는 뜻과 통한다.

▌경복궁 수정전

수정전(修政殿)은 세종 때 집현전으로 사용되었다. 임진왜란으로 소실되었으며, 고종 4년(1867년)에 중건되어, 경복궁 근정전 서편 경회루 앞에 남아 있다. 수정(修政)은 정치와 교화를 닦아 밝힌다는 뜻으로, 《관자(管子)》에서 나온 말이다.

사관은 만우가 고려 말기의 문인이자 학자인 이색과 이숭인을 따라다니면서 시에 대해 논하는 것을 들었기 때문에 얼추 시학을 알았다고 인색한 평가를 했다. 하지만 이 기록만으로도 만우가 이색이나 이숭인과 더불어 시에 대하여 논할 만큼 시에 밝았고, 특히 두보 시에 정통했음을 짐작할 수 있다. 만우의 처음 법명은 둔우屯雨 혹은 준우로, 호를 천봉千峯이라 했다.

세종은 한 달 뒤 6월 2일乙酉에도 만우에게 안장 갖춘 말을 하사했다. 또 다음 해 5월 22일辛未에도 옷 4령領, 즉 네 벌을 내려 주었다. 이날 만우에게 네 벌의 옷을 준 것은 안평대군과 집현전 학사들에게 편찬하게 했던 《찬주분류두시纂註分類杜詩》가 완성되어, 그동안 학사들의 자문에 응해 주었던 만우에게 상을 내린 것인 듯하다.

조선 조정은 문인 관료들의 학문과 문학을 진작시키기 위해 중국 고전의 별집이나 선집을 그대로 다시 찍어내기도 하고, 주석을 정리하고 우리말 풀이를 붙인 책을 새로 만들어서 배포했다. 특히 문인 관료들이라면 누구나 한시를 잘 지어야 했으므로, 한시 가운데서도 가장 모범이라고 할 두시, 즉 두보의 시를 공부하도록 종용했다. 그래서 중앙이나 지방 관아에서는 두시 관련 서적들을 많이 간행했다. 중앙 관아에서 엮어서 찍어낸 관찬본官撰本 가운데 중요한 것으로, 세종이 집현전 학사들을 시켜서 만든 《찬주분류두시》와, 성종이 문인 관료들에게 언해하도록 하여 만든 《분류두공부시언해分類杜工部詩諺解》가 있다. 이 책들을 편찬하는 데는 승려들이 직접 혹은 간접으로 간여했다.

《찬주분류두시》는 세종 25년1443년 4월부터 안평대군이 신석조辛碩祖 등 6명의 집현전 학사들과 백의의 유휴복柳休復을 통솔하여 기왕의 두시 주석들을 모아 엮은 책이다. 그런데 이 책을 엮는 과정에서 회암사 주지 만우가 흥천사로 불려와 자문에 응했던 것이다. 한편 유휴복은 유방선柳方善의 아들로, 부친이 태종 때 민무질 옥사에 연루되자 부친은 물론 자신도 금고되어 벼슬길에 오를 수 없었다. 하지만 세종은 그를 두시 주석서 편찬 사업에 참여시켰다. 세조 6년1460년에 이르

72

러 유휴복은 과거에 급제해서 교리 벼슬을 하게 된다.

문학에 깊은 관심을 보였던 성종은 재위 12년^{1481년}에 유윤겸柳允謙 등 여러 관료들을 시켜서《분류두공부시언해》를 엮게 했다. 이 언해본을 흔히 '두시언해'라고 말한다. 그런데 조신曺伸의《소문쇄록》과 성현成俔의《용재총화》를 보면, 유윤겸은 승려 의침義砧에게서 두시를 공부한 유방선의 조카로, 유윤겸의 두시 해석은 결국 의침의 가르침에 근거했다고 한다.

그렇다면 두시 공부의 전통은 의침에게서 유방선에게로, 유방선에게서 그 아들 유휴복과 조카 유윤겸에게로 이어진 셈이다. 이 가운데 유휴복은 세종 때《찬주분류두시》를 엮는 데 참여하고, 유윤겸은《분류두공부시언해》를 엮는 데 참여했다.

《찬주분류두시》는 세종의 재위 중에 갑인자의 활자로 간행된 듯하다. 다만 초간본은 완질로 전하지는 않는다. 이 책은 선조 말에 이르기까지 여러 번 활자나 목판으로 간행되었다. 한편《분류두공부시언해》는 을해자의 활자로 간행되고, 인조 때 대구에서 목판으로 다시 간행되었다.

《찬주분류두시》의 편찬 때 자문에 응한 만우는 고려 말에 출가하여 귀곡각운龜谷覺雲의 제자가 되었다. 그가 참선을 행했던 보자암普滋菴은 환암혼수幻菴混修가 이름을 지어 주었다. 각운과 혼수는 모두 태고보우의 조계종 법맥을 이었다. 그런데 만우의 호 '천봉'은 이색이 지어 주었다. 만우가 호를 지어 달라고 청했을 때 이색은 처음에 일운一雲이라는 호를 제시했다. 하지만 귀곡 선사의 호가 일운이었음을 알고 만우의 호를 천봉으로 지어 주고, 호의 뜻을〈천봉설千峯說〉에서 밝혔다.

산은 땅에 붙어 있는데 땅의 형세는 서북쪽이 높으므로 천하의 산이 모두 서북쪽에서 일어나 동남쪽으로 달려 중국에 두루 퍼졌다.《상서》〈우공禹貢〉편에 세 갈래 산맥을 실어 둔 것을 보면 그 사실을 알 수 있다. 오악이 비록 높지만 높이 솟아 여러 방면에 위치한 것이 그외에도 많다. 무릇 멈추어 우뚝 선 것이면 큰 것 작은 것 할 것 없이 모두 봉우리라고 하니, 봉우리가 천하에 널려 있는 것이 많을 수밖에 없다. 천이라 한 것은 대충 말해서이니, 일이라 해서 부족하지 않고 만이라 해서 넉넉하지 않다.

스님이 처한 곳은 멋지다. 밝은 달이 위에 뜨면 선정禪定, 참선에서 나와 차를 달인다. 스님은 이처럼 맑거늘 어찌 청淸자를 취하지 않았는가? 흰 눈이 아래에 가득할 때면 선정에 들어 면벽한다. 스님은 이처럼 높거늘 어찌 고高자를 취하지 않고 도리어 우雨자를 취한 것인가?

우雨란 오雪다. 오雪가 천봉에 있으면서 은택이 사해에 미쳐 싹이 나고 껍질이 터져 초목이 성장한다. 좋은 곡물을 많이 심어 나라와 백성을 상서롭고 부유하게 하니, 그 이로움이 크고 넓다. 스님이 우雨자를 취한 것은 이 때문이리라. 이 때문이고말고. 하지만 비雨는 항상 있을 수는 없고 때맞추어 있는 것이 좋다.

스님의 거처는 그림 속 같다. 청혜靑鞋를 신고 소나무 아래 흰 바위 위에 놀며 봉우리들을 대하여 스님과 그 뜻을 이야기하고, 높은 산의 소재를 기묘하게 여기고 손을 이끌어 주며 함께 올라 보고픈 것이 내 소원이다.

암자의 이름 보자普滋는 환옹幻翁이 지어준 것이라고 한다. 두루 베풀려는 스님의 뜻이 여기서 더욱 뚜렷하게 드러나므로, 아울러 언급해 둔다.

만우가 이색을 처음 만난 것은 이색이 67세가 되던 조선 태조 3년1394년 8월 무렵이다. 이색은 만우의 스승 귀곡과 친분이 있었는데, 아내 권씨가 병석에 눕자 만우를 불렀다. 이때 이색은 만우에게 천봉이란 호를 붙여 주고 또 호설을 지어 주었다. 권씨가 그해 8월 1일에 졸하자, 만우는 이칠재를 지내 주고 상례가 끝나자 유방遊方 길에 나섰다. 이색은 〈송봉상인유방서送峰上人遊方序〉를 지어 멀리 여행을 떠나는 것만이 도를 깨닫는 방법이 아니라 실은 행주동정行住動靜이 모두 도라고 말했다. 유교에서 말하듯 하학상달의 공부가 중요하다고 훈계한 것이다. 이때 만우는 이숭인으로부터도 글을 받았다.

▍회암사(檜巖寺) 약사삼존도(藥師三尊圖)

조선 명종 20년(1565년)경 제작. 54.2×29.7(세로 × 가로 : 단위 cm). 국립중앙박물관 소장. 허가번호[중박 201110-5651].

문정왕후가 명종 17년(1562년)에 회암사의 중수 불사를 마친 뒤 명종의 병세 회복과 세자 탄생을 기원하며 석가모니불·미륵불·아미타불·약사불의 화상(畵像)을 각각 금화(金畵)로 50점, 채화(彩畵)로 50점씩 제작하도록 했다. 이 불화는 그 400점의 불화 가운데 하나이다. 주존의 대좌 앞에 일광보살과 월광보살이 시립해 있는 모습이다. 안면과 육신부, 머리카락만 채색하고 모두 금니 선묘로 그렸다.

회암사는 경기도 양주군 회천면 회암리 천보산(天寶山)에 있던 사찰이다. 고려 충선왕 15년(1328년) 지공(指空)이 고려에 들어온 뒤 인도의 나란타사(羅爛陀寺)를 본떠서 창건하고, 우왕 4년(1378년) 나옹이 중건했다. 이성계는 무학대사를 이곳에 머물게 하고 불사가 있을 때마다 대신을 보내 참례했다. 성종 3년(1473년) 정희왕후가 정현조(鄭顯祖)에게 명해 중창케 하고, 명해 때 문정왕후 섭정 당시 보우(普雨)가 회암사를 중심으로 불교 중흥을 기도했다. 하지만 문정왕후 서거 후 명종 20년(1565년)에 보우가 잡혀가고 절은 불태워진다. 그 뒤 순조 21년(1821년)에 경기 지역의 승려들이 중수했다.

조선이 들어선 뒤 명가의 자제는 머리를 깎고 불가에 귀의하는 것이 어렵게 되었다. 유학을 숭상하고 불교를 천시하는 풍조가 차츰 심해졌기 때문이다. 그렇기에 승려로서 글을 아는 사람이 드물어졌다. 이런 시기에 두시에 밝은 만우의 이름은 크게 드러나지 않을 수 없었다. 사방의 학자가 구름과 같이 모여들고, 집현전의 선비들도 모두 탑榻 아래에 나아가 글을 물으니, 만우는 불교는 물론 유교의 학자들에게도 사표가 되었다.

만우는 회암사 주지로 있으면서 왕실의 불사나 왕실의 모임을 주관했다. 이를테면 세종 28년1446년 4월 23일경신에 효령대군은 회암사에서 불사佛事를 베풀면서, 승려들을 모아 시를 짓게 하고 만우로 하여금 등수를 매기게 했다.

만우가 이색과 이별한 뒤 세종 때 회암사 주지가 되기까지의 행적은 자세히 드러나 있지 않다. 성현成俔은 《용재총화》에서, 백형 성임成任과 중형 성간成侃이 회암사에서 글을 읽을 때 만우 선사의 나이가 90여 세인데도 용모가 맑았다고 했다. 만우가 세종 29년1447년에 안평대군의 〈몽유도원도〉 시회에 참석하여 시를 적을 무렵이었던 듯하다. 만우는 노령에도 기력이 강건하여 이틀쯤 밥을 먹지 않아도 그리 배고파하지 않았고, 사람이 밥을 올리면 몇 그릇을 다 먹되 배부른 기색이 없었다. 며칠이 지나도록 변소에도 가지 않고 항상 빈 방에 우뚝 앉아서 밤새도록 책을 보았는데, 작은 글자까지 하나하나 연구하며 졸거나 드러눕는 일이 없었다. 남이 옆에 있는 것을 허락하지 않았고, 남을 부를 일이 있으면 작은 징을 손으로 쳤다.

일본의 국사 문계文溪가 와서 사대부들에게 시를 달라고 청했는데, 만우 선사도 다음 시를 지어 주었다. 첫 구의 마지막 글자는 사榤인지 모르겠다.

수국의 옛 정사

소탈하게 지위 없는 이 사람

불같이 달리는 마음이 절로 그쳐 쉬니

가시나무처럼 앙상한 몸이 다시 누구와 친하랴

풍악에는 구름이 발 아래에서 일어나고
분성김해에는 달빛이 성문에 가득하다
바람에 돛이 부풀어 해천이 넓고
매화 버드나무는 옛 동산의 봄빛을 띠었도다

水國古精□(수국고정□)　灑然無位人(쇄연무위인)
火馳應自息(화치응자식)　柴立更誰親(시립갱수친)
楓岳雲生屨(풍악운생구)　盆城月滿闉(분성월만인)
風帆海天闊(풍범해천활)　梅柳故園春(매류고원춘)

　　당시 변계량卞季良이 문형文衡을 주관했는데, '쇄연무위인灑然無位人'의 글귀를 '소연
절세인蕭然絶世人'이라 고쳤다. 쓸쓸히 세상과 인연을 끊은 사람이란 뜻이다. 그러자
만우 선사는 섭섭해 하면서 이렇게 말했다. "변 공은 참으로 시를 모르는 사람
이로다. 소연蕭然이 어찌 쇄연灑然만 하며 절세絶世가 어찌 무위無位만 하겠는가. 이것
은 자연무위自然無爲의 뜻을 깎아 없앨 뿐이다."
　　만우가 세종의 명으로 흥천사 주지가 된 뒤, 유학자들은 더욱 자주 내방을 했
다. 시의 제자 유방선은 오언배율의 시 〈봉증우천봉奉贈雨千峯〉을 그에게 올렸다.

흥천사에 석장을 머무신 분
선종의 빛나는 법손
임금께서 예모를 더하시고
재상이 삼가 문안드리네
일찍이 조계종의 가르침에 정통했고
겸하여 궐리의 공자 말씀도 탐구했지
시에도 높은 재능, 정곡을 뚫었고
설법을 할 때면 근원을 밝히네

가슴속은 드넓어 장강과도 같고

문장은 주렁주렁 이슬 맺힌 듯

도은^{이숭인}과 나란히 치달리고

넉넉히 환암^{승려 혼수}의 문하에 들었기에

불문에 이름이 더욱 중하고

유림에도 명망이 새삼 높아라

달 가리킨 손가락을 잊듯이 진리 탐구에 혼신하니

바람이 움직였나 깃발이 움직였나 어찌 다시 언쟁하랴

적멸은 스님이 즐기신다만

분주한 나는 본성을 잃어

쥐가 갉아 넝쿨 끊기듯 해와 달은 죽음을 재촉하고

양이 밟아 채소밭 망가졌단 말처럼 좋은 음식에 오장이 썩었구나

나는 이제 정진하긴 늦었지만

귀의할 뜻만은 절로 두터워

눈은 거울의 상^像을 떠나 법안을 얻으려 해도

몸은 아직 티끌 세상에 묶여 부끄러워라

소동파처럼 옥대 내기 선문답한다 해도 무어 어떠랴

눈의 백태 긁어낼 금비^{金鎞}를 빌렸으면 하노라

부디 향등^{香燈}의 불빛을 찾아서

영가선사^{永嘉禪師}마냥 하룻밤에 진원^{眞源}에 이르련다

卓錫興天寺(탁석흥천사) 禪家奕世孫(선가혁세손)

君王加禮貌(군왕가예모) 卿相謹寒暄(경상근한훤)

早透曹溪學(조투조계학) 兼探闕里言(겸탐궐리언)

工詩曾破的(공시증파적) 說法每逢原(설법매봉원)

胸次長江闊(흉차장강활) 詞華湛露繁(사화담로번)

齊驅陶隱駕(제구도은가)　優入幻庵門(우입환암문)
釋苑名逾重(석원명유중)　儒林望更尊(유림망갱존)
已能遺月指(이능유월지)　肯復鬪風幡(긍부투풍번)
寂滅爲師樂(적멸위사락)　奔馳喪我存(분치상아존)
鼠侵藤欲絶(서침등욕절)　羊踏藥難蕃(양답약난번)
精進功雖晚(정진공수만)　歸依意自敦(귀의의자돈)
眼思離鏡象(안사이경상)　身愧縛塵喧(신괴전진훤)
玉帶寧嫌睹(옥대영혐도)　金鎞庶可援(금비서가원)
願尋香穗去(원심향수거)　一宿達眞源(일숙달진원)

　　만우는 흥천사 이전에 여러 사찰들을 전전했다. 한때는 천보산 산사의 주지이기도 했다. 박팽년은 천보산에서 사가독서를 할 때 만우를 만나 다식茶食을 나눴다고 전한다. 단, 박팽년은 세종 20년1438년에 삼각산 진관사에서 사가독서를 했으므로, 사실 여부는 알 수가 없다.

　　한편 유방선에게 두보 시를 전수한 의침은 합천 출신의 승려로, 고려 우왕 6년1380년 5월에 화엄종의 중덕中德으로 있었다. 의침은 시를 즐겼다. 외물에 집착하지 말아야 할 승려가 시문을 즐기는 것은 그것이 곧 시시때때로 일어나는 물욕을 제어할 방법이기 때문이라고 변호하며, 그는 이렇게 말했다.

우리 불교의 가르침은 항상 마음을 비워 외물에 집착하지 않는 것을 도로 삼습니다. 이것은 세상에 대하여 담담히 아무 기호도 없어야 가능합니다. 그러나 사람의 마음이란 움직이지 않을 수 없으니, 움직이면 기욕嗜慾이 없을 수 없지요. 그래서 기욕이 사물의 유혹에 이끌려 마음을 해치는 일이 무궁합니다. 제가 시문을 선호하는 것은 이것에 의탁하여 도피하려 해서입니다. 공허空虛로 숨어 한적하고 고독한데 처하여, 문자 사이에 쉬고 노닐어, 세상 근심을 씻어 버리고 근심을 잊어버리자는 것이

저의 뜻입니다. 이러면 물욕에 탐닉하여 마음을 상하게 하는 것과는 다르지 않겠습니까? 옛날 승려로서 유가 사대부들과 교유하면서 시문을 즐긴 당나라 문창文暢을 저는 정말로 흠모합니다.

의침은 키가 크고 얼굴이 거무스름하며 술과 바둑을 좋아하고 창도 잘 쓰는 호협한 승려로, 음률과 그림에도 조예가 있었다. 조선이 들어서고 태조 4년1395년 5월에 의침은 신륵사에 있으면서 다른 사람들과의 대화를 끊고 있었다. 고려의 멸망을 목도하고 인간 역사의 무상함을 곱씹고 있었는지 모른다. 의침은 국가와 인민의 복을 빌기 위해 대장경을 간행하기로 하고 경외로 시주를 얻으러 떠났다. 당시 신륵사에 있었던 이색에게 글을 청하자, 이색은 〈송월창서送月牕序〉를 지어 주었다. 월창은 의침의 호이다. 그 후 의침은 정종 원년1399년에 도승통都僧統으로서 오관산 영통사靈通寺의 주지로 있었다. 영통사는 장단도호부, 즉 경기도 개풍군에 있는 절이다.

고려 말기의 사대부들은 중소지주 출신으로, 그때까지 사상적·경제적 우위를 차지하고 있던 불교를 배척하고 사원 소유의 토지와 인민을 국가에 환속시키고자 했다. 조선 건국의 주체세력은 불교 집단을 부패의 온상으로 간주해서 스님들을 환속시키고 오교양종五教兩宗을 혁파했다. 또한 사찰은 물론이고 사찰에 소속된 노비까지 관할 관청에 소속시켰다.

정도전은 태조 7년1398년에 《불씨잡변佛氏雜辨》을 저술해서, 불교를 이단으로 규정하고 성리학을 국가이데올로기로 확립했다. 정도전은 불교가 군신·부모·부부 관계를 가합假合이라 본다고 비난했다. 그리고 불교의 인과응보설과 화복론을 부정했다. 그 내용은 당나라 한유韓愈의 〈원도原道〉·〈불골표佛骨表〉, 송나라 성리학자들이 제기한 불교비판론을 많이 참조했다.

이렇게 고려 말 조선 초의 사대부들은 배불론을 주장했으나, 다른 한편으로는 불교를 유교의 입장에서 포섭하려고 하기도 했다. 이색은 임종할 때 어떤 스님이 불법을 펴려고 하자 '사생의 이치를 나는 의심하지 않네.'라고 하며 거절했다고 한다. 하지만 부인 권씨를 위해서는 만우를 시켜 재를 올리게 했다. 또 중국 장상영張商英이 지은 《호법론護法論》에 주목해서, 충주 청룡사靑龍寺에서 그 책을 간행할 때 서문을 써 주었다. 게다가 〈설산기雪山記〉를 지어 불교의 계戒·정定·혜慧를 유교의 성性과 연관시켜 이해했다.

더구나 조선 초기의 왕실은 불교가 왕실의 안녕과 미래를 보장한다고 믿었다. 태종이 돌아간 뒤 세종은 유계문柳季聞·안지安止·최흥효崔興孝 등에게 명하여 금자金字로 《법화경》을 쓰게 했다. 그리고 재위 6년1424년 4월 20일乙丑에 공녕군 이인李裀을 왕실의 원찰인 대자암大慈庵, 즉 대자사大慈寺에 보내어 법화법광法華法廣을 베풀게 하면서, 금자《법화경》을 펴서 열람하게 했다. 당시 선사를 청하는 글은 이러했다.

가만히 생각하니, '법화'는 천 가지 경經을 관할하고 여러 부처의 근본이며, 영험은 헤아리기 어렵고 이익이 가장 큰 것이로다. 그러나 정미한 뜻을 들어 보현闡現하는 것도 반드시 개사開士의 넓은 선양에 힘입는 것이며, 이에 찰나 사이에 뛰어오르고 반 마디 말에라도 깨달음을 얻게 되는 것이로다. 삼가 생각하건대, 태종께서 빈천賓天하심이 매우 급하시어 성상께서 효사孝思하심이 한이 없으시다. 햇수는 벌써 3년이 돌아왔으나, 부르짖고 사모하심은 하루 같으시기에, 명복을 도와 선유仙遊로 인도하고자 하노라.

엎드려 생각하건대, 화상 어른께서는 신묘함을 사문沙門에 이루어 조파祖派의 정통을 바로 전수했으니, 석장을 멈추고 의발을 피로披露하여 법연法筵을 주장해서 향화香花를 뿌리소서. 금서金書의 진리를 연역하고 범강梵綱의 계율을 천명하여, 태종대왕으로 하여금 반 마디 말에 상승上乘을 돈오하시게 하고, 삼생三生의 묘관妙關을 통하시게 하여, 항상 부동不動의 존尊에 머무르시게 하고, 극락의 세계에 편안히 노시게 하여 지극하신 원심願心을 성취하게 하고 대자大慈의 은혜에 고루 젖게 하소서.

세종 8년1426년 1월 21일병진에 사헌부는 강주승講主僧 만우卍雨와 간경승看經僧 정순正順을 엄중히 처단하라고 청했으나, 세종은 윤허하지 않았다. 사헌부가 아뢴 말은 다음과 같았다.

순정택주順靜宅主 김씨는 법령을 따르지 않고 신불사神佛寺에 법석을 베풀어 비단을 보시하고 유밀과를 만들어 공양했고, 또 그 암자의 주승 신보信寶는 과부의 집에 드나들면서 지휘하며 일을 주관했으니 더욱 부당합니다. 강주승 만우와 간경승 정순을 모두 법에 의하여 엄중히 처단하소서.

세종은 만년에 더욱 불교를 믿어 내불당을 짓고 흥천사 중수 경찬회를 열었다. 세조도 간경도감에서 불경을 번역하게 하고 원각사를 설치했으며 해인사 대장경을 인쇄해서 반포하게 했다.

조선 초기에 불교와 유교의 사상 투쟁이 격심했을 때, 득통 기화得通己和·1376~1433년는 불교의 관점에서 유교를 포섭하는 논리를 구축했다.

기화는 나옹과 무학의 법맥을 잇는 선사로서, 유가 사대부들의 억불 논리에 맞서 8,600자의 《현정론顯正論》과 19개 항의 문답으로 이루어진 《유석질의론儒釋質疑論》을 저술했다. 그의 속성은 유劉씨로, 호가 득통이고, 당호는 함허당涵虛堂이다. 기화는 성균관에서 유학을 공부하다가 21세 때인 태조 5년1396년에 친구의 죽음을 보고 느낀 바 있어 관악산 의상암에서 삭발을 했다.

《현정론》은 서론과 14개 항의 문답으로 이루어져 있는데, 불교의 궁극적 목표는 개개인의 해탈에 있으며, 해탈의 방법은 정情을 제거하고 성性을 드러내는 것이라고 했다. 정은 곧 불교에서 말하는 무명無明으로, 염染과 정淨이 있고 선과 악이 있다. 하지만 정은 성性이 미혹하여 만들어지므로, 누구든 자신의 본성을 깨닫고 정을 자주 제거하여 마음의 바름을 얻어야 하는데, 그 이로움은 몸·집안·나라·천하에 미치게 된다고 주장했다. 그리고 교화의 면에서 유교가 불교를 보완할 수 있으며, 유교의 오상五常과 불교의 오계五戒는 서로 대응한다고 했다. 즉 죽이지 않음은 인仁, 도적질하지 않음은 의義, 간음하지 않음은 예禮, 술 마시지 않음은 지智, 함부로 말하지 않음은 신信에 대응한다는 것이다.

《유석질의론》은 유·불·도가 백성의 병을 가르치는 순서와 방법이 서로 다를 뿐이며 마음공부를 주장한다는 점은 같다고 주장했다. 기화는 또한 "유교는 마음의 자취에 접하고 불교는 진심에 접하며, 도교는 자취와 진심의 사이에 접한다."라고 규정한 뒤, "나타나 볼 수 있는 것은 자취이고 오묘하여 볼 수 없는 것은 성性이니, 볼 수 없는 것은 도가 멀고 깊으나 볼 수 있는 것은 가깝고 얕다. 따라서 유교는 불교의 대각의 경계와 함께 논할 수 없다."라고 판정했다.

기화는 45세가 되던 세종 2년1420년, 대자암에 머물면서 왕비와 왕자의 천혼薦魂·넋이 정토에 나도록 기원하는 일을 위한 영산법회에서 여러 번 설법을 했다. 그 뒤 4년 동안 대자암 주지로 있다가 세종 13년1431년에 사퇴했다. 그해 가을에 그는 희양산曦陽山 봉암사鳳巖寺를 중수하고 《금강설의》를 집필하며 활발한 활동을 벌였다. 그러다가 58세 되던 세종 15년1433년 4월에 "죽음에 이르러 눈을 들어보니 시방十方이 벽락碧落하나 없는 데도 길이 있으니 서방극락이다."라는 임종게를 남기고 입적했다. 경상북도 문경시 가은읍의 봉암사에 함허당득통지탑涵虛堂得通之塔이 있다.

기화는 또 《금강반야바라밀경윤관金剛般若波羅蜜經綸貫》·《금강반야경오가해설의金剛般若經五家解說誼》·《원각경해圓覺經解》·《선종영가집과주설의禪宗永嘉集科註說誼》·《함허당득통화상어록涵虛堂得通和尙語錄》 등을 남겼다. 이 가운데 《금강반야바라밀경윤관》은 《금강경》을 형식상 10문으로 나누고, 내용상 상근기·중근기·하근기 관련으로 정리한 것이다. 《금강반야경오가해설의》는 고려 말부터 유행하던 《금강반야경오가해金剛般若經五家解》(금강경오가해)에 처음으로 주석을 단 것이다. 《함허당득통화상어록》은 기화의 시문집으로, 흔히 '함허집'이라 부른다. 또한 기화는 미래불인 아미타불을 찬양하여 경기체가의 〈미타찬彌陀讚〉을 짓고, 불교인의 이상향인 안양에 태어나고자 하는 염원을 역시 경기체가의 〈안양찬安養讚〉에 드러냈다.

기화는 《선종영가집과주설의》에 이러한 어록을 남겼다.

오직 바른 견해를 가지고 높은 경지에 노니는 사람만이 삿된 습기에 물들지 않아서 바른 도에 부합할 수 있다. 만일 견해가 중생을 뛰어넘지 못하고 행위가 세속을 넘어서지 못하는 사람이라면, 깊숙한 곳에 처하여 세속의 일을 놓아버리고 한 평생을 닦을 지라도 접하는 것마다 장애를 이루고 대상에 따라 집착을 일으켜 삿된 습기에 물드는 것을 면할 수 없어 끝내 바른 도와 부합하기 어렵다. 따라서 먼저 앞선 이들에게 널리 묻고 옳고 그름을 가려 바른 지견을 얻은 뒤에야 비로소 높고 먼 경지에 머물러 헛된 생각을 없애고 중생에서 벗어날 수 있으며, 또한 범부들에게 순응하고 성인과 함께 하며 그 빛을 조화시켜 세속과 뒤섞일 수 있다.

기화의 제자로는 효령대군·신미信眉·학조學祖·홍준弘濬·김수온金守溫이 있다. 홍준은 세종 30년1450년에 내불당이 건립되자 왕의 앞에서 경론經論을 아뢰었다. 세조 3년1457년에는 신미와 함께 기화의 《금강경오가해설의》를 《금강경오가해》에 편입하여 간행했다. 또 신미와 함께 《선종영가집禪宗永嘉集》과 《증도가證道歌》를 엮었다.

기화의 뒤로는 설준雪峻이 포교에 주력하고 김시습이 불교의 이론을 정립했다. 설준은 사족의 자제로서 안평대군 이용李瑢의 문하에서 글을 배웠다. 처음에 호남 송광사에서 석장을 머물면서 도력을 쌓고 그 뒤 방외方外의 여행을 했다. 문종 2년1452년에 서울에 들어와 사대부의 신망을 얻었으나 다시 호남으로 떠났다. 김시습은 그해 여름에 상기를 마치고 조계에 머물러 있으면서 상사대上社臺에 거주하던 설준을 만나 불교를 공부했다. 설준은 성종 초 정인사正因寺 주지로 있으면서 남효온 등 재야 지식인이나 조정의 고관들과 가까이 지냈다.

기화의 《현정론》과 《유석질의론》은 삼교를 절충하거나 불교가 우위에 있다고 주장했을 뿐, 인간 존재의 문제를 근본적으로 다룬 것은 아니었다. 그런데 김시습은 성종 6년1475년에 《십현담요해十玄談要解》를 저술하고 이듬해 의상義相·義湘의 《화엄일승법계도華嚴一乘法界圖》에 주석을 달면서 인간 존재의 근본 문제를 사유의 중심에 두었다. 또한 김시습은 만우둔우나 월창의 경우처럼 시승詩僧으로서의 삶을 살았다.

조선의 유학자들은 대개 불교를 이단으로 보고 이단을 배척하는 논리를 주장했으나, 일상의 삶에서는 승려의 방외적인 삶을 동경했다. 그리고 일부 지식인들은 불교가 유학과 유사한 면이 있고 승려 가운데는 유학을 흠모하는 사람이 많다고 나름대로 해석함으로써 불교를 은밀히 좋아했다. 심지어 불교의 가르침이 넓은 의미의 도를 담고 있다고 보기도 했다. 한편, 승려들 가운데는 사대부들과 교유하면서 독특한 문학세계를 이룩하고 또 사대부 문학에 영향을 끼친 경우가 적지 않았다.

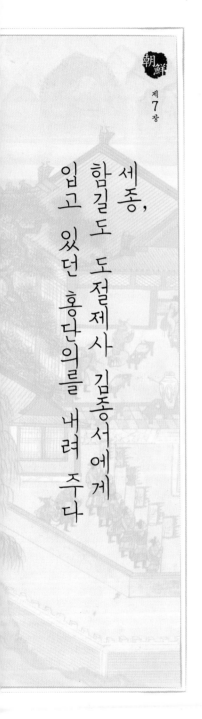

세종,
함길도 도절제사 김종서에게
입고 있던 홍단의를 내려 주다

1435년 4월 13일갑인, 제위 17년의 세종은 함길도 도절제사 김종서金宗瑞, 1383~1453년를 경복궁의 사정전思政殿에서 인견引見·궁전으로 불러들여 접견함하고, 입고 있던 홍단의紅段衣를 내려 주었다.

이보다 앞서 김종서가 어머니를 뵙게 귀근을 허락해 달라고 청하자 세종은 그를 서울로 불렀다. 그리고 4월 13일에는 사정전에서 인견했으며, 4월 25일병인에 김종서가 임지로 떠나기 위해 하직하자, 세종은 그에게 옷과 궁시弓矢를 내려 주었다. 당시 세종은 함길도의 북쪽 끝 지역인 북관北關을 개척하여 조선의 영토를 확장하고자 그 중임을 김종서에게 맡긴 상태였다.

4월에 세종은 갑산甲山의 읍성을 축조하는 문제를 의정부와 육조로 하여금 함께 의논하게 했다. 그러나 다음의 세 가지 안들이 나와서 결론을 내릴 수가 없었다.

1안 : 허천과 혜산 두 곳을 다 버릴 수 없습니다. 혜산은 적의 통로로서 가장 요충이니 옛 성터를 그대로 이용해서 넓혀 쌓고, 얼음이 얼 때가 되면 근처의 인민들을 모아 입보入保하게 하고, 지갑산군사知甲山郡事로 하여금 지켜서 불시의 습격에 방비하게 하며, 다음에 허천에 성을 쌓아서 갑산의 근본 땅으로 삼아야 합니다.

2안 : 혜산은 건주위建州衛 동량東良(동량북東良北, 무산茂山)의 무로구자無路口子인데, 적의 통로로서 요충이고 그 가운데가 광활하여 사람들이 모여 살며 경작할 만한 땅이 있으므로, 읍성을 그리로 옮겨야 합니다.

3안 : 도의 감사로 하여금 편부를 자세히 물어서 아뢰게 한 뒤에 다시 의논해야 합니다.

갑산은 서울에서 멀리 떨어져 있어서, 의정부와 육조의 관료들이 모두 전해 들은 말에 의거해서 자기 의견을 말했다. 그렇기 때문에 갑산의 축성 문제는 결론을 보기 어려웠다. 세종은 김종서에게 자세한 조사를 맡기고자 했다.

4월 25일에 김종서가 하직하자 세종은 그를 인견하고, 특별히 갑산의 읍성을 허천虛川에 그대로 축조하거나 혜산惠山에 옮겨 축조하는 사목事目·사안에 대해 도관찰사와 함께 자세히 조사할 것을 명했다. 그리고 옷과 궁시를 하사하여 신임의 뜻을 간곡히 보였던 것이다.

김종서는 태종부터 단종 때까지 문신으로 있으면서 무신을 겸하였다. 체구는 작았으나 지혜가 많았다고 한다. 호는 절재節齋, 본관은 순천이다. 태종 5년1405년 을유년의 문과에 급제했다. 세종 19년1437년에 함길도 도절제사로 있으면서 북관에 행영行營을 짓는 것이 편리하고 마땅하다는 소疏를 올려, 세종은 그곳에 드디어 4진鎭을 설치했다. 문종 말인 1452년에는 좌의정에 올라, 황보인과 함께 고명顧命을 받았다. 단종 계유년1453년에 세조가 이른바 정난靖難을 할 때 피살되었다. 묘는 공주 무성산武城山 아래에 있으며, 시호는 충익忠翼이다. 김종서가 4진을 개척한 일은 윤필상尹弼商이 건주위의 여진족을 몰아낸 일과 함께 조선의 국위를 드날린 두드러진 사례다.

고려 말기에 홍건적과 나하추納哈出가 동북면에 침입하고, 또 여진족 우량하兀良哈·오도리斡朶里가 발호해서 국경지대가 소란했다. 태조는 즉위한 다음 해인 1393년에 동북면 안무사 이지란李之蘭으로 하여금 갑주甲州(갑산甲山)와 공주孔州(경흥慶興 남쪽)에 성을 쌓아 오랑캐를 진무하게 했다. 또 재위 7년1398년에는 정도전을 동북면 도선무순찰사로 삼아 동북면의 주·부·군·현의 지계를 정하고 공주의 토성을 석성으로 개축하여 경원부를 설치하게 했다. 뒤이어 태종은 경원과 경성에 무역소를 두어 여진족에게 교역을 하게 했다. 하지만 태종 9년1409년에 우디하兀狄哈가 경

┃야연사준도(夜宴射樽圖)

18세기 초 제작. 《북관유적도첩(北關遺蹟圖帖)》에 수록. 고려대학교박물관 소장.

《북관유적도첩》은 고려 때부터 북방 개척에 공이 많은 장수 8명의 일화를 채색 그림으로 그린 화첩이다. 탁경입비(拓境立碑), 야연사준(夜宴射樽), 야전부시(夜戰賦詩), 출기파적(出奇破賊), 등림영회(登臨詠懷), 일전해위(一箭解圍), 수책거적(守柵拒敵), 창의토왜(倡義討倭)의 여덟 장면이다. 야연사준도는 세종 때 김종서가 야인을 격퇴하고 4진을 설치해 두만강을 경계로 국경을 확정한 뒤 도순문찰리사(都巡問察理使)로 있을 때의 일화를 그렸다. 김종서가 술과 음악으로 야연을 베풀고 있는데 화살이 날아와 술항아리에 적중했다. 주위 사람들이 두려워했지만 김종서는 "간사한 사람이 나를 시험했을 뿐이다."라고 하면서 연회를 계속 진행시켰다고 한다.

원부를 자주 습격하자 부를 경원에서 경성으로 옮겨, 경성을 여진족 방어의 요충지로 삼았다. 그런데 세종 4년1422년 혐진우디하嫌眞兀狄哈 100여 명이 경원부의 아산阿山·고랑지高郞歧에 침입하고 10월에는 우량하 200여 명이 경원부의 부회환釜回還에 침입했다. 그러자 조정 관료들은 경원부를 그보다 후방에 위치한 용성龍城(수성輸城)으로 옮기자고 주장했다. 하지만 김종서는 북변을 강화해야 한다고 주장했다. 세종도 경원부를 후퇴시키는 것은 영토 개척의 뜻에 어긋난다고 여겨, 세종 14년1432년에 야인이 출몰하는 경원부 서쪽 석막石幕(이후의 부령富寧)에 영북진寧北鎭을 설치했다.

그런데 이듬해 우디하족이 일목하斡木河(일명 오음회吾音會)의 오도리족을 습격하여 추장 건주좌위도독建州左衛都督을 죽이고 도망갔다. 이때를 틈타 세종은 김종서를 함길도 도절제사에 임명하고 이듬해부터 4진을 설치하게 했다. 세종 16년1434년 영북진을 백안수소伯顏愁所로 옮겨 종성군으로 삼고, 알목하에는 회령진會寧鎭을 신설하여 부로 삼았으며, 경원부는 회질가會叱家로 옮기고, 옛 경원부였던 공주에는 해도만호 겸 공주등처관군 첨절제사 휘하에 200명의 정군을 배치했다. 이듬해 영북진을 종성군으로 하면서, 공주에도 경원부의 300호를 소속시켜 공성현孔城縣이라 했다. 세종 19년1437년에는 공성현을 경흥군으로 승격시켰다.

세종은 재위 19년인 1437년 7월에 내전에서 친히 글월을 만들고, 동궁뒷날의 문종으로 하여금 이를 쓰게 하여 내수內竪·내시에게 주어 김종서에게 보냈다. 이 유서諭書는 《세종실록》의 그해 8월 6일계해 기록에 김종서의 답서와 함께 실려 있다. 세종은 그 글월의 끝부분에서 이렇게 말했다.

당초 새 읍을 설치할 때 여러 신하들의 의논이 아주 달랐던 것을 경은 아는 바이다. 그런데 지금은 그렇지 않아서 대신들이 모두 "서북의 압록강과 동북의 두만강이 어찌 경중의 구분이 있겠습니까. 번진藩鎭을 건립하여 봉강封疆을 견고하게 하는 것이 의리상 마땅합니다. 간혹 경솔하게 의논하는 자는 모두 식견이 없는 사람들입니다."라고 한다. 대신의 말은 모두 이와 같으나, 나 혼자만은 깊이 염려하고 있다. 성 쌓는 것은 늦출 수 없으나, 백성들의 피폐함을 생각하지 않을 수 없다. 적변賊變·적의 변고이 있을 거라고 와서 고하는 자의 말을 거짓이라 여길 수 없고 모두 사실이라 여길 수 있다면 남도의 군사를 불가불 많이 동원하지 않을 수 없는데, 재물이 다했거늘 무엇을 입히고, 식량이 다했거늘 무엇을 먹이며, 힘이 다했거늘 어떻게 하며, 도망을 다했거늘 누구를 부리겠는가? 하물며 귀화하여 언어가 다른 사람들이 많이 요역에 종사하고 있기에, 더욱 안 됐고 불쌍하다. 내가 번번이 이를 생각하지만 어찌할 도리가 없다. 비록 그렇더라도, 나는 구중궁궐에 깊이 거처하고 있어 도내의 일을 멀리서 짐작만 할 뿐이며 그 실정은 자세히 알 수가 없다. 하지만 경은 이 일에 대하여 익히 오랫동안 생각해 왔을 것이다. 4개의 진을 설치한 것이 장차 공효가 있겠는가? 백성의 재력이 장차 다할 것인가? 백성의 원망이 날로 더욱 더할 것인가? 4개 진의 민심이 장차 안정될 것인가? 야인의 변이 장차 종식될 것인가? 옛날에는 도내의 어리석은 백성들이 뜬소문을 지어 내어 인심을 놀라게 한 것이 한두 번이 아니었는데, 근일에는 일은 앞에 크고 백성은 앞에서 고생하니, 나는 아무래도 염려가 된다. 지금은 필시 이런 일이 없겠는가? 경은 잘 헤아려서 비밀리에 아뢰라.

初建新邑之時, 諸臣之議, 頗有不同, 卿所知也. 今也不然, 大臣皆曰: "西北之鴨綠, 東北之豆滿, 豈有輕重之別乎? 建立藩鎭, 以固封疆, 義之盡也. 其或輕議之者, 皆無識之人也." 大臣之言則如此, 予獨以爲深憂. 蓋築城不可緩也, 民弊不可顧也. 來告賊變者, 不可謂虛, 皆可謂實矣. 南道之兵, 不可不多發矣, 而財盡何衣? 食盡何食? 力盡何爲? 逃盡何使? 況乎向化異語之人, 多五徭役, 尤宜憐恤? 予每每思之, 無計乃何. 雖然予深居九重, 道內之事, 遙度而已, 未詳其實也. 卿於如此之事, 熟慮之久矣. 四鎭之建, 將有效乎? 民之財力, 將必盡乎? 民之怨望, 日益盛乎? 四鎭民心, 將有安乎? 野人之變, 終有寢乎? 昔日道內愚民, 虛造浮言, 以驚人心者非一, 近日事大於前, 民勞於前, 予亦以爲慮. 今必無此事乎? 卿商度以密啓.

세종은 북방의 국경 문제와 관련한 일은 서찰을 적어서 비밀리에 전갈傳喝했

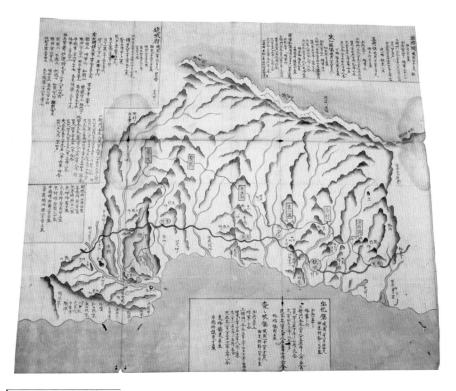

〖《해동지도》 경성부(鏡城府) 부분〗

조선 후기 채색지도. 고려대학교 중앙도서관 한적실 소장.

《해동지도》의 경성부 부분만 제시한 것이다. 역로와 보(堡)는 명시했으나, 섬은 그리지 않았다.

다. 국왕이 은밀히 내리는 전갈을 내전內傳이라고 한다. 군사상의 기밀에 속하는 일이나, 사사로운 일을 부탁할 때 쓴다. 세종은 군사상의 기밀에 속하는 일을 비밀리에 전하기 위해 내전을 이용했던 것이다. 세종은 그 서찰을 직접 붓으로 적기도 했고, 뒷날 문종으로 즉위하는 세자에게 대신 쓰게 하기도 했다.

세종은 김종서에게 내전을 보내면서, 동북면 개척의 당위성을 확신하면서도 그 실효성에 대해서는 여전히 회의적이라는 속내를 있는 그대로 드러냈다. 특히 4개 진이 과연 여진족의 발호를 막고 민심을 안정시킬 수 있을지 확신하지 못하여, 의문의 형식으로 자신의 마음을 토로했다.

그런데 세종은 한문을 쓰면서 옛 경전이나 고전의 어구를 따다 쓰는 전고典故를 중시하지 않고 글쓰기의 까다로운 규칙도 지키지 않으면서 하고 싶은 말을 그대로 적으려고 노력했음을 알 수 있다. 그러나 속내를 한문으로 적기란 쉬운 일이 아니다. 김종서에게 이 비밀 편지를 보낸 때에 세종은 함길도 각지에 주둔한 다른 장수들에게도 비밀 서찰을 보냈다. 그러던 중에 세종은 한문의 비효율성을 절감했을 것이다.

세종은 스스로 한문을 지으면서 오히려 우리말을 구어의 어법 그대로 적을 수 있는 표기체계를 창제하려고 더욱 생각했을 것이다. 두 해 뒤인 재위 28년¹⁴⁴⁶년에 세종은 훈민정음의 표기체계를 완성하고 그것을 반포하게 된다.

처음에 세종이 동북면을 개척하려고 할 때는 반대도 많았다. 하지만 이제 대신들도 '번진을 건립하여 봉강國境을 견고하게 하는 것'은 의리상 마땅하다고 하면서 모두 동북면 개척에 찬성하고, 심지어 '경솔하게 의논하는 자는 모두 식견이 없는 사람'이라고 말하기까지 했다. 세종은 국론이 일치하여 동북면 개척에 박차를 가하게 된 것에 안도하면서도, 그 실효성에 대해서는 여전히 확신하지 못했다. 그래서 그는 '이 일에 대하여 익히 오랫동안 생각해 왔을' 김종서에게 실제 사정을 자세히 보고하라고 주문했다. 김종서를 전적으로 신임했기 때문에 이러한 말을 한 것이다.

김종서 역시 군사기밀은 비밀 장계를 작성해서 아뢰었다. 세종 27년 8월에 김종서는 아래와 같은 기밀 답신을 보냈다.

태조께서 하늘이 낸 위대한 무공으로 삭방朔方에서 일어나 대동大東을 소유하사, 남으로는 해서海西를 모두 차지하고 북으로는 압록강에 닿으며 동북으로 두만강에 이르러, 공주孔州·경주鏡州·길주吉州·단주端州·청주靑州·홍주洪州·함주咸州 일곱 주를 설치하시니, 동방에 나라가 열린 이후로 일찍이 없었던 성대한 업적입니다. (중략)
지난번 조정의 여러 신하들이 의논하길, "경원에 설치한 부를 후방에 있는 용성龍城으로 옮기면 북방의 조치가 사리에 맞고 백성의 병폐가 모두 사라질 것입니다."라고 했습니다만, 성상께서는 "조종祖宗께서 지켜 온 바는 비록 한 자, 한 치의 땅도 버릴 수 없다."라고 불가를 고집하시며 여러 신하들의 의논을 따르지 않으셨습니다. 그 뒤에 신하들이 그 사안을 다시 논하면서 시끄럽게 떠들기를 그치지 않자, 이에 신을 시켜서 대신에게 가서 의논하여 석막石幕에 영북진을 가설하여 경계를 정하게 하셨습니다. 신이 지금 북방에 있으면서 보지 않은 곳이 없고 듣지 않은 말이 없는데, '부거富居와 석막은 모두 국경을 삼을 만한 곳이 아니고 용성 역시 변방의 관문으로 삼을 곳이 아닙니다.(중략)

두만강으로 한계를 삼는 데에는 하나의 큰 의리와 두 가지의 큰 이익이 있습니다. 왕업을 일으킨 땅이라는 것이 하나의 큰 의리이고, 긴 강물의 험준함을 웅거함이 첫 번째 큰 이익이며 수비 방어에 편리한 점이 두 번째 큰 이익입니다. 그렇다면 용성을 경계로 삼으려 했던 것은 미처 생각을 못했던 것입니다.(중략)

신이 오랫동안 북방에 있으면서 야인의 실상을 익히 보았는데, 아무리 부자나 형제 사이라도 욕심이 생기면 서로 상해하여 원수와 다름이 없으니, 날마다 천금을 들여도 마음을 맺기가 어렵습니다. 혹시 이익으로 맺었다가도 이익이 다하면 또 그 독기를 부리게 되니, 겉으로는 회유의 은혜를 보이면서 속으로는 수비 방어의 일을 닦는 것보다 더 나은 방법이 없습니다. 그렇게 하면 우리의 세력은 절로 강해지고 저들의 세력은 절로 꺾일 것입니다. 절로 강해지는 세력으로 절로 꺾이는 틈을 탄다면 뜻을 이룰 수 있을 것입니다. 신이 그렇게도 성곽을 쌓고 병기를 손질하며 군사를 훈련하고 군량을 비축하는 데에 급급해하는 이유는 진실로 이 때문입니다. 만약 성곽이 완성되어 견고하고 병기가 단단하고 날카로우며 군사가 잘 훈련된다면 4진의 사람만으로도 충분히 방어와 전투를 할 수 있으니, 어찌 다른 군대의 도움을 기다리겠습니까. 적의 변란이 영원히 사라지고 적의 마음이 영원히 복종할 것을 미리 헤아리기 어렵지 않습니다.

김종서는 부거와 석막은 모두 국경을 삼을 만한 곳이 아니고 용성 역시 변방의 관문으로 삼기에 적합하지 않다고 하고, 두만강으로 국경을 삼아야 한다고 주장했다. 또한 4개 진의 성을 튼튼하게 쌓아 기지를 만들면 다른 도의 백성을 이주시킬 필요도 없으리라고 했다.

김종서가 이 비밀 장계에서 주장한 내용은 곧 이불이대二不二大의 논리에 수렴한다.

二不 : 용성을 국경으로 삼으면 첫 번째 불의不義가 있고 두 번째 불리不利가 있다. 선조의 땅을 줄이는 것이 불의요, 산천의 험함이 없으며 방비에 편리하지 않음이 불리다.
二大 : 두만강으로 국경을 삼으면 첫 번째 큰 의大義가 있고 두 번째 큰 이익大利이 있다. 임금의 땅을 다시 일으키는 것이 대의요, 긴 강의 험함에 의거하고 수비에 편리하니 큰 이익이다.

김종서는 비밀 장계를 다음과 같이 매듭지었다.

엎드려 바라옵건대, 성상께서는 빨리 이루는 것을 구하지 마시고 작은 이익을 귀히 여기지 마시며, 작은 폐단을 계교하지 마시고 작은 근심을 염려하지 마소서. 세월을 쌓아 오래도록 기다리시면 뜬말이 저절로 없어지고 민심이 자연히 안정될 것이며, 민폐가 자연히 제거되고 백성의 원망도 사라져, 백성의 먹을 것이 자연히 넉넉해지고 병력이 자연히 강해져서, 도둑이 자연히 굴복하게 되어 새 읍이 영원히 견고하게 될 것입니다.
그러하오나, 신의 말한 바를 다 믿을 것 같지는 않습니다. 첫해의 눈雪에 대하여 말한 자들은 가축이 다 죽을 것이라고 했으나, 신은 그렇지 않다고 했으며, 이듬해의 역질에 대하여 말한 자들은 백성들이 거의 다 죽을 것이라고 했으나, 신은 그렇지 않다고 했습니다. 조정의 의논이 모두 저희들은 바르고 신은 그르다고 하며, 저희들은 충직하고 신은 간사하다고 하니, 신은 이때에 너무나도 마음이 아팠습니다. 지금 이를 보건대, 일이 각기 자취가 있어 끝내 가릴 수가 없으니, 누가 충직하고 누가 간사하며,

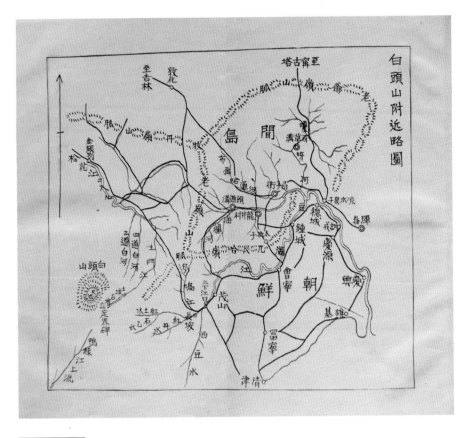

백두산 부근 약도

시노다 지사쿠[篠田治策], 《백두산정계비(白頭山定界碑)》, 樂浪書院, 1938.

누가 공정하고 누가 사정인지, 공사의 구분과 충사忠邪의 변별은 오직 성감聖鑑의 밝으심에 달려 있습니다.

예로부터 외방에서 일을 건의하는 신하들은 반드시 참소와 비방을 만나, 화를 벗어나지 못한 자가 많습니다. 고려 때의 신하 윤관尹瓘이 그 일례입니다. 윤관은 명문가 출신이고 공적이 위대했는데도 거의 면하지 못했습니다. 하물며 신은 자그마한 공도 없고 일을 건의할 재주도 없으며 하는 바가 잘못이 많으니 어찌 한심하지 않겠습니까.

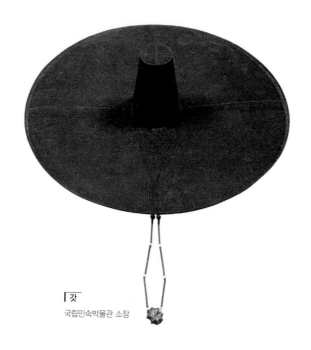

┌ 갓
국립민속박물관 소장

　김종서는 동북면에 와 보지도 않은 조정 신하들이 뜬소문에 기대어 자신들의 주장은 모두 옳다고 하면서 참소와 비방을 하는 것을 우려했다. 고려 때 동북면을 개척한 윤관은 명문세가 출신이며 실제로 큰 공을 세웠는데도 참소와 비방을 면하지 못했으니, 자신은 더 큰 화를 입을지 모른다고 세종에게 솔직한 속내를 드러내었다.

　세종은 즉시 중관 엄자치嚴自治를 보내어, "내가 북방의 일에 대하여 밤낮으로 염려했는데, 이제 경의 글월을 보니 걱정이 없겠다."라고 한 뒤, 어의御衣 한 벌을 내려 주었다.

　세종 17년1435년 10월, 김종서의 어머니가 죽자, 세종은 김종서를 역마로 불러 분상奔喪하게 하고, 또 관과 덧널, 부의를 내려 주었다. 그리고 11월에는 승정원에 명하여, 김종서에게 100일 뒤에는 고기를 먹고 부임하도록 권하라고 했다. 이듬

96

해1436년 정월에 김종서는 상제를 마치게 해 달라는 상소를 올렸으나, 세종은 윤허하지 않고, 이렇게 답을 했다.

경은 옛일을 상고하는 힘과 일 처리하는 재주가 있으며, 늘 측근의 관직에서 내 뜻을 자세히 알아서 중대한 임무를 맡을 만하기에, 일찍이 명하여 도관찰사로 삼았다가 또 도절제사를 맡겼다. 북방에 오래 있어 지방 풍속을 자세히 보고, 적군의 약하고 강함과 백성의 진실과 허위를 자세히 다 알아서 처리할 능력이 있었기에, 경에게 북방의 책임을 맡겼던 것이다. 그런데 지난번에 어머니 상사喪事를 당하여 군문軍門을 오래 비워두었으므로, 내가 심히 염려했다. 장사를 지낸 뒤에는 옛날의 기복시키는 예에 따라 경이 그전 임무로 돌아가도록 내 뜻을 정했으니, 서소書疏가 올라오더라도 끝까지 따를 리 없을 것이다. 그러니 결코 다시 올리지 말고 무리해서라도 최질衰絰을 벗고 빨리 그 직책에 나아가라.

2월에도 세종은 김종서에게 고기를 먹도록 명했다. 김종서가 굳이 사양하자, "최복衰服을 벗는 것은 크나큰 일이고, 고기를 먹는 것은 사소한 예절인데, 지금 경이 이미 최질의 상복을 벗었으니 어찌 사소한 예절을 고집하여 굳이 사양하는가. 하물며 변장邊將은 그 임무가 지극히 중요하므로 더욱 고기를 먹지 않을 수 없으니, 사소한 예절을 고집하지 말고 내 뜻에 부응하라."라고 했다. 김종서가 그제야 고기를 먹었다.

세종 19년1437년 10월 29일을유, 함길도 도절제사 군영에 화재가 있었다. 세종은 위로하는 뜻에서 김종서에게 겹옷 한 벌과 갓·신을 내리면서, 사은하는 절차는 그만두도록 명했다. 세종 20년1438년 1월 1일병술, 김종서가 전箋을 올려, 가정대부嘉靖大夫로 승진시켜 준 것에 대해 사례했다.

세종 20년1438년 11월 14일갑오, 김종서는 북방에서 어명을 받든 지 이미 6년이 되었으나 중책에 부응하지 못했다고 자책하면서 사면을 청했다. 세종은 윤허하지 않았다.

세종 21년1439년 1월 23일임인, 김종서가 아내의 병으로 소명을 받고 서울로 왔다. 2월 17일병인에는 세종이 사정전에 나아가서 김종서를 위해 잔치를 베풀고, 안장 갖춘 말을 하사했다. 2월 19일무진에 김종서가 하직하자, 세종은 병조판서 황보인皇甫仁과 참판 신인손辛引孫, 도승지 김돈金墩에게 명하여 김종서와 함께 변방의 군무를 의논하게 했다. 윤2월 15일계사에 세종은 충청도 관찰사에게, 공주에 있는 김종서의 아내에게 어육을 연속하여 주라고 전지했다. 3월 5일계축에는 충청도 관찰사에게 지금까지 김종서의 아내에게 어육을 주지 않은 이유를 캐묻고, 지금부터는 어육을 연속하여 주라고 명했다. 7월 21일정묘에 김종서는 승정원에 글을 부쳐, 자신의 가사를 보살펴 주는 형 김종흥金宗興에게 황주목사를 제수한 것을 바꾸어 서울 근처의 수령으로 제수해 달라고 청했다. 세종은 김종흥을 남양 도호부사로 옮겼다.

세종 22년1440년에, 오도리의 동창과 범찰이 불만을 품어 야인들이 모두 도망가고 말았다. 7월 5일을사, 세종은 인순부윤 김돈金墩과 도승지 성염조成念祖를 불러서 김종서에 대한 문책을 논의케 했다. 세종은 "옛날부터 변장邊將이 된 자로서 끝까지 허물이 없는 자는 드물었다."라고 사례를 들면서 이렇게 말했다.

지금 함길도 도절제사 김종서는 본디 유신儒臣으로서 몸집이 작고, 관리로서의 재주는 넉넉하나 무예는 모자라니 장수로서 마땅하지 못하다. 다만 그는 일을 만나면 부지런하고 조심하며 일 처리하는 것이 정밀하고 평온하다. 4개의 진을 새로 설치할 때에도 처치한 것이 알맞아서 문득 그 효과를 보았으니, 이것은 포상할 만하다. 이런 까닭에 작은 허물이 있어도 곧바로 논죄하지 않았던 것이다. 그런데 지금 오도리의 동창과 범찰을 위엄으로 대하고 어진 마음을 베풀지 않았으므로, 끝내 야인들로 하여금 온 종류가 도망가게 만들었다. 이는 진실로 부끄러운 일이어서 필시 중국의 비웃음을 받을 것이다. 경들은 우의정 신개申槩·우찬성 하연河演 등과 더불어, 종서 및 경력經歷 이사증李師曾을 해임시키는 것이 옳은지 어떤지를 논의하여 아뢰라.

신개 등은 김종서의 교대에 반대했다.

당시 김종서를 비방하는 말이 나돌았다. 첫째, 야인들이 조회하러 올 때 관기에게 어교魚膠를 뇌물로 주는 자는 서울에 가도록 허가하고 그렇게 하지 않는 자는 가지 못하게 하며, 또 둔전을 많이 경작하여 폐단이 된다고 하는 말이 있었다. 둘째, 군사를 모아 여러 날 동안 사냥으로 유희遊戲하여 도절제사로서의 군무를 보지 않았다는 말이 있었다. 셋째, 경흥 절제사 박이녕朴以寧이 공무로 내알했을 때 이틀 동안 회음會飮했다는 말이 있었다. 넷째, 갑산 사람으로 방어를 오래하고 공적이 많은 자를 차임差任할 때 정실을 개입시켰다는 비난이 있었다. 다섯째, 군영에 창기를 머물러두고 오랑캐로 하여금 창기에게 뇌물을 바치게 했다는 말도 있었다. 세종 22년1440년 7월 17일정사, 김종서는 이러한 비방의 말들에 대해 결백을 주장하는 글을 지어 올렸다.

결국 세종은 김종서를 내직으로 불러들이고, 이세형李世衡을 도절제사로 삼았다. 이로써 세종 22년1440년 12월 3일임신에 김종서는 형조판서에 임명되었다. 이튿날인 12월 4일계유, 세종은 김종서에게 명을 내려, 전에 도관찰사였다가 이번에 새로 도절제사에 임명된 이세형에게 방략方略을 상세히 설명하라고 했다.

세종은 김종서를 절대적으로 신임하여 4진의 개척을 맡기고 근 10년 동안 그 직책을 바꾸어주지 않았다. 비록 재위 22년 12월에 김종서를 형조판서로 불러들였지만, 바로 그해에 종성군을 백안수소로부터 현재의 종성으로 옮기고 행영을 두었으며, 온성에는 온성군을 설치했다. 이듬해에는 그 두 곳을 각각 종성부와 온성부로 승격시켰다. 그리고 1449년세종 31년에 이르러 석막의 옛 땅에 부령부를 설치함으로써, 동량북茂山을 제외한 두만강 유역을 수복하게 되었다. 이때에 이르러 육진이 모두 정비되었다. 세종은 회복한 영토에 삼남 사람들을 이주시켰다.

세종이 김종서를 오랫동안 신임한 것은 변방의 장수를 임용하는 좋은 선례가 되었다. 이를테면 임진왜란 때 국방을 위해 힘썼던 유성룡柳成龍은 김종서의 〈육진소六鎭疏〉 뒤에 이렇게 썼다.

우리나라의 문무 관료들이 이룬 성대한 공적 가운데 육진을 설치한 것보다 뛰어난 것이 없다. 이제 이 소장을 보니 규획한 바가 원대하고 의논한 바가 넓디넓다. 작은 지혜와 얕은 생각으로 말만 잘하여 집안 일과 나랏일을 망치는 세상의 용렬한 이와 풋내기들로 하여금 기운이 다하여 감히 그 입을 놀리지 못하게 만들 것이다. 또한 김종서는 한 시대의 기이한 인재라 할 수 있는데, 실로 세묘世宗가 잘 임명하여 이렇게 할 수 있었던 것이다.

조선 중기의 김상헌金尙憲·1570~1652년도 〈군사를 기르고 장수를 선발하기를 청한 차자請養兵選將箚〉에서 이렇게 말했다.

법은 저절로 시행되는 것이 아니고 반드시 인재를 얻은 다음에야 성공할 수가 있는 법입니다. 그러므로 어사나 곤수將帥의 적임자를 얻지 못한 채 그저 법이 잘못되었다고 탓한다면 비록 성현이라도 어찌할 수가 없습니다. 논자들은 필시 적이 쳐들어오기도 전에 먼저 국가의 뿌리가 흔들릴 것을 경계할 것입니다. 적이 쳐들어온 뒤에 도모하면 어찌 미칠 수가 있겠습니까. 옛날에 조충국趙充國이 제안한 둔전의 계책을 한 나라 조정의 여러 신하들이 모두 불편하다고 했고, 우리 세종께서 김종서를 보내 육진을 개설한 것을 당시에 의논하는 자들 역시 대부분 부당하다고 했습니다. 그러나 후세에 본다면 분분한 말들이 과연 믿을 수 있는 것이었습니까. 오직 현명한 임금이 시원스럽게 결단을 내려 힘써 실천하는 데 달려 있을 뿐입니다.

세종은 음운에 밝았고 한문을 잘 지었다. 분명히 한시도 잘 지었을 테지만 세종대왕의 한시는 〈몽중작夢中作〉이 유일하게 남아 있다.

雨饒郊野民心樂(우요교야민심락)
日暎京都喜氣新(일영경도희기신)
多慶雖云由積累(다경수운유적루)

只爲吾君愼厥身(지위오군신궐신)

이 시의 셋째 구는 다경多慶이 다황多凰으로 잘못 전하기도 한다. 다황이라면 시가 성립하지 않는다. 只爲吾君은 꿈속의 신령한 존재이자 결국 세종 자신이 스스로에게 경계한 말이다. 이 시의 번역은 다음과 같아야 할 것이다.

> 비가 교외의 들에 넉넉하니 백성들의 마음이 즐겁고
> 해가 경도서울에 비추자 기쁜 기색이 새롭다
> 경복 많은 것이 비록 열성列聖의 적덕누인積德累仁 때문이라 하지만
> 다만 우리 군주를 위해 청하나니, 그 몸을 신중히 하소서

이 시는 《세종실록》에 들어 있지 않다. 《세조실록》의 앞부분에 놓여 있는 총서總序에 들어 있다. 총서에 따르면 세종이 재위 31년1449년 9월에 문종과 세조에게 보여 주면서, "이 시의 뜻이 좋아서 너희들이 보면 반드시 유익할 것이다."라고 하자, 문종과 세조가 서로 경하하고 나왔다. 이때 세조가, "성상의 마음이 맑은 물과 같으시니, 길한 징조가 먼저 나타날 것입니다."라고 했다고 한다. 뒷날 《열성 어제》에도 그대로 실었다.

총서가 이 시를 실어 두고, 세종이 세조에게도 이 시를 보여 주었다고 하고, 세조가 '성상의 마음'이니 '길한 징조'이니 운운했다고 적어 둔 이유는 분명하다. 수양대군이 이미 세종으로부터 후사 왕後嗣王으로 점지되어 있었음을 강조하려고 한 것이다.

이 시의 마지막 구절은 칠언절구의 평측에 어긋난다. 따라서 시는 칠언고시이다. 세종이 읊었던 시를 옮기는 과정에서 잘못 적었을 수도 있다. 하지만 이 시는 제왕의 시로서 손색이 없다. 현재 국토와 인민을 다스리는 국왕은, 《용비어천가》가 반복해서 말하듯이, 그 윗대에서 덕과 인을 쌓아 천명을 바뀌게 한 결과 존재하는 것이다. 그런데 지금 국왕은 경복慶福을 누리기만 해서는 안 된다. 후대에

그 왕업을 이어주어야 한다. 그러기 위해서는, 역시 《용비어천가》가 반복해서 말하듯이, 경천근민敬天勤民·천명을 공경하고 백성을 위해 근면하게 일함의 태도를 지켜야 한다. 세종은 이렇게 경천근민의 자세를 잊지 않고자 했기에 꿈속에서 이러한 시를 지은 것이고, 또 세자文宗에게 그 자세를 잊지 말도록 이 시를 내보인 것이다.

한편 김종서도 시문을 잘 지었다. 안평대군이 세종 24년1442년 8월에 소상팔경瀟湘八景의 그림과 시를 첨부한 '팔경시권八景詩卷'을 만들었을 때, 그가 지은 〈제비해당소상팔경시권題匪懈堂瀟湘八景詩卷〉이 전한다. 하지만 그가 수양대군의 정란 때 살해되면서 그의 시문들은 흩어졌다. 다만 서거정의 《동인시화》에, 그가 남도의 지방관으로 부임하는 문인을 전송하며 지어준 시가 실려 있다. 마침 그 집 유모가 어린 아이를 안고 있는 것을 보고, 목민관으로서 지방 백성들을 갓난아이처럼 보살피라는 뜻을 담았다고 한다.

강보에 싸인 아기, 골격이 기이하니
자식 늦게 낳았다고 한탄일랑 마시게
자식 사랑하는 마음은 필시 끝없는 법
남쪽 백성 다스릴 때 이 아이를 생각하라

襁保孩兒骨格奇(강보해아골격기)
平生莫恨子生遲(평생막한자생지)
愛情必是終無已(애정필시종무이)
南去臨民念在玆(남거임민념재자)

《수언粹言》에 보면, 김종서가 육진을 설치하고 난 뒤 남도 백성을 그곳으로 이주시켰는데, 날마다 주연을 베풀고 풍악을 잡혀 장병들에게 크게 잔치를 베풀었다. 그러자 관리와 백성들이 괴로워했다. 어떤 이가 지적하자, 김종서는 "바람과 모래만 날리는 변방에서 장병들이 굶주리고 고생하거늘, 간소하게 시작한다면 뒤에는 반드시 좋은 끝이 없을 것이다."라고 했다. 어느 날 밤 잔치를 베풀었을 때 불평하는 무리들이 활을 쏘아 술통을 맞췄다. 좌우 사람들이 놀라 소란했으나, 김종서는 태연히 말하기를, "간악한 놈이 나를 시험해 본 것일 뿐이다. 제가 감히 무엇을 하겠는가!"라고 했다고 한다.

이 이야기는 조금 다르게 전하기도 한다.

김종서가 육진_{혹은 4진}을 매우 엄하게 다스리자 관리나 군사들이 괴롭게 여겨 그를 죽이려는 자들이 적지 않았다. 우선 요리사들이 여러 차례 음식에 독을 넣었지만 죽이지는 못했다. 그러다가 어느 날 밤, 잔치 때 화살이 술동이에 적중했는데, 이런 상황에도 김종서는 태연자약했다고 한다.

육진이 이루어진 뒤 김종서는 장병 및 군사들과 함께 지키면서, 한 번 잔치를 열면 비장 100명에게 모두 우족牛足의 큰 고깃점을 나누어 주었다. 어떤 사람이 절제를 모른다고 간언하자, 김종서는 이렇게 말했다. "북쪽 변방은 국왕이 흥기한 땅이다. 조종祖宗 때 넓히고자 했으나 실행하지 못했는데 이제 다행히 강토를 개척했다. 장병들이 10년이나 멀리서 수자리를 섰으니, 이와 같이 하지 않으면 위로할 방법이 없다. 더구나 일을 처음 시작할 때는 야박하게 해서는 안 된다. 지금은 비록 하나의 우족을 쓰지만 다시 10여 년이 지나면 닭다리도 넉넉하지 못할지 모른다. 그때 장병들이 모두 원망의 노래를 부르며 돌아가려 한다면 누구와 더불어 굳게 지키겠는가?"

조선은 선춘령 이남을 포기했다. 하지만 그것은 세종과 김종서의 잘못이 아니다. 그들은 육진을 개척함으로써 실지를 회복했다. 당시 세종과 김종서가 두만강을 국경으로 삼지 않고 대신들의 주장에 따라 그 아래 용성을 국경으로 삼았다면 우리 국토는 지금 어떻게 되었겠는가?

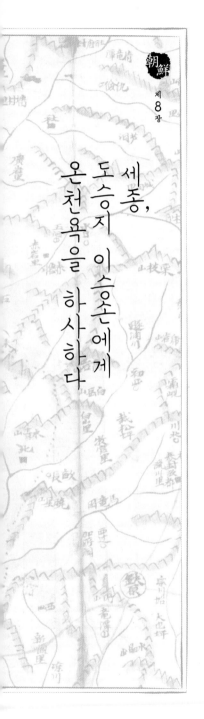

세종,
도승지 이승손에게
온천욕을 하사하다

　　1450년 6월, 세종이 승하한 직후에 신숙주申叔舟는
〈제대사헌이공사욕온천시권후題大司憲李公賜浴溫泉詩卷後〉라
는 글을 지었다. 대사헌 이공이 온천에서 목욕하라는
은총을 입은 것을 기념하여 여러 사람들이 지어준 시들
을 묶은 시권두루마리에 발문으로 적은 것이다. 대사헌 이
공이란 이승손李承孫을 가리킨다.

　　문종 즉위년인 1450년 6월 12일갑신, 문종이 상장喪
杖을 짚고 곡을 하며 세종대왕의 재궁梓宮·임금의 관을 받들
고 가서 영릉英陵의 현궁玄宮에 하폄下窆하고, 우주虞主·신주
를 받들고 돌아와 휘덕전輝德殿에 봉안하고 초우제初虞祭를
행한 뒤 창덕궁의 재실에 거처했다. 당시 영릉은 경기도
광주에 있었으니, 현재로 말하면 서울시 서초구 내곡동
에 위치했다. 신하들 가운데는 문종을 모시고 돌아온
사람도 있지만 영릉 아래에 사나흘 동안 유숙한 사람도
있었다. 이승손은 능 아래 유숙하고 있던 때에, 지난날
세종으로부터 관동의 온천욕을 하사받은 것을 기념하
여 엮었던 시권인 〈관동사욕시권關東賜浴詩卷〉을 꺼내 좌중
의 막료들에게 보여 주고는 승하한 세종을 그리워하면
서 눈물을 흘렸다. 그리고 신숙주에게 그 시권에 발문
을 써 달라고 청했다. 신숙주의 글은 길지만 그 전문을
소개한다.

경태景泰 원년조선 세종이 승하한 1450년 6월 갑신의 날에 우리 세종
대왕을 영릉에 장사지내고, 뭇 신하들이 모두 모여 능묘
아래서 유숙한 것이 사나흘이었다. 이때 대사헌 영천 이
공이 〈관동사욕시권〉을 꺼내어 좌중의 여러 막료들에게

보여 주고는, 눈물을 흘리면서 나 신숙주에게 말했다.

"아아, 어찌 차마 말을 하겠소! 지난날 선왕께서 관동에 행차하시다가 이천伊川의 온정溫井에 잠시 머무셨소. 이 신하가 뫼시고 따라갔었는데, 이 신하에게 이웃 고을에서 목욕을 하도록 하사하셨소. 호종하던 여러 공들이 시로서 전별을 말했다오. 그러다가 경사京邑로 돌아온 뒤에 진신사대부들에게 시로 읊어줄 것을 구했고, 그 뒤로도 글 잘하는 사람이 있으면 역시 청하여서 그 뒤를 이었더니, 모두 약간 편이 되었소. 임금께서 하사하신 것을 자랑하여 이 신하의 영광으로 삼으려 한 것이라오. 이 신하는 재주가 없거늘 외람되이 선왕의 지우知遇를 입어, 발탁되어 후설喉舌의 직승정원의 관직에 두셨다가, 서너 해도 되지 않아 승진하여 성재省宰로 삼으셨기에, 부디 이 몸이 가루가 된다 해도 성은의 만분지일이라도 바치고자 했다오. 그렇거늘 궁검弓劍을 홀연 남기시고 승하하시니, 정호鼎湖·원래 한무제가 승천한 곳이지만, 여기서는 세종이 승천한 곳에 구름만 어둑해서 용의 비늘과 봉황의 날개에 들러붙고 그것을 부여잡으려 해도 그렇게 할 길이 없구려. 앞으로 비록 글 잘하는 이들을 만난다 해도 어찌 다시 그 일을 읊어주길 마음으로 구할 수가 있겠소. 지난날 선왕을 모셨던 것은 영광과 광휘가 뼛속까지 향내를 배게 했지만, 지금 선왕을 따르는 것은 슬픔과 그리움이 가슴속을 칭칭 동여매듯 하오. 내가 이 시권을 소매 속에 넣어가지고 온 것은, 지난날을 그리워하고 오늘날을 통한해 하는 정이 지극히 깊은 마음에서 우러나와 스스로 그만둘래야 그만둘 수가 없기 때문이라오. 아아, 처음에 이 시권을 만들 때는 이렇게 마치게 될 줄 어찌 알았겠소. 시권의 마지막에 발문을 두는 것은 옛날부터의 관습이오. 그대가 내 이야기를 부연해서 마지막을 장식해 주는 것이 좋겠구려."

나 신숙주도 역시 선왕의 대에 성은을 입어, 오랫동안 외람되이 법종法從·왕을 호종함했으니, 공의 이 말은 차마 끝까지 듣지 못할 정도이다. 내가 공의 막료가 된 이래로, 공의 서여緖餘를 파악하고 그 하나나 둘이나마 가만히 바라보매, 선왕께서 족히 사람을 알아보시는 명감明鑑이셨다는 사실을 믿을 수가 있겠다. 공의 훈공과 사업이 앞서 드러난 것은 이미 극에 달했으되, 그 펴서 드러내지 못한 것이 아직 열에 일고여덟이다. 옛사람들이 말한 '선왕에게 보답하고 폐하에게 충성을 다한다.'라는 말은 바로 공이 금일 일삼아야 할 바이다. 무릇 사람의 정이란, 애영哀榮·사람들이 존경하여 그가 살아 있을 때는 영광스럽게 여기고 세상을 떠난 뒤에는 슬퍼함의 때에, 영광스럽게 여기되 영광스럽게 여겨야 하는 이유를 아는 자가 드물고, 영광스럽게 여기기는 하되 슬퍼할 바를 알아 그만둘래야 그만둘 수 없을 정도에 이르는 자는 더욱 적다. 무릇 공이 선왕의 지우를 입음이 융성해서 온천욕을 하사받은 일은 한 시기 한 사실의 영광스러움이로되, 공은 반드시 당초에 그 일을 자랑삼고서 마지막까지 그 마음에 변함이 없었다. 선왕의 일을 잊지 않기를 이와 같이 기약하니, 하물며 영광스러움이 이보다도 더 큰 일의 경우에야 더 말해 무엇하겠는가! 그래서 공의 마음이 어떠한지는 잘 알 수가 있다. 남들에게 그 사실을 노래하고 읊어달라고 해서 선왕의 하사를 더욱 자랑하는 것이 무슨 해가 되랴만, 공으로서는 슬픔을 이기지 못해서 차마 그렇게 하지를 못한다. 이것을 차마 하지 못하기에, 공의 마음이 어떠한지는 잘 알 수가 있다. 영광스럽게 여길 줄 알고 또 슬퍼할 줄 아니, 공의 마음이 어떠한지를 잘 알 수가 있으며, 선왕의 덕이 사람을 감동시킴이 깊었다는 것도 그 때문에 알 수가 있다. 당시 공이 온천욕을 하사받은 영광스러움, 성스러운 임금님과 현명한 신하가 만난 성대함, 국가를 위한 사업의 우뚝함에 대해서는 여러 공들의 시가 이미 다 드러내었기에, 여기서는 일일이 다 말할 겨를이 없다.

봉렬대부奉列大夫 사헌부 장령司憲府掌令 지제교知製敎, 고령 사람 신숙주가 삼가 쓴다.

이승손이 강원도 이천伊川의 온정에 세종을 모시고 갔다가 온천욕을 하사받은 것은 세종 24년1442년 3월의 일이다. 이승손은 그날을 기념하여 시를 지었고 다른 사람들도 그 일을 축하해서 시를 지었다. 이승손은 그 이후로도 다른 사람들의 차운次韻·다른 사람이 지은 시의 운자를 그대로 사용해서 시를 짓는 일 혹은 그 시을 더 받아서 하나의 시축을 만들었다. 세종의 성은을 잊지 않으려는 뜻에서였다. 옛날에는 기념시집을 두루마리 형태의 시권으로 엮었는데, 두루마리의 마지막에는 대개 그 시권을 엮은 경위를 적었다. 신숙주도 이승손의 시축 마지막에 이 글을 써주었을 것이다. 시축은 전하지 않고, 현재 이 글만 신숙주의 문집에 수록되어 있다.

이천의 온천은 지금 우리에게는 낯설다. 하지만 고종 때 이유원李裕元은 《임하필기》에서, 우리나라의 온천 가운데 성천·고성·동래·온양에 있는 것은 잘 알려져 있지만 이천에 있는 것이 훨씬 뛰어나다고 했다.

성현은 《용재총화》에서, 우리나라의 탕천온천은 북방의 한랭한 심산 골짜기에 많이 있고 수성水性도 여러 가지이므로, 탕천은 반드시 땅의 성질이나 유황으로 인하여 따뜻해진 것이 아니라 '하늘과 땅 사이에 별종이 있어 본래 그런 성질을 지닌

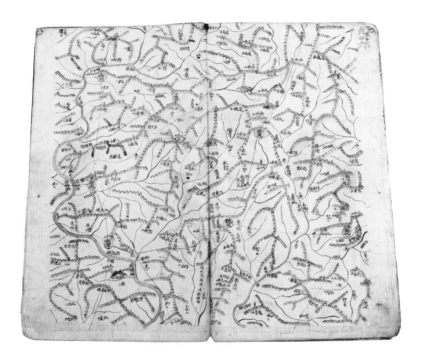

┃《해동지도》 이천(伊川) 부분

조선 후기 채색지도, 고려대학교 중앙도서관 한적실 소장.

《해동지도》의 이천 부분만을 제시한 것이다. 여기서 언급한 이천은 강원도 북서쪽 끝에 있는 군으로, 동쪽은 평강군, 남쪽은 철원군, 황해도 금천군, 서쪽은 황해도 신계군과 곡산군, 북쪽은 함경남도 문천군과 안변군에 접해 있다. 동쪽으로는 평강현(平康縣) 경계까지 38리, 남쪽으로는 안협현(安峽縣) 경계까지 14리, 서쪽으로는 황해도 신계현(新溪縣) 경계까지 35리, 북쪽으로는 함경도 안변부(安邊府) 경계까지 105리다. 서울과의 거리는 322리다. 이 지도는 이천(伊川)~안협(安峽)~삭녕(朔寧)으로 이어지는 역로를 명시했다. 단, 이천에 온정(溫井)이 있는지의 여부는 표시하지 않았다. 그런데 《신증동국여지승람》에는 사동온천(寺洞溫泉)이 이천현 북쪽 99리에 있고, 구리항온천(仇里項溫泉)이 현 북쪽 80리에 있다고 했다. 사동온천은 세종이 행궁(行宮)을 짓도록 명하고 거둥했던 곳이다. 행궁은 불에 타 버린 뒤 폐기되었다.

것'이라고 주장했다. 그리고 조선의 육도六道마다 모두 온정이 있으나 경기도·전라도만 없는데, 옛날 책에 보면 경기도 수주樹州·부평에 온천이 있었다는 기록이 있어 조정에서 사람을 보내 답사했으나 그 근원을 얻지 못했다고 했다. 성현이 밝힌 6도의 온천은 다음과 같다.

경상도 영산현靈山縣의 온천은 다른 곳보다 조금 차서 목욕하는 사람이 뜨거운 돌을 샘 속에 넣어 따뜻하게 한다. 목욕하러 오는 일본인이 연달아 끊이지 않았으므로, 고을에서 꺼려하여 임금께 아뢰어 샘 줄기를 막아버렸다. 동래 온천은 비단결 같은 샘물이 땅으로부터 솟아 나오는데, 물을 끌어들여 곡槲에다 받아 둔다. 끓는 물과 같아서 마실 수도 있고 음식을 데울 수도 있다. 일본인으로 우리나라에 오는 자는 반드시 목욕을 하고 가려 한다.

충청도 충주 안부역安富驛 큰길가의 온천은 미지근하다. 온양 온천은 알맞게 따뜻하여, 세종과 세조께서 여러 번 행차했다. 정희왕후貞熹王后도 갔었는데 행궁에서 세상을 떠났다. 청주의 초수椒水는 물은 따뜻하지 않으나 그 냄새가 후추와 같다. 이 물로 씻으면 안질이 잘 낫는다고 한다. 세종께서 친히 행차했고, 세조께서 복천사福泉寺에 가면서 이곳을 지나다가 머물렀다.

강원도에는 세 개의 온천이 있다. 이천현伊川縣 북쪽 깊은 산속에 있는 온천은 세종께서 동주東州의 들에서 강무講武하시고 들렀다. 또 하나는 고성현高城縣의 속읍인 환가豢猳에 있으니 금강산 동쪽 기슭 큰 시냇가에 있다. 세조께서 납시었다. 나머지 하나는 평해군平海郡 서쪽 백암산白巖山 밑에 있는데, 샘물이 알맞게 따뜻하고 매우 깨끗하다. 중 신미信眉가 큰 집을 짓고 쌀을 꾸어주고 받고 하여 목욕하러 오고가는 사람들에게 베풀었다.

황해도에는 온천이 아주 많다. 배천白川 대교온정大橋溫井, 연안延安 전성온정氈城溫井, 평산온정平山溫井, 문화온정文化溫井, 안악온정安岳溫井 등이 있다. 그중에서도 해주의 마산온정馬山溫井은 미지근한 것도 있고 몹시 뜨거운 것도 있어 기이하다. 샘 옆이 바다라서 맛은 짜다. 들 가운데 30여 군데쯤 있는데, 그중에는 괴어서 못을 이룬 곳도 있고, 혹은 조그마하게 물웅덩이를 만든 것도 있으며, 혹은 물밑이 뜨거워서 밟기 어려운 곳도 있다. 또 어떤 것은 넘치는 샘이 물을 뿜어내어 뜨거운 물거품이 용솟음쳐서 주위에 있는 진흙이 뜨거워 열 때문에 엉겨서 돌과 같이 단단하다. 아침저녁에 김이 서려서 온 들이 연기가 낀 것 같고, 평지는 따뜻하여 마치 흙평상에 누운 것과 같다.

평안도에는 삭주온정朔州溫井과 성천온정成川溫井이 있다. 양덕현陽德縣의 온정은 물이 끓는 탕과 같아서 날짐승이 털을 데쳐 뜯어낼 수 있을 정도다. 용강현龍岡縣 온정은 물이 뜨거워서 아주 참을성 있는 사람이 아니면 오래 들어가 있을 수 없고, 물을 끌어다가 곡斛에다 받아두어야만 목욕할 수 있다.

영안도함경도의 옛 이름에도 온천의 우물이 있다.

전라도에는 무장茂長의 염정鹽井이 있을 뿐 온천은 없다.

세종에게 온천욕을 하사받은 이승손1394~1463년은 문종이 승하할 때 단종의 일을 부탁받은 고명대신의 한 사람이었다. 죽은 뒤의 시호는 성정成靖이다. 재상으로 보좌하면서 능히 종명終命한 것을 성成이라 하고, 공손하고 말수가 적은 것을 정靖이라 한다.

이승손은 김숙자金叔滋의 《사우록師友錄》에 이름이 올라 있고, 김숙자의 행적을 기록한 《이준록彝尊錄》에도 이름이 올라 있다. 무오사화 때 죽임을 당한 안동의 선비 권경유權景裕는 그의 외조카다.

이승손은 생원시에 합격하고 식년문과의 병과 1등으로 급제한 뒤 여러 벼슬을 거쳐 이조정랑정5품과 병조정랑을 지냈다. 39세 때인 세종 15년1433년에 최윤덕의 종사관으로서 북변의 이만주를 정벌하는 일에 참여했다. 47세 때인 세종 23년1441년 승정원 좌승지3품에 제수되고, 그 뒤 세종 27년1445년 이조참판을 거쳐, 이듬해 인순부윤정2품이 되었다. 이후 이조와 병조의 참판종2품을 역임하고, 형조판서, 사헌부 대사헌, 지중추원사를 지냈다. 문종 원년인 1451년에는 57세로 예조판서에 등용되었고, 1452년에 문종이 승하하자 국장도감제조가 되었다. 하지만 단종이 즉위한 뒤, 이조정랑 때의 부정 사건과 불교 신봉을 이유로 대간의 탄핵을 받아 파직당했다. 세조가 1455년에 즉위한 뒤에는 좌익원종공신에 녹훈되었다. 세조 6년1460년에 숭록대부의 품계에 올랐고, 세조 9년1463년 8월에 우찬성종1품에 이르렀으나, 이해에 작고했다.

《세조실록》의 세조 9년1463년 9월 23일 조에 이승손의 졸기가 있다. 이승손에 대해 사관은, "일을 처리하는 데 명민하여 사람들이 그 이재吏才를 예찬했다."라고 적었다.

《실록》을 보면 세종은 재위 23년째인 1441년에 이르러 갈산 온정을 대대적으로 개발하려고 했다. 그해 5월 15일경술, 승려들을 소집하여 이천 온정의 욕실을 짓게 했는데, 충청도에서 150명, 경기에서 100명을 모았다. 20일 동안 사역한 자에게는 상직賞職을, 30일 동안 사역한 자에게는 도첩度牒을 주었다. 10월 28일신묘에는 주서注書 신영손辛永孫이 이천 온정의 영건 상황을 살펴보고 규모가 장려하다고 아뢰었다. 세종은 글을 내려 효유하고, 다시 신영손으로 하여금 가서 살피게 했다.

이 무렵 세종은 부평에서도 온정을 찾으려고 했다. 한 해 전의 8월 27일병신, 세종은 예조에 전지하여 온정 찾는 일에 전력할 것을 명했다. 당시 지역의 아전이나 백성들은 번거로움을 기피해서 온정이 발견되어도 숨기곤 했으므로, 세종은 그러지 말도록 타이른 것이다.

온정은 병을 치료하는 데에 긴요하고 절실하므로, 백성을 위해서 찾은 지가 벌써 여러 해다. 그런데 부평의 이민吏民들은 나의 지극한 뜻을 알지 못하고, 고을이 번잡해지는 폐단을 싫어하여 숨기고 여러 해 동안 알리지 않았으니, 완악하고 어리석음이 이보다 심할 수 없다. 이에 다시 금년 12월 그믐날을 기한으로 하여 스스로 고하도록 하고, 끝까지 추국推鞫하여도 알리지 않으면 전에 내렸던 전교傳敎에 의거해서 우선 본읍의 삼반수리三班首吏를 경기의 폐잔한 역의 역리로 정하고, 품관과 거민으로서 제 집터나 전지田地에 온정이 있는 증좌가 명백한데도 숨기고 알리지 않은 자는 딴 고을로 옮기도록 하라. 결국 사실이 아님이 판명된다고 하더라도, 딴 사람이 숨긴 사실을 공公을 위해 보고하는 것은 그 마음이 상을 줄 만하므로, 만약 와서 알리는 자가 있거든 부평 수령으로 하여금 그 말의 경중에 따라 요량해서 논상하도록 하라.

세종은 이후 여러 조건을 고려하여 부천 온정보다는 이천 온정을 개발하기로 결정했다.

세종 24년1442년 2월 22일계축에 장령 민건閔騫은 이천 온정에 행차할 때 군사의 수를 줄이지 말고 오히려 더 늘려야 한다고 건의했다. 세종은 군사의 노고를 깊이 염려하여 수를 줄이고 병조 당상이나 도진무都鎭撫 한 사람만 시위侍衛하게 하려고 했다. 민건은 이천까지 노정이 멀고 험한 데다 양전兩殿과 세자도 함께 가므로 군사의 수를 줄이면 옳지 못하다고 주장한 것이다. 또 세종 15년1433년에 온양에 거둥할 때도 의정부와 육조 당상이 각각 한 사람씩 시위했던 예가 있으므로 시위하는 관원의 수를 더 늘려야 한다고 했다. 하지만 세종은 금번의 군사가 지난해보다 많으므로 더 말하지 말라고 했다.

3월 3일갑자, 세종은 이천 온정에 목욕하고 겸하여 춘등강무春等講武를 실시하기 위해 출발했다. 중궁과 왕세자도 따라갔다. 낮에 녹양평綠楊平에 잠시 머물자, 경기관찰사 윤형尹炯, 경력 조자趙孜, 양주부사 이중李重이 배알했다. 이로부터 각 고을의 수령들이 모두 고을 경계에 나와서 마중했다. 세종은 왕세자와 함께 회암산檜巖山에서 사냥하고 풍천楓川 들에 머물고 회암사 승려에게 쌀과 콩 40석을 하사했다.

3월 17일무인, 내의 노중례盧重禮가 의방醫方을 검토하여 온정의 신에게 올릴 제문을 작성했다. 제사는 규모를 작게 해서 소사小祀로 정했다. 온양에서는 세속의 예에 따라 희생과 축문도 없이 제사지냈지만, 이때부터 온정의 신에 대해서도 희생과 축문을 쓰게 되었다. 3월 21일임오, 대호군 전인귀全仁貴가 왕명으로 온정의 신에게 제사했다.

세종은 온정에 거둥하는 사이에 흥천사 사리각興天寺舍利閣의 경찬회慶讚會를 베풀게 함으로써, 불사에 반대하는 유신들의 저항을 누그러뜨리려 했다. 이보다 앞서, 2월 21일^{임자}에 세종이 승정원에 그러한 견해를 밝히자, 조서강·이승손·김조·강석덕·성봉조는 찬동했다. 이때의 경찬회는 안평대군이 총괄하게 된다.

세종은 온천 행차로 발생할 민폐를 최소한으로 줄이고자 했다. 그래서 3월 16일^{정축}, 세종은 온정에 이르러 사냥할 때 짐승 몰이를 하거나 짐을 실어 나를 때 마소를 몰기 위해 따라왔던 구군驅軍들을 모두 보내고, 사위 군사四衛軍士도 윤번으로 시위하게 했다. 또 곡산과 평강의 창고에 있는 쌀과 콩을 내어, 따라온 사람들에게 주라고 명했다.

그런데도 불구하고 《실록》을 엮은 사관은 세종의 온정 행차를 다음과 같이 비판했다.

강원도는 땅이 척박하고 인구가 드문데, 지난해에는 정부丁夫를 뽑아 함길도 장성長城 역사에 가게 했다. 또 가을에 큰물이 져서 벼농사가 흉작인데, 이천이 가장 심했다. 지금은 또 새로 욕실을 짓느라고 백성들이 고생을 하고, 경로의 여울물이 깊고 넓어서 곳곳에 교량을 새로 놓는데 그 제도가 아주 장엄하며, 들에 풀을 베어 10여 리 간격으로 산더미같이 쌓고, 길을 확장하여 큰 수레 두세 대가 나란히 나가도록 마련하느라 도내가 시끄러웠으니, 백성들의 괴로움과 폐해를 이루 다 기록할 수 없다.

세종은 온정에 거둥할 때 지방관의 진상進上을 금지했다. 평안도관찰사 정분鄭苯이 진상을 하자, 3월 18일^{기묘}에 그에게 전지하여 꾸짖고, 이 뜻으로 각도 관찰사에게도 전지하라고 명했다.

온정에 거둥할 때의 진상은 일체 금하도록 앞서 전교했는데, 경은 전교를 어기고 물건을 올렸으며, 승정원은 내가 이미 내린 명령을 지키지 않고 감히 계달했으므로, 선전관으로 있는 내시 김충金忠을 의금부에 내려보내 명을 어긴 죄를 징계하고 장차 올린 물건을 돌려보내려 하나, 다만 먼 길에 도로 싣고 가는 폐단이 있을까 하여 우선 받아 놓게 한다. 무릇 신하된 도리는 한 가지로 임금의 명을 따라야 하거늘, 경은 지금 명령을 어기면서까지 물건을 올렸으므로 내가 아주 옳지 못하게 여긴다. 이제부터는 삼가서 다시는 올리지 말도록 하라.

세종은 또 승정원에 명하여, "초차草次·노숙의 장소에서는 예를 다 갖출 수 없으므로 제거해도 될 일은 너희들이 좌참찬 황보인, 예조판서 김종서, 병조참판 신인손과 의논하여 아뢰라."라고 했다. 황보인 등은 "성상께서 여러 일의 기틀을 통촉하시고 모든 일을 간편하게 하시므로 다시 더 제거할 일이 없습니다."라고 했다.

세종은 따라온 시종과 신료의 반수 이상을 서울로 돌아가게 했다. 그리고 3월 18일기묘에는 호종한 신료들 가운데 몸이 아픈 자는 관문關門 온정에서 목욕하라고 명했다. 3월 21일임오에 장령 이사철李思哲과 정언 이휘李徽 등은 시위가 소홀할까 염려되므로 명령을 거두라고 했으나, 세종은 윤허하지 않았다.

그런데 온정 행궁의 기둥 위에 새로 바른 흙이 떨어져서 거의 사람을 상할 뻔한 사고가 발생했다. 온정 행궁의 영건은 대호군 박강朴薑, 전 부정 이순로李順老, 사알 이하李夏 등이 감독을 했었다. 4월 1일신묘에 세종은 의금부에 전지하여 이 감독자들을 추국하여 아뢰라고 명했다. 뒤에 세종은 공무상 착오를 범한 박강만을 파면하는 데 그쳤다.

4월 2일임진에 황보인과 김종서는 물난리가 있기 전에 행차를 돌이킬 것을 청했다. 세종은 13일에 대가大駕를 돌리려 했으나, 도승지 조서강은 "목욕 후 몸을 조섭하신 지 오래 되지 않았으므로 빨리 돌아갈 수 없습니다."라고 했다. 결국 4월 16일병오, 세종은 중궁과 더불어 온정을 출발하여 대현大賢 들에서 유숙했다.

4월 17일에는 온정의 욕실에 불이 났다. 온정감고溫井監考 윤춘래尹春來에 따르면, 전날 불이 나서 온정의 욕실이 연달아 탔는데 동궁의 욕실은 타지 않았다고 했다. 세종은 병조좌랑 박원형, 강원도 경력 이축李蓄, 내시 엄자치嚴自治에게 명하여 실화의 이유를 묻게 하고, 승정원에 명하여 환궁 후의 연회를 정지하게 했다.

4월 18일무신, 병조좌랑 박원형이 온정으로부터 와서, 실화한 사람은 백성 최득림崔得霖 등 네 사람인데, 이미 이천의 옥에 가두었다고 보고했다. 세종은 의금부에 명하여, 최득림 등을 잡아서 행재소로 데려오게 하고, 화재를 막지 못한 원주목사 성급成扱과 낭천현감 최맹기崔孟基를 체포하여 서울로 데려가라고 했다. 뒤에, 이천 온정에 불이 났을 때 기관記官 벼슬의 정해程孩가 최맹기를 구한 것을 알고, 세종은 정해에게 쌀과 콩 10석을 상으로 내렸다.

이천 온정에 다녀온 뒤로도 세종의 눈병은 낫지 않았다. 그해 6월 16일을사, 세종은 세자로 하여금 서무를 보게 하려고 그 뜻을 승지들에게 말했다.

근년 이래로 내가 소갈증과 풍습병을 앓게 되어 모든 정령政令과 시위施爲가 처음과 같을 수가 없는데, 온정에 목욕한 뒤로는 소갈증과 풍습병이 조금 나은 것 같다. 그러나 눈병이 더 심하게 되고, 이로 인하여 여러 병증이 번갈아 괴롭혀, 정치에 부지런할 수가 없다. 무릇 사람의 몸에서는 귀와 눈이 긴요한데 눈병이 발생한 후 시력이 미치지 못하니, 정치에 부지런하려 하지만 어찌 가능하겠는가. 의방醫方에서도 일찍 일어나 근력을 허비하는 것을 꺼린다고 했으니, 중국과의 외교와 군정 이외의 나머지 모든 사무는 세자로 하여금 처결케 하고자 했건만, 대신들이 모두 옳지 않다 하고 그대들도 옳지 않다고 하니, 나는 그 옳지 않다고 하는 뜻을 알지 못하겠다. 내가 이 일을 하고자 하는 것은 스스로 평안히 지낼 계책으로 하는 것이 아니다. 나의 병세를 보건대 쉽게 낫지 않을 것 같으므로 휴가를 얻어 정신을 화락하게 하고 병을 휴양하려고 하는 것이다. 신하들의 마음도 어찌 나로 하여금 병을 참아가면서 정치에 부지런히 근무하여 병이 더 심한 데에 이르게 하려고 하겠는가?

세종이 왕세자에게 서무를 대행케 하려 했던 것은, 왕세자가 제왕의 자질을 키울 수 있도록 하려는 의도였을 것이다. 그런데 세종은 그 서무 대행의 이유를 자신의 눈병에서 찾은 것이다.

세종은 그해 9월 16일계유에 경기도 관찰사에게 광주 어원 온정廣院溫井을 찾아

보도록 시켰고, 10월 14일신축에는 지풍덕군사知豊德郡事 심실沈實에게 흥왕興王의 옛 성터에서 온정을 찾아보게 했다.

이듬해 세종 25년1443년 8월 29일신해, 이승손은 세종에게 다시 온천에 거둥하실 것을 건의했으나 세종은 "목욕한 뒤에 내 눈이 더 어둡다. 목욕해서 효험을 얻으면 좋지만 혹시라도 더 어두워지면 이는 곧 위태로운 짓이니 반드시 후회할 것이다."라고 했다.

《실록》을 편수한 사관은 이 기사의 뒤에 다음 논평을 첨부했다.

당시 여러 의방에도 목욕하면서 눈을 치료한다는 말이 없었거늘, 두 번이나 온천에 거둥하여 이에 필요한 물자를 공급하느라 신료와 백성이 고생한 것을 이루 다 기록할 수 없다. 임금이 다시 거둥한다 하여도 마땅히 간해서 그치게 해야 하거늘, 아첨하느라고 공교롭게 말을 꾸미는 것이 이와 같았다. 또 이승손은 전에 대가를 호종하여 온천에 갔다가 수령들이 주는 것을 많이 받아서 배에 실어 집으로 보냈으므로, 사람들의 비판을 받았다.

세종 26년1444년 1월 27일정축에, 어떤 사람이 청주의 초수椒水는 만병을 고칠 수가 있고 목천현木川縣과 전의현全義縣에도 이런 물이 있다고 알렸다. 세종은 내섬시윤內贍寺尹 김흔지金俒之를 보내어 행궁을 세우게 하고, 이 물을 얻어 가지고 와서 아뢴 자에게 목면 10필을 하사했다.

그해 4월에 세종은 초수 온정으로 향했다. 4월 12일신묘, 도승지 이승손은 초수에 오래 머물 것을 청했으나, 세종은 처음 정한 대로 60일이 차면 돌아가겠다고 했다. 6월 1일기묘에는 가을에 청주의 초수로 갈 것을 결정했다. 7월 16일계해, 도승지 이승손은 초수에 거둥하는 일을 정지하지 마시라고 아뢰었다. 세종은 당시의 한발이 병진년1436년보다 심한데, 지방 수령들이 온정 거둥을 핑계로 금품을 거둬들이면 백성들의 피해가 적지 않을 것이므로 차마 거둥하지 못하겠다고 했다. 승지들과 대신들이 한사코 청하자, 공급될 비용과 시위하는 무사의 수를 금

世宗莊憲大王實錄卷第一

世宗莊憲英文睿武仁聖明孝大王諱祹字元正　太宗恭定大王第

三子也　母元敬王后閔氏以　太祖六年丁丑四月壬辰生於漢陽

俊秀坊潛邸實　大明　太祖高皇帝洪武三十年也英明剛果沈毅重

厚寬裕仁慈恭儉孝友出於天性　太宗八年戊子二月封忠寧大君十

右副代言沈溫之女封敬淑翁主十三年壬辰五月進封忠寧大君娶

八年戊戌六月壬午　太宗在開京文武百官以世子禔失德令辭請

廢　太宗欲立禔視長子爲嗣群臣咸曰　殿下教養世子無所不至尚

且如此今立幼孫寧能保異日乎況廢父立子於義何如請擇賢以立

之　太宗曰卿等宜擇賢以聞群臣咸曰知子莫如君父簡在

聖心　太宗曰忠寧大君天性聰敏好學不倦雖盛寒極暑終夜讀書

且識治體每於大事獻議皆出於意料之外又其子有將大有爲之資

予欲以忠寧定爲世子群臣咸曰擇賢亦指忠寧大君也議

既定即立爲王世子趣百官入賀遣長川君李從茂吉于宗廟下教

宥中外曰建儲以賢乃古今之大義有罪廢唯國家之恒規事非一

세종장헌대왕실록 (世宗莊憲大王實錄)

서울대학교 규장각한국학연구원 소장. 활자본 163권 154책. 《조선왕조실록》의 한 부분으로, 세종 즉위년(1418년) 8월부터 세종 32년(1450년) 2월까지의 역사를 기록한 책이다. 문종 2년(1452년)부터 김종서, 황보인, 정인지가 총재관으로서 편찬하기 시작했고, 1453년 계유정난 이후 정인지가 편찬을 총괄하여 단종 2년(1454년)에 완성했다. 세조 12년(1466년)에 양성지의 건의로 활자로 인쇄하기 시작하여 성종 3년(1472년)에 3부를 인쇄했다. 선조 말년에 다시 인쇄하여 여러 사고에 봉안토록 했다. 1권부터 127권까지는 편년체의 기사이고, 그 이후는 《오례(五禮)》, 《악보(樂譜)》, 《지리지(地理志)》, 《칠정산(七政算) 내·외편》 등의 지(志)이다.

년 봄에 거행한 거둥 때의 반액으로 감한다면 거둥하겠다고 했다. 이승손은 간편하게 하는 방법을 찾아서 성안成案을 만들어 아뢰었다. 7월 22일기사에는 김흔지를 청주에 보내어 초수 행궁을 수선케 했다. 10월 18일계해, 도승지 이승손 등이 명년에도 초수로 거둥하기를 청했으나 윤허하지 않았다. 세종은 "내 몸의 병을 내가 어찌 모르겠느냐. 초수에 갔다 온 뒤로부터 병은 역시 조금 나았지만 이만하고 그만두기로 마음먹었기 때문에 듣지 않겠다."라고 했다.

세종은 이승손을 신임했다. 세종 27년1445년 3월 25일무술, 영의정 황희黃喜에게 비단으로 만든 단령團領 1벌을 주고, 또 도승지 이승손에게 중국식 가죽신唐體靴을 주면서, "경이 이 신을 신으면 사람들이 모두 본받으리라."고 했다.

세종 31년1449년 8월 4일신해에, 충순위忠順衛 이종경李宗敬과 송학宋鶴 등이 강도 김삼金三을 잡아 형조에 장고狀告하여 상직賞職을 구했다. 이때 이종경은 강도를 잡는 데 참여하지 않은 윤계흥尹繼興·이영신李永信·김여려金汝礪 등의 이름도 함께 기록했다. 윤계흥은 형조판서 이승손의 사위, 이영신은 이승손의 조카, 김여려는 동부승지 김흔지의 사위였다. 8월 24일신미, 사헌부는 이승손과 김흔지를 핵문하기를 청했으나, 세종은 윤허하지 않았다. 다음날 이승손은 사직을 청했지만, 세종은 윤허하지 않았다.

《실록》을 편수한 사관은 이렇게 논평했다.

승손은 태도와 거동이 공순하고 아름다우며, 총명하고 민첩하여 재결裁決을 잘하여 물정物情에 거슬리지 않았으므로, 임금의 신임을 받았다. 하지만 도승지와 이조참판으로 있을 동안 뇌물을 많이 받아 함부로 사람에게 벼슬을 준 데다가 상고商賈와 교통하여 가부家富를 이루었고, 형조판서가 되어서도 돈을 받고 옥사를 다스린다는 조롱이 있었다.

문종 때 이승손은 대사헌으로 있으면서 대자암의 증축을 반대하고, 불사의

정파를 요구했으며, 신미에게 칭호를 올리는 것이 부당하다고 아뢰는 등, 국왕의 불교 관련 행사를 비판했다.

세조 때에는 다른 유신들과 화협하여 한 시대를 울렸다.

권람權擥의 〈진산으로 귀근 가는 영상 강맹경을 전송하는 글送領相姜 (孟卿) 歸覲晋山序〉에 보면, 세조 6년1460년 겨울, 영의정부사 진산부원군 강맹경이 진양진산으로 어머님을 뵈러 갈 적에 세조가 특명으로 그 어머님의 수연壽宴을 내리고 또 위로의 잔치까지 내려 주었다. 10월 10일원자, 좌의정 고령부원군 신숙주, 찬성 남원부원군 황수신, 좌참찬 이승손, 그리고 권람이 동료들을 거느리고 강맹경의 본택에 모여 전별연을 베풀었다. 이때 봉원부원군 정창손, 운성부원군 박종우, 중추원사 황치신, 형조판서 연성군 박원형, 이조판서 능성군 구치관, 병조참판 상락군 김질, 공조참판 어효첨 등이 역시 찾아와 수작酬酢의 예를 했다.

이승손의 온천 시권과 관련해서는 하연河演의 〈이승지가 상께서 이천으로 행하시는 것을 모시고 갔다가 병이 있음을 말씀드리고 온정에서 목욕하게 해 달라고 청하자 상께서 허락했다. 승지 김요가 시를 올렸는데, 나는 압운의 글자를 뽑아 온溫자가 나왔다.李承旨承孫隨駕伊川行幸 告病請浴溫井 上許之 金承旨銚贈詩 余占溫字〉라는 제목의 시가 남아 있다. 두 수이다.

첫째

후설의 직승정원 승지으로 문폐궁전 계단의 직을 받아
심장과 간장을 내어보이듯 정성스레 지존을 받들다가
은택의 편애로 생명을 보위하게 되고
하늘 땅 같은 덕택에 목욕을 하사 받았네
음 기운의 불이 깊고 으슥하게 묻혀 있지만
양 기운의 봄날 편안하고 따스하게 머무르시네

한 마리의 용이 여러 다리를 나누듯
이천의 온정 물이 관새 문에 떨어졌구나

喉舌承文陛(후설승문폐) 心肝奉至尊(심간봉지존)
慰生偏雨露(위생편우로) 賜浴感乾坤(사욕감건곤)
陰火埋深邃(음화매심수) 陽春駐晏溫(양춘주안온)
一龍分派脚(일룡분파각) 伊水落關門(이수낙관문)

둘째

성군께서 동쪽으로 순수하는 날
푸른 봄기운 도는 삼월의 하늘
이미 옥련을 모셔서 기쁘거늘
다시 온천에 목욕하라 하사하시다니
수명 늘리려고 연단을 아홉 번 끓일 것 없도다
온천욕으로 작은 병이 홀연 다 나았도다
건곤천지의 큰 조화는 위대하여라
숫돌을 지니고 다닌 옛사람처럼 마음을 굳게 하길 맹세하노라

聖主東巡日(성주동순일) 靑春三月天(청춘삼월천)
已欣陪玉輦(이흔배옥련) 復賜浴溫泉(부사욕온천)
九煎何須學(구전하수학) 微痾忽爾痊(미아홀이전)
乾坤洪造大(건곤홍조대) 帶礪誓心堅(대려서심견)

　　한편 하연의 시에서, 이승손에게 시를 증정했다고 한 김요는 세종 때 김돈과
함께 해시계를 만든 인물이다. 세종은 김돈과 김요에게 흠경각을 만들라고 했다.
흠경각은 보루각이라고도 한다. 김돈과 김요는 궁전 뜰에 작은 누각 한 칸을 만
들고 종이에 풀을 발라 높이 7척 남짓의 산을 만들고, 각 안에 옥루와 기륜機輪을

설치하고 물로 쳐서 시각을 알리게 했으며, 또 4신·12신과 북 치는 사람, 종 치는 사람, 시각 알리는 사람, 옥녀 등 모두 100여 개의 부품을 만들어 인력을 빌리지 않고도 저절로 때리고 운행하게 했다. 산의 네 곁에는 《시경》 빈풍豳風〈칠월七月〉시에 의거해서 사계절의 경치를 조성했는데, 나무를 깎아 인물과 조수와 초목의 형상을 만들어 계절에 따라 포치하여 농사의 어려움을 알 수 있게 했다. 혹은 흠경각은 2층이며, 맨 위에 삼신이 있었다고도 전한다.

그런데 이승손이 온천욕을 하사받았을 때 강녕康寧도 온천욕을 하사받았다. 하연은 이승손의 온천욕을 경하한 시 다음에 〈하사욕강녕賀賜浴康寧〉이란 시를 남겼다.

첫째

보리 꽃에 철 맞는 비가 넉넉하고
버들 솜에는 가벼운 아지랑이 흠씬하다
해와 달은 교외의 전각에 머무르고
하늘과 땅에는 불 샘이 개탁했네
기도하는 진정이 귀신을 감동시키고
기쁜 기색은 산천을 움직였다
경락京洛에서 화려한 옥련을 우러러보고
노래를 불러서 군주의 만수무강 기원하네

斄花饒好雨(모화요호우) 柳絮浥輕煙(유서읍경연)
日月留郊殿(일월유교전) 乾坤坼火泉(건곤탁화천)
祈情感神鬼(기정감신귀) 喜氣動山川(희기동산천)
京洛瞻華輦(경락첨화련) 謳歌壽萬年(구가수만년)

둘째

평평하게 깔린 일천 이랑의 들판

얼키설키 휘도는 열 집 마을의 연기

용이 천운에 응하자 흙비가 비밀스런 봉수에 내리고

하늘은 그를 위해 단 샘을 솟아나게 했네

북극성을 향해 공손한 차림으로 뭇 별자리들 나열하고

조종朝宗하는 강에는 뭇 시내가 쏟아 붓네

희화씨가 태평의 운수를 열고

산악은 장수를 축원하누나

平衍千畦野(평연천휴야) 縈回十室煙(영회십실연)

龍應霾祕燧(용응매비수) 天爲湧甘泉(천위용감천)

拱極羅群宿(공극나군수) 朝宗注衆川(조종주중천)

義和開泰運(희화개태운) 山岳獻高年(산악헌고년)

　　세종은 신하들의 반대와 백성들의 불평에도 불구하고 온천욕을 감행했다. 자신의 질병을 고치려는 목적에서라고 말했지만, 실상은 백성들의 삶과 작황 상태를 직접 보기 위해 순행을 한 듯하다.

서거정徐居正의 문집인 《사가집四佳集》에는 성종 7년1476년 명나라 사신 기순祈順과 장근張瑾에게 선물한 《황화집皇華集》의 서문이 있다. 명나라 헌종은 아들 우탱祐樘을 황태자로 세우고 이 사실을 공지하기 위해 그들을 조선에 파견했다. 우탱은 나중에 명나라 효종이 된다.

황화란 말은 《시경》 소아 녹명지십鹿鳴之什의 〈황황자화皇皇者華〉에 나오는 다음 구절에 근원을 두고 있다.

휘황한 꽃이여!
저 언덕과 습지에 있네
달려가는 사신이여!
매양 미치지 못할 듯이 생각하네

皇皇者華(황황자화) 于彼原隰(우피원습)
駪駪征夫(선선정부) 每懷靡及(매회미급)

곧 황화는 황황자화의 약칭으로, 임금이 사신을 보낼 때 부른 노래다. 후세에는 사신으로 나가는 일이나 사신으로 가는 사람을 이르는 말로 쓰였다. 그리하여 조선에서는 명나라 사신들과 그들을 맞았던 원접사 이하 여러 관리들이 주고받았던 시들을 모아 책을 엮고 그것을 '황화집'이라고 이름 붙인 것이다.

《황화집》을 엮어 중국 사신에게 선물로 주는 관례를 만든 사람은 실은 세종이다. 다만, 세종 때 처음 만든 《황화집》에는 서문이 없었다. 그래서 성종 때의 《황화집》에 붙인 서거정의 서문을 통해 《황화집》을 제작하여 중국 사신에게 선물하는 일의 의미를 살펴보기로 한다.

왕도王道가 흥기하면 아雅와 송頌이 지어져서 훌륭한 다스림의 자취를 살필 수 있게 된다. 옛날 주나라가 융성하던 시기에 〈대명大明〉〈황의皇矣〉〈역복棫樸〉〈한록旱麓〉 등[《시경》의 편명으로, 문왕과 주나라 선대의 덕을 읊은 시들]은 모두 융성한 아름다움을 읊어 한 시대의 제작制作을 새롭게 했다. 그리고 관리를 두어 시를 채집하여, 회檜나라나 조曹나라 같은 작은 나라도 국풍의 끝에 들어갈 수 있었으니, 시를 폐기할 수 없는 것이 이와 같다. 하물며 시란 성정의 진실에 뿌리를 두어 차탄하고 읊조리는 여운에서 나오는 것으로, 간혹 윗사람이 아랫사람을 위로하고 아랫사람이 윗사람을 칭송하여 세교世敎에 관련되어 풍아風雅의 올바름에 합치하는 것이 있다. 그래서 크게 우아한 군자라면 반드시 시를 특별히 인정하는 것이다.

명나라가 천하를 다스리자 사해의 안팎이 신하가 되지 않은 지역이 없다. 그중에 우리 조선은 대대로 교화를 입어 시·서·예·악에 옛 문헌의 기풍이 있다. 천자가 크게 하늘의 명을 받아 빛나게 보위에 오르고, 이제 태자를 책봉하여 천하에 근본을 바로잡음을 보이기 위해, 호부낭중戶部郎中 기순과 행인사 좌사부行人司左司副 장근을 우리나라에 사신으로 보냈다.

두 분은 모두 온유하고 돈후한 자품과 웅혼하고 호걸스러운 재주로 사신의 임무를 주선하여 차분하고 법도가 있었다. 여가의 날에는 언덕과 물가를 오르내리며 풍경을 두루 관람했는데, 산천과 지리, 민풍과 국속 등을 눈으로 보면 입으로 읊어 그렇게 지은 시들이 상자 속에 가득했다. 질나발과 퉁소가 번갈아 연주되고 종과 석경이 화합하여 울리듯 하여, 웅걸한 작품들이 갈수록 더욱 기이하며, 풍속을 관찰하여 살피는 뜻이 그 사이에 성대하게 들어 있다.

내가 왕명을 받들어 원접사가 되어 압록강 가에서 그들을 맞이하고 전송했는데, 곁에서 모신 것이 대개 40여 일이었고 수창을 하면서 또 가르침을 받았다. 아! 참으로 행운이었다. 두 분이 귀환할 때 우리 전하께서 그 시편들을 오래도록 전하고자 간행하도록 서국書局에 명하여 그분들의 행차를 빛나게 하셨다.

의순관영조도(義順館迎詔圖)

선조 5년(1572년) 10월 11일 이후 제작. 1첩 5절 채색도. 서울대학교 규장각한국학연구원 소장.

현재 제목(題目) 1폭, 그림 2폭, 좌목(座目) 2폭으로 구성된 5폭 화첩의 형태이지만 본래는 계회축(契會軸)의 형태였던 듯하다. 즉 원래는 '의순관영조도(義順館迎詔圖)' 6자의 전서(篆書) 제목이 상단에, 2폭으로 나누어진 그림이 중단에, 역시 2폭으로 나누어진 좌목(座目)이 하단에 위치했을 것이다.

1572년 10월 11일, 명나라 조사(詔使)가 신종(神宗)의 등극을 조선에 알리기 위해 압록강 건너 의주 의순관에 도착하자 조선의 원접사(遠接使) 일행이 맞이하는 광경을 그린 것이다. 명나라 정사(正使)는 한세능(韓世能), 부사는 진삼모(陳三謨)였다. 압록강 건너 중앙부에 마이산(馬耳山). 그 왼쪽 산 밑에 구련성(九連城) 일부를 그렸다. 좌목에는 당시 원접사(遠接使)였던 정유길(鄭惟吉)·정유일(鄭惟一)·유성룡(柳成龍) 등 65명의 관직·성명·본관 등이 기록되어 있다.

삼가 생각건대 《시경》 300편은 아주 오래된 시로, 그 가운데 〈사모四牡〉와 〈황황자화〉는 모두 사신을 보내면서 지은 것이다. 그 시에, "왕의 일을 확실히 하지 않으면 안 되므로 편안히 거처할 겨를이 없네."라고 했고, 또 "말을 몰아 달려감이여! 이에 두루 묻는도다."라고 했다. 천자의 명령을 받아 네 필의 말을 몰고 언덕과 습지를 달려갈 때에 항상 미치지 못할 듯이 했다면, 무릇 군주의 덕을 선양하고 백성의 실정을 위에 이르게 하느라 두루 묻고 의논하기를 의당 마음을 다해 했을 것이다. 이것이 〈황황자화〉에 나오는 대부가 현인일 수 있는 까닭이며 주나라의 아雅가 성대한 까닭이다.

지금 두 분 선생의 재주와 아름다움은 바로 주나라 아雅에 나오는 대부와 같고, 그 시는 바로 〈사모〉와 〈황황자화〉의 유풍이 있으니, 이것이 어찌 명나라 예악의 반열에 들지 않을 수 있겠는가! 두 분 선생이 귀국하여 이 시들을 천자에게 바쳐 가락을 붙여 연주하고 노래하여 저 주나라 아의 정통을 잇는다면, 우리나라가 비록 작지만 옛 기자의 존신存神의 오묘함이 남아 있으니, 그 채록한 시들이 필시 회풍檜風이나 조풍曹風에 뒤지지 않을 것이다.

또 이것을 기회로 먼 지역 사람을 비천하게 여기지 않는 성천자의 큰 도량과 하늘을 경외하고 대국을 잘 섬기는 우리 전하의 지극한 정성, 그리고 두 분 선생께서 사신으로서의 체통을 잘 지킨 것과 우리 동한東韓이 풍화風化에 깊이 젖어든 것들이 또한 모두 음악에 올려져 쟁쟁하게 무궁토록 발양될 것이다. 그리하여 대아大雅가 오늘날에 복구된 것을 볼 수 있을 것이니, 이 얼마나 큰 행운인가.

명나라에서는 황제의 즉위, 황태자의 탄생, 태자의 책립, 조칙의 반포 등 특별한 외교적 일이 생길 때마다 사신을 파견했다. 조선에서는 이들을 조사詔使, 천사天使라 하여 극진히 대접하였으며, 이들을 맞이하는 관리를 접반사接伴使, 원접사遠接使라 하여 의주에 파견했다. 이때 정치적 현안에 못지않게 중요한 것이 시문의 수창酬唱이었다. 원접사들은 시문에 뛰어난 종사관을 대동했다. 따라서 중국에서 사신이 오게 되면 조정에서는 당대에 가장 우수한 문사를 뽑아 원접사, 종사관, 제술관製述官, 사자관寫字官 등을 임명하는 것이 관례였다.

이유원은 《임하필기》에서 중국 사신은 일대一代의 명인이었다고 했다.

중국에서 우리나라에 사신으로 왔던 사람은 문희文僖 예겸倪謙에서부터 집희緝熙 진감陳鑑, 규봉圭峯 동월董越, 자양紫陽 당고唐皐에 이르기까지 모두 일대의 명인이었다. 하지만 입각入閣하지는 못했다. 그래서 한림翰林으로서 사신의 임무를 담당하는 것을 가장 회피했다. 정묘년1567년·명종 22년에 목종이 등극하여 조서를 반포해야 하는데 시강侍講 정사미丁士美, 병록屛麓 범응기范應期가 잇따라 사피辭避했다. 이때 검토檢討 허국許國이 다녀오겠다고 청하여 일을 마치고 돌아갔다. 그 뒤 정사미는 시랑에까지 오르고 일찍 죽었다. 범응기는 성서省署를 맴돌다가 늦게야 남좨주南祭酒가 되었으나 또 당로자當路者에게 거슬려 떠났다. 허국은 을유년1585년·선조 18년에 입각하여 벼슬이 소부·이부상서까지 이르러 나이 70세에 졸했다.

그러나 명나라가 처음부터 일대의 명인을 우리나라에 사신으로 보낸 것은 아니었다.

조선 초에 내방한 명나라 사신들 가운데는 우리나라 출신의 환관이 있었는데, 그들은 방자한 작태를 보여 국가적 권위를 실추시켰다. 그 후로도 한림출신의 사신만 온 것이 아니라 환관들이 오기도 했다. 세종은 진사 출신의 사신이 도래한 것을 계기로 《황화집》을 간행하여 저쪽에 헌정함으로써, 창화를 항례로 만들어 조선에 오는 사신들의 격조를 격상시키고자 한 듯하다.

세종은 승하하기 직전인 세종 32년1450년 정월에 명나라 경제景帝의 등극조사登極詔使로 조선에 왔던 예겸倪謙과 사마순司馬恂, 조선의 원접사 정인지鄭麟趾 및 종사관 신숙주申叔舟·성삼문成三問 등이 창화한 시와 부賦를 편찬해서 《황화집》을 엮어 그해 윤정월에 선물했다. 그해의 간지가 경오였으므로, 이 황화집을 《경오황화집》이라고 한다. 사실 세종이 《경오황화집》을 간행한 것은 중국측에 대해 조선에 파견하는 사신의 격을 높여달라는 일종의 압력이었던 것이다.

명나라 사신들이 적어도 진사 출신으로서 한림원 편수의 직에 있는 사람이면, 사신의 접반에서 우리 대신들이 부당한 모욕을 받지 않고 현안을 가능한 한 합리적으로 처리할 수 있을 뿐만 아니라, 사신들이 귀환한 뒤에 조선의 사정을 객관적으로 보고하여 불필요한 외교상의 마찰을 초래하지 않을 수 있을 것이다. 세종은 결코 사대의 뜻에서《황화집》을 헌정한 것이 아닐 것이다. 외교적 압력을 가하기 위해 고도의 전략으로서《황화집》을 헌정한 것이리라.

세종은 조선 문화의 근간을 확립한 제왕이다. 훈민정음을 창제한 위대한 공적에 대해서는 새삼 말할 것이 없다. 세종은 서적 정책에서도 후사왕後嗣王들이 행해야 할 정책의 방향을 거의 확정지었다.

최초의《황화집》인《경오황화집》이 세종 32년1450년 윤1월에 제작된 이후, 선조 때까지 역대 왕들은 중국 사신이 올 때마다《황화집》을 만들어 선물했다. 이보다 앞선 태종 원년1401년에 고명사신誥明使臣 단목례端木禮가 조선에 왔을 때는《황화집》을 편찬하지 않았다. 세종 이후 인조 19년1641년에 명나라의 마지막 사신이 올 때까지 조선 조정은 24집의《황화집》을 엮었다. 단, 중종 원년1506년에 서목徐穆이 내방했을 때 엮은 창화집은 성종 23년1492년의 창화집과 한데 묶었으므로, 전체《황화집》은 23집이다.

선조 39년1606년에는 1602년의《임인황화집壬寅皇華集》과 그해의《병오황화집丙午皇華集》을 목활자로 간행했고, 선조 41년1608년에는 세종 32년1450년의《경오황화집》이하 선조 15년1582년의《임오황화집壬午皇華集》까지 전부를 같은 목활자로 한꺼번에 인출했다. 그 뒤 인조 4년1626년에 그해의《병인황화집丙寅皇華集》을 훈련도감자訓鍊都監字 소자본小字本으로 간행했다. 인조 11년1633년의《계유황화집癸酉皇華集》은 중국에서 간행된 듯하다. 영조 49년1773년에 이르러《경오황화집》부터《계유황화집》까지의 모든《황화집》23집을 인서체자印書體字 목활자로 간행했다.

사신과의 창화는 응구첩대應口捷對의 시합과도 같아서, 명나라 문학을 정확하게 이해하는 데 오히려 방해가 된 면이 있다. 또《황화집》의 간행은 사대事大의 의도에서 이루어진 측면도 있다. 하지만 세종 이후 우리나라에 온 사신들이 대부분 중국의 명사였던 것은 세종의 눈에 보이지 않는 외교정책 때문이었다고 하지 않을 수 없다.

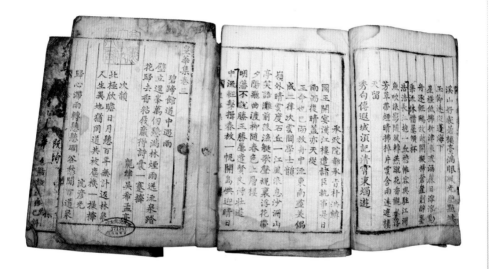

《(정유)황화집(皇華集)》

중종 32년(정유년. 1537년) 제작. 갑인자 활자본 5권 5책. 고려대학교 중앙도서관 만송문고 소장.

《황화집》은 조선 세종 때부터 인조 때까지 명나라에서 파견한 사신과 조선의 원접사(遠接使)와 반송사(伴送使) 이하 접대 관원들이 창화(唱和)한 시와 명나라 사신의 문장을 수록한 시문집이다. 명나라 사신들은 대부분 황제등극조사(皇帝登極詔使)와 황태자탄생조사(皇太子誕生詔使)이다. 중종 32년에는 황태자탄생조사로 정사 공용경(龔用卿)과 부사 오희맹(吳希孟)이 왔다. 조선의 원접사는 형조판서 정사룡(鄭士龍)이었다.

	황화집 명칭	사행 연도	명나라 사신	원접사와 관반사	조선 창화문신
1	경오황화집(庚午皇華集)	세종32/경태(景泰)1(1449)	예겸(倪謙), 사마순(司馬恂)	정인지(鄭麟趾)	정인지, 신숙주(申叔舟), 성삼문(成三問)
2	정축황화집(丁丑皇華集)	세조2/천순(天順)1(1457)	진감(陳鑑), 고윤(高閏)	박원형(朴元亨)	박원형, 정인지, 노숙동(盧叔仝), 홍윤성(洪允成), 김구(金鉤), 김말(金末), 조석문(曹錫門), 김수온(金守溫), 신숙주
3	기묘황화집(己卯皇華集)	세조4/천순3(1459)	진가유(陳嘉猷), [왕월(王軏)]	박원형	박원형, 권람(權擥), 홍응성, 조효문(曹效門), 김수온, 윤자운(尹子雲), 이극감(李克堪)
4	경진황화집(庚辰皇華集)	세조6/천순(天順)5(1460)	장녕(張寧), [무충(武忠)]	박원형	박원형, 신숙주, 권람, 윤자운, 이극감
5	갑신황화집(甲申皇華集)	세조9/천순8(1464)	김식(金湜), 장성(張珹)	박원형	이경동(李瓊仝), 정영통(鄭永通), 임원준(任元濬), 홍응(洪應), 김초(金軺), 이문형(李文炯), 송처관(宋處寬), 최항(崔恒), 이승소(李承召), 성현(成俔), 김수온, 박건(朴楗), 신숙주, 김종직(金宗直), 성윤문(成允文), 박원형, 강희맹(姜希孟), 김계창(金季昌), 강희안(姜希顔), 이예(李芮), 이맹현(李孟賢), 서거정, 민수(閔粹), 최숙정(崔淑精), 어세공(魚世恭), 리직(李則), 유휴복(柳休復), 김수녕(金壽寧), 이석형(李石亨), 양성지(梁誠之), 최호(崔灝), 김영유(金永濡), 김뉴(金紐), 윤자운, 유윤겸(柳允謙), 홍윤성, 노사신(盧思愼), 이파(李坡), 정인지, 정창손(鄭昌孫), 권람
6	병신황화집(丙申皇華集)	성종7/성화(成化)12(1476)	기순(祁順), 장근(張瑾)	서거정(徐居正)	서거정, 성임(成任), 허종(許琮), 이계손(李繼孫), 임사홍(任士洪), 이석형(李石亨), 유지(柳輊), 윤자운(尹子雲), 김수온(金守溫), 임원준(任元濬), 노사신(盧思愼), 이승소(李承召), 이극돈(李克墩), 유권(柳睠)
7	무신황화집(戊申皇華集)	성종19/홍치(弘治)1(1488)	동월(董越), 왕창(王敞)	허종(許琮)	허종, 성현(成俔)
8	임자황화집(壬子皇華集)	성종23/홍치5(1492)	애박(艾璞), [고윤(高胤)]	노공필(盧公弼)	노공필
9	병인황화집(丙寅皇華集)	중종1/정덕(正德)1(1506)	서목(徐穆)	임사홍(任士洪)	서목의 시만 수록
10	신사황화집(辛巳皇華集)	중종16/정덕16(1521)	당고(唐皐), 사도(史道)	이행(李荇)	이행(李荇), 정사룡(鄭士龍), 이희보(李希輔), 소세양(蘇世讓), 이항(李沆), 김전(金詮), 남곤(南袞), 윤희인(尹希仁), 서후(徐厚), 장순손(張順孫), 한형윤(韓亨允), 성세창(成世昌), 황필(黃瑾), 김안로(金安老), 채침(蔡忱), 표빙(表憑), 심사순(沈思順), 송순(宋純), 홍숙(洪淑), 성운(成雲)
11	정유황화집(丁酉皇華集)	중종32/가정(嘉靖)16(1537)	공용경(龔用卿), 오희맹(吳希孟)	정사룡(鄭士龍)	심언광(沈彦光), 정사룡, 김안로, 소세양, 윤인경(尹仁鏡), 김인손(金麟孫), 허흡(許洽), 오결(吳潔), 허항(許沆), 박홍린(朴洪鱗), 한윤창(韓胤昌), 김희설(金希設), 황기(黃琦), 정백붕(鄭百朋), 이귀령(李龜齡), 이희보(李希輔), 박수량(朴守良)
12	기해황화집(己亥皇華集)	중종34/가정18(1539)	화찰(華察), 설정총(薛廷寵)	소세양(蘇世讓)	소세양, 김안국(金安國), 김극성(金克成), 유관(柳灌), 윤인경, 성세창, 이귀령, 정사룡, 황기, 윤은보(尹殷輔), 홍언필(洪彦弼), 윤세호(尹世豪), 신영(申瑛)

13	을사황화집(乙巳皇華集)	인종1/가정24(1545)	장승헌(張承憲), [장봉(張奉)·오유(吳猷)]	신광한(申光漢)	신광한, 유인숙(柳仁淑), 권응정(權應挺), 임형수(林亨秀), 이홍남(李洪男), 심연원(沈連源)
14	병오황화집(丙午皇華集)	명종1/가정25(1546)	왕학(王鶴)	정사룡	정사룡, 임권(任權), 윤인경, 임백령(林百齡), 신광한, 윤개(尹漑), 최연(崔演), 신거관(愼居寬), 신영, 이윤경(李潤慶), 박충원, 이홍남, 이찬(李澯), 송기수(宋麒壽), 홍서주(洪敍疇), 권응정(權應挺)
15	정묘황화집(丁卯皇華集)	명종22/융경(隆慶)1 (1567)	허국(許國), 위시량(魏時亮)	박충원(朴忠元)	박충원, 홍섬(洪暹)[서문]
16	무진(사시사)황화집(戊辰(賜諡使)皇華集)	선조 1/융경2(1568)	구희직(歐希稷), 좌충(左冲)	박순(朴淳)	박순, 홍섬, 이산해(李山海), 신응시(辛應時), 김귀영(金貴榮)[서문]
17	무진(반책립황태자조사)황화집(戊辰(頒冊立皇太子詔使)皇華集)	선조 1/융경2(1568)	성헌(成憲), 왕새(王璽)	박순	박순, 이황(李滉)[서문]
18	계유황화집(癸酉皇華集)	선조 6/만력1(1573)	한세능(韓世能), 진삼모(陳三謨)	정유길(鄭惟吉)	정유길, 이식(李拭), 노수신(盧守愼), 원혼(元混), 박영준(朴永俊), 박충원, 강섬(姜暹), 김귀영(金貴榮), 유희춘(柳希春), 홍천민(洪天民), 목첨(睦詹), 권철(權轍), 홍섬, 윤현(尹鉉), 이양원(李陽元), 이후백(李後白), 진삼모(陳三謨), 권벽(權擘)
19	임오황화집(壬午皇華集)	선조15/만력(萬曆)10(1582)	황홍헌(黃洪憲), 왕경민(王敬民)	이이(李珥)	이이, 정유길, 박순, 김귀영, 정지연(鄭芝衍), 유전(柳㙉), 심수경(沈守慶), 이양원, 김첨경(金添慶), 강섬, 유성룡(柳成龍), 허봉(許篈), 고경명(高敬命), 김첨(金瞻)
20	임인황화집(壬寅皇華集)	선조35/만력30(1602)	고천준(顧天埈), 최정건(崔廷健)	이호민(李好閔)	이호민, 심희수(沈喜壽), 정창연(鄭昌衍), 서성(徐渻), 정광적(鄭光績), 이덕형(李德馨), 황진(黃璡), 신식(申湜), 기자헌(奇自獻), 강정(姜綎), 허봉, 이안눌(李安訥)
21	병오황화집(丙午皇華集)	선조39/만력34(1606)	주지번(朱之蕃), 양유년(梁有年)	유근(柳根)	유근(柳根), 조희일(趙希逸), 이지완(李志完), 허성(許筬), 송석조(宋碩祚), 권흔(權昕), 김수현(金壽賢), 권진(權縉), 심집(沈諿), 송전(宋騂), 조희보(趙希輔), 정창연(鄭昌衍), 송영신(宋英愼), 홍이상(洪履祥), 윤방(尹昉), 유영경(柳永慶), 이광정(李光庭), 이정귀(李廷龜), 서성(徐渻), 한준겸(韓浚謙), 신흠(申欽), 정호선(丁好善), 이담(李湛)
22	기유황화집(己酉皇華集)	광해군1/만력37(1609)	웅화(熊化)	이정귀	유근(柳根), 이정귀, 이덕형, 이항복(李恒福), 윤근수(尹根壽), 이호민, 정창연, 황신(黃愼), 홍이상, 김상용(金尙容), 박진원(朴震元), 김상헌(金尙憲), 조희일
23	신유황화집(辛酉皇華集)	광해군13(1609)	유홍훈(劉鴻訓), 양도인(楊道寅)	이이첨(李爾瞻)	영조 49년(1773) 간행 '어제서황화집(御製序皇華集)'에는 미수록
24	병인황화집(丙寅皇華集)	인조4/천계(天啓)6(1626)	강왈광(姜曰廣), 왕몽윤(王夢尹)	김류(金瑬)	김류, 이정귀, 김상용, 오윤겸(吳允謙), 이홍주(李弘冑), 정광적(鄭光績), 김덕성(金德誠), 김신국(金藎國), 정경세(鄭經世), 조희일, 장유(張維), 김상헌, 신흠, 윤훤(尹暄), 정홍명(鄭弘溟), 이소한(李昭漢)

| 25 | 계유황화집(癸酉皇華集) | 인조11/숭정(崇禎)6 (1633) | 정룡(程龍) | 신계영(辛啓榮) | 오숙(吳䎘), 윤흔(尹昕), 조희일, 신계영, 구굉(具宏), 최문식(崔文湜), 심동귀(沈東龜), 유영(柳穎), 이시해(李時楷), 구봉서(具鳳瑞), 황일호(黃一皓), 신익성(申翊聖), 남이공(南以恭), 허계(許啓), 윤방(尹昉), 오윤겸, 김류, 이정귀, 김상용, 이경전(李慶全), 홍보(洪寶), 최명길(崔鳴吉), 김개국(金蓋國), 홍서봉(洪瑞鳳), 박동선(朴東善), 장유, 조익, 김기종(金起宗), 이현영(李顯英), 이홍주, 김상헌, 김경징(金慶徵), 정광성(鄭廣成), 허적(許禴), 정광경(鄭廣敬), 최래길(崔來吉), 김수현, 이성구(李聖求), 박로(朴簥), 윤휘(尹暉), 목장흠(睦長欽), 여이징(呂爾徵), 이민구(李敏求), 이명한(李明漢), 홍명형(洪命亨), 정백창(鄭百昌), 김시국(金蓍國), 권확(權鑊), 조방직(趙邦直), 조연호(趙延虎), 이행원(李行遠), 이기조(李基祚), 목서흠(睦敍欽), 서 경우(徐景雨), 조국보(趙國寶), 이소한(李昭漢), 최혜길(崔惠吉), 이경인(李景仁), 한필원(韓必遠), 이경헌(李景憲), 이식(李植), 김반(金槃), 이경증(李景曾), 유성증(俞省曾), 이성신(李省身), 홍헌(洪憲), 최연(崔葕), 신민일(申敏一), 임광(任絖), 정유성(鄭維城), 송시길(宋時吉), 이윤영(李尹永), 정백형(鄭百亨), 이상질(李尙質), 정태화(鄭太和), 황윤후(黃胤後), 안시현(安時賢), 이명웅(李命雄), 염우혁(廉友赫), 원진하(元振河), 성여관(成汝寬), 임동(林㯍), 윤구(尹坵), 이원진(李元鎭), 조석윤(趙錫胤), 유석(柳碩), 강대수(姜大遂), 변시익(卞時益), 박일성(朴日省), 김박(金鎛), 유주(柳籌), 이해창(李海昌), 정치화(鄭致和), 이조(李稠), 권우(權堣), 이일상(李一相), 이시만(李時萬), 유황(兪榥), 김익희(金益熙), 양만용(梁曼容), 홍주일(洪柱一), 이행우(李行遇), 이상재(李尙載), 오두인(吳斗寅), 김광욱(金光煜), 장사준(張士儁), 장신(張紳), 유림(柳琳), 이현달(李顯達), 황손무(黃孫茂) |

- 주탁周倬은 글을 잘하여 《도은집》의 서문을 지었다.

- 축맹헌祝孟獻은 시와 그림을 잘했는데, 새나 짐승의 그림을 잘 그려 사람들에게 그려준 것이 많아 지금도 민간에 그의 수적手跡이 많다.

- 경태景泰 초에 시강 예겸과 급사중 사마순이 우리나라에 왔는데, 사마순은 시 짓기를 좋아하지 않았고 예겸은 문학에 뛰어나 붓을 휘두르면 휘두를수록 더욱 좋은 글이 나왔다. 세종께서 신숙주·성삼문에게 가서 함께 놀면서 한운漢韻을 질문하라고 명했는데, 예겸이 두 선비를 사랑하여 형제의 의를 맺고 서로 시를 주고받음이 그치지 않았다.

- 임신의 해1452년에 급사중 진둔陳鈍이 왔는데, 이때는 문종이 승하한 직후여서 진둔이 〈조조선국왕부弔朝鮮國王賦〉를 지었다.
- 세조 때 한림 진감陳鑑과 태상太常 고윤高閏은 〈희청부喜晴賦〉를 지었는데, 김문량金文良이 곧 차운하여 시를 지으니 한림이 크게 칭찬하면서, "동방의 문사는 중국과 다름이 없다."라고 했다. 고윤은 알성하는 날에 고풍 시를 짓고서 유사儒士들로 하여금 차운하게 했다. 짓지 못하여 붓을 놓은 사람이 있으면, "시를 짓지 못한 자가 5명이다. 뒷날 차운하여 짓고자 하는 자는 천백 편을 지어도 좋다."라고 거만하게 썼다.
- 급사중 진가유陳嘉猷는 용모가 아름답고 수염이 그림과 같았다. 인물과 재주가 모두 아름다웠다.
- 그 뒤 우리나라에서 야인을 함부로 죽인 일로 급사중 장녕張寧이 문책하러 왔는데, 풍채가 빼어났다. 〈예양론豫讓論〉을 지어 옛사람이 말하지 않았던 일을 논했다. 대개 시와 글이 모두 속진을 벗어난 느낌이 있었다.
- 태복승太僕丞 김식金湜과 중서사인 장성張城은 시를 잘하되 율시에 더욱 능했고, 필법도 절묘했다. 그림 그리는 것도 신묘한 경지에 들었다. 하지만 김식은 뇌물을 많이 받았으며 떠날 때에는 포과脯果와 잡물까지 모두 손수 꾸려서 묶고 또 철물鐵物을 많이 청하여 가니 당시 사람들이 유기장상사鍮器長商士라 했다. 장성도 시에 능했으나 창기倡妓만 보면 좋아했다.
- 성종 초 공부원외랑工部員外郎 강호姜浩가 환관 김흥金興과 함께 우리나라에 왔는데, 원외는 한 번도 글을 논하거나 시를 짓는 일이 없이 밤낮으로 술만 마셨으나, 술에 빠지지는 않았다.
- 호부낭중戶部郎中 기순祈順과 행인行人 장근張瑾이 왔다. 기순은 근실하고 화평하며 시와 부를 잘했다.
- 시강 동월董越과 급사 왕창王敞은 기이한 바위나 이상한 나무가 있으면 말을 멈추고 음상吟賞했으며, 사람을 대하는 것도 온화하고 삼가서 만약 중국의 일을 물으면 모두 숨김없이 이야기했다. 시강의 시와 글은 모두 맑고 넉넉했고 필법은 진나라 왕희지의 서체를 본받았다. 급사의 시와 글씨는 모두 호방했으니 참으로 쌍벽

이었다. 하지만 조칙詔勅을 분영分迎하는 일이 예법에 어긋나서 우리나라 사람의 비웃음을 사게 되었다.

- 병부낭중 예박艾樸과 행인 고윤선高允善은 무례했다. 예박은 시를 짓지 않다가 끝내 몇 수를 던지고 떠났는데, 시어詩語가 유치하고 빡빡했다. 부사는〈노관반전盧館伴傳〉을 지었으나 비루하기 짝이 없다. 지금도 우리나라에서 경박하고 이름만 얻으려는 자를 예박이라고 부른다.

- 중종이 즉위하던 해에 대감 김보金輔와 이진李珍이 조칙을 받들고 올 적에 행인 왕헌신王獻臣도 따라왔다. 왕헌신은 문학에는 유의하지 않고 잡스런 예법만 지켜서 조금이라도 어그러진 데가 있으면 반드시 꾸짖고 노했다.

그런데 세종은《경오황화집》을 간행할 때, 그 책을 재위 16년1434년에 처음 주조한 갑인자 활자로 찍었다. 그 뒤 역대 왕들도 모두《황화집》을 활자로 인쇄했다.

명나라 사신이 오면 체류기간이 짧았기 때문에 그들에게《황화집》을 선물하려면 인쇄 기간이 짧은 활자 인쇄 방식을 택하지 않을 수 없었을 것이다. 또한 활자본은 글자체가 미려하므로 선물하기에 좋았으리라. 활자로《황화집》을 인쇄하는 관례는 임진왜란 직전까지 계속되었다. 삼성출판박물관에는 성종 7년1476년에 갑인자로 찍은《황화집》이 있다. 현존《황화집》중에서 가장 오래된 판본인 듯하다.

조선의 역대 왕들은 아름답고 보기 좋은 활자를 만들기 위해 공을 들였다. 앞서 말했듯이, 우선 태종은 재위 3년째인 1403년계미년에 계미자를 만들었다. 태종을 이어 세종은 즉위 이듬해1420년에 계미자를 녹여 새로운 작은 활자인 경자자를 만들게 했다. 이 경자자는 세종 3년1421년 3월에 완성되었다.

그 뒤 세종은 재위 16년1434년에 갑인자를, 세조는 원년1455년에 을해자를, 성종은 재위 15년1484년에 갑진자를 만들게 했다. 이 세 활자는 임진전쟁 직전까지 주자소나 교서관에서 책을 찍는 데 가장 많이 썼다.

그리고 세종은 재위 17년1435년 10월 19일정사에 주자소를 대궐 안으로 옮기게

하고 승지 2인으로 하여금 이를 주관하게 하되, 이전의 주자소에는 목판만 남겨
두어 교서관으로 하여금 관장하게 했다. 또 2품 이상의 문신 1인과 승지 1인으로
제조를 삼고, 교서·교리와 참외 2, 3인은 오로지 목판을 관장하게 하되, 교체할
즈음에는 해유解由를 상세히 기록하여 주고받도록 했다.

세종은 경연의 책에는 경연經筵 도장을 찍게 하고, 하사하는 책에는 '선사지
기宣賜之記' 도장을 찍게 했다. 세종 22년1440년 8월 10일기묘의 실록 기록에, 주자소
인쇄의 서책을 하사받은 관원들은 3개월 안에 스스로 제본해서 승정원에 올려
선사기宣賜記를 받도록 하라는 법식을 정했다는 내용이 있다. 그 후 국왕이 하사
하는 책에는 내사기內賜記를 함께 적게 되었다.

한편, 세종은 명나라 서적을 수입하는 문제와 관련해서, 조선에서 필요로 하
는 서적만을 선택적으로 수입하고자 했다. 조선은 명나라 예부에 자문咨文을 보
내 서적을 흠사欽賜받는 대가로 증답예물을 보냈으며, 사적인 무역은 엄금했다.
명나라 영락제太宗는 신하와 백성을 교화시킬 목적으로 책을 엮어 조선 태종에게
도 보내 왔는데, 세종은 이 신민 교화서들 가운데 《효순사실孝順事實》과 《위선음
즐爲善陰騭》만, 그것도 갑인자 주조의 자양字樣으로 삼기 위해 이용했을 뿐, 나머지
는 폐기했다. 특히 불교와 도교의 내용을 담은 《제불여래명칭가곡諸佛如來名稱歌曲》,
《명칭가곡名稱歌曲》과 《제불세존여래보살존자신승명경諸佛世尊如來菩薩尊者神僧明經》, 《신승
전神僧傳》은 유포시키지 않았다. 세종 즉위년1418년과 그 다음해에 어떤 신하들은
명나라 사신들이 올 때 《명칭가곡》과 속악을 교대로 연주하자고 건의했다. 그래
서 한때 서북지방의 승려와 노인들에게 《명칭가곡》을 독송케 하기도 했다. 하지
만 세종 원년1419년 정월 11일병진에 허조許稠는 세종의 뜻을 받들어, "중국의 법 가
운데는 따라야 할 것도 있고 따를 수 없는 것도 있다."라고 주장했다. 세종은 명
나라 문화를 선택적으로 수용하겠다는 방침을 정한 것이다.

세종의 서적 정책 가운데 조선의 문화와 사상 체계를 결정지은 가장 중요한
일은 《사서오경대전四書五經大全》을 유학의 기본 텍스트로 받아들인 일이다.

이 경서 주석본은 명나라 영락제의 칙명으로 명나라 학자들이 엮은 것이다.

세종 원년1419년에 영락제가 《사서
오경대전》을 보내오자, 세종은
재위 9년1427년에 충청도·전라도·
경상도·강원도에 분담해서 판각
하도록 명하고, 재위 17년1435년에
는 각도의 감사관찰사에게 명해서
인출을 원하는 사람들은 책지册
紙를 수시로 납송케 하라고 했다.
《사서오경대전》은 이후 조선 유
학의 기본 텍스트로 공인되었다.
즉, 선조 때 교정청 언해나 정조
때 규장각 경학 연구가 모두 이
것을 저본으로 사용하게 된다.

세종은 또 집현전을 통해 문
치文治의 기본 골격을 수립하고,
사장詞章을 경세책經世策과 긴밀하
게 연계시켰다. 대표적인 성과는
훈의본訓義本《자치통감강목》을 편
찬하여 간행한 일이다.

즉 세종은 재위 3년1421년 3월에
《자치통감강목》을 주자소에서 간

봉사조선창화시책(奉使朝鮮唱和詩册)

세종 32년(1450년) 시권(詩卷). 광서(光緖) 을사년(乙巳年) 개장. 임창순 구
장. 국립중앙박물관 소장. 허가번호[중박 201110−5651].

이 시권(詩卷)은 왕숙안(王叔安)이 '봉사조선창화시책(奉使朝鮮倡和詩册)'
이라고 쓴 제전(題篆)과 명나라 사신과 조선 문신들 사이의 창화시(唱和
詩) 및 청나라 당한제(唐翰題)와 나진옥(羅振玉)의 발문(跋文) 등 세 부분
으로 이루어져 있다. 이 시권은 명나라 한림원시강(翰林院侍講) 예겸(倪
謙)이 경제(景帝, 1450년부터 1457년까지 재위)의 등극을 알리는 조서(詔
書)를 가지고 조선에 온 세종 32년(1450년) 윤정월 1일부터, 다시 압록강에
이르는 2월 3일까지 1개월간에 원접사 정인지(鄭麟趾)와 신숙주(申叔舟)·
성삼문(成三問) 간에 창화한 시문 중 37편을 추려서 엮은 것이다. 이 시권
에는 시문의 찬자와 시권을 소장한 사람의 도장이 날인되어 있다. 시문 찬
자로는 예겸(倪謙)·정존(靜存)·예겸지인(倪謙之印)·한림시강사인(翰林
侍講私印)·사원재필(詞垣載筆)·동각사관(東閣史官)·예씨자자손손기영
보지(倪氏子子孫孫其永保之) 등 예겸의 도서가 가장 많다. 정인지는 인지
(麟趾)·하동정씨(河東鄭氏), 신숙주는 숙주(叔舟)와 범옹(泛翁). 성삼문은
근보(謹甫)를 사용했다. 예겸에게 관계된 글자는 제목에서는 모두 행을 바
꾸고 한 칸을 대두(擡頭)하여 적었고, 시에서는 행만 바꾸었다.

행하도록 명하고, 다음해 겨울, 집현전의 교정이 끝나자 재위 5년1423년 8월에 하
사했다. 재위 16년1434년 7월에는 갓 주조한 갑인자 대자로 《자치통감강목》을 간
행케 했다. 그리고 그해 6월에는 《자치통감훈의》를 편찬하도록 명하고, 집현전
관원을 증원하는 한편, 대제학 윤회尹淮 등을 매일 밤 들어오게 하여 친히 교정했
다. 재위 18년1436년 2월에 《자치통감사정전훈의資治通鑑思政殿訓義》를 반포한 뒤, 7월에

《자치통감강목(資治通鑑綱目)》사정전(思政殿) 훈의본(訓義本)

중종~명종 연간 간행. 고려대학교 중앙도서관 만송문고 소장.

주희(朱熹)의 《자치통감강목》에 세종 때 왕명으로 편찬한 사정전 훈의를 붙인 책이다. 대자(大字)는 병진자(丙辰字)이고 중소자(中小字)는 갑인자(甲寅字) 활자본으로, 영본(零本) 115책(전권 수 2책 제59상하 합 120책)으로 구성되어 있다.

는 집현전 부교리 이계전李季甸과 김문金汶에게 《통감강목》에 그 훈의를 집어넣으라고 지시했다. 이 결과물은 집현전 부교리 이사철李思哲과 수찬 최항崔恒의 교정을 거쳐, 재위 20년1438년 11월에 집현전 직제학 유의손柳義孫의 서문과 함께 병진자로 간행되었다. 이것이 《자치통감강목사정전훈의資治通鑑綱目思政殿訓義》이다.

세종의 서적 정책에서 특기할 또 한 가지 사실은 재위 16년1434년에 갑인자의 동활자를 주조한 점이다. 조선시대 금속활자 가운데 처음 나온 것은, 앞서 말했듯이 태종 3년1403년의 계미자다. 그 뒤 경자자도 나왔다. 하지만 조선의 대표적인 활자는 갑인자로, 이 활자는 여러 번 다시 주조되었다. 세종 때 처음 주조한 갑인자로 찍은 책 뒤에는 김빈金鑌의 주자발이 붙어 있다.

그 주자발에 따르면 세종은 지중추원사 이천李蕆, 직제학 김돈金墩, 직전直殿 김빈金鑌, 호군 장영실蔣英實, 첨지사역원사 이세형李世衡, 사인 정척鄭陟, 주부 이순지李純之 등을 시켜 두 달 동안 20여 만 자의 글자를 주조하게 했다. 활자의 글자체를 정할 때는 경연청에 소장되어 있던《효순사실》과《위선음즐》, 그리고《논어》등 명 판본을 자본字本으로 삼았다.

갑인자는 여섯 번에 걸쳐 다시 주조되었다. 세종 때 처음 만든 활자를 초주갑인자, 선조 13년1580년의 경진년에 만든 활자를 재주갑인자 혹은 경진자, 광해군 10년1618년의 무오년에 만든 활자를 삼주갑인자 혹은 무오자, 현종 9년1668년의 무신년에 만든 활자를 사주갑인자 혹은 무신자, 영조 48년1772년의 임진년에 만든 활자를 오주갑인자 혹은 임진자, 정조 원년1777년의 정유년에 만든 활자를 육주갑인자 혹은 정유자라고 부른다.

갑인자는 조선시대 활자의 기본이 되었으며, 한글 자체도 있다. 갑인자가 관찬 동활자본의 기본 자양으로 지속적으로 사용됨에 따라, 그것을 정판整版한 목판본은 물론 처음부터 목판으로 간행하는 책들도 갑인자의 글꼴을 활용한 것이 대단히 많다. 이러한 현상은 적어도 18세기까지 계속되었다. 따라서 조선 서적의 기본 글꼴은 갑인자체였다고도 할 수 있다. 그렇다면 갑인자를 주조한 세종이야말로 조선시대 서적의 기본 글꼴을 확정한 사람이었다고 말해도 과언이 아니다.

그런데 명나라 말, 청나라 초기의 전겸익錢謙益이란 자는《황화집》에 대해 부정적인 발문을 남겼다. 그는 본래 동림당東林黨의 영수였지만, 숭정 17년1644년 3월 이자성李自成이 북경을 함락하자 남경 홍광제弘光帝의 조정에서 예부상서를 지냈다. 하지만 숭정 18년1645년 5월에 남경이 함락될 때 일찌감치 만주군에 투항했고, 이후 만주정부의 예부시랑을 지내면서《명사》편찬에 가담했다. 청나라 순치 3년 1646년 6월에 사직하고 귀향했으나, 그의 투항은 큰 물의를 일으켰다. 그런 전겸익은 자신이 본《황화집》에 독후감을 적어, 조선의 시문을 형편없다고 깔보며, 앞으로 중국 사신들은 조선인들과는 시문을 주고받지 말라고까지 했다. 그것은 〈발황화집跋皇華集〉이란 글인데, 그 내용은 다음과 같다. 조선을 고려라고 표기한 것은 중국인들의 관습이다.

본조의 시종신이 고려에 봉사가면 《황화집》을 엮게 되는 것이 항례였다. 이 책은 가정嘉靖 18년 기해1539년·조선 중종 34년·명나라 가정 18년에 황천상제皇天上帝에게 태호泰號를 올리고 황조皇祖와 황고皇考에게 성호聖號를 올리고서 석산錫山 화찰華察 수찬修撰이 조詔와 유諭를 반포하러 가서 만들어진 것이다. 동국조선의 문체는 평연平衍한데, 사림詞林의 여러분들이 격조가 떨어지게 됨을 꺼리지 않고 동국 문체에 맞추어 먼 외국사람을 달래는 뜻을 붙였으므로, 훌륭한 시어가 전혀 없다. 더구나 배신陪臣, 제후국의 신하의 시편에서 '國內無戈坐一人'과 같이 두 글자마다 일곱 글자의 뜻을 품은 것은 저 나라에서 말하는 이른바 동파체東坡體일 따름이다. 여러분은 수화酬和하지 않는 것이 옳겠다.

전겸익이 본 《황화집》은 중종 34년1539년에 조사詔使로 온 화찰華察과 조선 관반館伴들 사이의 창화집이었다.

그런데 문제의 "국내무과좌일인(國內無戈坐一人)" 구절은 《기해황화집》 권2에 〈이날 조칙을 반포하고 동파체 한 절구를 짓는다是日頒詔作東坡體一絶〉라는 제목으로 실려 있는 시의 첫 번째 구다. 그 작가는 전겸익이 말하는 배신陪臣이 아니다. 배신이란 제후국의 신하를 가리키는 말로, 중국인들이 우리나라 관료를 그렇게 불렀고, 우리나라 사람들 가운데서도 스스로를 그렇게 부르기도 했다. 그 구절의 작가는 바로 명나라 사신 화찰이다. 전겸익은 《기해황화집》의 체제를 잘못 파악했다. 곧 《기해황화집》은 명나라 사신의 시를 앞에 싣고 조선의 시를 그 다음에 한 칸 낮추어 실으면서, 작자 이름은 제목의 바로 다음에 두지 않고 각 시의 맨 끝에 표기해 두어 왔다.

│ 세종대왕릉

한국학중앙연구원 사진 제공.

경기도 여주의 영릉(英陵)은 세종대왕과 소헌왕후를 합장한 능이다. 영릉은 원래 서울 헌릉 서쪽에 있었으나, 예종 원년(1469년)에 여주로 옮겨 왔다. 세종대왕은 조선의 제4대 왕으로, 1418년 왕위에 올라 1450년에 승하했다. 재위 32년에 춘추가 54세였다.

이날 조칙을 반포하고 동파체 한 절구를 짓는다[원주 : 두 글자마다 일곱 글자의 뜻을 포함한다]

是日頒詔作東坡體一絕(原註, 每二字含七字意)

國內無戈坐一人	나라 안이 전란 없어 옥좌에 앉은 한 사람
門開金闕下絲綸	대궐 문을 열어 윤음조칙을 내리시도다
高麗不比長行道	고려는 비길 바 없이 먼 길이로되
大賚偏來遠見親	크게 하사하여 친근히 대우하는 뜻을 멀리 보이시다
華察	화찰
紅日斜時綠暎人	붉은 해 기울 때 푸른 물엔 사람 그림자
金鱗魚上細絲綸	비단 고기 놀고 물결은 실낱같이 가늘어라
長竿裊裊磯頭石	긴 낚시대는 물가 바위에서 흔들흔들

鷗鳥高飛不見親　　물새는 높이 날아 가까이 오질 않네
　　蘇世讓　　소세양

　　전겸익이 이렇게 《기해황화집》의 체제를 오해하여 조선의 시문을 얕잡아 본 것을 보면, 중국 지식인들이 얼마나 중화주의의 편견에 사로잡혀 있었는지 짐작할 수 있다. 이보다 앞서 세종은 이미 저들의 그러한 편견을 이용하여, 역으로 조선에서 문아文雅의 활동을 촉발한 셈이다.

　　세종은 여러 면에서 민족사의 향방을 결정지었다. 그의 문학도 필시 감수성이 짙은 인간적 면모를 반영하고 있었으리라 짐작되지만, 애석하게도 문예적인 시문은 남아 있지 않다. 앞서 보았듯이 시는 《세종실록》이 아니라 《세조실록》의 총서 속에 〈몽중작夢中作〉이 한 수 남아 있을 따름이다.

　　동북면의 개척을 지시한 비밀 글월을 보면 알 수 있듯이 그 문장력은 정말로 탁월했을 것이다. 하지만 세종은 실무에 정신을 쏟느라 부화한 문장은 짓지 않았다. 하지만 서적의 간행사업에는 문학적 감각, 예술적 취향, 혁신적 구상을 쏟아부었던 것이다.

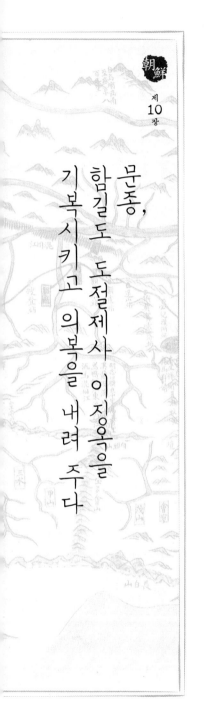

1451년 9월, 문종은 함길도 도절제사 이징옥李澄玉, ?~1453년을 기복起復케 하면서 의복을 내려 주었다. 기복이란 상중에는 벼슬하지 않는다는 관례를 깨고 상제의 몸으로 벼슬자리에 나아가는 것을 말한다. 그러자 9월 12일정미에 이징옥은 다음 전문箋文을 올려 의복을 내려 준 것에 대해 감사했다.

궁금宮禁에서 은혜를 베푸시어 비상한 총애를 보이시니, 군영의 문에서 하사품을 받고 망극한 감정을 품었습니다. 마음속으로 그 보답을 하겠다고 맹세하여, 뼈에 새기오니 어찌 잊겠습니까? 엎드려 생각건대 신이 외람되게도 용렬한 자질로써 막중한 위임을 받고도 전장에서 공을 세우지 못하여 마음의 송구함을 금할 길 없고, 특별히 하사하신 의상이 버들고리 대상자 안에 있기에 그 영광이 분수에 넘습니다. 특별한 은사恩賜가 내릴 때마다 기뻐하여 눈물을 주체하지 못했습니다. 이는 모두가 성상께서 거룩하신 덕을 베푸시고 지극한 은혜로 기르심을 만나, 드디어 두소斗筲의 그릇으로 하여금 치우친 우로雨露의 혜택을 입은 것입니다. 신은 마땅히 나라가 평온하든 위험하든 변치 않고 이 북쪽 변새에서 몸을 바칠 것이며, 시종 한결같이 성상께서 남산 같이 오래 사시기를 축원합니다.

이징옥은 자신이 두소의 그릇에 불과하다고 했다. 겸손의 뜻을 표한 것이다. 두斗는 1말들이 대그릇, 소筲는 1말 조금 넘는 대그릇을 각각 말하는데, 그릇이 작아 재능이 보잘것없음을 뜻한다.

이보다 한 해 앞서, 문종 즉위년1450년 9월 10일신해에 이징옥은 함길도 도절제사가 되어 부임하면서 사폐辭陛했다. 사폐란 지방으로 떠나는 신하가 임금에게 하직인사를 하는 것을 말한다. 폐는 계단이란 말로, 임금이 계신 궁궐의 계단을 가리킨다. 임금에게 하직인사를 하는 것이지만, 임금을 직접 가리켜 말하지 못하기 때문에 임금 계신 곳의 계단을 가리켜 말하는 것이다. 폐하나 각하란 말이 다 그러한 뜻에서 생겨났다.

문종은 이징옥이 함길도 도절제사로 부임하면서 하직 인사를 하자 인견引見·궁전 안으로 불러들여 접견함하고 궁시弓矢·활과 화살를 하사했다. 변방 방어를 맡긴다는 각별한 뜻을 궁시라는 선물에 가탁한 것이다. 그때부터 국왕이 함경도와 평안도의 절도사에게 궁시를 하사하는 것은 하나의 관례가 되었다.

이를테면 훗날 세조는 재위 12년1466년 5월 20일경인에 평안도 절도사 김겸광金謙光이 하직하자, 강녕전康寧殿에서 인견하고 술잔을 올리도록 명하고는 특별히 칼과 궁시를 하사했다.

이징옥은 국왕의 신임을 받고 있었

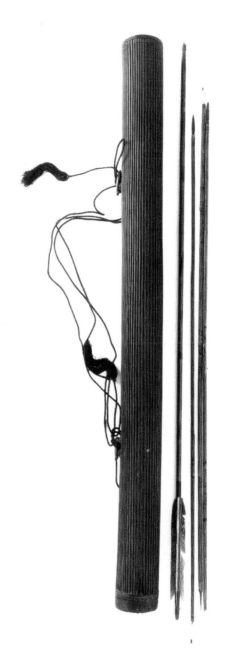

화살과 화살통

조선 후기 화살과 화살통. 한국국학진흥원 유교문화박물관 소장. 화살통 크기 7.5×7.5×92.5(단위 : cm). 화살 90시 내외.

기에, 변방을 수비하는 일에 남다른 힘을 기울였다. 이징옥은 함길도에 이르러 그해 11월 18일戊午에 변방의 정세를 비밀히 상서上書했다. 승정원에서도 뜯어보지 못하도록 비밀 장계를 올린 것이다. 그는 이 비밀 장계에서, 아치랑이阿赤郎耳에 사는 여진족 오동고吾同古가 영북진 도절제사에게 밀고한 내용과 관련하여 그 처리 방안을 문종에게 물었다.

당시 오롱초吾弄草에 거주하는 이귀야李貴也가 도절제사를 만나본 뒤 소로첩목아所老帖木兒의 집에 들러, 새 도절제사가 군마를 많이 모으니 올량합을 침공할까 두렵다고 말했다. 그러자 소로첩목아는 제종 야인들에게 유시諭示하여 병사를 정돈하라 하고, 또 획목畫木·통문으로 돌리는 나무패을 야인들에게 보내어 모이게 해서 사태를 의논했다. 소로첩목아는 조선에서 2품의 작위와 종까지 주어 안주시킨 여진 사람이다. 그런데 동량북에 거주하는 올량합 시가귀時加貴도 소로첩목아를 보을하甫乙下에서 만나 그가 돌리는 획목을 가지고 갔다. 알타리斡朶里 등도 회령의 내야탄乃也灘 가에 모여서 일을 의논했다. 마침 회령 절제사가 염탐하러 보낸 사람도 "올적합兀狄哈이 침입할까 두려워하여 관하管下의 군마를 점고하여 사열한다."라고 말하여, 거짓말을 퍼뜨려 민심을 들뜨게 만들었다. 오동고는 절제사 유익명兪益明으로 하여금 소로첩목아를 소환하게 해서, 소로첩목아에게 "근거가 없는 말을 가지고 제종 야인諸種野人에게 획목을 전하여 여러 사람의 마음을 동요하게 하는 것이 옳은가?"라고 힐책했다. 그리고 그 사실을 영북진 도절제사에게 비밀히 고한 것이다.

이징옥은 이 사실을 자세히 적은 뒤 다음과 같은 의견을 개진했다.

그의 말을 들어보고 그의 형세를 보고서 신이 다시 생각해 보건대, 소로첩목아의 사람됨이 인면수심이라서, 충성과 신의를 기대할 수가 없고 유순한 말로 고할 수도 없습니다. 지난해 좌의정 황보인黃甫仁이 술을 먹이던 날에 광포한 성질을 부려 칼을 뽑아 사람을 상하게 했고, 울분이 아직도 풀리지 않아서 지금 또 은혜를 배반하고 스스로 거짓말을 퍼뜨려 제종 야인을 동요시키니, 그 죄가 큽니다. 이제 유익명의 말을 들어 보건대, 그 죄를 저절로 알 수가 있습니다. 인심이 흉흉하여 조용하지 못하고 몰래 변란을 일으킬 것을 도모하니, 이것이 염려됩니다. 우선 유익명으로 하여금 말하지 말게 했으나, 지난 가을에 범찰凡察의 아들 보로甫老가 그곳을 내왕했는데 반드시 품은 뜻이 있었을 것입니다. 신이 부임한 뒤에 이귀야가 잠깐 와보지도 않고 군마가 많이 모였다는 말을 만들어서 시가귀에게 '내상內廂에 군마가 많이 모였다.'라고 말하고 획목을 주어서 제종 야인에게 전달하여 유시하고 망령된 말로 변란을 선동했으므로, 그 마음이 심히 염려스럽습니다. 올량합 가운데 본국에 붙어서 안심하고 토착하는 자들로 하여금 또한 의심을 내어서 그들이 동창童倉·보로甫老의 말을 듣고 따르도록 하여, 이곳에 남아 있는 알타리斡朶里 등을 이끌고 저곳으로 도망하려 함이니, 그 계책이 심히 명백합니다. 이와 같이 선동하여 어지럽히는 자를 변경에 살려 둔다면 후일 여러 오랑캐들을 물들여 미혹시켜 본국에까지 해를 끼칠 것이 분명합니다. 그러므로 이곳에 거주하지 말도록 하고 경중京中에 안치하여, 혹은 그 죄를 드러내 알리고 처치하여 여러 사람들을 경계하는 것이 어떠하겠습니까?

문종은 이 장계를 의정부 관리들에게 보여 비밀히 의논하고 이징옥에게 보내는 기밀 유서諭書를 적었다. 세자로 있을 때 문종은 부군 세종이 친히 글월을 만들어 김종서에게 기밀 유서를 보낼 때 부친의 구술을 받아 적은 일이 여러 번 있었다. 그때 군사상의 기밀은 내전內傳·비밀리에 전함하는 것이 적절하다는 사실을 배워 두었다. 그래서 이징옥이 국경의 북변을 수호하게 되자, 세종 때의 전례에 따라 그와 비밀 서신을 주고받은 것이다. 그해 11월 18일에 문종이 회유한 내용은 다음과 같다.

알타리가 100호 미만이라 하더라도 이미 남아 있기를 정원情願한다고 중국에 주문奏聞했고, 또 비밀히 내지에 거주하여 본국인과 다를 바가 없으니, 우리나라의 허실과 도로의 굽고 곧은 것과 산천의 험하고 평탄한 것을 일찍부터 자세히 알고 있다. 더군다나 올량합은 그 수가 많아서 동량북에서 야춘夜春에 이르기까지 5진을 둘러싸고 있으면서 오래도록 번리藩籬가 되어 안심하고 생활하여 왔는데, 만약 들떠서 움직여 민심이 조용하지 못하면 왕래하는 변환邊患은 이루 말할 수 없을 것이다. 따라서 온갖 계책으로 효유하여 동요하지 않게 하는 것이 상책이다. 하지만 왕래하는 말이 혹은 빈말이기도 하고 혹은 사실이기도 하여, 확실히 믿을 수가 없다. 경이 다시 더 보고 들어서, 만약 그런 사실이 있다면 즉시 괴수 등에게 다른 일을 핑계하여 혹은 통사를 보내기도 하고 혹은 본국과 서로 교분이 있는 사람을 보내기도 하여 이를 위로하기를, '5진을 설립한 이후부터 너희들이 성심으로 귀순하여 아침저녁으로 왕래하므로, 비록 소소한 사변이라도 남김없이 전하여 알려 왔다. 5진의 인민이 서로 사귀어 있고 없는 것을 서로 돕기에 이르니, 국가에서도 또한 너희들이 힘써 순종하고 마음을 다하는 것을 아름답게 여겨서 은혜와 의리로 어루만져 날이 오랠수록 더욱 두터이 하는데, 어찌 털끝만치라도 서로 의심할 일이 있겠는가? 그 사이에 무지한 소인이 있어서 스스로 뜬말을 만들어 피차를 이간한 것이 있으나, 너희들은 간언을 믿지 말라. 세월이 이미 오래 지나면 허실을 곧 알 것이다.'라고 하라.

이와 같이 조용히 효유하되, 혹은 괴수되는 사람을 초치하기도 하고, 혹은 술과 음식을 먹이기도 하고, 혹은 어물을 먹이기도 하여 따뜻한 말로 후하게 대우하면서 위와 같이 효유하라. 또 다른 일을 핑계하여 소로첩목아를 초치하여 타이른 다음에 위로하기를, '세종께서 승하하고 새 임금이 사위嗣位했으니, 상경하여 숙배肅拜하여야 하는데 지금이 그러한 때다. 더구나 정조正朝·정월 초하루는 중외의 대소인이 모여서 조하朝賀하는 날이니, 친신親信하는 반인伴人들을 인솔하고 상경하여 귀부歸附하는 것이 예에 아주 부합한다.'라고 하라. 이와 같이 은근히 효유하는 것 또한 상책이다. 만약 따르지 않거든 위협과 핍박의 형상을 드러내지 말고 삼가서, '부득이 상경하여 와야 한다.'라는 말을 가지고 굳게 말하여 조치하여 올려 보내는 것도 좋고, 이귀야도 소로첩목아의 예와 같이 올려 보내는 것도 좋다. 야인들이 경의 위엄과 용맹을 두려워하는 것이 오로지 금일만이 아니니, 경은 위로 세종께서 옛날 내전內傳한 말을 몸 받아서 그 위세와 용맹을 부리지 말고 은혜와 믿음을 펴도록 힘써서, 저들로 하여금 그 혐의를 풀게 하라. 마음을 돌려 사랑하고 흠모하게 하는 것은 성심껏 무수無綏하

146

는 데 있을 뿐이니, 경은 그것을 잘 알라.

이징옥의 본관은 양산梁山이며, 아버지 이전생李全生은 인천군 이겸李謙의 후손이다. 이전생은 아들 셋을 두었는데, 장남은 이징석, 차남은 이징옥, 삼남은 이징규이다. 이전생은 중추원영사로 퇴직하고 양산 지역에 살았는데, 나라에서 그의 공을 인정하여 양산부원군에 봉했다.

이징옥은 어렸을 때 호랑이를 산 채로 잡았다는 일화가 전한다. 젊어서는 갑사로서 중앙에서 벼슬을 하다가 태종 16년1416년 사직별시司直別試에 응시하여 무과 친시에서 장원으로 급제, 사복소윤에 임명되었다. 세종 5년1423년에 황상黃象의 천거로 경원첨절제사가 되어 아산阿山에 침입한 야인을 격퇴하고, 세종 7년1425년에 절제사로 승진했다. 이때부터 세종 12년1430년까지 여진이 침략할 때마다 물리치는 큰 공을 세웠으므로, 세종은 이징옥에게 9년 만에 양산에 내려가 부모를 만나볼 수 있도록 명하여 그를 위로했다. 재위 14년인 1432년에는 그를 병조참판으로 삼았다.

영북진절제사寧北鎭節制使를 거쳐, 세종 18년1436년에 회령절제사 된 이징옥은 여진족의 추장을 죽인 뒤에 판경흥도호부사로 자리를 옮겼다. 그는 그곳에서 함길도 도절제사 김종서와 함께 4진 개척에 심혈을 기울여 2년 만에 그 방위와 경영을 정착시켰다. 세종 20년1438년에 모친상을 당한 이징옥은 경원부사의 직을 사임하고 함경도를 떠났다. 하지만 100일 만에 다시 경상도·평안도도절제사 등을 맡았다. 세종 31년1449년, 20년간 4군 설치와 이후의 6진 개척, 여진의 정복·회유·복속에 이바지한 공으로 지중추원사에 승진했다. 다음해 문종 즉위년1450년에는 함길도 도절제사로 부임해, 10년 만에 다시 북방의 방위에 임했다.

세종은 즉위 18년1436년에 새서璽書·옥새를 찍은 공문서로 회령절제사 이징옥에게, 훌륭한 장군이 되어 줄 것을 유시한 바 있다. 그 주요한 내용은 다음과 같다.

예로부터 장수는 위무威武만을 숭상하지 않고 반드시 문덕文德을 닦는 것을 근본으로 삼았다. 문文이 아니면 대중을 따르게 할 수가 없고 무武가 아니면 적을 제압할 수가 없기 때문이다.

오기吳起는 모든 일에 통달한 지혜와 삼군三軍에서 으뜸가는 용맹을 가지고 위魏나라를 위해 서하西河를 지키니 진秦나라 군사가 감히 동쪽으로 오지를 못했으며, 제후와 전쟁을 하여 64회나 승리함으로써 사방으로 1,000리나 되는 토지를 개척했으니, 재사才士라고 이를 만하다. 하지만 그는 전적으로 위무만을 숭상하고 은혜와 인자함을 적게 베풀었던 탓에 가는 곳마다 원망과 비방이 따랐다. 그래서 노魯나라와 위魏나라를 섬겼으나 모두 유종의 미를 거두지 못했다.

등훈鄧訓은 호강교위護羌校尉가 되어 은혜와 신의로 먼 지방의 사람들을 회유하기에 힘썼다. 그러자 황중湟中의 호인들이 모두 감복하고 좋아하면서 종족과 마을이 진심으로 귀화해 오니 변방이 편안했다. 그가 죽자 이사吏士와 강호羌胡 가운데 울부짖지 않는 자가 없었고 심지어 집집마다 사당을 세우기까지 했다.

반초班超는 서역에 31년 동안 있으면서 5,000여 호나 항복시켰으니, 동한의 변방 장수로 그보다 나은 사람이 없었다. 그가 교대하여 돌아올 때에 임상任尙에게 이르기를, "변방의 이사吏士는 본래 효자孝子나 순손順孫이 아니라 모두 죄를 지어 변방으로 오게 된 자들이며, 만이蠻夷들은 짐승 같은 마음을 가지고 있어서 기르기는 어렵고 실패하기는 쉽다. 지금 그대는 성격이 엄격하고 급해서 아랫사람들의 마음을 얻지 못하고 있으니 작은 잘못은 너그럽게 봐 주고 대강大綱만 총괄해야 할 것이다."라고 했는데, 임상은 반초에게는 기발한 계책도 없고 평이한 말만 한다고 여기더니, 그 뒤에 임상은 과연 반초가 경계했던 바대로 패배하고 말았다.

대개 사람의 성품은 느리거나 급하고 도량은 크거나 작아 반드시 같아지기는 어렵다. 관용을 베푸는 자는 항상 대중의 환심을 사게 되고 위엄을 부리는 자는 항상 대중의 노여움을 사게 된다. 그래서 대중의 환심을 산 자는 항상 안전이 보장되고 대중의 노여움을 산 자는 항상 화패禍敗가 뒤따른다. 이는 보편적인 이치이다.

경의 위무로 말하면 비록 옛사람이라 할지라도 이보다 낫지는 못할 것이다. 북쪽 변방에서 위엄을 떨쳐 오랑캐들이 다 복종하니, 나는 매우 가상하게 여긴다. 그러나

┃ 조선여진분계도(朝鮮女真分界圖)

1750년대에 제작된 《해동지도》. 서울대학교 규장각한국학연구원 소장.

조선과 청나라의 국경을 표시한 것이 아니라, 조선에 거주하던 북방여진의 구역을 어느 정도 자치구로 인정하고 조선과 여진과의 경계를 표시한 듯하다. 고여연(古閭延), 즉 위원(渭源) 윗부분에 황제릉(皇帝陵) 표시가 보인다. 이것은 송나라 8대 황제 휘종(徽宗)이 아들 흠종(欽宗)과 함께 금나라에 잡혀가 선화(宣和) 4년(1122년)에 오국성(五國城)에서 죽어 묻힌 곳이라고 전해져 왔다. 오국성은 우리나라 함경북도 회령(會寧) 서쪽, 강 건너 지금의 만주 길림성 연길현(延吉縣)의 운두산성(雲頭山城)을 가리킨다고 알려져 왔다.

대중을 제어하는 문제는 은혜와 위엄을 편협하게 쓰지 않는 데 달려 있다. 은혜와 위엄을 편협하게 쓰지 않으면 사람들이 사랑할 바를 알게 되고 이미 사랑할 바를 알고 나면 또 경외해야 할 것을 알게 된다. 이렇게만 되면 공을 세우는 것은 시간 문제다. 진^晉나라의 양호^{羊祜}가 바로 그런 경우이다.

경은 옛날 장수의 잘잘못을 귀감으로 삼고 과인의 지극한 생각을 체득하여 위무만 전적으로 추구하지 말고 반드시 인애^{仁愛}를 더하여서 사람을 감복시켜 오랜 세월 동안 북쪽 변방의 훌륭한 장수가 됨으로써 나의 마음에 부응하도록 하라.

이징옥은 용감하고 위엄이 있어 야인에게 두려운 존재가 되었고, 한편으로는 청렴결백하여 백성이나 야인의 물건에 절대로 손대지 않았다고 한다.

그런데 단종 원년^{1453년} 10월에 수양대군은 김종서 등을 제거하고 정권을 장악한 뒤 이징옥을 김종서의 일당으로 몰아 파면하고 은밀히 그 후임으로 박호문^{朴好問}을 보냈다. 이징옥은 함경도에서 반란을 일으켰다. 후임자인 박호문을 죽인 뒤 병마를 이끌고 종성에 가서 대금황제라 자칭했으며, 도읍을 오국성^{五國城}에 정하고 격문을 돌려 여진족의 후원을 받아 관군에 맞섰다. 그러다가 두만강을 건너려고 종성에 머물러 밤을 새울 때 종성판관 정종과 이행검의 습격을 받아 아들 3명과 함께 피살되었다.

《단종실록》에서는 이징옥이 스스로 대금황제라고 칭하고 여진족에게 도움을 청했다고 했다. 하지만 정조 때의 채제공^{蔡濟恭}은 이징옥이 수양대군의 불법행위를 명나라에 직접 호소하여 단종 복위를 꾀했다고 했다. 이징옥은 정조 15년^{1791년}에 이르러 모든 관직이 복권되었다. 충강^{忠剛}의 시호를 받고 장릉^{莊陵}의 배식단에 배향되었다.

이징옥의 반란 이후 조선 조정은 함경도 지역을 더욱 차별하게 되었다. 이런 상황에서 세조 13년^{1467년}에 이시애가 반란을 일으켰다.

문종은 세종의 장남으로, 조선 제5대 왕으로 즉위했다. 시호는 공순흠명인숙 광문성효대왕恭順欽明仁肅文聖孝大王이다. 어릴 때부터 총명하여 학문을 좋아했다. 세종이 재위 27년1445년에 병환이 나자 정무를 맡아보았는데, 시행하는 일이 모두 의리에 합당했다고 한다. 1446년 3월에 소헌왕후가 돌아가고, 1450년 2월에 세종이 돌아갔는데 문종은 삼년상을 모두 훌륭하게 치렀다. 1450년 6월에 세종을 영릉에 장사하고 졸곡을 한 뒤 비로소 정사를 보살폈다. 그해 7월에 단종을 왕세자로 삼은 문종은, 1451년 정월에는 명나라 황제의 조칙으로서 1441년에 죽은 단종의 어머니를 현덕왕후로 추봉했다.

문종은 인재 등용에 유념했다. 의정부와 전조銓曹·이조와 병조에 명령하여 경관과 외관의 유능한 사람을 승진시키고 무능한 사람을 물리치는 것을 의논하도록 하고, 또 수교手敎를 내려 동반 6품과 서반 4품 이상의 관원으로 하여금 각기 덕이 있고 재능이 있는 사람을 두서너 명씩 천거하게 했다. 게다가 4품 이상의 관원만이 윤대輪對하던 관행을 고쳐 6품 이상의 관원들에게도 모두 윤대輪對하도록 허가했다. 군사 문제에도 유념해서, 유신儒臣에게 명하여《동국병감東國兵鑑》을 찬술하도록 하고, 또 오위五衛를 설치하고 친히 진법陣法을 만들어 사졸들을 교련했다. 그리고 형벌을 신중히 하라는 교서를 거듭 내려 얼사臬司·감영를 타일렀다.

문종은 평소 여색, 수렵, 연회를 좋아하지 않았고 궁실을 화려하게 꾸미는 것도 내켜하지 않았다. 천문·역산·성운에 이르기까지 모두 깊이 연구했고, 초서와 예서를 잘 쓰고 문학에도 뛰어났다.

문종은 1452년 5월 14일병오에 경복궁의 정침에서 돌아갔다. 재위한 지 3년이 되던 때로, 향년 39세였다.

문종도 부왕 세종의 정책을 이어받아 동북면의 안정에 진력했다. 부왕이 비밀문서로 절제사에게 방책을 지시했듯이 그 역시 비밀문서로 신임을 보이고 수비의 방책을 지시했다. 이징옥은 김종서에 이어 동북면을 10년간이나 안정시킨 공로가 있다. 그가 수양대군의 정난 이후 반란을 일으킬 수밖에 없는 상황에 내몰린 것은 참으로 안타까운 일이다.

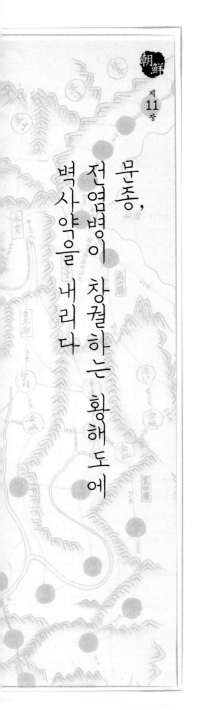

　문종은 즉위한 이듬해인 1451년 9월 5일경자, 악질을 구료救療하는 방안을 논한 글을 친히 적어 은밀히 도승지 이계전李季甸에게 보였다. 또 벽사약辟邪藥을 내리는 한편, 수륙재水陸齋를 지내게 해도 좋은지 여부와 여제厲祭를 올리는 방안을 검토하게 했다. 벽사약은 역질을 물리치는 약, 즉 예방약이다. 수륙재는 불교에서 물과 육지에서 헤매는 외로운 영혼과 아귀를 달래며 위로하기 위하여 불법을 강설하고 음식을 베푸는 종교의식이다.　여제는 역질이 돌 때에 지내던 국가 제사로, 봄에는 청명에, 가을철에는 7월 보름에, 겨울철에는 10월 초하루에 지냈다.

　문종의 글은 이러했다.

이제 듣건대, 교하·원평 등에 악병이 침투해서 전염되어 그 기세가 자못 커지고 있다고 한다. 그곳은 경기와 몹시 가까우므로 만일 서울에서 한 사람이라도 그 병중이 유사한 자가 생긴다면 그 일이 작지 않다. 그러면 필시 도읍을 옮기자는 논의가 있게 될 터인데, 이럴 경우 누가 불가하다고 하겠는가? 이러한 까닭에 이 병의 구료를 급히 서두르지 않을 수 없다. 혹자는 '벽사하는 약을 모아서 큰 향을 만들어 환자가 있는 곳에서 주야로 이를 사르면 그 기운이 소멸하여 흩어진다.'라고 하고, 혹자는 '약사여래(중생의 모든 고뇌를 구제하여 칠난七難을 없애고 질병을 구제하는 여래)에 의거하여 수륙재를 본떠 재를 올리면 기운이 자연스레 소멸할 것이다.'라고 하고, 또는 '평소 여귀에게 제사지내는 예식에 따라서 근신하는 사람을 보내어 제사지내면 그 기운이 자연히 흩어질 것이다.'라고 한다.

나의 생각에는 황해도의 병뿐만 아니라 모든 병의 전염이 그런 법이니, 처음에는 기근과 한서寒暑에 대한 조절이 적당함을 잃어서 여러 가지 병을 이루는데, 그 병의 초기에는 마치 불이 처음 타오르는 것과 같아서 그 불길을 소멸시킬 수 있지만, 병세가 중하게 되면 불길이 치열하여 기세가 크게 번지는 것과 같다. 그래서 한 사람을 죽이고도 간악한 기운이 점점 커지고 다시 응결하여 흩어지지 않고는 타인과 접촉만 하면 곧 전염이 확대되어 마치 불이 섶薪을 얻음과 같이 한없이 연소하게 된다. 이것은 하나의 상리常理인 것이다. 어찌 꼭 여귀가 있어 인명을 탐하여 잡기를 범이 사람을 먹듯이 그 무슨 정욕이 있는 것과 같겠느냐? 그렇다면 지금 병에 걸린 사람을 빠짐없이 찾아내어 인적이 끊긴 섬에 몰아넣고 의복·양곡·약품 등을 넉넉히 주어 타인에게 더 번지지 않도록 해야 할 것인데, 비유컨대 요원燎原의 불도 연소되는 풀을 제거하면 그 피해는 반드시 한계가 있을 것이니, 이것이 그 상책인 것이다. 다만 빠짐없이 찾아내기란 실상 어려운 것이어서 필연코 행하지 못할 것이다.

또 다른 한 가지 논리가 있다. 생각하건대 무릇 산악이란 하나의 많이 모아진 흙더미지만 산악을 이루면 곧 신이 있게 되고, 하해河海란 하나의 많은 작수勺水·숟가락 물에 불과하지만 하해를 이루면 또한 신이 생기게 마련이다. 저 일월까지도 한 덩어리 수화水火와 다를 것이 없다. 그러나 고명高明하고 정대正大한 데 이르면 귀신이 복종하게 된다. 그렇기 때문에 귀신은 모든 물체에 기탁하며 떼어 놓을 수 없다. 물체가 있으면 반드시 신이 있다. 그러므로 물체가 크면 신도 크고, 물체가 존귀하면 신도 존귀하며, 물체가 선하면 신도 선하고, 물체가 악하면 신도 악한 법이다. 이제 악병이란 것이 사람을 많이 죽이고 또 천리에 만연하거늘 이 어찌 귀신이 없겠는가? 만약 전장에서 죽은 원혼들의 소위라고 한다면 반드시 그렇다고 하기 어려우나, 이것이 여귀의 소행이라고 한다면 의심할 여지가 없다. 그렇기 때문에 사람을 보내어 여귀에 제사하는 것도 유익함이 없지 않으리라고 생각한다.

또 다른 논리가 하나 더 있다. 대개 양의良醫는 병을 구료함에 있어 그 환자의 마음부터 다스리는 것을 급선무로 삼는다. 무릇 인심은 곧 천지의 마음이며, 천지의 마음은 실상 조화의 근원인 것이다. 그러한 까닭에 인심이 화평하면 천지의 마음도 화평하고, 천지의 마음이 화평하면 여기厲氣가 자연 해산되고 화기가 응하게 된다. 지금 불법佛法이 사람들의 이목에 깊숙이 들어가 마치 취한 것같이 되어 있어 수륙재의 설시가 그곳 인심을 반드시 기쁘게 하고 편케 하여 이에 의뢰할 것이다. 이렇게 볼 때 천지의 화기가 비록 일신의 병에까지 응한다고는 할 수 없으나 간혹 이에서 치유되는 이치도 있는 것이다. 또 마음이 허망하면 쓸데가 없어 목석과 동일하지만 성誠이란 순일한 것이며 순일하면 통하지 않는 바가 없다. 그런 까닭으로 수륙재가 비록 이단이라고 하지만 정성을 드리는 것은 하나같아서 유익한 것일지 그 이치를 혹시 알 수 없는 일이다. 더욱이 박절한 일은 본래 신이 들지 않은 것이 없으니 교하·원평 등지에 수륙재를 베푸는 것이 어떠하겠는가?

모두 함께 협의하여 가하다 생각하면 속히 수륙재를 행하여 그곳 인심을 편안하게 해 주어야 할 것이다. 그러나 이 일이 괴이하고 허탄한 면이 있으므로 장차 행한다 할지라도 군상君上으로부터 이 말이 나와서는 안 되니 은밀히 예조로 하여금 이를 의정부에 통보한 뒤 계문啓聞하여 행하도록 하라.

문종은 수륙재를 지내게 하려고 생각했다. 하지만 군주가 괴이하고 허탄한 의식을 발의했다는 비판이 나오지 않도록, 은밀히 예조로 하여금 의정부에 통보해서 의정부의 고관들이 발의하는 형식을 취하고 싶어 했다.

문종은 우선 이계전의 의견을 물었다. 이계전은, 여제는 종래의 격례格例에 따라 행하는 것이 온당하겠지만, 벽사약은 이어 대기가 어려우므로 집집이 주야로 사를 수는 없으며, 수륙재는 괴이하고 허탄한 면이 있으므로 신하들이 반박하리라고 했다.

대신들의 의견을 묻자, 좌찬성 김종서는 대향大香을 배포해도 좋고 수륙재도 무방하며 여제도 역시 행할 수 있다고 했다. 우의정 황보인은 대향을 배포하기는 어렵고 이단의 행사인 수륙재는 지낼 수 없으며 여제는 행하는 것이 온당하다고 했다. 좌참찬 안숭선과 우참찬 허후도 황보인과 같았다.

문종은 여제를 지내기로 하되, 향 사르는 것이 약을 먹는 것만 같지 못하고,

154

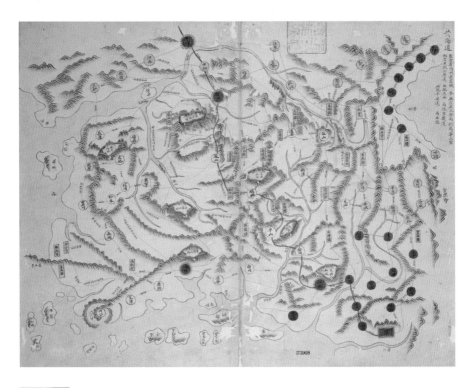

▌황해도 지도

1750년대에 제작된 《해동지도》. 서울대학교 규장각한국학연구원 소장.

황해도의 감영은 해주(海州)에 있었다. 황해도는 본디 좌우로 나누지 않았으며, 모두 33관(官)이 있었다.

황해도 역질에도 수륙재가 있었다고 하므로 수륙재를 지내는 것이 어떻겠는지 다시 헌의하게 했다. 황보인 등은, 여제는 예조의 마감을 거쳐 지내도록 하고, 수륙재는 경기감사에게 유시하여 지방마다 자율적으로 시행하도록 하되, 대향을 사르는 것은 사세로 보아 이어 대기 어려울 것이라고 했다. 그런데 전에 세종 때 명나라 사신 창성昌盛이 나왔을 때, 그 일행의 두목頭目 중에 죽은 자가 많아, 세종이 벽사약을 지어 근신과 사신관의 접대인들로 하여금 은밀히 이를 몸에 차게 한 바 있었다. 황보인 등은 그 사례를 따라, 벽사약을 지어 환자로 하여금 가슴속에 차게 하자고 건의했다. 특히 환자의 심리가 반드시 나을 것이라 여긴다면 혹 병의 차도를 가져올 수도 있다고 하여, 벽사약을 배포하는 것이 좋겠다고 했다.

이보다 앞서 세종 때, 황해도 일대의 전염병이 극성의 해골 때문이라고 여겨, 해골을 치우고 수륙재를 거행한 일이 있다. 곧, 세종 24년1442년 8월 4일신묘의 기록을 보면, 황해도관찰사가 "도내의 나쁜 병에 걸린 사람들은 모두 봉산·극성의 해골이 빌미인 것으로 생각하여 요사한 의심이 마음속에 가득하게 되므로, 점차 심노心勞의 병을 일으켜서 스스로 죽게 되는 것이 틀림없습니다."라고 아뢰자, 병의 원인이라고 의심되는 해골을 모두 치우고 수륙재를 거행하도록 했다. 수륙재는 여제의 한 예이며, 그것도 백성을 구제하는 방도라는 관점을 취한 것이다. 하지만 수륙재는 불교의 행사였으므로, 신하들은 대개 수륙재를 지내서는 안 된다고 반대했다. 문종은 그 사실을 잘 알고 있었으므로 완곡한 방법으로 신하들의 합의를 도출해서, 각 고을마다 자발적으로 수륙재를 지내도록 허용하려고 한 것이다.

문종은 9월 10일을사에 황해도 교유 김유지金有知에게 명하여 촌락을 순행하면서 악한 병을 구료하게 했다. 9월 20일을묘에는 의정부가 예조의 정문呈文·공문에 의거하여 황해도 황주·봉산과 개성부, 경기의 풍덕·원평·교하·통진 등 악병이 크게 유행한 곳에서는 수령이 제사를 지내게 해달라고 청하자, 그대로 따랐다. 그래서 조정 신하 중에서 근후한 자를 택하여 황해도에 1인, 개성부와 풍덕에 1

인, 원평·교하·통진에 1인을 나누어 보내고, 큰 고을에는 2·3개소, 작은 고을에는 1개소로 하되 각 마을 환자의 다소에 따라 날을 가려서 제사 지내게 했다. 제문은 집현전관원이 지었다.

9월 28일계해에는 황해도의 각 고을과 개성 및 경기의 각 고을 각처에서 행할 여제의 제문을 문종이 친히 지어 내렸다. 당초 응교 이개李塏가 제문을 지어 바쳤는데, 문종은 마음에 들어하지 않고 손수 글을 초草했다. 이때 문종이 작성한 제문을 세간에서는 〈제극성문祭棘城文〉이라고 한다. 그 내용은 이렇다.

왕은 말하노라.

이치는 순양純陽·순연한 양기만이 아니고 음陰이 있고, 만물은 길이 살지 못하고 죽음이 있으며, 오는 것이 있으면 반드시 가는 것이 있고, 신神이 있으면 반드시 귀鬼가 있는 법이다. 본시 물체의 체體가 되어 빠지지 않으니, 어찌 여기厲氣에 주主가 없으랴? 정情이 없는 것을 음양이라 하고 정이 있는 것을 귀신이라 한다. 정이 없으면 더불어 말할 수 없고, 정이 있으면 이치로 효유할 수 있을 것이다.

나는 생각하건대, 수화水火는 본래 사람을 기르는 데 필요한 것이지만, 때로는 사람을 죽이기도 하고, 귀신은 사람을 돕는 것이지만 때로는 사람을 해치기도 한다. 그러나 사람을 죽이는 자는 수화가 아니라 곧 사람인 것이며, 사람을 해치는 자도 귀신이 아니라 역시 사람 자신인 것이다. 그렇기 때문에 한서寒暑·우양雨暘과 오미五味의 식품은 천지가 사람을 기르는 본연의 능사이나, 사람이 스스로 그 조화를 잃으면 병의 근원을 만들게 된다. 그러므로 귀신의 덕이 거룩하며, 이치가 하나인 천지임을 알게 한다. 지금의 여기는 실상 귀신이 해를 지음이 아니라, 도리어 사람이 스스로 그 재앙을 지은 것이다. 그러나 마침 한 사람이 지은 재앙으로 인하여 전염되고 널리 확장되어 해를 지나도 그치지 않아서 죄 없이 마구 병에 걸려 생명을 잃은 자가 그 몇이던가? 이 어찌 신명을 받들어 생하는 자가 그 덕을 잃어서 옥석이 함께 타버리는 것이 아니겠는가? 내가 덕이 박한 사람으로 한 나라의 신인神人의 주인이 되어 한 물건이라도 그 있을 바를 얻지 못하는 일이 있지 않을까 항상 두려워하는데, 하물며 백성들이 횡액에 걸려 젊어서 죽는 것을 차마 어찌 보겠는가?

이에 유사有司에게 명하여 그 여기가 있는 곳에서 정결한 땅을 가려서 단壇을 설치하게 하고, 조신朝臣을 나누어 파견하여 생례牲醴·희생과 감주와 반갱飯羹·밥과 국으로 제사하고, 정녕丁寧한 유고諭告를 거듭하여 너희들로 하여금 깨닫도록 하노니, 너희 귀신들은 선善으로써 선善을 이어가도록 하고 괴분乖憤·어그러지고 통분함한 기운을 깨끗이 거두고 생생生生하는 본래의 덕을 포시布施하기 바라노라. 이런 까닭으로 이에 교시敎示하니, 의당 이를 다 알아야 할 것이다.

문종은 사람을 죽이는 자는 수화가 아니라 사람이고 사람을 해치는 자도 귀신이 아니라 역시 사람 자신이며, 역병의 기운이 도는 모든 책임은 국왕 자신에게 있다고 했다. 역병의 유행을 보고 군주 자신이 자책한 것으로, 이 제문은 책기소責己疏의 성격을 지닌다. 책기소란 주로 자연재해나 전란이 일어났을 때 군주가 그 원인을 자기 자신에게서 찾아 자신을 책망하는 글을 지어 신민들에게 반포함으로써 민심을 안정시키려 한 것이다. 죄기소罪己疏라고도 한다.

조선 중기의 신흠申欽은 《상촌잡록》에서 문종의 이 제문을 대단히 칭송했다.

우리나라 역대 임금의 문필로 말하면 문종이 으뜸이고, 성종·선조의 글도 출중해서 한나라 무제나 당나라 태종에게도 뒤지지 않는다. 문종이 지은 〈제극성문〉을 보면, "정이 없는 것을 음양이라 하고, 정이 있는 것을 귀신이라 한다."라고 했으니, 비록 원숙한 유학자라도 어떻게 이런 말을 할 수 있겠는가.

문종은 여제를 올리는 것으로 그치지 않았다. 황해도 감사가 황주의 구폐조건救弊條件을 아뢰자, 10월 9일갑술에는 의정부에 명하여 의논하게 했다.

1. 이주해 온 사람으로 함길도·평안도를 제외하고는 모두 환본還本하지 말게 한다.
2. 여기 도청女妓都廳·여기가 가요를 부를 때 악기를 연주하던 악공에 이미 선상選上·각 지방 관아에서 노비·악공·의녀·

무녀·무동을 뽑아서 서울로 보내던 일한 것을 제외하고는 원상을 회복할 때까지 뽑아 올리지 말게 하라.

3. 유민流民으로서 되돌아온 자는 옛 법에서는 1, 2년 동안 복호復戶·조세를 면제해 주는 일를 더하여 준다.

4. 경중京中의 역사役事에 종사하는 사람으로서 나장螺匠, 조례皁隷·관아에서 부리는 하인, 도부외都府外·여말 선초에 경찰의 임무를 맡아 보던 중앙 관청으로, 뒤에 의금부로 개편됨 따위 같은 잡색인雜色人의 결원이 있으면 충청도 각 고을에 옮겨 정하고, 또 중국 조정의 사신이 올 때 채붕綵棚·임금이나 중국 사신이 지나가는 길목에 오색실이나 형겊으로 장식하던 무대을 없앤다.

1에 대해서는 모두 "이미 세운 법은 가볍게 고치는 것이 불가합니다."라고 했다. 2에 대해서는 모두 "선상하지 않는 것이 편하겠습니다."라고 했다.

3에 대해서는 모두 "수령이 마음을 다하여 구휼한다면 비록 구법에 의하여 시행하더라도 편안하게 생업을 할 수 있으나, 만약에 마음을 쓰지 않는다면 비록 1, 2년간의 복호를 더하여 준다 하더라도 무익할 것입니다. 복호의 연수를 더하여 줄 필요가 없습니다."라고 했다.

4에 대해서는 모두 "경중의 역사에 종사하는 사람 가운데 결원이 있으면 옮겨 정하는 일은 감사가 아뢰는 바에 따르소서. 채붕 같은 것은 그 유래가 오래니 갑자기 혁파하는 것은 불가합니다."라고 했다.

문종은 "폐단을 구하기 위해서라면 어찌 법의 개정을 혐의스러워하겠느냐?"라고 말했다. 그리고 이주해 온 사람을 환본還本하지 말고 선상을 그만두라고 하는 조항은 제외시키고, 되돌아온 사람에게 5년을 기한하여 복호하라는 조항은 병조로 하여금 입법하게 하라고 명했다.

또한 11월 5일기해에는 예조판서 이승손과 참판 정척이 경기감사 박중림과 회의하고, 풍덕·교하·원평 등지의 악질 병에 걸린 사람을 각각 근처에 맡겨 토실에 모아 치료할 일을 가지고 아뢰니, 그대로 따랐다.

황해도는 북쪽으로 대동강에 이어지고 서북로가 관통하는 교통요지이자 국방의 요충지였다. 황주의 남쪽 정방산, 동남쪽 덕월산에 산성이 있었고, 정방산 서쪽에는 극성 요새가 있었다.

극성은 가시나무를 외곽에 두른 토성으로 정방산성에서 박배포까지 이어졌다. 이곳은 고려 공민왕 때 우리 군사들이 홍건적에게 전몰한 슬픈 역사가 있다. 홍건적은 원나라 말기에 하북성 일대에서 일어난 한족 반란군으로, 원나라에 쫓겨 우리나라로 쳐들어왔다. 1359년에는 4만 명이 침입하여 의주, 정주, 인주를 함락했고, 철주와 서경마저 함락했다. 다음해 정월에 고려 군사가 서경을 탈환했으나 홍건적은 해로로 도망가면서 풍주, 봉주, 안악과 황주, 안주 등을 약탈했다. 심지어 1361년 10월에는 10만이 침범하여 수도 개경을 함락하기까지 했다. 고려는 이듬해 정월에야 개경을 탈환할 수 있었다.

이후 극성에서는 병사들의 원혼이 밤마다 울고 황해도 일대에는 전염병이 돌았다. 그래서 문종은 제문을 지어 전몰장병을 제사지내게 했다. 성종 때 최숙정崔淑精은 〈극성회고〉라는 애절한 시를 지었다.

당시 외구가 변방으로 난입해서
맹렬한 화염이 들불 타듯
곧장 내달려 성 밑에 다다르니
막막한 요기가 하늘을 뒤덮었다
지휘관이 접전할 시기를 그르쳐
아군이 낭패하고 놈들은 함성질러
수십만 군사가 일시에 전멸하고
남은 군졸은 사방으로 흩어졌지
귀천을 막론하고 해골이 되어
원혼이 가득하여 검은 구름 되었지
구슬픈 바람은 지금도 우우 우는데

옛 성은 푸른 산 아래 황폐하다

시 지어 의로운 혼령들 조문하자니

천고의 원통함이 붓 끝에 묻어난다

當年怒寇闌塞門(당년노구란새문)	猛熖烈烈如燎原(맹도열렬여요원)
長驅不日到城下(장구불일도성하)	妖氣漠漠霾乾坤(요기막막매건곤)
期門受敵誤機會(기문수적오기회)	南軍狼狽胡語喧(남군낭패호어훤)
數十萬人一朝殲(수십만인일조섬)	餘卒四散仍敗奔(여졸사산잉패분)
同將貴賤作枯骨(동장귀천작고골)	怨氣結作陰雲屯(원기결작음운둔)
悲風颯颯吹至今(비풍삽삽취지금)	古城寥落蒼山根(고성요락창산근)
投詩直欲弔毅魂(투시직욕조의혼)	筆端千古埋遺寃(필단천고매유원)

이미 문종 즉위년인 1450년 7월 7일기유에 황해도 봉산군 사람이 군역에 대하여 상언한 일이 있다. 그 상언에 따르면 세종 20년1438년의 무오년에 군적을 편성한 이후 유망한 자와 죽은 자가 총 838인인데, 이때까지 보충하지 못한 정군이 364인이요, 가정군加定軍이 55인이요, 또 도부외의 조례관노비가 56인이거늘, 군수가 무오년 군적에 의거하여 충립充立·입역을 대신 세워 충당함하게 했다. 하지만 봉산군은 관서대로 옆에 있어 몹시 피폐한 데다 기근과 질병이 겹쳐 유망하는 자가 점차 늘어나 장차 고을이 없어질지도 모를 형편이었다. 봉산군 사람은 보충하지 못한 정군과 가정군을 연차적으로 보충하여 세우고, 도부외 조례는 경기의 각 고을에 옮겨 배정해 달라고 청했다.

서부 지역의 교통 요지였던 황해도 해주와 봉산의 백성들은 신역으로 고통을 겪었고, 수령들의 토색도 심했다. 그런데다 홍건적의 침입 때 극성에서는 많은 사람이 죽어 나갔다. 아마도 시신의 처리가 제대로 이루어지지 않았으므로 역질이 더 유행했을 듯하다. 문종은 지역의 고통을 생각하여, 제문을 지어 원혼을 위로했고 벽사약을 하사해서 역질을 종식시키고자 했던 것이다.

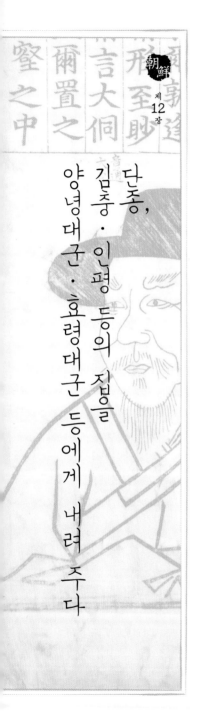

단종,
김충·인평 등의 집을
양녕대군·효령대군 등에게 내려 주다

1455년 4월 9일갑신, 즉위한 지 3년째를 맞은 단종은 호조에 전지하여 김충金忠의 집을 양녕대군讓寧大君 이제李褆에게 내려 주고, 인평印平의 집을 효령대군孝寧大君 이보李補에게 내려 주라고 했다.《실록》의 기록은 단종이 전지한 것으로 되어 있다. 하지만 이미 전권을 쥐고 있었던 수양대군이 이와 같은 일을 한 것이 분명하다.

호조에 전지하여, 김충金忠의 집을 양녕대군 이제李褆에게 내려 주고, 인평印平의 집을 효령대군 이보李補에게 내려 주고, 최잠崔潛의 집을 영양위 정종鄭悰에게 내려 주고, 이귀李貴의 집을 판돈녕부사 송현宋玹에게 내려 주고, 최찬崔粲의 집을 첨지중추원사 낭이승거浪伊升巨에게 내려 주고, 김득상金得祥의 집을 첨지중추원사 마흥귀馬興貴에게 내려 주고, 유대柳臺의 집을 상호군 강곤康袞에게 내려 주고, 길유선吉由善의 집을 판내시부사 전균田畇에게 내려 주고, 조희曹熙의 집을 판내시부사 안노安璐에게 내려 주고, 서성대徐盛代의 집을 판내시부사 홍득경洪得敬에게 내려 주고, 박윤朴閏의 집을 동판내시부사 이전기李專己에게 내려 주고, 화계산化繼山의 집을 동지내시부사同知內侍府事 길귀생吉貴生에게 내려 주고, 박한朴漢의 집을 사표국 부사 김용金龍에게 내려 주고, 유한柳漢의 집을 우부승직 윤득부尹得富에게 내려 주고, 황사의黃思義의 집을 동첨내시부사 임동林童에게 내려 주고, 이춘李春의 집을 좌승직 윤언尹彦에게 내려 주고, 서의徐義의 집을 동첨내시부사 이중근李重根에게 내려 주고, 정존鄭存의 집을 동지내시부사 복회卜檜에게 내려 주고, 조생趙生의 집을 좌승직 신운申雲에게 내려 주고 김종직金從直의 집을 좌승직 안충언安忠彦에게 내려 주고, 문한文漢의 집을 좌승직 안중경安仲敬에게 내려 주고, 박공朴恭의 집을 시녀侍女 내은이內隱伊에게 내려 주고, 오율산吳栗山의 집을 우승직 김귀동金貴同에게 내려 주고, 유진劉進의 집을 좌부승직 서귀손徐貴孫에게 내려 주고, 윤기尹奇·엄자치嚴自治·정복鄭福의 집을 혜빈惠嬪에게 내려 주고, 시녀 충개蟲介가 받은 김종서金宗瑞 첩妾의 집을 환수還收하여 최습崔濕의 집으로 내려 주었다.

단종은 재위하는 동안 신하들에게 변변한 선물을 내리지 못했다. 왕권을 전혀 행사하지 못했으니, 신하들에게 선물을 내리지 못한 것도 어쩌면 당연한 일이다. 그렇기에 오히려 계유정난의 이른바 공신들에게 역적죄인과 연좌인들의 집을 내려 준 일이 두드러진다. 즉위년의 4월 27일임인에는 호조에 전지하여, 김종서의 집을 시녀 내은이內隱伊에게 내려 주었다.

단종은 열 살의 나이에 세자가 되었는데, 이미 제왕으로 성장할 풍모를 지니고 있었다. 곧, 문종이 즉위 2년 4월 10일, 종친과 더불어 회례연會禮宴을 베풀면서 세자에게 궁료를 거느리고 근정전 앞에서 의식을 연습하도록 했는데, 세자가 앞으로 나아가고 뒤로 물러서고 왔다가 갔다가 하는 동작이 조금도 틀리지 않았다고 한다.

1452년 5월 14일 문종이 재위 2년 만에 경복궁 천추전千秋殿에서 급서하자, 단종이 왕위에 올랐다. 생전의 문종은 종실 대군들의 세력이 극성할까 걱정하여, 승하할 때 황보인·김종서에게 단종을 보필하라는 유명遺命을 내렸다. 단종이 즉위하자, 영의정 황보인, 좌의정 남지, 우의정 김종서, 좌찬성 정분, 우찬성 이양, 병조판서 민신, 이조판서 이사철, 호조판서 윤형, 예조판서 이승손, 지신사 강맹경, 집현전 제학 신석조 등이 단종을 보위하는 고명대신후사왕의 보필을 부탁 받은 대신이 되었다. 5월 18일, 단종은 12세의 어린 나이에 국왕이 되었다. 그 이후의 일은 알려진 대로다.

1453년단종 원년 10월에 수양대군은 김종서와 황보인을 죽이고 안평대군 용瑢과 그 아들을 강화도에 압송했다. 이른바 계유정난이다.

수양대군은 한명회의 계책에 따라, 단종이 대궐에서 나와 향교통에 있는 영양위 정종鄭倧의 집, 즉 누님 경혜敬惠공주의 집으로 간 틈을 타서 10월 10일에 좌의정 김종서의 집을 습격하여 일가족을 참살한 뒤, 영의정 황보인 등을 대궐로 불러들여 궐문에서 모조리 죽였다.

이날 수양대군은 무사 양정·유수·유서 및 궁노 임운 등을 거느리고 어둠을 틈타, 돈의문 밖에 있던 김종서의 집에 가서 김종서에게 상처를 입히고, 순군장 홍달손의 순군들을 거느리고 단종의 시어소로 갔다. 수양대군은 대문 틈으로 승정원에 고하기를, "김종서가 반역을 도모했는데, 일이 급하여 미처 아뢰지도 못하고 이미 베어 죽였으니, 직접 그 연유를 아뢰겠습니다."라고 하니, 승지 최항이 문을 열고 맞아들였다. 수양대군이 그의 손을 이끌고 함께 들어갔다. 그러자 단종은 놀라 일어나며, "숙부, 나를 살려 주오!"라고 했다. 수양대군은 "신이 알아서 처리하겠습니다."라고 한 뒤에, 곧 명패命牌를 내어 모든 재상을 부르고, 금군禁軍으로 하여금 부서를 나누어 각 곳에 파수하게 했다. 또 사람으로 세 겹 문을 만들어, 한명회로 하여금 생살부를 가지고 문 안에 앉았다가, 재상들이 첫 문에 들어오면 따르는 하인을 떼게 하고, 둘째 문에 들어오면 살부에 이름이 있는 사람은 무사를 시켜 철퇴로 쳐 죽였다. 이때 황보인과 이조판서 조극관 등 죽은 사람이 매우 많았다. 상처를 입었던 김종서는 그날 새벽에 다른 사람의 집에 숨어 있다가 이흥상李興商에게 살해당했다.

1453년 10월에 수양대군은 영의정에 올라 의정부에서 연회를 베풀었다. 진로에 고심하던 박팽년은 다음과 같은 시를 지어 자신의 마음을 그려냈다.

조정 깊은 곳에 슬픈 거문고 가락 울려나니
세상만사를 도무지 모르겠네

廟堂深處動哀絲(묘당심처동애사)

為捐俸刊行 陵志請余題
其卷端錫鼎既董
不可若一言于斯役
歲重光單閼孟秋日大匡輔
國崇祿大夫行判中樞府事
崔錫鼎謹書

莊陵誌 卷之四
附錄
六臣復官 建祠祭祝附
成廟朝金宗直啓成三問忠臣
曰辛有慶故則臣當為成三問 日石潭記
成廟色乃定
仁廟朝 經筵官韓澍啓曰 世祖於朴彭年事心
雖嘉之而危疑之際不得不加罪故當下教曰
當代之亂臣後世之忠臣恐其派滅於後世故為
此微言以貽後世子孫也

《장릉지(莊陵誌)》

윤순거(尹舜擧) 원편. 권화(權和)·박경여(朴慶餘) 공편. 숙종 37년(1711년) 간행. 목판본. 고려대학교 중앙도서관 한적실 소장.

최석정(崔錫鼎)이 숙종 37년(신묘년)에 지은 후서(後序)가 권3의 끝에 붙어 있다.

萬事如今摠不知(만사여금총부지)

　수양대군은 그 속뜻을 모르고 이 시를 판자에 새겨 의정부 벽상에 걸도록 했
다고 한다. 박팽년이 선배 하위지에게 도롱이를 주어 은거를 권하자, 하위지는
이렇게 응답하며 은거의 뜻을 밝힌다.

도롱이를 가져다줌은 응당 뜻이 있겠지
오호의 아지랑이 낀 달을 찾고 싶어라

持贈蓑衣應有意(지증사의응유의)
伍湖煙月好相尋(오호연월호상심)

　하지만 두 사람은 이후 사육신의 난으로 죽음을 맞게 된다.
　수양대군의 정란으로 많은 사람들이 죽어 나갔다. 성삼문은 어린 군주를 보
호할 계책으로 아직 묵묵히 있었다. 한명회를 비롯해 정인지·최항·신숙주는 집
현전 직제학이었던 수양대군에게 성삼문을 우사간으로 임명토록 했다. 성삼문
은 10월 17일의 상소에서 안평대군의 무옥을 밝히려 했으나 뜻을 이루지 못했
고, 안평대군을 사사해야 한다는 상소에 참여하고 말았다. 그리고 11월 4일, 안
평대군이 사사된 것을 기념하는 논공행상에서 성삼문은 정난공신 3등에 오르
기까지 했다.
　1455년 윤6월 11일을묘에 단종은 수양대군에게 왕위를 물려주었다.
　이날 수양대군은 우의정 한확, 좌찬성 이사철, 우찬성 이계린, 좌참찬 강맹경 등과
함께 의정부로부터 대궐로 나아가서 병조판서 이계전, 이조판서 정창손, 호조판서 이
인손, 형조판서 이변, 병조참판 홍달손, 참의 양정 등과 같이 빈청에 모여 의논한 뒤
단종을 재촉하여, 의금부에 명하여 혜빈 양씨를 청풍으로, 상궁 박씨를 청양으로,
금성대군 이유를 삭녕으로, 한남군 이어를 금산으로, 영풍군 이천을 예안으로, 정종

경혜공주의 부군을 영월로 각각 귀양 보내고, 조유례는 고신을 거두고 가두게 했다.

단종은 환관 전균으로 하여금 한확 등에게 전지하기를, "내가 나이가 어리고 중외의 일을 알지 못하는 탓으로 간사한 무리들이 은밀히 발동하고 변란을 도모하는 싹이 종식하지 않으니, 이제 대임을 영의정에게 전하여 주려고 한다."라고 했다. 한확 등 군신들이 합사合辭하여 그 명을 거둘 것을 굳게 청하고 수양대군 또한 눈물을 흘리며 완강히 사양했다. 전균이 다시 들어가 이러한 사실을 아뢰었다.

전균이 전교를 선포하기를, "상서사 관원으로 하여금 대보大寶를 들여오라는 분부가 있다."라고 하니, 동부승지 성삼문이 상서사로 나아가서 대보를 내다가 전균으로 하여금 경회루 아래로 받들고 가서 바치게 했다. 단종이 경회루 아래로 나와서 수양대군을 부르니, 수양대군이 달려 들어가고 승지와 사관이 그 뒤를 따랐다. 단종이 손으로 대보를 잡아 수양대군에게 전해 주었다.

세조가 나와 대군청大君廳에 이르자, 사복관이 시립하고 군사들이 시위했다. 의정부에서 집현전 부제학 김예몽 등으로 하여금 선위 교서와 즉위 교서를 짓도록 하고 유사有司가 의위儀衛를 갖추어 헌가軒架를 근정전 뜰에 설치했다. 세조는 익선관과 곤룡포를 갖추고 백관을 거느리고 근정전 뜰로 나아가 선위를 받았다.

단종은 좌승지 박원형에게 명하여 태평관으로 가서 명나라 사신에게, 수양대군에게 국사를 서리토록 하고 장차 이를 중국에 주문奏聞하겠다고 알렸다.

세조는 사정전으로 들어가 단종을 알현하고 면복을 갖추고 근정전에서 즉위했다. 한확이 백관을 인솔하고 전문箋文을 올려 하례했다.

즉위의 예를 마친 세조가 법가法駕를 갖추어 잠저로 돌아갔다가 이날 밤 이고二鼓 무렵에 서청西廳에 임어하니, 병조판서 이계전, 이조판서 정창손, 도승지 신숙주, 좌부승지 구치관 등이 입시했다. 세조는 하동부원군 정인지를 영의정으로 삼았다.

1455년 윤유월 20일갑자, 단종이 경복궁에서 창덕궁으로 옮기고 세조가 경복궁으로 들어갔다. 남효온의 《추강냉화》에 따르면, 단종은 손위하고 수강궁壽康宮으로 향했는데, 어두운 밤인데도 불도 밝혀주지 않고 50여 명만이 뒤를 따를 뿐이었다고 한다.

6월 26일경오, 세조는 매월 2일·12일·22일에 상왕께 친히 문안하겠다고 승정원에 알렸다. 7월 11일갑신에는 단종을 봉封하여 공의온문 상태왕恭懿溫文上太王으로 하고, 송씨를 의덕 왕대비懿德王大妃로 했다. 세조는 면복을 입고 법가를 갖추고서 종친과 문무백관을 거느리고 창덕궁으로 거둥하여 단종을 알현하고, 단종과 더불어 광연정에서 잔치를 베풀었다. 7월 27일경자, 세조가 단종에게 문안을 드리고 술자리를 베푸니, 종친 영해군 이장과 병조판서 이계전 그리고 승지 등이 모셨다. 음악을 연주하니, 임금이 이계전에게 명하여 일어나 춤을 추게 했다. 이계전은 훗날 김시습이 자신의 스승이었다고 말한 그 사람이다.

8월 16일기미, 세조는 상왕이 된 단종을 창덕궁으로 알현하러 가서, 개국·정사·좌명·정난의 4공신 및 후손들과 회맹하는 연회를 끝낸 뒤 경복궁 사정전으로 들어와 2차로 잔치를 벌였다. 이때 이계전은 세조에게 술이 과하니 그만 들어가라는 충언을 했다가, 머리채를 붙잡혀 뜰 아래로 끌려 내려가 곤장을 맞았다. 세조는 곤장을 치게 한 뒤 한참 있다가 다시 앞으로 나오라고 해서, "내가 너를 사랑하여, 너를 좌익공신의 높은 등급에 두려고 한다."라고 했다. 세조는 그의 충성을 시험한 것이다.

세조 2년1456년 6월에는 성삼문·박팽년·이개·하위지·유성원·유응부 등 여섯 신하가 단종의 복위를 꾀하다가 사형을 당했다. 그리고 뒤에 김문기도 관련 사실이 드러나 처형되었다. 병자년에 일어난 앙화라 해서 병자화라고 한다. 단종의 외삼촌으로 모의에 참여했던 권자신과 성삼문의 부친 성승도 참형을 당했다. 이 듬해 단종은 노산군으로 강등되어 영월로 유배되었다. 대비 송씨도 부인으로 강등되었다.

그 이후에 경상도 순흥경상북도 영풍군 순흥면의 부사 이보흠李甫欽이 금성대군 이유李瑜와 함께 단종의 복위를 도모하다가 발각되었다. 금성대군은 세종의 여섯 째 아들이자 세조의 넷째 아우인데, 사육신과 연관이 있다는 이유로 순흥에 유배되어 있었다. 이보흠은 금성대군과 거사를 모의하여, 남쪽 지방 인사를 모아 영월로 가서 단종을 모셔 온 뒤, 새재조령와 죽령을 거점으로 삼아 방어하면서 단종을 복위시키기로 했다. 그런데 순흥부 관청의 관노가 금성대군과 이보흠의 대화 내용을 엿듣고 금성대군의 시녀를 꾀어서 격문을 훔쳐서는 한성으로 향했다. 이보흠은 한성으로 말을 달려 관노보다 먼저 모반의 변고를 알렸다. 이 일로 금성대군은 사사되고, 이보흠 자신도 격문의 초안자라는 이유로 교살당했다.

이 사건이 있자, 좌찬성 신숙주는 단종을 제거하자고 제안을 했다. 영의정 정인지와 좌의정 정창손, 이조판서 한명회도 거들었다. 이렇게 하여 10월 24일, 단종노산군은 마침내 영월에서 죽음을 맞았다.

이 숨 가쁜 시기에 많은 사람들의 운명이 갈렸다. 공신으로 올라간 사람이 있는가 하면 역적으로 몰린 사람도 있었다. 대부분의 사람들이 그 두 편 가운데 어느 쪽과 관련이 있는가에 따라 운세가 바뀌었다. 정난에 가담하고 새 정권에 참여한 사람들과 역적을 잡은 사람들은 포상을 받았다. 하지만 정난에 죽임을 당한 사람, 새 정권에서 배제된 사람들은 '식은 재'가 되었다.

대대로 조선 조정은 역적의 집과 가솔들을 몰수하여 공신들에게 배분했다. 여성들도 그 배분의 대상이었다. 역적죄로 몰려 공신들의 여종이 되는 것을 공신비功臣婢 혹은 공신비첩功臣婢妾이라고 했다.

윤근수의 《월정만필》에 보면, 단종의 왕비 송씨가 관비가 되니 신숙주가 공신비를 삼아서 자기가 받으려 했다. 그러나 세조가 그의 청을 듣지 않고, 송씨를 궁중에 들어오게 하여 정미수鄭眉壽를 기르라 명했다. 정미수는 정종鄭悰과 문종의 딸 경혜공주敬惠公主사이에 태어났으며, 뒷날 중종반정때 공을 세운다. 당시 공주와 그 소생은 궁중에서 생활했다.

세조 14년1468년 9월 6일임술에는 계유년의 난신亂臣에 연좌된 사람들을 방면했는데, 그 가운데 공신비가 되었던 여인들도 들어 있었다. 이때 세자훗날의 예종가 임금의 병이 심하여 근심 걱정하며 어찌할 바를 알지 못했으므로, 계유년 이래 난신의 숙질과 자매의 연좌자 200여 사람을 방면한 것이다.

▌김시습 자사진찬(自寫眞贊)

《매월당시사유록(梅月堂詩四遊錄)》. 목판본. 고려대학교 중앙도서관 만송문고 소장.

김시습은 생육신의 한 사람으로 추앙받았다. 그가 자화상을 그린 뒤 지은 찬과 뜻은 이렇다.

"俯視李賀(부시이하) 優於海東(우어해동) 騰名謾譽(등명만예) 於爾孰逢(어이숙봉) 爾形至眇(이형지묘) 爾言大侗(이언대동) 宜爾置之(의이치지) 丘壑之中(구학지중)."

"이하를 내리깔아 볼 만큼 해동에서 최고라고들 말하지. 격에 벗어난 이름과 부질없는 명예, 너에게 어이 해당하랴? 너의 형용은 아주 적고, 너의 말은 너무나 지각없구나. 마땅히 너(초상화와 초상화 속의 인물)를 두어야 하리, 골짜기 속에."

계유년1453년. 단종 원년 관련 : 공신의 집에 급부되어 계집종이 된 자인 장귀남의 누이 학비鶴非·말비末非, 황선보의 누이 조이召史, 조완규의 누이 정정貞正, 중은의 누이 귀덕貴德, 원구元矩의 누이 심이心伊, 양옥粱玉의 누이 의비義非, 김유덕金有德의 누이 막장莫莊, 황귀존黃貴存의 누이 후존厚存·윤존閏存과 여러 고을에 안치安置된 자인 원구의 조카 원효손元孝孫, 고덕칭高德稱의 조카 고맹규高孟規, 최노崔老의 누이 내은이內隱伊·내은덕內隱德

병자화1456년·세조 2년 관련 : 공신의 집에 급부되어 계집종이 된 자인 권저의 누이 조이召史, 허조의 누이 소근小斤·조이召史, 이유기의 서얼 누이 효전孝全, 최면의 누이 막비莫非, 권저의 서얼 누이 조이召史

을유년1465년·세조 11년 관련 : 관비官婢로 정속定屬된 자인 최윤의 서얼 누이 수덕水德

좌의정 박원형은 자신의 공신비첩 의비가 방면 대상이 되자 동부승지 한계순에게, "의비는 본래 천인에 속했으므로 방면해도 천인이요, 방면하지 않는다 해도 천인이다. 그를 대신하여 다른 이를 충급充給할 것이니, 이러한 뜻을 주달하라."라고 했다. 좌찬성 김국광은 한계순에게 "황표黃標로 의비 두 글자를 덮어 붙여 전지를 내리더라도 무방하지 않겠소?"라고 했다. 한계순이 김국광의 말대로 의비란 두 글자 곁에 빈 황표를 붙이고 박원형의 말한 바를 주달했다. 세자는 아침에 봉원군 정창손이 "연좌된 자가 본래 천인에 속했다고 하더라도 본주本主에게 방환하는 것이 성상의 은총입니다."라고 했던 말에 따라, 이미 정한 것을 되돌리는 것은 불가하다고 했다. 의비는 처음에 박원형의 재종숙의 첩이었는데, 연좌되자 박원형이 공신비첩으로 점유하여 첩을 삼아 두 아들을 낳았다.

세조 뒤 예종 즉위년인 1468년 10월에 남이의 옥사가 일어나자, 10월 30일병진에는 남이를 잡는 데 공이 있는 자들을 공로대로 상을 내렸다. 계급을 뛰어 올리고, 계급을 더하며, 2계급을 뛰어 올려 준직准職·당하관으로서 가장 높은 당하의 정3품 벼슬을 줌하고, 관직에 제수하며, 거관去官·임기가 차서 벼슬을 떠나 다른 관직으로 옮김하며, 사仕·근무 일수 50을 주거나, 천인을 면하고 양인으로 삼는 등 각 사람마다 차등 있게 상을 주었다.

┃ 창절사(彰節祠) 전경과 내부

강원도 영월군 영월읍 영흥리 소재

창절사는 단종의 복위를 도모하다가 세조에게 죽임을 당한 사육신(박팽년·성삼문·이개·유성원·하위지·유응부)과 절개를 지키던 충신들의 위패를 모시는 곳이다. 원래 장릉(莊陵) 곁에 육신창절사(六臣彰節祠)가 있었는데, 숙종 11년(1685년)에 강원도 관찰사 홍만종(洪萬鍾)이 개수하여 사육신과 엄흥도(嚴興道)와 박심문(朴審問) 등을 모셔 팔현사(八賢祠)가 되었다. 정조 15년(1791년) 창절사에 단(壇)을 세우고 생육신 가운데 김시습·남효온을 추가로 모신 뒤에 매해 봄가을에 제사를 지내고 있다.

┃ 배견루(拜鵑樓)

창절사에 들어가는 정문으로, 원래의 현판은 정조 15년(1791년)에 윤사국(尹師國)이 쓴 것이었으나 한국전쟁 때 분실되었다. 현재의 것은 1964년 여름에 정열홍이 쓴 것이다. "두견(杜鵑)에게 절한다"는 뜻의 배견이란 말은, 당나라 시인 두보가 일찍이 촉제(蜀帝)의 넋이 두견으로 화했다는 전설에 의거하여 《두견행(杜鵑行)》이란 시를 지어 피를 토하며 울어대는 두견새의 딱하고 가엾은 사정을 간절하게 읊었던 것에서 따왔다. 여기서는 단종을 촉제에 비유했다.

또한 11월에는 남이의 집을 유자광에게 내려 주고, 난신亂臣으로 처벌된 남유·조숙·김효조의 집을 외명부와 환관·승지에게 내려 주었다. 그리고 서울에 거주하던 남이의 노비와 경기도 광주의 전지는 충훈부에 내려 주었다.《응천일록凝川日錄》에 따르면 광해군 7년1615년 12월 29일 비망기에, 계축년1613년·광해군 5년과 갑인년1614년·광해군 6년의 역적을 추국했던 대신 다섯 명과 판의금부사에게 각각 안구마鞍具馬 1필을 주라고 했다. 조선 후기 경종 3년1723년 3월에는 고변告變한 사람 목호룡에게 구례에 따라 역적의 집 한 채를 주었다. 이러한 기록은 정말로 수없이 많다.

하지만 가장 비참한 것은 역적죄로 죽은 사람들의 가족이었다. 역당으로 지목되어서 종이 되어 충군한 자의 형제·숙질·혼인배우자의 친족들은 직책이 갈리었다. 그러나 가족의 고난은 이 정도로 그치지 않았다. 남이 옥사가 일어난 1468년 10월 28일갑인, 남이의 어미는 '국상 성복成服 전에 고기를 먹었고 그 아들이 대역을 범했으며, 또 천지간에 용납할 수 없는 죄가 있다.'라는 이유로 저자에서 환열轘裂·각각 다른 수레에 팔과 다리를 묶은 뒤에 수레를 반대쪽으로 끌어서 찢어 죽이는 형벌하게 하고, 3일 동안 효수하게 했다. 남이가 어미와 간음했기 때문이라는 것이다.

이듬해 예종 원년1469년 1월 10일을축에 상당군 한명회는, 난신의 처첩과 자녀를 공신에게 주어 노비를 삼게 하는 것은 율문律文에 기재되어 있고, 세조 때도 그 처첩과 자녀 및 전지를 모두 공신에게 주었다는 이유를 들어, 남이의 처첩도 공신들에게 나누어 주라고 했다. 1월 21일병자에는 남이의 금은金銀을 적몰하여 정업원에 주도록 했다. 1월 26일신사에는 남이의 남양 전지를 봉보부인 김씨에게 내려 주었다. 봉보부인은 외명부의 종1품 품계로, 임금의 유모에게 주던 작위였다.

그해 2월 7일임진에는 더욱 잔혹한 일이 일어났다. 예종은 의금부와 장례원에 전지하여, 역적죄에 연루된 이들의 처와 첩, 계모, 첩의 딸, 누이, 조이召史 33명을 모두 공신들에게 나누어주라고 명했다. 이로써 서른세 명의 여인이 나락으로 굴러 떨어졌다.

《용재총화》에 보면 정난공신으로 정2품에 이른 봉석주는, 조정에서 난신亂臣의 처첩을 공신에게 노비로 줄 때, 자색이 있는 여인을 구해 첩으로 삼고 밤낮으로

서울특별시 동작구 노량진동 사육신 묘역에 비각을 씌워 보존하고 있는 묘비.

크기는 높이 214cm, 너비 79cm, 두께 42cm이다. 영조가 1747년에 육신묘에 비를 세우도록 명하자, 원래 묘역에 있었던 민절사(愍節祠)의 유사(有司)인 민백흥, 홍인한, 심우 등이 조관빈(趙觀彬)에게 비문을 청하자, 그해에 조관빈은 〈노량육신묘비명 병서(露梁六臣墓碑銘幷序)〉를 작성하여 김시습이 육신의 시신을 수습해서 노량진에 묻었다는 전설이 있다는 사실을 밝혔다. 노량진의 육신묘비는 조관빈의 글을 새긴 것이다. 글씨는 당나라 안진경의 〈근례비(謹禮碑)〉 글씨체를 집자(集字)했고, 비액(碑額)은 '유명조선국육신묘비명(有明朝鮮國六臣墓碑銘)'이라는 글자를 전서(篆書)로 새겼다. 단, 이 육신묘비는 1747년 당시에 세우지는 않았다. 정조 초 민절사의 유사 이동직이 빗돌을 준비하고 박팽년의 후손 전 현감 박기정(朴基正)이 진력하여 정조 6년(1782년)에 세웠다. 원임 영의정 이휘지(李徽之)가 지어(識語)를 썼다.

서울 동작구 노량진동 사육신 묘역에 있는 육각형의 비석.

1955년에 각 면마다 사육신(박팽년, 성삼문, 이개, 유성원, 하위지, 유응부)을 칭송한 한글의 문장과 각 신하의 한시를 적었다. 한글 문장은 김광섭이 지었다. 글씨는 김충현이 썼다.

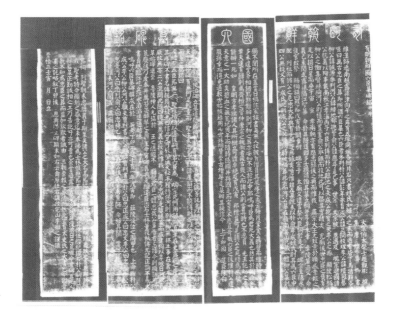

┃ 사육신묘비명(死六臣墓碑銘) 탁본

미국 버클리대학 동아시아도서관 아사미문고[淺見文庫] 소장 육신묘비(六臣墓碑)의 탁본.

1980년대의 탁본이 명지대박물관에 소장되어 있으나, 이 탁본은 그보다 빠른 1930년대에 이루어졌다. 조관빈의 〈노량육신묘비명 병서〉 이후 김시습이 사육신묘를 조성했다는 전설이 널리 유포되어, 성대중(成大中)의 《청성잡기(靑城雜記)》에도 나온다. 김시습이 과연 사육신의 시신을 업고 가서 노량진에 묻었는지는 알 수가 없다. 그러나 성대중이 말했듯이, 육신을 묻어 주고 무덤마다 푯대를 세운 사람은 김시습이 아니면 그렇게 할 사람이 없었다고 사람들은 믿어 온 것이다.

마음껏 마시며 지냈다고 한다. 봉석주는 나중에 모반죄로 죽임을 당했으니, 정난으로 고통 받는 집안의 처첩을 유린한 벌을 받았는지 모른다.

조선시대에 연좌죄의 해악은 이루 말할 수 없었다. 단종은 수양대군의 지시대로 공신첩을 내리고 역적으로 지목된 이들의 가족들을 연좌시켜 치욕을 안겨 주었으니, 그것이 모두 그의 책임이 아니라고 말하면 그것으로 그만이다. 하지만 세자 때 왕세자 교육을 받았고 어려서부터 군주로서의 자질이 있었다고 칭송받았던 기록에 비추어 볼 때, 단종은 그 책임을 면할 수 없다. 어린 군주였다고 해서 공신첩에 오른 자들에게 역적으로 지목된 이들의 부인과 누이들을 비첩으로 내린 책임을 면할 수는 없는 것이다.

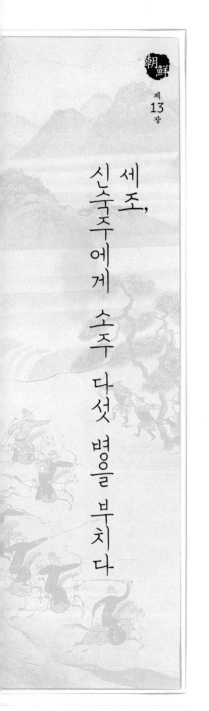

세조,
신숙주에게 소주 다섯 병을 부치다

세조는 재위 10년1464년 7월 4일을묘, 비빙가飛氷歌의 옛
일을 이용하여 신숙주申叔舟를 속여 벌연罰宴을 마련하게
하려고, 주서 유순柳洵을 불러 자신이 지은 〈적병시積餠詩〉
와 소주 다섯 병을 가지고 신숙주의 집으로 가게 했다.
당시 세조는 화위당華韡堂에 나아갔는데, 인순부윤 한계
희韓繼禧와 행 상호군 임원준任元濬 등이 입시하고 있었다.

지금 네게 〈친제적병시親製積餠詩〉 1봉封과 쌍화병雙花餠 1합榼,
소주 5병을 부치니, 네가 가지고 신숙주의 집에 가라. 술병
은 별감을 시켜서 가지고 가게 하되, 마치 하사하여 보내
는 척하고, 시는 네가 가지고 가되, 마치 공사公事인 척하라.
네가 그 집 문에 도착하자마자 즉시 그 집에 전해 주고 곧
바로 말을 달려서 돌아오라. 네가 붙잡히면 네가 이기지
못한 것이지만, 그 집에서 너를 붙잡지 못하면 신숙주가 이
기지 못한 것이 되어, 그가 벌연을 베풀어야 한다.

유순은 왕명을 받들고 신숙주의 집에 가서 얼른 어
제시와 소주병을 전해주고는 곧바로 말을 달려 돌아왔
다. 그 의미를 뒤늦게 깨달은 신숙주는 유순을 뒤쫓았으
나 따라 잡지 못했다. 유순이 궁궐로 돌아와서 신숙주
에게 붙잡히지 않고 돌아온 이야기를 아뢰니, 세조는 웃
으면서, "신숙주가 벌연을 베풀어야 한다."라고 하고는,
유순에게 녹비鹿皮 한 장을 내려 주었다.
한참 있다가 신숙주가 예궐하자, 세조는 어서 들어
오라고 재촉했다. 신숙주가 화위당에 들어가자, 세조는,
"지혜로운 자가 1,000번 생각하더라도 반드시 한 번 실

수는 있는 법이다. 경은 지금 나에게 속은 것이니, 즉시 술을 올리도록 하라."고 했다.

이 일은 《실록》에 기록되어 있다. 군주의 장난이 이렇게 기록되어 있는 것을 보면, 세조가 신숙주와 얼마나 격의 없이 지내려고 했는지 잘 알 수 있다. 애석하게도 세조가 친히 지은 〈적병시〉는 전하지 않는다.

그런데 이 이야기에서 비빙가의 옛 일이란 무엇을 말하는가?

이보다 3년 전, 세조 7년1461년의 9월 19일병진에 당시 좌의정으로 있던 신숙주가 비빙연飛氷宴을 베풀자, 세조는 술과 풍악을 내려 주었다. 비빙연은 첫 얼음이 언 것을 기념하여 베푸는 잔치였다. 그 전날 처음으로 얼음이 얼자 세조는 신숙주에게 유시諭示하여 여러 정승에게 보내게 하여 잔치를 받게 했다.

이 잔치 때 세조는 〈비빙가〉를 지어 내려 주었다. 그 노래는 5언 6구의 형식이다.

세조의 상

천안시 광덕면 광덕사 소장. 한국학중앙연구원 사진 제공.

위의 단에 묘호 세조(世祖)를 쓴 다음에 명나라로부터 받은 존호 승천체도열문영무(承天體道烈文英武)를 적고, 그 다음에 신하들이 지어 바친 시호 지덕융공신명예흠숙인효대왕(至德隆功聖神明睿欽肅仁孝大王)을 아래까지 이어서 적었다. 그리고 휘(諱 : 이름) 유(瑈), 자(字) 수지(粹之)를 밝혀 두었다. 세조의 또 다른 시호 혜장(惠莊)이나 능호 광릉(光陵)은 밝히지 않았다.

배부른 백로는 이미 날아갔어도
뜰의 국화는 서리 속에 그대로 꼿꼿하다
아침 해가 우리 해동을 비추니
거북과 물고기가 창랑滄浪에서 뛰누나
꿈 깨어 일어나 나라를 경영하건만
잠자는 사람은 깊은 방에 누워 있다니

鶖鷺旣飽飛(추로기포비)　庭菊猶傲霜(정국유오상)
旭日照海東(욱일조해동)　龜魚躍滄浪(구어약창랑)
夢覺起經營(몽각기경영)　睡者臥深房(수자와심방)

이 노래의 첫 연제1~2구은 민간에서 유유자적하는 백로와 국가의 어려움을 이겨내는 충성스런 국화를 대비시켰다. 둘째 연제3~4구은 국가가 중흥하여 상서로운 기운이 온 나라에 가득함을 노래했다. 셋째 연제5~6구은 나라를 경영하는 국왕과 깊은 방에 누워있는 은둔자혹은 게으른 신하를 대비시켰다. 눈 오는 날 깊은 방에 누워있는 사람이란 말은 후한 때 낙양洛陽에 사는 원안袁安이 폭설의 날에 집밖에 나오지 않고 누워있던 고사를 끌어 온 것이다.

얼마 뒤 세조는 이 시의 주註를 적어 임영군·계양군 등에게 보이며, "신숙주를 속이자."라고 하고는 윤필상으로 하여금 계양군의 말을 전하는 것처럼 하여 봉함 서찰을 전해주고는 급히 돌아오게 했다. 신숙주는 뒤늦게야 세조가 비빙눈을 두고 지은 시라는 것을 깨닫고 황급히 쫓아갔으나 윤필상을 붙잡지 못했다. 이윽고 사례하는 시를 지어 예궐했다. 신숙주의 시도 5언 6구이다.

임금의 은혜는 비 이슬처럼 촉촉하고
하늘 기운은 바람 서리가 엄숙하여라
일어나 시물時物·눈을 대하고는
감격의 눈물 방울방울 옷을 적신다
미천한 신하는 아직 꿈속에 몽롱하니
감히 이것이 천방天房에서 나왔다고 이르네

天恩滋雨露(천은자우로)　天氣凜風霜(천기늠풍상)
興言對時物(흥언대시물)　感涕沾浪浪(감체첨낭랑)
微臣夢猶迷(미신몽유미)　敢道發天房(감도발천방)

신숙주는 이 시를 통해 군주의 은덕을 칭송했다. 그리고, 아직 국가경영의 의지를 다잡지 못하고 있기는 하지만, 국정에 협찬하겠다는 뜻을 분명히 드러냈다.

세조는 신숙주를 교태전에서 인견하고 아울러 여러 재상들을 불러 술자리를 베풀었다. 그리고 유신儒臣에게 명하여 차운하게 하여 극진히 즐기다가 파했다. 이때 신숙주에게 잔치를 내려 준 비용이 쌀 10석이었다.

당시 유신들이 차운한 시들은 시축으로 만들고, 서문을 서거정이 썼다. 그 서문과 세조의 〈비빙가〉는 《열성어제》에 실려 전한다. 서거정은 세조의 〈비빙가〉를 이렇게 평했다.

천어天語, 혼성왕양渾成汪洋, 함축유무궁지사涵畜有無窮之思
임금님의 말씀은 크고 넘실넘실하여, 무궁한 뜻을 함축하고 있다.

세조는 이 시에 주註를 달면서 세世와 출세出世의 두 개념을 대비시켰다. 아마도 세조는 불교에서의 세간과 출세간이란 말을 빌려와서, 자신의 조정에 나오지 않으려는 신하들을 질책하고 국가 경영에 협찬하라고 촉구하는 뜻을 담은 듯하다. 세世는 입조立朝를, 출세出世는 퇴장退藏을 의미한다.

세조는 신하와 백성들이 자신의 뜻을 잘 이해하지 못할까 염려해서 유신儒臣들에게 상세한 주를 달게 하고 또 서거정에게 서문을 쓰게 했다. 서거정은 세조가 〈비빙가〉를 널리 선포하려는 의도를 잘 알고 있었다. 그렇기에 이 시를 두고, '무궁한 뜻을 함축하고 있다.'라고 한 것이다.

세조는 자신의 〈비빙가〉에 대해 상당한 자부심을 가지고 있었다. 재위 12년 1466년 4월 15일을묘의 《실록》에는 경복궁 후원에 있는 서현정序賢亭에서 대신들이 공자와 맹자의 인물됨을 평하는 이야기가 나오는데, 그때 세조 자신이 〈비빙가〉를 내어 보이며 평가를 청했다.

그날 세조가 새로 정한 《시경》의 구결口訣을 보고 '관관저구關關雎鳩'의 구결에 이르러서 "옳지 못한 것이 있다."라고 하자, 여러 신하가 "《시경》은 읊는 것이 근본이므로 무방할 듯합니다."라고 했다. 오직 병조참판 구종직丘從直은 "성상의 뜻과 같습니다."라고 했다. 이어서 유생에게 경서를 강講하게 했는데, 공자와 맹자에 말이 미치자, 세조는 구종직에게 "맹자는 어떠한 사람인가?" 하고 물었다. 세조가 일찍이 희롱하는 말로 맹자는 미진한 곳이 있다고 한 적이 있었으므로, 구종직은 그 말을 상기해서 "맹자는 현자가 아닙니다."라고 했다. 세조가 또 자신의 〈비빙가〉를 내어놓고 "어떠하냐?"라고 하니, 구종직은 "〈비빙가〉는 《시경》 300편이 미치지 못할 정도입니다."라고 찬사를 올렸다. 이에 대사헌 양성지는 구종직이 성상에게 구차하게 아첨하므로 그를 죄 주어야 한다고 청했다.

　세조는 두 사람을 시켜 다시 옳고 그름을 힐난하게 했다. 양성지는 "맹자는 백대의 스승인데 구종직이 갑자기 어질지 못하다고 했으므로 아첨한다고 했습니다."라고 했다. 구종직이 성내어 이렇게 변호했다.

아첨은 신하의 큰 죄인데 신이 어찌 감히 하겠습니까? 신이 맹자를 어질지 못하다고 이른 까닭은, 맹자가 말하기를, "저는 부富로써 하는데 나는 인仁으로 하며, 저는 작爵으로써 하는데 나는 의義로써 하니, 내가 어찌 저를 두려워하랴!"라고 했고, 또 "바라보아도 군주 같지 않았고 나아가도 두려운 바를 보지 못했다."라고 했으니, 이것이 무슨 말입니까? 어찌 남의 신하된 사람으로 할 말이겠습니까? 이제 양성지가 신을 아첨한다고 비난하니, 신이 양성지와 더불어 어찌 감히 같은 조정에 있겠습니까? 청컨대 성상께서는 저에게 죄를 주소서.

　세조가 웃으며, "경은 대사헌과 더불어 굳이 다투려 하는가?"라고 했으나, 구종직은 할 말을 전부 하면서 다투었다. 세조는 "경은 문자文字로도 이길 수 있겠는가?"라고 했다. 구종직이 지리하게 말을 많이 하여 변명했기 때문에 논리적인 글로 변론해 보라고 말한 듯하다. 두 사람을 화해시키고 술을 내려 주었다.

　《실록》의 기사는 "상이 양성지를 옳게 여기고 구종직의 아첨을 그르게 여겼다."라고 적었다. 그러나 세조의 의중은 알 수 없는 일이다.

이 이야기에 나오는 구종직1404~1477년은 세종 때 문과에 급제하고 또 등준시登俊試에 합격했으며, 세조 때는 대사성을 거쳐 찬성에 이르렀다. 죽은 뒤에 받은 시호는 안장安長이다. '경학에 구종직이 있다.'라고 남들이 말할 만큼 경학에 뛰어났다. 그는 특히 《주역》에 정통했는데, 용모가 기이하고 훌륭하므로 세조에게 발탁되어 벼슬이 마침내 1품에까지 이르렀다. 그런 그가 무턱대고 아첨의 말을 늘어놓은 것은 아닐 것이다. 분명히 《맹자》에는 군주의 권력을 위태롭게 할 요소가 들어 있다. 구종직은 그 점을 명확하게 파악하고 있었던 것이다.

구종직이 말한 "내가 어찌 저를 두려워하랴!"라는 구절은 《맹자》〈공손추·하〉 제2장에서 나왔다. 맹자는 제齊나라의 객경客卿으로 있었는데, 제나라 선왕宣王이 조정에 들라고 부르자 그것은 자신을 대우하는 태도가 아니라고 여겨 병을 핑계로 가지 않았다. 그러고 나서 증자曾子의 말을 인용하여, "진晉나라와 초楚나라의 부유함은 내가 미칠 수 없거니와, 저들이 부富를 가지고 나를 대하면 나는 나의 인仁을 가지고 대하며, 저들이 관작官爵을 가지고 나를 대하면 나는 나의 의義를 가지고 대할 것이다."라고 하여 자부의 뜻을 분명히 했다. 또 구종직이 말한 "바라보아도 군주 같지 않았다."라는 구절은 〈양혜왕·상〉 제6장에서 맹자가 양혜왕의 아들로서 왕위에 오른 양양왕梁襄王을 평가하여 한 말이다.

서거정의 〈남원군가승기南原君家乘記〉에 따르면, 구종직은 〈비빙가〉를 두고 "비록 《시경》 300편이라도 이에 미치지 못합니다."라고 한 후에, 세조가 "맹자는 어떠한 분이냐?"라고 하자 "어질지 못합니다."라고 했고, 또 "주자는 어떠한 분이냐?"라고 하자 또 "어진 분이 아닙니다."라고 대답했다고 했다. 《실록》에는 세조가 주자에 대해 물었다는 이야기가 없다. 또한 서거정은 양성지가 구종직을 탄핵하라고 청했을 때 세조가 너그럽게 받아들였다고 적었다. 이 말은 사실이 아닌 듯하다.

신숙주申叔舟·1417~1475년의 본관은 고령高靈이다. 아버지는 공조참판 신장申檣이며, 어머니는 지성주사知成州事 정유鄭有의 딸이다.

┃ 야전부시도(夜戰賦詩圖)

18세기 초 제작. 북관유적도첩(北關遺蹟圖帖)에 수록. 고려대학교박물관 소장.

세조 6년(1460년) 육진(六鎭)의 번호(藩胡)가 반란을 일으키자 신숙주(申叔舟)가 함길도 도체찰사(都體察使)에 올라 야인을 정벌하는 동안 있었던 이야기를 그림으로 그린 것이다. 신숙주가 길을 나누어 깊이 들어가 쳐부수자, 오랑캐가 밤을 이용해 추격해 오는 바람에 조선의 군중(軍中)은 불안으로 들끓었으나, 신숙주는 자리에 누워 미동도 하지 않은 채 막료(幕僚)를 불러 이렇게 시 한 수를 읊었다.

"虜中霜落塞垣寒(노중상락새원한) 鐵騎縱橫百里間(철기종횡백리간) 夜戰未休天欲曉(야전미휴천욕효) 臥看星斗正闌干(와간성두정난간)"

"오랑캐 땅에 서리 내려 변방이 추운데, 100리 사이에 철기가 종횡하네. 야간 전투는 끝나지 않고 날이 새려 한다만, 누워서 보니 북두성이 비끼네."

이 시를 통해 신숙주가 안정감을 드러내자, 장수와 군사들은 더 이상 동요하지 않았다고 한다. 신숙주의 이 시를 '오히려 적군을 위로하는 시'라고 설명하는 것은 잘못이다.

신숙주는 눈이 매우 아름다웠다고 한다. 동지중추부사 홍경손洪敬孫이 젊었을 때 성균관에서 발원시發願詩를 지었을 때도 신숙주의 눈을 언급할 정도였다.

이석형의 글씨, 조계의 활쏘기, 이인견의 젊음
신숙주의 눈, 이문형의 얼굴, 손차면의 음陰陽氣에다
등과하기를 항상 정인지와 같게 하리라

亨書棨射少仁堅(형서계사소인견)
舟目炯顏鳥次綿(주목형안조차면)
登科每似鄭鱗趾(등과매사정인지)

그때 홍경손은 아래 구절을 잇지 못했는데, 지중추부사로 있던 이계전李季專이 "내 이름으로 협운協韻하면 그대가 이을 수 있으리라."라고 하여, 다음과 같이 아래 구절을 잇자 모두 포복절도했다고 한다.

위장병은 이계전과 같지 말라
傷食毋如李季專(상식무여이계전)

신숙주는 세종 20년1438년의 생원시와 진사시에 모두 합격하고, 이듬해 친시 문과에서 을과로 급제했으며, 1447년의 중시 문과에서 다시 을과로 급제했다. 세종 때는 훈민정음 창제를 돕기 위해 한자음운학을 배우려고 요동으로 가서 당시 그곳에 와 있던 명나라 한림학사 황찬黃瓚을 여러 차례 만났다. 문종 때는 정사正使 수양대군을 모시고 서장관의 직책으로 중국에 다녀왔다. 수양대군이 정난을 일으킨 직후 곧바로 도승지에 임명되었고, 세조가 등극했을 때는 대제학에 올랐다. 이어서 세조의 왕위 등극을 알리기 위한 주문사로 명나라에 다녀왔으며, 명나라에서 사신이 왔을 때는 접반사의 역할도 맡았다. 이후 병조판서, 예조판서,

우찬성, 대사성 등을 거쳐 삼정승을 모두 역임했다. 세조 6년1460년에 동북면으로 야인이 자주 침입하자, 좌의정으로서 강원·함길도 도체찰사에 임명되어 출정해서, 야인의 소굴을 소탕했다.

신숙주가 야인을 정벌하러 갈 때, 세조는 그를 편전으로 오게 하여, 담장 아래 심어놓은 넝쿨 박을 가리키며, "열매를 맺을 수 있겠는가?"라고 물었다. 신숙주는 "무성하게 자라지도 않았고 계절도 늦었으니, 신의 생각으로는 열매를 맺지 못할 듯합니다."라고 했다. 그러나 이후에 박이 하나 열리자, 세조는 그것을 쪼개어 술잔을 만든 다음, 술잔 속에 다음 시를 직접 적었다고 한다.

경은 비록 내 말을 듣고 웃었으나
내 박은 이미 자랐다오
쪼개어 술잔을 만든 뜻은
지극한 정을 보이려 함이오.

卿雖笑我(경수소아)
我瓢旣成(아표기성)
剖以爲盃(부이위배)
以示至情(이시지정)

세조는 도공에게 명하여 박의 형태를 본떠 술잔을 만들게 하고는 어제시를 써 넣었으며, 그것을 내전의 잔치에서 사용하게 했다.

세조와 성종은 신숙주의 공적을 인정해서 공신의 호를 여러 번 내렸다. 즉, 수양대군이 정난을 일으켰을 때는 정난공신靖難功臣, 세조가 즉위한 뒤에는 좌익공신佐翼功臣, 남이의 옥사를 처리한 뒤에는 익대공신翊戴功臣, 성종이 즉위한 뒤에는 좌리공신佐理功臣이 되었다.

신숙주는 세종, 세조, 성종 때의 국가적인 편찬 사업에서 중심 역할을 했다.《세조실록》과 《예종실록》의 편찬에 간여했고, 《동국통감》의 편찬을 총괄했으며, 《국조오례의》도 다시 편찬했다. 그리고 성종 2년1471년에는 일본의 정치제도와 지리, 외교상의 관례 등을 상세하게 밝혀 놓은 《해동제국기》를 저술했다. 이 책은 머리에 해동제국총도·일본본국도日本本國圖·서해도구주도西海道九州圖·일기도도壹岐島圖·대마도도·유구국도 등 6장의 지도를 첨부했고, 본문을 일본국기·유구국기·조빙응접기朝聘應接記 등으로 분류했다. 유구국을 일본과 대등하게 취급하면서 세계역사상 처음으로 유구의 지도를 그려 둔 것이다. 개인 문집으로는 《보한재집》을 남겼으며, 시호는 문충文忠이다.

세조는 궁궐에서 신하들과 연회나 놀이를 하는 것을 즐겼다.

재위 12년1466년 9월 29일정유에는 아종兒宗·어린 종친들과 한계희·노사신, 내의 전순의·김상진 등으로 하여금 궐내에서 대렵도大獵圖의 노름을 하도록 하고는 이를 구경했다. 노사신이 이기자 말 한 필을 하사했다. 아종이란 영순군 이보, 귀성군 이준, 은산부정 이철, 하성위 정현조 등 종친 어린이를 말하는데, 세조는 매양 두 사람씩 교대하여 입직하게 하면서 그들을 아종이라고 일컬었다.

9월 30일무술에는 종친과 의정부·육조·충훈부·중추부의 당상관이 문안하니, 종친과 대신들 및 장수를 불러 술을 내리고 활쏘기를 하게 했다. 이어서 좌우로 나뉘어 작은 과녁을 쏘게 하여 이긴 사람에게 녹비 한 장씩을 하사했다. 그리고 어장御帳을 가까운 곁에 설치하고, 신숙주·한명회·구치관·황수신·김수온·한계희·강희맹·구종직·임원준·송처관·김예몽·김상진 등에게 명하여 장막 안에 유숙하도록 했다. 밤중에 불시에 이야기를 나누려고 한 것이다.

10월 2일경자에는 등준위·해청위의 무사들에게 명하여 작은 과녁을 후원에서 쏘도록 했는데, 행 호군 권기가 맞힌 것이 많았으므로 각궁 하나를 하사했다.

10월 29일정묘에는 신숙주·구치관·한명회·심회·조석문·최항·보성경·이합·강순·김국광·한계희·임원준·노사신·정문형·김겸광을 불러서 평안도의 방어에 관해 의논하도록 했다. 또 김계정이 80리나 떨어진 담 밑의 잣나무를 백발백중하자

북일영도(北一營圖) 부분도(활쏘기)

김홍도(金弘道) 그림. 고려대학교박물관 소장.

북일영은 훈련도감(訓練都監)의 분영(分營)으로, 궁궐 호위를 맡았던 부대이다. 경희궁(慶熙宮) 무덕문(武德門) 밖, 지금의 사직동에 있었다. 원래의 그림은 북일영의 건물과 그 옆에 위치한 활터, 활 쏘는 사람들을 함께 묘사했다. 여기서는 인물을 부각시켰다.

입시한 모든 사람들에게 그를 위해 술잔을 올리게 했다. 김계정이 평안도의 방어책을 아뢰어 그것이 뜻에 맞자, 즉시 주의注擬의 명단에 이름을 올리도록 명했다. 주의란 관원을 임명할 때 문관은 이조, 무관은 병조에서 후보자 세 사람을 정하여 임금에게 올리던 것을 말한다.

이날 신숙주와 노사신 등은 상희象戲를 했다. 신숙주가 이기지 못하자, 세조는 신숙주에게 재상 노사신을 위해 벌연을 베풀라고 하고는 술과 음악을 하사하고, 노사신에게도 활과 금낭錦囊을 하사했다.

세조는 군사 분야에 대해 깊은 관심을 지녔고, 관련 출판물의 기획과 보급에도 정성을 쏟았다. 이때 신숙주는 그 저술의 주석과 보급에 지대한 기여를 했다. 세조는 태조, 태종, 세종, 문종 이래로 동북면의 개척과 안정을 중시한 정책을 계승하여 무장의 역할을 중시했다. 또 계유정난과 이징옥 난의 진압 등 여러 사건을 거치면서 무장의 역할이 커져서 그들의 세력을 억제할 필요도 있었다. 세조는 이 모순되는 두 요구를 조정하면서 무장의 역할과 지위에 대해 일정한 지침을 제시하고자 했다.

세조는 재위 9년1463년 9월에 우찬성 최항과 동지중추부사 양성지에게 명하여 《동국통감》을 편찬하게 했는데, 《동국사략》·《삼국사기》·《고려사》 등의 책을 참작하여 책 하나를 편찬해 내는 범례를 직접 정해 주었다. 같은 해 10월에는 병서를 세 등급으로 나누되, 《병요兵要》·《무경칠서武經七書》·《병장설兵將說》 3편을 1등급, 《진법陣法》·《병정兵政》을 2등급, 《강무사목講武事目》을 3등급으로 정하여, 진무·부장·선전관으로 하여금 강講하게 하고 정통한 자는 급분給分하라고 명했다. 급분이란 문과나 무과의 대과에 응시하게 되었을 때 가산할 점수를 주는 것을 말한다. 여기서는 무관들이 무과에 응시할 때 가산할 점수를 부여한 것이다. 이때 《병장설》은 곧 세조가 친히 지은 것으로, 처음 이름은 《병경兵鏡》이었다.

이보다 앞서 재위 8년1462년 2월 18일계미에 세조가 친히 《병장설》을 짓자, 좌의정 신숙주, 중추원사 최항, 예문제학 이승소, 형조참판 서거정 등이 주註를 찬술했다. 이듬해 9월에 신숙주 등은 주를 끝마치고 전문篆文을 바쳤는데,《동문선東文選》에 당시 최항의 명의로 올렸던〈진어제병장설전進御製兵將說箋〉이 실려 있다.《실록》에는 찬자의 이름이 없이 이 글이 실려 있다. 최항은 그 글에서 세조의 덕을 칭송한 뒤 다음과 같이 말했다.

성상께서는 자만하지 않으시고 오히려 다스림에 미흡하다고 생각하셔서, 안으로 닦는 정치[內修之政]를 더욱 힘쓰고 아울러 밖으로 적을 막을 방도[外禦之方]를 취하여, 교도敎導와 검열檢閱을 사계절에 부지런히 하여 병졸을 훈련시키매, 위령威靈이 팔표八表·천하우주에 떨쳐서 큰 적은 두려워하고 작은 적은 덕을 흠모하고 있습니다. 그런데도 장수된 자가 무武를 쓰는 방도에 자세하지 못할까 염려하여, 어찰御札을 내리셔서 지남을 보여 주시고, 신한宸翰·임금의 글월을 밝게 돌려서《상서》의 서誓·고誥와 그 호호악악灝灝噩噩·밝고 밝음함을 함께 하시니, 성상의 계책은 정말로 진실하고 인의仁義를 근본으로 삼았으며, 일관된 조리는 그 상세함과 명백함을 다하고, 전체의 규모는 그 굉장함과 심원함을 다했습니다.

세조는 또한〈진법서陣法序〉〈역대병요서歷代兵要序〉〈무경서武經序〉를 친히 지어, 무비武備의 정책을 일관되게 주장한 바 있다.

재위 9년1463년 10월 2일정해에 신숙주·최항이 다시《어제유장御製諭將》3편篇을 주해하여 바치자, 세조는 신숙주 등을 화위당에서 인견하고, 술과 표리表裏를 하사했다.《어제유장》은 활자로 인쇄되었다. 그 내용을 보면, 제1편은 당시 무장들의 실태를 해학적으로 지적하고, 제2편은 무장의 각성을 요구하며 질책했으며, 제3편은 무장의 존재 이유와 향후의 태도를 이론적으로 밝혔다.

첫째〈희유제장편戱諭諸將篇〉

군사들을 다스릴 때 일일이 귀에다 대고 명命할 수 없기 때문에, 형명形名의 분수分數를 받들어 진퇴進退와 합산合散을 미리 정하고, 싸움에 임할 때 한 가지 형세만을 항상 고수할 수 없기 때문에 변칙變則을 내어 새로운 명령을 통기通寄하여, 기회를 틈타 정도正道를 쓰거나 기계奇計를 쓰는 것이다. 만약 산천이 가로막혀 있으면 꿰뚫어보기 어렵고 100리 길에 군진이 잇달면 말을 통기하기 어려우므로, 한 부대가 적의 공격을 받을지라도 일제히 대응하기가 어려울 것이다. 그 때문에 병법을 아는 자는 적합한 장수에게 군율을 맡기는데, 한나라 고조가 바로 그러한 제왕이었다. 병법을 알지 못하는 자는 여러 군사들을 움켜쥐고 다스리는데, 수나라 양제가 바로 그러한 제왕이었다. 병가兵家의 대요는 이것에서만 나오지 않는다. 마음으로 국가의 대계를 체득해서 사졸의 마음과 힘을 얻어 위기에 임하여 적변賊變을 제어하고 사방에서 승리를 얻는 방법과 같은 것은 사람에게 달려있지 병법에 달려 있지 않다. 그렇기에 자세히 언급하지 않겠다.

경들은 모두 나라의 준재이고 지금 시대에 임금의 지우를 받은 자들이지만, 다만 나라가 태평하여 군사의 일에 뜻을 두지 않고 있다. 그래서 행군하면 하루 걸릴 길을 열흘이 걸려도 이르지 못하고, 진법을 강講하면 통하지 못하며, 타위打圍·수렵에서 짐승을 포위함 하면 장사진으로 다투어 내려오고, 진법을 사열査閱하면 명령을 아래에서 받는다. 게다가 말 머리를 이끌고 공청公廳에 있으면 병이 많고 집에 있으면 술에서 깨어나지 않으니, 지극히 우스운 사람으로서 경들 만한 자들이 없다고 하겠다. 내 말이라 하여 황공하다 하지 말고 내 말에 부끄럽게 여겨야 할 것이다. 나와 더불어 천록天祿을 함께 누리는 이유는 다른 사람이 주는 것이 아니라 모두 자기 공功으로 스스로 먹는 것이다. 위의 말을 여러 장수에게 농담 삼아 일깨워 주라.

　세조는 병법을 아는 제왕은 적합한 장수를 골라 군율을 맡겨야 한다고 보았다. 또한 군사의 일은 병법보다도 장수의 마음상태가 중요하다고 전제하고, 당시의 장수들이 오래 전투에 임하지 않아 전투능력이 없을 뿐만 아니라 체통도 지키지 못하고 있다고 개탄했다.

　이어서 둘째 〈삼하편三何篇〉에서는 장수들에게 기품과 지조를 지킬 것을 요구했다.

세째 〈수로편修勞篇〉은 우선 정명正命을 강조하고, 국가 경영에서 문과 무의 기능을 구별했다. 정명이란 문과 무의 인물이 각각 그 본업을 지키는 것을 말한다. 세조는 나라를 다스리고 세상을 구제할 때는 무로 평정하고 문으로 다스린다는 점에서 문과 무는 보완적이면서 서로 차별적이라고 전제하고, 장수들이 그러한 역할분담을 깨닫지 못하고 정명을 어기면 법으로 다스리겠다고 단호하게 말했다. 세조는 당시의 무장들이 "멋대로 한때의 즐거움을 좇아서 뻔뻔스럽게도 해서는 안 될 일들에 탐욕하고 집착하며, 어리석게도 마땅히 힘써야 할 공功에 우매하고 태만하다."라고 비난했다. 그리고, 무장들은 영욕과 화복을 모두 자기 스스로 취한다는 점을 명심하여 거만하지도 말고 인색하지도 말기를 바란다고 당부했다. 이어서 세조는 병법을 반드시 익히도록 요구했다.

병법의 큰 뜻은 장수와 병졸을 어루만져 양성하고, 활쏘기와 말 타기를 익히며, 신상필벌信賞必罰하고, 예의를 가르쳐서 다투어 경쟁하는 일이 없게 하는 것이다. 다만 충성과 효도의 자세를 가지고서 항상 적개敵愾의 마음을 품을 때에는, 만약 불우不虞의 군사가 있다면 한 사람이라도 근왕勤王·국왕을 지키려 옴을 할 수 있을 것이요 100사람이라도 근왕을 할 수 있을 것이지만, 명령을 듣는 사람이 많은 까닭으로 위衛와 부部를 만들어서 통솔하고 거느리는 것이니, 이것이 능히 합하는 방도이다. 거느리는 자가 많으면 명령하는 자도 많기 때문에 군율로 묶어서 제어하는데, 이것은 손이 묶인 채 적의 공격을 받는 셈이다. 그래서 위衛를 나누고 부部를 나누어 군율을 버리거나 변경하는 술책도 있으니, 이것이 잘 나누는 방도이다. 이와 같이 한다면 사면四面에서 합하여 싸우고 백진百陣에서 힘을 같이 쓰게 되므로, 어떤 단단한 것이라도 부수어지지 않겠으며, 어떤 적인들 격파하지 못하겠는가? 이것이 잘 나누는 방도요, 잘 합하는 방도이다. 오랑캐胡의 군사가 굳센 마병馬兵으로 분주히 충돌하는데, 한나라의 병사들이 강노強弩와 기각掎角의 전법을 썼으니, 오랑캐와 한나라의 형세는 서로 달랐다고 하지만, 나누는 방도와 합하는 방도를 쓴 것은 사실상 같다. 이것이 병정兵政의 큰 뜻이요, 장수의 중요한 전략이다. 어리석은 자는, '병법을 배우지 않더라도 나는 능히 적을 죽일 수 있으며, 활쏘기와 말타기를 익히지 않더라도 나는 능히 적을 이길 수 있다.'라고 생각하겠지만, 이러한 장수는 앞으로 바랄 수도 없을 뿐더러 졸병으로서도 최하등인 자이다.

세조는 무신들을 타일러 그 권력을 억제하려고 했으나, 무신들의 발호를 막지는 못했다. 재위 13년1467년에는 함길도의 호족 이시애가 반란을 일으키자, 함길도 출신 군인들은 다른 도 출신의 수령을 살해했다. 난을 평정한 후, 세조는 함길도를 남북 2도로 분리했다.

세조는 무신보다는 문신들을 좋아하고 그들과 가까이 지내려고 했다. 특히 신숙주를 신뢰하고 사랑했다. 그래서 어제시에 서문을 쓰게 하거나 계책을 써서 벌연을 베풀게 했다. 신숙주는 세조의 신하이자 마음을 터놓고 이야기할 수 있는 상대였다. 희학을 세조와 함께 했을 뿐 아니라, 세조의 북방 정책이나 군사 정책에도 깊이 간여했다. 세조의 〈비빙가〉에 화운하고 《어제유장》에 주석을 낸 것은 그러한 사실을 가장 잘 보여 주는 사례이다.

세조,
정인지에게 춘번자 삽모를 하사하다

《세조실록》을 보면 세조는 재위 12년1466년 12월 22일 기미에 정인지 등 문무 관료들을 위해 주연을 베풀고 춘번자삽모春幡子揷帽를 하사했다고 한다.

춘번자삽모는 춘번자를 꽂은 모자를 말한다. 춘번자는 춘번春幡이라고도 하는데, 금金·은銀·나羅·채綵 등을 써서 깃발 모양으로 만든 꾸미개다. 번승幡勝이라고도 한다. 옛날에는 입춘의 날에 백관들이 이를 복두幞頭 위에 달고 입조하여 하례를 올리고, 하례를 마치고 나서는 이를 복두 위에 단 채로 귀가했다. 사대부의 집에서도 채단을 마름하여 기旗를 만들어 가인家人의 머리에 달아주기도 하고 꽃가지에 걸기도 했다.

《세조실록》의 기록은 다음과 같다.

임금이 화위당에 나아가 하동군 정인지, 봉원군 정창손, 고령군 신숙주, 영의정 한명회, 능성군 구치관, 좌의정 심회, 우의정 황수신, 우찬성 조석문, 이조판서 한계희, 공조판서 임원준, 호조판서 노사신, 예조판서 강희맹, 형조판서 성임, 중추부 동지사 어효첨, 도총관 정식, 형조참의 신말주, 그리고 승지·제장諸將·선전관 등을 불러서 술자리를 베풀었다. 그리고 춘번자삽모를 두루 하사하고는 차례대로 술잔을 올리며 영기伶妓에게 풍악을 연주하게 했다. 농가를 부른 농가희農歌嬉에게 구의裘衣 1령領을 하사했다.

정인지1396~1478년는 본관이 하동河東으로, 호는 학역재學易齋, 시호는 문성文成이다. 생원으로서 식년문과에 장원급제한 뒤 여러 벼슬을 거쳐 예조와 이조의 정랑으로 있었으며 집현전 학사를 거쳐 직제학이 되었다. 세종 9년1427년의 문과 중시에 장원 급제한 후 여러 요직을 거쳐, 문종 2년1452년에는 병조판서가 되었다. 단종 원년1453년의 계유정난 때 수양대군을 도와 좌의정이 되고 정난공신 1등에 책록, 하동부원군에 봉해졌다. 세조 원년1455년에 영의정으로서 좌익공신 2등에 책록되었다. 세조 4년1458년의 공신연에서 불서 간행에 반대하는 뜻을 진언했다가 부여에 부처되었으나, 풀려나와 다시 부원군이 되었다. 세조 11년1465년에 궤장几杖을 받았다. 예종 즉위년인 1468년에 남이의 옥사를 처리하여 익대공신 3등에 책록되고, 1469년에 예종이 승하하자 원상院相으로서 국정을 총괄했다. 그리고 성종 원년1470년에 좌리공신 2등이 되었다.

《실록》의 기록을 보면 조선 초 궁궐에서는 절기 때마다 화려한 잔치를 베풀었음을 짐작할 수 있다. 실은 고려 때부터 궁궐에서는 인일人日의 날, 입춘의 날, 첫 눈 내린 날을 하례했으며, 이 풍습은 조선 초에도 이어졌다.

인일의 하례는 고려 때부터 있었다. 관료들이나 궁인들은 인일을 녹패 받는 날보다도 낫게 여겼다고 한다. 녹패는 조정에서 녹봉 받는 사람들에게 주던 증표로, 정월 초하루나 매 분기 첫 달의 초하루에 주었다. 그런데 관료들과 궁인들은 인일의 성대한 잔치를 좋아해서, 녹봉 받는 날보다 더 좋아했다는 것이다. 그리고 고려 말부터 조선 초까지는 입춘의 날에 국왕이 하례를 하고 궁인들과 신하들에게 춘번자를 나누어 주었다. 또 소설이 지난 뒤 대설이 되기 전에 눈이 오면 신설첫눈을 하례했다. 이러한 하례의 의식 때 신하들은 표表를 작성해서 국왕에게 올렸다.

고려 명종 때 김극기金克己는 〈춘번자와 채승綵勝을 하사함을 사례하는 표謝春幡勝表〉를 남겼다. 실제로 중국에서 춘번자와 채승을 선물 받고 국왕을 대신하여 작성한 것인지, 아니면 중국에서 그러한 물건을 선물 받은 것을 가상하여 작성한 것인지 확실하지 않다. 후자일 가능성이 크다. 고려나 조선에서는 국가 문서를 담당하는 문신들이 국왕의 명으로 연습 삼아 표나 전箋 등의 문체를 짓고는 했다. 다만 이 글을 보면, 춘번자를 하사받았을 때 사례의 표를 어떤 방식으로 작성했는지 짐작할 수가 있다. 곧, 황제를 국왕으로 바꾸고 제후들을 신하들로 바꾼다면 국내용이 될 것이다.

목덕木德에 용龍이 올라서 새봄의 이 아름다운 기운이 파릇파릇한 땅 위에 처음 돌아오고, 금화金花를 오려 제비모양을 만든 진기한 하사품이 문득 하늘 위에서 떨어지니, 그지없는 은혜를 입게 되어 어찌할 바를 모르겠습니다. [중간에 사례하는 말, 생략] 엎드려 생각하건대, 황제께서는 총명하시고 예지를 지니셔서, 천지의 도를 돕고 재정하시어, 순임금의 선기옥형璿璣玉衡·천문기구을 조절하여 삼광三光·해·달·별을 바로잡으시고, 요임금의 일월을 본떠 사계절을 조화롭게 하십니다. 마침 얼음이 풀리는 첫 날에 임하여 화려한 의춘宜春의 옛 예식을 거행하시니, 은덕의 못이 제후들에게 고루 퍼지고 은혜의 물결이 여러 신하들에게 미칩니다. 그래서 우로雨露같은 은혜가 짙으므로 기쁘게 추대하려는 마음이 깊습니다만, 작은 물방울이나 가는 티끌 같이 미미한 힘으로 갚을 길이 없기에 부끄러워할 따름입니다.

조선 성종 때 성현은 《용재총화》에서 궁중과 민간의 명절 행사에 대해 상세하게 기록했다.

• 구나驅儺 : 관상감이 주관한다. 섣달그믐 전날 밤에 창덕궁과 창경궁의 뜰에서 한다. 섣달 그믐날에 어린애 수십 명을 모아 진자侲子로 삼아 붉은 옷에 붉은 두건을 씌워 궁중宮中으로 들여보내면 관상감이 북과 피리를 갖추어 소리를 내고 새벽이 되면 방상씨가 쫓아낸다. 붉은 옷에 가면을 쓴 악공 한 사람은 창솔唱帥이 되고, 황금빛 네 눈의 곰 가죽을 쓴 방상인方相人 네 사람은 창을 잡고 서로 친다. 지군指軍 5명은 붉은 옷과 가면에 화립畫笠을 쓰며 판관 5명은 푸른 옷과 가면에 화립을 쓴다. 조왕신 4명은 푸른 도포·박두幞頭·목홀木笏에 가면을 쓰고, 소매小梅 몇 사람은 여삼女衫을 입고 가면을 쓰고 저고리 치마를 모두 홍록紅綠으로 하고, 손에 긴 장대[간당竿幢]를 잡는

다. 12신은 모두 귀신의 가면을 쓰는데, 예를 들면 자신子神은 쥐 모양의 가면을 쓰고, 축신丑神은 소 모양의 가면을 쓴다. 또 악공 10여 명은 복숭아나무 가지를 들고 이를 따른다. 아이들 수십 명을 뽑아서 붉은 옷과 붉은 두건으로 가면을 씌워 진자侲子로 삼는다. 창솔이 큰 소리로, "갑작甲作은 흉兇을 먹고, 불주佛胄는 범을 먹으며, 웅백雄伯은 매魅를 먹고, 등간騰簡은 불상不祥을 먹고, 남제攬諸는 고백姑伯을 먹고, 기奇는 몽강양조夢强粱祖를 먹으며, 명공明公은 폐사기생殪死寄生을 먹고, 위함委陷은 츤櫬을 먹고, 착단錯斷은 거궁기등拒窮奇騰을 먹으며, 근공根共은 충蟲을 먹을지니, 오직 너희들 12신은 머뭇거리지 말고 급히 떠나가라. 혹시 더 머물러 있을 것 같으면 너의 사지를 혁살嚇殺하고 너의 몸뚱이를 꺾고 너의 살을 헤치고 너의 간과 내장을 빼낼 것이니 그러더라도 후회하지 말라."라고 하면 진자侲子가 "예" 하고 머리를 조아리며 복죄服罪하는데 여러 사람이, "북과 징을 쳐라."라고 하면서 이들을 쫓아낸다.

• 방매귀放枚鬼 : 민간에서도 궁중의 구나를 모방하되 진자는 없다. 녹색 대나무 잎, 붉은 가시나무 가지, 익모초 줄기, 도동지桃東枝를 한데 합하여 빗자루를 만들어 격자 창과 지게 문을 막 두드리고, 북과 방울을 울리면서 문 밖으로 몰아내는 흉내를 낸다. 이른 새벽에는 그림을 대문간과 창문에 붙이는데, 처용·각귀종구處容角鬼鍾馗·복두관인僕頭官人·개주장군介冑將軍·경진보부인擎珍寶婦人을 그리거나 닭이나 호랑이를 그렸다.

• 과세過歲와 세배歲拜 : 섣달 그믐날 서로 인사하는 것을 과세라 하고, 정월 초하룻날 서로 인사하는 것을 세배라 한다.

• 효로梟盧 놀이 : 정월 초하룻날에는 모두 모여 효로 놀이를 하면서 술을 마시고 즐겨 논다. 새해의 자子·오午·진辰·해亥 일에도 이렇게 했다.

• 훈가훼薰猳喙와 훈서薰鼠 : 정월에 어린이들은 다북쑥을 모아서 동산에서 불을 지르는데 해일은 훈가훼薰猳喙라 하고, 자일은 훈서薰鼠라 한다.

• 정월 초 명함 던지기 : 정월에는 사흘 간 관청에 나가 근무하지 않고 친척이나 동료들의 집으로 가서 명함을 던졌다. 대갓집에서는 미리 함을 만들어서 이를 받았다.

• 원석元夕 : 정월 보름날에는 약밥을 만든다.

• 화조花朝 : 2월 초하룻날에는 이른 새벽에 솔잎을 문간에 뿌리는데, 냄새나는 빈대

가 미워서 솔잎으로 찔러 사ㅉ를 없앤다고 한다.

- 상사上巳 즉 답청절踏靑節 : 3월 3일에는 사람들이 교외의 들로 나가 놀았는데, 꽃이 있으면 꽃술을 지져서 술을 마시고, 새로 난 쑥으로 설고雪糕를 만들어 먹는다. 조정에서는 3월 상사일과 9월 중양절마다 보제루에서 기로연을 베풀고 훈련원에서 기영회를 베풀었다.

- 연등燃燈 : 4월 8일을 석가여래가 탄생한 날이라 한다. 이날에는 집집마다 장대를 세워 등불을 걸었으며, 부호들은 크게 채색한 등대燈臺를 세웠다. 도성 사람들은 밤새도록 구경했고, 무뢰한 젊은이들은 이것을 건드리는 것을 낙으로 삼았다.

- 호기呼旗 : 봄에는 아이들이 종이를 오려서 기를 만들고 물고기 껍질을 벗겨 북을 만들어 떼를 지어 길거리를 돌아다니며 등불 켜는 기구를 구걸했다.

- 단오端午 : 5월 5일은 단오라 하여 애호艾虎를 문에다 걸고 창포를 술에 띄우며, 아이들은 쑥으로 머리를 감고 창포로 띠를 하며, 또 창포 뿌리를 뽑아 수염처럼 붙였다. 도성 사람들은 길거리에 큰 나무를 세워 그네놀이를 했다. 계집아이들은 아름다운 옷으로 단장하고 길거리에서 떠들썩하게 채색한 줄을 잡고 다투며, 젊은이들은 몰려와서 이것을 밀고 끌고 했다.

- 유두流頭 : 6월 15일에는 고려의 환관들이 동천東川에서 더위를 피하여 머리를 풀고는 물에 떴다가 잠겼다가 하면서 술을 마셨으므로 그것을 유두라 했다. 세간에서는 이날을 명절로 삼고 수단병水團餅을 만들어 먹었다. 회화나무 잎 가루를 냉수에 일어 먹던 풍습과 유사하다.

- 백종百種과 우란분盂蘭盆 : 7월 15일은 속칭 백종이라 하는데, 불교에서는 100가지 꽃 열매를 모아 우란분을 베풀었다. 서울에 있는 비구니 암자에는 부녀자들이 모여들어 곡식을 바치고는 돌아가신 어버이의 영혼을 불러 제사지냈다. 스님들도 탁자卓子를 설치하고 제사를 지냈다.

- 중추中秋 : 달구경

- 중양절 : 높은 데 오르기. 조정에서는 보제루에서 기로연을 베풀고 훈련원에서 기영회를 베풀었다.

- 동지^{冬至} : 팥죽

- 경신일^{庚申日} : 밤새우기

이밖에 처용놀이^{處容戲}와 관화^{觀火}가 있다. 처용놀이는 처음에 한 사람이 검은 베옷에 사모를 쓰고 춤을 추었으나 뒤에는 오방처용^{五方處容}이 있게 되었다. 세종은 그 곡을 참작하여 가사를 새로 지어 봉황음이라 이름하고 묘정^{廟廷}의 정악^{正樂}으로 삼았다. 세조는 이를 확대하여 여러 음악을 합주하게 했다.

▌처용 무복과 탈
처용무를 연희할 때 입는 무복과 탈. 한국학중앙연구원 제공.

- 처용놀이^{處容戲} : 처음에 승려가 불공하는 것을 모방하여 기생들이 일제히 영산회상불보살^{靈山會相佛菩薩}을 창하면서 외정^{外廷}에서 돌아 들어오면, 영인^{伶人}들이 각각 악기를 잡는데, 쌍학인^{雙鶴人}·오처용^{五處容}의 가면 10명이 모두 따라가면서 느리게 세 번 노래하고, 자리에 들어가 소리를 점점 돋우다가 큰 북을 두드리고 영인과 기생이 한참 동안 몸을 흔들며 발을 움직이다가 멈춘다. 이때에 연화대놀이^{蓮花臺戲}를 한다. 먼저 향산^{香山}과 지당^{池塘}을 마련하고 주위에 한 길이 넘는 높이의 채화^{彩花}를 꽂는다. 또 좌우에 그림을 그린 등롱이 있는데, 그 사이에서 유소^{流蘇·깃털이나 실을 이용해 만든 벼이삭 모양의 꾸미개}가 어른거리며, 연못 앞 동쪽과 서쪽에 큰 연꽃 받침을 놓는데 작은 기생이 그 속에 들어 있다. 보허자^{步虛子}를 연주하면 쌍학이 곡조에 따라 너울너울 춤추면서 연꽃 받침을 쪼면 두 명의 기생이 그 꽃받침을 헤치고 나와 서로 마주 보기도 하고 서로 등지기도 하며 뛰면서 춤을 춘다. 이것을 동동^{動動}이라고 한다. 이윽고 쌍학은 물러가고 처용이 들어온다. 처음에 만기^{緩機}를 연주하면 처용이 열을 지어 서서 때때로 소매를 당겨 춤을 추고, 다음에 중기^{中機}를

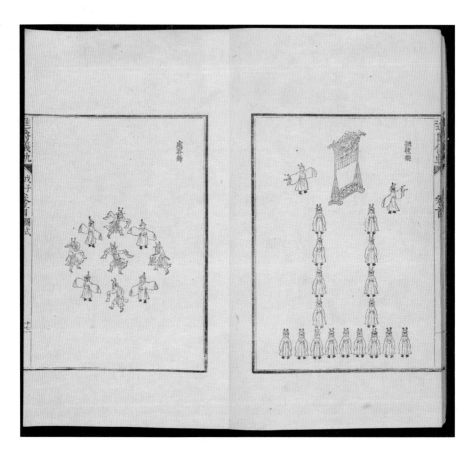

진작의궤의 처용무

2권 2책 수록 정재도(呈才圖). 서울대학교 규장각한국학연구원 소장.

진작의궤(進爵儀軌)는 조선시대에 왕·왕비·왕대비 등에 대하여 작위를 높일 때 행한 의식을 기록한 책이다. 이 그림은 순조 27년(1827년)
왕세자(뒤의 헌종)가 대리청정하면서 순조에게 '연덕현도경인순희(淵德顯道景仁純禧)', 왕비 순원왕후 김씨에게 '명경(明敬)'이라는 존호를
올리고 이를 기념하기 위하여 9월 10일 자경전(慈慶殿)에서 진작의식을 설행한 기록에 들어 있다. 정재도는 모두 9편이다. 처용무는 조선 초
기부터 전하는 향악정재춤이다. 《용재총화》에는 처용무가 흑포사모의 복식이며 1인 독무라고 했으나, 조선 초기부터 오방처용무(五方處容
舞)로 구성되어 진연에 반드시 상연했다. 한편, 진작의궤는 그밖에 순조 28년에 순원왕후 김씨가 40세가 된 것을 기념하여 2차의 진작의식
을 행한 기록이고, 고종 10년(1873년)에 고종에게 '통천융운조극돈륜(統天隆運肇極敦倫)'의 존호를 올린 의식의 기록이 있다.

연주하면 처용 다섯 사람이 각각 오방으로 나누어 서서 소매를 떨치고 춤을 춘다. 그 다음에 촉기促機를 연주하는데, 신방곡神房曲에 따라 너울너울 어지러이 춤을 춘다. 끝으로 북전北殿을 연주하면, 처용이 물러가 자리에 열 지어 선다. 이때 기생 한 사람이 '나무아미타불'을 창하면 여러 사람이 따라서 화창和唱하고, 또 관음찬觀音贊을 세 번 창하면서 빙 돌아 나간다. 매번 섣달 그믐날 밤이면 창경궁과 창덕궁의 전정殿庭으로 나누어 들어가는데, 창경궁에서는 기악妓樂을 쓰고 창덕궁에서는 가동歌童을 쓴다. 새벽에 이르도록 주악하고 영인과 기녀에게 각각 포물布物을 하사하여 사귀邪鬼를 물리친다.

- **관화觀火** : 군기시에서 주관한다. 기구를 미리 뒤뜰에 설치하는데, 대·중·소의 예가 있다. 임금님은 후원의 소나무 언덕에 납시어 문·무 2품 이상의 재상들을 불러 입시하게 한다. 두꺼운 종이로 포통砲筒을 겹으로 싸고, 그 속에 석류황石硫黃·반묘班猫·유회柳灰 등을 넣어 단단히 막고 이를 다진다. 그 끝에 불을 붙이면 조금 있다가 연기가 나고 불이 번쩍하면서 통과하면 종이가 모두 터진다. 시작할 때 수많은 불화살을 동원산東遠山에 묻어놓아 불을 붙이면 수많은 화살이 하늘로 튀어 오른다. 터질 때마다 소리가 나고 그 모양은 유성流星과 같다. 또 긴 장대 수십 개를 동산에 세우고, 장대 끝에 조그만 주머니를 단다. 임금님 앞에는 채색한 등롱을 달아 놓는데, 그 등롱 밑으로부터 긴 끈으로 여러 장대를 얽어 종횡으로 서로 연결하게 하고, 끈 꼭지마다 화살을 꽂는다. 군기시정이 불을 받들어 등롱 속에 넣으면 잠깐 사이에 불이 일어나고 화염이 끈에 떨어지면 화살이 끈을 따라 달려 장대에 닿는다. 장대에 달려 있던 조그만 주머니가 끊어지며 불빛이 빙빙 돌아, 그 모양이 돌아가는 수레바퀴와 같다. 화살은 끈을 따라 달려 다른 장대에 계속 이어진다. 또 엎드린 거북 모양을 만들어 불이 거북의 입으로부터 나오는데, 연기와 불꽃이 흐르는 불처럼 어지럽게 쏟아져 나온다. 거북 위에다 만수비萬壽碑를 세우고 불을 비 속에 밝혀 비면의 글자를 똑똑히 비치게 한다. 또 장대 위에는 그림 족자를 말아서 끈으로 매어 놓으면 불이 끈을 타고 올라가 불이 활활 타 끈이 끊어지고 그림 족자가 떨어지면서 펼쳐져 족자

속의 글자가 드러난다. 또 긴 수풀을 만들고, 꽃잎과 포도의 모양을 새겨 놓는다. 불이 한구석에서 일어나면 잠깐 사이에 수풀을 태우고, 불이 다 타고 연기가 없어지면 붉은 꽃봉오리와 푸른 나뭇잎의 모양이 아래로 늘어진 쥐방울 열매처럼 된다. 또 가면을 쓴 광대가 등 위에 목판을 지는데, 목판 위에 주머니를 달아두어 불을 댕긴다. 광대는 주머니가 터지고 불이 다 타도록 소리치며 춤을 춘다.

춘번자의 풍습과 관련해서, 조선전기의 김종직金宗直이 지은 시에 〈춘번자. 언승에게 바치다春幡子 呈彥升〉가 있다. 정월 초열흘에 지은 것이다.

한림원에서 일찍이 춘왕 정월 하례할 적엔
한 송이 궁화가 귀밑을 산뜻하게 비추었지
4년 동안 산성에서 대궐을 사모할 뿐인데
채색 번은 여전히 외로운 신하를 짝했네

金鑾曾忝賀王春(금란증첨하왕춘)
一朶宮花照鬢新(일타궁화조빈신)
四載山城空戀闕(사재산성공연궐)
綵幡依舊伴孤臣(채번의구반고신)

세종 초에는 입춘의 날에 춘번자를 금지시킨 일이 있다. 곧 세종 2년1420년 12월 24일戊午의 《실록》 기록에, 입춘에 하례로 올리는 춘번자를 정지하게 하고, 상왕전에만 올리게 했다고 되어 있다.

하지만 연산군 때는 궁궐에서 춘번자를 꽂는 풍습이 성했다. 재위 12년1506년 1월 7일丁亥에 연산군은 전교하기를, "숙용·숙원 및 천과흥청天科興淸 등의 곳에 날마다 올리는 춘번자·인승목人勝木·호로胡蘆·소첩梳貼 같은 물건은 바치는 수량에 구애하지 말고 항상 진상하게 하라."라고 했다. 숙용은 궁중 여관으로 종3품 내

명부 품계, 숙원은 종2품 내명부 품계다. 천과 홍청은 악기樂妓 중에서 뽑혀 대궐에 들어왔다가 임금과 잠자리를 같이 한 여성을 가리킨다. 인승목은 정월 7일의 인일에 머리에 꾸미는 인형을 말한다. 중국의 《형초세시기》에 보면, 인일에는 채단을 재단하여 사람을 만들고 금박으로 수식물을 만들어서 병풍에 붙이기도 하고 머리에 얹기도 했다고 한다. 그 풍습이 우리나라에도 전래해 있었다. 한편 호로는 정재 때 무애무를 추는 데 쓰는 제구로, 양 끝에 술이 달린 끈을 허리에 잡아매어 좌우로 늘어지게 했다.

선조 26년1593년 윤11월 29일기유의 《선조실록》에는 장인이 죽어 춘번자를 달리 만들 사람이 없어서 만들지 않기로 했다는 기록이 있다. 이날 호조는, 춘번자와 인승은 연례로 하는 일이므로 전부 폐지할 수는 없으나 내자시의 첩정牒呈에 "춘번자 장인이 죽었고 달리 만들 수 있는 사람이 없다."라고 했으니 춘번자를 어찌해야 할는지 여쭈었다. 선조는 만들지 말라고 전교했다.

광해군 9년1617년 정월 1일정묘의 《광해군일기》에는 광해군이 춘번자의 품질이 거칠고 형편없다고 하면서 색관원과 하인은 물론 제조도 조사하라고 전교했다는 기록이 있다. 며칠 뒤 정월 3일기사에는 춘번자 제작에 관여한 자들을 엄중하게 다스리고 다음과 같이 전교했다.

이번의 춘번자는 거칠게 만들었을 뿐 아니라 날이 저문 후에 진배進排했으며, 내전의 소춘번자小春幡子는 다음날에야 납입했다. 요즈음 들어 나라의 기강이 풀어져 온갖 일이 태만해져서 절일에 진상하는 물품도 공공연히 다음날에야 진배하니, 이것은 전고에 없었던 일로서 오늘에 처음으로 보게 되었는 바, 몹시 놀랍고 경악스럽다. 관원들이 직무를 제대로 보지 않고 하인들이 태만하여 느슨하기가 이보다 더 심할 수 없도다. 당해 관원은 파직하고 하인은 수금하여 엄중하게 다스리라.

궁궐 안팎의 사치를 금지했던 영조는 나례儺禮·춘번·애용艾俑 등을 없앴을 뿐 아니라, 세밑에 행하는 정료庭燎와 교년交年과 경신의 의식도 없애게 했다. 곧, 재위 35년1759년 12월에 영조는 다음과 같이 하교했다.

옛날에는 나례·춘번·애용 등이 있었으나, 전에 모두 없애도록 명한 바 있다. 세밑에 행하는 정료도 내가 없애도록 명했다. 교년과 경신은 그 근본을 알 수 없어서 어제 상세히 알아보도록 명했더니, 모두 떳떳하지 못한 것으로 부엌귀신에게 잘 보이려고 하는 짓에 가까웠다. 아, 항상 경계하여 두려워한다면 신에게 기도할 것이 뭐 있겠는 가. (중략) 나는 360일이 모두 경신일과 같을 것이다. 이후로는 경신일에 촛불을 올리는 것과 교년일에 거행하는 것을 모두 중지하도록 하여, 떳떳한 도리를 지키려는 뜻을 보이도록 하라.

이보다 앞서 현종 10년1669년 정월에 송시열은 〈춘번을 반납하고 진계하는 차자還納春幡 陳戒劄〉를 올렸다. 당시 송시열은 63세로, 그 전 해에 우의정에 제수되었으나 11월에 상소를 올려 하직하고 연말에 체차된 뒤 환조還朝했다. 그리고 그해 정월에 정릉을 복구하기를 청하고, 경연과 서연에 입시했다. 이 무렵 입춘의 날에 춘번자를 하사받자, 2월에 춘번자를 반납하면서 차자를 올린 것이다. 이 차자를 올린 후 송시열은 도성을 떠나게 된다. 고전번역원의 번역문을 참고하여 소개하면 다음과 같다.

삼가 아룁니다. 신이 어제 입대를 마치고 돌아와 보니 대전과 동궁에서 춘번자를 내려 보내셨습니다. 신이 듣건대, 《서경》에, "무익한 일을 하여 유익한 것을 해치지 말라."라고 했으니, 가령 이 물건이 하늘에서 떨어지고 땅에서 솟아났다 하더라도 실용에 무익하다면 물리치고 멀리해야 마땅할 것인데, 하물며 이것이 모두 유사有司의 경비가 드는 것임에야 더 말해 무엇하겠습니까? 신이 일찍이 어탑 앞에서 이러한 뜻을 대략 진술했고 또 차자 속에서도 거듭해서 "전하께서 무익한 일을 하여 유익한 것을 해침이 여전하십니다."라고 하자, 전하께서는 권장하는 비답批答을 내리시어 마치 진실로 받아들이려는 것 같으셨습니다. 그런데 지난 제일除日·섣달 그믐날에 예궐하다 보니 대궐 문 곳곳에 모두 세화歲畵를 붙였으므로 신은 매우 실망하여, 이것이 다만 백성의 고혈을 빠는 것만이 아니라 이런 일에 경비를 허비하는 것이 한스럽다고 여겼습니다. 늙은 이 몸이 혈성血誠을 기울여 진언한 것은 조금이나마 도와 드리려고 생각해서이거늘, 저의 진언을 실시하지 않으신다는 사실을 이 한 가지 일로 인하여 나머지도 미루어 알 수 있습니다. 가령 전하께서 유위有爲·큰일을 행함에 분발하는 진심이 있으시다면 이런 일들은 스스로 좋아하지 않을 뿐 아니라 정신을 쏠 겨를이 없을 것입니다. (중략) 신이 이미 이런 일에 대하여 어전에서 진계陳戒했거늘, 뒤에서 이 춘번자를 받는다면 이는 신의 말과 행동이 서로 맞지 않아 전하를 섬기는 데 성실하지 못함이 되고, 전하께서도 장차 '저가 나에게 이런 것들로 경계하더니 저 역시 이런 것을 좋아하는구나.' 하고 여기실 것입니다. 그렇게 된다면 신은 해명할 말이 없으므로 감히 죽음을 무릅쓰고 삼가 이 춘번자를 반납하오니, 전하께서는 참작하여 처리하소서. 전하께서 만약 오늘부터 이런 것들을 모두 제거하여 터럭 하나도 남기지 않으신다면 성지聖志가 태연泰然하고 국용國用도 넉넉해질 것입니다.

송시열은 그 유행을 개탄했지만, 당시에는 춘번자와 함께 세화도 유행했음을 짐작할 수 있다. 세화는 새해를 축복하는 뜻으로 궐내에서 그려 반사하는 그림이다. 선동이 불로초를 짊어진 그림이나 태상노군을 그린 그림이 많았다.

한편 세조는 중신들을 우대하여 거듭 선물을 내렸다. 재위 3년1457년 정월 1일병인에는 근정전에서 조하를 받고 야인들을 인견하고는, 사정전에 나아가서 잔치를 베풀었다. 이때 종친 및 의정부, 육조 참판 이상과 도진무·승지 등이 입시하므로 연탁宴卓과 술 50병을 의정부에 내려 주었다. 왕세자도 연탁과 술 20병을 서연관에게 내려 주었다. 다음날인 1월 2일정묘에는 정인지가 하사받은 연탁으로 잔치를 베풀고, 사인 이효장李孝長으로 하여금 세조에게 승지를 보내시라고 청했다. 세조는 도승지 한명회에게 술과 그릇을 가지고 가서 참석하도록 했다.

세조는 신하들을 매우 사랑하여 인견하는 일을 거르는 달이 없었다. 《용재총화》에 따르면 세조는 사정전思政殿·충순당忠順堂·화화당華龢堂·서현정序賢亭에 거둥해서 신하들을 인견했다. 겨울이면 비현각조顯閣에 주로 거둥했다. 강녕전康寧殿·자미당紫薇堂·양심당養心堂 등 깊고 은밀한 안채라도 외부의 신하들을 들어오게 했다. 영순군永順君 이보, 귀성군龜城君 이준, 반성위班城尉 강자순, 하성위河城尉 정현조 등을 사종四宗으로 삼고, 신종군新宗君·거평정居平正·진례정進禮正·금산정金山正·율원부정栗元副正·제천부정堤川副正·곡성정鵠城正 등을 사종射宗·활 잘 쏘는 종친으로 삼았다. 그리고 문신 가운데 수십 명을 뽑아 겸예문兼藝文이라 이름 하여 경사經史를 강론하거나 정무를 물었다. 또 무신을 불러 사후와 표적을 쏘게 하여 잘 쏘는 사람은 서열을 가리지 않고 벼슬을 올려주거나 어찬御饌을 하사했다. 게다가 세조는 여러 신하와 희학을 하기까지 했다. 사종으로 하여금 쥐를 잡게 하거나 거미를 잡게 하기도 하고, 자신이 제시하는 나뭇잎과 채소줄기를 따서 맞히는 사람에게는 물건을 하사하기도 했다.

심지어 만년의 세조는 무료함을 달래기 위해 신하들이 배우처럼 구는데도 묵과했다.《용재총화》에서 성현은 자신이 사관으로서 겸예문이 되어 입시하던 때의 일을 회고했다. 당시 세조는 몹시 더운 여름에도 창문을 닫고 동옷을 입은 채 화롯불을 방에 피워놓고 예문관 여러 유생들로 하여금 뜰 가운데 앉아서 종일 뙤약볕을 쐬게 하면서, "춥고 더운 것을 참은 연후에야 큰일을 맡을 수 있다."라고 말했다고 한다. 세조는 만년에 병이 잦아 잠을 제대로 자지 못해서, 종종 유신을 불러 글을 강론하게 했다. 혹은 풍수지리에 밝은 최호원과 안효례 등을 끌어들여 그 술수를 가지고 다투게 했는데, 그들은 어전에서도 입에 거품을 물고 어떤 때는 팔을 걷어 올리며 욕을 퍼붓는 일도 있었다. 세조는 밤낮으로 책상에 의지하여 이를 듣고 보기만 했다. 최호원은 안효례에게, "내가 승지가 되고 네가 첨지가 되는 것이 어찌 그리 늦느냐?"라고 교만하게 떠들기까지 했다. 세조는 그들을 배우로 기른 것이다.

세조는 재위 12년1466년 10월 24일임술, 신숙주·최항·서거정·강희맹·임원준·성임·양성지·이예·이파·김석제를 불러서 그들로 하여금 여러 서적들을 조사해서 사항별로 분류하여 적어올리게 하고, 이어 술자리를 베풀었다. 또 입직한 여러 장수와 군사를 후원에 불러서 한계미와 이호성을 대장으로 삼고, 권경·어득해와 춘양정 이내, 제천정 이온에게 명하여 깃발 신호법을 익히도록 한 뒤에 군사들을 지휘해서 시범을 보이게 했다. 권경과 어득해가 군율을 어기자, 세조는 신숙주에게 명하여 힐문하게 했는데, 어득해가 스스로 옳다고 우기자, 세조는 벌주를 마시게 하고 군사들에게도 술을 하사했다.

세조는 계유정난과 단종의 살해, 육신의 주살 등으로 포악한 군주라는 인상을 남겼다. 하지만 세조는 궁중에서 종실들과 문신들을 수시로 불러 학문을 토론하고 주연을 베풀고 열병식이나 연사례宴射禮를 열었다. 또 신하들의 사사로운 연회에도 술을 베풀고 신하들에게 벌연을 명하기까지 했다. 어쩌면 세조는 문과 무를 겸하고 긴장과 이완의 미학을 체득한 군주였는지 모른다.

예종,
유자광에게 초구 한 벌을 내려 주다

예종은 즉위년인 1468년 11월 6일임술에 남이의 집을 무령군武靈君 유자광柳子光에게 하사했다. 또 같은 해 11월 10일병인에는 유자광에게 초구貂裘 한 벌을 내려 주었다. 12월 1일정해에는 익대공신 유자광 등에게 내구마内廐馬 각 한 필과 표리·백금을 내려 주었다. 유자광 등이 사은하자, 예종은 그들에게 술을 대접하게 했다. 예종이 11월과 12월에 유자광에게 갖가지 선물을 한 것은 그가 남이의 변란을 진압했다고 포상한 것이다.

남이의 변란 이후 사태가 진정된 12월 10일병신, 유자광은 전최殿最의 법을 밝혀 서용할 것과 도적의 방비에 대한 상소문을 올렸다.

전조이조와 병조에서는 도목정사都目政事를 할 때 각 관사의 장이 관리의 근무 성적을 상·하로 평가한 것을 참작했는데, 평가점수 상인 것을 최最, 하인 것을 전殿이라 했다. 볼기 둔臀이란 글자에 전殿의 글자가 들어 있는 데서도 알 수 있듯이, 전殿이나 둔臀은 모두 '뒤' 혹은 '꽁지'라는 의미를 지닌다. 도목정사는 매년 6월 15일과 12월 15일, 두 차례에 걸쳐 시행했다.

유자광은 1468년 12월 10일에 올린 상소문에서, 예종이 구언求言의 교서를 내린 것을 환영하면서, 신하가 올린 말을 시행하는 것이 더 중요하다는 점, 진언한 말이 시사에 관계된다고 해서 처벌을 하면 구언의 의미가 없다는 점을 먼저 말했다. 또한 시사의 문제를 다음과 같이 진언했는데, 고전번역원의 번역을 참조한다.

신이 삼가 보건대, 지금의 사대부들이 염치의 도리를 잃고 뇌물을 공공연하게 행하여, 우마牛馬·금백金帛·전민田民을 가지고 서로 증여하면서 이르기를, "해 저문 밤이라서 아는 자가 없다."라고 하니, 이는 이른바 "그 욕심이 계학谿壑과 같다."라는 것이며, 이른바 "빼앗지 않고서는 만족하지 않는다."라는 것입니다. 신의 어리석은 생각으로는, 근년 이래로 난신亂臣과 적신賊臣이 접종接踵하여 잇달아 일어나는 것은 반드시 이 풍속의 영향 때문이라고 여깁니다.

신이 삼가 보건대, 지금 전최殿最의 법은 오늘 폄출乏黜당했다가 내일 다시 좋은 벼슬을 얻은 경우가 있습니다. 이런 까닭에 사대부가 파직되는 것을 혐의스럽게 여기지 않으며, 심한 자는 금일에 스스로 구하여 전殿이 되었다가 명일에 청요淸要의 큰 벼슬을 얻으며, 또 심한 자는 일부러 그 직책을 사양하고 좋은 벼슬을 기다렸다가 받으니, 이는 요행으로 스스로를 위하는 모계謀計를 얻는다 할지언정 국가적인 정사政事에 필요한 인재를 선발하는 도리는 어디에 있겠습니까? 이는 절대 불가한 것입니다. 신은 삼가 바라오니, 지금부터 안으로 백관들과 밖으로 수령·만호 가운데 혹은 파직당하는 자나, 혹은 까닭 없이 사직하는 자는 연한을 정하여 서용하지 아니하여, 전최의 법을 중하게 하고 요행의 문호를 막으소서.

신은 또 듣건대, 도적의 성한 것이 오늘날같이 심한 적이 없다고 합니다. 근일에 도적이 도성의 문 밖에서 사람을 죽이는데, 하물며 궁벽한 시골과 먼 외방에서야 더 말해 무엇하겠습니까? 지금 기회를 놓치고 다스리지 않으면, 신은 큰 도적이 방역邦域 가운데서 서로 일어나서 금할 수 없게 될까 두렵습니다. 신은 삼가 바라오니, 여러 도에 나누어 보내어 강도·절도를 막론하고 체포하게 하되, 서너 명이 떼를 지어 남의 집을 약탈하는 자는 비록 남의 재물을 도둑질하지 않았을지라도 강도로 논하여 죽이는 것이 가하며, 비록 강도가 아닐지라도 1관貫의 장물臟物이 현저히 나타나는 자는 또한 죽이는 것이 가합니다. 만약 도적을 다스리는 형벌이 엄하지 않으면, 양민들이 해를 받는 것을 이루 말할 수가 없을 것입니다.

이 상소문에서 유자광은 민생의 안정을 위해 수령과 목사, 부사 등 지방관의 재임 기간을 안정시키려고 했고, 강도·절도를 근절하는 방안을 수립하라고 촉구했다.

예종은 조선 제8대 왕재위 1468~1469년으로 휘는 황晄, 자는 명조明照, 시호는 양도襄悼이다. 세조의 두 번째 왕자로, 처음에 해양대군海陽大君에 봉해졌다가 세조 3년1457년에 왕세자가 되었으며, 1468년에 즉위했으나 재위 13개월 만에 죽었다. 당시 스무 살이었다. 재위 중 직전수조법을 제정하여 백성들도 둔전을 경작하도록 허락했다. 능은 경기도 고양군의 창릉昌陵이다.

유자광柳子光, 1439~1512년은 뒷날 연산군을 충동질하여 무오사화를 일으키고, 중종반정이 일어나자 의거에 참여하여 정국공신靖國功臣 1등에 무령부원군으로 봉해지기도 했던 인물이다.

본관은 영광인데, 중추부지사 유규柳規의 서자로 태어났다. 몸이 날래고 힘이 세며 원숭이같이 높은 곳을 잘 타고 다녔다. 어려서부터 무뢰한이었는데 도박을 좋아하고 새벽이나 밤에도 노상에서 놀아 여자를 만나면 강간을 자행했으므로, 부친은 그를 자식으로 여기지 않았다고 전한다.

하지만 유몽인의 《어우야담》에 따르면 유자광은 어려서부터 재주가 넘쳤다고도 한다. 그의 아버지가 깎아지른 바위를 두고 글을 지으라고 하자, 유자광은 즉석에서 이런 글을 읊었다는 것이다.

뿌리는 구원에 서리고
형세는 삼한을 누르도다
根盤九原(근반구원) 勢壓三韓(세압삼한)

이 시에는 높은 기상이 담겨 있다. 그래서 그의 아버지는 유자광을 대단히 기특히 여겼다고 《어유야담》에는 기록되어 있다.

유자광은 처음에 갑사에 소속되어 건춘문 파직문지기이 되었다가, 세조 13년1467년에 일어난 이시애의 난 때 자진해서 출전했다. 세조가 장하게 생각하고 불러 궁전 뜰에서 시험해 보니 날래기가 마치 원숭이 같았다. 이시애의 난이 평정된 뒤 정5품 병조정랑이 되었다. 또 세조의 명으로 온양에서 치러진 별시문과에 응

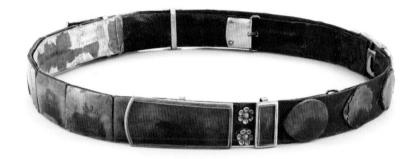

┃ 각대(角帶)

조선시대 관복에 착용하는 띠. 경기도박물관 소장.

조선시대 문무 관료가 입는 공복(公服)으로는 조복(朝服)·관복(官服)·시복(時服)·제복(祭服)·상복(喪服)·군복(軍服)·융복(戎服)·갑주(甲胄) 등이 있었다. 관복은 관복(冠服) 또는 상복(常服)이라고도 한다. 공복에는 사모(紗帽)·흑단령(黑團領)·흉배(胸背)·띠[帶]·패수(牌綬)·화(靴) 등을 갖추어서 입고, 시복으로는 홍단령(紅團領)·띠·패수·목화(木靴) 등을 갖추어 입었다. 관복은 소매가 넓은 단령으로 된 옷이다. 1~3품은 북청색 유문사(有紋紗)의 옷, 4~9품은 북청색 무문사(無紋紗)의 옷이었다. 사모는 1~3품은 협각사모(挾角紗帽), 4~9품은 단각사모(單角紗帽)를 썼다. 흉배는 옷과 같은 색인데, 사(紗) 혹은 단(緞)에 수를 놓았다. 띠는 1품은 서대(犀帶), 정2품은 삽금대(鈒金帶), 종2품은 소금대(素金帶) 또는 여지금대(荔枝金帶), 정3품은 삽은대(鈒銀帶), 종3~4품은 소은대(素銀帶), 5~9품까지는 각대(角帶)를 착용했다.

시하여 장원으로 급제했다. 본래 그의 답안은 낙제 판정을 받았으나, 세조가 찾아오게 해서 급제시킨 것이라고 전한다. 이듬해 세조가 승하하면서 기세가 꺾이는 듯했지만, 유자광은 남이의 역모 사건을 계기로 상황을 일변시켰다.

예종 즉위년1468년 10월 24일경술, 병조참지 유자광은 어두울 때 승정원에 나아가 입직 승지 이극증과 한계순에게 급히 계달할 일이 있다고 했다. 이극증 등은 유자광과 함께 합문 밖에 나아가서 승전 환관 안중경을 통해 용무를 아뢰게 했다. 예종이 유자광을 불러서 보자, 남이가 김국광과 노사신을 제거하려 한다는 사실을 밀고했다.

남이는 정선공주의 아들로, 무예가 출중하고 이시애의 난을 진압할 때 유자광과 함께 공적을 세워 적개공신 1등에 등록되고 병조판서에 올랐다. 그런데 세조를 이어 왕위에 오른 예종은 남이를 좋아하지 않았다. 유자광은 평소 남이에게 질투를 느껴왔기 때문에, 남이가 역모를 획책한다고 무고했다. 이때 유자광은 남이가 젊어서 지은 시의 '남아이십미평국男兒二十未平國'이란 구절에서 미평국未平國을 미득국未得國으로 고쳐서 그것을 역모의 증거로 고발했다. 또한 당시 영의정이던 강순을 연루시켜 죄목을 조작했고 무려 25명의 인사를 처형했다. 실은 남이와 강순 등 신진 세력은 이시애의 난 이후에 정치적 세력을 키워나가서 한명회·김국광·노사신 등 훈구파와 대립하게 되었다. 이때 유자광은 그들이 훈구세력을 제거하려 한다고 모함해서 거꾸로 그들을 죽이고 만 것이다. 한명회 등은 신진 공신 세력을 부담스럽게 여겨 왔기 때문에 옥사를 방관했다.

유자광이 예종에게 남이의 모반 사실을 밀고한 그날 낮, 예종은 평소 궁중의 불사에 줄곧 참여한 종친과 신하들에게 내구마를 각각 1필씩 내렸다. 곧, 10월 24일경술에 예종은 밀성군 이침, 영순군 이보, 영의정 이준, 하성군 정현조, 능성군 구치관, 행 중추부 첨지사 김수온, 지중추부사 한계희, 호조판서 노사신, 예조판서 임원준, 우참찬 윤필상, 파산군 조득림, 중추부 동지사 김상진, 도승지 권감, 첨정 권찬 등에게 특별한 시상을 한 것이다. 이날 시상 받은 사람들

철릭(帖裏)

국립민속박물관 소장

단령(團領)

국립민속박물관 소장

이 곧 훈구파였다. 유자광은 이 시상이 이루어지는 것을 보면서, 예종의 은총을 받는 훈구파들의 환심을 사려면 남이 등 신진세력을 제거하는 방법밖에 없다고 결심을 굳히지 않았을까? 그날 저녁 유자광은 음험한 계책을 실행에 옮겼다.

유자광은 남이 옥사 이후에 예종 원년 5월에 있게 되는 포상 때 익대공신 1등에 책록되고 1품계로 뛰어올라 무령군에 봉해졌다. 그는 남이의 옥사 이후에 호걸이자 선비를 자처했다. 반대 세력이 보기에, 유자광은 성품이 음흉하여 사람을 잘 해쳤다. 특히 재능이 있어 은총이 자기보다 나은 사람이 있으면 반드시 모함했다고 한다. 성종 때는 한명회의 집이 귀하고 성하게 되는 것을 시기하여, 성종 7년1476년에 한명회가 제멋대로 날뛰려는 뜻이 있다고 상소했다. 이때 성종은 한명회에게 죄를 주지는 않았다. 뒤에 유자광은 임사홍·박효원 등과 모의해서 현석규를 배제하려다가 오히려 패하여 동래로 귀양 갔다가 얼마 후 풀려났다. 성종 8년1477년에 유자광은 다시 도총관으로 임명되었으나, 대간의 논핵이 끊이지 않았다. 이듬해 유자광은 조정을 문란하게 했다는 죄목으로 가산이 몰수되고 공신의 훈적勳籍이 삭탈되었다가 성종 12년1481년에 훈적을 다시 찾았다. 그 뒤 몇 차례 사신으로 중국에 다녀왔으며, 성종 22년1491년에는 황해도 관찰사가 되었다.

언젠가 유자광은 처가가 있는 함양군으로 놀러 갔다가 시를 지어 현판하게 한 일이 있었다. 그 뒤 함양군수로 부임한 김종직金宗直은 "자광이 어떤 작자인데 감히 현판을 한단 말이냐."라고 하며, 그 현판을 떼어 불사르게 했다. 이때부터 유자광은 김종직에게 원한을 품게 되었다고 한다. 하지만 김종직이 성종의 총애를 받자, 유자광은 도리어 교분을 청해서, 김종직이 죽은 뒤에는 만사를 지어 곡을 했다. 만사에서는 심지어 김종직을 왕통王通이나 한유韓愈에 비교하기까지 했다. 하지만 연산군 때 무오사화가 일어나 김종직은 부관참시되고 그의 〈환취정기環翠亭記〉도 철거되었는데, 이것은 유자광이 함양 현판의 원한을 보복한 것이라 전한다.

성종은 유자광이 정치를 어지럽게 할 부류인 것을 알고, 훈봉勳封은 해주어도 정치적 권한은 주지 않았다. 유자광은 불만을 품고 있던 차에, 이극돈李克墩 형제가 조정에서 권세를 잡자 그들에게 아부했다. 김종직은 이미 죽은 뒤였으나 성종은 김종직 일파를 비롯한 영남 유림들을 대거 기용했다. 김종직에게 수업한 김일손은 헌납으로 있으면서, 이극돈과 성준이 장차 우이牛李처럼 당파를 이루려 한다고 상소했다. 우이란, 당나라 문종 때 우승유牛僧孺와 이종민李宗閔이 당을 결성하여 이길보李吉甫·이덕유李德裕 부자와 대립한 것을 말한다. 연산군 4년1498년에《성종실록》을 편찬하는 사국史局을 열게 되자, 이극돈은 당상관으로 있으면서 김일손의 사초를 보았는데, 그 글에 자신의 허물이 실려 있는 것을 알고 원한을 갚으려고 생각했다.

이때 유자광은 김일손이 사초에 김종직의 〈조의제문弔義帝文〉을 실은 것을 기화로 삼아, 이는 세조가 왕위를 빼앗은 일을 비유한 것이라고 연산군을 충동질하여 마침내 사화를 일으켰다. 무오년에 사초 때문에 일어난 화라고 하여 이 사화를 무오사화라 한다.

〈조의제문〉이란, 초한전쟁 때 항우가 초나라의 어린 왕 의제를 죽이고 왕이 된 사실을 두고 의제를 조문하는 내용으로 글을 작성한 것이다. 조선시대에는 문신들에게 중국 역사의 사실을 두고 글을 작성하도록 해서 의리義理를 밝히고 문장을 연마하게 하는 일이 많았다. 김종직이 이 글을 지은 것도 그러한 풍토에서 나온 것이다. 다만 그 글이 세조가 단종을 죽이고 즉위한 사실을 은근히 비판한 것인지는 분명하지 않다. 단, 김종직은 이 글을 밀성밀양으로부터 경산京山으로 향하던 중 답계역에서 잠잘 때 초회왕 손심孫心을 자칭하는 신인神人을 만나본 후 지었다고 했다. 여행자가 전란 등으로 황폐하게 된 지역에 가서 원혼을 만나게 되고, 진혼을 하게 되는 구조를 취한 것이다. 아마도 고려 때부터 각 지방에 산재하던 진혼굿이나 풍토기의 양식에 깊은 관심을 가지고 이런 양식의 글을 지은 것 같다.

어쨌든 무오사화로 유자광은 종1품 숭록대부가 되었다. 그 뒤 대간들의 여러 차례에 걸친 탄핵으로 한때 파직되기도 했으나 유자광은 늘 권력의 정점에 있었다. 연산군 10년1504년에 갑자사화가 일어났을 때는 평소 절친하던 임사홍과 결탁하여 사림을 억압했다.

　중종반정이 일어나자, 유자광은 전부터 인연이 있던 성희안·박원종·유순정과 손잡고 반정에 참여하여 정국공신 1등에 무령부원군으로 봉해졌다. 다음해 유자광은 삼사三司를 공격하는 상소를 올렸으나, 삼사는 유자광이 임사홍과 결탁해서 갑자사화를 일으키고도 교활하게 중종반정에 가담하여 공신이 되었다고 비판했다. 이 일로 유자광은 훈작이 취소되고 아들들과 함께 유배형을 받았다. 처음에는 흥양에 부처되었다가 다시 해평에 유배되었고, 또다시 경상도 변두리로 이배되어 그곳에서 죽었다. 묘소는 남원에 있다.

　남곤은 〈유자광전〉을 지어, 유자광이 김종직 일파에게 저지른 악행을 낱낱이 고발했다. 기이하게도 이 글은 훗날 남곤이 스스로의 죄악을 폭로한 격이 되었다.

　《해동잡록》은 유자광의 사실을 상세히 기록해 두었는데, 중종반정 때 박원종 등은 경험 많고 꾀가 많은 유자광의 도움을 받기로 하되, 만약 꾸물거리면 때려 죽이려고 생각했다고 한다. 유자광이 그들의 말을 듣고는 즉시 군복을 입고 기름 바른 종이를 싸가지고 가서 진중에 이르러 여러 장수들을 파견하면서 그 종이를 찢어 신표를 만들었다. 그래서 사람들이 그 지혜에 탄복했다. 공훈을 책정하던 날 유자광은 박원종 등에게 "저는 이미 지난 조정에 공훈이 기록되었으니 오늘의 공은 자식 방昉에게 물려주시오."라고 간청했다. 박원종 등이 이를 허락했다. 하지만 공훈 기록을 마감할 때 할 수 없이 유자광의 이름도 기록했다. 이렇게 해서 유자광 부자의 이름이 모두 들어가게 되었다. 사람들은 "박원종 등이 유자광의 꾀에 넘어갔다."라고 했다고 한다.

　《동각잡기》와《사재척언》에 따르면, 유자광이 패망할 때 누군가가 그의 부채에 패망을 예견한 글귀를 몰래 써두었다고 한다. 하루는 유자광이 조정으로 나아가 소매 속에서 부채를 끄집어내고는 갑자기 얼굴빛이 변하며, "이상하다, 이 부채가!"라고 하고, 좌우 사람들에게 부채에 적힌 글을 보였다. 거기에는 위망입지危亡

214

立至·위협이 곧 온다라는 네 글자가 쓰여 있었다. 유자광은 두세 번 손가락을 치면서, "내가 대궐로 올 때 상자에서 처음 꺼내어 지니고 왔는데 누가 이것을 썼을까?"라고 탄식하니, 듣는 사람이 모두 이상하게 생각했다. 이때 갑자기 서리가 와서 고하기를, "대간에서 글을 올려 죄를 청했다."라고 했다. 얼마 안 되어 대간의 청이 윤허를 받아 유자광은 관동으로 귀양 가서 죽고, 아들 진參과 방房도 모두 북도로 귀양 가서 죽었다고 한다.

또 이자李耔의 《음애일기》에 따르면 유자광은 죽기 전에 두 눈이 모두 멀어 두어 해나 고통을 겪었다고 한다. 그가 죽자 조정에서 그의 자손에게 시신을 거두어 장사지내라고 허락했으나, 진參은 여색에 빠져 끝내 가 보지도 않았고, 방房도 병을 핑계대고 손님들과 술을 마시기만 했다. 그 뒤 집안이 모조리 망해 버렸다는 것이다.

하지만 《어우야담》에는 이런 일화가 있다.

유자광이 죽은 뒤 부관참시를 면치 못할 줄 미리 알고 자기와 모습이 같은 자를 구해다가 종을 삼아 길렀는데, 그 사람이 죽자 대부의 예로 장사지내고 관곽과 석물을 구비하지 않은 것이 없었다. 자기가 죽게 되자 처자식들에게 이르기를, "내 묘는 평장하고 봉분을 하지 말며, 만일 조정에서 사람을 보내서 내 무덤을 묻거든 죽은 종 아무개의 무덤을 가리켜 주라."라고 했다. 그 뒤 조정의 의논이 유자광은 죄로 보아 마땅히 부관참시해야 한다고 했다. 의금부에서 벼슬아치를 보내 물으니, 집사람이 거짓으로 종의 무덤을 가리켜 주자 그 무덤을 파 시체를 베되 의심하지 않았으므로, 평토한 묘는 탈이 없었다.

중종 8년1513년, 좌의정 정광필鄭光弼이, "충후의 풍기는 국가의 원기입니다. 유자광이 익대한 공적은 고금에 달리 없으므로, 그 죄 때문에 훈적을 삭제해서는 안 됩니다."라고 하자, 중종은 대신들에게 의론해서 다시 훈적에 이름을 기록하라고 했다. 그러자 대간과 시종들이 교대로 유자광의 죄를 논했다. "유자광이 서얼로서 시국에 일이 많음을 틈타 간특한 꾀를 써서 음험한 모략으로 일을 꾸미기를 좋아하고 착한 사람들을 해치다가 중흥한 때에 다시 훈신의 반열에 참예하고, 또 기울어뜨리고 위태롭게 하는 습성으로 조정을 어지럽히다가 바닷가로 내쫓겼습니다. 죽기 전에 두 눈이 모두 멀고, 죽어서 장사를 지낼 때에 진燊은 달려가지 않았고 방房도 장례에 가지 않다가 스스로 멸망했습니다. 또 진은 늙은 어미를 내쫓고 아우 방을 협박하여 죽게 했으니 밝고 밝은 하늘을 어찌 속일 수 있겠습니까?" 그들은 여러 달 동안 대궐 문 밖에 엎드려 아뢰어서 비로소 윤허를 받았다.

《음애일기》에 〈계유년에 홍문관에서 유자광의 익대 훈록을 도로 삭제하기를 청하는 소癸酉弘文館請還削柳子光翊戴勳錄疏〉가 실려 있다. 교리 신申 아무개가 지었다고도 한다.

유자광이 죽을 때에 두 눈이 모두 멀었고 죽은 뒤에는 여러 아들끼리 서로 죽여서 문호를 멸망시켰으니, 이는 천리가 아님이 없으며, 하늘이 옳지 못한 자에게 보답한 것입니다. 그렇거늘 전하께서는 반드시 하늘을 어기고 이치를 거슬려 정직하지 않은 은혜를 베푸시려 하심은 무엇 때문입니까? 신 등이 삼가 옛 역사를 보건대, 나라를 그르친 역적이 없던 시대가 없으나 임금이 그 악함을 아는 이가 적고, 간혹 아는 이가 있다 하더라도 또한 배척해 내보내는 데 지나지 않았고 배척한 뒤에는 오히려 사랑하고 능히 잊지 못하는 것이 있어, 비록 딴 세상에 있어도 자기도 모르게 분통해 할 것입니다. 하물며 유자광은 눈이 멀어 보지 못했으나 이제 그 남은 화도 아직 다 끊어 없애지 못했는데, 전하께서 이미 그 악함을 아시면서도 어찌 살펴 처리하지 않으시고 갑자기 이미 삭제한 공을 추록追錄하려 하십니까? 신 등은 뒷사람들이 지금의 처사를 분해하는 것이 역시 지금 사람들이 옛 처사를 분히 여기는 것과 같을 것을 두려워합니다.

백족지충百足之蟲은 지사불강至死不僵이란 말이 있다. 백족은 노래기 또는 지네를 가리키는데, 노래기나 지네는 모두 발이 많기 때문에 그렇게 부른다. 노래기나 지네는 발이 많아서 죽어도 엎어지지 않는다고 하여 '다리 100개의 벌레는 죽더라도 풀썩 엎어지지 않는다.'라고 한 것이다. 본래 위나라 조경曹冏의 《육대론六代論》에서는 권력을 떠받들어 주는 사람이 많은 것을 두고 이 말을 했지만, 중종 초에 대간이 유자광을 극형에 처할 것을 청하면서 유자광이 소인배들과 어울려 큰 세력을 이룬 것을 두고 이 말을 했다. 도를 얻은 자는 도와주는 이가 많다고 한 맹자의 말과는 달리, 유자광은 이익 때문에 일시적으로 패거리를 지어 큰 세력을 이룬 데 불과했기에 비참한 결말을 본 것이다.

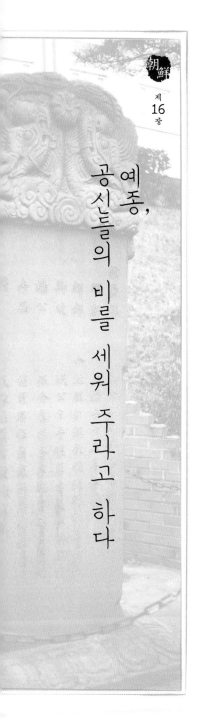

예종은 즉위 원년인 1469년 5월 20일_{계묘}에 경회루에 나아가서 익대공신들에게 교서를 내리고, 이어서 술을 내려 주었다. 그리고 내전에 돌아와 환관 전균으로 하여금 궁온을 가지고 가서 이들에게 베풀게 했다. 또 잘산군_{이후의 성종}에게 명하여 이화주梨花酒 한 단지를 가지고 가서 내려 주게 했다.

익대공신이란 1468년 남이의 옥사를 다스리는 데 공을 세운 사람에게 내린 칭호 또는 그 칭호를 받은 사람을 말한다. 앞서 본 유자광이 당연히 일등 공신이다.

• 1등 수충보사 병기정난 익대공신(輸忠保社炳幾定難翊戴功臣) : 유자광·신숙주·한명회·신운·한계순 등 5명
• 2등 수충보사정난 익대공신(輸忠保社定難翊戴功臣) : 밀성군 침琛·덕원군 서曙·영순군 보溥·구성군 준浚·심회·박원형·이복·이극증·정현조·박지번 등 10명
• 3등 추충정난 익대공신(推忠定難翊戴功臣) : 정인지·정창손·조석문·한백륜·노사신·박중선·홍응·강곤·조득림·신승선·권감·어세겸·윤계겸·정효상·권찬·조익정·안중경·서경생·김효강·이존명·유한·한계희 등 22명

처음 공신에 책록된 사람은 37명이었으나, 이듬해 윤흠·강희맹·이존이 추록되어 모두 40명이 되었다. 이들에게는 좌익공신의 예에 따라 포상하도록 했다. 좌익공신이란 1455년 세조 즉위년에 공을 세워 공신첩에 이름이 오른 사람들을 말한다.

한편 익대공신에게 하사한 물품의 내역은 어마어마

했다. 수충보사 병기정난 익대공신 자헌대부 무령군 유자광에게 하교한 내용을
보면 이렇다.

우리 부자가 서로 계승함을 생각건대, 오직 경의 형제를 이에 의지했으니, 막대한 공
을 갚고자 하는데, 어찌 비상한 은전을 거행하지 않겠는가? 이에 경을 익대 1등 공
신으로 책훈하여, 각을 세워 형상을 그리고, 비를 세워 공을 기록하며, 그 부모와 처
자에게 벼슬을 주되, 3계급을 뛰어 올리게 했으며, 적자와 장자는 세습하여 그 녹을
잃지 않게 하고, 자손들은 정안政案에 기록하여, '익대 1등 공신 유자광의 후손'이라
하여, 비록 죄를 범하는 일이 있을지라도 유사宥赦가 영세에 미치게 한다. 이어서 반
인伴人 10인, 노비 13구, 구사丘史 7명, 전지 150결, 은 50냥, 표리 1투表, 내구마 1필을
하사하고, 별도로 노비 7구와 전지 50결과 표리 1투를 주니, 이르거든 영수하라. 아
아! 일월과 성신이 밝게 펴져 있으니, 감히 성한 공훈을 잊겠는가? 산하대려山河帶礪처
럼 면면히 길이 함께 후손을 보전할지어다.

　　산하대려라는 말은 한나라 고조高祖가 공신들에게 각 나라를 봉封해 주면서
맹세하기를, "황하가 띠 같이 가늘어지고 태산이 숫돌 같이 작아지도록 그대들
의 나라가 영구하게 존속하게 하고 그것이 후손들에게 미치도록 하리라."라고
했던 말에서 나왔다. 여산대하礪山帶河라고도 한다.
　　역시 일등공신으로서, 예조판서로 있던 신숙주에게 하교한 내용은 이렇다.

경이 선왕을 좌우에서 돕고, 두 차례의 큰 난을 평정했고, 또 나와 같이 어린 사람을
도와 지금의 휴상休祥을 보전하게 하여 그 공적을 이루었으니, 우리 왕실에 있어서 만
세토록 길이 믿고 의지하리로다. 이에 경을 익대 1등 공신으로 책훈하여, 각을 세워
형상을 그리고, 비를 세워 공적을 기록했으며, 그 부모와 처자에게 벼슬을 주되, 3계
급을 뛰어 올리게 했으며, 적자와 장자는 세습하여 그 녹을 잃지 않게 하며, 자손들
은 정안政案에 기록하여, '익대 1등 공신 신숙주의 후손'이라 하여, 비록 죄를 범하는

일이 있을지라도 유사宥赦가 영세에 미치게 한다. 이어서 반인伴人 10인, 노비 13구, 구사丘史 7명, 전지 150결, 은 50냥, 표리 1투, 내구마 1필을 하사하니, 이르거든 영수하라. 아아! 하늘을 버티고 해를 꿰뚫는 충성은 이미 평탄하거나 험난하거나 변함이 없었으니, 여산대하礪山帶河의 맹세를 마땅히 시종 더욱 굳건히 할지로다.

또한 일등공신으로 녹훈된 한명회에게는 이렇게 하교했다.

경이 초위椒闈의 친척과 무릉茂陵의 고구故舊로서 변을 듣고는 통탄함이 지극하여 골수에 맺혔고, 의를 떨쳐 간절한 정성으로 몸뚱이를 던졌도다. 조용히 능히 국가의 계획을 협찬함으로써 분개하는 적을 대적했고, 좌우에서 더욱 조호調護를 잘하여 족히 나의 간난艱難을 막았다. 이미 일보다 앞서서 적을 평정하니, 아침이 다하지 못하는 사이에 편안케 구제했다. 옛날 보형保衡과 탕 임금이 덕을 한가지로 했고, 과연 유씨劉氏는 주발周勃을 기필하여 이에 편안하여졌는데, 어찌 거듭 명하는 은전을 반포하여 대대로 돈독한 의義를 보답하지 않겠는가? 이에 경을 익대 1등 공신으로 책훈하여, 각을 세워 형상을 그리고 비를 세워 공을 기록하며, 그 부모와 처자에게 벼슬을 주되 3계급을 뛰어 올리고, 적자와 장자는 세습하여 그 녹을 잃지 않게 하며, 자손들은 정안政案에 기록하여 이르기를, '익대 1등 공신 한명회의 후손'이라 하여, 비록 죄를 범하는 일이 있을지라도 유사宥赦가 영세에 미치게 한다. 이어서 반인伴人 10인, 노비 13구, 구사丘史 7명, 전지 150결, 은 50냥, 표리 1투, 내구마 1필을 하사하니, 이르거든 영수하라. 아아! 금석의 굳기가 한결같음을 생각하여, 길이 나라와 더불어 아름다운 상서를 함께 누리고, 철권鐵券을 세 차례나 내려 준 일을 생각하여 자신을 현명하게 보전하여서 아름다움을 오로지하라.

이 교서에서 공통된 포상으로 언급된 것 가운데 각을 세워 형상을 그리고 비를 세워 공을 기록하라는 내용이 있다. 각을 세워 형상을 그리는 것은 한나라 선제가 미앙궁의 기린각에 곽광·장안세·한증 등 중흥 공신 11인의 초상을 그 안에 그려 두었던 일을 본뜬 것이다.

그런데 비를 세워 공을 기록한 것은 세종대왕이 개국·좌명·정사공신의 이름을 태종의 신도비 뒷면에 적어 세워 준 고사에 근거한다. 당시 윤회尹淮는 〈정사공신비음기定社功臣碑陰記〉를 작성했다. 이 글은 하륜의 문집인 《호정집》의 부록에 들어 있다.

전하세종께서 개국·좌명·정사공신의 성명을 순서대로 정리해서 비음빗돌의 뒷면에 나란히 늘어놓으라고 명하셨다. 삼가 생각하건대, 옛날부터 왕 노릇 하시는 분이 일어날 때에는 반드시 세상에 이름난 신하가 시기에 부응해서 나와 대업을 보필해 이루었으므로, 이에 공종功宗·공적이 높은 사람을 기록하고 이정彝鼎·제기의 솥에 명문을 새기는 은전이 있었으니, 그럼으로써 불후의 업적을 보이고 유구한 미래에 전하기 위한 것이었다. 우리 왕조는 임신년1392년에 개창한 것과 무인년1398년 제1차 왕자의 난과 경진년1400년 제2차 왕자의 난에 적을 물리치고 난리를 평정한 것은 실로 하늘이 태종에게 천명을 열어 보여, 억만년토록 무궁한 복조福祚의 기틀을 조선에 마련해 준 것이다. 그러나 역시 장수와 재상이 자기 몸을 잊고 군주에게 목숨을 맡겨, 군주를 도와 업적을 이루게 하고 정치를 보필해서 힘을 많이 보탠 것이니, 곧은 돌에 명을 새겨 영세토록 보여 주는 것이 마땅하다. 뒷날 이를 보는 사람들은 우리 전하께서 공신들의 광렬光烈을 높이고 드러내며 원훈元勳을 포상하고 장려하는 지극한 뜻을 잘 알기 바란다.

조선 시대에는 조정에서 땅 위에 사대부들의 공신비를 세워 주지 않았다. 개국공신들에게 내린 녹권錄券 가운데 현전하는 몇몇 예들을 보면, 비를 세워주라는 왕명이 있으나 실제로 비를 세워준 것 같지는 않다. 그렇기 때문에 세종 때 선왕을 위한 신도비의 뒷면에 공신의 명단을 새겨준 것은 상당히 이례적이다.

심지어 조선 초에는 사대부들의 신도비를 세우는 일도 관습화되지 않았다. 성현은 《용재총화》에서, 우리나라는 풍습이 중국과 달라서 사대부들이 신도비를 세우지 않는다고 했다.

우리나라에는 일을 좋아하는 사람이 적어서 재상이 죽어도 비갈碑碣을 쓰는 일이 적고, 다만 큰 절의 옛터에 비갈이 많이 남아 있다. 지금 영남의 여러 절에 최고운崔致遠이 찬한 것이 있고, 원주 자복사資福寺의 비는 왕 태조王建가 짓고, 당태종의 글씨를 모아서 쓴 것이니 역시 하나의 특이한 보물이다. 현화사玄化寺 비는 현종顯宗이 친히 전액篆額을 쓰고 주저周佇가 글을 지어 채충순蔡忠順이 글씨를 썼다. 영통사靈通寺 비는 김부식이 짓고 오언후吳彦侯가 썼다. 모두 기이하고 고풍스러우나 글자체는 다르다. 보현원普賢院 뜰에 반이 부러진 비가 있는데, 사어辭語가 호쾌하고 씩씩하며 글자체가 굳세다. 원나라의 위소危素가 글을 짓고 우집虞集이 쓴 것이어서 참으로 세상에 드문 보물이다. 그러나 사람들이 보호하여 아끼지 않아 지금은 이미 깨지고 부서져서 남은 것이 없다. 정릉비正陵碑는 목은李穡이 지은 글을 유항柳巷(한수韓脩)이 쓴 것인데, 또한 극도로 정묘하다. 우리 조정에 들어와서 원각사圓覺寺 비는 김괴애金乖崖(김수온金守溫)가 지은 글을 나의 큰 형님成任이 쓴 것인데, 그 필법이 자앙子昂(원나라 조맹부趙孟頫)과 더불어 비등하다. 안평대군 용瑢이 쓴 영릉비英陵碑라도 이보다는 나을 수 없으니, 후세에 보물로 삼는 사람이 반드시 많을 것이다.

고려시대에 지상에 세운 묘비는 대부분 승려들의 비였다. 그러다가 고려 말기에 이색이 쓴 이성계의 부친 이자춘의 신도비, 〈김순부 부모 묘표金純夫 父母 墓表〉와 정도전이 쓴 정운경鄭云敬의 〈염의지묘廉義之墓〉가 지상에 세워졌다. 지하에 묻는 묘지와 광지는 묘주墓主가 다양해서 승려, 사대부, 여성, 요절한 아이의 것 등이 있다.

고려 전기와 중기에는 사대부 관원의 신도비를 지상에 세우지 않았다. 그러다가 앞서 보았듯이, 고려 말기인 1387년禑王 13년에 이색이 이성계의 부탁으로 〈이자춘신도비〉를 지었다. 제액은 〈고려국 증 순성경절동덕보조 익찬공신 벽상삼한삼중대광 문하시중 판전리사사 완산부원군 삭방도만호 겸 병마사 영록대부 판장작감사 이공 신도비명高麗國贈純誠勁節同德輔祚翊贊功臣 壁上三韓三重大匡 門下侍中判典理司事完山府院君 朔方道萬戶兼兵馬使 榮祿大夫判將作監事李公神道碑銘〉으로, 자못 어마어마하다. 이 비는 이듬해 1388년에 지상에 세워졌다. 하지만 조선이 들어선 이후 권근과 정총이 함께 새로 신도비문을 지었는데, 이것은 함흥의 생가에 세워졌다.

사대부의 묘표는 고려 말기에 이르러 차츰 지상에 세워지기 시작했다. 이를 테면 이곡李穀의 문집인 《가정집稼亭集》을 보면 이달존李達尊의 묘표인 〈고려국 봉상 대부 전리총랑 보문각직제학 지제교 이군 묘표高麗國奉常大夫典理摠郎實文閣直提學知製教李君墓 表〉가 들어 있다. 또 이색은 〈이자춘신도비〉를 지은 것 이외에 〈김순부 부모 묘 표〉라는 글을 남겼다. 김순부는 본관이 문경으로 흡곡歙谷에 거처했으며, 이색과 함께 과거에 급제한 사이였다. 그는 과거에 급제한 뒤 육조의 관원이 되고 명나라 에 사신으로 갔다 왔으나 오랫동안 지방관으로 있었다. 관력의 사항은 자세하지 않다. 김순부는 92세로 작고한 부친과 87세로 작고한 모친을 합장하면서 그 묘표 를 이색에게 써달라고 했다. 이색은 당시 음택을 선정할 때 풍수지리설에 의거하 는 것에 대해 회의를 표시하면서도, 자식이 된 도리로 보면 그것도 완전히 부정할 수는 없다고 했다. 이색은 이 묘표에서 다음과 같이 논했다.

어버이의 장례를 모시는 일은 대단히 중요한 일이므로 구차하게 해서는 안 된다. 《예 기》에도 "반드시 정성스럽게 하고 반드시 신실하게 해야 한다."라고 이미 말한 바 있 다. 후세의 술수가가 주장하는 산수·일월 등의 설은 비록 성인의 법이 아니기는 하 지만, 자식으로서는 폐할 수가 없다. 내 몸의 길흉이나 자손의 화복에 대해서는 우 리 부모님이 가장 염려하실 바이므로, 100세대의 세월이 지난다 할지라도 잊지 않 을 것이다. 따라서 자식의 입장에서 부모의 마음을 체득하려는 사람은 음택을 가리 는 일을 실로 신중하고도 신중하게 해야 할 것이다.

이색은 《예기》 〈단궁·상〉에서 "사람이 죽고 사흘 만에 빈례殯禮를 할 적에 시신 과 함께 입관하는 물품들을 반드시 정성스럽고 신실하게 하여 뒷날 후회하는 일 이 없도록 해야 한다. 그리고 3개월이 지나 장사할 적에 관곽과 함께 배장陪葬하는 물품들을 반드시 정성스럽고 신실하게 하여 뒷날 후회하는 일이 없도록 해야 한 다."라고 한 말을 인용해서 유교식 장례절차에 따를 것을 주장했다. 하지만 풍수지리가의 음택 이론도 무시할 수가 없다고 하여, 절충적인 관점을 제시했다.

여말선초에 활동한 정도전의 경우, 현전하는 문집 《삼봉집》에는 그가 제작한 묘도문자가 단 1편밖에 수록되어 있지 않다. 즉, 정도전이 자신의 부친 정운경을 위해 제작한 묘표인 〈염의지묘〉가 그것이다. 이 묘표는 고려·조선의 묘도문자 가운데서도 유례를 다시 찾아보기 힘든 사시私諡의 묘표다. 사시란 조정에서 망자의 공적을 평가해서 사후에 내리는 시호가 아니라, 문인이나 지우들이 망자를 위해 붙인 시호를 가리킨다.

정도전의 〈염의지묘〉를 보면 이러하다.

원나라 지정至正 26년(1366년, 공민왕 15년)에 고려 검교밀직제학檢校密直提學 정선생정운경이 영주榮州의 사제私第에서 졸하여, 그해 정월 을사(다른 기록에는 병오 정월 23일 을사라 했음)의 날에 영주의 치소治所에서 동쪽 10리 되는 곳에 장사지냈으니, 선영에 묻은 것이다.

친구 성산星山 송 밀직宋密直과 복주福州 권 검교權檢校가 이렇게 상의했다. "살아 있을 때는 자字를 가지고 그 덕德을 표하고, 몰하면 시諡를 가지고 그 절조節操를 드러내는 것은 옛날부터의 전통이다. 그러나 작위가 시호를 받을 만하지 않으면 붕우들이 시호를 내렸으니, 도연명(도잠陶潛)을 정절靖節이라 일컫고 서중거徐仲車(송나라 서적徐積)를 절효節孝라고 일컬은 것은 이 때문이다. 세상을 뜬 정선생은 일찌감치 현과顯科·과거에 급제하고 화려한 관직을 두루 거치면서 역량을 발휘했으니, 가히 달達했다고 할 만하다. 그렇거늘 집에는 재물의 여유가 없고, 아내와 자식들은 굶주림과 추위를 면하지 못하되, 선생은 담담하게 대처했으니, 정말로 청렴淸廉하도다! 붕우들 사이에 조금이라도 환난이 있으면 몸소 구휼의 책임을 감당하고, 의리에 부합하지 않으면 비록 공경대부의 권세가 있는 사람이라 해도 그 사람 보기를 아무것도 아닌 듯이 보았으니, 정말로 의義롭도다!"

이에 그의 묘에 제액題額하기를 염의선생廉義先生이라고 한다.

〈염의지묘〉에서 정도전은 아버지의 서거와 장례 사실, 장지 등을 적은 뒤, 아버지의 친구들이 아버지에게 사시를 올리자고 상의한 내용만을 길게 서술했다. 묘표로서는 매우 이례적이다.

조선 후기 성해응成海應의 〈난실담총蘭室譚叢〉에 따르면 고려·조선에서 사시를 올린 예는 많지 않았다. 고려 때 급제 오세자吳世才는 현정玄靜, 형부상서 정운경은 염의, 조선의 처사 김극일金克一은 효절孝節, 급제 성수종成守琮은 절효節孝, 처사 김익호金翼虎는 독성篤誠, 진사 김유金濡는 수효粹孝, 감역 이익李瀷은 홍도弘道라고 사시를 지인이나 문인들이 추증했다고 한다. 그러나 정운경을 제외한 다른 사람들에게서는 사시 추증 사실을 밝힌 묘도문자를 찾아볼 수 없다.

조선시대로 들어오면 사대부, 승려, 중인들의 묘비를 지상에 세우는 한편, 사대부 여성, 중인, 요절한 아이들의 묘지를 지하에 안치하게 되었다. 묘비와 묘지는 19세기에 들어서면 더욱 많이 제작되었다. 또한 매우 드물지만 노비나 내시로 죽은 사람의 묘표를 지상에 세운 예도 있다.

한편 임진왜란이 끝난 뒤에는 대첩을 거둔 사실을 기념하는 전승비와 대첩비, 의병을 일으켜 적과 싸운 사적을 기념하는 의사비 등을 지상에 세우게 되었다.

- 행주전승비(幸州戰勝碑) : 임진왜란 때 행주산성에서 왜군을 물리친 권율 장군의 승전을 기념하여 선조 35년1602년과 현종 11년1845년에 2차례 세웠다.
- 이순신명량대첩비(李舜臣鳴梁大捷碑) : 명량 해전에서 왜적을 물리친 이순신 장군의 승전을 기념하여 전라남도 해남군 문내면에 세웠다. 이민서李敏叙가 숙종 12년1686년에 지은 글을 숙종 14년1688년에 전라우도 수군절도사 박신주朴新冑가 건립했다.
- 이순신좌수영대첩비(李舜臣左水營大捷碑) : 광해군 7년1615년에 삼도수군 통제영이 있었던 여수에 이순신의 공훈을 기념하기 위하여 건립한 비이다. 비문은 이항복이 짓고 글씨는 김현성金玄成이 썼다.
- 연성대첩비(延城大捷碑) : 임진왜란 때 초토사 이정암李廷馣이 황해도 연안에서 승전했던 사실을 기록한 비로, 황해도 연백군 용봉면 횡정리에 있다. 1592년에

행주대첩비(구비)

한국학중앙연구원 사진 제공. 임진왜란 당시 행주대첩을 승리로 이끈 권율 장군의 공을 기념하기 위해 장군의 부하들이 선조 35년(1602년)
에 세운 것이다. 비문은 최립(崔岦·간이)이 짓고 한호(韓濩·석봉)가 글씨를 썼으며, 김상용(金尙容)이 전액(篆額·전서로 적은 비의 명칭)
을 썼다. 비의 뒷면은 장군의 사위인 이항복이 글을 짓고 김현성이 썼다. 충장사 앞에는 별도로 헌종 11년(1845년)에 세운 중건비가 있다.

이정암이 연안에서 왜적을 쳐부수며 선전했다는 사실과 1605년에 임금이 포상한 사실을 기록하고, 1608년에 연안 사람들이 의논해서 세웠다. 비문은 이항복李恒福이 짓고 정사호鄭賜湖가 글씨를 썼다.

- 김시민전성극적비(金時敏全城郤敵碑) : 진주성 싸움을 승리로 이끈 김시민 장군의 전공을 새긴 것으로, 현재 진주성 안에 비각을 마련하여 보존하고 있다. 왜란이 끝난 뒤 진주 백성들의 발원으로 세워졌으며, 성여신成汝信이 글을 지었다.

- 충신의사단비(忠臣義士壇碑) : 정조 17년1793년 경상북도 상주에 건립되었다. 1592년에 왜군과 싸우다 전사한 윤섬·이경류·박호 등 순변사 이일 휘하의 충신 3명과 김준신·김일 등 상주 출신 의병장 2명을 포함한 5명의 충절을 포상하기 위해 정조가 내린 단비壇碑이다.

- 십사의사묘정비(十四義士廟庭碑) : 고종 13년1876년 경상북도 청도군 이서면 학산리에 건립되었다. 비문은 이가환李家煥이 지었다. 임진왜란 때 박씨 집안에서 공을 세운 10명, 전사한 2명, 후에 공을 세운 2명을 기리기 위해 서원 앞에 건립된 비이다.

영조 때 이인좌의 난 이후에는 오명항吳命恒 등 공훈을 세운 인물들의 공적비를 세웠다.

한편 임진왜란이 끝난 직후 조선 조정은 명나라 장수로서 경략의 군직에 있었던 양호楊鎬의 공덕비를 서울에 세웠다. 이것을 〈양호거사비楊鎬去思碑〉라고 한다. 거사비는 흔히 전임 감사나 수령의 선정을 추모하여 백성들이 세운 비를 말하지만, 이 비는 명나라 장수의 공적을 추모하여 조선 조정에서 세운 것이다.

양호를 기리기 위해 비를 세운 것은 모두 4차례로, 선조 31년1598년, 광해군 2년1610년, 영조 40년1764년, 헌종 원년1835년에 각각 세웠다고 한다. 이의현李宜顯의 《도협총설陶峽叢說》에 따르면 이정귀가 〈양호거사비〉를 지었고, 별도로 이이첨도 〈찬양호공덕시讚楊鎬功德詩〉를 지었다. 이정귀와 이이첨의 비는 광해군 2년에 선무사宣武祠에 세운 것이다. 이정귀가 지은 비는 〈황명 도어사 양공호 거사비명 병서皇明都御史

양호거사비

임진왜란 때 조선을 지원하기 위해 들어왔던 명나라 장군 양호(楊鎬)의 공을 기리기 위해 세운 비로, 명지대학교 학생회관 뒷동산에 있다. 양호 거사비는 선조 31년(1598년) · 광해군 2년(1610년) · 영조 40년(1764년) · 헌종 1년(1835년)에 각각 세웠다고 한다. 그 중 헌종 때 만들어진 것은 서울 대신고등학교에서 발견되었다. 선조 31년에 세운 것으로 추정된다.

欽差經

　理朝

　鮮都

　御使

　楊公

　去思碑

흠차경

　리조

　선도

　어사

　양공

　거사비

楊公名鎬號蒼(嶼河南)人庚辰進士
萬曆二十伍年奉
命經理朝鮮秋倭賊蹂躪三道進逼京
　城公自平壤單車赴難督諸將擊却
　保全東國冬又親冒矢石催破賊鋒
　將圖再擧盡殲無何以流言回籍東
　民攀轅莫留墮淚立碑
　萬曆二十六年八月 日

양楊공은 이름이 호鎬이고 호는 창서蒼
嶼인데 하남인河南人이다. 경진년에 진사
가 되고, 만력萬曆 25년에
황제의 명을 받들어 조선을 경리했다.
가을에 왜적이 삼도를 유린하고 경성
으로 밀려오자, 공이 평양에서 단거
를 몰고 난리를 구하러 와서 여러 장
수를 격려하여 왜적을 물리쳐서 조선
을 보전케 했다. 겨울에 또다시 몸소
출전하여 왜적의 사기를 꺾었고, 장
차 다시 출정하여 적을 섬멸하려고
계획했다. 얼마 있다가 유언비어 때문
에 본적지로 되돌아가야 했다. 조선
백성들이 공이 조선에서 떠남을 막으
려 했으나 머무르게 할 길이 없으므
로 눈물을 흘리며 이 비를 세운다.
만력 26년 8월 일

楊公鎬去思碑銘幷序)로, 대작이다. 이이첨의 시도 대작인데, 압운하기 어려운 험운險韻을 썼다고 한다. 미국 버클리대학 아사미淺見문고에는 이정귀나 이이첨이 지은 것과는 별도의 비문 탁본이 두 종류 소장되어 있다. 이것은 선조 31년1598년 8월에 세운 비석을 탁본한 것이다.

양호는 명나라 진사 출신으로 여러 내외직을 거쳐 우첨도어사右僉都御史가 되었으며, 조선 선조 30년인 1597년에 조선의 군무를 경략經略하게 되었다. 그해의 정유재란 때 명나라 원군으로 출정했으나, 울산에서 퇴각하다가 병사 2만을 잃고도 거짓으로 승리했다고 보고했다. 그 사실이 발각되어 죽임을 당할 것을 조지고趙志皐가 구해 주어 파직되는 데 그쳤다. 《선조실록》에 보면 선조가 재위 31년1598년 7월 19일임인에 양호 경리의 신구伸救를 위해 여러 대신들과 논의한 사실이 나온다. 조선 조정은 양호를 구해 주기 위해 명나라 조정에 상주上奏했다.

양호는 이후 복권되어 1610년에는 요동을 진무했다. 1618년에 청나라 군사가 남하의 기세를 보이며 무순撫順을 함락시키자 병부우시랑으로 요동을 경략했다. 이듬해 초 47만의 대군을 4도로 나누어 출격했는데 대설 때문에 살이호薩爾滸의 전투에서 청군의 반격을 물리치지 못하고 4만 5,000명 이상의 군사와 막대한 장비를 잃고 대패했다. 그 죄로 하옥되어 1629년에 죽임을 당했다. 훗날 박지원이 이서구 대신에 양호의 제문을 지은 것이 전한다.

조선시대 서울의 남문南大門 안 서쪽에는 선무사가 있었다. 조선 조정은 이곳에서 명나라의 병부상서 형개邢玠와 함께 양호를 제향했다. 선조 31년1598년에 이를 창건하고 '번병의 나라를 다시 살렸다再造藩邦'라고 어필御筆로 써서 걸었다. 광해군 2년1610년에 양호의 화상을 봉안했으며, 이정귀가 거사비의 비문을 지었다. 숙종 30년1704년에 명을 내려 주독主櫝을 만들어서 위판을 봉안하도록 했다. 영조 36년1760년에는 사당 뜰 동쪽에 방을 한 칸 들이도록 하고 명나라의 정동진征東陣 관군官軍을 제향하도록 했다고 한다.

조선시대에는 지방 수령을 위한 영세불망비永世不忘碑가 곳곳에 세워졌다. 영세불망비를 거사비라고도 한다. 하지만 국가에 공로가 있는 공신들을 위해 조정에서 공신비를 세워준 예는 아직 발견하지 못했다. 숙종 8년1682년에 공신비를 세우려는 시도가 있었으나, 민정중閔鼎重은 소차疏箚를 올려 기근이 심하므로 공신비 세우는 일을 정지하라고 요청했다.

예종은 1469년 5월에 익대공신들에게 내린 교서에서 공신비를 세워주라고 했다. 하지만 그것은, 마치 태조 때의 공신녹권이 그러했듯이 수사적이고 상투적인 표현이었을 가능성이 높다. 익대공신들에게 내린 공신비는 발견된 것이 없다.

예종,
호랑이를 쏘아 바친 적성현 정병에게
동옷 한 벌을 내리다

《예종실록》을 보면 예종은 즉위년1468년 12월 8일갑오에, 적성현積城縣의 정병正兵 원순元淳이 호랑이를 쏘아서 바치자 술을 먹이게 하고 유의襦衣 1령領을 내려 주었다. 유의는 곧 동옷이라고도 한다.

이듬해 예종 원년1469년 4월 16일기사에는 호랑이가 청량동에서 사람을 해쳤으므로, 신종군 이효백에게 명하여 착호갑사捉虎甲士 및 겸사복兼司僕 등을 거느리고 양주·광주 등지에 가서 포획하게 했다.

호랑이가 입히는 피해를 호환虎患이라고 한다. 조선의 역대 왕들은 호환에 대처하기 위해 부심했다. 특히 조선 초기에는 호랑이를 잡기 위해 당번을 두었을 뿐 아니라 전문 군인인 착호갑사를 배정해 두었다.

세종 3년1421년 3월 14일병자에는 병조가 착호갑사를 20명으로 정하여 달라고 계청하여 상왕이 그대로 따랐다. 그때까지 병조는 범을 잡는 갑사로 20명을 정해 당번을 서게 했으나 이때 새로 착호갑사를 배정한 것이다.

세종 10년1428년에는 착호갑사가 이미 80명으로 늘어나 있었는데, 그 증원이 요구될 정도로 호환이 심했다. 그해 9월 1일경술에 병조는 착호갑사의 원액元額 80명에 10명을 더하여 1번番마다 30명씩으로 해달라고 청했는데, 세종은 그대로 따랐다. 그때까지 착호갑사는 병조가 선발했는데, 각 도 사람들 가운데서 자원자를 대상으로 하되, 재주와 능력을 시험하지는 않았다. 그런데 이듬해 2월 2일무인에 병조는, 본도의 병마도절제사가 호랑이와 표범이 많이 나오는 때에 자원하는 사람으로 하여금 잡게 하되, 창과 화살을 나누어 준 뒤 누가 먼저 잡았는지에 대한 것과 잡은 마릿수의 많고 적음을 보고하면, 병조에서 그에 따라 빨리 보고하여, 많이 포획한 자를 결원이 있을 때에 보궐 임명하도록 하게 해 달라고 했다. 세종은 그 건의를 받아들였다.

세종 21년1439년 윤2월 18일병신, 병조는 의정부에 충청도 청양현의 부사정 위충량과 그 협력자들이 강도를 잡은 공에 대해 포상할 것을 보고하면서, 협력자들은 착호인을 서용하는 예에 의하여 등급을 나누어 포상하자고 건의했다. 이에 대해 의정부는, 호랑이는 처처에 횡행하고 착호갑사는 자기 책임으로 여겨 포착하는 것이 어렵지 않아서 잡은 마릿수에 따라 등급을 나누어 상을 줄 수 있지만, 강도의 경우는 잡기가 어렵고 또 잔당이 보복하여 사람을 해치기까지 하므로, 도둑 잡은 자를 범 잡은 자의 예에 따라 입법하는 것은 불가하다고 반대했다. 의정부의 계달을 통해, 당시 호랑이가 처처에 횡행하고 있었음을 알 수 있다. 세종 27년1445년 11월 16일정해, 의정부는 병조의 정문에 의거해서 착호갑사의 정원을 줄일 것을 아뢰었다. 당시 착호갑사를 3번으로 나누고 매 번마다 80명씩 배정했다. 그러나 병조와 의정부는 착호갑사의 수를 이전처럼 40명으로 줄여달라고 청했다.

세종은 말년인 재위 32년1450년에 착호인의 포상에 관해 전교했다. 곧, 잡은 범이 다섯 마리라면 모두 선전先箭 · 선창先槍한 자는 1등을 삼아 승품陞品시키고, 선전 · 선창이 세 마리이고 이전二箭 · 이창二槍이 두 마리인 자는 2등을 삼아 초자超資하고, 선전 · 선창이 한두 마리이고 이전 · 이창이 서너 마리인 자는 3등을 삼아 가자加資한다고 했다.

성종 3년1472년 3월 20일병진에 이르러 병조는 범을 잡는 조건條件을 정하여 올렸다.

하나. 절도사로 하여금 군사나 향리, 그리고 역자驛子와 공 · 사천을 막론하고 자원하는 것을 들어주어 착호인을 뽑아 정하되, 주와 부는 50인, 군은 30인, 현은 20인으로 액수를 삼게 하고, 만약에 자원하는 사람이 없으면, 근력이 있고 용맹

한 사람을 택해서 정하고, 원액 가운데서 혹 사고가 있게 되면 자원하는 것을
들어주어 충원하게 하고, 만약에 범이 출현할 것 같으면 수령이 즉시 착호인을
징집해 이를 포획하게 하소서.

하나. 착호인이 군사이면, 잡은 범의 대·중·소와 선전창先箭槍·범을 잡을 때 가장 먼저 화살이나 창으
로 쏘아 잡은 자과 차전창次箭槍·두 번째로 화살이나 창으로 명중시킨 자을 분간해서, 절도사로 하여금
입안立案해 주어 당번當番의 계사計仕·출근 날짜를 계산함 때 녹용錄用하게 하고, 착호인이
향리와 천인이면《경국대전》에 의하여 시행하게 하소서.

하나. 지난 경오년세종 32년·1450년의 수교受敎에서 정한 예에 의하여 상직賞職을 주되, 다만 품
계를 올리는 것은 두 자급으로 고쳐 올리고, 자궁資窮인 자는 준직准職하여 서용하
게 하소서.

234

하나. 예에는 상직賞職에 해당하나 상으로 베를 받기를 원하는 자는 그 원하는 바에
따라 적당히 헤아려 제급題給(제사題辭를 매기어 줌)하게 하소서.

조선 후기에 심상규 등이 엮은 《만기요람》의 〈군정편〉을 보면 훈련도감 조항,
금위영 조항, 어영청 조항에, 숙종 25년1699년에 규례를 정한 착호분수捉虎分授의 내
용이 실려 있다.

- 훈련도감 착호분수 : 고양·파주·장단·송도·풍덕·교하·적성·마전·삭녕·가평·
  영평·연천
대호를 잡으면 군을 영솔한 장과 범을 잡은 장은 석새삼베三升布 4필·무명 4필·삼베
와 모시苧가 각 4필씩이며, 먼저 발사한 포수는 석새삼베와 모시가 각 2필씩이며, 두
번째나 세 번째로 발사한 포수는 모시 1필·삼베 2필이다. 중호中虎를 잡으면 군을 영
솔한 장과 범을 잡은 장은 모두 석새삼베 4필·무명과 삼베가 각 2필씩이며, 먼저 발
사한 포수는 석새 삼베·무명·삼베·모시가 각 1필씩이며, 두 번째로 발사한 포수는
먼저 발사한 자와 같은데 삼베만 없으며, 세 번째로 발사한 포수는 삼베·모시가 각
1필씩이다. 한 번 사냥에 세 마리를 잡은 자에게는 당해 장교가 상주하여 시상을 행
한다. ○ 군졸 가운데서 혹 개인으로 사냥하여 범을 잡은 자에게도 상품을 지급하
는데 대년군待年軍은 원군으로 승용陞用한다.

- 금위영 착호분수 : 양천·인천·남양·김포·시흥·부평·교동·강화·진위·통진·안
  산·양성·수원
아병牙兵에게는 대호나 중호에게 먼저 총을 쏜 자에게는 무명 3필·삼베 2필, 두 번째
와 세 번째로 쏜 자에게는 각각 무명 2필·삼베 2필, 작은 범을 첫 번째와 두 번째로
쏜 자에게는 각각 무명이 2필씩이다. 장교에게는 대·중·소의 범을 막론하고 각각 무
명 3필·소청포가 2필씩이다. 능침陵寢 근처에서나 또는 한 번 사냥에서 3마리를 잡은
자에게는 문서로 상주하여 시상을 청구하며, 개인으로서 사냥하다가 범을 잡아서

상납한 자에게는 원군은 무명과 삼베로 시상하며, 대년군은 원군으로 승진시킨다.

- 어영청 착호분수 : 광주·양근·지평·음죽·죽산·용인·과천·안성·포천·양주· 여주·전관살곶이·장내

아병牙兵은 대호나 중호에 대해 먼저 발사한 자는 무명 3필과 삼베 2필이며, 두 번째로 쏜 자와 세 번째로 쏜 자에게는 각각 무명 2필 삼베 2필씩이며, 작은 범에 대하여는 먼저 쏜 자와 두 번째 쏜 자에게는 각각 무명이 2필씩이다. 장교는 대·중·소의 호랑이를 물론하고 각각 무명 3필·소청포 2필이다. 능침 근처에서 한 번 사냥에서 3마리를 잡으면 보고서를 올려서 행상을 청구한다. ○ 개인이 사냥하여 잡아 바친 자에게는 원군은 무명과 삼베로 시상하며, 대년군은 원군으로 올린다.

《용재총화》에 보면, 고려 시중 강감찬이 한양 판관으로 있을 때 호랑이를 퇴치한 신이한 이야기가 있다.

한양부 경내에 호랑이가 많아 관리와 백성이 많이 물려 부윤이 걱정하자, 강감찬이 종이에 글을 써서 첩貼을 만들고는 아전에게, "내일 새벽에 북동에 가면 늙은 중이 바위 위에 앉아 있을 것이니, 네가 불러서 데리고 오너라."라고 시켰다. 아전이 가 보았더니 남루한 옷에다 흰 베로 만든 두건을 쓴 늙은 중 한 사람이 새벽 서리를 무릅쓰고 바위 위에 있다가 부첩府貼을 보고 아전을 따라와서 판관에 배알하고는 머리를 조아렸다. 강감찬이 중을 보고는 꾸짖기를, "너는 비록 금수이지만 또한 영靈이 있는 물건인데, 어찌 이와 같이 사람을 해치느냐. 너에게 5일간을 약속할 터이니, 무리를 인솔하여 다른 곳으로 옮겨라. 그렇게 하지 않으면 군센 화살로 모두 죽이겠다."라고 하니, 중은 머리를 조아리며 사죄했다. 이튿날 부윤이 이원吏員에게 동쪽 교외에 나가 살펴보라고 명했다. 이원이 가서 살펴보니 늙은 호랑이가 앞서고 작은 호랑이 수십 마리가 뒤를 따라 강을 건너갔다. 이로부터 한양부에는 호랑이에게 당하는 걱정이 없어졌다고 한다.

이 설화를 통해 고려 때부터 호랑이를 잡는 사람을 숭상했음을 알 수 있다.

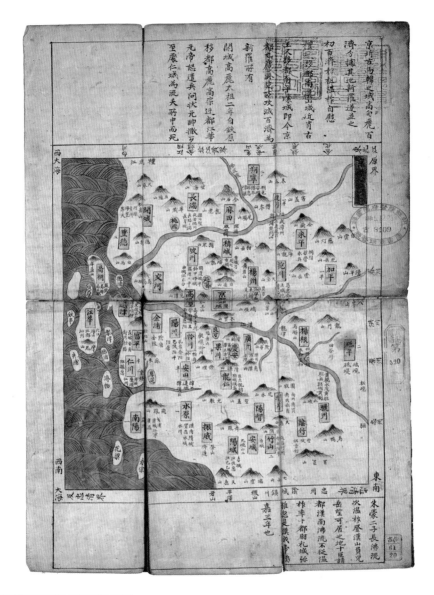

《팔도지도(八道地圖)》의 경기도 부분

17세기 채색지도, 국립중앙도서관 소상.

《팔도지도》는 모두 8폭으로, 각 폭의 상단과 하단에는 연혁을 약기(略記)하고, 그 뒷면에는 거리, 각 관부(官府)·전후중좌우방어영장(前後中左右防禦營將)·방어사(防禦使) 등을 기입했다. 각 지명에는 옛 이름이나 별명을 병기해 두었다. 경기도 부분에서 서울의 남산을 목멱산(木覓山)이 아니라 목매산(木貫山)으로 표기했다.

조선시대에도 호랑이 잡는 사람들의 이야기가 많이 전한다. 세조 때 계성군 이양생李陽生은 짚신을 만들어 먹고 살다가 장용대에 들어가 이시애를 정벌할 때 공을 세워 공신이 되었는데, 완력이 있어서 호랑이나 도적을 잡을 일이 있으면 조정에서 그를 불렀다고 한다.

《용재총화》에는 호랑이를 잘 잡는 한봉련韓奉連의 일화를 전하고 있다.

한봉련은 활을 잘 쏘아 세조의 지우를 입었다. 활쏘는 힘은 아주 약했으나 맹호를 보면 가까이 걸어가 힘껏 당겨 반드시 화살 한 대로 쏘아 죽였는데, 평생 죽인 수를 이루 헤아릴 수 없었다. 일찍이 궁궐에서 나례를 하는데 광대들이 호랑이 가죽을 쓰고 앞으로 달리자, 세조는 한봉련에게 호랑이를 쏘는 시늉을 하라고 명했다. 한봉련은 작은 활과 쑥대로 만든 화살을 가지고 뛰어 나오다가 발을 잘못 디뎌 계단에서 떨어지면서 팔이 부러지고 말았다. 영순군 이보李溥가 잔치할 때 조정의 문사들이 모두 참석했는데, 세조의 명으로 한봉련이 선온을 싸가지고 갔다. 좌중이 모두 "너는 천사賤士지만 어명으로 왔으니 천사天使다."라고 하면서 상좌에 앉혔다. 미인들이 온 사방에서 하늘을 찌르듯 노래를 부르는 통에, 한봉련은 부끄러워 말 한 마디 못한 채 고개를 숙이고 있었다. 사람들이 다투어 술을 권하자 나중에는 크게 취해 호상胡床에 걸터앉아 팔을 휘두르며 눈을 부릅뜨고 호랑이 쏘는 시늉을 하면서 큰 소리로 고함을 쳤다. 좌우의 사람들이 모두 우스워 넘어졌다고 한다. 무인을 깔보는 이야기이기는 하지만 한봉련의 불학무치不學無識가 정도를 넘어선 것은 사실이다.

김종직은 성종 7년1476년에 선산 부사로 있을 때 남림에서 호랑이 사냥을 나갔던 일을 시로 적었다. 〈10월 18일에 남림에서 범 사냥을 하는데, 범이 화살 셋을 맞아 화살 하나가 배를 뚫었다. 날이 저물자 사졸들로 하여금 둘러싸고 지키라했는데, 닭 울 녘에 범이 포위를 뚫고 도망했으므로 마침내 이 시를 지었다.十月十八日獵虎於南林虎中三箭而一箭洞其腹日暮令士卒圍守鷄鳴虎突圍而逸遂賦此〉라는 긴 제목의 시다.

탐탐하게 엿보는 남림의 범이, 고기를 찾느라 인가에 내려와

밤마다 멋대로 횡행하며, 대낮에도 숲속에 잔다 하기에

내가 듣고 팔을 걷고 일어나, 그 범을 꺾고자 하여

마침내 사졸들을 징집하니, 고각 소리가 푸른 뫼에 들끓네

석양이 숲 깊은 산을 비출 때, 백우전이 붉은 피를 쏟게 하여

깊은 밤 관솔불로 어둔 곳을 에워쌌건만, 하늘이 흉간을 살려 준 듯

계명 무렵에 간 곳 모르니, 돌아보매 첩첩 산이 걱정 되네

유학자로서 장수는 예로부터 드문 법, 하릴 없이 깃발 누이고 철수했다네

眈眈南林虎(탐탐남림호) 擇肉坊郭間(택육방곽간)

夜夜恣橫行(야야자횡행) 白日眠榛菅(백일면진관)

我聞投袂起(아문투몌기) 意欲摧其斑(의욕최기반)

遂徵爪牙士(수징조아사) 鼓角騰蒼巒(고각등창만)

返照射翠密(반조사취밀) 白羽驚朱殷(백우경주은)

更長火圍暗(경장화위암) 天若保凶姦(천약보흉간)

雞鳴失所在(계명실소재) 回首愁重山(회수수중산)

儒將古來少(유장고래소) 聊且偃旗還(요차언기환)

호환은 조선 후기에도 매우 심했다. 그래서 호랑이를 잡기 전에 성황단에 제사를 올리고, 호랑이에게 물려죽은 사람이 여귀가 되지 말라고 제사를 올렸다.

조선 후기의 문인 신광수申光洙는 〈성황엽호제문城隍獵虎祭文〉과 〈남호인제문噬虎人祭文〉을 지었다. 〈성황엽호제문〉은 지방의 관민이 맹호를 잡으러 나가기에 앞서 성황당에 제사지낼 때 읽은 제문이다. 그런데 신광수는 이 제문에서, 수령들이 민생을 위해 호랑이를 잡는다고 하면서 실제로는 백성들의 노동력과 재력을 고갈시켜 고통은 안겨 주고 있다는 사실을 지적했다.

하늘이 고을에 재앙을 내려, 맹호가 포학하게 굴어

날마다 지역 백성을 먹어, 피와 살점이 낭자하고

고아와 과부, 골목마다 곡소리가 끊이지 않으니

아아 저들이 무슨 죄가 있다고, 이러한 참혹한 독에 걸린단 말인가

태수가 이르자마자, 백성들이 선정을 볼 겨를도 없으니

위엄으로 맹호를 멀리 내쫓지 않고, 차마 그 악을 내버려 두랴

이에 우리 군교를 정돈하여, 들어와 백성의 힘과 재력을 사용해서

산속을 찾고 수풀을 헤쳐, 마치 큰 도적을 잡듯이 하니

그 호랑이를 보지 못하여, 그 해가 나날이 극심하여

본래 백성을 위한다지만, 백성들의 병은 이에 극에 이르렀네

삼가 생각건대 존귀한 신령이, 한 구역에 임하여 진무하기에

우리 지역민들이, 그 위엄과 복택을 우러르고 있으니

짐승이 사람을 먹으면, 신령도 역시 끝나리니

오늘의 일은, 한번 포획하는 것을 도와주오

엎드려 비나니 위엄스런 신령께서, 한 번 성내어 불끈하여서

산신령과 약속하여, 우리의 큰 사업을 도와주어

남은 용기를 고무시켜, 저 흰 이마의 짐승을 잡게 해서

백성들의 해악을 제거하여, 신령도 나라에 보답한다면

영구히 신령의 아름다운 덕에 힘입어, 이 먼 변방도 평안하게 되리라

　조선 후기에는 백성들에게 호표의 가죽을 감영에 납부하게 했다. 국왕의 의복이나 궁중의 재화를 관장하는 상방 즉 상의원에서 소용되는 물자라고 했지만, 호환을 막기 위한 목적에서 영납을 부과한 것이기도 했다. 하지만 일정 수의 호랑이 가죽을 납부하지 못하면 고을마다 포목을 대신 내어야 했으므로 그 폐단이 심했다.

　한편 신광수의 〈남호인제문〉은 호랑이에게 잡아먹힌 사람을 제사지내는 글이다. 호랑이에게 잡아먹힌 사람은 창귀로 된다는 말이 있어, 그들을 진혼하는

것도 매우 중요했다.

사람이 한 세상 지내면서, 가장 슬픈 것은 죽음이오

죽더라도 혹 단명하면, 역시 슬프다고 하리라만

제 명에 죽지 않는다면, 슬픔이 이것보다 심한 것이 있으랴

수풀이 우거진 남토에, 그렇게 슬픈 일이 많구나

혹은 밭 갈던 사람, 혹은 시골 선비

혹은 나무꾼에, 길 가던 나그네도 있네

어찌하여 살기殺機에 빠져, 한 수명을 다하나

산이 악한 짐승을 내어서, 사람을 먹기를 그치지 않아

궁륭 같은 숲과 인적 끊긴 협곡에, 잔학한 눈이 손가락처럼 떨어질 때

바위에는 피와 살점이 낭자하고, 가시나무에는 옷과 신발 걸렸네

육친이 소리쳐 울부짖기를, 산꼭대기와 물가에서 하는구나

아아 네가 무슨 죄가 있어서, 흉액에 걸리길 이런 지경에 이르렀나

바야흐로 봄이 되어 새 기운이 뻗칠 때, 온갖 사물들이 한꺼번에 일어나

하나의 기가 흩어지지 않거늘, 억울한 것은 오로지 너뿐이로구나

울창한 계산檜山이요, 유유한 금수錦水에

일백 창귀가 슬피 울며, 옛 마을에 방황하누나

때는 바로 백오百五의 날한식이니, 이에 귀신이 배불리 먹을지니

봉긋봉긋 늘어선 마렵봉무덤에, 조촐한 제수를 차리고 지전을 사르리니

저 혼백을 감춘 곳에서도, 이에 의지해 술과 음식을 받으시라

두둥실 떠다니길 너와 같이 하는 이는, 오로지 굶주렸을 것이다

무덤 사이에서 소리 죽이며 오열하여, 상상컨대 역시 정신을 지녔으리라

정초마다 제사를 올리라는 것은, 이미 조정의 명이 있었으니

땅을 지키길 아버지처럼 한다면, 무엇하러 애처로워만 하랴

이에 좋은 절기에, 술과 밥으로 재터에서 제사지내나니

부디 와서 마시고 잡수시고, 화를 일으키려 기도하지는 마소서

상향.

　여항문인인 홍세태洪世泰와 정내교鄭來僑, 남인 재상 채제공蔡濟恭도 〈착호행捉虎行〉
이라는 시를 남겼다. 박윤묵朴允默은 〈삼길산에서 호랑이 사냥을 할 때 고유하는
제문森吉山獵師時告由祭文〉을 남겼다.

　정약용도 〈호랑이 사냥 노래獵虎行〉를 지어, 지방관이 호랑이를 잡는다고 사령
과 군노를 재촉하자 온 마을이 그들을 대접하느라 법석이고, 오히려 마을의 이
정과 전정이 호랑이를 잡아 그 가죽을 바쳐야 하는 현실을 고발했다.

오월 깊은 산 어두운 수풀 속에
호랑이가 새끼를 젖 먹이니
여우 토끼 다 잡아먹자 사람까지 해치려고
산속 동굴 벗어나 마을에 덮쳐 오니
나무꾼 길 끊어지고 김매기도 하지 못해
산골사람 대낮에도 방문 굳게 잠가 놓네
과부는 슬피 울며 칼 들고 자해하려 하고
장정은 분에 차서 활 메고 나서려 하네
사또님 이 말 듣고 측연히 여겼던지
사령과 군노에게 영을 내려 범 사냥 독촉하네
몰이꾼 나타나자 온 마을이 깜짝 놀라
장정들은 도망가고 늙은이만 붙들리네
사령과 군노 당도하니 그 기세 무지개 같고
요란하게 몽둥이질 빗발치듯 어지럽네
닭 삶고 돼지 잡고 사방이 야단법석
떡치기 술 마련에 온 마을이 분주하다

다투어 술을 찾아 코끼리 코같이 굽은 술통을 기울이고

군졸 모아 어지러이 계루고雞婁鼓 치듯 북을 치니

이정은 머리를 깨고 전정典正은 발길질

주먹 날고 걷어차매 붉은 피 토하누나

얼룩무늬 호피를 관아에 들이자 사또는 껄껄 웃네

한 푼도 안 들이고 장사 잘 하였다고

당초에 누가 호랑이 나왔다고 알렸던가

입 빨리 놀려대어 뭇사람 원성 듣네

호랑이 피해는 한두 사람뿐인 것을

어이하여 백 사람 천 사람이 이 고통을 받는 걸까

한나라 때 홍농태수가 선정을 베풀자 호랑이가 황하 건넌 일을 못 들었는가

춘추시대 태산 여자가 가혹한 정치가 호랑이보다 심하다 통곡한 일을 모르는가

선왕들도 사냥에는 때를 가려서

여름철 모내기 때는 강무를 아니 했다네

포악한 아전들이 밤중에 문 두드리는 것이 미워서

호랑이를 남겨 두어 곤욕을 막고자 하노라

성해응成海應은 〈원주열부原州烈婦〉를 지어, 호랑이에게 끌려가는 신랑을 구하기 위해 사투한 원주의 신부 이야기를 전해 주었다.

원주의 아무개 씨 집에서 새로 사위를 맞았는데, 첫날밤에 신부가 방에 들어가자 사위가 홀연 변소에 가고 싶어졌다. 신부가 요강을 밀어 주면서 밖에 나가지 않기를 바랐으나, 사위는 부끄러워 그 말을 듣지 않고 문을 열고 막 나가려는 참에, 호랑이가 그 옷고름을 물고는 갔다. 신부는 호랑이 꼬리를 잡고 놓아주지 않아, 호랑이가 달리면 신부도 달리고, 호랑이가 껑충 뛰면 신부도 껑충 뛰었다. 이렇게 하기를 40리쯤 하니, 호랑이도 힘이 다해서 사위를 놓아 주고 가버렸다. 신부는 멀리 촌가에 불빛이 있는 것을 보고는 신랑을 업고 가서, "사람 살려!"라

고 외쳤다. 그 집 사람이 나와서 보니, 상투는 흐트러지고 옷은 다 망가졌는데, 그가 새로 장가든 신랑임을 알아보았다. 급히 안채의 방 하나를 비우고 거기에 거처하게 했다. 신부는 신랑을 살리려고 만방으로 애를 써서, 마침내 신랑이 소생했다. 신랑은 정신이 안정된 후 천장을 올려다보고 물끄러미 보더니만, "이건 우리 집이네."라고 했다. 이에 온 집안이 기뻐하여, 자기 집 사람인 것을 비로소 알았다. 심부름꾼을 시켜서 신부집에 알려, 신부의 매운 행적이 마침내 드러나 소문이 나게 되었다. 마을 사람들이 의론하여 그 행실을 조정에 알리기로 의론했다.

성해응은 〈원주열부〉의 마지막에, "부인은 정말로 약하지만 그런데도 호랑이와 다투었으니, 정성이 지극하고 의지가 독실하지 않으면 어찌 이와 같을 수 있겠는가. 장부들은 깨우칠지어다."라는 경계의 말을 덧붙였다.

조선 후기에는 호랑이 효자 이야기, 효자열부가 호랑이를 감동시킨 이야기 등 소설적인 이야기도 많이 나왔다.

그런데 조선시대에는 호랑이는 산골 마을에만 나타난 것이 아니라 궁성에 들기도 했다. 이를테면 영조 30년1754년 5월 10일무자에 호랑이가 경덕궁에 들었다. 《영조실록》에 따르면 이날 호랑이가 경덕궁에 들자, 영조는 다음과 같이 말했다고 한다.

고려 공민왕 때 범이 궁성에 든 변고가 있었다. 역사가가 오늘의 사건을 기록한다면 "범이 관중에 들었으니, 이는 음이 점차 성할 조짐이다."라고 할 것이다. 송나라의 소옹邵雍은 낙양 천진교天津橋에서 두견새 소리를 듣고 변란이 있으리라 한숨 쉬고, 송나라 휘종 때 이강李綱은 변경에 큰물이 들자 국란이 있으리라 걱정했다. 옛사람이 이르길 "그 형상을 보기 전에 그 그림자를 살피소서."라고 했으니, 어찌 그림자를 살필 도리가 없겠는가!

이때는 사도세자가 대리청정하고 있었는데, 교리 남태회南泰會와 채제공은 동궁에 차자를 올려, 서연을 자주 열어 천심 곧 영조의 마음을 기쁘게 함으로써 재앙을 방지하라고 권했다. 다음날 영조는 병조판서 이창의李昌誼와 훈련대장 김성응金聖應 등을 인견하여 병비兵備의 소홀함을 염려했다.

호랑이가 궁 안에 든 일은 이미 고려시대에도 여러 번 있었다.《고려사》〈오행지五行志〉를 보면, 태조 원년 8월 무신에 범이 도성의 흑창원黑倉垣 내에 들어왔기에 쏘아 잡고서는 서筮를 뽑아 보니 "호랑이는 맹수라서 상서롭지 못하니, 이는 병란을 주장한다."라고 나왔다. 호랑이가 궁에 들어오는 것을 병란의 조짐으로 해석한 것이다. 공민왕 때에는 원년 정월 신미, 3월 임신, 14년 7월 신사, 9월 정묘, 19년 10월 임신에 호랑이가 궁에 들어온 것으로 기록되어 있다.

조선시대에도 호랑이가 궁에 들어온 일이 적지 않았을 것이다. 그런데 영조 30년에 호랑이가 궁에 들어온 일은, 다음 해에 발각된 나주괘서羅州掛書 사건의 주동자 윤지의 아들 윤광철이 일당을 규합하려고 크게 선전하여 전라도 지역에 널리 유포되었다. 이것은《천의소감闡義昭鑑》에 수록된 윤광철과 임국훈의 대질 내용에 잘 나타나 있다.

윤지는 술사 정수헌과 함께 1743년 무렵부터《정감록》을 근거로 거사의 시기를 논해오면서, 훈국중군, 북병사, 통제사, 훈련장교 등 무인을 포섭하였고, 아들 윤광철은 필묵계로 위장하여 향반·중인·농민들을 조직했다. 이 과정에서 윤광철은 별이 떨어진 일과 호랑이가 궁에 들어간 일을 근거로 나라에 난리가 날 것이라 선전하고 다녔다. 한글 소설《조웅전》에는 병란의 조짐으로 호랑이가 궁궐에 들어온 일을 모티브로 다루었다. 이것은 영조 30년에 호랑이가 경덕궁에 들어온 사실이 전라도 지방에 유포된 이후 그 사실을 소설의 모티브로 차용한 듯하다.

예종이 즉위년 12월 8일에 호랑이를 쏘아 바친 원순에게 동옷을 준 것은 조선시대에 호환을 퇴치하려고 했던 조정의 고민을 잘 반영하고 있다.

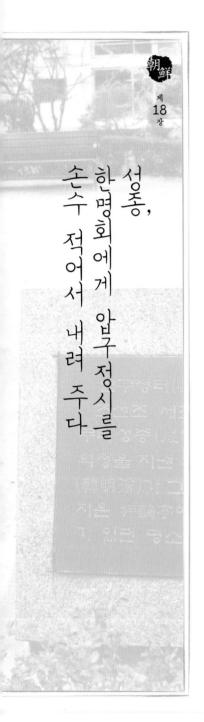

성종,
한명회에게 압구정시를
손수 적어서 내려 주다

서울의 성수대교를 남쪽으로 건너 위치한 압구정동은 본래 압구정이란 정자가 거기에 있어서 그런 이름을 갖게 되었다. 조선시대에는 두모포豆毛浦 남쪽 언덕에 해당하던 곳이다. 정자의 이름을 압구狎鷗라고 한 것은 세조 정권을 성립시킨 책사 한명회韓明澮·1415~1487년가 자연과 벗하면서 살겠다는 뜻에서 붙인 것이다. 압狎은 아주 가깝게 지낸다는 뜻이니, 압구란 물새와 아주 가깝게 지낸다는 말이다. 북송의 명재상 한기韓琦도 압구정이란 정자를 두었던 일이 있다. 한기는 벼슬이 겸 사도시중兼司徒侍中에 이르고 위국공魏國公에 봉해졌는데, 덕량과 문장, 정치와 공적에 있어서 송나라 제일의 정승으로 일컬어진다. 이렇게 볼 때 한명회는 스스로를 한기에게 견준 셈이다.

혹은 한명회가 두모포 남쪽 언덕에 정자를 짓고는, 중국 연경에 사신으로 갔을 때 전에 조선에 사신으로 와서 친분이 있었던 한림학사 예겸倪謙에게 이름을 청했다고 한다. 예겸은 한명회에게 겸퇴謙退의 마음이 있음을 알고서 정자의 이름을 압구라 지어 주었다. 그리고 한기의 고사를 인용해서 기記를 써 주고 또 시를 지어 주었다는 것이다.

한명회는 단종 때 수양대군을 추대해서 왕위에 오르게 하여 그 공으로 정난공신 1등에 오른 것을 비롯하여, 세조·예종·성종 3대에 걸쳐 무려 네 번이나 1등 공신에 오르고 벼슬이 영의정에 이르렀으며, 상당부원군上黨府院君이 되었다. 본관은 청주이고, 자는 자준子濬이다.

압구는 곧 세상 욕심을 버리고 물새와 가까이 지내겠

다는 뜻이다. 세상 욕심을 기심機心이라 하므로, 압구란 기심을 잊음, 즉 망기忘機란 말을 시적으로 표현한 말이 된다. 압구의 고사는 본래 《열자》〈황제黃帝〉편에서 나왔다.

황제는 중국신화의 오제五帝 가운데 첫 번째 군주로, 한족漢族은 이 황제를 자신들의 시조로 생각해 왔다. 〈황제〉편은 황제의 일화를 중심으로, 최고의 도란 무엇인가를 성찰하는 내용이다. 이 글에 따르면, 황제는 즉위 후 15년 동안 천부의 본성을 기르고 귀와 눈을 즐겁게 하며 코와 입을 만족시켰지만 얼굴이 검게 되고 지치고 말았다. 그래서 그 후 15년 동안은 머리를 쓰고 지혜를 짜내어 백성들을 다스리려 했으나 역시 얼굴이 검게 되고 지치게 되었다. 이에 황제는 일신을 아끼려고 마음을 쓰는 것도 잘못이고, 천하를 다스리려고 마음을 쓰는 것도 잘못이라는 사실을 깨닫고, 탄식하게 된다. 황제는 화서씨華胥氏의 나라에 노니는 꿈을 꾸고 난 뒤, 최고의 도라는 것은 일상의 분별지로는 발견할 수 없다는 사실을 깨닫고, 그 뒤 28년간 나라를 도에 맞게 다스려서 꿈속에 노닐었던 화서씨의 나라처럼 만든 후 운명했다고 한다.

이 이야기를 시작으로 〈황제〉편은 인간이 정욕에 좌우되지 않고 우주의 법칙과 하나가 될 수 있다면 자유자재한 경지가 열린다고 하는 사실을, 여러 사례를 통해 이야기해 나간다. 이 가운데 압구의 이야기가 들어 있다.

해변에 사는 어떤 사람이 갈매기와 친하여 갈매기들이 늘 가까이 와서 놀았다. 그것을 본 그의 아버지가 한 마리를 잡아오라고 했다. 그 사람은 아버지 말씀대로 다음날 바닷가로 나가 갈매기를 잡으려고 했으나, 갈매기는 한 마리도 날아오지 않았다. 갈매기들이 그의 기심을 알아차린 것이다. 여기서 기심을 잊고 자연과 일체가 되는 것을 망기라 하게 되었다.

원문에서는 갈매기를 구조漚鳥로 적었는데, 구漚는 갈매기 구鷗와 같다. 또 원문에는 압구狎鷗라는 밀 자체가 들어 있시는 않다. 후대의 사람이 이 고사를 근거로 그 말을 만들어낸 것이다. 그리고 벼슬을 그만두고 재야에 숨는 것을 압구라 하고, 또 구로망기鷗鷺忘機라고도 했다.

압구정 터 표지석

서울 강남구 압구정동 현대아파트 72동과 74동 사이에 있다. 압구정(狎鷗亭)은 조선 세조, 성종 때의 문신 한명회(韓明澮)가 세운 정자이다.

　　한명회는 중국에 세 번이나 사신으로 가서 중국 문사들을 만나면 창화를 청했고, 조선의 문인들에게도 창화를 요구해서, 시들이 상당히 많이 모였다. 성종은 그 이야기를 듣고, 재위 7년1476년 11월중동에 어제御製의 율시와 절구 각 2수를 손수 써서 보내고, 다음해 7월맹추에 다시 7언 4운의 시 4수를 지어서 하사했다. 1476년에 성종이 지은 율시 2수와 절구 2수의 시를 〈압구정시〉 혹은 〈어제압구정시〉라고 한다.

　　한명회는 성종의 장인이었다. 성종은 장인을 위해 〈어제압구정시〉를 내려 준 것이다.

　　한명회는 다른 문신들에게 그 시에 응제應製하도록 하여, 시가 모이자 시축을 만들었다. 그리고 서거정에게 서문을 청했다. 응제란 임금의 명령에 응하여 시문을 짓는 것을 말한다. 단, 여기서는 임금의 시에 이어서 같은 운자로 시를 짓는 갱

제製를 응제라고 말한 듯하다.

서거정은 〈어제 압구정시에 응제한 시, 병서幷序〉를 남겼다. 그 글은 이렇다.

일찍이 《당사唐史》의 비감秘監 하지장賀知章이 늙어 은퇴할 것을 고하자 현종明皇이 감호鑑湖의 한 구비를 하사하고 몸소 오언율시를 지어 내려주었다는 부분을 읽고, 하비감하지장의 출처진퇴가 명확했음을 알 수 있었고 현종이 신하를 대우하는 후한 마음을 알 수 있었다. 지금 상당부원군 한공은 세조가 왕위에 오르는 데 가장 큰 공을 세우고 네 번 기린각에 초상이 그려졌으며 세 번 의정부에 들어갔다. 언젠가, 차서 넘치면 안 된다고 스스로를 경계하여 정자를 압구라 편액하고, 어느 날인가 한강 가의 좋은 땅을 점쳐서 정자를 지으려고 했다. 주상께서 듣고는 좋다고 여기셔서 율시와 절구 각각 2수를 짓고 손수 붓으로 써서 그에게 하사하셨다.

벼슬자리에 있는 사대부들은 모두 다음과 같이 말했다. "하지장이 고향으로 돌아가기를 고하며 도사가 될 것을 청하니 그의 행동거지가 모두 바르기만 한 것은 아니다. 현종은 이른 시기에는 지혜로웠지만 만년에는 어리석었던 군주이니 그가 신하를 대우한 일 또한 모두 올바른 것은 아니었다. 그렇지만 군신이 서로 어울리는 문제와 사군자가 공명을 추구하고 출처를 결정하는 문제에 대하여 대략 볼 수 있는 것이 있으므로, 당시 사람들이 그 아름다움을 칭송하였고 후세의 사람들도 그 일을 사모했다. 하물며 우리 성군과 선량한 재상은 서로를 대하는 부지런함과 나아가고 물러나는 기미에 있어 모두 바름을 얻었음에랴! 게다가 감호는 임금이 계신 곳에서 1,000리 또는 100리나 멀리 떨어져 있으나 압구정은 지척의 성남에 있음에랴! 상공은 공무에 힘쓰다가 집으로 돌아와 밥을 먹는 검소한 삶을 즐기고 주상께서는 당대의 재상을 언제든 불러 볼 수 있어서 강호와 대궐이 반걸음 밖 지척지간에 있으니, 이 또한 하지장 노인이 벼슬자리에서 물러나 은거할 것을 청한 일에 비길 바가 아니다. 이 일은 노래로 만들고 역사책에 기록하여 그 성대한 아름다움을 선양하여야 마땅하다." 이래서 시가 이미 한 권에 차니 나에게 서문을 쓸 것을 부탁했다.

나는 삼가 이렇게 생각한다. 천지의 문文이 있고 성인의 문이 있다. 해·달·별은 하늘

의 문이지만 상서로운 별과 채색 구름은 그 문 가운데 가장 빼어난 것이다. 산천초목
은 땅의 문이지만 기이한 곡식과 신령스러운 지초는 그 문 가운데 가장 빼어난 것이
다. 예악·문물과 정교·호령이 성인의 문이 아닌 것이 없지만 군주가 쓴 시문과 직접
쓴 글씨는 그 문 가운데 가장 뛰어난 것에 해당한다. 내가 엎드려 이 시편을 보니 그
가사는 주나라 고誥와 은나라 〈반경〉의 가사와 같고, 그 글씨는 하도河圖와 낙서洛書의
글씨와 같으며, 크나큰 그 말과 전일한 그 마음은 바로 순이 하늘의 명을 삼가 받들
라 한 노래와 같다. 조정의 신하들이 모두 그 노래를 부르고 그 말을 소리 높여 알리
면 순임금의 조정에 있었던 갱재賡載의 기상을 또한 오늘에 다시 볼 수 있을 것이다.
지금 감히 맞지도 않는 하지장의 일을 인용하여 그것에 비의할 것은 아니다. 두 일
이 본래 자취에 있어서는 동일한 점이 있지만 실질은 같지 않고 형식은 동일하지만
마음은 같지 않기 때문이다. 상공은 우뚝한 훈업의 성대함을 가지고도 양보하여 조
정에 머무르지 않고 갈매기와 노닐기로 마음을 정하니, 그 순수한 충정과 우아한 마
음은 수천 년 전의 위국공韓琦과 더불어 앞뒤를 다툴만하고 공이 이루어지면 물러나
쉬는 이윤伊尹의 아름다운 뜻을 깊이 얻었으니, 자잘한 하지장 노인의 일을 어찌 입
에 올리기에 족하겠는가? 그렇지만 상공의 공명·사업의 성대함과 출처·진퇴의 마
음은 성군이 지으신 시로 인하여 더욱 분명하게 드러났으니 태사씨역사가가 장차 역사
책에 대서특필하여 칭송할 것이다. 어찌 나의 군더더기 말을 기다릴 필요가 있겠는
가? 공은 처음에 먹은 마음을 끝까지 완전하게 하는 일에 힘쓰시라.

    서거정은 성종의 시문을 〈주서周書〉와 〈상서商書〉에 견주고 또 순임금의 칙천勅天의
노래에도 비겼다.
    〈주서〉와 〈상서〉는 《상서(서경)》의 편목이다. 〈주서〉에 〈대고〉·〈강고〉·〈주고〉·
〈소고〉·〈낙고〉 등 다섯 편의 고가 있고, 〈상서〉에 〈반경〉이 있다. 한나라 때 양
웅揚雄은 "〈상서〉는 한없이 넓고[호호이灝灝爾] 〈주서〉는 엄숙하다.[악악이噩噩爾]"라
고 논평했다.
    한편 순임금은 "신하가 즐겁게 일에 임하면, 임금의 다스림이 진작되어, 백공

250

의 일이 넓혀질 것이다.(股肱喜哉, 元首起哉, 百工熙哉)"라는 노래를 지어 신하를 격려했는데, 이 노래의 뜻을 먼저 서술하여 "하늘의 명을 계칙하여, 그때마다 삼가고 기미마다 삼가야 한다.(勅天之命, 惟時惟幾)"라고 했다. 순임금의 이 노래를 칙천勅天의 노래라고 한다. 《서경》의 〈익직益稷〉편에 나온다.

그리고 서거정은 어제시에 이어서 신하들이 지은 시들을, 순임금의 신하들이 지은 갱재가賡載歌에 견주었다. 갱재가란 순임금의 노래를 이어 그 뜻을 이룬다는 뜻이다. 〈익직〉편에 보면, 순임금이 신하를 격려하여 노래를 부르자 사법관 고요皐陶 역시 "임금이 자잘한 일에 신경을 써서 신하의 일을 하면, 신하가 태만해지고, 만사가 피폐해질 것이다.(元首叢脞哉, 股肱惰哉, 萬事墮哉)"라고 화답했다고 한다.

서거정은 한명회가 강가로 돌아간 것을 당나라 현종 때 비서감을 지낸 하지장이 만년에 도사가 되어 고향으로 돌아갈 적에 현종이 감호鑑湖의 섬계剡溪 한 구비를 하사했던 일에 견주되, 실질은 다르다고 했다. 한명회가 국가에 공적을 세우고 겸퇴하려는 것은 위국공 한기의 일과 같다고 했다.

서거정은 이렇게 한명회를 한기에게 견주고, 성종이 시를 지어주자 신하들이 그 시에 갱재한 것은 순임금 때의 성대한 일과 같다고 추켜세웠다. 한명회의 압구정을 한 시대의 미사美事로 분식하려고 한 것이다. 더구나 서거정은 압구정을 은퇴의 공간이 아니라, 조정에서 퇴근하여 잠시 느긋하게 즐기는 공간이라고 보았다.

서거정은 이 서문을 짓고 나서 다시 한명회의 강권으로 〈어제압구정시에 응제하다應製狎鷗亭詩〉 시를 6수나 지었다. 그 마지막 제6수는 이렇다.

태평시절 굳이 급류에서 용퇴하지 않고
퇴근하여 느긋히게 쉬히히며 맑은 가을 즐기누나
계산의 그림은 왕유의 망천도
운물景致 풍류는 사조의 방주

사업은 몇 해나 후세 역사로 남을쏘냐

강호엔 하루도 빈 배를 안 띄운 날 없어라

당시의 높은 명망이 왕도王導와 사안謝安에게 모였나니

어찌 하간을 향하여 사수四愁 시를 지으랴

不必明時退急流(불필명시퇴급류)　委蛇退食樂淸秋(위이퇴식낙청추)

溪山圖畫王維輞(계산도화왕유망)　雲物風流謝朓洲(운물풍류사조주)

事業幾年留汗簡(사업기년유한간)　江湖無日不虛舟(강호무일불허주)

當時雅望歸王謝(당시아망귀왕사)　敢向河間賦四愁(감향하간부사수)

　첫째 구는 태평한 시절이라 굳이 급류에서 용퇴할 필요가 없다고 했다. 급류에서 용퇴한다는 말은 관로가 한창 트인 때에 용감하게 은퇴하는 것을 말한다. 송나라 때 한 도승이 진단陳摶에게 전약수錢若水란 인물의 사람됨을 평하기를 "그는 급류 속에서 용감히 물러날 수 있는 사람이다.(是急流中勇退人也)"라고 했다. 전약수는 벼슬이 추밀부사樞密副使에 이르렀을 때, 나이가 마흔 살도 되지 않았지만 용감하게 관직에서 물러났다.

　둘째 구의 '퇴근하여 느긋하게 식사한다'는 말은 고관대작이지만 검소한 생활을 한다는 것을 말한 것이다. 《시경》 소남召南 〈고양羔羊〉편에 "양의 가죽이여, 흰 실로 다섯 군데를 꿰맸도다. 조정에서 물러나와 밥을 먹으니, 의젓하고 의젓하도다.(羔羊之皮, 素絲伍紽, 退食自公, 委蛇委蛇)"라고 한 데서 가져왔다.

　셋째 구의 망천도輞川圖란, 당나라 때 시인 왕유王維가 자신의 별장인 망천장 부근의 경치 스무 곳을 그림으로 그린 것을 말한다. 여기서는 압구정을 망천장에 견주어 경치가 아름답다고 말한 것이다.

　넷째 구의 사조의 방주란 중국 남제의 사조謝朓가 '향기로운 물가에서 두약을 캔다.(芳洲採杜若)'라고 한 것을 두고 이른 말이다.

　일곱째 구의 왕도와 사안은 중국 동진의 명재상과 명신을 각각 가리킨다. 높은 벼슬에 올랐지만 자연을 벗삼을 줄 알았던 그들과 한명회를 동일시한 것이다.

　여덟째 구의 하간 운운은 후한 때 장형張衡이 하간왕의 재상으로 있으면서 하간왕이 교만하고 사치하자 근심하여 네 개의 시편을 지은 것을 말한다.

시에서 서거정은 압구정을 완전한 은퇴의 공간으로 보지 않았다. 조정에서 물러나와 느긋하게 즐기는 공간이라고 예찬한 것이다.

한명회는 젊었을 때 큰 뜻을 품어서 과거 공부에 애쓰지 않아 서른 살이 넘도록 포의로 있으면서 권람權擥과 생사를 같이할 벗이 되었다. 수양대군이 권람에게 인재를 추천하라고 하자, 권람은 한명회를 천거했다. 한명회는 복건幅巾을 쓴 모습으로 수양대군을 만났다. 이때부터 수양대군은 한명회를 전적으로 신뢰했다. 한명회는 종부시 관원이라고도 하고 의원이라고도 하여 사람들이 의심하지 않도록 했고, 밤에 찾아갈 때는 궁노 임운林芸의 팔에 끈을 매어두어 대문 밖에서 그 끈을 잡아당겨서 문을 몰래 열게 했다.

계유정난을 일으키기 전에 수양대군은 한명회를 한나라의 장량張良과 같다고 칭찬했다. 장량은 한나라 고조를 도와 항우를 패퇴시킴으로써 초한전쟁을 종식시킨 장본인이다. 그러나 한명회는 "한나라 고조는 장량·진평의 꾀를 쓰고 당나라 태종은 방현령·두여회의 꾀를 썼지만, 고조에게 한신·팽월이 없었고 태종에게 포공·악공이 없었더라면 무력으로 성공하기 어려웠을 것입니다"라고 하고, 무사 홍달손·양정·유수 등 30여 명을 추천했다. 자신의 지략만을 믿지 않고 남의 힘을 빌릴 줄 아는 인물이 한명회였던 것이다.

한명회는 계유정난, 단종의 선위, 육신의 처단, 이시애 난의 평정 등등 세조의 정권을 확립해 가는 모든 과정에 간여했다. 그러나 세조의 중후반과 예종, 성종으로 이어지는 시기에 한명회의 비대한 권력은 새로운 역사의 흐름을 저해할 뿐이었다.

한명회는 성종의 어제 8수를 돌에 새기고 그 뒷면에 세겸 이하 총 29인의 중국 사람과 월산대군 이하 총 75인의 조선 명신들의 이름을 새겨 불후하게 전하고자 하면서, 그것을 기념하는 글을 서거정에게 부탁했다. 이렇게 해서 서거정은 성종 15년1484년에 〈압구정제명기狎鷗亭題名記〉를 지었다. 서두에서 서거정은 "상당부원군 한 상공은 훈공도 높고 지위도 지극했는데, 영만盈滿을 경계하고 읍손挹損하여, 한강의 물가에 정자를 얽고, 조정에서 퇴근하여 느긋하게 식사하며 즐기는 곳으로 삼았다."라고 했다. 한명회가 그랬듯이 서거정도 압구정을 완전한 은퇴의 공간으로 보지 않은 것이다.

서거정은 이어서, 한명회가 중국에 가서 예겸에게 청해서 압구라는 편액과 기記를 받고, 중국의 사대부들이나 조선에 오는 중국 사신들, 그리고 조선 문사들에게서 시를 받았고, 성종으로부터 재위 7년 중동11월에 근체시와 절구 각 2수를, 재위 8년 맹추7월에 다시 7언 4운 4수를 하사받았다는 사실을 차례로 적었다. 그리고 한명회는 그 시들을 표구해서 누정의 벽에 걸어두었는데, 다른 신하들도 어제시의 뜻을 받들어 기記·서序·부賦·찬讚·시詩를 지어 한 시대의 성사盛事를 이루었다고 했다.

서거정은 한명회가 이 모든 사실을 기념하기 위해 시권을 목판으로 새겨 전파하는 한편, 어제 8수를 빗돌에 새기고 뒷면에 관련 인사들의 이름을 새겨 기념하려고 한다는 사실을 밝혔다.

공은 성군의 하사를 과시하고 여러 분들의 시문을 드러내기 위해, 이미 하나의 시권으로 엮어서 목판으로 새겨 전파하려고 하고, 또 곧은 돌을 얻어 어제 8수를 새겨 보물로 완상하고자 하여, 그 음背面에 작자의 성명을 자세히 기록해서 불후하게 전하기를 기약했다. 중국의 경우 학사 예겸과 같은 사람은 이하 총 29인이고, 우리나라의 경우는 월산대군 이하 총 75인이다. 장차 새기고자 하면서 나에게 기記를 청했다. 생각건대 천하 사물의 이치는 형체 있는 것은 반드시 문드러짐이 있게 마련이니, 천지가 다하고 고금에 영원토록 없어지지 않는 것은 오직 문장과 성명뿐이다. 우虞의 저울, 하夏의 정鼎, 탕湯의 반盤, 주周의 궤几는 물건 가운데 지극히 정묘한 것이지만 지금은 다시 볼 수가 없다. 오로지 볼 수 있는 것은 전모典謨와 훈고訓誥의 글이고, 고요皐陶·기夔·직稷·설契·이윤伊尹·부열傅說·소공召公의 이름이다. 삼가 보건대 성군의 지으신 시는 진실로 위대하도다 위대하도다 할 말씀이요, 우뚝하여라 탕탕하여라 할 문장이다. 여러분들의 작품은 갱재의 풍모가 있고 대아大雅의 소리가 있다. 그렇기에 지금 이 제명題名은 반드시 유우有虞·순와 하·은·주의 문학 및 그 사람과 서로 표리를 이루어, 천지가 다하고 고금에 영원토록 없어지지 않을 것이 분명하다.

그런데 성종이 시를 내려준 데는 숨은 뜻이 있는 듯도 하다.

한명회는 딸을 예종의 비로 들이고, 또 다른 딸을 성종의 비로 들이면서 권력을 내놓지 않아 비난을 샀다. 그로서는 왕권을 강화하여 정국을 안정시켜야 한다는 이념이 있었을 것이다. 앞서 수양대군을 도와 등극하게 한 뒤에는 높은 관직을 차지하지 않았다. 그러나 세조 말에 우의정과 좌의정을 거쳐 영의정이 되더니, 세조가 죽은 뒤 남이의 옥사를 다스려 익대공신 1등에 올랐으며, 예종이 죽고 성종이 즉위했을 때는 병조판서까지 겸했다.

1471년에는 좌리공신 1등에 올랐고, 역사를 편찬하는 춘추관의 일도 관장했다. 성종은 한명회가 지닌 탐욕을 잘 알고 있었을 것이다. 세간 사람들의 비난도 익히 들어 왔을 것이다. 그래서 한명회가 압구정을 짓고 세상 욕심을 잊겠다고 표방하자, 성종은 시를 지어 주어 은퇴를 결행하라고 은근히 압력을 가했을 수 있다. 다만 성종의 어제시는 지금 전하지 않는다.

야담에 의하면, 명나라 사신이 와서 압구정에 놀러 가겠다고 하자, 한명회는 성종에게 임금이 사용하는 용봉차일을 사용하게 해달라고 청했다고 한다. 성종이 허락하지 않자 한명회는 노기를 띠고 일어났다. 탄핵의 일을 맡은 대간이 그의 무례함을 다스려야 한다고 청하여, 한명회는 잠시 외지로 귀양을 가야 했다고 전한다.

남효온의 《추강냉화》도 성종의 어제시와 신하들의 창화에 대해 재미있는 해석을 했다. 한명회가 압구정을 지어놓고도 벼슬에 연연하여 떠나가지 못하자 임금이 그를 송별하는 시를 지었다는 것이다. 당시 문사들이 그 시에 차운한 것만도 수백 편에 이르렀다. 그 때 여러 시들 가운데 최경지崔敬止가 풍자의 뜻을 담아 지은 시가 압권이었다.

세 번이나 은총을 흠씬 입자
정자 있어도 와서 놀 뜻이 없구나
마음속 욕심을 정히 가라앉힌다면
벼슬살이 바다에서도 갈매기와 친하련만

三接慇懃寵渥優(삼접은근총악우)
有亭無計得來遊(유정무계득래유)
胸中政使機心靜(흉중정사기심정)
宦海前頭可狎鷗(환해전두가압구)

　한명회는 이를 미워해서 현판에 올리지 않았다고 한다.
　그런데《어우야담》에 보면, 언젠가 한명회가 세조에게서 〈위천조어도渭川釣魚圖〉
의 그림을 얻고 난 뒤에 그에 어울리는 시를 김시습에게 요청한 일이 있다고 한
다. 위천조어도는 강태공이 위수에서 고기를 낚는 모습을 그린 것인데, 강태공
은 결국 때를 만나 어지러운 천하를 평정하는 데 협찬하게 된다. 한명회는 자신
을 강태공에 비기고, 자신의 출처진퇴를 정당화하려고 한 것이다. 그런데 김시습
은 강태공 때문에 결국 청절지사淸節之士인 백이·숙제가 굶어죽게 된 사실을 거론
했다. 김시습의 시는 이렇다.

비바람 쏴아쏴아 낚시터에 불어오는데
위수의 고기와 새들은 기심을 잊었거늘
어찌하여 늘으막에 매처럼 용맹한 장수가 되어
부질없이 백이·숙제로 하여금 고사리 캐다 굶어죽게 했나

風雨蕭蕭拂釣磯(풍우소소불조기)

渭川魚鳥學忘機(위천어조학망기)
如何老作鷹揚將(여하노작응양장)
空使夷齊餓採薇(공사이제아채미)

김시습의 시는 〈위천지간도시渭川持竿圖詩〉라는 제목으로도 알려져 있다. 《매월당집》에는 〈낚시하는 두 늙은이를 조롱한다嘲二釣叟〉의 첫 수로 실려 있고, '응양장'이 '풍운장風雲將'으로 되어 있다.

김시습의 이 시는 반드시 한명회의 청으로 지었다고 볼 수는 없다. 하지만 마치 한명회의 심사를 비판하는 듯한 의미를 지닌 것으로 볼 수도 있다.

한명회가 죽은 뒤 시호는 명성明成이라고 정해졌다. 생각이 과감하고 원대한 것을 명明이라고 한다. 그런데 혹자는, 그 말이 자부심이 강하다는 뜻을 지니므로 시호로서 아름답지 못하다고 의문을 제기했다. 성종은 특명을 내려 명을 충忠으로 고치게 했다. 당대의 세도가였으며 장인이기도 했던 한명회의 시호를, 부정적으로 지을 수만은 없었을 것이다.

최근에 한명회의 묘지석 24장이 도굴되어 세상에 드러났다. 신도비와는 달리 어떤 내용이 적혀 있는지 궁금하다.

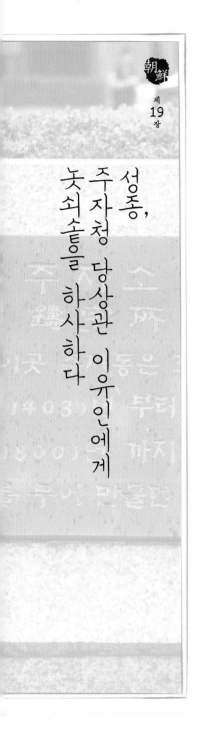

성종,
주자청 당상관 이유인에게
놋쇠솥을 하사하다

성종은 재위 15년째인 1484년 12월 12일을축에 주자청鑄字廳의 당상관 이유인李有仁이 대자大字를 전부 주조한 것을 아뢰자, 수고한 관원에게 여러 물품들을 하사했다. 그해가 갑진의 해이니, 이유인이 주조한 활자는 갑진자 대자였을 것이다.

앞서도 말했듯이, 세종·세조·성종은 각각 조선 활자 문화의 대표격이라고 할 수 있는 활자를 각각 주조했다. 곧, 세종은 재위 16년1434년 7월 2일에 갑인자를 만들게 했고, 세조는 원년1455년에 을해자를 만들게 했으며, 성종은 재위 15년1484년 8월 21일에 갑진자를 만들게 했다.

조선시대에 관아에서 주조한 활자는 구리활자가 많았다. 계미자, 경자자, 갑인자, 광해군 동자, 갑진자 등은 분명히 구리활자라고 기록되어 있다. 흔히 동활자라 부르는 활자 중에는 구리가 아니라 두석豆錫, 즉 놋쇠로 만든 경우도 있다.

이유인은 성종 15년1484년 8월 21일에 활자를 주조하라는 명을 받고, 12월 12일에 활자를 모두 만들었다고 보고했다.《성종실록》의 기사는 다음과 같다.

주자청 당상관 이유인이 와서 대자를 전부 주조했다고 아뢰니, 이유인에게 노와鑪鍋 1부部, 활 1장을 하사했다. 낭관인 승문원 부정자 김석정金石精과 성균관 학록 안윤덕安閏德 등에게는 마장馬裝 각 1부를 하사하고, 보자補字 행사용行司勇 유용평劉用平에게는 한 품계를 올려서 서용하게 했다. 장인匠人의 경우는 일등에게 면포 4필을 하사하고 2등에게 면포 3필을 하사했다.

갑진자를 주조한 이유인?~1492년은 본관이 경주로, 이계보李繼普의 아들이다. 세조 3년1458년 별시문과에 정과로 급제한 뒤, 세조 때부터 성종 때까지 경직으로 사간원 헌납, 훈련원 첨정, 장례원 판결사, 병조참지 등을 지내고, 외직으로 금주부윤, 이천부사, 나주목사 등을 지냈다. 이천부사로 있을 때는 선정을 베풀었다는 칭송을 들었다. 성종 22년1491년에 대사헌으로 재임하던 중 신병으로 사임했으며, 완쾌된 뒤 예조참판을 지냈다. 하지만 이듬해 사망했다.

성종은 주자청 관리에게 왜 놋쇠솥을 하사했을까? 금속활자에 놋을 사용하기 때문에, 그 남은 것을 이용해 솥을 만들어 하사한 것일 수도 있다.

놋쇠솥은 매우 요긴한 것이었다. 이를테면《증정교린지》경외노수京外路需에 보면, 호조가 정사와 부사에게 지급하는 물품 가운데 각도 복정各道卜定이라는 것속에 주방 기물로 다음과 같은 것이 있는데, 그 속에는 노과, 즉 놋쇠솥이 들어있다.

각양 반各樣盤 8립, 밥솥食鼎 대·중·소 모두 13좌, 노과爐鍋 6좌, 철촉대鐵燭臺 6쌍, 적쇠炙金 10개, 화금火金 932개, 도끼斧子 8자루, 낫鎌子 17자루, 식칼食刀·비양飛陽·좌이左耳 각 2자루, 추자錐子·집거執擧·소거小鉅·장도리掌道里·마제도馬蹄刀 각 2개, 부젓가락火節 2쌍, 작도대구斫刀臺具 6개 등등

재위 14년1483년 9월 21일신해, 성종은 두 사신을 청하여 경회루 밑에서 연회를 베풀었다. 상사 정동鄭同은 병 때문에 오지 못하고 부사 김흥金興이 왔는데, 부사에게 주는 인정 예물 가운데 역시 놋쇠솥이 있다. 정동과 김흥은 모두 조선출신으로 명나라의 태감太監이었다.

만화 방석滿花方席 10장裝과 잡채 화석雜彩花席 10장, 인삼人蔘 20근斤, 작설다雀舌茶 10두斗, 대녹비大鹿皮 2장, 연사폭 유둔連四幅油芚 3장, 삼합노와 가구三合鑪鍋家具 1부部, 세죽선細竹扇 50파把

조선시대에는 활자를 주조하여 서적을 중앙에서 찍고, 그것을 조정대신이나 공적이 있는 신하들, 혹은 지방 관아나 서원에 하사했다. 조선 전기의 활자 제조에 대해 성현은《용재총화》에서 이렇게 말했다.

태종이 즉위한 원년에 좌우에게 이르길, "정치는 반드시 전적典籍을 널리 보아야 하거늘 우리 동방이 해외에 있어서 중국의 책이 드물게 오고, 또 판각版刻은 쉽게 이지러져 없어질 뿐 아니라 천하의 책을 다 새기기가 어려우므로, 내가 구리를 부어 글자를 만들어 임의로 서적을 찍어내고자 하니 그것을 널리 퍼뜨리면 진실로 무궁한 이익이 될 것이니라."라고 하고는, 고주古註의《시경》·《서경》·《춘추좌씨전》의 글자를 써서 활자를 주조하게 했다. 이것이 주자鑄字를 만들게 된 시초이다.

태조가 처음 주조한 활자를 성현은 정해자라고 했으나, 이것은 계미자의 잘못인 듯하다. 이후 세종은 계미자의 활자가 크고 바르지 못하다고 여겨 경자년에 다시 활자를 주조해서 활자 인쇄의 효율성을 높였다. 이것이 경자자이다.

성현은《용재총화》에서 활자의 주조와 활자본의 인쇄 방법에 대해 귀중한 증언을 했다.

활자를 주조하는 법은 먼저 황양목을 써서 글자를 새기고, 해포海蒲의 부드러운 진흙을 평평하게 인판印版에 폈다가 목각한 글자를 진흙 속에 찍으면 찍힌 곳이 패여 글자가 된다. 이때 두 인판을 합하고 녹은 구리를 한 구멍으로 쏟아 부어 흐르는 구리액이 패인 곳에 들어가서 하나하나 글자가 되면 이를 깎고 또 깎아서 정제한다. 나무에 새기는 사람을 각자刻字라 하고 주조하는 사람을 주장鑄匠이라 하고, 드디어 여러 글자를 나누어서 궤에 저장했는데, 그 글자를 지키는 사람을 수장守藏이라 하여 나이 어린 공노公奴가 이 일을 했다. 서초書草를 부르는 사람을 창준唱準이라 했다. 주장이나 수장, 창준은 모두 글을 아는 사람들이 맡았다. 수장이 글자를 서초 뒤에 벌여놓고 판에 옮기는 것을 상판上版이라 하고, 대나무 조각으로 빈 데를 메워 단단하게 하여 움직이지 않게 하는 사람을 균자장均字匠이라 하고, 주자를 받아서 이를 찍어내는 사람을 인출장印出匠이라 했다. 감인관監印官은 교서관校書館 관원이 했으며, 감교관監校官은 따로 문신에게 명하여 하게 했다. 활자인쇄

주자소 터 표지석

서울 퇴계로 2가 옛 주자동에 있었던 주자소의 표지석이다. 주자소는 태종 3년(1403년)에 승정원의 직속기관으로 설치되었으며, 세조 6년(1460년) 5월에 교서관(校書館)에 이속시켜 전교서(典校署)로 개칭되었다. 정조 6년(1782년) 교서관이 규장각에 예속되면서 규장각 소속이 되었다가 후에 분리되었다. 한때 감인소(監印所)라 불리기도 했지만, 주자소의 이름을 되찾아 조선시대 말까지 주자와 서적의 인쇄를 맡았다.

의 초기에는 글자를 벌여놓는 법을 몰라서 납을 판에 녹여서 글자를 붙였다. 이런 까닭에 경자자는 끝이 모두 송곳 같았다. 그 뒤 대나무로 빈 데를 메우는 재주를 써서 납을 녹이는 비용을 없앴다.

중국에도 활자 인쇄가 없었던 것은 아니지만 활판을 고정시키고 미려한 글자체의 활자를 이용해 서적을 간행한 것은 조선 태종이 처음이었고, 세종과 세조, 그리고 성종이 그 전통을 이었다. 이에 대해 김종직은 〈신주자발〉에서 다음과 같이 말했다.

활판의 법은 심괄(沈括)에게서 시작되어 양국(楊古)의 때에 성행하여, 천하 고금의 서적치고 인쇄하지 못할 것이 없게 되었으니, 그 이익이 넓다. 하지만 그 글자가 대개 흙을 구워서 만들어서 이지러지고 문드러지기 쉬우므로 내구할 수가 없었다. 100년 뒤에

261

신지神智·정신과 지혜를 크게 운용하여, 구리를 주물해서 글자를 만들어 영원토록 끼치게 한 것은 우리 조정이 시작한 것이다! 삼가 생각건대, 태종 공정대왕이 처음에 만드시고 세종 장헌대왕과 세조 혜장대왕이 뒤를 이으셔서, 이제 주자의 정교하고 공교로움이 이보다 더할 수 없을 정도가 되었다. 영락 계미년에 이루어진 것을 계미자라 하고, 경자년에 이루어진 것을 경자자라 하니, 그 자본字本은 바로 경연의 고주古註와 《시경》·《서경》·《좌씨전》 등의 책인데, 지금은 남아 있지 않다. 선덕宣德 갑인년에 이루어진 것을 갑인자라 하는데, 자본은 역시 경연의 《효순사실》·《위선음즐》·《논어》 등의 책이다. 경태景泰 을해년에 이루어진 것은 을해자라고 하는데, 강희안이 자본을 쓴 것이다. 성화成化 을유년에 이루어진 것은 을유자라고 하는데 정난종이 자본을 쓴 것이다. 지금 바야흐로 병용하고 있다.

갑진년 가을 8월에 우리 전하께서 승정원에 전지하시기를 다음과 같이 하셨다. "갑인자와 을해자는 극히 정교하다. 하지만 글자체가 조금 커서, 인쇄한 책이 권 수와 책 수가 번다하고 무겁다. 또 이미 세월이 오래되어 흩어지고 빠져나가 장차 다 없어지고 말 것이다. 비록 보완하여 주조해서 사용한다고 해도 그 처음과는 같지 않을 것이다. 을유자는 그 글자가 단정치 않아서 사용할 수가 없다. 내가 별도로 새 글자를 주조하여 가늘거나 크거나 성글거나 조밀하거나 모두 적절하게 맞추어서 여러 서적을 인쇄해서 사방에 반포하려고 하는데 어떻겠느냐?"

마침내 안에 소장하고 있던 《구양공집》과 《열녀전》을 내어서 자본으로 삼아, 행 상호군 이유인과 도승지 권건으로 하여금 그 일을 감독하게 하고, 전적 이세경, 별좌 이점, 전 판관 유용평, 박사 유정수, 학정 안윤덕, 정자 김석정으로 하여금 좌우를 나누어서 맡도록 했다. 글자의 부족한 것은 행 사맹 박경으로 하여금 보충해서 쓰게 했다. 이달 24일에 일을 시작해서 을사년 3월 아무 날에 다 마쳐서, 글자를 만든 것이 대소 모두 30여 만 글자다. 이것을 사용해서 서적을 인쇄하면 명백하고 바르고 예쁘고 오묘하여 마치 구슬을 꿴 듯이 댕글댕글하다.

신이 가만히 생각하건대, 우리 동방은 기자 이래 대대로 문헌의 나라였지만, 중국과 멀리 떨어져 전적이 아주 적었다. 다행히 우리 왕조의 여러 성군들께서 사물을 창제하는 지혜에 힘입어, 주조한 글자를 이용해 서적을 인쇄하여, 집집마다 경經·사史·자子·집集을 두게 되었다. 하지만 사물은 오래되면 문드러지는 것이 영구한 이치다. 계미자와 경자자는 다시 볼 수 없게 되었고, 갑인자와 을해자는 장차 이지러지고 문드러질 형편이다. 그러므로 변통하여 다시 주조하라는 명령은 다시 오늘에 기다릴 것도 없었다. 장차 배인排印·판을 배열하여 인쇄함의 편이함과 유포의 광원함이 옛날보다 두 배, 네 배가 될 것이고, 천만 년이 지나도록 전하여 깎여 없어지지 않을 것은 의심할 여지가 없다.

아아, 우리 성상께서 문화를 보우하시고 교화를 일으키시어 옛 성왕의 뜻을 이어 조술하시고 후사의 왕들을 편안하게 살도록 도와주시는 규모는 정말로 지극하도다!

성화 21년 3월 아무 날, 가선대부 이조참판 겸 동지경연 성균관사 신 김종직 삼가 발문을 씀.

조선 전기에 주조된 활자들을 정리하고 그것으로 간행한 책들을 살펴보면 다음과 같다.

- 계미자 : 조선 태조 3년1403년 2월에 처음으로 주자소를 두고 만든 활자다. 규장각에는 이 계미자로 찍은 《십칠사찬고금통요十七史纂古今通要》와 《송조표전총류宋朝表牋總類》가 있다. 세계적인 보물로, 우리나라에서는 이 책들을 국보로 지정했다.

- 경자자 : 세종 2년 11월에 착수하여 7개월에 걸려 그 다음해 5월에 모두 주조한 활자다. 이천이 주관했으며, 남급南汲을 비롯하여 지신사 김익정金益精, 좌대언 정초鄭招 등이 보좌했다. 《자치통감강목》·《문선》·《신전결과고금원류지론新箋決科古今源流至論》 등을 찍었다. 마지막 책의 머리글은 계미자를 본 딴 큰활자로 찍었다.

- 갑인자 : 세종 16년1434년에 만든 활자다. 왕희지의 스승이라고 전하는 위부인衛夫人의 글씨체를 본 떠 20만 자를 만들었다. 모기리는 글씨는 진양대군이 썼다. 《진서산독서기을집상 대학연의眞西山讀書記乙集上 大學衍義》와 《칠정산七政算》 등을 이 활자로 찍었다.

- 병진자 : 세종 20년1438년 11월에 세종이 만든 큰 활자로, 강목대자綱目大字라고도 한다. 글자의 글씨본은 세종의 명으로 수양대군이 썼다. 이 활자를 갑인자와 섞어서 《자치통감강목》을 찍었다.

- 경오자 : 문종 때 안평대군의 글씨를 글씨본으로 삼아 만든 활자다. 《상설고문진보대전詳說古文眞寶大全》의 경오자본이 현전한다. 세조가 권력을 잡고 있으면서 을해자를 만들 때 그 활자를 녹여 사용했기 때문에 경오자로 인쇄한 책은 아주 귀하다. 《용재총화》에 따르면 이 활자를 녹여서 '임신자'를 만들었다고 했으나 오늘날 학자들은 새 활자를 임신자라 하지 않고 을해자라고 한다.

- 을해자 : 세조가 강희안의 글씨를 가지고 만들었다. 세종부터 예종까지 다섯 임금의 《실록》을 이 활자로 찍었다. 이 다섯 《실록》은 정족산성사고의 것을 규장각으로 옮겨 두었다.

- 정문대자正文大字 : 세조 3년1457년 9월에 주조해서 그것으로 《금강반야바라밀경》을 찍었다.

- 어제시대자御製詩大字 : 세조 3년1457년 12월에 《어제시御製詩》를 찍었다.

- 교식자交食字 : 세조 4년1458년 1월에 《교식추보법가령交食推步法假令》을 찍었다.

- 훈사대자訓辭大字 : 세조 11년1461년 10월에 만든 큰 글씨의 활자다. 갑인자와 같이 책을 찍는 데 썼다. 많은 불경을 이 큰 활자로 찍어냈다.

- 을유자 : 세조 11년1465년에 정난종鄭蘭宗의 글씨를 자본으로 삼아 만들었다. 그해 4월에 《대방광원각수다라료의경大方廣圓覺修多羅了義經》을 찍었다. 큰 글자와 작은 글자가 있고, 한글 활자도 있다. 《병장설兵將說》이나 《유장편諭將篇》도 이 활자로 찍었다.

- 갑진자 : 성종 15년1484년 8월에 만든 작고 아름다운 활자다. 경자자보다 작다. 《용재총화》에는 신묘자라고 했으나, 오늘날 학자들은 갑진자라 부른다.

- 계축자 : 성종 24년1493년 9월에 만든 활자다. 중국의 신판 《강목》의 글자체를 글자본으로 삼아 주조했다. 갑진자와 함께 《신편고금사문유취》를 찍었고, 이어서 《동국여지승람》을 찍었다. 성종 12년1481년 4월 19일에 서거정 등이 《동국여지승람》을 완성했으나 초판본의 완질은 남아 있지 않다. 중종 25년1530년에 증보한 《신

증동국여지승람》을 계축자로 간행했다.

- 목활자 : 연산군 2년1496년 3월에 인수대비가 내탕금을 내어 만든 활자다.《진언권공眞言勸供》등 불경을 찍었다.

- 성종실록자 : 연산군 5년1499년 2월에《성종실록》을 찍을 때 만든 활자다. 이때의 《성종실록》은 정족산성사고에 있던 것을 규장각에 옮겨 보관하고 있다.

- 교식자와 훈사대자 : 중종 13년1518년 경에 찍어낸《백록동규해白鹿洞規解》는 교식자 와 훈사대자를 혼용했다.

- 선조실록자나무활자 : 선조 25년1592년 4월 임진왜란 기간에, 서울에 환도한 선조가 《실록》을 찍기 위해 평안도의 횡양목을 가져와서 만들었다. 선조 39년1606년 4월에 《실록》을 다시 찍었다. 이때 찍은《실록》2벌은 지금 규장각에 있다.

- 목활자와 금속활자 : 임진왜란 이후의《공신회맹록功臣會盟錄》이나《공신녹권功臣錄券》은 목활자와 금속활자를 섞어 사용했다.

- 훈련도감자 : 선조 26년1593년 2월에 훈련도감을 설치한 뒤, 광해군 때는 그 인력을 동원해 이 활자를 만들었다. 약 60년간 사용했다.

- 추향당활자 : 광해군 원년1609년 2월에 평양 감영의 추향당에서《자경편自警編》을 찍을 때 사용한 활자다. 또 이 활자와 대형 활자를 함께 이용해서《송조명신언행록宋朝名臣言行錄》을 찍기도 했다.

- 무오자 : 광해군 10년1618년 7월에 만든 활자로, 광해군동자光海君銅字라고도 부른다. 《시전대전詩傳大全》과《서전대전書傳大全》을 찍었다.

한편 중종과 선조 때에는 민간과 지방에서도 목활자를 만들어 책을 간행하기도 했다.

중종 28년1533년 6월에 찍은《여어편류儷語編類》나 명종 2년1547년 8월에 경주 경저리에서 찍은《저책정수殿策精粹》는 민간에서 만든 목활자로 찍은 귀한 책이나. 노 규장각에 남아 있는《성리대전서절요性理大全書節要》는 낙질이지만 명종 12년1557년 여름에 나주에서 목활자로 찍은 것이다. 그리고 규장각에는 선조 6년1573년에 목활자로 찍은 것으로 추정되는 《호음잡고湖陰雜稿》가 있다. 선조 9년1576년 7월경에도 《신증유합新增類合》을 목활자로 찍었다. 광해군 13년1621년 2월에 경상 감영에서는 문계박文繼朴이 쓴 글씨를 자본으로 삼아 목활자를 만들어 《허암유고虛庵遺藁》를 간행했다. 이 목활자를 문계박 목활자라고도 부른다.

성종은 문화의 진작을 위해 노력했다. 특히 이유인 등이 주조한 갑진자로는 《경국대전》을 간행하고자 했다. 그해 12월 21일갑술, 대전 감교청大典勘校廳에서 일을 끝마쳤음을 아뢰자, 당상관 홍응洪應 등에게 필단 1필, 낭청 등에게 녹비 1장씩을 하사했다.

당시 주로 사용하던 갑인자와 을해자는 활자가 너무 커서 종이가 많이 들고 인출한 책의 권질이 무겁고 번다했다. 또 그 활자들은 주조한 지 오래되어 마멸되거나 부족한 글자가 생겨 보주補鑄하여 써야 했기 때문에 인쇄 상태가 처음처럼 깨끗하지 못했다. 그래서 을유자를 주조했지만 이 활자는 글자 모양이 균정하지 않아서 서적을 인쇄하기에는 적절하지 않았다.

성종 15년1484년 8월 24일에 왕명으로 행 상호군 이유인, 도승지 권건權健이 총괄하고, 전적 이세경李世卿, 별좌 이점李坫, 박사 유정수柳廷秀, 학정 안윤덕安閏德, 정자 김석정 등이 실무를 맡아, 궁중에 비장되어 있던 《구양문충공집歐陽文忠公集》과 《열녀전列女傳》을 자본으로 하고, 부족한 글자는 행 사맹行司猛 박경朴耕에게 보사補寫하게 하여 활자를 만들었다.

《실록》에 의하면 그해 12월 12일에 활자를 다 만들었다고 되어 있으나, 대개 다음해 3월에 작업이 완전히 끝난 듯하다. 글자 수는 대소 30여 만 자나 되며, 다른 활자보다 작고 해정楷正하고 아름다웠다. 이 활자로 처음 찍어낸 《왕형공집》은 마치 구슬을 꿴 듯하다고 했다.

자본으로 삼았다는 《열녀전》은 한나라 유향劉向이 지은 《고열녀전》 7권인지 명나라 해진解縉 등이 지은 《고금열녀전》 3권인지 확실하지 않다. 이인영 선생은 해진의 《고금열녀전》을 자본으로 삼았을 것으로 추정했다.

성현은 《왕형공집》과 《구양공집》을 자본으로 신묘자를 만들었다고 했고, 《정조실록》에도 "성종조에 신묘자와 계유자가 있었는데, 이 활자들로 궁중에서《용비어천가》·《치평요람》·《주자대전》등을 인쇄했다."라고 되어 있다. 하지만 여러 학자들의 연구에 따르면, 신묘자는 갑진자의 주조연대를 1471년 신묘로 잘못 본 데서 붙여진 이름이라고 한다. 앞서 말했듯이, 갑진자 활자로 찍은 책에는 김종직의〈신주자발新鑄字跋〉이 붙어 있다. 이 글을 보면 1484년 갑진의 해에 이 활자를 주조했음을 알 수 있다.

갑진자 활자는 갑인자와 을해자 다음으로 오래 사용되었다. 현재 전하는 인본으로는 다음과 같은 것들이 있다.

- 동국통감東國通鑑 : 성종 16년1485년에 서거정 등이 편찬한 단군 조선에서 고려 말에 이르는 통사다.

- 왕형문공시王荊文公詩 : 송나라 왕안석의 시에 이벽李壁이 전주箋註를 붙이고 원나라 유진옹劉辰翁의 평점을 더한 책으로 모두 50권이다. 《왕형문공시》의 조선본에는 주석이 없는 것과 주석이 있는 것이 있다. 성종 16년1485년 3월에는 무주본을 간행했고, 중종 전기에 유주본을 갑진자의 활자로 간행했다. 중종 31년1536년에는 유주본을 갑인자의 활자로 간행했다. 고려대 만송문고와 일본 호사문고蓬左文庫에 갑인자본이 있다.

- 치평요람治平要覽 : 세종 때 정인지 등이 역대 사적에서 정치에 귀감이 될 만한 사실을 모아 엮은 책이다. 여러 차례 교정을 거쳐 중종 11년1516년에 갑진자로 간행했다.

- 신편고금사문유취新編古今事文類聚 : 중국 송나라 때 축목祝穆이 엮은 유서類書로, 성종 24년1493년에 갑진자를 이용해서 35책으로 간행했다. 권벌의 경북 봉화군 종가에 소장되어 있다.

- 서산선생진문충공 문장정종西山先生眞文忠公文章正宗 : 송나라 진덕수眞德秀 편. 24권. 세종 11년1429년에 경자자로 간행하고 명종 11년1556년에 본문은 갑진자, 서문은 을해자로 간행한 책이 나왔다. 명종 11년1556년 10월에 홍천민洪天民에게 내사한 책이 일본 호사문고에 있다.

- 한문정종韓文正宗 : 진덕수의 《문장정종》 가운데 한유 부분을 분출시키고 평과 주를 단 책으로 2권 2책이다. 본래 갑진자로 간행하였는데, 뒤에 중종 27년1532년에 평양부윤 신공제申公濟 등이 평양에서 목판으로 간행하기도 했다.

- 문장변체文章辨體 : 명나라 오눌吳訥이 편한 것으로, 본집은 1권부터 50권, 외집이 2권부터 5권, 모두 55권 22책이다. 갑진자와 함께 을해자를 사용했다. 명종 10년1555년 5월에 임호신任虎臣에게 내사한 책은 문·을해자 서문 병인판 55권 22책이 일본 호사문고蓬左文庫에 있고, 같은 해 5월 임호신의 아우 임보신任輔臣에게 내사한 같은 판본은 일본 궁내청宮內廳 서릉부書陵部에 있다.

- 수계선생평점간재시집須溪先生評點簡齋詩集 : 송나라 진여의陳與義의 시에 호치胡穉의 주와 유진옹의 평점을 더한 책이다. 모두 15권 6책이다. 성종 17년1486년에 갑진자로 초간하고, 중종 때 갑인자로 간행했으며, 중종 39년1544년에 무장현감 유희춘이 갑인자본을 저본으로 목판본으로 만들었다. 일본 국회도서관에 완질이 있으며, 일본 세이카도문고靜嘉堂文庫에는 잔본殘本이 있다. 일본 국회도서관과 호사문고에는 무장현 간본이 있다.

- 정선당송천가연주시격精選唐宋千家聯珠詩格 : 원나라 우제于濟가 엮고 평점을 찍었으며, 채정손蔡正孫이 보완한 것이다. 조선의 서거정 등이 주를 달았으며 안침·성현·채수·권건·신종호 등이 왕명을 받아 보완하고 첨삭했다. 성종 23년1492년에 20권으로 간행되었다. 20권 2책이 일본 국회도서관에 있다.

- 동국사략東國史略 : 중종 때 박상朴祥이 단군부터 고려 말까지의 역사를 편년체로 간단하게 기술한 책이다. 갑진자로 인쇄했으나, 간행 시기는 알 수 없다.

- 조선부朝鮮賦 : 명나라 동월董越이 조선에 사신으로 왔다가 지은 것을 중국에서 간행하자, 그것을 바탕으로 갑진자로 간행했다. 뒤에 전라관찰사 소언겸蘇彦兼이 남원부사 태두남太斗南에게 목판으로 인쇄하게 했다.

- 식우집拭疣集 : 김수온金守溫의 시집으로, 성종의 명에 따라 갑진자로 간행했다. 현재는 일부만 남아 있다.

- 어시책御試策 : 원나라 구양현歐陽玄 등이 엮은 책인데, 성종 혹은 중종 때 갑진자로

간행했다.

　성종은 수렴청정 기간 이후 친정親政을 행하면서 문치에 각별한 주의를 쏟았다. 그 정책의 일환으로 선왕 때의 전통을 이어 금속활자를 주조하여 많은 서적을 간행했다.

　성종이 주자청 당상관이었던 이유인에게 놋쇠솥을 하사한 것은 어느 왕보다도 문치에 주력하고 활자주조에 관심을 두었던 사실을 잘 말해 주는 하나의 작은 사건이었던 것이다.

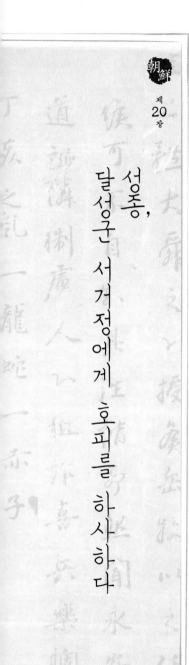

성종,
달성군 서거정에게 호피를 하사하다

성종은 재위 16년1485년 12월 9일병술에 서거정徐居正·1420~1488에게 호피 등을 하사하고 조섭을 잘하라고 전교했다. 이 날짜의 《성종실록》 기사는 다음과 같다.

달성군 서거정에게 자색 유철릭紫色襦帖裏 1벌과 호피狐皮 40령을 특별히 하사했다. 이어 전교하기를, "요즈음 오래도록 경을 보지 못하다가 오늘 아침에 보니, 병이 아직도 낫지 않았구려. 세상에서 경의 문장보다 더 뛰어난 사람이 없으니, 경은 출입을 조심하고 조섭을 잘하여 몸을 보전토록 하오. 호피는 털이 길어 따스하기 때문에 특별히 내리는 것이오."라고 했다.

유襦는 유의의 준말로, 남자가 입는 저고리인 동옷胴衣을 가리킨다. 철릭은 무관武官의 공복公服 가운데 한 가지로, 천익天翼이라고도 적는다.

서거정의 호는 사가정四佳亭 혹은 정정정亭亭亭이다. 북송 때 학자 정호程顥의 시 가운데 '사계절의 멋진 흥취, 인간과 함께 하네四時佳興與人同'에서 뜻을 취하여 사가四佳라는 호를 사용했다. 사계절이 각각 자신의 공을 이룬 뒤 물러나는 것처럼, 자신도 국가에 공을 세우면 은둔하여 여생을 유유자적하게 보내겠다는 뜻을 담은 것이다.

정호의 시는 〈가을날 우연히 이루다秋日偶成〉라는 제목이다.

한가로워 조용하지 않은 일 없으니

잠에서 깨어나면 동창에 해가 이미 붉구나.

만물을 고요히 살펴보면 모두가 자득하고

사계절의 멋진 흥취가 사람과 함께 하네

도는 천지의 형체 바깥까지 통하고

생각은 풍운의 갖가지 변화에 깊이 든다

부귀에 흐트러지지 않고 빈천의 즐거움 즐기니

남아가 이만하면 호웅이라 하리라

閑來無事不從容(한래무사부종용)　睡覺東窓日已紅(수교동창일이홍)
萬物靜觀皆自得(만물정관개자득)　四時佳興與人同(사시가흥여인동)
道通天地有形外(도통천지유형외)　思入風雲變態中(사입풍운변태중)
富貴不淫貧賤樂(부귀불음빈천락)　男兒到此是豪雄(남아도차시호웅)

　　서거정의 부친 서미성徐彌性은 37세 때 권근의 사위가 되었고, 2남 5녀를 낳았다. 서거정은 그 막내다. 서거정은 외가의 학문 전통을 잇는 것을 소임으로 여겼다. 또 그의 매형 최항崔恒, 고모부 진호秦浩의 사위 이계전李季甸 역시 명성이 있었다. 게다가 서거정은 조수趙須·유방선柳方善 등 이름난 문학가에게서 배웠다. 세종 20년1438년의 생원시와 진사시에 모두 합격하고 세종 26년1444년의 식년문과에 을과로 급제했다. 문종 원년1451년에 사가독서를 하고, 이어서 집현전 박사·부수찬·응교 등을 역임했다.

　　서거정은 어려서부터 문학적 재능이 있었다. 대여섯 살 때 중국 사신들이 머무는 태평관에 들어가 손가락으로 창문을 뚫고 안을 엿보다가 중국 사신에게 붙잡혀 야단을 맞게 되었는데, 대우對偶를 잘 지어 풀려났다는 이야기가 전한다. 당시 중국 사신이 "손가락으로 종이창을 뚫으니 구멍孔子을 이루었네(指觸紙窓成孔子)"라고 안짝 구를 말하자, 어린 서거정은 "손에 밝은 거울 쥐고 얼굴 돌려[顏回] 대한다.(手持明鏡對顏回)"고 바깥 구를 답하여, 공자에 안회로 짝을 맞추었다는 것이다.

　세종 말년 수양대군과 안평대군의 알력이 심할 때 서거정은 안평대군의 시회에 자주 참여했다. 안평대군은 집현전 출신 문인들이나 원로 중신들과 함께 큰 시회를 여러 번 가졌다. 팔경시첩八景詩帖 시회나 초정椒井 온탕의 시회는 그 대표적인 예이다. 이현로·이승윤·이개·박팽년·성삼문 등은 그를 사백詞伯 혹은 동평東平이라고 일컬었다. 세종 29년1447년 4월 20일 밤, 안평대군은 꿈에 박팽년·최항·신숙주와 도원桃源에서 놀면서 시를 지었다고 하며, 안견에게 그 일을 그림으로 그리게 했다. 1449년에는 그 화축畵軸에 시를 짓는 모임을 열었다. 이 시회에는 신숙주·이개·하연·송처관·고득종·강석덕·정인지·박연·김종서·이적·최항·박팽년·윤자운·이예·이현로·서거정·성삼문·김수온·만우·최수 등이 참여했다. 1450년 2월에 세종이 서거하고 7개월 뒤인 9월에 안평대군은 백악의 서북쪽 산기슭에서 지난날 꿈에서 보았던 도원의 풍광과 같은 곳을 발견하고 그곳에 무계정사를 열었다. 그리고 9월 21일에는 무계정사에서 큰 시회를 가졌다. 이때 안평대군은 무계정사의 풍광을 다섯 수의 연작시로 노래하고 성삼문·박팽년·서거정에게 화답하도록 시켰다. 그 뒤 다시 비해당匪懈堂 48영 시회를 열었는데, 최항·신숙주·성삼문·이개·김수온·이현로·서거정·이영윤·임원준이 참여했다.

　그런데 서거정은 문종 원년1451년 겨울, 수양대군이 사은사로 명나라로 갈 때 집현전 교리로서 수행했다. 압록강을 건널 때 서거정의 모친이 작고했다는 유서諭書가 왔지만 수양대군은 이를 숨겼다. 하지만 파사보婆娑堡에 이르러 서거정은 달에 변고가 일어나는 꿈을 꾸고 모친의 신변이 불길하다고 직감하여 눈물을 흘렸다. 수양대군은 그 효성에 감동하며 부음을 알려 주고 중도에 귀국시켰다. 시묘살이를 하던 단종 원년1453년에 계유정난이 일어나자, 서거정은 광릉 나루 근처의 별장에 은거했다.

　1455년 6월에 즉위한 세조는, 서거정의 탈상을 기다렸다가 9월 2일에 그를 지제교 겸 예문관 응교에 임명하고, 원종공신 1등에 올렸다. 이후 서거정은 관제를 개편할 때 주요한 역할을 했다. 병조판서 이계전, 우찬성 정창손, 예문 제학 박팽년, 예조참판 하위지, 집현전 부제학 김예몽·송처관, 직제학 강희안과 이개, 직집현전 이승소, 수찬 심신·김수녕, 부수찬 정효상·성간과 함께 일했다.

세조 2년1456년 6월에 별운검 사건이 일어나고 집현전이 혁파되자, 서거정은 성균관 사예로 관직을 옮겼다. 김수온·한명회·임원준과 친분이 두터웠던 그는, 사육신 사건에 대해 아무 논평도 하지 않았다. 세조 3년1457년에는 중시重試에서 장원하여 통정대부 우사간에 특별히 제수되고 지제교를 겸했다. 이때 대사헌 김세민과 함께 금성대군 이유의 죄를 논했으니, 단종을 죽음으로 내몬 책임이 있다. 그 뒤 이조참의를 지내고, 중추원부사를 겸했다. 1460년 6월에 이조참판 김수가 이끄는 사은 사절의 부사로 명나라에 갔다가 10월 7일에 귀국하고 11월 10일에 예조참의에 임명되었다.

서거정은 세조 때부터 자형인 최항을 이어 문형文衡을 잡았다. 최항은 서거정의 고종 사촌 이계선을 이어 대제학의 지위에 올랐고, 최항이 영의정에 오르자 서거정이 다시 최항을 이어 대제학이 되었다. 이 혈족은 8, 90년간 문형을 독점했다.

세조가 1468년 9월 16일에 서거했을 때 서거정은 고령군 신숙주, 영성군 최항과 함께 세조의 행장을 작성했다. 예종 원년1469년 7월 3일에는 한성부판윤, 7월 26일에는 호조판서가 되었으며, 11월 28일에 예종이 죽자 12월 1일 국장도감 제조에 임명되었다.

성종이 즉위한 뒤, 서거정은 정치에 깊숙이 간여했다. 성종 원년1470년 8월 6일에는 의정부 우참찬이 되었다. 성종 2년1471년에는 좌리공신의 호를 받았고 달성군에 봉해졌다. 1472년부터 1475년까지 대사헌으로 있으면서, 윤리 강상의 문제를 중시하여, 성균관의 벽에 스승을 비방하는 시를 붙인 유생들을 처벌해야 한다고 주장했다. 또 여성이 절에 오르는 것을 금지시키고 비구니의 산사 출입도 금지시켰다.

서거정은 58세가 되던 성종 8년1477년에 조카 서팽형이 천추사 일행에게 사사로이 무역을 부탁했다가 적발된 일에 연루되어 우찬성의 직에서 파면되었다가

서거정 증서(贈序)

경남대학교박물관 데라우치문고 소장. 《한묵청완(翰墨淸玩)》 수록.

영안도(永安道) 관찰사로 나가는 사람에게 준 증서(贈序)인 듯한데, 원본이 훼손되어 자세한 내용은 알 수 없다. 《(경남대학교박물관 소장 데라우치문고 보물) 시·서·화에 깃든 조선의 마음》(예술의 전당·경남대학교, 2006)에 수록되어 있다. 해설은 그 도록에 수록한 하영휘·김상환의 〈도판해설〉을 일부 참조했다.

我

至之雜大彝之以授魚岳松以之任

縱可不自出其注消哥然間永發

道雖陳彝廣人以粗拼嘉兵藥楠

丁亥之亂一龍蛇一赤子

朝廷突置浮空至今措堵欲唇而梅

서너 달 만에 복직했다. 대사간 이세좌와 대사헌 김영유는 그를 중벌에 처해야 한다고 주장했다. 서거정은 《태평한화골계전》을 엮으면서 그 서문에서 "살모사·독사·교룡·악어 같은 온갖 괴물들이 꼬리를 물고 달려들어 아가리를 벌름거리고 침을 흘리며 살을 뜯어먹고 뼈를 부수려 했다."라고 술회했다.

《태평한화골계전》은 사대부 사회에서 전해 내려오던 일화를 모두 300여 조나 모은 방대한 내용이다. 간행된 해는 1482년이다. 서거정은 조정 관료들의 탐학을 증오하여, 이 일화집에 다음과 같은 우스개이야기를 실어두었다.

어떤 조정의 관리가 외직으로 나가 진양^{진주}을 다스렸는데, 행정 명령을 내리는 것이 몹시 가혹하고 세금 거두는 것이 한도가 없어서, 비록 산중의 과일이나 채소라 할지라도 쓸 만한 것은 하나도 남겨두지 않았고, 절간의 중들도 그 폐해를 입었다. 하루는 경상도 청도에 있는 운문사의 중이 그를 뵈려고 찾아갔는데, 태수가 묻기를 "자네 절의 폭포는 금년에도 아름답겠지?"라고 했다. 중은 폭포가 무엇인지 모르는 자였으니, 이에 그것도 역시 세금 물릴까 봐 두려워하여 즉시 대답하기를, "저희 절의 폭포는 올 여름에 돼지들이 다 먹어버렸나이다."라고 했다. 강릉에는 한송정이 있다. 그곳은 산수의 경치가 관동에서 가장 아름다웠다. 그래서 중국사신이나 빈객들이 즐겨 유람하기 때문에 말과 수레가 사방에서 모여들어 고을에서 공출하는 비용도 헤아릴 수가 없었다. 그러므로 사람들이 항상 투덜거리길, "한송정은 언제 호랑이가 물어 갈꼬?"라고 했다. 어떤 사람이 시를 지었으니, "폭포는 금년에 돼지가 먹었건만 한송정은 언제나 호랑이가 물어 갈꼬?(瀑布當年猪喫盡, 寒松何日虎將歸)"라고 했다.

성종 5년^{1474년}에 서거정은 달성군 겸 예문관 대제학에 오르고, 곧 의정부 우참찬이 되었다. 성종 7년^{1476년}에는 중국에서 기순^{祁順}과 장근^{張瑾}이 사신으로 오자 원접사 겸 관반으로 40여 일 간 따라다니며 시를 주고받았다. 그해 8월 11일에는 우찬성이 되었다. 다음해 임원준·임사홍 형제가 향교동의 승문원 터를 달라고 청탁한 일 때문에 탄핵을 받아 벼슬을 내놓기는 했으나, 석 달 뒤 예문관 대제학과 홍문관 대제학을 겸했다.

성종 9년1478년 봄에 남효온이 소릉을 복위시켜야 한다는 상소를 올리자, 서거정은 그를 처벌하라고 요구했다. 소릉은 문종의 원비元妃 권씨현덕왕후를 말하는데, 단종이 폐위되기 이전에 죽었지만 단종과 함께 폐위되었다. 남효온은 신진 선비들의 의견을 결집해서, 소릉의 묘주廟主를 복구시켜 종묘에서 문종에게 배위시켜야 한다고 주장한 것이다.

문종의 원비 권씨는 곧 권자신의 딸이다. 병자년 5월에 좌승지 구치관이 의금부에서 성삼문을 심문하여 '상왕도 너희 모의를 아느냐?'라고 물었을 때 성삼문은 권자신이 그 어머니에게 고해서 상왕에게 통지했다고 하고, 거사하기로 한 그날 아침에 권자신이 창덕궁에 나아가니 상왕이 긴 칼을 주었다고 했다. 이 때문에 권자신은 역모를 꾀한 죄로 처형되고 그 부인은 서인으로 폐해졌으며, 그 자식인 권씨도 폐서인이 되었던 것이다. 그 뒤 단종의 신원을 주장하는 사람들은 우선 권씨의 명위名位를 회복하기 위해 노력했다. 남효온은 가장 먼저 소릉 복위를 주장하는 상소를 올렸다.

성종 10년1479년에 서거정은 이조판서로 옮겼다. 성종 12년1481년 여름에는 왕명을 받아 편찬한 조선의 인문지리지 《동국여지승람》 50권을 진상했다. 11월에는 행 병조판서가 되었다.

성종 13년1482년에는 병 때문에 사직을 청했으나 허락을 받지 못했다. 이듬해 3월 5일에는 의정부 좌찬성이 되었다. 성종 19년1488년에 중국의 동월董越과 왕창王敞이 사신으로 오자, 접빈사가 되었다. 그해 말에 서거정은 타계했다.

서거정은 예악 문물의 정비와 정치 명령의 출납을 담당하던 훈구 관료로서 자긍심이 강했다. 성종 15년1484년 12월 7일에 전교를 받아 지은 〈비궁당기匪躬堂記〉에는 그의 정치철학이 잘 나타나 있다. 《주역》 건괘蹇卦의 육이효六二爻에 '비궁지고匪躬之故'라는 말이 있다. "왕의 신하가 고생하며 애쓰는 것은 자기 몸을 잊고 일하는 까닭"이라는 뜻이다. 곧 비궁이란 신하가 임금만 알고 자기 자신을 위할 줄을 모른다는 말이다. 서거정은 그 뜻을 부연하여 그 글에서 이렇게 말했다.

한 마디 말로 임금을 깨우치도록 하고 100가지 꾀로 임금에게 요구하지 말며, 약석藥石의 말로 진술하도록 하고 짐독鴆毒으로 현혹하지 말며, 일을 도모하고 계책을 세우되 진실한 마음으로 공도公道를 펴고, 얼굴빛을 바르게 하여 밑의 사람을 거느리되 대체에 근본을 두고 자잘한 업무를 간략하게 보아 넘기면, 비궁의 뜻에 거의 가까울 것입니다.

서거정은 또한 우리나라의 역사와 문화를 자부했다. 그는 강희맹 등 찬집관 23명을 통솔하여 조선의 시문을 정리한 《동문선》 45책을 엮었으며, 정효항 등과 함께 조선의 역사를 정리하여 《동국통감》 28책을 엮었다.

《동문선》은 동국조선의 글을 선별하여 모은 총집總集이다. 《동문선》 편찬은 모두 세 차례 이루어졌으나, 성종 9년1478년에 맨 처음 나온 것이 역사적·문학적 의의가 가장 높아, 뒤에 나온 것과 구별하여 《정편동문선正編東文選》이라 한다. 서거정이 총재관이 되어 엮은 것이 이 책이다. 본문 130권, 목록 3권, 합 133권 45책의 거질이다. 이 책은 신라 때부터 조선 초기까지 약 500명에 달하는 작가의 시문 4,302편을 문체별로 수록했다. 우리의 문학 전통을 중국의 그것과 병행하는 독자적인 것으로 인식했다는 점에서 그 의의가 크다. 활자본과 목판본이 있다.

중종 13년1518년에는 신용개·김전 등이 속편 21편을 편찬하고, 정편과 합하여 《동문선》을 154권 45책으로 간행하게 된다. 또 숙종 39년1713년에는 송상기宋相琦 등이 정편·속편과는 달리 《별본동문선》을 엮는다.

서거정은 〈동문선서〉에서 조선 시문의 가치에 대해 이렇게 말했다.

우리나라의 문장은 삼국에서 시작해 고려에서 성하였고 우리 조선에서 극치를 이루었으니, 그것이 천지 기운의 성쇠와 관련된다는 사실을 알 수 있습니다. 더구나 문장이란 도를 꿰는 그릇이지 않습니까? 육경의 문장은 문장 자체에 뜻을 둔 것이

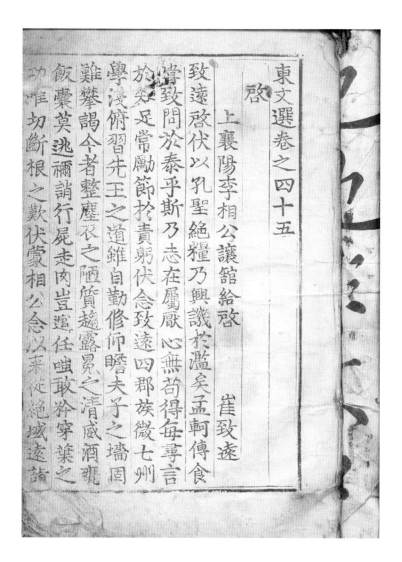

《동문선(東文選)》 권45

중종 연간 간행 활자본 영본(零本). 필자 소장.

《동문선》은 '동국(우리나라)의 글을 선별해 모은 총집'이다. 《동문선》은 모두 세 차례 편집되었으나, 맨 처음에 나온 것이 역사적·문학적 의의가 가장 높다. 이것을 정편 동문선(正編東文選)이라고도 한다. 정편 동문선은 성종 9년(1478년)에 왕명으로 서거정(徐居正)·강희맹(姜希孟) 등 찬집관 23명이 130권 목록 3권 합 133권 45책을 이루었다. 활자본과 목판본이 있다. 활자본은 서울대학교 규장각한국학연구원과 국립중앙도서관, 일본 학습원(學習院)대학에 소장되어 있다. 그 뒤 중종 13년(1518년)에 신용개(申用漑)·김전(金詮) 등이 속편 21편을 편찬하고, 정편과 합하여 154권 45책으로 간행했다. 숙종 39년(1713년)에는 송상기(宋相琦) 등이 정편·속편과는 달리 《별본동문선(別本東文選)》을 간행했다. 《별본동문선》은 서울대학교 규장각한국학연구원에 소장되어 있다.

아니지만 자연히 도에 맞았으나, 후세의 문장은 먼저 문장 자체에 뜻을 두었으므로 간혹 도에 순수하지 못한 면이 있습니다. 오늘날의 학자들이 진실로 능히 도에 마음을 두고 문장 자체를 일삼지 아니하며, 경에 근본을 두고 제자백가를 본받기에 급급하지 않으며, 바른 것을 숭상하고 허황된 것을 내쳐서 고명하고 정대하므로, 성스러운 경經을 보조하는 바가 반드시 그 올바른 길을 얻을 것입니다.

한편 《동국통감》은 성종 15년1484년에 재주갑인자로 간행되었다. 이 책은 신라 시조 박혁거세에서 고구려·백제를 거쳐 고려 공양왕에 이르는 1,400년간의 사적을 편년체로 엮었으며, 따로 단군·기자·위만의 고삼선 및 한사군·이부二府·삼한의 사적을 외기外紀로 하여 책머리에 실었다. 본래 세조는 재위 4년1458년 9월에 《자치통감》에 준하는 조선의 역사서를 편찬할 계획이었다. 하지만 세조 재위 13년1467년 5월에 이시애의 난이 일어나고, 세조 자신도 이듬해 9월에 승하하여 뜻을 이루지 못했다. 성종 14년1483년 10월에 서거정은 《동국통감》을 편찬하겠다고 발의하여, 이듬해 완성했다. 이 《동국통감》은 204편의 사론史論을 수록했는데, 이 것은 김부식·권근·이첨·최부 등의 서술을 재수록한 것이다.

성종 때에 들어와 《고려사절요》·《고려사》를 모두 참고할 수 있게 되자, 《동국통감》은 《고려사절요》를 저본으로 하여 고려시대 역사를 서술하고, 《삼국사절요》를 바탕으로 하여 삼국시대 이전의 역사를 서술했다. 이 책은 기자조선·삼한의 문화에 대한 서술을 보완하고, 기자조선에서 마한으로 이루어지는 계통을 상고사의 주류로 보았으며, 한사군을 한반도 안에 비정比定시켰다. 그리고 신화나 전설을 거의 삭제하고, 고려 태조의 〈십훈요十訓要〉에 드러나는 도참신앙을 비판하며, 고려 말의 척불斥佛 풍조를 극찬했다.

서거정은 당대의 지성이었다. 문학의 대가로서 국가의 전책典冊과 사명詞命을 모두 그의 손으로 지었으며, 국가적인 각종 출판 사업에서 중요한 역할을 담당했다. 성종 19년1488년에 죽기까지 여섯 왕을 섬기며 45년간 조정에 봉사하고, 6조판서를 두루 거치고 한성판윤 2번, 대사헌 2번, 황비^{黃扉}·재상 5번을 지냈다. 특히 대제학을 23년이나 맡았고 45년 동안 경연에 참여했다.

　서거정은 직분을 중시하여, 〈수직^{守職}〉이란 논문을 남겼다. 그는 우선 천지간의 품물은 모두 직분이 있듯이, 국가에도 각 직위에 따라 직분이 정해져 있다고 주장했다.

무릇 물^物은 각각 직분이 있다. 소의 직분은 밭을 가는 것이고, 말의 직분은 물건을 싣고 사람을 태우는 것이다. 닭의 직분은 새벽을 알리는 것이고, 개의 직분은 밤을 지키는 것이다. 능히 제 직분을 제대로 수행하면 직분을 지킨다[수직^{守職}]고 하고, 제 직분을 제대로 수행하지 못하면서 다른 직분을 대신하면 직분을 넘어선다[월직^{越職}]고 한다. 직분을 넘어서면 이치를 위배하는 것이요, 이치를 위배하면 앙화를 받게 되는 것이다. 지금 한 가지 사물로 비유해 보자. 닭이 새벽을 알리지 않고 저녁에 운다면, 사람이 다 놀라고 괴이하게 여겨 갈라서 죽이고 말 것이니, 직분을 넘어서는 데서 앙화를 받는 것이 아닌가? 내가 보건대, 사대부가 집안에 거처할 때, 사내종은 농사를 직분으로 하고 계집종은 길쌈을 직분으로 한다. 그러니 사내종이 농사짓고 계집종이 길쌈하면 집안 일이 잘 처리되지만, 만약 사내종이 길쌈하고 계집종이 농사를 짓는다면 어떻게 되겠는가? 사람들이 모두 놀라고 괴이하게 여길 것이니, 갈라서 죽이는 것과 같은 앙화가 있을지 뉘 알겠는가?

나라를 다스림에 있어서도 공경·재상이 그 직분을 다하고, 근시·대간도 그 직분을 다하며, 설어^{褻御·내시 등 시종}와 복종^{僕從}도 그 직분을 다하고, 부리^{府吏}·서도^{胥徒}도 그 직분을 다하여 각기 제 구실을 하면, 관아의 일이 잘 처리되고 나라도 잘 다스려질 것이다. 만약 설어·복종이면서 공경·재상의 직분을 하고, 부리·서도이면서 근시·대간의 직분을 하게 되면, 공경·재상과 근시·대간은 제 직분을 제대로 수행하지 못하게 되어, 그 시위를 벗어나려 하게 된다. 그렇게 되면 직분을 넘어서게 되므로 이치에 위배되니, 상서롭지 못함이 이보다 클 수 없다. 남화노선^{장자}의 말에, "푸주 맡은 사람^{庖人}이 푸주의 일을 못한다고 해도, 시축^{尸祝·시동과 축관}이 준조^{樽俎·제기}를 넘어서 그것을 대신할 수는 없다."라고 했으니, 이것은 지론이다.

　이어서 서거정은 당시 미천한 출신의 어떤 인물이 요행히 공신이 되어서는 대
간이 아닌데도 대간의 직분을 행하여 남을 탄핵하는 데 골몰한 사실을 비판했
다. 《장자》에서, 부엌의 요리사가 요리를 제대로 하지 못한다고 해서 제사의 시
축 역할을 하는 사람이 그 일을 대신할 수는 없다고 했다. 본래의 문맥에 관계없
이 이 예화는 월권越權을 조롱하는 때에 인용되곤 한다. 서거정은 월권을 행사한
그 자가 결국 모함죄로 탄핵을 받아 귀양보내진 사실을 두고 '직분을 넘어 자초
한 화'라고 규정하고 고소해 했다.

최근에 아무개가 미천한 출신으로 몸을 일으켜 요행을 틈타 맹부盟府(훈부勳府)에 참
예하여 관직이 1품에 뛰어오르니, 직분은 대간이 아닌데 대간의 직분을 행하여, 장
주章奏를 지어 남을 탄핵하고 공격하기 좋아했다.
일찍이 상소하여 한 대신을 논척하여 입이 마르도록 헐뜯고 비방하여, 곽광霍光·양
기梁冀에게 견주면서, 주장을 세 번 네 번 올렸으되, 전혀 권태를 몰랐다. 또 상소하여
삼공과 육경을 차례로 훼손하여 조정에 온전한 사람이 없다고 하면서, 조정을 능멸
하고 진신사대부를 채찍질해 욕보이는 것을 스스로 잘하는 일인 듯 여겼다. 또 상소
하여 한 근시를 논척하여 그가 형편없는 소인이란 것을 극구 말하여 중국의 간신
이임보·노기·가사도·한탁주와 같다고 하면서, 대궐문에 엎드리어 상감의 옥안에 대
놓고 한사코 다투기를 대간보다 더 심하게 했다.
나 서거정은 듣고 웃으며 말했다. "아무개가 어질기는 어질고, 재주가 있기는 있으며,
문장도 하기는 한다고 하겠다. 그러나 직분을 넘어서 일을 따지기를 좋아하니, 나는
아무래도 닭이 밤에 울다가 갈려 죽임을 당하는 화가 있을까 두려워한다." 얼마 안
되어 조정의 사대부가, 붕당을 지어 국정을 어지럽게 했다 하여 죄를 주는데, 권문의
요인에게 당으로 붙어서, 남의 죄를 얽어 짜고, 모함하여 상소했다는 죄로 연좌되어,
훈적을 박탈당하고 먼 지방으로 귀양보내졌다. 사람들이 모두 말하기를, "직분을 넘

어 자초한 화다."라고 했다. 그러므로 군자는 직분 지키는 것을 귀하게 여기는 것이다.

　　서거정이 비판한 아무개란 유자광을 가리키는 듯하다. 하지만 이 글은 관원이라면 직분 지키기를 귀하게 여겨야 한다는 보편적인 교훈을 담고 있다. 이 교훈은 보수성을 띠고 있다. 그런데 이 교훈은 바로 서거정이 스스로를 경계하는 것으로서 그 자신의 격률이기도 했던 것이다.

성종,
천문학원 이지영에게
명주 저고리를 하사하다

《성종실록》에 보면, 성종 18년1487년 7월 17일갑인, 천문학원天文學員 이지영李枝榮에게 주유의紬襦衣 1령을 하사했다는 기록이 있다. 주유의란 명주저고리를 말한다. 이날 이지영이 그런 하사를 받은 것은 전날 16일에 있었던 월식이 그의 추보推步를 어긋나지 않았기 때문이었다. 추보란 관측을 토대로 한 계산을 말한다.

조선 조정은 천문을 중시하고 관상감으로 하여금 늘 천문을 살피게 했다. 천문과 역법은 왕조의 존립에 매우 중요한 의미를 지녔다. 시간을 장악하여 일체의 행사와 농법을 지휘하는 일은 곧 제왕의 일이었기 때문이다.

더구나 조선은 외교적으로는 조공 체제를 인정했으나, 중국의 역법을 쓰지 않고 독자적으로 역법을 제정하여 사용했다. 그만큼 조선은 국가 운영에서 자존의식을 반영했던 것이다.

조선시대의 관상감은 매년 역서曆日 4,000건을 간행하여 여러 중앙 관서와 각 도 및 종친과 문신·무신의 당상관에게 배포했다. 관상감에는 천문학天文學·지리학地理學·명과학命課學·금루관禁漏官·삼력관三曆官이 있었다. 삼학三學이라고 하면 음양과陰陽科의 천문학, 지리학, 명과학을 말한다.

관상감의 천문관원은 천문 현상과 기상 현상을 모두 살폈다. 천문 현상으로는 일식, 달이 행성을 가리는 현상, 행성끼리 접근하는 현상, 여러 개 행성이 한데 모이는 현상, 행성이 항성에 접근하는 현상, 금성이나 목성이 낮에 보이는 현상, 객성이나 혜성의 출현, 하늘에서 큰 소리가 나는 현상, 흑점이 생기거나 해와 달의 빛에 이상이 생기는 현상, 해와 달의 무리가 나타나는 현상, 별이나 행성이 흔들리거나 모이는 현상, 유성이 떨어지는 현상, 하늘에 갖가지 빛이 나타나는 현상 등을 들 수 있다. 이 가운데 백홍관일白虹貫日, 백홍관원白虹貫圓, 지진, 지동地動, 객성, 혜성, 패성혜성의 일종, 치우기혜성의 꼬리가 깃발 같이 휜 것, 영두성낮에 별이 떨어지는 것 등이 관측되면 상번上番이 승정원·시강원에 가서 보고했다. 중번中番·하번下番은 각기 삼상三相과 두 제조提調에게 성변측후단자星變測候單子를 보냈다.

성종 21년1490년 12월 17일갑자, 관상감에서 서계書啓하여, 어제 미시未時·오후 한 시부터 세 시에 태백성이 나타났다고 하자, 성종은 "일광이 멀어서 태백성이 오지午地에 나타났는가? 일광이 가까운데도 오지에 나타났는가?"라고 물었다. 첨정 벼슬이 되어 있었던 이지영은 "태백성이 일광과 가까우면 보이지 않고 멀면 볼 수 있으므로, 해가 곤지坤地에 있으면 태백성은 오지午地에 나타납니다. 또 전에는 태백성과 해의 거리가 46도였는데 지금은 43도이니, 이렇게 볼 때 태백성이 일광과 3도 가깝습니다."라고 했다. 관상감에서는 "어젯밤 초경에 혜성이 천창성天倉星 동쪽 제2성의 서남쪽으로 옮겨 갔는데, 거리가 2, 3척 남짓 했습니다."라고 알렸다.

이 보고에서 나타나듯, 관상감에서는 특히 태백성의 움직임에 주목했다. 태백성은 한자로 장경성長庚星, 계명성啓明星, 명성明星, 금성金星이라고도 한다. 우리말로는 저녁에 나타나면 개밥바라기, 새벽에 나타나면 샛별이라고 한다. 낮에 나타나는 경우에는 달리 부르는 말이 없다. 샛별은 낮에도 가끔 나타나지만, 옛사람들은 샛별이 낮에 나타나면 괴변으로 여겼다. 그런데 만일 태백성이 하늘의 정남방을 가로질러 가는 경천經天 현상을 보이면 더욱 괴변이라고 생각했다. 그래서 성종 21년 12월 16일에 태백성이 미시未時에 오지午地에 나타난 것에 대해, 다음날 관상감과 이지영, 성종은 토론을 벌인 것이다.

경천 현상은 《한서》〈천문지〉에 나오는 맹강의 주석을 통해 그 의미를 알 수 있다. 즉, 태백성은 음에 속하는 별인 까닭에 양에 속하는 해가 동쪽으로 나오면 태백성은 동쪽에서 숨고 해가 서쪽으로 나오면 태백성은 동쪽에서 숨어야 하는데 태백성이 오방정남방을 지나가면 경천이라고 했다. 《송사》〈천문지〉에서는, 태백성이 오방정남방에 이르러서는 해를 피해 숨어야 하는데 미방未方·서남방까지 가게 되면 그것이 경천이라고 했다. 즉, 경천은 대낮에 오방에 나타나서 미방까지 움직이는 현상을 가리킨다는 것이다. 그런데 태백성이 경천하게 되면 '천하에서 백성들이 제거되고 왕실이 뒤집힌다.'라고 하거나 '그 아래 지역에서는 극심한 재난을 겪게 된다.'라고 했다.

성종 25년1494년에는 영사 이극배, 이조참판 안침, 도승지 김응기, 홍문관 교리 최부 등을 시켜 설계하고, 부정副正 이지영과 천문학 습독관 임만근에게 감독을 하게 하여 소간의小簡儀를 제작했다.

한편 중종 7년1512년 9월 22일계사에는 우찬성 김응기가 첨지 김세필, 사성 김안국, 전 관상감 정 현순달과 이지영 등과 함께, 중실重室을 지어 동짓날에 가관葭管을 묻어 기후를 관측할 의논을 하게 하는 것이 좋겠다고 건의했다. 가관은 갈대 속에 든 엷은 막을 태워 재를 만들어 그 재를 율관律管 속에 넣어 기후를 점치는 것을 말한다. 동지에 율律이 황종黃鍾에 해당되면 황종관 속의 갈대 재가 날아 움직인다고 한다.

《실록》에서 이지영이 천문의 관찰과 관련해서 등장하는 것은 위의 기록이 전부이다. 하지만 그는 끊임없이 천문을 관찰하고 천문의 이변이 어떤 의미를 지니는지 해석하고 있었을 것이다.

천문 등을 관장하던 관아는 조선 초기까지는 서운관이라 불렀는데, 이는 고려 때의 이름을 그대로 이어받은 것이었다. 세종 15년1433년에 관상감으로 이름을 바꾸었고, 그 뒤 연산군 때는 사력서로 부르다가 중종 초기에 옛 이름인 관상감으로 환원했다. 영사領事 1인, 제조 2인, 정 1인이고, 첨정·판관·주부가 1인씩이다. 이 가운데 천문학 교수종6품 1인, 천문학 겸교수종6품 3인, 천문학 훈도정9품 1인, 천문학 습독관 10인, 금루관禁漏官 30인이 있었다. 일월식술자日月食述者는 맹인이었고, 교수 한 사람은 문신이 겸했다. 조선 후기에는 천문학을 배우는 생도가 60명이었고, 소속 관직도 조금 달라졌다.

천문관원은 혼昏·저녁과 신晨·새벽의 시각을 알기 위해 계절에 따라 중성中星·8수 중 해가 질 때와 솟을 때 정남쪽 하늘에 보이는 별이 자오선을 통과하는 때를 기준으로 삼았다. 하지만 세차歲差 때문에 별이 1년에 51초씩 동행하여 별의 위치는 시간이 지나면 달라졌다. 태조 때는 〈기도구본천문도箕都舊本天文圖〉를 얻었으나 실제와 맞지 않아서 태조 4년1395년에 서운관으로 하여금 각 계절마다 중간에서 혼효昏曉의 중성을 결정해서 《신법중성기新法中星記》를 편찬했다. 그 뒤 중성을 바로잡는 문제가 거듭 대두되었다. 정조 13년1789년에 영감사 김익金熤은 경루更漏를 정확히 하기 위해 중성을 바로잡아야 한다고 했다. 정조는 김영을 시켜 적도경위의와 지평일구를 각각 2좌씩 제작하여 관측하게 하고, 한편으로는 정조 7년1783년의 항성의 위치를 근거로 《신법중성기》를 편찬하게 했다.

조선 초기에는 고려 때와 마찬가지로 《수시력》과 《대통력》을 중심으로 하고 《선명력》을 참고했지만, 세종 때는 《수시력》과 《대통력》을 사용했다. 또한 세종 15년1433년에는 정초·정흠지·정인지를 시켜 명나라 원통元統이 편찬한 《대통력통궤大統曆通軌》를 연구하여 《칠정산내편》을 편찬하게 했다. 실무는 이순지李純之와 김담金淡이 담당했을 것이다.

조선은 명나라로부터의 수시授時·시각과 시간을 반포함에 구애되지 않았다. 세종은 원나라 지원 17년1280년을 근거로 해서, 세실소장지법歲實消長之法을 세밀하게 복구시켰다. 세실이란 일전日躔·해의 운행이 황도黃道를 한 바퀴 돌면 봄·여름·가을·겨울을 거쳐 사계절이 차례로 가름하여 1세歲를 이루는데, 1세는 365일로 영수零數가 있는 것을 말한다. 또한 세종은 명나라에 한어로 번역되어 있던 《회회력》도 이순지와 김담을 시켜 우리나라에 맞도록 교정해서 《칠정산외편》 5권을 편찬하게 했다. 《칠정산내편》과 《칠정산외편》은 모든 수치가 한양을 기준해서 계산한 값으로 되어 있어서 우리나라에서 쓰는 데 편리했다고 한다. 그 뒤 《칠정산내편》으로 억 세산을 하고 《칠정산외편》으로도 교식 등을 계산하여 보조적으로 사용하게 되었다. 게다가 세종은 《중수대명력重修大明曆》·《경오원력庚午元曆》도 이순지·김담을 시켜

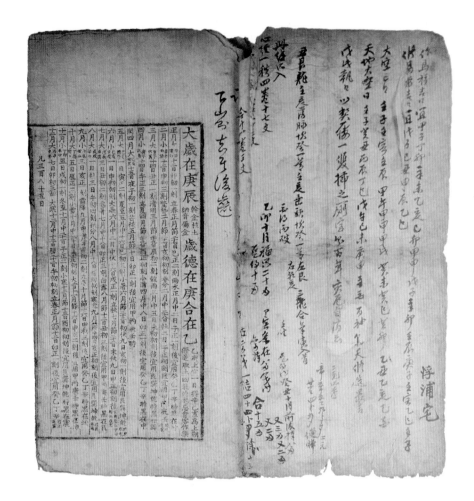

경진년대통력(庚辰年大統曆)

국립민속박물관 소장. 활자본 15장. 임진왜란 이전의 역서로 국내 유일본. 첫 장은 정월에서 12월까지 윤4월을 포함한 13개월 24절기에 대해 적고 연신방위지도(年神方位之圖)를 두었다. 제2장부터 제14장이 13개월의 달력인데, 각 날짜마다 '하면 좋은 일'과 '하지 말아야 할 일'을 통서(通書)의 형식으로 적었다. 제15장에는 간지별로 피할 일을 적고, 편찬자 명단을 붙였다.

교정하게 했으니, 교식 등의 추보推步·천체의 운행을 관측하여 역을 만드는 일에 참고하게 했던 듯하다.

명나라 말기에 서양 신부 이마두利瑪竇가 중국에 와서 서양 천문학을 전하자, 서광계徐光啓와 이지조李之藻 등이 《숭정역서崇禎曆書》를 편찬했으나, 명나라는 이것을 시행하지 못하고 멸망했다. 청나라 순치 원년1644년에는 아담 샬Johann Adam Schall von Bell, 湯若望이 《숭정역서》를 재정리한 《신법서양역서》를 시행하기로 결정했고, 그 다음해부터 실시했다. 이것이 《시헌력》이다. 조선에서는 인조 22년1644년에 관상감 제조 김육金堉이 이것을 도입하자고 건의했다. 다음해 소현세자가 아담 샬로부터 기증받은 천문역법서를 가지고 청나라에서 돌아왔다. 그 뒤 조선에서도 《시헌력》을 시행하게 되었다. 하지만 오성법五星法에 관한 입성立成·수치표을 얻지 못하여 오성의 계산은 그대로 칠정산법을 따랐다. 그 뒤 반대 의견이 일어나서 《시헌력》의 시행은 일시 중단되었다. 하지만 숙종 31년1705년에 관상감원 허원許遠을 연경으로 보내 《시헌력》 칠정표七政表를 구해 와서, 3년간 연구하여 숙종 33년1708년부터는 역 계산에서 시헌력법을 따르게 되었다고 한다.

그런데 청나라에서는 하국종河國琮·매각성梅殼成 등이 《신법서양역서》의 단점을 보완하고 역원을 강희 23년1684년으로 잡아서 1721년에 《역상고성》 상·하편을 완성했다. 옹정 연간초에는 서양인 쾨글러Koegler, I., 戴進賢·페레이라Pereira, A., 徐懋德가 일전월리표日纏月離表를 교정하고 수리하여 보완했다. 조선에서도 탕법, 즉 시헌력법을 버리고 《역상고성》의 매법梅法을 따르게 되었다. 그런데 매법의 24기 합삭현망合朔絃望은 실제와 달랐으므로 조선 조정은 관상감원을 여러 차례 연경에 파견했다. 그리고 조선은 《역상고성》과 함께 율력연원律曆淵源 3부작을 이루는 《수리정온》·《율려정의律呂正義》도 도입했다. 《수리정온》은 시헌력법에 의한 추보에 기초가 되는 수리를 다룬 책이다.

그 뒤 정나라에서는 1742년에 흠천감 정正 및 부정副正이었던 서양인 쾨글러·페레이라·카시니Cassini, G. D., 噶西尼의 관측치와 케플러Kepler, J., 刻白爾의 행성운동법칙을 도입하여 《역상고성》 후편을 편찬했다. 이를 대법戴法 또는 갈법噶法이라고 하는데, 타원궤도橢圓軌道를 도입한 것이어서 매법과는 차이가 있었다. 조선에서는 이 대법을 사들여, 관상감원의 연구를 거쳐 영조 20년1744년에 시행했다. 처음에는 일전日纏과 월리月離와 교식交食만 대법을 따르고 오성은 여전히 매법을 따랐다. 정조 6년1782년에는 시헌법에 의한 《천세력》을 간행했다. 그러다가 1905년에 이르러 조선은 중국식 음양력을 버리고 만국 공용의 서양식 태양력을 사용하되,《시헌력》도 함께 사용하게 된다.

한편 조선 왕조는 천문을 관측하는 기구인 의상儀象의 제작에 관심을 기울였다. 태조는 도읍을 한양으로 옮기자 경루更漏를 종가鍾街에 설치하는 한편, 권근의 노력으로 천문도天文圖를 돌에 새겼다. 이 천문도는 현재 창덕궁에 보관되어 있다.

세종 14년1432년에는 정초·정인지가 고전을 연구하고 이천·장영실이 공역을 감독하여 목간의木簡儀를 만들어서 한양의 북극출지北極出地, 즉 위도를 측정했다. 세종 21년1439에는 구리로 대간의大簡儀·소간의小簡儀·혼의渾儀·혼상渾象·현주일구顯珠日晷·정남일구定南日晷·앙부일구仰釜日晷·일성정시의日星定時儀·자격루自擊漏를 완성했다. 간의簡儀와 앙부일구는 원나라 곽수경郭守敬의 법을 따랐고, 혼의·혼상은 원나라 오징吳澄의 책을 따랐다. 세종 24년1442년에는 측우기를 제작했다.

성종 22년1491년에는 누각에 의한 보시報時·시각을 알림의 오류를 바로잡기 위한 규표圭表·방위와 절기(시각을 측정하던 관측기구)를 세 개 만들어, 내전, 정원, 홍문관에 설치했다. 성종 25년1494년에는 영사 이극배, 이조참판 안침, 도승지 김응기, 홍문관 교리 최부 등이 설계하고, 부정 이지영과 천문학 습독관 임만근이 감독하여 소간의를 제작했다. 중종 20년1526년에는 사성 이순이 중국의 《혁상신서革象新書》를 참고하여 목륜目輪을 제작해서 관상감에 설치했다.

조선 후기의 효종 8년1657년에는 김제군수 최유지崔攸之가 물의 힘으로 스스로 돌아가는 혼천의를 만들었다. 현종 5년1664년에는 송이영宋以穎·이민철李敏哲이 최유지의 혼천의를 개조하여 궁중에 두었다. 현종 10년1669년에는 좨주 송준길宋浚吉의 청에 따라 이민철에게 《서경》〈순전舜典〉의 채침蔡沈 주에 따라 수력으로 움직이는

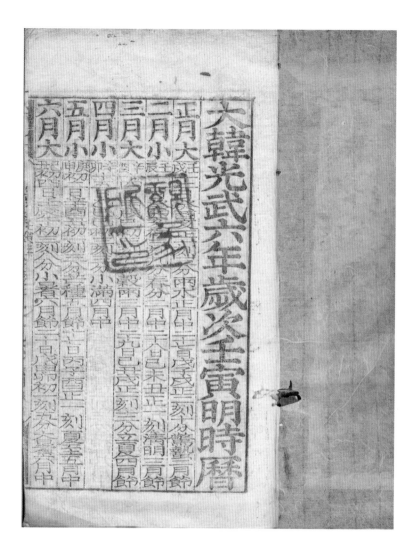

《대한광무육년세차임인명시력(大韓光武六年歲次壬寅明時曆)》

관상감(觀象監) 편. 필자 소장.

내인시력 광무 6년(1902년)의 책력(冊曆)이다. 조선에서는 경년리의 대통력(大統曆)을 시용하다가 효종 4년(1653년)에 서양 역법에 영향을 받은 시헌력법(時憲曆法)을 시행했다. 영조 48년(1772년)에는 칠정백중력(七政百中曆)을 시헌력법으로 편성한 시헌칠정백중력(時憲七政百中曆)을 사용했으며, 정조 4년(1780년)에는 백중력(百中曆)을 만들어 대통력법과 시헌력법을 함께 실어 간행했다. 이를 바탕으로 1782년에는 천세력(千歲曆)을 간행해 사용하다가 광무 8년(1904년)에는 천세력을 만세력(萬歲曆)이라 고쳐 반포했다. 1896년에 이르러 비로소 태양력을 쓰기 시작했지만, 공식적으로는 태양력을 쓰되 음력인 시헌력을 병용했다. 국호를 대한제국, 연호를 광무로 고친 1897년에 청나라 광서 연간에 사용한 역서인 《시헌서(時憲書)》의 이름을 《명시력》으로 고쳤다. 1908년까지 명시력이나 역(曆)이란 이름으로 매년 1책씩 출간했다.

혼천의를 만들게 했다. 송이영이 만든 혼천의는 서양 자명종의 아륜호격지제牙輪互激之制·톱니바퀴 사용 방식를 따라서, 추錘에 의해 움직였다. 경종 3년1723년에는 서양의 것을 모방하여 문신종問辰鐘을 제작했다.

영조 때는 숙종 34년1708년에 관상감에서 올린 아담 샬의 〈적도남북총성도赤道南北總星圖〉를 본떠 총성도를 만들었다. 이는 현재 법주사에 보관되어 있다. 정조 13년1789년에는 감관 김영金泳 등이 적도경위의赤道經緯儀와 지평일구地平日晷를 주조했다.

조선 초에는 문과에 합격한 사람들이 왕명에 따라 천문·역산曆算을 공부하고 연구했다. 권근·정초·정흠지·정인지·이순지·김담·이천·김돈 등이 모두 그러했다. 이순지와 김담은《칠정산내편》과《칠정산외편》을 비롯하여 그것을 편찬하는 데 필요한《대통력》의 여러 통궤通軌와 그 밖의 몇 가지 역법에 관한 공동 저술을 남겼다. 이순지는 다시 왕명을 받들어 중국 역대의 역상에 관한 저술을 정리한《제가역상집諸家曆象集》4권과 항성과 별자리에 관한《천문유초天文類抄》도 저술했다.《천문유초》는 음양과 과거에서《보천가》를 대신하여 교과서로 되었다.

성리학과 상수학을 연구한 학자들도 천문학 연구에 기여했다. 서경덕과 정렴鄭𥖝은 상수학을 천문학에 접목시켰고, 성리학자 이황은 도산서원에 혼상渾象으로 보이는 유물을 남겼다.

이렇게 조선시대에는 천문학이 발달했지만, 천문학은 순수 과학으로 완전히 독립되어 있지 않았다. 역법을 정교하게 연구하더라도 책력을 만들 때는 날짜마다 하면 좋은 일과 해서는 안 될 일들을 기록하는 데 주안점을 두었다. 이것은 통서通書의 전통을 그대로 따른 것이다.

사실, 고전에서는 문학과 자연과학이 분리되어 있지 않았다. 학문의 분과로는 구별되어 있었지만 문학인이 자연과학자와 별도의 분야에서 활동했던 것은 아니었다. 그렇기에 유학자들도 천상을 관찰하여 역사의 흐름과 미래의 재앙을 예견했다. 이익은《성호사설》에 '형혹입남두熒惑入南斗·형혹성이 남두를 침범함'의 조항을 두었다. 형혹성은 화성을 말하고, 남두는 남극 가까이에 있는 국자 모양의 별을 말한다.

형혹성이 남두를 침범하는 것은 천재 가운데 가장 큰 천재다. 오성금·목·수·화·토이 남두를 침범하는 것은 온 천하가 다 같이 볼 수 있으므로, 일식이 보는 곳에 따라 각각 달리 보이는 일식과는 같지 않다.

《고려사》를 상고하면, 명종 11년은 곧 송나라 효종 순희淳熙 8년인데, 이때부터 명나라 홍무洪武 19년에 이르기까지 형혹성이 남두를 침범한 것은 모두 여덟 차례 있었고, 송나라 때만 다섯 차례 있었다.

《상위고象緯考》를 상고하면, 송나라 인종 뒤로는 이런 성변星變이 없었다. 그 이유는 알 수가 없다. 그런데 진晉나라 출제出帝·후진의 제5대 황제로, 거란과 싸우다가 패망했기에 출제라 함의 개운開運 원년에 남두를 침범하고, 송나라 휘종의 선화宣和 3년에 남두를 침범한 사실은 분명히 《상위고》에 기재되어 있다. 하지만 우리나라 역사에는 모두 기재되지 않았다.

아마도 우리나라에서는 천문학이 발달하지 않아서 유성들이 침범한 것을 모두 화성으로 잘못 알았기 때문이고, 오위五緯·금목수화토의 5성의 도수에 대해서는 더욱 어두워서 살피지 못한 때문일 것이다. 이는 낭성狼星이 나타났다고 기재한 따위에서 넉넉히 방증을 찾아낼 수 있으니, 가소로운 일이다.

별자리의 기이한 변화는 하늘이 군주의 잘못을 질책하는 표징으로 이해되었다. 《영조실록》에 보면 영조 46년1770년 윤 5월 8일계축 초경에 국왕이 숭정전의 월대에 나아가 관상감 문광도와 안국빈安國賓에게 입시하라 명하고, 성변星變을 관측하라 했다. 이때 문광도 등이 객성이 천시성 밖으로 약간 옮겼다고 보고하자 영조는 바닥에 엎드려 말했다.

나는 관측을 위한 것이 아니라, 실은 저 하늘에 정성을 들여서, 저 하늘이 굽어 살피도록 하려는 것이다. 만약 나의 몸에 재앙이 있다고 한다면 어찌 깊이 걱정할 필요가 있겠는가? 그러나 나라를 위해 밝고 무궁한 우려가 있으니, 어찌 내 몸을 돌아보겠는가? 천문서의 내용을 듣건대, 그 점이 불길하여 만약 병란이 아니면 반드시 기근이 있다고 했다. 저 청나라와 우리나라는 천문의 분야가 같으니, 저들이 만약 불안하다면 우리나라가 먼저 그 해를 받을 것이다.

　승지 이석재와 김종수는 "전하께서 한마음으로 천지신명에 대하여 밤낮으로 두려워하시니, 하늘의 마음을 감동시켜 재앙이 변하여 상서가 될 것입니다. 밤 기운이 아름답지 못하고 이슬이 옷을 적시니, 내전으로 돌아가소서."라고 하고 한참 동안 간절히 청했다. 영조는 그제야 일어나 내전으로 돌아왔다.

　영조는 별자리의 이변을 하늘의 견책으로 해석했다. 그렇다고 당시의 천문학이 미신의 영역에 머물러 있었던 것은 아니다. 천문학은 한편으로는 왕권을 옹호하고 견제하는 정치적 기능을 하면서, 다른 한편으로는 독립 분과의 원리를 구축해 가는 방향으로 꾸준히 발달했을 것이기 때문이다.

　조선 후기에는 천문학이 더욱 과학적 형태를 띠기 시작했다. 인조 9년1631년, 청나라에 사신으로 갔던 정두원은 예수회 선교사 육약한陸若漢·본명 Johannes Rodriquez으로부터 한문으로 번역된 서양천문학 관련 서적 몇 권과 천리경 1부, 자명종 1부 등을 얻어와 임금에게 바쳤다. 그 뒤로도 북경에 갔던 사신들은 유럽의 지도, 천문, 역학 서책들과 망원경, 자명종, 신식대포, 화약 등을 가져왔다. 이로써 유럽의 과학 문명이 조선 지식인 사회에 전파되기 시작했다.

　김만중은 젊어서《의상질의儀象質疑》를 저술해서 천문역상의 여러 설들을 검토했으며,《지구고증》도 저술했다고 한다. 김만중은 만년에 엮은《서포만필》에서, 당시 사대부들이 서양의 천문역법에 무지한 사실을 비판했다.

서양의 지구설은 땅을 하늘에 기준을 두어 지역을 360도로 구획했다. 경도는 남북극의 고하를 살피고 위도는 일식과 월식에 징험하여 그 이치가 확실하고 그 기술이 정확하다. 믿지 않아서도 안 될 뿐만 아니라 믿지 않을 수도 없다. 오늘날의 학사대부들은 혹은 지구가 둥글다면 생물들은 둥근 고리에 붙어사는 것이라고 의심하지만, 이것은 우물 안 개구리가 하늘을 보지 못하고 여름 벌레가 겨울의 얼음을 알지 못하는 것과 같은 견해이다.

김석문金錫文은 숙종 23년1697년에 《역학도해》를 저술해서 한국에서 최초로 지동설을 주장하고, 지구와 태양과 달이 공중에 떠 있다는 삼대환공부설三大丸空浮說을 제시했다. 김석문은 지구에서 먼 천체일수록 지구에 대한 회전이 느리다는 사실에서 지구의 표면도 그 중심 둘레를 가장 빠른 속도로 돈다고 결론지었다. 홍대용의 《의산문답醫山問答》은 김석문의 지전설을 더욱 과학적인 형태로 설명했고, 박지원은 이 설을 연경의 중국학자에게 선전했다. 홍대용은 개인적으로 농수각籠水閣에 통천의統天儀·혼상의渾象儀·측관의測管儀·구고의勾股儀 등을 설치했다.

화가로 유명한 정선도 숙종 42년1716년 봄에 41세로 관상감 천문학 겸교수종6품로 특채됨으로서 벼슬길에 올랐다. 그도 천문학 지식이 깊었을 것이다.

조선 후기에는 관상감 제조를 겸했던 사람들이 천문·역상을 연구했다. 이미 김육은 효종 때 《시헌력》을 도입하는 데 주도적인 구실을 했다. 정조 때 서호수는 《신법중성기》·《서운관지書雲觀志》·《국조역상고國朝曆象考》 등의 출간과 제반 의상 제작을 주도했으며, 철종 때 남병철·남병길 형제는 《의기집설儀器輯說》·《시헌기요時憲記要》·《성경星鏡》 등 10여 종의 저술을 남겼다. 남병철은 《의기집설》에서, 혼천의 이외에도 혼개통헌의渾蓋通憲儀·간평의簡平儀·험시의驗時儀·적도고일구의赤道高日晷儀·혼평의渾平儀·지구의地球儀·구진천추합의句陳天樞合儀·양경규일의兩景揆日儀·양도의量度儀에 대해 해설했다.

한민섭 군이 박사논문에서 밝혔듯이, 특히 달성서씨 가문은 천문학을 자연과학의 한 분과로 생각했다. 서명응徐命膺과 그의 아들 서호수徐浩修·서형수徐瀅修, 그리고 손자 서유본徐有本·서유구徐有榘 등은 천문·수리·농학의 분야에서 볼 만한 성과를 이루었다. 서명응은 수數의 문제에 큰 관심을 두었으며, 상수학의 범위에 머물지 않고 천문·역학·지리와 생활기구의 실용학에서 수의 문제를 깊이 있게 다루었다. 그렇기에 그는 박제가의 《북학의》에 서문을 써서, 성곽·집·수레·기물 등이 모두 수의 법을 얻어 견고할 수 있다는 점을 환기시키고, 우리나라 선비들이 수의 법을 등한시하는 것을 비판했다.

서호수와 서형수는 역상曆象·수리數理와 경학을 깊이 공부했다. 서형수는 유금柳琴을 위해 〈기하실기幾何室記〉를 적어, 수의 학문이 지닌 의의를 강조했다.

우리나라는 명나라를 섬겨 시절마다 조하朝賀를 하기 위해 사신을 보내어 방물을 바치기를 대단히 근실하게 했으므로, 명나라 천자는 그 정성을 가상하게 여겨 모든 예약과 문헌들을 취하여도 금하지 않았다. 이에 기하의 서적이 또한 동쪽인 우리나라로 나오게 되었다. 하지만 글이 난합하고 뜻이 심오한데다가, 그 오묘한 이치를 아는 사람이 없었다. 근래에 교수의 직에 있는 문광도文光道가 홀로 그 종지宗旨를 얻어서 나의 큰 형님 참판공과 강명講明하고 수수授受하기를 마치 명나라의 서광계와 같이 했다. 내가 언젠가 참판공께 여쭈었다. "도는 형이상의 것이고 예藝는 형이하의 것입니다. 군자는 상을 말하지 하를 말하지 않는 법입니다. 공이 좋아하시는 것은 술術을 제대로 가리지 않는 것은 아닌가요?" 그러자 공은 이렇게 말했다. "그렇네, 내가 정말로 알지 못하는 것은 아니네. 무릇 도란 형체가 없어 현혹되기 쉽고 예藝는 상象이 있어 거짓되기 어렵다네. 나 역시 도를 싫어하는 것은 아니네. 다만 미워하는 것은, 명분으로는 도를 좋아한다고 하면서 사실상 도를 실천하지 않는 것과, 또한 이른바 예藝란 것을 추구하면서 아무것도 얻음이 없는 것이라네."

　　서형수는 수리와 천문, 역상에 관해서 〈비례약설서比例約說序〉·〈수리정온보해서數理精蘊補解序〉·〈신곤중성기범례新滾中星紀凡例〉·〈역상고성보해인曆象考成補解引〉·〈역상고성후편보해서曆象考成後編補解序〉·〈제도극고편도설諸道極高偏度設〉 등을 남겼다.

　　천문학의 발달은 기하학의 발달과 밀접하게 연관을 가졌다. 또 이렇게 자연과학이 발달하면서 농정農政에도 새로운 측량법을 도입해야 한다는 주장이 일어났다. 이를테면 서유구는 《의상경계책擬上經界策·상》에서, 농정을 맡은 관리들이 실측實測과 계산에 서툴러서 농지와 농산물 측정의 권한을 무문농법舞文弄法·법을 멋대로 주무름의 아전에게 어쩔 수 없이 맡기는 현실을 개탄했다. 은둔의 시기에는 《임원경제지》를 편찬하였는데, 그 가운데 《행포지杏蒲志》에 보면 〈논동국경위도論東國經緯度〉라는 글이 있다.

　　정조 정미년1787년에 선왕부께서 《양곡지暘谷志》를 찬술하셨는데, 250리마다 1도씩 차

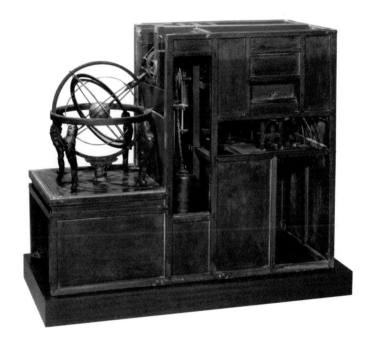

▌혼천시계

송이영(宋以潁)이 현종 10년(1669년)에 제작한 국보 제230호, 고려대학교박물관 소장.

천문학교수 송이영이 자명종의 원리를 이용해 만든 천문시계이다. 홍문관에 설치해 시간 측정과 천문학 교습용으로 썼던 것이라 한다. 시계의 지름은 40센티미터이고, 그 중심에 위치한 지구의의 지름은 약 8.9센티미터이다. 2개의 축을 동력으로 하여 여러 가지 톱니바퀴를 움직이는 시계 장치와 지구의가 설치된 혼천의 두 부분이 연결되어 있다. 조선시대에 만든 천문시계 가운데 유일하게 남아있는 유물이다. 물레바퀴의 원리를 동력으로 삼은 시계장치와 서양식 기계 시계인 자명종의 원리를 조화시켜 만든 것이다.

이가 나도록 하는 옛 제도를 써서, 정후조鄭厚祚의 《동국여지도》에 의거하여, 각 도의 경위經緯와 성차星差를 헤아려 정하신 적이 있다. 신해년에는 선대부께서 운관雲觀·관상감의 제조로 계시면서, 200리마다 1도씩 차이가 나는 오늘의 제도를 써서, 비변사 소장의 《여지도》에 의거하여, 각 도의 경위와 성차를 헤아려 정하신 적이 있다. 그렇지만 우리나라는 산과 강이 뒤얽혀 있고 도로가 빙 둘러 나간 데다, 척법과 보법도 모두 기준이 전혀 없다. 이른바 '까마귀 길로 이수里數와 성차를 헤아린다.'라는 것은 그 개략만 실어 두었기 때문에, 그것을 고찰하고 실측하면 어떨지 알 수가 없다. 나로 말하면, 직책이 천문을 맡은 것이 아니라 자취가 논두둑에 칩복해 있기에, 자를 들고 사방에서 실측할 수 없으니, 옛날 집안의 아버님에게서 배운 것들을 이하와 같이 실어 둔다. 같은 뜻을 지닌 선비들로서 혹 명승을 실컷 유람하거나 혹 임원에 집터를 가릴 때, 각자 자기가 이르고 자기가 거처한 지방에서 상한자오선象限子午線의 등의等儀를 써서 경위와 성차의 도수를 실측하여 자질구레하지만, 하나하나 맞추어 나가서 그때그때 정정을 가한다면, '경건하게 농사의 시기를 알리는' 밝은 교화에 보탬이 없지 않을 것이니, 또 어찌 '농가의 용천분지用天分地·하늘의 도를 사용하고 땅의 이익을 나눔의 지남指南'이라 말하는 데 그치겠는가?

천문학은 관상감의 관원과 역관이 실질적으로 많은 연구를 했다. 김육이 《시헌력》을 도입할 때 그 계산법을 연구한 사람은 역관 김상범과 허원이었다. 정조 때 성주덕과 김영은 서호수의 주도 하에 《서운관지》·《국조역상고》·《신법중성기》·《누주통의》 등을 저술하고 편찬했다. 이민철과 송이영은 각각 수격법水激法·아륜호격법牙輪互激法에 의한 혼천의를 제작했다. 조선 말기의 관상감원 이상혁李尙爀·이준양李俊養도 남병길과 함께, 혹은 단독으로, 역법에 필요한 수학서를 저술했다.

하지만 천문학을 전공한 관상감원의 삶에 대해서는 단편적인 기록만 남아 있다. 허균의 《성옹지소록惺翁識小錄》에 나오는 남사고南師古는 그 대표적인 인물이다. 남사고는 울진 사람인데 역리易理에 능통해서, 천문·지리·점술에 밝았다. 향시에는 여러 번 합격했으나 끝내 급제하지는 못했다. 자신의 명수命數를 어째서 모르느냐고 남들이 비웃자, 자신이 사사로운 욕심 때문에 점술에 어두웠던 것이라고 반성했다. 만년에 천문학 교수로 있을 때 태사성太史星에 무리가 지자 나이 많은 관상감정 이번신李蕃臣이 이제 자신이 죽을 때라고 하였는데, 남사고는 그것이 자신의 죽음을 예견한 것이라고 알아차렸다. 허균은 이렇게 남사고의 일생을 소개했지만 남사고의 천문학 이론에 대해서는 소개하지 않았다.

성종 때의 천문학원 이지영의 경우는 묘지명이나 묘표가 남아 있지 않으며 자전自傳이나 타전他傳도 없는 듯하다. 그래서 일생 사적조차 재구성하기 어렵다. 안타까운 일이다.

성종, 영안도 관찰사 허종에게 보명단을 내리다

성종은 재위 23년1492년 2월 8일기유에 영안도 관찰사 허종許琮에게 보명단保命丹을 내렸다. 해당 일자의 《성종실록》에 다음 기록이 있다.

영안도 관찰사 허종에게 보명단 80환丸, 보명단침주保命丹浸酒 15병을 내려 주었다. 이보다 앞서 북방 정벌 때의 군공을 등급에 따라 기록하여 포상하기 위해 명을 내려 불렀으나 허종이 병으로 오지 못했기 때문에 이러한 하사가 있었다.

조선시대에는 궁중에서 동지 뒤 세번째 미未의 날(연말에 해당함)인 납일에 납설수로 약을 만들어서 1년 내내 쓰는 경우가 있었는데, 그 중 일부는 신하들에게 하사했다. 납약은 보관상의 문제 때문에 환제인 단丹·환丸·원元 등으로 만들었다. 납약으로 썼던 약들에 대해 알 수 있는 자료가 《언해납약증치방諺解臘藥症治方》이다. 그 일부를 보면 이렇다.

납약의 본래 의미는 음력 12월, 즉 초겨울에 내리는 눈을 녹인 물로 환약을 만들면 변질이 덜하고 오래 쓸 수 있다고 되어 있기 때문에 그때에 맞춰서 준비하는 환약을 말한다. 일반적으로 음력 12월, 즉 기후조건이 약을 만드는 데 적합한 시기에 1년 동안 쓸 분량을 만들어 궁중과 각 관아에 공급했던 상비약을 말한다. 이 일에 소요되는 약재의 공급과 제조 및 분배는 각 기관별로 나누어 분담했으며, 이에 대한 기사가 《각사등록各司謄錄》의 매 조문마다 첫머리를 장식할 정도로 주요 업무 가운데 하나였다. 여기에 수록된 처방은 모두 응급상황에 쓰이는 약들이거나 제조법이 까다로워 미리 만들어 두지 않으면 안 되는 것들이다.

납약 가운데서 보명단은 주로 경풍에 쓰던 것으로 소아에게 처방했다. 이것은 《언해납약증치방》에는 보이지 않는다. 반면 목향보명단木香保命丹이 거기에 실려 있다. 궁중에서 관찰사에게 하사한 것은 소아의 경풍에 쓰던 약이 아니라 이 목향보명단이었을 가능성이 높다. 이 약은 중풍에 처방했다. 목향보명단에 대한 《언해납약증치방》의 내용은 다음과 같다.

온갖 풍증으로 어지럽거나 중풍으로 입을 악다물고 손발의 한쪽이 굳어지고 머리와 눈이 어둡고 아득해지고 심신이 황홀한 것과 온갖 냉기를 치료한다. 또 중풍으로 인한 온갖 증상을 치료한다. 매월 1환씩 꼭꼭 씹어서 따뜻한 술이나 뜨거운 물로 녹여서 먹는다. 또는 3환을 가져다가 여름에는 맑은 술 1병에 담가 봄에는 5일, 여름에는 3일, 가을에는 7일, 겨울에는 10일 동안 시시로 마신다. ○ 약을 먹을 때는 생파, 돼지고기, 콩, 소고기, 차, 뜨거운 물, 뜨거운 국수, 배추, 해조, 마늘, 피 흘리는 생것 등을 피한다.

《동의보감》에도 목향보명단이 나온다. 임금이 복용하는 약에 관해 소개한 《어약御藥》의 내용을 인용해 두었다.

중풍으로 인한 모든 증상을 치료한다. 목향·백부자(생것)·계피·두충·후박·고본·독활·강활·해동피·백지·감국·우슬(술에 담근 것)·백화사(술에 축여 볶은 것)·전갈(볶은 것)·위령선(술로 씻은 것)·천마·당귀·만형자·호골(술에 담갔다가 연유를 발라 구운 것)·남성(좁쌀죽 윗물에 달인 것)·방풍·산약·감초(연유를 발라 구운 것)·저전 각 5돈, 주사 7.5돈(반은 겉에 입힌다.), 사향 1.5돈. 이 약들을 가루로 내어 꿀로 반죽하여 탄자대로 환을 만들고 주사로 겉을 입혀 1알씩 따뜻한 술에 꼭꼭 씹어 먹는다.

한편 《동의보감》은 보명단을 설명하여 경풍에 쓰는 약이며, 소아에게 잘 쓰던 약이라고 하여, 목향보명단과는 구별했다. 《의학입문醫學入門》의 내용을 인용해 두었다.

급경풍이나 만경풍에 아직 양증이 남아있을 때는 이것을 늘 복용하여 정신을 안정시키고 담을 삭인다. 전갈 14마리, 방풍·남성·선퇴·백강잠·천마·호박 각 2돈, 백부자·진사 각 1돈, 사향 5푼. 열이 있으면 우황·용뇌 각 5푼을 더한다. 이 약들을 가루로 내어 멥쌀밥과 함께 찧어 조자蟊子만 하게 환을 만들고 금박을 겉에 입혀 젖이나 박하 달인 물에 1알씩 녹여 먹인다.

성종은 이보다 앞서 정월에 허종에게 검劍을 내리면서 〈사북정도원수신허종賜北征都元帥臣許琮〉의 글을 함께 보냈다.

《명신록》에 따르면, 처음에 영안절도사 윤말손尹末孫이 군사를 제대로 통솔하지 못했으므로 오랑캐 1,000여 명이 조산造山을 침범하여 군사와 백성을 죽이고 사로잡아 갔으며 경흥 부사 나사종羅嗣宗도 살해했다. 성종은 문무를 겸비한 탁월한 인재를 얻어 이를 진압하고자 특별히 좌참찬 성준成俊으로 윤말손을 대신하게 했다. 성준은 지역을 안정시키고 군사를 잘 통솔했으므로 오랑캐와 백성들이 모두 순종했다. 하지만 성준은 또 오랑캐를 정벌해야 한다고 글을 올렸다.

성종 22년1491년 5월, 허종을 도원수로 삼고 성준을 부원수로 삼아 북정하게 하면서 충훈부에서 잔치를 열어 주었다. 성종은 친서를 내렸는데, 그 내용은 이렇다.

꿈틀거리는 이 오랑캐가 분수를 헤아리지 못하고 침략하여 벌과 전갈의 독을 쏘아대며 감히 승냥이와 이리의 뜻을 이루려 했다. 그래서 군대를 일으켜 죄를 성토하려는 것이니, 토지를 탐하고 전쟁을 좋아해서가 아니다. 《시경》에 이르기를, "문무文武를 겸비한 윤길보尹吉甫를 만방이 법으로 삼도다."라고 했고, 또 이르기를, "위세 있는 남중南仲이 험윤玁狁을 물리쳤도다."라고 했다. 동북東北 지방의 일을 일체 경에게 위임하면서 특별히 검을 하사하는 바이니, 이는 송宋나라가 강남江南을 정벌하면서 조빈曹彬에게 검을 주었던 뜻이다.

허종이 군대를 일으켜 육진에 이르러 니료거尼了車와 대치했는데, 니료거가 허종의 군용이 매우 장대한 것을 바라보고는 싸우지도 않고 달아났다. 그러므로 건주建州의 삼위三衛가 이 소식을 듣고 크게 두려워했다.

《국조전모國朝典謨》에 따르면 허종이 육도의 보병과 기병 2만 명을 동원하여 10월에 두만강을 건너고 울지령鬱地嶺을 넘어 적의 소굴에 이르자, 니료거는 이미 기미를 알고 도망했다. 허종 등은 그들의 천막을 불태워 버리고 남녀 각각 한 명을 베어 죽인 후 11월에 강을 건너 돌아왔다고 한다.

성종은 도승지 정경조鄭敬祖를 보내어 주연酒宴을 베풀고 옷과 약을 하사했다. 그러자 10월 21일갑자, 북정 도원수 허종과 부원수 성준·이계동과 남도 절도사 변종인이 전문箋文을 올려 사례했다.

허종1434~1494년은 문무에 모두 뛰어났다. 본관은 양천, 호는 상우당尚友堂, 시호는 충정忠貞이다. 세조 때 진사가 되고 또 별시문과에 을과로 급제했다. 세조 6년1460년에 여진족이 침입했을 때 평안도 병마절제사도사로 출정했다. 세조 12년1466년에 이시애의 난이 일어나자 강순·어유소·남이 등과 함께 난을 평정했다. 이 공으로 적개공신 1등에 책록되고 양천군에 봉해졌다. 예종 원년1469년에는 평안도관찰사·전라도병마절도사 등을 지냈고, 전라도에서 일어난 장영기張永己의 난을 평정한 공으로 병조판서에 올랐다. 1471년 성종 즉위 후 좌리공신 4등에 책록되고, 이어 지중추부사·판중추부사·오위도총부도총관·예조판서·호조판서·좌찬찬·이조판서 등을 두루 역임했다. 성종 22년1491년에는 북정도원수가 되어 여진족의 침입을 물리치고 이듬해 4일에 군대를 이끌고 돌아왔다. 그리지 성종은 선정전에서 허종 등을 인견하고 차등 있게 상을 내렸다. 얼마 뒤 허종을 우의정에 임명하였고, 성준을 본도 관찰사에 임명하고 등급을 높여 숭정대부로 삼았다.

허종은 의학에도 밝았다. 성종 19년1488년에는 서거정·노사신 등과 함께《향약집성방》을 언해했으며, 그 뒤 윤호와 함께《신찬구급간이방》을 편찬했다.

허종은 키가 매우 컸다고 한다. 이와 관련해 이런 이야기가 전한다.

성종의 폐비 윤비尹妃가 친히 길쌈을 하여, 언젠가 주홍기朱汞機·베틀에 올라 앉아 명주를 짜고 있었는데, 성종이 가서 보았다. 폐비가 베틀에서 내려와, "상감은 키가 참 크십니다."라고 하자, 성종은 "나보다 더 큰 사람이 있소. 불러서 보여 드리리다."라고 했다. 그러고서 허종을 불러오라 명했는데, 허종의 키는 열한 자나 되었다. 다른 말에 따르면, 허종의 키는 11척 5촌이었다고도 한다.

《해동역사》〈인물고人物考〉에는 허종에 관한 일화가 많이 전한다. 명나라 효종이 즉위한 뒤 우춘방우서자 겸 한림원시강右春坊右庶子兼翰林院侍講 동월董越과 공과우급사중工科右給中 왕창王敞을 조선에 사신으로 보내어 조서를 반포하게 했다. 이때 허종이 관반이 되어 창화하는 시를 지었는데, 동월이 서문을 지어주며, "음률이 온화하고 맑아 시원스레 속세를 벗어났다."라고 했다. 허종의 시구 가운데는 경치를 노래한 것들이 많은데 모두 맑고 곱다.

나는 새 저 너머로 봄은 저물고
멀어지는 돛배 안에 하늘은 넓네
春歸飛鳥外(춘귀비조외)
天潤落帆中(천활낙범중)

보슬비에 나무는 온통 젖는데,
외론 성에 연기가 반쯤 걸렸네
細雨全沈樹(세우전침수)
孤城半帶煙(고성반대연)

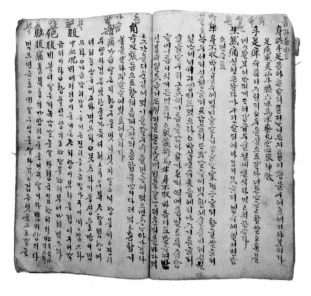

▎《구급방》

필사본. 필자 소장.

응급조치를 해야 할 위급환자의 병명과 그 치료법을 36개 항목에 걸쳐 수록한 《구급방언해》를 필사한 것이다. 《구급방언해》는 세조 12년(1466년) 무렵에 간행·배포된 듯하다. 초간본은 전하지 않고, 16세기 중엽의 중간본이 일본의 호사문고(蓬左文庫)에 완질이, 서울대학교 도서관 가람문고에 상권이 전한다. 상권은 내과(內科)에 속하는 것으로 중풍(中風)·중한(中寒)·중서(中暑)·중기(中氣)·토혈·하혈·대소변불통·요수(溺水) 등 19개 항목을 수록했고, 하권은 외과(外科)에 속하는 것으로 척상(刺傷)·교상(咬傷)·화상(火傷)·독충상(毒蟲傷) 및 해산부(解産婦)의 응급치료법 등을 17개 항목에 걸쳐서 수록했다. 성종 때 9권으로 증보되어, 《구급간이방(救急簡易方)》이라는 이름으로 성종 20년(1489년)에 간행·배포되었다.

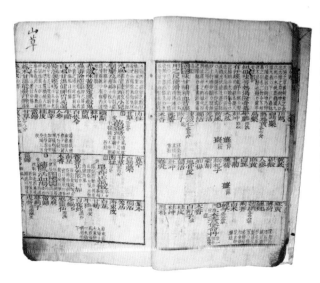

▎의방활투(醫方活套)

황도연(黃度淵) 저. 고종 6년(1869년) 간행. 목활자본 1권 1책. 필자 소장.

이 책은 황도연이 《의종손익(醫宗損益)》을 간편한 표식(表式)으로 쓴 것이다. 모든 방문 중에서 가장 긴요하게 쓰이는 처방들을 상·중·하 삼통(三統)으로 나누어, 상통은 보제(補劑), 중통은 화제(和劑), 하통은 공제(攻劑)의 삼품(三品), 삼단(三段년)에 배치했다. 이를테면 권두의 침선(針線)의 부에 각종 질병을 열거하고, 세목으로 나눈 지병에 대하여 각각 처방을 싣고, 그 처방 아래에 정수(丁數)를 붙여 색인에 편리하게 했다.

대로의 다리에는 날 맑아서 그물 말리고

나루터엔 날 저물어 배 매여 있네

官橋晴曬網(관교청쇄망)

野渡晚維舟(야도만유주)

《속동문선》에는 허종이 동월과 왕창에게 준 시가 두 수 전하고, 그 외에 차운시
와 즉흥시, 증별시도 전한다. 칠언율시 〈매정梅亭〉은 이렇다.

말이 빠지는 거리에는 먼지가 1만 장이지만

어디 그 티끌이 반점인들 산 모퉁이에 왔던가

뜻이 굳세매 어찌 동황東皇 신의 힘을 구했더냐

빛이 바르니 응당 백제白帝 신를 시켜 심었을 게다

숲 아래 눈이 차도 능히 즐거워하고

세상에 꽃몽우리 피어나도 시기하지 않누나

마음으로 잎사귀 진 뒤 열매로 국 맛 맞추길 기약하거니

바람 앞에서 옥젓대가 재촉한대도 괘념 않누나

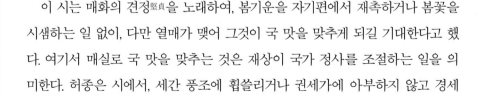

沒馬街頭萬丈埃(몰마가두만장애)　何曾半點到山隈(하증반점도산외)
意堅肯索東皇力(의견긍색동황력)　色正應教白帝栽(색정응교백제재)
林下雪寒能自適(임하설한능자적)　人間花動免相猜(인간화동면상시)
心期後葉調羹實(심기후엽조갱실)　不怕風前玉笛催(불파풍전옥저최)

이 시는 매화의 견정堅貞을 노래하여, 봄기운을 자기편에서 재촉하거나 봄꽃을
시샘하는 일 없이, 다만 열매가 맺어 그것이 국 맛을 맞추게 되길 기대한다고 했
다. 여기서 매실로 국 맛을 맞추는 것은 재상이 국가 정사를 조절하는 일을 의
미한다. 허종은 시에서, 세간 풍조에 휩쓸리거나 권세가에 아부하지 않고 경세

의 뜻을 지켜나가 언젠가 국가사업에 참여하리라는 포부를 드러낸 것이다.

또한 칠언율시 〈차 안변 동헌운 영설次安邊東軒韻詠雪〉은 이렇다.

눈 내릴 때 시정은 패교에만 있는 것 아니라서
가학루 앞 눈발은 공중에 가득한 형세
햇살이 쪽빛 밭을 비출 때 처음으로 눈에 어른거리더니
숲의 담복이 나부끼는가 했더니 이미 바람에 어지럽다
담요를 씹던 늙은 양치기는 진실로 애석했다만
눈오는 밤 내달려서 적을 사로잡았던 이소야말로 영웅이었다
변방의 성을 멀리 생각하면 추위가 더욱 심하리니
사막에는 대장군이 말을 머물게 할 길이 없구나

詩情不必灞橋中(시정불필패교중)　駕鶴樓前勢漫空(가학루전세만공)
日照藍田初纈眼(일조남전초힐안)　林飄薝蔔已搖風(임표담복이요풍)
嚙氈老監眞堪惜(교전로감진감석)　擒賊將軍最是雄(금적장군최시웅)
遙想邊城寒又甚(요상변성한우심)　窮沙無路駐元戎(궁사무로주원융)

이 시는 기상이 매우 높다. 과연 '북정도원수로서 여진을 정벌한 허종이로구나!' 하고 찬탄할 만하다. 허종은 당나라 때 이소李愬야말로 참으로 영웅이라고 했다. 이소는 당나라 때 회서 지방에서 반란이 일어나자 반란군의 근거지인 채주蔡州까지 120리를 눈 오는 밤에 급하게 달려가 닭 울 무렵에 이미 성중에 돌입하여 그 대장을 사로잡았다고 한다. 이에 비해 한나라 소무蘇武의 일은 애석할 뿐이어서, 허종은 그의 비참한 상황에는 놓이지 않으리라고 했다. 소무는 흉노에게 사절로 갔다가 억류당하여 북쪽 사막에서 양을 지키며 19년을 보냈는데, 겨울에 먹을 것이 없어서 담요를 뜯어 눈에 싸서 먹어야 했다. 이런 상황은 아니지만, 지금 변방 너머에서는 군사들이 추위에 고생할 것이고 사막에는 대장군이 주둔

할 길이 없으니 마음이 아프다고도 했다. 그렇기에 허종은 적을 토벌하여 변방을 하루빨리 안정시켜야 하겠다고 결심한 것이다.

허종의 아우 허침許琛도 정승이 되었다. 또 그의 누님도 문행文行과 식감識鑑이 있었고 100살이나 살았으므로 문중에서는 '100세 할머니'라고 불렀다. 두 형제가 누님을 매우 공손하게 섬겼고, 조정에 중대한 논의가 있을 때면 두 형제가 반드시 찾아가 의견을 묻고는 했다고 한다. 성종이 윤비를 폐위하려 할 때에 두 형제가 자문을 구하자, "아들이 동궁으로 있는데 어미를 죄주고서 어찌 국가에 탈이 없겠는가?"라고 했다. 그러자 허종은 병을 핑계로 폐비 논의에 참석하지 않았고, 허침은 의논을 달리하여 체직되었다. 그후 연산군이 황란荒亂해져서 윤비의 폐위를 마땅하다고 했던 사람들을 모두 죽였는데, 허종은 죽임을 면할 수 있었으니, 그것은 누나의 조언을 받아들였기 때문이라고 한다.

성종은 조선 제9대 왕으로 시호는 인문헌무흠성공효대왕仁文憲武欽聖恭孝大王이다. 덕종의 둘째아들로, 인수대비 한씨의 소생이다. 덕종이 세자가 되었다가 일찍 서거하자 세조는 그를 궁중에서 양육하며 자산군者山君에 봉했다. 1469년에 예종이 죽은 뒤, 예종의 아들이 어리고 어리석으므로 정희왕후 윤씨세조 비가 의논을 정하여 자산군을 후사로 삼고, 1470년에 명나라의 고명誥命을 받아냈다.

예종이 붕어한 뒤 13세의 나이로 즉위한 성종은, 처음에는 정희왕후의 수렴청정을 받았으나, 집정한 뒤에는 문치에 힘써 볼만한 정치를 이루었다. 우선 경연을 자주 열어 경연관으로 하여금 날마다 세 번 진강하게 하고 밤에도 소대하도록 했다. 그리고 2품 이상의 고문이 될 만한 자를 골라 날마다 돌아가면서 경연에 들게 하여 그 이름을 특진관이라 했다.

재위 3년째인 1472년에는 교서를 내려 백성들에게 검약할 것을 유시하고, 역대 제왕과 후비의 본받을 만하고 경계할 만한 일을 채택하여 《제왕명감帝王明鑑》과 《후비명감》을 엮었다. 재위 6년1475년에는 존경각을 성균관에 세우고 경서들을 내려주어서 간직하게 했다. 재위 9년1478년에는 우리나라의 시문을 모아서 《동문

| 성종대왕 태실비

현재 창경궁 춘당지(春塘池)옆 언덕 위에 있다. 본래 경기도 광주군 경안면 태전리에 있던 것을 1928년에 옮겨왔다고 한다. 창경궁은 성종이 재위 14년(1483년)에 정희왕후, 소혜왕후, 안순왕후가 거처하도록 수강궁을 중창한 궁궐이다.

선》을 엮게 하고, 지리지를 편찬해서 《동국여지승람》이라 했으며, 또 삼국의 역사를 정리하여 《삼국사절요》를 엮게 했다.

재위 11년1480년부터 성종은 문신의 제술을 장려했다. 중시重試는 본래 10년마다 한 번씩 치르도록 규정되어 있었으나, 치른 지 4년밖에 되지 않은 그해에 다시 실시하고, 4년마다 치르는 것을 항례로 삼았다. 재위 12년1481년에는 문신 정시庭試 때 제술에서 으뜸을 한 양성지梁誠之에게 숭정대부의 극품을 주었고, 그해 12월에는 홍문관원의 정시庭試를 행했다. 또 12월에는 이창신李昌臣이 문학에 능한 연소 문신들에게 홍문관직을 겸대케 하여 제술에 종사토록 할 것을 건의하자, 받아들였다. 그리고 송나라의 풍습을 본떠 교년交年·음력 12월 24일에 근신 6명에게 백운百韻의 시를 지어 올리게 했다. 그 뒤 성종은 문사 양성을 이유로 문신들에게 자주 시부를 지어 올리게 했다.

재위 13년 가을에는 두시의 언해를 명하고, 문학에 관계된 책들을 주해하여 간행케 했다. 소식蘇軾 시집의 주해, 이백李白 시집의 간행, 황정견黃庭堅 시집의 언해, 《연주시격聯珠詩格》의 언해, 《문한유선文翰類選》의 반하頒下, 왕안석 시집의 간행, 《당시화唐詩話》·《송시화宋詩話》·《파한집破閑集》·《보한집補閑集》의 역대 연호 및 인물 출처의 주석 등을 명했다.

재위 25년1494년 12월 24일, 위독하게 된 성종은 관복을 갖추고 대신들을 불러 모았다. 다음날 25일기묘에 정침에서 승하하니, 향년 38세요 재위 기간은 26년이었다. 광주 서쪽의 학당리 언덕에 안장하고 선릉宣陵이라 했다.

성종은 문무의 선비를 극진히 대우했다. 성현의 《용재총화》에 이와 관련해서 여러 기록이 있다.

춘추 상정上丁에 소왕素王·공자에게 석전을 지내고 이튿날 음복연을 베풀었는데, 의정부와 육조의 당상관과 낭청의 문신으로 있는 자가 모두 가서 참례하고 훈련원 관원도 참여했다.

춘추에 큰 독纛에 제사를 지내고 이튿날은 음복연을 베풀어 주악을 하사했다. 이때는 의정부와 육조 당상이 가서 참례하고 성균관원도 역시 참여했다. 문무 남행원音官은 선생을 불러가며 서로 술을 권하다가 머리끝까지 취하기도 했다.

매년 상사일과 중양절에는 유생 과시儒生科試를 베풀고, 우두머리로 합격한 세 사람은 회시에 나가는 것을 허가했다. 또 문신 과시文臣課試를 의정부에서 베풀고 수석인 사람은 가자加資했는데, 의정부와 육조·관각館閣·당상관이 참여했다.

춘추로 무도시武都試를 베풀고 초장·종장에는 주악을 하사하여 의정부와 육조·도총부 당상관이 참여하고, 그 나머지 날에는 당상관 각각 한 명이 참여했다. 1등을 한 사람은 수에 상관없이 가자加資하고 그 나머지에게는 벼슬을 주었다. 연품宴品이 같고 문무가 한 가지이지만, 문관은 예법을 따지고 무관은 방탕했으므로 사람들은 훈련원에 나가는 것을 즐겨하고 성균관에 가는 것을 꺼렸다. 성종이 듣고 문무 연회가 있는 날은 정부 육조·당상관에게 명하여 전원이 가서 참석하게 했다.

성종은 특히 문인들을 아꼈다. 심지어는 상식을 벗어난 발탁을 했다는 이야기들이 여러 기록에 전한다. 차천로의 《오산설림초고》에는 충주의 한 광문을 홍문관에 등용한 이야기가 있다.

성종 때 한 환관이 명을 받들어 호서를 돌아보고 왔다. 백성들이 괴롭게 여기는 일과 한가한 일을 묻자, 환관은 충주에 사는 한 가난한 선비의 일을 이야기했다. 한 선비가 목사의 손님이 되었는데, 목사는 그를 친구로 대하고 또 기생을 시켜 시침하게 했다. 기생은 정이 들지 않았으나 선비는 정이 깊어져서 이별할 때 눈물을 흘리며 차마 떠나지 못했다. 그 고을의 광문廣文·교수이 마침 이별 자리에 함께 했는데, 선비는 광문의 손을 잡고는 기생과 자기를 함께 허리띠에 묶고, "그대는 이별의 한을 나와 함께 할 수 없겠는가?"라고 했다. 광문이 그를 위해 율시 한 구를 지어 주었는데, 그 한련에 "붉은 빛 높은 띠는 허리에 비껴 가늘고, 깊은 빛 큰 신은 발에 신어 편안하네(紫芝崔帶橫腰細, 黑黍張靴着足安)"라고 했다. 선비는 그 시를 기생에게 주며 "잊지 않기를 바란다."라고 했다. 그러고도 이틀이 지나도록 이별하지 못하니, 보는 사람이 모두 눈으로 웃었다고 한다. 성종은 이 이야기를 듣고 빙그레 웃으면서 광주 광문의 이름을 기둥에 적어 두었다. 그 뒤 특별히 광문의 이름을 홍문록弘文錄에 올리게 하자, 대간이 여러 날 동안 반대했다. 하루는 성종이 성상소城上所·사간원과 사헌부의 관원이 대궐 문 위에서 드나드는 백관을 살피던 곳에 입알入謁한 장령을 불러 입대하도록 명하여, "어찌하여 이 논란이 있는가?"라고 물었다. 장령이 홍문록에 이름 올리는 일은 결코 내지內旨·국왕의 특별한 지시에 따른 적이 없었다고 하자, 성종은 "권세가와 요로에 분경奔競하여 얻은 것이 공公인가? 임금이 이름을 알아주어 얻는 것이 공인가?"라고 했다. 장령은 힘껏 간했으나, 성종은 말소리와 얼굴빛을 매우 엄하게 하고 꾸짖고는 나가도록 명했다. 장령이 떨면서 물러가다가 임금만 이용하는 길로 잘못 갔다. 임금이 좌우에 이르기를, "제가 가야 할 길은 가지 못하면서, 도리어 남의 앞길을 막으려 하는가!"라고 했다. 간관이 그 장령을 탄핵하여 벼슬을 떼었고 광문은 마침내 옥당弘文館에 들어오게 되니, 정말로 그 광문은 기재奇才였다고 한다.

또 《오산설림초고》에는 성종이 한 태수에게 집의 벼슬을 주었다가 곧바로 이조참의로 삼고 또 얼마 안 되어 이조판서로 삼았다는 이야기도 있다.

성종은 어떤 태수가 남달리 치적이 있어 아주 유용한 그릇이라는 말을 듣고 사간원 집의 벼슬을 주자, 삼사가 안 된다고 간쟁했다. 그러자 며칠 안 되어 또 발탁하여 이조참의로 삼았다. 삼사가 극력 간쟁하자, 다시 발탁하여 이조참판으로 삼았고, 삼사가 여러 날을 탄핵하자 더욱 발탁하여 이조판서로 삼았다. 삼사는, 이러다가는 반드시 삼공의 자리에 오를 것이니 그만두는 것만 못하다고 여겨 간쟁을 그만두었다고 한다.

실명이 나오지 않는 것을 보면 위의 두 이야기는 설화일 따름이다. 성종은 인재를 직접 등용하는 데 힘써서 때로는 공론이나 정해진 승급 과정을 어기기까지 했다는 것을 이 설화들로부터 짐작할 수 있다.

성종 때도 동북면 여진족들이 국경을 자주 침범했다. 이때 문무를 겸한 허종이 파견되어 그 소요를 진정시킬 수 있었는데, 이 일은 종래 무인들이 정벌에 나선 것과는 상당히 차이가 있었다. 허종은 무를 겸한 문인이었기에 성종에 의해 중용되었던 것이다.

朝鮮

제
23
장

성종,
유구 사신을 칭하는 일본인에게
조선의 토산품을 내리다

재위 24년째 되던 해인 1493년 7월 15일^{정미}, 성종은 유구 사신이라 자칭하는 일본인에게 조선의 토산품을 내렸다. 이때 성종의 명으로 작성된 회답 서계_{書契}는 이렇다. 서계란 조선시대 공식 외교문서의 일종으로 입국 사증을 겸했다.

우리나라가 귀국과 더불어 비록 바다가 1만 리나 막히었고 길이 크게 멀다고 하더라도 대대로 화호_{和好}를 돈독히 하여 그 내려옴이 이미 오래입니다. 그런데 이제 일본국 박다_{博多·} 하카타 지방에 거주하는 왜승 범경_{梵慶}과 왜자_{倭子·}왜놈 야차랑_{也次郎·}야지로 등이 귀국의 사신이라고 일컬으며 우리나라 국경에 와서 도성에 이르렀습니다. 그래서 나는 귀국이 옛 우호를 잊지 않고 이에 다시 통문_{通問}하니, 진실로 위로가 되고 기쁘게 생각했습니다. 그러나 그들이 가지고 온 서계를 보니, 인문_{印文}이 전에 온 인문과 같지 않았습니다. 생각하건대, 우리 두 나라가 화친하면서 의빙_{依憑}하여 징험하는 바는 인신_{印信}이거늘, 이제 이와 같으므로, 그 사이에 거짓됨이 있을까 염려스러우니 살펴 양해하기를 삼가 바랍니다. 사자가 가지고 온 물건은 삼가 이미 수령했으며, 변변치 못한 토의_{土宜·}토산품 성물는 별폭_{別幅}에 갖추어 적어 두었습니다.

이날 성종은 조정 신하들에게 유구 국왕의 서계에 답하는 일을 의논하게 했다. 이것은 왜승 범경과 왜자 야차랑_{야지로}이 지참하고 온 유구 국왕의 서계가 가짜 문서임이 드러났기 때문이었다.

이극균은 야차랑 등이 속여서 전한 것이라면 서계와

회봉 물건을 전하는 것이 이치에 닿지 않는다고 반대했다.

윤필상은 회봉回奉·외교상의 답례하는 물품의 건수는 서계에 기재하지 말고 사자에게만 주어서 보내는 것도 무방하다고 했다.

노사신은 이렇게 제안했다.

지금 온 사신들이 만일 유구에서 보낸 자들이 아니라면 서계를 부친다 해도 저들이 어찌 전하겠습니까? 그렇다면 회봉 물품의 건수를 기록하고 기록하지 않는 것이 아무 관계 없습니다. 만약 국왕이 보낸 것이라면 회봉 물품의 건수를 서계에 기록해야만 하고, 답서에도 딱 잘라 불신하는 말을 적어서는 안 됩니다. 지금 답하는 서계에 '크게 서로 멀리 떨어진다.(大相遼絕)'라는 것과 '귀국 사신으로 대접하지 않는다.'라는 말은 아마도 온당하지 못할 듯합니다. 만약 '서계 가운데 인문印文이 전에 온 인문과 조금 같지 아니함이 있으니, 아마도 혹 거짓이 있을 듯하다.'라고 고친다면 일이 사실과 어긋나지도 않고 말도 조금 은미하고 순할 것입니다. 그러면 비록 정말로 유구에서 보낸 것이고 그 나라에서 그것을 본다고 하더라도 해롭지 않을 듯합니다.

허종은 '귀국 사신으로 대접하지 않는다.'라는 말은 온당하지 못하므로, 이 말만 고치면 증답품을 수령한 일과 토산품을 회봉하는 일을 아울러 기록해도 좋으리라고 했다. 이철견과 정문형도, 사신을 칭하는 자들이 유구 국왕이 보낸 사신이 아니라면 회답하는 서계가 반드시 전달되지 않을 것이므로 회봉 물건을 서계에 기록하더라도 관계없으리라고 했다.

최종적으로는 노사신의 의논에 따라, 야차랑 등이 가지고 온 물건을 수령했다는 내용과 조선의 토산품을 별폭과 같이 보낸다는 내용을 국왕이 보내는 서계에 기록하기로 했다. 그러면서 야차랑 등이 가지고 온 서계의 인문이 전에 온 인문과 다르므로 거짓이 있지 않은가 의심스럽다는 내용을 명기하기로 했다. 그래서 최종적으로 작성한 서계가 바로 앞에서 본 내용이었다.

성종 24년에 유구 국왕의 사신을 칭하는 자들을 어떻게 대우하는가 하는 문제는 외교적으로 매우 민감한 사안이었다. 당시 조선은 유구와 교린의 외교를 하고 있었을 뿐만 아니라, 유구의 사신 왕래는 대마도주의 확인 하에 이루어지고 있었기 때문이다. 즉, 우리나라에 왕래하던 왜인은 우리나라로 올 때 통행 증명서인 문인文引을 대마도에서 발급받게 되어 있었다. 문인을 노인路引이라고도 한다. 먼 곳을 여행하는 사람이 발급받아 가지고 가던 여행 증명서였다.

유구는 조선과 멀리 떨어져 있어서 실제로 사신이 내왕하는 일이 드물다가, 성종 때 유구 왕국의 사신을 칭하는 자들이 자주 도래했다. 그 가운데는 일본의 서남 해변에 거주하는 상인들과 승려들이 무역을 하려고 유구 왕국의 사신을 사칭하는 일도 있었다.

성종 24년1493년 6월 6일무진의 《실록》 기록을 보면, 범경이 유구 국왕 상원尙圓의 서계를 가지고 왔다는 사실이 나온다. 태백산사고본을 보면 이렇다.

琉球國王尙圓拜覆朝鮮國王殿下(유구국왕상원배복조선국왕전하), 宓以吾陋邦(복이오누방), 附備曰大島(부용왈대도), 近來日本甲兵來欲奪之(근래일본갑병래욕탈지), 由是戰死者甚多(유시전사자심다). 雖然每戰勝之者十八九(수연매전승지자십팔구), 折衝於千里(절충어천리).

기존의 번역문은 이러했다.

유구 국왕 상원은 조선 국왕 전하께 엎드려 아룁니다. 삼가 우리 작은 부용의 나라를 큰 섬이라고 여겼는데, 근래에 일본의 갑병甲兵이 와서 빼앗고자 하므로, 이로 인하여 전사한 자가 매우 많았습니다. 그렇기는 해도 싸움할 때마다 이긴 것이 십중팔구여서 천리에서 적의 예봉을 꺾었습니다.

이 번역문을 읽으면, 유구 국왕이 자신의 나라를 조선에 대해 작은 부용의 나

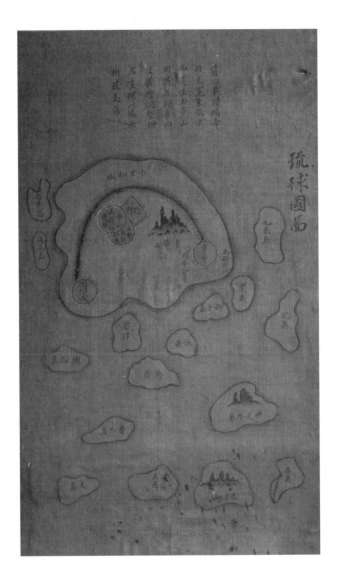

┃유구국도

한국학중앙연구원 사진 제공.

유구의 북쪽 섬들이 도면에 나와 있다. 대도(大島)는 곧 아마미 대도(奄美大島)이다. 성종 2년(1471년)에 신숙주(申叔舟)가 엮은 《해동제국기》는 일본의 지세(地勢)·국정(國情), 교빙왕래(交聘往來)의 연혁, 사신관대례접(使臣館待禮接)의 절목(節目) 등에 걸쳐, 일본국기(日本國記)·유구국기(琉球國記)·조빙응접기(朝聘應接記) 등을 기록했다. 책머리에는 해동제국총도(海東諸國總圖)·일본본국도(日本本國圖)·시에토구주도(西海道九州圖)·일기도도(壹岐島圖)·대마도도(對馬島圖)·유구국도(琉球國圖) 등 6장의 지도를 첨부했다. 도쿄대학본[東京大學本]과 일본의 내각문고본(內閣文庫本) 및 도쿄문구당본[東京文具堂本] 등 이본(異本)이 전하며, 1933년 조선사편수회에서 《조선사료총간》 제2집으로 영인했다.

라로 자처하되 일본에 대해서는 큰 섬이라 자부했다는 것이 된다. 그렇다면 15세기 말의 조선은 유구를 외교적으로 지배한 강국이었던 셈이 된다.

그러나 이 번역은 오류가 있다.

배복拜覆은 문후하거나 답장할 때의 상투어다. '엎드려 아룁니다.'라고 극히 겸양해서 말한 것이 아니다. 단, 복必은 밀密이나 복伏과 통하는 글자인데, 복이伏以는 신하가 군주에게 공경의 말을 꺼낼 때 쓰는 말이므로 배복拜覆과는 어울리지 않는다.

문제는 그 다음의 '以吾陋邦附傭曰大島'라는 구절이다. 번역본에서 '우리 작은 부용의 나라를 큰 섬이라고 여겼는데'라고 풀이한 부분이다. 曰은 직접인용의 어구를 가져오거나, 고유명사 혹은 강조어를 제시하거나 할 때 사용하는 것이 보통이다. 이 단락은 오누방吾陋邦과 부용附傭의 사이에 쉼표를 두지 말아서, "삼가 우리나라의 부용인 대도는 근래 일본의 갑병이 와서 빼앗고자 하므로, 이로 인하여 전사한 자가 매우 많았습니다."라고 번역해야 한다. 우리나라의 부용이 대도라는 말이지 우리 작은 부용의 나라를 큰 섬으로 여긴다는 말이 아니다. 유구의 부용인 대도는 곧 오늘날 아마미奄美 대도라고 일컫는 섬을 가리킨다.

아마미를 대도라고 일컬은 것은 그 유래가 오래다. 그 사실은 바로 성종 2년 1471년에 신숙주가 엮은 《해동제국기》에서 알 수 있다. 《해동제국기》는 아마미를 대도라 적고, 에라부惠羅武로부터 145리에 있으며 유구에 속한다고 밝혀 두었다. 《해동제국기》는 유구 제도의 지도를 세계에서 처음으로 작성한 귀중하고도 위대한 문헌이다.

아마미 오시마가 유구에 입공한 것은 1266년이라고 한다. 이것은 유구의 정사正史인 《구양球陽》에 나온다. 한편 일본의 사쓰마薩摩는 1609년에 이르러 슈리首里성을 함락하기 이전에 그 병참기지가 될 수 있는 아마미를 거듭 침공해서 유구와 영유권을 다투었다. 아마미에는 사쓰마 선단이 접안했을 것으로 추정되는 만곡이 여러 곳에 있다.

그런데 범경과 야차랑 등이 지참한 이른바 유구 국왕의 서계에서 이 단락은 수사적인 내용일 따름이다. 그들이 가져온 서계는 유구에서 불사를 일으키므로 이에 필요한 여러 물자들을 무역하도록 허락해 달라는 내용이다. 그 말을 끄집어 내고 지참한 서계가 진짜라는 것을 강조하기 위해 아마미와 유구의 관계를 슬그머니 언급한 것에 불과하다.

　범경과 야차랑이 지참한 서계를 보면, 그들은 유구에서 큰 불사가 있을 것을 예상하여 무역을 통해 막대한 차익을 보려고 꾀한 듯하다. 그 중간에는 쓰시마 도주島主도 간여해 있었다. 범경이 지참한 서계는 이러했다.

유구 국왕 상원은 조선 국왕 전하께 아룁니다. 삼가 우리나라의 부용인 대도는 근래에 일본의 갑병이 와서 빼앗고자 하므로, 이로 인하여 전사한 자가 매우 많았으나, 그렇기는 해도 싸움할 때마다 이긴 것이 십중팔구여서 천리에서 적의 예봉을 꺾었습니다.

삼가 살펴보건대, 우리나라는 다섯 산에 명찰을 세워 모두 장전藏殿을 두고, 매일 승려의 무리에게 명하여 번전纏轉하기를 게을리하지 않으면서 황가皇家의 만세를 기도하여 올리게 했더니, 그 기이한 상서가 이루 헤아릴 수 없이 많았습니다. 이는 진전眞詮의 제부諸部에서 가호해서 그런 것이겠지만, 또한 황가의 후한 은혜 덕에 그런 것이 아니겠습니까? 지극히 축수하고 지극히 기도합니다. 그러므로 장전藏殿의 복된 터를 거듭 안치하고자 하는데, 대개 우리나라는 쓸 만한 좋은 재목이 부족합니다. 부디 귀국의 훌륭한 물건을 내려 주시어 창건하기를 원하므로, 사선使船을 보내는 것입니다.

면포 약간 필, 백저포 1,000필, 호피·표피 200장, 이러한 은사恩賜를 받게 되면, 사선使船을 남만에 보내어 자단紫檀과 화리花梨로 대들보를 만들고 연와鉛瓦로 지붕을 만들겠습니다.

그리고 방물의 조목은 별폭에 자세히 적었습니다. 후추胡椒 500근斤, 대도大刀 100파把, 목단향牧丹香 200근, 정향丁香 100근, 소메蘇梅 300근입니다. 싱인들의 매물賣物은 동칠銅漆 사어피沙魚皮·주홍朱紅입니다. 이 매물들은, 우리나라에 무너진 절이 있어 이름을 천룡사天龍寺라 하는데, 지금 이를 일으키기 위해 가지고 건너가는 것은 두세 가지입니다.

원하건대, 선례대로 내려 주시기를 허용하신다면 매우 다행이겠습니다.

야차랑이 지참한 서계는 이러했다.

대저 생각건대, 상방上邦·귀국의 선정은 인자함이 안에서 넘쳐 화이華夷가 그 교화에 모두 복종하고, 은택이 외방에 퍼져 사해가 그 덕을 우러러봅니다. 그러므로 귀국은 우리 고을과 비록 1만 리 바다를 사이에 두고 떨어져 있지만, 제 마음은 항상 뭇별이 북극성을 향하는 것과 다를 바가 없습니다. 그래서 수차 사선使船을 보내어 평안하신지 여쭈었으며, 또 중한 은혜를 입었습니다. 특별히 올해에는 대장경을 내려 주셨으므로, 즉시 국선사國禪寺에 두고 만세토록 국가의 진기한 보물로 삼을 것이니, 손뼉 치며 즐거워함이 지극하고 말로써 이루 미칠 수 없어 매우 다행하고 다행합니다. 삼가 만분의 일의 예禮라도 펴고자 하여 대궐 아래에서 엎드려 배례拜禮를 바치도록 합니다. 살피고 살펴 주십시오.

헌납할 방물은 별폭에 자세히 적었습니다. 단목丹木 300근, 후추 200근, 정향丁香 100근, 오매烏梅 200근, 납철鑞鐵 100근입니다. 상인의 매물買物은 황금黃金·동철銅鐵·목향木香·주홍朱紅입니다. 저 상인이 사려는 물품을 선례에 따라 허용하신다면 다행이겠습니다.

범경과 야차랑이 성종 24년1493년 6월 6일에 바친 유구 국왕의 서계는 사흘 뒤 6월 9일신미에 이미 위조임이 드러났다. 당시 좌승지 김응기는, 야차랑이 유구 국왕의 서계를 받아 온 것이 모두 세 번이었는데, 처음에 가지고 온 서계의 인문印文은 전날 다른 사신이 가지고 왔던 서계의 인문과 같았으나, 후에 가지고 온 서계와 이번에 가지고 온 서계의 인문 자획의 크기가 상당히 다르다고 지적했다. 또 전에 가지고 왔던 서계 안에는 부험符驗 인신印信의 반쪽 글자를 아울러 기록해 두었기 때문에 그 사신이 와서 머무르는 포소浦所·외국인과 교역하는 포구에서 반드시 먼저 부험을 합쳐본 뒤에 접대했는데 이번에는 이 말이 없어 더욱 믿기 어렵다고 했다.

도승지 조위는, 야차랑은 지난해에 왔다가 돌아간 지 얼마 되지 않았는데 어떻게 갑자기 또 올 수 있겠느냐고 하고, 게다가 인문이 전번 서계의 인문과 같지 않으므로 의심스럽다고 했다. 또한 "저들은 우리가 유구 왕국의 사신을 매우 후하게 대접하고 회봉도 많이 하기 때문에 서계를 위조해 가지고 와서 자기의 이익을 엿보는 것임에 틀림없습니다."라고 단정했다. 그리고 "이제 우리가 저자들의 간사함을 알았는데도 전례에 의하여 후하게 접대한다면 후에 반드시 그치지 않고 우리를 속일 것입니다. 신은 회답하는 서계에, 부험이 없으면 믿기 어렵다는 뜻을 명백히 알리고 답사答賜도 줄이는 것이 어떠할까 생각합니다."라고 의견을 내었다.

야차랑은 일본 하카다 사람인데, 지난해에도 유구 국왕의 서계라는 것을 지참하고 온 일이 있었다. 그래서 조위는 이렇게 말한 것이다.

이에 성종은 서계가 허위인 것이 분명하므로 저들이 가지고 온 물건을 돌려주고 접대하지 않는 것이 어떤지 예조에 묻도록 했다. 김응기는 성종 원년1470년에 유구 국왕 상덕尙德의 도장이 찍힌 오른쪽 서계를 가지고 와서, 이번에 상원이 보낸 인적印跡은 상덕의 것과 다르다고 했다. 이에 조정의 신료들은 야차랑을 어떻게 조처해야 할지 숙의하기 시작했다. 예조에서 이렇게 아뢰었다.

야차랑은 지난 신해년1491년·성종 22년에 우리나라에 왔었고 지난해 3월에 돌아갔으며 이번에 또 왔으니, 수로가 얼마나 먼지 자세히 알 수는 없으나, 다만 매년 내왕하므로 신들도 그것이 거짓이 아닐까 의심했습니다. 그러나 이제까지는 유구의 사신을 칭할 때 거짓이 있다는 것을 우리가 비록 환히 알기는 해도 그때마다 입증할 수 없어서 그냥 접대해 왔습니다. 더구나 국가에서 대마 도주를 후하게 대우하여, 왜의 사신이 오게 되면 모두 대마도를 경유하여 노인문인을 받아 옵니다. 그런데 이번에 저들을 접내하시 않는다면 도주도 반드시 부끄러워힐 것입니다. 신들의 생각으로는, 시게가 진짜가 아니라는 뜻을 명백히 말하고서 약례略例에 따라 답사答賜하고 보통 왜와 같이 접대한다면 저들이 반드시 부끄럽게 생각하여 승복할 것입니다.

성종은 영돈녕 이상과 의정부에 의논하고, 예조에서도 다시 의논하여 아뢰도록 명했다. 이에 윤필상·이극배·노사신·윤호·허종·정문형·이극균·유지·노공필·이숙감은 야차랑 등이 가지고 온 유구 국왕의 도장은 전체篆體로 쓴 글자가 제 모양을 이루지 못했고, 성화成化 기해년1479년·성종 10년에 표류한 사람을 해송解送했을 때 지참해 온 서계 안의 도장과도 같지 않으므로, 위조임이 명백하다고 결론지었다. 그리고, 예조 낭청을 그들에게 보내어 도장이 위조임을 승복받도록 하되, 쓰시마에서 온 사신을 대접하는 예로 그들을 접대하라고 건의했다. 또 회사回賜는 주되 조연助緣의 청구는 들어주지 말라고 했다.

성종은 이 의견에 동의하면서, 이번 일은 쓰시마와 상관은 없지만 그자들이 쓰시마를 경유해 왔으므로 유구 서계의 인적이 의심스럽다는 뜻을 글로 써서 알리는 것이 좋겠다고 했다. 6월 12일갑술에는 예조에서 아뢴 대로 유구 왕국의 문서에 답하게 했다.

예조에서는 야차랑 등을 묵게 한 동평관조선시대에 일본 사신 등을 머물게 한 곳으로 낭관을 보내어, 야차랑 등이 가지고 온 서계의 인적印跡이 기해년1479년·성종 10년과 계묘년1483년·성종 14년의 서계 인적과 같지 않아서 믿기가 어렵다고 했다. 범경과 야차랑은 자신들은 모르는 일이라고 변명했다. 야차랑은 또 "앞서 하카다 사람 도안道安이 여러 차례 유구 국왕의 서계를 받아 귀국에 사신으로 왔었는데, 저도 하카다 사람입니다. 비록 본국에 사는 자라 하더라도 나라의 일을 알지 못할 수도 있거늘, 더구나 저는 다른 곳의 사람인데, 유구 국왕이 쓰는 인신印信이 하나인지 둘인지 혹은 열 개에 이르는지 제가 어찌 알겠습니까? 답하는 서계를 빨리 써주시기만을 바랄 뿐입니다."라고 시치미 뗐다.

예조는 만일 답서를 주지 않는다면 저자들이 분을 품을 것이 확실하므로, 우선 그 청에 따라 유구 국왕에게, "두 나라에서 우호友好를 통한 지 이미 오래 되었으나, 왼쪽 서계가 없어 오직 인신印信으로 증험을 삼아 왔습니다만, 이번에 야차랑·범경 등이 가지고 도착한 서계의 인적은 전서의 글자 모양을 이루지도 못했고 이전의 서계와 크게 달라서 믿을 만한 사신으로 대접할 수 없습니다."라는 뜻으로 글을 써서 답하고, 쓰시마 도주에게도 아울러 유시하시도록 청했다.

6월 14일병자, 예조에서 야차랑 심문 내용을 글로 아뢰었고, 예조는 다시 낭관을 보내 성종의 하교를 전했다. 성종은 "먼 곳의 사람이 큰 바다를 무릅쓰고 고생하며 내조했으니, 비록 유구 국왕의 사신으로 대우하지는 못하지만 그래도 동평관에서 접대하여 보내지 않을 수 없다."라고 하교했다. 야차랑은 "이번에 이런 범상치 않은 일이 있어 국왕의 사신으로 대접하지 않으신다면, 첫째 유구 국왕에게 책망을 들을 것이고, 둘째 쓰시마 도주에게 책망을 들을 것이며, 셋째 대국조선에 대해 과실을 저지르는 것이므로 매우 부끄럽습니다."라고 말하고, 또 "서계의 인적이 같지 않은 것은, 유구국 대신이 잘못을 저지른 소치인 듯합니다. 답하는 서계에 이러한 뜻을 갖추어 기록해 주신다면, 제가 장차 대신에게 두루 아뢰겠습니다."라고 했다.

6월 27일기축에 이조판서 홍귀달은 유구 국왕의 사신이라 자칭하는 저자들을 거추巨酋·쓰시마 도주의 사신처럼 대접할 것을 건의하고, 홍문관으로 하여금 회답하는 서계를 지으면서 간사한 실상을 기재할 필요가 없다고 주장했다. 저자들이 정말 허위라면 이쪽의 서계를 유구 국왕에게 전할 리 없으며 유구 국왕의 도서圖書가 하나가 아니라면 저들이 반드시 사신을 보내어 답하게 되어 외교적 문제가 될 것이므로, 쓰시마 도주에게 글월을 내려 유시하는 것이 좋겠다고 했다. 성종은 영돈녕領敦寧 이상과 의정부의 대신들에게 의논하도록 명했다.

윤필상 : 저들이 우리가 답하는 서계를 전하지 않는다 하더라도 우리에게는 해가 되지 않으며, 저들의 서계가 실제로 유구 국왕의 서계라서 유구 쪽에서 사신을 다시 보낸다면 그때 가서 잘 접대하면 됩니다.

이극배 : 유구 국왕의 서계에 답을 쓰기로 이미 정했으므로 그대로 시행하십시오.

노사신 : 유구 국왕이 보냈다는 물건을 이미 받았고 우리도 회봉하는 물건이 있으므로 답서가 없을 수 없으며, 저들이 전하지 않는 것은 염려할 바가 아닙니다.

허종과 정문형 : 유구국의 서계에 대해서는 답을 하지 않아도 무방하지만, 야차랑

등이 청하기를 그치지 않는다면 부득이 답을 쓸 수밖에 없습니다.

이철견 : 유구 국왕의 사신을 거추据酋의 예로 대접한다면, 인적印蹟을 믿지 못하겠다는 사연을 아울러 기록하지 않을 수 없습니다.

이극균 : 야차랑 등이 답을 써달라고 강청한다면, 국가에서 끝내 거절할 수가 없습니다.

유지 : 저자들이 의심스럽기는 하지만 답서를 청한다면 서계로 답하더라도 해가 되지 않을 것입니다.

이러한 논의 끝에, 조선 조정은 유구 사신을 칭하는 자들을 위해 답서를 작성하고 토산품을 회봉하되, 인신이 의심스럽다는 점을 답서에 명기하기로 했다.

그런데 1492년 당시 유구 국왕은 상원이 아니라 그 아들 상진尙眞이었다. 제2상씨 왕조의 개조開祖인 상원이 1476년에 죽자, 신하들은 세자 상진이 어리다는 이유로 상원의 아우 상선위尙宣威를 제2대 왕으로 삼았다. 하지만 상선위는 즉위한 지 얼마되지 않아 상원의 왕비 오기야카의 책략으로 퇴위당하고, 1477에 12세의 상진이 제3대 왕에 올랐다. 상진은 1526년에 죽기까지 상업을 일으켜 유구를 매우 번성하게 만들었다. 그런데 조선의 김응기와 조위, 그리고 예조의 관료들은 상원과 상진의 차이를 깨닫지 못했다. 그렇지만 범경 등의 서계를 위조로 판단한 것은 잘못이 아니었다.

조선시대 초기에 유구는 중국, 조선, 일본과 교역했다. 뿐만 아니라 20톤급의 얀바르선山原船·범선으로 안남, 샴, 자바, 수마트라까지 왕래했다. 유구는 중국에서 생사, 견직, 도자기를, 남해로부터 향료와 약료, 소목蘇木과 후추를, 일본에서 도검刀劍과 부채를 취해서 교역했다.

유구가 중국과 왕래한 것은 1372년에 명나라 태조의 사절이 와서 조공을 요구한 데서부터 시작되었다. 당시에는 유구가 남산·북산·중산으로 분열되어 있었는데, 중산왕 찰도察度는 곧바로 진공사朝貢 사신를 보냈다. 뒤이어 남산과 북산도 조공을 했다. 1404년에 찰도의 뒤를 이어 무녕武寧이 중산왕이 되자, 명나라 세조는 사신을 보내어 그를 책봉했다. 그 뒤 중국은 1866년에 최후의 유구왕 상태尚泰를 책봉하기까지 24회에 걸쳐 유구에 책봉사를 보냈다. 책봉사 일행은 400~500명에 이르렀고, 4~8개월간 머물렀으며, 책봉의 의식을 유구의 슈리首里성 앞뜰에서 거행했다.

한편, 유구는 1372년부터 1867년까지 중국에 조공하러 가는 진공사를 2년에 1회 보냈는데, 중간에 5년에 1회, 10년에 1회 줄였다가 마지막에는 2년에 1회로 바꾸었다.

유구가 통일국가로 발달한 것은, 1429년에 상파지尚巴志가 유구를 통일한 이후다. 상파지는 행정조직을 정비해서 간절間切(촌村)마다 역우驛郵를 두어, 슈리 정청政廳이 발령한 포고를 정확하게 전달하게 했다. 1432년에는 명나라가 아시카가 요시노리足利義教에게 보내는 국서를 받아와서, 보물과 함께 그것을 아시카가 요시노리에게 전달했다.

그러나 1591년에 사쓰마 번의 시마즈씨島津氏는 상녕尚寧 왕에게 조선 침략을 위해 군량미를 공출하라고 요구했다. 그리고 1609년에는 유구에 3,000명의 군대를 파견해서 슈리성을 함락시켰다. 이후 유구는 아마미 제도를 사쓰마 번에 할양하고, 강제 조약으로 사쓰마 번에 예속했다. 1634년에 사쓰마 번은 유구 왕국에 대해, 막부 쇼군의 즉위를 축하하는 경하사를 파견하고 후사 국왕을 인정받은 데 대해 감사하는 사은사를 파견하도록 요구했다. 일본의 에도막부는 1635년에 쇄국정책을 실시하면서, 유구 왕국을 중국 무역의 창구로 활용했다. 1872년에는 유구 왕국이 류큐 번이 되었다. 1874년에는 청나라로 최후의 진공선을 파견했다.

일본의 사쓰마 번은 유구 왕국이 중국에 조공을 바침으로써 생겨나는 무역 이익을 확보하기 위해 유구 왕국을 존속시켰다 사쓰마 번과 에도막부는 이 사실을 중국에 알리지 않은 채 수백 년 동안 숨겼다.

한편 고려 공양왕 원년1389년에 유구 왕국의 중산왕 찰도는 사신을 보내와서

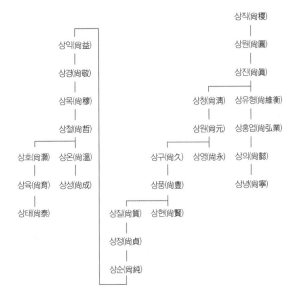

유구국 왕실 계보

빙문하고, 우리나라에서 왜적에게 사로잡혀 간 37명을 돌려보냈다. 공양왕 2년1390년 8월에 김윤후金允厚 등이 유구 왕국으로부터 돌아왔는데, 중산왕은 또 옥지玉之 등을 보내어 신하를 칭하며 표문을 올렸고, 잡혀갔던 사람들을 돌려보냈으며 토산물을 바쳤다. 이때부터 해마다 사신을 보내왔으며, 그 세자 무녕 역시 방물을 바쳤다. 조선 태조 원년1392년 8월 18일정묘에도 유구 왕국 중산왕이 사신을 보내 조회했고, 1462년 1월과 1467년 3월에도 유구 왕국에 불경을 하사했다.

성종 이후로는 유구의 사신이 직접 찾아오는 일은 없었던 듯하다. 그러다가 선조 23년1590년에 유구 사람들이 조선 경내에 표류해 들어오자, 조선은 관원을 차임하여 요동으로 압송하게 한 다음, 그곳에서 주본奏本으로 중국에 알려 연경으로 데려가게 했다. 이에 대한 사례로 유구는 선조 26년1593년 겨울에 동지사 민여경 등을 중국에서 만나 빙례를 원하는 자문을 보내왔다. 선조는 최립을 시켜 〈유구국에 회답한 자문〉을 작성케 해서, 그해 동지사로 떠나는 박동량 편에 부치고 유구에게 전송할 선물을 싸 가지고 가게 했다.

하지만 유구와 조선의 직접적인 교류는 끊어졌다. 이수광은 사신 일행을 따라 연경에 있을 적에 유구를 비롯해 안남, 섬라 등의 사신들과 만나 시를 주고받았다. 그러나 이것은 개인적인 교류에 불과했다.

광해군 즉위년인 1608년에 유구의 중산왕이 자문을 보내와, '형제의 의'를 맺기를 희망했다. 이에 대해 광해군의 조정이 어떤 답을 했는지는 알 수 없다.

그런데 숙종 42년1716년에 송상기는 유구에 자문을 보내지 말도록 청하는 상소를 올렸다. 송상기는 표류인을 쇄환해 주는데 대해 부득이 감사의 뜻을 전하고자 한다면 재자관賫咨官으로 하여금 "조만간 절사節使를 보낼 때 유구에 서계를 부쳐 그 뜻에 감사하고자 한다."라는 말로 먼저 중국의 예부에 뜻을 전하고, 또 유구가 조공을 바치러 오는 시기가 언제인지를 물어 훗날을 기다리는 것이 좋을 듯하다고 주장했다.

조선 후기에는, 유구의 태자세자가 보물을 싣고 제주도에 표류하자 우리나라 사람들이 그를 살해했다는 이야기가 있다. 이 이야기는 이중환의 《택리지》 가운데 〈산수총론山水總論〉에 실려 있다. 박지원은 《열하일기》의 〈피서록〉에, 《택리지》의 기록을 조금 달리 기록해 두었다. 유구 태자의 표류 이야기가 정말로 역사적 사실인지는 알 수 없다. 사실이었다면 조선 조정은 유구 왕국과 관련된 여러 일들을 잘못 처리한 셈이 된다. 하지만 보물을 실은 배가 표류했다는 이야기는 오히려 유구 왕국에 널리 전승되어온 보물선 표류담이 와전된 듯하다.

조선 조정은 비록 성종 때 유구국을 포함하는 해양의 여러 나라들을 교역이나 외교상의 활동 영역으로 설정했지만, 점차 유구에 대한 관심을 갖지 않게 되었다. 그것은 성종 24년 범경과 야차랑이 유구국왕의 서계를 칭하는 거짓 문서를 가지고 와서 조정 신료들이 그들의 대우 문제로 고심을 한 것이 부정적 결과를 낳은 것인지도 모른다. 당시에는 일본의 서남부 해안에서 거주하는 승려와 상인들이 대마도를 경유하여 명나라와 조선에 감합勘合 무역을 행하고 있었다. 조선 조정은 그들과의 직접적인 교역을 허용하지 않고 쓰시마를 통한 무역만을 허용했다. 이에 따라 쓰시마는 승려나 상인들이 유구국 사신을 사칭하는 것을 묵인하면서 이익을 독점했다. 조선 조정은 쓰시마의 간계를 적발하고도 쓰시마를 응징하지는 못했다. 결국 쓰시마는 조선과 일본의 외교적 관계도 왜곡시키기까지 하게 되는 것이다.

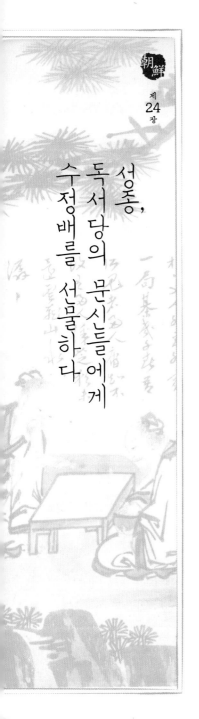

제
24
장

성종, 독서당의 문신들에게 수정배를 선물하다

성종은 재위 24년1493년 8월 18일경진, 선온宣醞을 독서당讀書堂에 내려 주고, 또 수정배水精杯를 하사했는데, 이조좌랑 신용개申用漑 등이 전문箋文을 올려 은혜에 사례했다.

당시 신용개 등이 올린 전문은 전하지 않는다.

이때 김일손이 명銘을 적어, 공인이 그것을 수정배에 새겼다.

어숙권의 《패관잡기》에 보면 독서당의 수정배는 처음에 잔대가 없었으나 나중에 잔대를 만들었다고 했다. 조선 말기의 이유원은 《임하필기》에서, 김일손이 지은 명문을 수정배에 새겼다고 하지 않고 잔대에 새겼다고 했다. 뒤에 또 서문을 지어 잔대를 조성한 경위를 밝혔는데, 그 글에 "잔이 처음에는 반盤이 없어서 공장을 시켜 만들었는데, 구리 바탕에 도금을 했다."라고 적었다고 했다. 그렇다면 독서당의 수정배는 구리 바탕에 도금을 한 잔대 위에 올려두었던 것임을 알 수 있다.

어숙권에 따르면 김일손의 명문은 잔대, 즉 반盤의 네 둘레에 임희재任熙載가 8분체 글씨로 볼록하게 새겼고, 반 한가운데는 강사호姜士浩의 전자篆字 글씨체로 '내사독서당內賜讀書堂' 다섯 글자를 오목하게 새겼다고 한다. 그런데 독서당의 물건들을 맡아 지키던 자가 원래의 수정배를 훔쳐갔으므로, 중종·명종 때 조사수趙士秀가 중국에서 반을 사와서 고사를 보충했다고 한다.

권문해의 《대동운부군옥》에는 홍문관 관원이 도금鍍金으로 잔대를 만들고 김일손이 거기에 명을 지었다고 했다. 홍문관이란 곧 홍문관에 소속된 독서당을 말한다.

김일손이 수정배에 새기기 위해 지은 명문은 매 구 3

자로 모두 4구이다. 항상 지조를 지키면서 겸손할 것과 군은을 저버려서는 안 된다는 뜻을 담았다.

맑아서 검게 물들지 않고
비어서 받아들일 수 있다
이 물건을 은덕으로 여겨
저버리지 않기를 생각하라

淸不涅(청불날) 虛能受(허능수)
德其物(덕기물) 思勿負(사물부)

명문의 '청불날'은《논어》〈양화陽貨〉편의 아래 글을 따온 것이다.

不曰堅乎(불왈견호)아 磨而不磷(마이불린)이니라 不曰白乎(불왈백호)아 涅而不緇
(날이불치)니라.
단단하다고 말하지 않겠는가. 갈아도 얇아지지 않는다. 희다고 말하지 않겠는가. 검
은 물을 들여도 검어지지 않는다.

진晉나라 조간자趙簡子의 가신 필힐佛肸이 중모中牟를 근거지로 반란을 일으키고 공자를 초빙하자 공자가 그리로 가려고 했다. 이에 자로子路는 '불선을 행하는 자의 당에는 들어가지 말라.'라고 가르쳤던 공자의 말을 외우며 반대했다. 공자는 자신이 그런 말을 했다는 것을 인정하면서도, 덕을 온전히 갖춘 군자는 불선한 사람들 속에 던져지더라도 그들에게 동화되는 것이 아니라 오히려 그들을 선도할 수 있다는 뜻에서 이 말을 했다.

'허능수'는 겸능수익謙能受益의 뜻이니, 겸손해야 능히 보탬을 받을 수 있다는 말이다.《서경》〈대우모大禹謨〉에서 한 말을 가져온 것이다.

滿招損(만초손)하고 謙受益(겸수익)하니라
가득 참은 덜어냄을 부르고 겸손함은 보탬을 받는다.

　　이 명을 지은 김일손金馹孫·1464~1498년은 스승 김종직의 〈조의제문〉을 사초에 올려 이극돈·유자광 일파가 무오사화를 일으키게 하는 계기를 만들었던 장본인이다. 김일손은 사장파의 남곤도 인정할 만큼 문장에 뛰어났다. 붓을 들면 수많은 말이 풍우처럼 쏟아졌고, 분망하고 웅혼한 기상을 보여 준다는 평을 들었다. 성종 17년1486년에 생원이 되고, 같은 해 식년문과에 급제했다. 홍문관 직책을 맡는 등 청환직淸宦職을 거쳐 성종 22년1491년에 사가독서를 했고, 뒤에 이조정랑이 되었다. 김일손이 독서당의 수정배 잔대에 명을 쓴 것은 성종 22년 무렵일 것이다.

　　《청천견한록聽天遣閑錄》에는 성종이 두모포豆毛浦의 독서당에 수정배를 하사하고 중종이 선도배를 하사한 사실에 덧붙여, 명종 4년1549년·기유 여름에 독서당에 궁온을 내리면서 혜호배蠵蜋盃를 하사했다고 했다. 혜호는 벌레 이름인데, 술을 먹으면 곧 죽는다. 이것을 형상하여 잔을 만든 것은 '술을 경계하라.'라는 뜻이다. 이때 심수경沈守慶이 사은하는 전문을 지었는데 그 한 구절은 다음과 같다. 정유길은 《독서당고사》에서 '실록'이라고 적었다. 실록이란 사실을 있는 그대로 잘 기록했다는 뜻이다.

수정배 선도배를 함께 전하니
성종과 중종 때보다 더욱 빛이 난다

與水精仙桃而竝傳(여수정선도이병전)
于成宗中廟而益顯(우성종중묘이익현)

　　독서당의 수정배에 대해서는 앞서 잠깐 언급한 이유원의 《임하필기》가 상세하게 고증해 두었다.

성종 때 내부內府에 수정으로 만든 술잔 한 쌍을 보관하고 있었는데, 세상에서 보기 힘든 뛰어난 보물이었다. 중국 사신 정동鄭同이 이를 보고는 그중 하나를 갖고자 했는데, 상이 조종 때부터 내려온 물건이라는 이유로 허락하지 않았다. 하루는 은대承政院에 선온宣醞하면서 둥근 술잔을 내어 술을 따라 마시도록 하자, 신하들이 받는 즉시 마셔서 자신들도 모르게 취해 넘어졌다. 성현成俔은 본래 술을 마시지 못했기 때문에 서리로 하여금 끓는 물을 술잔에 부어 차를 우려내도록 했는데, 뜨거운 물을 갑자기 붓는 바람에 그릇에 금이 갔다. 그러자 성종은 다시 모난 술잔을 독서당에 하사하면서 하교하기를, "그대들로 하여금 술에 빠지라 하는 것이 아니다. 내가 그대들을 매우 중히 여기는 뜻을 보이려는 것이다."라고 했다. 당시 강혼·신용개·김일손이 독서당에 있었는데, 그것을 길이 전하고자 금으로 받침대를 만들고 명을 새겼다. 내용은 "맑아서 검게 물들지 않고, 비어서 받아들일 수 있다. 이 물건을 은덕으로 여겨, 저버리지 않기를 생각하라淸不涅, 虛能受, 德其物, 思勿負"는 것이었다. 매번 법온宮醞이 내려오면 으레 선배宣杯 한 순배를 돌리고 나서 곧 상자 속에 넣어 보관했다. 중종 때 또 선도배仙桃杯를 하사하고, 명종 때 또 호박배琥珀杯를 하사했다. 심수경沈守慶이 사례하는 전문을 지어, "수정배·선도배와 함께 아울러 후세에 전해지게 되었으니, 성종과 중종 때보다 더욱 빛나게 되었습니다."라고 했다. 정유길이 이 구절을 독서당에 써 놓았다.

이유원은, 승정원에 내린 수정배는 깨지고, 다음에 모난 술잔을 독서당에 내렸다고 했다. 그러나 《성종실록》에서는 수정배를 내렸다고 했으니, 이유원이 말한 모난 술잔은 모난 수정배였을 것이다.

홍천민洪天民의 부인 유씨는 유몽인柳夢寅의 누이로, 만년에 두모포를 지나는데 마침 독서당이 비었으므로 올라가 보았다. 지키던 노파가 예로부터 전해오던 백옥잔을 내보이면서, "이 잔은 호당 선생이 아니면 마시지 못했습니다."라고 했다. 효당 선생이란 독서당에서 사가독서를 하는 사람을 가리키는데, 줄여서 호당이라고도 했다. 유씨가 말하기를, "내 비록 부인이지만 시아버지(홍춘경洪春卿)께서 호당에 들었고, 지아비가 호당이 되었으며, 아들 서봉(홍서봉洪瑞鳳)이 호당이고,

지아비의 아우 홍성민洪聖民과 나의 조카 유숙柳潚·유활柳活이 모두 호당이 되어서 이 잔으로 마셨거늘, 내가 어찌 이 잔을 사용하지 못한단 말인가?"라고 했다. 이 것은 당시 아름다운 이야기로 전해졌다고 한다.

홍문관 독서당의 수정배에 대해서는 여러 사람이 시를 남겼다. 우선 박상朴祥이 〈홍문관수정배弘文館水精杯〉라는 시를 적었다.

처음 붉은 궁전에서 나와 품격이 아주 기이하여
승로반 황금 기둥의 이슬 기운이 뚝뚝 떨어지는 듯하다만
의연히 가을 물을 응결하여 바탕을 이룬 듯하고
흡사 차가운 얼음을 깎아 살갗을 만든 듯해라
둥근 달 가에서 손으로 치올리면 달이 안 보일 정도
꽃 아래 술을 따르면 이것이 가장 먼저 눈에 띄네
군왕이 이것을 하사하사 부지런히 하라 권면하시니
왕의 덕을 가슴에 새겨 개흙에도 물들지 말기를

初出丹宮品絶奇(초출단궁품절기)　金莖露氣帶淋漓(금경노기대임리)
依然秋水凝成質(의연추수응성질)　恰似寒氷斲作肌(흡사한빙착작기)
擎進月邊渾不見(경병월변혼불견)　酌來花下最先知(작래화하최선지)
君王賜此勤相勉(군왕사차근상면)　玉德銘心涅不緇(옥덕명심날불치)

주세붕도 〈서당유감書堂有感〉시에서 수정배를 언급하고, 아예 〈수정배水精杯〉시를 지었다.

세종 이후로 문종, 성종, 중종 등 조선 전기의 국왕들은 문인들을 양성하고 문신들을 권면했다. 그 국왕들은 특히 독서당의 기능을 중시했다. 독서당은 세종이 재위 8년1426년에 젊은 문신들에게 휴가를 주어 공부하게 하는 사가독서賜暇

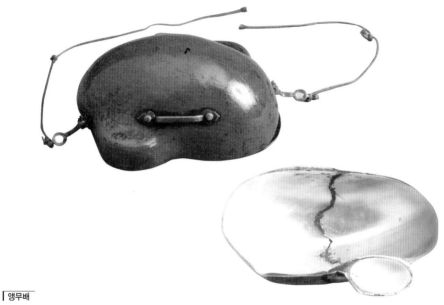

| 앵무배

임연재 종택 기탁. 한국국학진흥원 유교문화박물관 전시.

임연재 배삼익(裵三益, 1534~1588년)이 1587년 진사사(陳謝使)로 명나라에 가서 종계변무(宗系辨誣)에 대한 글을 올리고, 명나라 신종(神宗)에게 받아와 집에 소장한 물건이다. 당시 배삼익은 옥적(玉笛)과 상홀(象笏)도 선물로 받아 왔다. 앵무배는 앵무조개과에 속하는 바다조개로 만든 잔을 말한다. 이병하(李秉夏)가 1902년에 〈임연재가장삼물기(臨淵齋家狀三物記)〉를 기록했다. 앵무배는 이백(李白)의 〈양양가(襄陽歌)〉에 나오며, 조선 초부터 제주도의 진상품 가운데 하나였다.

讀書 제도를 실시한 데서 시작되었다. 사람들은 이렇게 사가독서한 문신을 사가문신이라 하고, 사가독서하는 일을 등영주登瀛洲의 고사에 비겼다. 영주는 본래 전설상의 신선이 산다는 곳이다. 당나라 태종이 천책 상장군天策上將軍으로 있을 때 문학관을 건립하고 18인의 학사를 초빙하여 윤번제로 숙직하게 했는데, 이들에게는 천하의 진귀한 음식을 내려 주고 초상화를 그려 보관하는 등 각별한 대우를 했다. 그래서 당시 사람들이 이 선발에 뽑히는 것을 선계에 올라간 것에 견주어 등영주라 했다고 한다. 조선에서도 사가문신으로 뽑히는 것을 등영주로 생각할 만큼 영광으로 여긴 것이다.

성현의 《용재총화》, 이긍익이 엮은 《연려실기술》의 관직전고官職典故, 이유원이 묶은 《임하필기》에 따르면 독서당의 연혁은 다음과 같다. 이종묵 씨도 이러한 자료에 근거해서 독서당의 연혁을 상세하게 조사한 바 있다.

세종은 문사 20명을 뽑아 집현전의 관원으로 삼고, 그들에게 경연관을 겸하게 하고 문한文翰의 일을 모두 맡겼다. 집현전은 일찍 집무를 시작해서, 일관이 때를 알려야만 비로소 퇴근했다. 아침저녁의 식사 때는 대객對客으로 삼았으니, 신하를 두텁게 대우하는 뜻이 지극했다.

그런데 세종은 그들이 아침에 관아에 조회하고 저녁에 숙직을 하느라 강독에 진념하지 못할까 염려하여 젊고 재행이 있는 자를 서너 사람 선발하여 산에 들어가 독서하도록 휴가를 허락하고 관에서 경비를 지급했으며, 경사經史·백가百家와 천문·지리·의약·복서 등을 마음껏 공부하게 했다. 세종 8년1426년에 권채·신석조·남수문 등 3명에게 글 읽기를 명했는데, 대제학 변계량의 지시를 받게 했다. 뒤에는 신숙주·박팽년·성삼문·하위지·최항·박원형·서거정·유성원·강희맹·노사신 등이 있었다. 세종 24년1442년에 또 신숙주 등 6명을 독서당에 보냈다. 이때 독서당은 진관사津寬寺에 있었던 듯하다.

문종은 원년1451년에 홍응 등 6명에게 휴가를 주었다. 세조 2년1456년에 사육신의 일이 있자, 세조는 집현전을 폐지하고 독서당도 폐지했다. 그 대신에 세조는 문신 수십 명을 뽑아 겸예문兼藝文이라 하여 나날이 정치와 학문을 논했다. 1470년에 즉위한 성종은 예문관을 개설하여 옛 집현전의 제도를 회복하고, 경연관을 겸하게 했다. 성종 7년1476년에는 고사를 답습하여 홍문관 관원인 채수 등 6명에게 장의사藏義寺에서 글 읽는 휴가를 주어, 상시의 조참에는 참여하지 않아도 되도록 했다. 그때 이들을 문장접文章接이라고 일컬었다. 그해 서거정이 상주하기를, "사가문신이 성 안에서 학업을 익히면, 사귀는 친구들이 왕래하고 집에 돌아가는 일이 잦아서 마음을 전일하게 갖지 못합니다. 세종 때 신이 신숙주 등과 더불어 산사에서 독서를 했으니, 지금도 그들로 하여금 산사에서 글을 읽도록 하는 것이 편리합니다."라고 했다. 성종이 그 말을 옳게 여겼다.

성종 14년1483년 봄에 또 김감金勘 등 8명에게 휴가를 주고 장의사에 가서 글을 읽으라고 명했다. 그해 용산에 있는 폐사를 글 읽는 곳으로 정했으나 명칭은 없었다. 곧, 남호南湖의 귀후서歸厚署 뒤 언덕에 예부터 절이 있었는데, 세간에서는 16나한이 영험이 있다고 하여 향불이 끊이지 않았다. 그 절의 상운尙雲이라는 중이 장가를 가고 자식도 낳았으므로, 사헌부에서 중을 국문하고 벌을 주어서 속세로 돌아가게 했으며, 불상은 홍천사로 옮겼다. 그러고 나서 그 절을 홍문관에 주고 '독서당'이라는 액자를 걸게 했다. 또 조위曺偉에게 〈독서당기讀書堂記〉를 짓게 하고 술과 풍악을 내려 주었으며 승지를 보내 낙성落成하게 했다. 사옹원 관원은 쌀을 공급하고 어주御酒 맡은 사람은 단술을 준비했으며, 때때로 중사中使를 보내 음식을 하사했다. 독서당에서는 사은하는 전문을 올리면서 붉은 보자기로 함을 싸서 메고 갔는데, 그 뒤에는 여악女樂이 따라갔다.

연산군은 재위 10년째 되던 해인 1504년에 사가독서 제도를 폐지했다. 하지만 1506년에 반정으로 정권을 잡은 중종은 옛 제도를 회복시켜 정업원淨業院을 우선 이용하게 했다. 그리고 중종 2년1507년과 중종 3년에 김세필 등 6, 7명에게 휴가를 주었다. 중종 6년1511년에는 이행·김안국·성세창·홍언필·소세양·정사룡·황여헌 등 7명을 뽑아서 장번長番으로 삼았다. 그해 윤현尹鉉이 독서당 규칙을 고치자고 건의한 데 따른 것이었다.

중종 10년1515년에 동호의 두모포에 있는 월송암月松庵 서쪽 기슭에 터를 잡아서

오봉(五峰) 이호민(李好閔)의 시

《낙파필희첩(駱坡筆戲帖)》에 수록. 경남대학교박물관 데라우치문고 소장.

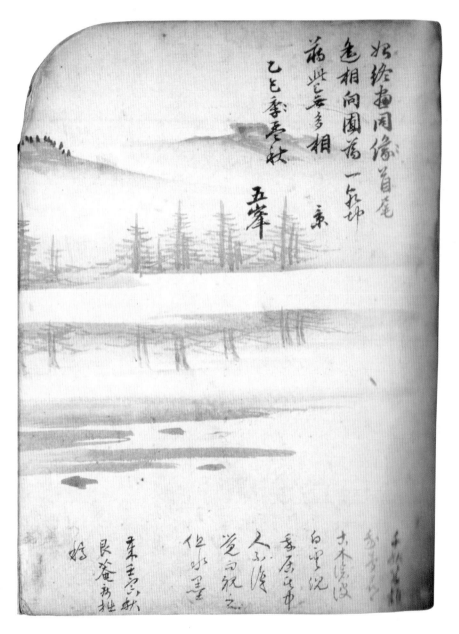

종실화가 이경윤(李慶胤, 1545~1611년)의 화첩으로, 경남대학교 개교 60주년을 기념해 예술의 전당 서예박물관에서 개최한 '경남대학교박물관 소장 〈데라우치문고〉보물 시·서·화에 깃든 조선의 마음'(2006. 4. 25~6. 11) 기획전에 출품되었다. 이경윤과 동시대를 산 이호민(李好閔, 1533~1638년)과 유몽인(柳夢寅, 1559~1623년)이 각기 1605년과 1602년에 쓴 제시가 6폭 모두 그림마다 수록되어 있다. 작품명은 〈임연여직(林烟如織)〉, 〈연자멱시(撚髭覓詩)〉, 〈월반노안(月伴蘆雁)〉, 〈운회창죽(雲晦蒼竹)〉, 〈송하탄기(松下彈碁)〉, 〈백운창파(白雲滄波)〉 등이다.

松下彈碁者何淡
綺里夏黃去問難
眠安弘吾興子

송하탄기도(松下彈碁圖)

《낙파필희첩(駱坡筆戲帖)》에 수록. 경남대학교박물관 데라우치문고 소장.

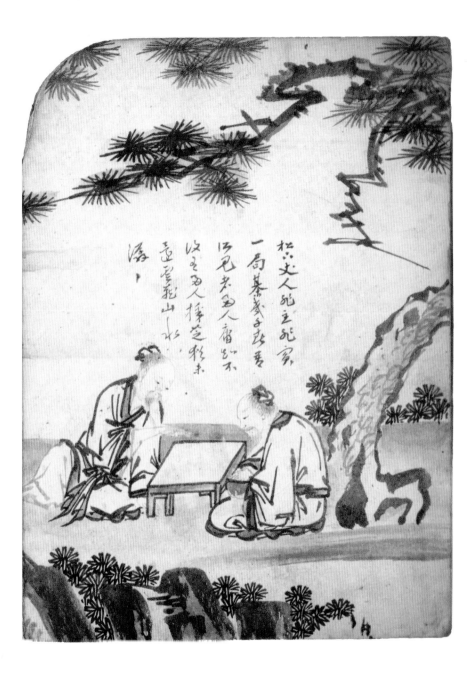

松下文人死立死家
一局碁義子放秀
江邊來客人屑如不
收字男人撐㔾稚末
孟盧龍山水
溪上

집을 짓기 시작해 다음해에 준공하고 윤4월에 나가서 우거하게 했다. 이것이 곧 호당湖堂이다. 고시考試하는 법을 엄하게 하여 만약 잇달아 입격入格하지 못하면 퇴학시켰다. 독서당에 물건을 하사하여 우대함이 옥당弘文館에 못지않았다.

임진왜란이 일어나면서 호당이 비게 되고, 사가독서 제도도 오랫동안 폐지된다. 선조 41년1608년에 대제학 유근柳根이 다시 설치하기를 청하여서 우선 한강 별영을 독서하는 장소로 삼았다.

성종이 독서당을 중심으로 문운文運을 진작하려 했던 정황은 조위曺偉가 성종 14년1483년에 지은 〈독서당기讀書堂記〉에 잘 나타나 있다.

삼가 생각건대, 우리 조정은 열성列聖이 서로 계승하여 문치文治가 날로 향상되었다. 특히 우리 세종께서는 신령스런 생각과 명철하신 지혜가 일반 왕들보다 탁월하여 제작制作의 오묘함이 모두 신명에 합치했다. 전장典章과 문물은 유학자가 아니면 함께 제정할 만한 사람이 없다고 여기시어 문장하는 선비들을 널리 선발하고 집현전을 설치하여 아침저녁으로 치도治道를 강론하고 연마했다. 또 신묘한 의리를 깊이 연구하고 수많은 책들을 널리 종합하는 일은 학업을 전문으로 하지 않으면 해낼 수 없다고 여기시어 처음으로 집현전의 문신 권채權採 등 3인에게 특별히 산사에서 독서하도록 오랜 휴가를 내려 주고 또 신숙주 등 6인을 보내셨다. 문종께서 이 일을 계승하여 또 홍응 등 6인을 보내어 휴가를 주었으니, 이에 인재의 성대함이 극도에 이르렀고 술작述作의 아름다움이 중국에 견줄 만했다. 금상성종이 즉위해서 맨 먼저 예문관을 열었으니, 유학을 존숭하고 인재를 양육하는 것이 옛날에 비해 더한 면이 있었다. 병신년1476년에 조종祖宗의 고사를 회복하여 채수 등 6인에게 사가賜暇를 명하셨고 올봄에 또 김감金勘 등 8인에게 명하여 장의사에 가서 독서하도록 했다. 옹인饔人·궁중 요리사이 음식을 만들고 주인酒人·궁중 양조자이 단술을 마련토록 했으며, 때때로 중사를 보내어 물품을 하사하셨다.

김일손의 〈관처사 묘지명管處士墓誌銘〉은 붓을 의인화하여 적은 묘지명인데, 그 붓의 장지를 용산의 독서당이라고 했다. 김일손이 지은 이 묘지명의 묘주는 관술管述로, 자는 술고述古, 본성은 모毛씨이다. 우언의 글이다. 그 명문은 이렇다.

계축년 동짓날
용산 기슭 독서당 뒤
한 줌 흙이여
이것이 관술고의 장지란다

年癸丑月建子(연계축월건자) 龍山岡堂後址(용산강당후지)
一抔土兮(일부토혜) 管述古葬于是(관술고장우시)

김일손은 이 글에서 관처사의 조상과 행적을 적고 죽피관竹皮冠을 씌우고 지금紙衾으로 염한 사실을 적은 뒤 관처사의 덕행을 이렇게 찬양했다.

아, 나서부터 나의 역군이 되어 가진 힘을 남기지 않고, 모두 쓰고 항상 세상일에 머리를 흔들면서도 나를 버리고 선뜻 떠나지 아니했거늘, 병으로 인하여 또 자기 명대로 살지도 못했으니 내 어찌 슬프지 아니하랴. 인생의 상수上壽는 100년인데도 오히려 짧다고 하는데, 이 족속은 상수를 누렸댔자 겨우 1년이요, 술고는 반년밖에 살지 못했으니, 조물주가 어찌 이렇게 야박하단 말이냐! 술고 같은 슬기는 세상에서 흔히 얻을 수가 없다. 내가 속으로만 읊조리고 토로하지 못하는 것이 있을 때에는 먼저 그 뜻을 받들어 간담肝膽을 비추듯이 하면서 반드시 나의 소회를 풀어주고야 말았는데, 이제는 그만이로다.
그 족속이 비록 온 나라에 만연하였으나 각기 제 주인에게 매어 서로 용납되지 못하고 형제 다섯이 서로 화목하지 못하여서, 병소에 왕래한 것은 대개 속된 무리들이요, 세상에서 사우死友라 칭하는 저지백楮知白·종이·역현광易玄光·먹 같은 자도 모르는 척한다. 저백은 더욱 은혜를 저버리고 석허중石虛中·벼루은 특히 완악하여 마음을 움직이지 않는다.

술고는 장가를 들지 않은 까닭에 자식이 없어서 시체가 상에 있어도 시신을 거둘 자가 없으므로 나는 더욱 슬퍼했다. 그래서 나와 한 자리에 있는 강목계姜木溪·강희맹에게 상의하여 주문충朱文忠·주자·주희, 도정절陶靖節·도연명·도잠, 정요선생貞曜先生·맹교의 고사故事를 취하여 사시私諡를 문도처사文悼處士라 하고, 봉급을 덜어 내어 귀후서에서 관을 사서 독서당 북쪽 언덕에 묻었다. 곽椁도 쓰지 않고 봉분도 하지 않은 것은 옛 제도에 맞춘 것이다. 관족管族이 하도 많으니 후세에 가계를 모를까 염려되고, 또 술고가 평소에 나를 대하여 한탄하기를, "지영智永은 무덤만 써 주고 묘지墓誌를 묻어 주지 않았고 지誌가 없으며, 한유韓愈는 전傳만 지어 주고 묘지명을 지어 주지 않았다."라고 했으므로, 묘지를 짓고 또 묘지명을 지어 벽돌에 기록해서 함께 묻어 어둡고 깜깜한 저승에 있는 그를 위로하노라.

조선 중기의 군주들은 독서당을 매우 존중했다. 이에 관해 장유張維는 〈호당계湖堂契 병풍서屛風序〉를 지어 이렇게 말했다.

우리나라에서는 문을 숭상하여 잘 다스리려 해 왔는데, 인재를 중하게 가려 뽑고 예로써 융숭하게 대우하는 것은 호당의 경우에 가장 지극했다. 대성臺省의 관직에 있다는 훌륭한 명예와 관각館閣에서 활동한 고상한 명망이 없으면 호당에 뽑힐 수 없었다. 관에서 급여給輿하는 것을 보면 대우가 특별하여 태관太官·궁중 요리부의 진미와 소부少府·궁중 의복 및 보화관리부에 간수했던 것이며, 천한天閑·임금의 마구간의 훌륭한 말馬과 옥으로 장식한 굴레, 아로새긴 안장을 하사하는 것이 잇달았다. 혹 중사中使·내시가 어제御題를 받들어 불시에 와서 그 자리에서 회보回報하는 글을 독촉하기도 했다. 이때 위魏나라 조식曹植처럼 칠보시七步詩를 짓는 재주가 아니면 가끔 군색함을 면치 못했으나, 그 영화로움은 지극했다. 그만큼 그 책임이 중하고 그 임무가 실상 어려웠다.

또한 조선 중기에는 독서당의 규칙이 엄격했다. 이식은 《택당집擇堂集》의 〈당기堂記〉에서 이렇게 말했다.

한창 성할 때에는 휴가를 주어 글을 읽게 했는데, 관례대로 12명을 뽑고 두 차례로 나누어서 일직·숙직을 하게 했다. 대제학이 날마다 제술製述할 것을 맡겨서, 등급을 매겨 한 달에 세 번씩 올렸다. 어주御酒를 하사하면 별도로 제술이 있고 또 상이 있다. 당원堂員은 모두 3사三司의 명관名官이라서 벼슬이 자주 옮겨지고 혹 말미를 청하므로, 항상 차례의 수가 갖추어지지 못하고, 혹 서너 명뿐이기도 했다. 예에 따라 한 달 양식으로 쌀과 콩을 각 15섬씩 공급하고, 내섬시에서 날마다 술 한 병과 소채·시탄柴炭땔나무와 숯을 충분히 공급했다. 외방을 출입할 때는 역마를 탔다. 두 척의 방주方舟를 장식하여 잔치에 썼으며, 장악원에서는 기악妓樂을 제공했다. 중서사인이라 해도 감히 먼저 차지하려고 다투지 못했다. 관에서 아침밥과 저녁밥을 공급했는데, 당원이 더 요구하면 내관이든 외관이든 따르지 않을 수 없었다. 서리書吏 9명과 사예使隸 8명은 모두 급료를 받았으며, 노비 80여 호가 독서당 주위에 살았다.

역대 군주들은 선비를 양성하기 위해 각별히 유념했다. 반궁성균관에 서적과 황감을 하사하고 시사한 일은 일일이 열거할 수 없을 만큼 많다. 숙종은 궁가에서 절수한 전라도 만경현 고군산 내외양內外洋의 어장을 도로 사학四學에 내주게 했다. 사학은 서울의 중앙과 동·남·서에 세운 제 학교로, 중학·동학·남학·서학을 한다. 사학에서는 그 어장의 세금을 받아 선비들을 양성하는 자본으로 삼았다.

또한 군주들은 문한을 맡은 관서나 성균관에 술잔을 내리거나 선온을 내려 문신과 유생들을 격려했다.

성종보다 앞서서 예종은 궁온과 앵무배를 승정원에 내렸다. 앵무배는 앵무조개로 만든 술잔이다.

즉, 예종 원년1469년 2월 24일기유에, 임금은 궁온과 앵무배를 승정원에 내려 주며 말하기를, "경들은 모름지기 마음껏 마시고 취하라. 그리고 술을 다 마시고 나면 이 잔을 원상院相 한명회에게 주라."라고 했다. 또한 며칠 후인 2월 27일일자에 도 예종은 궁온과 금구대배金釦大杯·금 테두리의 큰 술잔를 승정원에 하사하고 전지하기 를, "술을 다 마시고 나면 이 잔을 본원에 간직하여 두어라."라고 했다.

성종은 재위 10년째인 1479년 11월 14일을미에 승정원과 홍문관에 술과 앵무 잔을 하사했다. 이어서 전교하기를, "한림별곡에 앵무잔이니 호박배니 하는 말 이 있기에, 한림으로 하여금 술잔을 돌려서 술을 많이 마시고 헤어지도록 한다." 라고 했다. 한림별곡이란 고려 고종 때 한림학사들이 지은 경기체가를 말한다. 모두 5장이 전하는데, 그 4장은 이렇다.

黃金酒 柏子酒 松酒醴酒
황금쥬 빅ᄌ쥬 숑쥬례쥬

竹葉酒 梨花酒 伍加皮酒
듁엽쥬 리화쥬 오ᄀ피쥬

鸚鵡盞 琥珀盃예 ᄀ득브어
앵무잔 호박비

위 勸上ㅅ 景 긔 엇더니잇고
　　권상　경

(葉)劉伶陶潛 兩仙翁의 劉伶陶潛 兩仙翁의
　　류령도즘　량션옹　류령도즘　량션옹

위 醉혼ㅅ 景 긔 엇더니잇고
　　취　　경

성종은 또 재위 22년1491년 10월에는 백자 술잔을 정원에 하사했다. 하교하기를, "이 술잔은 정결하고 흠이 없어 술을 부으면 찌꺼기가 다 보인다. 사람에 비교하면 대공지정大公至正하여 한 점의 사사로움도 없는 것과 같으니, 좋지 않은 일은 용납되 지 않을 것이다."라고 했다.

조선 후기의 군주들도 성균관이나 홍문관, 승정원에 술잔을 내렸다. 효종은

┃성균관친림강론도

19세기 추정. 고려대학교박물관 소장.

국왕이 대성전에 알성한 뒤 성균관 유생들을 대상으로 경서를 강론하는 모습을 그린 듯하다. 조선의 국왕은 아침 조회인 상참(常參)을 열고 아침 경연(經筵)인 조강(朝講)을 행하고, 정오에는 주강(晝講), 오후 2시에 석강(夕講)을 열었다. 이 삼시강(三時講)을 법강(法講)이라고 했다. 이외에 시간에 구애받지 않는 소대(召對)가 있고, 밤에 열리는 야대(夜對)도 있었다. 그리고 성균관에 행차하여 유생들을 대상으로 경서를 강론하기도 했다.

재위 6년1655년에 은배 두 벌을 성균관에 하사하고 수찰친필 편지을 성균관의 관원과 유생에게 보냈다. 수찰의 내용은 이렇다.

옛 법에 따라 특히 은잔을 하사한다. 사치하게 함이 아니라 오래도록 보존하고자 함이요, 술 마시기를 장려함이 아니라 화합하게 하고자 함이다. 너희들 스승과 유생은 그 의의를 밝혀서 서로 공경하여 게을리 말라.

영조는 재위 46년1770년에 세손과 더불어 홍문관에 임하여 야대夜對를 행하면서 승정원에 은배를 내리던 고사를 환기했다. 영조는 은배 고사가 실은 옥등玉燈을 내리던 고사에서 기원한 듯하지만 옥등 고사가 언제 시작되었는지는 알 수 없다고 했다. 그러면서 홍문관에 옥등이 6개였는데, 다시 2개를 더 주었다. 그리고 홍문관에 은배를 내리던 전통을 민몰시킬 수 없으므로, 이후 묘당이나 전각이나 능묘에서 친히 제사를 올릴 때는 신위에 올렸던 제주祭酒를 특별히 정원과 홍문관에 내릴 것이니 은배를 써서 나누어 마시도록 하라고 했다. 이때 영조는 이런 어제시를 내렸다.

은배에 글이 새겨져 있으나
옥등의 유래는 자세히 모르겠네
예전에는 여섯, 이제는 여덟 개
야대할 때 임하여 보리라

銀杯雖鐫(은배수전) 玉燈未詳(옥등미상)
古六今八(고육금팔) 臨觀夜對(임관야대)

정조도 재위 22년1798년 12월에 어제御題를 내려 반궁성균관의 유생들을 춘당대에서 시험 보이고 점심을 먹인 뒤에 수석한 사람을 불러 법온을 내렸다. 또 사용하

346

던 은배를 성균관에 특별히 하사하고 시로 그 사실을 기념했다. 술잔의 배 부분에는 《시경》〈녹명鹿鳴〉편에 나오는 "나에게 훌륭한 손이 있다."는 뜻의 '아유가빈我有嘉賓' 네 글자를 전서로 쓰고, 대사성 이만수에게 술잔의 등에 명銘을 써서 성균관에 보관하라고 명했다. 그리고 앞으로 왕이 보낸 근시近侍의 신료가 뜰에 들어오면 유생들이 그 시구를 소리 높여 외우게 하라고 명했다. 빈객에게 연향을 베풀었던 예로 선비를 예우하기 위해 그런 것이다. 이어 경연에 참여한 신하와 응제한 유생들에게 시가를 지어 그 일을 노래하게 하고, 직접 명銘과 시를 짓고 책머리에 서문을 실었으며, 그 시집을 《태학은배시집太學銀盃詩集》이라고 했다. 강준흠은 〈어사태학은배가御賜太學銀盃歌〉를 지어 그 일을 기념했다. 이 일에 대해서는 2권의 정조 관련 서술에서 다시 보게 될 것이다.

성종이 독서당에 수정배를 하사한 사실은 그 이후의 군주들과 문신들에 의해 미담으로 전해져 내려왔다. 그리하여 영조는 승정원에 은배를 내렸고, 정조는 성균관에 은배를 내리기까지 한 것이다.

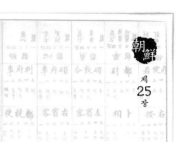

연산군, 좌의정 성준에게 답호를 내리다

서울 청량리에 회기동이라는 동네가 있다. 한자로 回基洞이라고 쓴다. 돌아올 回자를 쓰는 것과 관련해 전설이 생겨났다. 이곳에서 나고 자란 사람은 반드시 이곳으로 돌아오기 때문에 그런 이름이 붙었다는 것이다. 하지만 이 동네의 본래 이름은 懷基인데, 회묘懷墓의 터가 있기 때문에 그런 이름을 얻게 되었다. 회묘는 바로 연산군의 생모 윤씨1445~1482년의 무덤이다.

연산군의 생모 윤씨에게는 '폐비'라는 수식어가 붙는다. 윤씨는 성종의 왕비였다. 자태가 빼어났다고 하는데, 성종보다 열두 살이나 연상이었다. 그러나 시어머니 인수대비와의 갈등 때문에 성종 10년1479년에 폐출되었다가 이듬해 38세로 사약을 마셔야 했다. 인수대비는 윤씨보다 불과 여덟 살밖에 많지 않았다.

지금 폐비 윤씨의 묘는 고양시 원당의 서삼릉 지역에 있다. 하지만 본래는 청량리에 있었다. 윤씨가 죽은 뒤 7년이 지난 1489년에 성종은 '윤씨지묘'라는 표석을 세우게 했다. 그리고 1494년에 성종 역시 38세로 창덕궁에서 승하했다. 윤씨의 아들 연산군은 20세의 나이에 왕위를 이었다. 그런데 임사홍의 밀고를 계기로 연산군은 시정기時政記를 보고, 자신의 생모는 정현왕후자순대비가 아니라 폐비 윤씨였다는 사실을 알게 되었다. 연산군은 생모를 위하여 효사묘孝思廟를 세우고 무덤을 회묘라 했다. 재위 10년1504년에는 생모의 시호를 제헌齊獻으로 추증하고 무덤을 회릉으로 격상시켰다. 묘호에 품을 회懷자를 쓴 것은 어머니에 대한 그리움을 표현한 것이라고 한다. 연산군은 생모를 폐위시킬 때 관여한 사람들과 윤씨의 복위에 반대하는 인사들을 탄압하고 공신들을 억압했다. 이 사건이 갑자사화다. 그러다가 1506년에 중종반정이 일어나 연산군은 강화도 교동으로 쫓겨나 죽게 되었다.

연산군은 갑자사화 때 많은 사람을 죽이고 해쳤기 때문에 난정亂政을 행한 혼암한 군주라고 지목받고 있다. 이는 광해군이 악평을 받는 것과는 정도가 다르다. 광해군은 명나라에 대한 사대를 어긴 것과 인목대비를 폐비시킨 일 때문에 지탄을 받는데, 명나라와의 사대 문제는 후대에 재평가될 여지가 있다. 하지만 연산군의 정치는 모두가 실정失政으로 비난받고 있다. 연산군이 공신들의 재산을 일부 수용하여 국고를 채우려고 갑자사화를 일으켰다는 얘기도 있다. 하지만 국고가 바닥이 난 것은 바로 연산군 자신의 사치와 낭비 때문이었기 때문에, 공신을 억압한 것도 개혁의 의도로 해석되지 않는다. 다만, 연산군의 정치는 앞서의 군주들이 행한 정치를 계승한 면도 있다. 특히 군주와 신하의 관계를 정립하기 위해 포상 제도를 활용한 것은 종래의 관례를 답습한 것이다.

연산군은 재위 8년1502년 10월 18일정사. 남색 모시의 답호褡胡/褡襦를 좌의정 성준成俊에게 하사했다. 답호는 깃과 소매와 섶이 없는 조끼형의 옷으로, 전복戰服·쾌자快子·작자綽子·호의號衣·더그래라고도 한다.《연산군일기》에 다음 기록이 있다.

남색 모시로 만든 답호 한 벌을 좌의정 성준에게 하사하면서, "삼공은 국가의 팔다리와 같이 중요한 신하인데, 지난번에 삼공이 같은 때에 몸이 불편했으며, 영의정 한치형은 병이 나았다가 갑자기 죽었으니, 나는 우리나라의 복이 아니라고 생각하여 몹시 걱정하고 있소. 지금 경은 병이 완전히 나았다고 하니 마음이 매우 기쁘므로 이를 내려주는 것이오."라고 했다.

성준1436~1504년이 본관은 창녕이다. 권문세가 출신으로, 아버지 성순조成順祖는 형조참판, 숙부 성봉조成鳳祖는 세조와 동서간으로 지돈녕부사, 백부 성염조成念祖는 지중추원사였다. 4촌 성현成俔은《용재총화》의 저자로, 예조판서를 지냈다.

성준은 세조 때 사마시에 합격하고, 식년문과에 병과로 급제했다. 그 뒤 여러 벼슬을 거쳐 성종 16년1485년에 장령에 오르고, 다음해 영안도 관찰사에 임명되었다. 성종 19년1488년에는 대사헌·이조판서를 거쳐 우참찬에 올랐다. 성종 21년1490년, 성절사로 명나라에 다녀왔고, 이듬해에는 영안도 절도사로 나가서 북정 부원수로서 야인을 정벌했다. 연산군 원년1495년에는 병조판서를 거쳐 우찬성이 되었다. 연산군 4년1498년에 우의정에 올랐다. 이때 연산군에게 태조·태종·세종·문종 4대의 치법治法과 정모政謨를 편집한 《국조보감》(1458년 간행)을 읽으라고 청했다. 이듬해 삼수군에 야인들이 쳐들어오자 서정 장수가 되었다.

연산군 6년1500년에 좌의정에 오른 후, 홍길동 일당을 끝까지 체포할 것을 청했다. 즉 10월 22일에 그는 영의정 한치형韓致亨, 우의정 이극균李克均과 함께 이렇게 아뢰었다. "강도 홍길동을 체포했으니 기쁨을 차마 이기지 못할 정도입니다만, 백성을 위해 해를 제거하기로는 이보다 큰일이 없습니다. 부디 그 도당을 끝까지 잡도록 하옵소서." 이에 연산군이 그대로 따랐다. 한치형은 심리를 종결하면서 "강도 홍길동은 옥관자를 붙이고 홍대紅帶를 차고 첨지僉知를 자칭하면서 백주에 떼를 지어 병기를 소지하고 관부에 출입해 거리낌 없이 멋대로 행동했습니다. 권농勸農, 이정里正, 유향소留鄕所 품관品官 등이 그 정황을 어찌 알지 못하겠습니까. 그럼에도 체포하거나 고발하지 않았으니 징벌하지 않을 수 없습니다."라고 했다. 당시 홍길동에게 동조한 관원도 상당수 있었음을 알 수 있다.

연산군 8년1502년에는 영의정 한치형, 우의정 이극균과 함께 시폐십조時弊十條를 올려 그 시정을 주장했다. 얼마 후 한치형이 타계하자, 연산군 9년1503년 정월에 영의정에 오르고 세자사世子師를 겸했다. 하지만 이듬해 갑자사화가 일어나, '부왕이 폐비 윤씨를 죽이려 할 때 목숨 걸고 말리지 않은 죄'로 직산에 유배되었다가 곧이어 배소에서 잡혀와 교살되었다. 그때 그의 나이 69세였다. 두 아들 도총부경력 성중온成仲溫과 공조정랑 성경온成景溫도 사사되었다. 중종 때 복관되었으며 시호는 명숙明肅이다. 묘는 경기도 양주에 있다. 묘비는 좌의정 김안로金安老가 지었다. 별도로 좌의정 신용개申用漑가 묘지명을 지었다.

갑자사화 때 성준은 대신으로서 이극균과 함께 화를 입었다. 이극균은 연산군 때 좌의정으로 여러 차례 연산군의 황음荒淫을 바로잡으려 애썼던 것이 죄가되어, 갑자사화 때 인동으로 유배된 뒤 사사되었다. 성준도 연산군 6년에 좌의정에 오른 후 연산군의 난정을 바로잡으려고 애썼다. 연산군 9년에 영의정까지 올랐지만, 갑자사화 때 교살당하고 만 것이다.

이 일을 두고 허균은 〈이장곤론李長坤論〉에서 이극균과 성준은 결코 이장곤과는 심적心迹이 같지 않다고 했다. 즉 연산군이 이장곤을 죽이려 할 때, 이장곤은 임금의 명령을 피했다. 이장곤은 홍문관 교리로 있다가 거제도로 유배되었는데, 함흥으로 도망쳐 양수척의 사위로 있다가 반정 뒤에 중종의 조정에 복귀했다. 그 뒤 중종 14년1519년의 기묘사화 때 이장곤은 남곤·심정과 죄악이 같았지만, 끝에는 거짓으로 피해자들을 구제한다고 하여 그의 자취를 은폐하려고 했다가, 남곤과 심정의 의심을 받아 화를 당했다. 기묘사인기묘사화 때 화를 당한 선비들은 이장곤을 추켜세웠으나, 홍경주 등이 야반에 북문을 통해 들어가 임금에게 상변했을 때이장곤도 함께 했으니, 그때 이미 이장곤은 기묘사인들을 배신한 것이라고 허균은 혹평했다. 이에 비해 이극균과 성준은 대신으로서 군신 관계를 어기고 싶지않았기 때문에 머리를 나란히 하여 죽임을 당했다는 것이다.

허균은 이렇게 말했다. "저들인들 서너 해만 구차하게 살다가 임금 자신이 넘어지기를 기다릴 줄을 왜 알지 못했으랴. 그러나 서로 나란히 죽었지, 감히 도망가려는 꾀를 생각하지 않던 것은 무엇 때문일까? 군신의 분수가 이미 정해졌기에 의리상 도망칠 수 없었던 것이다. 그 때문에 애써서 운명인 듯 편안히 받아들였다. 저 두 분의 지혜가 어찌 이장곤만 못해 그랬을 것인가? 당시 사람들은 홍수나 화재처럼 연산군을 싫어했다. 그 때문에 이장곤이 연산군에게 죽지 않았음을 다행하게 여기고는, 이장곤이 군부君父를 거역했던 일이 큰 죄임을 돌아보지 않은 것이다"

연산군은 재위 5년1499년에 《성종실록》을 완성하고 《동국명가집東國名家集》을 엮었다. 재위 6년1500년 9월에는 홍문관원 권장절목을 마련했으며,《속국조보감續國朝寶鑑》·《농사언해農事諺解》·《잠서언해蠶書諺解》·《여사서내훈언해女四書内訓諺解》를 간행했다. 재위 7년1501년에는 성준과 이극균이 《서북제번기西北諸蕃記》·《서북지도西北地圖》 등을 편찬해서 올렸다. 그해 10월에는 성현과 임사홍이 《동국여지승람》의 수정을 마쳤다. 이듬해 정월에는 중국에 사람을 보내 염직을 배워 오게 했고, 3월에는 김익경이 제작한 수차를 충청도·경기도 등에 보급했다. 6월에는 사치스런 혼인을 금했다. 재위 8년1502년 9월에는, 1497년 12월에 태어난 원자를 세자로 책봉했다. 이 세자는 중종반정 때 폐위되어 정선으로 귀양 가게 된다.

연산군도 세종과 세조, 성종의 뒤를 이어 사장文學을 진작시키려고 했다. 재위 12년1506년 4월에는 《전등신화》·《전등여화》를 간행하게 했으며, 그밖에도 《시학대성》·《당시고취》·《속고취》·《삼체시》·《당음》·《시림광기》·《당현시》·《송현시》·《영규율수》·《원시체요》 등을 간행했다. 다만 연산군은 사장의 학을 왕권에 철저하게 예속시켰다.

더구나 연산군의 정치는 무오사화 때 이미 그 방향성을 잃고 말았다.

김종직의 문인 김일손은 성종 때 생원시와 식년문과에 급제하고 사가독서를 했으며 이조정랑을 지냈다. 그 후 춘추관의 사관으로 있으면서 전라도관찰사 이극돈李克墩의 비행을 직필하고, 헌납으로 있을 때는 이극돈과 성준이 붕당의 분쟁을 일으킨다고 상소하여 이극돈의 원한을 샀다. 그러다가 연산군 4년1498년에 《성종실록》을 편찬할 때 김종직이 썼던 〈조의제문〉을 사초史草에 실었다. 이것이 이극돈을 통하여 연산군에게 알려져 김일손은 사형에 처해지고, 다른 많은 사류도 화를 입었다. 곧 무오사화이다.

훗날 중종 2년1507년 봄에 성희안成希顔은 무오사화에 대해 언급하여, "김종직이 유생이었을 때 〈조의제문〉을 지었는데, 그것이 어떤 의미인지는 알지 못합니다. 그런데 김일손 무리가 부연敷衍했으니, 그 죄가 죽일 만한 것입니다."라고 했다. 그리고 이 사화의 발단은 성준에게 책임이 있다고 보아, 다음과 같이 사화의 대략을 말했다.

▌연산군의 무덤

서울시 도봉구 방학동 산77번지 소재. 한국학중앙연구원 사진 제공

연산군의 무덤은 세종의 넷째 아들인 임영대군이 하사받았던 땅에 들어서 있다. 조선시대에 이곳은 양주 해촌(海村)에 속한다. 연산군이 11월 6일에 유배지에서 '역질'로 사망하자, 강화도에 왕자군(王子君)의 규모로 무덤이 조성되었다. 하지만 1512년 12월에 홍수가 일어나 묘소가 침식되자, 임영대군의 외손녀로서 연산군의 부인이었던 거창군부인(居昌郡夫人) 신씨의 요청으로 1513년 3월에 연산군 묘를 양주 해촌으로 이장했다. 본래 임영대군은 태종의 후궁 의정궁주의 묘를 이곳에 조성했는데, 태종이 사망한 뒤 임영대군은 그녀의 제사를 맡았다. 그 뒤 임영대군의 외손녀인 거창군부인 신씨가 연산군 묘를 이곳으로 이장한 것이다. 연산군에게는 신씨 소생으로 세자 이황과 창녕대군 이성이 있고, 후궁 소생으로 양평군 이인과 이돈수가 있었으나, 중종반정 후 이들은 각지에 유배되었다가 죽음을 맞았다. 중종 32년(1537년) 4월에 거창군부인 신씨가 사망하자 중종은 연산군과 신씨 사이의 외동딸인 휘신공주(휘순공주 이수억)가 구문경(具文慶)과의 사이에서 낳은 아들 구엄(具儼)으로 하여금 외손봉사를 하게 했다. 구엄이 죽은 뒤에는 그의 외손 이안눌(李安訥)이 외손봉사를 했다.

이 일의 발단은 실로 유래한 바가 있습니다. 성종 때 이극돈이 병조판서로 있을 때 성준을 북도 절도사로 삼았는데, 성준이 거기에 노하여 이극돈의 아들 이세경李世經을 병마평사로 삼았습니다. 그 뒤에 김일손이 헌납이 되고 이주李冑가 정언이 되어 차자를 올려 두 사람을 논핵했는데, 이극돈과 성준이 노하여 거꾸로 두 사람을 중상하려고 했습니다. 그 후 이극돈이 춘추관을 맡아 《성종실록》을 찬수하다가 김종직의 글을 보고는 그 일을 끄집어내려 하자, 어세겸魚世謙이, "이 글을 다 믿어서는 안 된다. 사초를 세초할 때 모두 버려야 하며 누설해서는 안 된다."라고 했습니다. 그런데 한치형·윤필상·유자광 등이 이 말을 듣고 진달하여 옥안獄案을 이루었습니다. 추관들이 김종직의 문하생들을 모두 죄 주려 했으나, 노사신만은, "그렇게 한다면 한나라 때의 당고黨錮의 화를 이루게 될 것이다."라고 반대했습니다. 이것이 무오년 사건의 대략입니다.

노사신은 유자광이 무오사화를 일으켰을 때 유자광 측에 동조하여 김종직 일파를 처단했지만 중간에 후회하고 많은 사류를 구제했다. 무오사화의 옥사를 처리한 후 노사신은 불안해질 수밖에 없었다. 성희안은 노사신을 구하려 했으나, 뜻대로 되지 않았다. 중종은 무오사화에 연루되어 죄를 받은 자들의 관작을 복구시키고, 이극돈의 관작을 추탈하고, 김종직·김일손·권오복·권경우·이목·허반·강겸 등의 가산을 모두 돌려주고, 추관推官 윤필상·노사신·한치형·유자광 등에게 상으로 하사한 전택과 노비도 모두 환수하도록 했다. 후에 유자광은 삼사가 번갈아 상소하며 죄를 논하는 바람에 녹훈이 깎이고 호남으로 유배를 가게 되었고 결국 그곳에서 죽었다. 유자광의 일은 앞서 말한 바 있다.

무오사화 이후에 연산군은 갱화시賡和詩나 응제시應製詩를 지어 올리게 하여 사장을 왕권에 굴종시켰다. 당시 연산군이 '원림에 한식의 철이라 삼월이라 가까우니, 비바람에 낙화하여 오경이 춥도다.(寒食園林三月近, 落花風雨伍更寒)'라는 제목을 내어 승지와 사관, 경연관에게 칠언율시를 지어 올리라고 했다. 이때 도승지 강혼은 찬란한 색채어를 사용하고 미사를 늘어놓아 향락을 노래했다.

곧, 문신들은 자기의 견해를 피력하지 못한 채 왕권에 순종하여 승평을 찬미해야 했다. 연산군은 재위 7년1501년 4월 23일경자의 밤 이경에 홍문관 관원을 서빈청西賓廳에 모아 칠언율시를 짓게 했다. 연산군은 다음 4개의 시제試題를 내렸다.

첫째, '당나라 명황이 촉에 거둥하매 양귀비가 죽으니, 비록 빈(嬪)과 궁녀들이 있어도 기꺼이 보지 않더라.'(明皇幸蜀楊妃死, 縱有嬪嬙不喜看)
둘째, '달 떨어진 뜰 안에 사람 소리 시끄러우니, 누가 장원한 사람인지 모르겠도다.'(落月半庭人擾擾, 不知誰是壯元郎)
셋째, '일색으로 살구꽃이 삼십 리를 덮었는데, 신랑이 탄 말이 날아가는 것 같구나.'(一色杏花三十里 新郎君去馬如飛)
넷째, '부용이 가을 강물 위에 살아 있으되, 봄바람을 향하여 피지 못함을 원망하지 않는구나.'(芙蓉生在秋江上 不向東風怨未開)

　이어서 초 한 자루를 내리고는, "이 초가 다 타기 전에 시를 지어서 바치라."라고 했다. 전한 김감金勘이 장원을 하자 녹비 한 장을 하사했다.
　연산군 7년1501년 윤7월 11일정해, 연산군이 대간에게 술을 내리자 대사헌 성현은 사례하는 전문을 지어 바쳤다.

성은이 망극하여 덮고 기르는 은혜가 하늘과 같은데, 어리석은 신하는 재주가 없어 은혜를 갚을 길이 없습니다. 황송하여 어찌할 바를 모르겠으니, 몸이 가루가 되어도 갚기 어렵습니다. 삼가 생각하건대, 신 등은 외람되이 범용한 자질로 분수에 넘치게 언관의 책임을 졌으므로, 계책이 있으면 반드시 들어와 고하는 것이 바른 길로 임금을 섬기는 도리입니다. 그렇기에 인의가 아니면 감히 진술하지 않아서, 항상 자기 몸을 돌보지 않고 임금을 보좌하려 합니다. 마음을 다해서 수疏를 올리는 것은 성의를 기울여 그릇됨을 바로잡으리라 기약한 때문입니다. 이제 간언을 올리자 문득 특별한 하사를 받으니, 향기 어린 선례仙醴는 천일주인 듯 마셔 취했고, 끊임없이 내려 주시

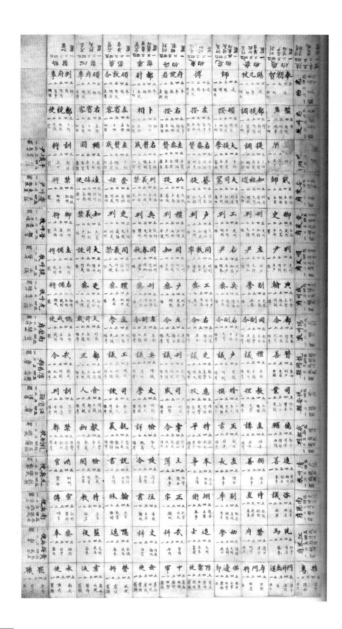

｜승경도(陞卿圖)

관직명 놀이판. 국립중앙박물관 소장. 허가번호[중박 201110-5651].

승정도(陞政圖), 종경도(從卿圖), 정경도(政卿圖)라고도 한다. 벼슬 이름을 품계와 종별에 따라 차례대로 적어 넣은 승경도판(陞卿圖板)에 5 각형의 알이나 윷 혹은 윤목을 던져서 나온 숫자에 따라 말을 놓아 먼저 영의정이 되는 사람이 이기는 놀이다. 우리나라에서는 하륜(河崙)이 처음 만들었다고 한다. 중국에 유사한 놀이가 있는데, 그것을 조선의 실정에 맞추어 바꾼 것이라는 설이 있다.

는 어주御廚의 음식은 팔진미인 듯 배불리 먹었습니다. 이러한 성대聖代를 맞이함은 옛날이나 지금이나 드문 일입니다. 삼가 생각하건대, 성상은 옳은 말을 들으면 곧 고치셔서, 간언을 막지 않고 따르십니다. 천한 사람의 말도 반드시 가려 뽑으셔서 광망狂妄한 말도 용서하시고, 사소한 것도 버리지 않으셔서 보잘것없는 경계의 말도 채택하십니다. 그리하여 마침내 우둔한 자질로 하여금 또한 큰 은혜를 입게 하시니, 신 등이 어찌 감히 단충丹衷을 가다듬고 소절素節을 격앙激昻치 않겠습니까? 허물을 살피고 잘못을 바로잡아 당초의 마음을 저버리지 않을 것을 기약하여, 선善을 아뢰고 사邪를 막아서 직분을 실추시키지 않겠습니다.

성현은 갑자사화 때 부관참시되었으므로, 후대의 사람들이 그를 혹평하지 않게 되었다. 하지만 그가 올린 이 사전謝箋은 낯 뜨거운 아부의 말로 가득하다.

연산군 때의 혼란기에 이채를 띤 인물은 정희량鄭希良이다. 그는 김시습에게서 〈옥함기玉函記〉와 〈내단요법內丹要法〉을 전수받았다고도 알려져 있는데, 본래 김종직의 문인이다. 정희량은 무오사화 때 의주로 유배되었다가 김해로 이배되었다. 연산군 10년1504년에 유배에서 풀려났으나, 내간상母親喪을 당하여 경기도 고양에서 시묘살이를 하다가 강에 빠져 죽어 사람들이 시체를 찾으려 했다. 연산군은 광노狂奴·미친놈가 빠져 죽었으니 시체는 찾아서 무엇 하겠느냐고 했다고 한다. 정희량은 연산군 3년1497년 7월 11일경술에 예문관 대교로 있으면서 임금의 열 가지 덕에 대해 상소를 한 적이 있다. 그 내용을 보면 이렇다.

첫째, 임금의 마음을 바르게 할 것
둘째, 경연經筵을 부지런히 할 것
셋째, 간쟁諫諍을 받아들일 것
넷째, 현賢과 사邪를 분변할 것
다섯 번째, 대신을 공경할 것

여섯 번째, 내시를 억제할 것

일곱 번째, 학교를 숭상할 것

여덟 번째, 이단을 물리칠 것

아홉 번째, 상벌貴罰을 삼갈 것

열 번째, 재용財用을 절약할 것

　　연산군은 정희량이 제시한 열 가지 덕목을 닦지 못한 셈이다. 뒷날 이익李瀷은 《해동악부》에서 〈광노행狂奴行〉편을 두어 정희량의 일화를 다음과 같이 다루었다.

미친 짓은 부끄러우나

성인도 거짓 미친 짓으로 마음과 자취 숨겼고

노예는 천하다 않을 수 없지만

성인도 일부러 남의 부림 받았다오

신하의 미친 짓 까닭 있다만

임금의 미친 짓 어인 일인가

황마黃馬, 무오 연간에는 죄망이 하늘까지 뻗어

피가 뚝뚝 조정에서 떨어져 서로들 베고 죽었도다

쇠잔한 등불 밑에서 주역 보던 이 누구였나

밤새 글소리 들리더니 새벽엔 간 곳 없어라

건곤 사이 아득하여 빛과 소리 끊기고

귀신만 문득 왔다 떠나네

"여봐라 두루 물색하라 말하지 말라

그자야 미친 녀석, 찾을 것 없느니라."

아아, 소아小兒는 운명을 모르고

목전에 망해 가도 황음荒淫을 그치지 않다니

온 나라가 비바람에 거의 캄캄하였나니

청련 시인정희량은 마음으로 경계했다
'무너진 역원'이라 붓 놀린 건 우연히 그런 일
달 속 계수의 재자才子가 시구를 남긴 것이리
우스워라 함관咸關 수척水尺 사위 된 이[李長坤]
속세 정분 못 이겨 수레 몰아 산을 나왔다니
이제도 사람들 허암虛菴·정희량의 전한 책 읽나니
《준원峻元》하고 《홍리弘利》처럼 신선술을 전하네

狂行雖可恥(광행수가치)
古聖時或藏心迹(고성시혹장심적)
奴稱非不賤(노칭비불천)
古聖故自爲人役」(고성고자위인역)
臣狂信有爲(신광신유위)
主狂胡乃爾(주광호내이)
黃馬年間網彌天(황마연간망미천)
血濺朝端相枕死」(혈천조단상침사)
衰燈點易問何人(쇠등점역문하인)
夜聞伊吳曉無處(야문이오효무처)
乾坤莽蕩聲影絶(건곤망탕성영절)
條忽神來與鬼去」(숙홀신래여귀거)
旁人莫道物色遍(방인막도물색편)
彼哉狂奴勿用求(피재광노물용구)
嗟嗟小兒不知命(차차소아부지명)
眼底淪亡猶不休」(안저윤망유불휴)
寰中風雨幾晦明(환중풍우기회명)
戒得靑蓮心已固(계득청련심이고)

試筆頹院亦偶然(시필퇴원역우연)

天香桂子留遺句」(천향계자유견구)

可笑咸關水尺壻(가소함관수척서)

區區俗緣催歸轍(구구속연최귀철)

至今人讀虛菴傳(지금인독허암전)

濬元弘利傳神術」(준원홍리전신술)

* 참고 : 」표시는 운자韻字가 바뀜을 보인 것이다.

제1단에서는 광접여狂接輿와 부열傳說의 고사를 인용하고, 정희량과 연산군의 관계를 부각시켰다. 황마黃馬는 무오사화가 일어난 해를 가리킨다. 황은 토土이니 무戊에 해당하고 마는 오午에 해당한다. 소아小兒는 당시 선비들이 연산군을 풍자한 속어다. 제11구·제12구와 제19구·제20구는 가천원 벽에 남았다는 정희량의 시구를 이용했다. 정희량이 사라진 후 가천원加川院 벽에 절구 두 수가 적혀 있었다. 한 수는 "새는 허물어진 역원의 구멍을 엿보고, 사람은 석양에 샘물을 긷는다. 산수간의 멋진 손님이다만, 건곤의 어느 곳으로 가랴.鳥窺頹院穴, 人汲夕陽泉. 山水爲佳客, 乾坤何處邊"이고, 다른 한 수는 "비바람이 전날에 놀랍더니, 문명이 이때 저버렸구나. 외론 지팡이로 우주간을 노니나니, 사단 일으킬 것을 혐의하여 시도 그만 짓는다.風雨驚前日, 文明負此時. 孤筇遊宇宙, 嫌鬧幷休詩"였다. 마지막의 《준원》과 《홍리》는 모두 사주로 운명을 점치는 술가術家의 책이다. 준원은 濬元으로 되어 있으나 峻元이 옳은 듯하다.

이익은 이 노래에서 독자들에게 동시대 인물의 행적과 정희량의 행적을 대비하도록 촉구했다. 즉 거제도로 유배된 홍문관 교리 이장곤이 함흥으로 도망쳐 양수척의 사위로 있다가 반정 뒤 조정에 복귀한 사실과 정희량이 혼돈의 시대에 그대로 물속에 빠져 자살한 일을 대비시켜, 후자의 기이한 행적을 더욱 사랑하고 애도한 것이다.

연산군은 연회를 즐겨, 일찍이 다음 절구를 지었다고 한다.

시절이 어진 이들과 멋진 정자에서 연회하길 허여하여
한가로이 꽃과 술 즐기며 태평세월임을 깨닫네
어찌 다만 은혜 두터운 것만 좋아하랴
모두가 충성하여 정성 바치길 바라노라

時許群賢宴畫亭(시허군현형화정)
閑憑花酒覺昇平(한빙화주각승평)
何徒爭喜鴻私厚(하도쟁희홍사후)
咸欲思忠獻以誠(함욕사충헌이성)

어진 이를 존중해서 은대(승정원)의 모임을 허락하니
봄기운이 긴 길에 가득하여 준마를 재촉하네
취해서 한가하게 달을 사랑할 뿐만 아니라
돌아올 때도 악대를 이끌고 다시 배회할 만하구나

重賢寬於[許]會銀臺(중현관어[허]회은대)
春滿長途叱撥催(춘만장도질발최)
不啻醉憐閒夜月(불시취현한야월)
歸牽歌管可重徊(귀견가관가중회)

조신曺伸이 뒷날 이 시에 다음과 같이 차운次韻했다.

남의 집 헐어서 오로지 정자를 만들고
청홍靑紅 미녀 뽑아서 운평을 만들었네
원훈과 언관을 모두 죽이고

내시들만 남겨서 충성을 표하게 하다니

撤人廬舍摠爲亭(철인려사총위정)
採却靑紅作運平(채각청홍자운평)
誅盡元勳屠諫輔(주진원훈도간보)
只留皂帽表忠誠(지류조모표충성)

서총대 쌓느라고 만인이 죽었는데
기녀는 춤 마치고 비단 하사 재촉하더니
부끄러워 쭈뼛쭈뼛 아우들 뼈를 찾으려고
도리어 바닷가에서 잠시 배회하는구나

萬人騈死築葱臺(만인병사축총대)
舞罷迓祥賜錦催(무파아상사금최)
忸怩欲尋諸弟骨(추니욕심제제골)
却於海上暫徘徊(각어해상잠배회)

　　서총대瑞葱臺는 창경궁 후원의 대臺이다. 성종 때 창경궁 후원에서 파가 돋아났
는데, 줄기 하나에 가지가 아홉이었으므로 당시 사람들이 이를 상서로운 파라고
했다. 연산군은 이곳에 대臺를 쌓고 서총대라고 불렀다. 곧 지금의 탕춘대蕩春臺이
다. 조신은 "서총대를 쌓느라고 만인이 죽어갔다."라고 했다.
　　중종반정이 일어나던 날 연산군은 급히 활과 화살을 가지고 오라 했는데, 측
근들은 이미 밖으로 나가고 아무도 없었다. 연산군은 창황히 달려 들어가서 왕
비에게 함께 나가서 간절히 빌자고 했다. 그러나 왕비는 "일이 벌써 이 지경에 이
르렀는데 빌어본들 무엇하겠습니까? 순순히 받아들이는 것만 못할 것입니다. 전
날 여러 번 간해도 끝내 고치지 않다가 지금 이 지경에 이르렀으니, 스스로 화를
초래한 사람이야 비록 죽어도 마땅하겠지만 이 불쌍한 두 아이는 끝내 어찌될

꼬!"라고 하며 가슴을 치면서 크게 통곡했다. 날이 새기 전에 왕비는 대궐을 빠져나갔는데 신었던 비단 신이 자주 벗겨져서 갈 수가 없자 비단 수건을 찢어 신을 동여매었다. 세자와 대군은 유모와 함께 청파촌靑坡村의 무당 집에 나가 있었다. 그들은 해가 저물도록 아무것도 먹지 못했다. 무당이 저녁밥을 올리자, 대군이 "왜 새끼 꿩을 올리지 않느냐?"라고 야단쳤다. 유모는 울면서, "내일은 이런 밥을 얻어먹기만 해도 다행일 것입니다."라고 했다고 한다. 윤기헌尹耆獻이 《장빈호찬長貧胡撰》에서 전하는 일화이다.

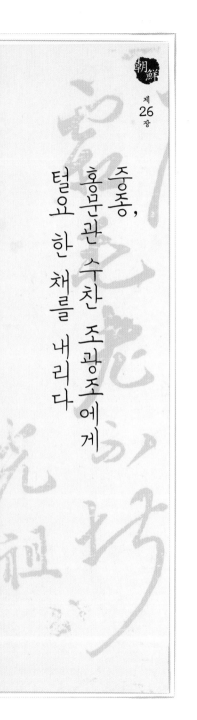

중종,
홍문관 수찬 조광조에게
털요 한 채를 내리다

재위 11년1516년 11월 29일병오, 홍문관이 계심잠戒心箴을 지어 올리자, 중종은 좌찬성 김전과 판서 남곤에게 점수를 매기게 했다. 이에 수찬 조광조趙光祖가 장원을 했으므로, 중종은 모욕毛褥 한 채를 그에게 내리도록 했다. 모욕은 곧 털요를 말한다. 《중종실록》은 이 기사 뒤에 다음과 같은 사신의 논평을 부기했다.

사신은 논한다. 조광조는 본래 마음 다스리는 공부가 있어 당시에 존중되었다. 평생에 뜻을 둔 학문은 오로지 이락伊洛의 제현諸賢을 조종으로 삼았고, 언어와 동작은 으레 옛 성현들대로 준행했다. 진실로 세상에 드문 어진 재주로 우리 동방에 그를 필적할 사람이 없다. 평소에 문장을 좋아하지 않았으니, 이번의 제술은 곧 중심에서 우러나오게 된 것이요, 겉으로 꾸며서 된 것이 아니다.

이락의 제현이란 이수伊水와 낙수洛水의 어진 분들이란 말인데, 이수는 북송 때 정호와 정이 형제, 낙수는 북송 때 소옹을 가리킨다. 곧 이락의 제현이란 주자학의 근원을 말하되 여기서는 대개 정주학 혹은 주자학을 가리킨다. 주자학은 11세기 북송의 학자 주돈이·정호·정이·장재, 12세기 남송의 주희 등이 그 중심인물이었으므로 주정장주학周程張朱學이라고도 하고, 그들의 출생지 이름을 따서 염락관민학濂洛關閩學이라고도 한다. 그 대표가 주희의 주자학이다.

당시 조광조가 지은 〈계심잠병서戒心箴幷序〉는 다음과 같다.

사람은 하늘과 땅에서 강^剛과 유^柔를 품부 받아 형태를 갖게 되고 건^健과 순^順을 받아 성^性으로 하게 되었다. 기^氣는 사계절을 운행하는데, 마음은 네 가지 덕을 지닌다. 그러므로 기는 아주 커서, 호연^{浩然}하여 포함하지 않는 것이 없고, 마음은 대단히 영험하여, 묘연^{妙然}하게 통하지 않는 것이 없다. 하물며 군주의 한 마음은 하늘의 거대함을 몸으로 삼기에 만물의 이치가 모두 내 마음의 운용 속에 포괄되니, 어느 하루의 기후나 어느 한 품물의 본성이라도 나의 헤아림을 따르지 않아 어긋나고 패려궂으며 삿되고 굽게 만들 수 있겠는가? 하지만 인심에는 욕망이 있으므로, 이른바 영묘한 저것이 거기에 침몰하여, 정욕과 사사로움에 질곡이 되어서 흘러 통하지를 못하게 되면 천리가 어둑어둑 깜깜해지고 기도 역시 막히게 되어 윤리가 문드러져서 만물이 제 본성을 다하지 못하게 된다. 하물며 군주의 경우는 고운 소리와 예쁜 빛깔과 향기로운 내음과 좋은 맛의 유혹이 날마다 그 앞에 몰려드는 데다 형세가 높고 우람해서 또한 교만해지기 쉬운 데야 더 말해 무엇하겠는가. 성상께서는 이것을 생각하시고 이것을 두려워하셔서, 신하들에게 명하여 경계의 말을 진술하게 하셨다. 아아! 지극하도다. 신은 감히 붉은 속마음을 열어 베어드려서, 만에 하나라도 보탬이 되기를 기대한다.

　　이하의 본론은 4언으로 정제된 운문이다.

하늘 기운과 땅 기운이 얽히고설켜, 크게 화^化하여 오로지 두텁게 엉겨

기^氣가 통하여 형체가 만들어지고, 이^理가 그 참된 것을 이어 받아서

방촌의 마음에 통괄되어, 삼라만상을 미륜^{彌綸·정연하게 만들어 냄}하도다

혼연하게 환히 밝혀져서, 정신의 활용이 조금도 어그러지지 않고

미세했던 것을 확충하여 밝게 드러내어, 이로써 사람의 극^極을 세워

사체로 확대시켜 기준^{으로} 삼게 하매, 그 공려는 천지를 자리 잡게 하고 만물을 기르는 공과 같으니

위대하도다 영묘한 마음이여, 심원하여 하늘에 통하도다

우뚝하여라 요임금의 업적이여, 역시 이것을 속마음에 지니셨도다

하지만 몸체는 활동적이고 비어 있기에, 사물의 감응은 시도 때도 없으니

정이 타올라 성가시고 분잡해져, 몰래 그 의지를 옮겨서는

멍청하게 잠기고 어두워져, 쓸려나가듯 내달리고 치달린다

그래서 아득히 멀리 시각이 흘러가, 모든 사특함이 멋대로 모여들어

윤리는 문드러지고, 하늘과 땅도 제자리를 잃으며

만물을 낳은 천지의 뜻이 이에 따라 끊어져 품물은 자신의 본성을 다 이루지 못하고

스스로를 끊어버리고 앙화를 불러와 제리계帝履癸(걸桀)와 제신帝辛(주紂)이 나라를 잃

었도다

군자는 이를 두려워하기에, 동動과 정靜에 양성함이 있어서

안으로 경敬을 견지하고, 의義로써 바깥을 막아

성성惺惺하여 개연介然·우뚝하고 전일함하여, 보고 들음에 떳떳한 도리를 지녀

어두운 방에서도 삼가고 전율하여, 상제가 임하시어 혁혁하고

늠름하게 스스로를 지켜서, 신명이 숙숙肅肅해서

함유涵濡·흠뻑 젖음하여 바꾸지 않고서, 순순循循하게 그 덕을 진실로 닦는다면,

견견涓涓·촉촉함하게 맑고, 호호浩浩·넓디넓음하게 흘러,

발휘하여 1만 가지로 변하고, 탁연하게 밝은 태양이 솟으리니,

의義는 일마다 드러나고, 인仁은 품물마다 두루 미쳐,

충융沖融하고 화수和粹하여, 앙연盎然·넘쳐남하게 하늘과 땅 사이에 넘쳐나리라.

아, 마음을 잡으면 본성이 보존되고 마음을 놓아버리면 본성이 없어지는 것은, 선과 악이 관계하는 바로다

그렇기에 성인들이 서로 전해주고 전해받되, 오로지 심법을 전했도다

밝히기 어려운 것은 이理요, 흐르기 쉬운 곳은 욕欲·욕망이니

오로지 정밀하고 오로지 전일하여, 부디 그 덕을 보존하시라

바라건대 상감께서는 체득하시어, 경계하고 두려워하고 소심익익小心翼翼하여서

비리를 극복하기를 적을 이기듯 하며, 선의 단서를 발양發揚 하기를 새싹을 돋우듯이 하소서

살피고 지킴을 오로지 긴밀하게 하여, 중용을 지키기를 촉촉屬屬·신중히 함하게 하며

마음을 태극에 보존하여, 영구히 보존해서 어그러짐이 없게 하소서

天地絪縕(천지인온) 大化惟醇(대화유순)

氣通而形(기통이형) 理承其眞(이승기진)

斂括方寸(염괄방촌) 萬象彌綸(만상미륜)」

渾然昭晳(혼연소석) 神用不忒(신용불특)

充微著顯(충미저현) 式揭人極(식게인극)

擴準四海(확준사해) 功躋位育(공제위육)」

偉哉靈妙(위재영묘) 於穆天通(오목천통)

巍巍堯業(외외요업) 亦此之衷(여차지충)

然體活虛(연체활허) 物感無從(물감무종)」

情熾紛拏(정치분나) 潛移厥志(잠이궐지)

闒然沈昏(탑연침혼)　蕩乎奔駛(탕호분사)

眇綿晷刻(묘면귀각)　衆慝恣萃(중특자췌)

彝倫旣斁(이륜기두)　天壤易位(천양역위)

生意隨遏(생의수알)　群品不遂(군품불수)」

自絶速禍(자절속화)　癸辛之喪(계신지상)

君子是懼(군자시구)　動靜有養(동정유양)

敬以內持(경이내지)　義以外防(의이외방)

惺惺介然(성성개연)　視聽有常(시청유상)」

祗栗室幽(지율실유)　上帝臨赫(상제임혁)

凜然自守(늠연자수)　神明肅肅(신명숙숙)」

涵濡勿替(함유물체)　循循允修(순순윤수)

涓涓其澄(연연기징)　浩浩其流(호호기류)」

發揮萬變(발휘만변)　卓然皦日(탁연교일)

義形於事(의형어사)　仁溥於物(인부어물)」

沖融和粹(충융화수)　盎然兩間(앙연양간)

烏呼操舍(오호조사)　善惡攸關(선악유관)」

故聖授受(고성수수)　只傳心法(지전심법)

難明者理(난명자리)　易流者欲(이류자욕)

惟精惟一(유정유일)　庶存其德(서존기덕)

願上體躬(원상체궁)　戒懼翼翼(계구익익)

克非如敵(극비여적)　發端若苗(발단약줄)

察守惟密(찰수유밀)　中執屬屬(중집촉촉)」

存心太極(존심태극)　永保無斁(영보무두)」

* 참고 : 」표시는 운자韻字가 바뀜을 보인 것이다.

조광조는 수양론적 심학을 통치원리로 응용했다. 심학이란 마음의 본체를 인식하고 수양의 방법을 구명하려는 학문을 말한다. 조선 전기에 유학이 불교를 압도하고 유학 가운데서도 주자학이 중심이 되면서 수양론적 심학이 발달하게 되었다. 특히 조광조는 주자학의 관점에서 심학을 연구했다. 그는 우선 주희의 관점을 따라, 마음을 이기理氣 개념으로 파악했다. 주희는 인간의 마음을 도심과 인심으로 구분하여, 도심은 성명性命의 정대함에 근원하지만 인심은 인욕의 사사로움에서 발생하는 것으로 보았다. 조광조도 그 설을 따랐다. 또한 그는 "도는 마음이 아니면 의지하여 설 곳이 없다."라고 하여 마음이 진리인식의 주체임을 강조하고, "일심의 미묘함이 기강과 법도의 근본이다."라고 하여 통치질서도 마음에 근거한다고 주장했다.

〈계심잠〉은 유학 가운데서도 성리학을 전공하는 학자들이 자기 수양의 한 방편으로 즐겨 짓는 글감이었다. 조광조와 마찬가지로 중종 11년1516년에 홍문관의 관원으로 있었던 나세찬羅世纘도 〈계심잠병서戒心箴幷序〉를 지어, 그 글이 그의 문집에 전한다. 병서 부분은 제외하고 운문의 잠만 보면 다음과 같다.

마음이 없을 수가 있는가? 마음이 없다면 누가 주인이 되랴
주인이라고 말하는 것은 무엇을 두고 말하는가? 능히 경계하고 능히 두려워하는 것을 말한다
인간이 땅 하늘과 어울려 삼재가 되는 것은, 오로지 방촌이 있기 때문이다.
마음이 미처 사려하지 않는다면, 어찌 심원할 수 있으랴
하늘은 높이 덮고 있다고 하지만, 어찌 나에게 갖추어져 있지 않겠는가
마음을 보존하고 마음을 양성하는 것, 이것이 모두 일삼을 바로다
마음을 아주 조금만이라도 놓아두면, 천리만리 벌어지고 만다
순간에 보존하고 숨 쉴 사이에 양성하여, 이에 ㄱ요학에 처하라
사사로운 욕망을 그치고 물러나 따르면, 천리가 흥기할 것이니
이로써 미루어 나가, 집안을 가지런히 하고 천하를 평정하리라

어찌 경계를 더하지 않으랴, 옛사람이 소반에 물을 담고 그 위에 칼을 얹어 자책하고

옛 성군이 백성을 대함에 두려워하기를 썩은 줄로 여섯 말을 어거하였듯이 하라

저자는 틈새를 타기 좋아하니, 그것이 곧 외물이요 곧 욕망이다

방비하길 조금이라도 느슨하게 하면, 모두가 나를 갉아먹는 해충과 같으리니

승평^{태평} 시절에 적당히 안주하면, 뜻이 변하여 함부로 굴게 된다

인욕이 진실로 조금이라도 왕성하면, 천도는 의지할 수가 없게 되니

오로지 일심으로, 뭇 이치를 종횡으로 공치^{政治}하되

전전긍긍^{戰戰兢兢}함이 없다면, 누가 이것을 방어하랴

누가 목도한다고 말하지 말라, 열 개의 손이 가리키고 있도다

천명은 보존하기 쉽지 않으니, 하늘의 도가 오로지 밝도다

공경하고 또 공경해야 하니, 깊은 못에 임하고 얇은 얼음 밟듯이 조심하는 것만 같은 것이 없느니라

오늘 하루 경계하면, 오늘 하루 요순과 같아지리니

종신토록 경계하면, 종신토록 요순일 수 있으리라

경계하느냐 경계하지 않느냐에 따라, 천도가 자랄 수도 있고 인욕이 자랄 수도 있도다

心可無乎(심가무호) 無誰以主(무수이주)

謂主者何(위주자하) 克戒克懼(극계극구)

參爲三才(참위삼재) 曰惟方寸(왈유방촌)

未之思也(미지사야) 夫豈之遠(부기지원)

謂天蓋高(위천개고) 何我不備(하아불비)

以存以養(이존이양) 皆是所事(개시소사)

放之毫釐(방지호리) 千里萬里(천리만리)

瞬存息養(순존식양) 爰玆靜處(원자정처)

已私退聽(이사퇴청) 天理作所(천리작소)

于以推之(우이추지) 家而天下(가이천하)

胡不益戒(호불익계)　盤水六馬(반수육마)
彼喜乘罅(피희승하)　乃物乃欲(내물내욕)
防或少弛(방혹소이)　戚我蟊賊(함아모적)
狃安承平(뉴안승평)　志變易肆(지변이사)
人苟小旺(인구소왕)　天不可恃(천불가시)
顧惟一心(고유일심)　橫攻衆理(횡공중리)
不有戰兢(불유전긍)　孰能禦之(숙능어지)
莫余云覩(막여운도)　十手所指(십수소지)
命不易保(명불이보)　天惟顯思(천유현사)
敬止敬止(경지경지)　臨氷莫若(임빙막약)
一日戒之(일일계지)　堯舜一日(요순일일)
終身戒之(종신계지)　堯舜終身(요순종신)
戒與不戒(계여불계)　而天而人(이천이인)

　　조광조는 군주가 천도를 집행하는 존재라는 점을 부각시키고 군주의 심학이 정치의 근간임을 순차적으로 밝혀나갔으나, 나세찬은 군주의 존엄성을 그리 부각시키지 않고 군주의 심학을 선비의 심학과 구분하지 않았다. 이 점에서 조광조의 〈계심잠〉이 지닌 의미를 다시 확인할 수 있다.

　　중종은 재위 6년1511년 11월 25일신미에도 홍문관에 〈계심잠〉을 지어 올리게 했다. 곧 《중종실록》에 보면 그날 홍문관은 언로의 일을 다음과 같이 상소했다.

전하께서 즉위하신 이래, 하늘땅과 같이 만물의 화육化育을 돕는 공이 이르지 않는 곳이 없으나, 화기和氣는 응하지 않고 재앙만 거듭 이르러, 가뭄과 장마로 해마다 흉년이 들며 변이 이변과 서리 우박이 없는 해가 없습니다. 올해는 가을부터 비가 오지 않고 겨울에 천둥이 울고 눈은 안 내리며, 별들의 운행은 제 길을 잃고 있으니, 신 등의 생각에는 하늘이 전하를 깨우치는 바는 깊되, 하늘을 감동시키는 전하의 정상

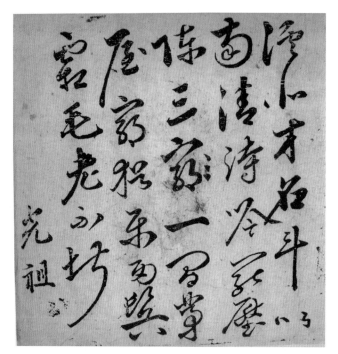

이 지극하지 못한 점이 있는 듯합니다.

지금 조정에는 기강이 제대로 섰으며 교화가 다 밝아졌습니까? 언로가 통했으며 어
진 이와 어리석은 이가 변별되었습니까? 민생은 근심과 원망에 싸였고, 도적은 횡횡
합니다. 밝디밝은 하늘은 재앙을 헛되이 내리지 않거늘, 전하께서는 몸가짐을 조심
하시는 실지가 없고, 묘당 대신은 힘을 합해 보필(輔弼)한 도움이 있다는 말을 듣지 못
했습니다. 그렇거늘 상하가 태평스레 보통으로 여기니 어찌 한심하지 않겠습니까?
전하께서는 지난번 동짓달에 우레가 치는 변고가 있자 구언(求言)하는 전지를 내리시
고도 대간이 의논드린 바를 받아들이지 않으셨을 뿐 아니라, 그로 인하여 대간에게
고통을 주고 모욕하며 폄하해서 강등시키셨습니다. 말을 하도록 시키고는 도리어 죄
를 주신다면 구언하는 전교가 간언(諫言)을 거절하는 사다리로 바뀐 셈입니다. 하물며
지금 대간이 일을 당해 논쟁한 지 달이 지나고 철이 바뀌었는데도 흔쾌히 받아들이

지 않으시니, 하늘에 대답하는 실지가 어디에 있습니까? 신 등은 적이 의심됩니다. 신 등은 들으니, 하늘에 응답하는 것은 실지로 해야지 문구로 할 것이 아니라 합니다. 전하께서 진실로 지성스러운 경지에까지 힘을 쓰되, 마치 순舜임금이 자기 견해를 버리고 남을 따른 듯, 성탕成湯이 간언을 따르고 거스르지 않은 듯이 하여, 이목耳目을 밝게 하고 혈맥을 화하게 하신다면, 기후가 때에 맞아 뭇 생물이 성취되어 상하·귀천이 모두 제자리를 찾아 만물이 제대로 생육하는 공[《중용》에 "중화를 이루면 천지가 자리하고位 만물이 자란다育"고 했음]을 이룰 수 있습니다. 그렇다면 어찌 재앙을 사라지게 할 뿐이겠습니까?"

중종은 이 소疏 끝에 다음과 같이 적어 답하고, 승지를 홍문관에 보내 주육酒肉을 내렸다.

부덕한 내가 일국에 군림하여 밤낮으로 조심하고 두렵게 여기건만 하늘의 꾸짖음이 없는 해가 없었는데, 금년에는 온갖 재앙이 함께 나타나므로 더욱 답할 바를 모르겠다. 경 등이 나열하여 아뢴 두어 가지 일은 나의 병통을 바로 맞추었기에, 내 마땅히 두고 살필 터이다. 그리고 경 등은 각각 계심잠을 올리도록 하라. 내 항상 좌우에 두고 관람에 대비하겠다.

며칠 뒤 12월 3일기묘의 조강에서 대사헌 윤금손 등은, 추위와 더위가 절후를 어겨서 봄 날씨 같은 이변이 있는데, 중국을 본받아 겨울에 눈이 오지 않으면 군주가 몸소 눈을 비는 것이 좋겠다고 건의했다. 이때 중종은, 얼음이 없고 눈이 없는 것은 모두 재이에 해당하며, 추위를 비는 일은 군주가 행할 만하다고 하면서, 홍문관으로 하여금 〈인신계심잠人臣戒心箴〉을 한 편씩 지어 올리도록 했다. 하늘에 실지로 응하고자 할 것 같으면 군주와 신하가 한마음이 되어 상하가 다 같이 행실을 닦아야 할 것이라는 생각에서였다.

중종은 중국의 역대 제왕이 잠명의 글을 보고 스스로 경계하고, 또 대신들도 관청과 부속 건물에 잠명이나 기記를 적어두고 근신했던 사례를 따르고자 했다. 중국에서는 당나라 태종이 제위에 오르자 장온고張蘊古가 〈대보잠大寶箴〉을 지어 올려 경계하고, 경종이 소인을 친애하고 사냥을 좋아하자 이덕유李德裕가 〈단의육잠丹扆六箴〉을 지어 올려 경계한 일이 있다. 또 북송 때 고관들이 직분에 충실하지 않자 왕우칭王禹偁은 〈대루원기待漏院記〉를 대루원조회 대기 장소의 벽에 써서 조정 집무의 시작 이전부터 근신하라고 경계한 일이 있다. 중종은 특히 〈대보잠〉과 〈대루원기〉를 조맹부 글씨체로 쓰게 하여, 〈대보잠〉은 선정전에 걸고 〈대루원기〉는 승정원에 걸게 했다.

12월 7일계미에 장령 이성언은, 신하들이 올린 〈계심잠〉을 국왕이 평가하여 상을 내리는 것은 부당하며, 다시 〈인신계심잠〉을 지어 올리라는 것도 제술製述을 장려할 뿐이라고 하면서 왕명을 거두라고 촉구했다. 영중추부사 송일宋軼도 홍문관원의 제술에 대해 등수를 매기는 것은 온당치 못하다며, 이렇게 아뢰었다.

홍문관은 당나라 때부터 두었으며, 우리 세종 때에는 집현전이라 하여 문학하는 선비뿐 아니라, 늙었어도 덕행이 있는 자는 모두 뽑혀 고문顧問에 대비했습니다. 세종께서는 글 가운데 풀리지 않는 곳이 있으면 세자를 보내 물으셨으며, 성종께서도 그들을 우대했습니다. 성종께서는 성학聖學이 고명하셨으나, 중년 이후로 관원館員에게 시사試射나 제술製述을 시키셨습니다. 하지만 이것은 때가 태평하고 조정이 무사했던 까닭에 그러신 것입니다. 그렇지만 김종직은 그때 직제학으로 있으면서, 시사나 제술은 부당하다고 여겼습니다. 또 성종께서는 관원에게 제술을 시켜 우등한 자에게 가끔 어구마御廄馬를 상 주셨는데, 두터운 은혜를 베푼 점은 있지만, 역시 말았어야 했습니다. 마땅히 성리학을 밝혀 마음을 바르게 하고 몸을 닦는 것으로 요체를 삼아야 하며, 제술은 곧 말단의 일이고 과차科次·등급 채점는 더구나 실없는 일이므로, 대간이 아뢴 말이 옳습니다. 더구나 임금이 숭상하는 바는, 아래가 반드시 다투어 본뜰 것이기에, 삼가지 않을 수 없습니다.

장령 이성언이나 영중추부사 손일의 반대에도 불구하고 중종은 홍문관원에게 〈인신계심장〉을 써서 올리게 하고 상을 내렸다. 중종은 심학에 관한 글을 많이 읽고 지으면 국왕이든 신하든 심학을 체득하게 되리라 생각했던 것이다.

중종은 조선의 제11대 군주이다. 성희안과 박원정, 유순정 등의 도움으로 왕위에 올랐다. 이긍익은 《연려실기술》에서 "반정의 일은 성희안에게서 계획이 나와 박원종이 완성했다."라고 했다. 성희안은 과단성은 있었으나 학술이 없었으며, 유순정은 천성이 너그럽고 나약하여 집념이 없었으며, 박원종은 추솔하고 사나우며 견식이 없었다. 따라서 그들은 충성과 절의에 북받쳐 공을 이루었으나 일처리는 마땅치 않았다. 그들은 전부터 교분이 있던 유자광을 용납하여 뒷날의 화를 열어 놓고 인척들에게까지 모두 철권_{공신녹권}을 주고 뇌물에 따라 훈공의 등급을 정했다.

하지만 중종은 연산군 때의 정치를 개혁하고자 했다. 몇 차례 사화를 겪으면서 화를 당한 사람들의 원한을 풀어주고 연산군 때 폐지된 성균관을 다시 복구했다. 또한 사화 때 귀양을 갔던 유숭조柳崇祖를 중용했다. 그리고 심학을 중시해서 도심을 정밀하게 추구하고 전일하게 지니려고 했으며, 요·순의 다스림을 다시 실현하려고 했다.

그러나 중종은 과단성이 부족했다. 정치는 나아지지 않았고 재변도 연이어 일어났다. 견성군에 봉해진 아들 이돈李惇이 모반을 꾀한 이과李顆의 추대를 받았다 하여 아들을 간성에 유배보냈다가 죽였다. 김안로의 사주를 받은 연성위 김희金禧가 세자훗날의 인종의 생일에 쥐를 잡아 저주하는 작서지변灼鼠之變이 있자, 경빈 박씨와 그 아들 복성군을 폐서인한 뒤 귀양을 보냈다가 사사했으며, 당성위 홍려洪礪는 곤장을 맞다가 죽게 했다. 중종은 형제간의 우애, 부부의 정, 부자의 은의를 어그러뜨린 셈이다. 게다가 대신을 많이 죽여 군신의 은의도 야박하게 만들었다.

중종의 가장 큰 실책은 조광조를 지나치게 신임했다가 또 그를 갑자기 불신한 점이다.

조광조는 중종의 인정을 받아 성대한 치적을 일으킬 수 있다고 생각하고 왕실을 위해 모든 힘을 쏟았다. 그러자 남곤·심정·홍경주 등이 그를 미워하여 백방으로 헐뜯었다. 중종 14년1519년 10월에 조광조 등은 반정공신 중 작호가 부당하게 부여된 자 76명에 대하여 그 공훈을 삭제하라고 청했다. 중종은 처음에는 반대했으나 결국 2, 3 등의 잘못 녹공된 자는 뽑아서 삭제하고 4등은 모두 삭제하게 했다. 당시 예조판서 남곤은 배릉헌관拜陵獻官을 자청해 있었다. 그러자 조광조는 입시하여, "근자에 숭품 6경숭록이나 숭정의 품계로 판서 지위에 있는 자으로 일을 피하려고 능헌관이 된 자가 있습니다. 신하로서 이같이 자기 몸을 아낀다면 다른 것은 볼 것도 없습니다."라고 했다. 남곤은 입시해 있다가 부끄러워하면서 물러갔다.

이 무렵 지진이 발생하여 소란스러웠는데, 남곤과 심정은 권세 있는 신하가 모반을 일으키려 하므로 지진이 일어났다고 간언했다. 또 남곤 등은 중종의 귀인인 홍경주의 딸을 통하여 비밀리에 아뢰기를, "조정 인사들 가운데 불순한 생각을 품은 자들의 마음이 모두 조광조에게 돌아가므로, 하루아침에 황포黃袍를 조광조에게 입히게 될지 모릅니다."라고 했다. 그들은 조선 초기에 유행했던 '목자장군검木子將軍劍 주초대부필朱肖大夫筆'이라는 도참설을 끌어다가 '목자이쇠木子己衰 주초수명走肖受命'이라는 말을 궁궐의 나뭇잎에 새겨 마치 벌레가 갉아 먹은 것처럼 만들어 귀인으로 하여금 왕에게 올리게 했다. 혹은 '주초위왕走肖爲王'이라는 글씨를 새겼다고도 한다. '走肖'는 조趙자의 파획破劃이다.

중종은 홍경주에게 명하여 남곤과 심정을 밤중에 신무문 밖에 나오도록 시켰다. 남곤·심정 등은 조광조 등을 명패로 부르고 사류의 사람들을 철퇴로 쳐죽이려 했다. 정광필이 이 소식을 듣고 읍간泣諫했으므로, 중종은 격살하지 말게 하고, 조광조 등을 조옥詔獄에 가두었다가 외방에 나누어 유배했다. 이항 등이 끝내 조광조 등을 사사할 것을 청했으므로, 조광조 이하 70여 명이 귀양을 갔다가 모두 사약을 받고 죽었다. 그들을 기묘명현己卯名賢이라 한다.

중종 17년1522년에 몹시 가물었다. 강령현에서 세 사람이 함께 김을 매다가, 한 사람이 "틀림없이 흉년이 들 것이다. 재상 조광조는 깨끗하고 간소하여 내와 큰 고을, 작은 고을에 절간折簡·호출장이 일체 없어져 아전들이 소리쳐대는 일이 없었는데 지금 들으니 그가 귀양을 가서 죽었다 하니, 그 때문에 천재가 일어난 것 같다."라고 했다. 그 중 한 사람이 서울에 와서 고해바치자, 그 농부를 잡아다 고문하여 죽였다. 또 한 사람은 같이 들었으면서도 고해바치지 않았다고 해서 벌했다고 한다. 조선 말에 임헌회가 엮은 《오현수언五賢粹言》에 나오는 일화다.

중종은 뒷날 후회하여, 재위 33년1538년 윤인경尹仁鏡이 이조판서가 되어 기묘명현들을 서용하자 그것을 허용했다. 또한 기묘사화로 조광조와 그의 학맥이 정치에서 물러난 이후 중종은 심학에 전념하지 않았으나, 재위 38년1543년 10월 17일무자에는 도승지와 좌승지를 시켜 성균관에 가서 유생들에게 〈계심잠〉을 짓게 하고 글을 모두 봉함하여 가지고 오라고 명했다.

조광조1482~1519년는 본관이 한양으로, 호는 정암靜菴이다. 아버지가 함경도 지방관으로 있을 때 따라가 마침 그곳에 유배와 있던 소학군자小學君子 김굉필에게서 학문을 배웠다. 이로부터 조광조는 성리학을 깊이 연구하여 사문斯文을 진작시키는 일을 자기 임무로 삼았다. 중종 초에 진사시에 장원하고 생원시에서도 《중용》을 강하여 합격했다. 중종 10년1515년에 이조판서 안당安瑭은, 경서에 밝고 행동이 의로운 조광조를 발탁하여 6품의 관직을 제수하라고 청했다. 중종은 이를 허락하고 조지서의 사지司紙 벼슬을 주었다. 그해 가을에 알성시 별시에서 을과 1등으로 급제하여 성균관 전적, 사간원 정언 등의 관직을 역임했다. 중종 12년1517년에는 전한, 중종 13년1518년에는 부제학이 되었다. 우승지 김정金淨은 조광조를 경연에 입시하게 하도록 청했다. 4년만에 조광조는 특진하여 대사헌에 임명되었다.

김정국의 《사재척언思齋摭言》에 따르면, 조광조는 대사헌이 되어 입대入對할 때마다 전례를 이끌어 치도治道에 대하여 개진하고 의리義理를 깨우쳤다고 한다. 특히 성性과 정情, 선善과 악惡, 의義와 이利의 분변에서부터 천天과 인人, 왕王과 패霸, 정正과 사邪특함의 구분에 이르기까지 진술했다. 아주 추운 날이나 몹시 더운 여름이라도 해가 한낮이 될 때까지 언론을 그치지 않았으므로, 입시한 다른 신하들이 이것을 괴롭게 여겨 모두 싫어했다고도 한다.

조광조는 사림의 공론을 이끌었다. 당시 사림은 《소학》을 독신하고 《근사록》을 존숭하면서 유가 경전의 참뜻을 실천하고자 했다. 마침 반정 공신들이 대부분 사망하자 중종은 정치를 개혁하려고 하면서, 사림의 영수인 조광조를 주목했다. 조광조는 도학정치와 민본정치를 실행하고자 했으며, 덕성을 위주로 관리를 선발하기 위해 현량과를 시행했다.

하지만 조광조의 개혁은 지나치게 급진적이었으므로 훈구대신들의 반감을 샀다. 신무문의 변이 일어나자, 성균관과 사학의 학생들은 대궐을 지켰고 호곡한 자가 수천 수백에 달했다고 한다.

조광조는 능성綾州으로 귀양을 갔다가 12월 20일에 사사되었다. 나이는 38세에 불과했다. 중종 39년1544년 5월 29일병인, 마전군수 박세무朴世茂가 중종의 구언求言에 응해 상소하여 조광조를 신원할 것을 청하는 등, 여러 사람들이 그의 신원을 청했다. 후에 그는 영의정에 증직되고 문정文正이라는 시호를 받았다. 묘소는 경기도 용인에 있다. 그가 죽을 때 그의 아들 정定은 5세였고 용容은 2세였는데, 정은 일찍 죽고 용은 벼슬길에 올라 문천 군수에 이르렀다.

《해동야언海東野言》 등 야담집은 조광조가 죽음을 맞이한 광경을 상세하게 전하고 있다. 예로부터 재상에게 사사할 때는 옥새가 찍힌 문서를 내리지 않고 왕지王旨에 따라 시행했다. 금오랑의금부도사이 능성에 이르러 교지를 전달하자, 조광조는 "국가에서 대신을 대접하는 것이 이렇게 허술해서는 안 되오."라고 하고는 상소를 하려 하다가 그만두었다. 조광조는 목욕하고 의관을 정제한 뒤 뜰로 나와 무릎을 꿇고 옥체의 안녕하심을 묻고, 3공 6경의 성명을 물었다. 도사 유흡柳潝이 재촉하자, 후한 영제靈帝 때 범방范滂을 처형할 때는 조서를 부둥켜안고 여관에 엎드려 통곡한 자도 있었는데 왜 이렇게 다른가 질책했다. 그리고 "임금 사랑하기를 아버지 사랑하듯 했고 나라를 근심하기를 내 집을 근심하듯 했다."라고 하고, 또 "백일白日이 하토下土에 임하리니, 밝고 밝게 나의 붉은 마음을 비추리라. 하늘에 있는 해가 나의 붉은 충성을 비춰 주리라."라고 했다. 드디어 약을 마시고 이불을 뒤집어 썼다. 곧바로 죽지 않자 금오랑이 사람을 시켜 목을 졸라 죽였다고 한다.

중종과 조광조의 정치 개혁은 실패로 끝났다. 하지만 그들의 시도는 명종과 선조를 거치면서 사림 세력이 민본주의 정치를 추진하는 초석을 놓았다. 율곡 이이는 《동호문답東湖問答》에서 조광조를 이렇게 평가했다.

조광조는 출세한 것이 너무 빨라서 경세치용經世致用의 학문이 아직 크게 이루어지지 않았다. 같이 일하는 사람들 중에는 충현忠賢도 많았으나 이름나기를 좋아하는 자도 섞여 있어서, 의논이 너무 날카롭고 일하는 것도 점진적이지 않았으며, 임금의 마음을 바로잡는 일을 기본으로 삼지 않고 겉치레만을 앞세웠다. 그래서 간사한 무리가 이를 갈며 기회를 만들어 틈을 엿보는 줄을 모르고 있다가, 신무문이 밤중에 열리자 어진 사람들이 모두 한 그물에 걸리고 말았다. 이때부터 사기士氣가 몹시 상하고 국맥國脈이 끊어지게 되어, 뜻있는 사람들의 한탄이 더욱 심해졌다.

이이가 말했듯이, 조광조는 너무 일찍 출세하는 바람에 경세치용의 학문을 숙성시키지 못했다. 개혁도 지나치게 급진적이었다. 그러나 군주의 마음을 바로잡는 것이 겉치레만 앞세웠는지는 다시 생각해 보아야 할 것이다.

조광조는 시문을 하찮은 기예로 생각했으므로 별로 남기지 않았다. 언젠가 〈춘부春賦〉를 짓고, 스스로 서문을 지었는데, 그 내용도 대단히 도학적이다.

봄이란 것은, 천리의 으뜸이다. 사시四時는 봄으로부터 시작되며, 사단四端은 인仁으로부터 발현된다. 따라서 봄이 없으면 시절의 차례가 성립되지 못하고, 인仁이 없으면 선심善心의 실마리가 이루어지지 못한다. 하늘은 욕심이 없기에, 봄이 행하여 사시가 이루어지고, 사람은 욕심이 있기에 인仁을 상실하여 선심의 실마리를 확충시키지 못한다. 그러므로 마음속으로 스스로 슬퍼하여 이 부賦를 짓는다.

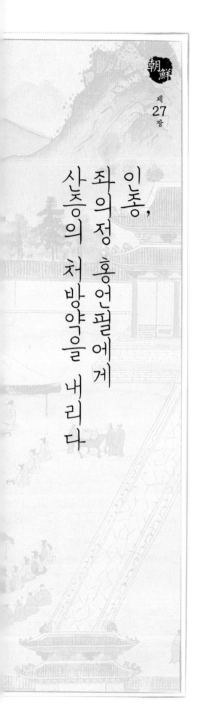

인종,
좌의정 홍언필에게
산증의 처방약을 내리다

인종 원년1545년 1월 7일신축, 좌의정 홍언필洪彦弼이 사장辭狀을 올렸다. 사장이란 사직을 청하는 글이다. 오늘날 사표와 같되, 정치에 관한 의견을 함께 조목조목 진술하여 상서上書의 기능을 겸하기도 한다. 홍언필은 조광조의 표제表弟 곧 이종 사촌 아우이다. 기묘사화가 일어나는 날 승지로서 하옥되고 파직되었으나, 그 뒤 이·호·병·형조판서, 대사헌, 참찬, 경기관찰사, 호조판서를 지냈으며 좌의정에 올랐다. 또한 세자시강원의 빈객으로서 인종의 세자 때 사부였다. 중종이 서거하고 인종이 즉위하자 좌의정에 올랐다.

이날 홍언필은 음낭이 커지면서 아랫배가 켕기고 아픈 병증인 산기疝氣가 있다는 것을 이유로 사장을 올렸다.

신은 어리석고 무식한데도 외람되이 중요한 지위에 있기에 생각이 어두워서 잘못하는 일이 많습니다. 대간이 신의 허물을 논한 것이 매우 중하므로 신이 여러 날 해임해 줄 것을 청했으나 윤허 받지 못하고 있는데, 이제 또 시종이 차자를 올려 공론을 따르기를 청했다고 합니다. 신의 벼슬이 해면되지 않아서 물의가 더욱 격해지니 답답하기 그지없습니다. 그리고 신의 오랜 병이 심하게 더쳐서 심열心熱과 하냉下冷에 산기까지 극심하여 온몸의 혈기가 날마다 점점 말라가고 있습니다. 이 병의 근원이 깊다는 것은 사람들이 모두 아는 사실로, 두어 달에 고칠 수 있는 것이 아니며, 나이도 칠십이라서 기력이 아주 쇠약해 죽을 날이 가깝습니다. 빨리 신의 벼슬을 해면함으로써 한편으로는 허물을 알게 하고 한편으로는 병을 고치게 하여 특별히 다시 살리는 은혜를 내려 주소서.

인종은 홍언필의 사장을 정원에 내리고, 또 작은 종이에 쓴 글을 내리면서 이르기를, "사관에게 부쳐 좌상좌의정에게 보이라. 그리고 내의를 보내어 진찰한 다음 약을 내리고 조리하게 하라."라고 했다. 그 작은 종이의 글은 이러했다.

경에게 병이 있다면 마땅히 조리해야 할 것이지, 반드시 해직해야 될 것은 없다. 한때의 논란 때문에 경솔하게 대신을 바꾸는 것이 어찌 나를 위해 아름다운 일이겠는가? 또 일신의 비방을 피하여 스스로를 위한 계책을 도모하는 것이 어찌 대신의 도리이겠는가? 아무리 일신을 돌보아야 한다지만 유독 나라의 일을 생각하지 않을 수 있겠는가? 비록 부덕한 나는 버리고자 할지라도 어찌 선왕의 조정을 생각하지 않을 수 있겠는가? 내가 아무리 불민할지라도 단연코 경의 사퇴를 받아들여 부왕의 신하를 바꾸지는 않을 것이다. 빨리 조리하고 나와서 스스로 큰일에 진력하기 바란다.

이보다 앞서 대간은 좌의정 홍언필이 일 처리를 잘못한 것이 많다고 탄핵했다. 인종은 아버지의 신하를 갈지 않는다는 원칙을 지켜, 대간의 청을 받아들이지 않았다. 그래서 홍언필이 체직시켜 달라고 누차 청했으나, 인종은 너그러운 비답을 내리고 허락하지 않았다.

홍언필은 중종 29년1534년 겨울에 우찬성이 되었으나, 이듬해 아들 홍섬이 김안로 등을 논박한 일로 흥양에 유배되자, 자신도 연루되어 파직되었다. 이때 경기도 광주에 기거하다가 시론이 들끓자 남양의 서촌으로 옮겨 은거했다. 중종 32년1537년 10월에 김안로가 축출된 뒤 호조판서가 되었고, 중종 36년1541년부터는 좌의정으로 있었다. 1544년 11월에 중종이 승하하자 중종의 행장을 지었다. 하지만 중종의 시호를 올리는 일을 의론할 때 제대로 일을 맡아보지 못했고, 결국 병을 이유로 참여하지 않았다. 이에 대해 대간은 그가 좌의정이면서 시호의 의론에 참여하지 못했다고 그를 탄핵했다.

이미 인종 원년1545년 1월 2일병신에도 홍언필은 사직을 청하여 이렇게 아뢰었다.

대행 대왕大行大王·돌아가신 왕께서 빈천賓天·왕의 서거하시어 상제喪制에 대해 갖출 일이 많았으므로 전례에 따라 참작하여 단행할 때 응당 적격자가 맡아야 했는데, 신은 그 일을 보되 어리석어 아는 것이 없었습니다. 또 성상께서 처음 즉위하셔서 기강을 갖추고 기본을 세우실 때이기에 신하들과 백성들이 눈을 씻고 기대하는 것이 바로 오늘에 달려 있거늘, 어찌할 줄을 몰라 앞뒤가 뒤바뀌게 함으로써 공론을 격발시켜 대간들이 저의 잘못을 지적하여 아뢰게 만들었으니, 이는 모두 신이 자초한 것입니다. 따라서 스스로 반성하기에도 겨를이 없어야 할 터인데, 오히려 낯을 들고 대궐에 나아가 간절히 사직하는 말을 여러 번 아뢰었습니다. 성상께서는 신이 왕의 신하이고 동궁의 옛 빈객이라 하여 신을 위로하고 측은히 여겨 극진히 감싸주셨습니다. 변변치 못한 신으로서는 감히 감당할 수가 없어 마음에 새기고 뼈에 새겨도 우러러 보답할 방법이 없습니다. 생각하건대, 도규道揆·재상의 직임은 만인이 우러러보고 본보기로 삼는 자리이므로 관계되는 바가 가볍지 않습니다. 조금이라도 사람들의 말이 있으면 서슴없이 파면하는 것은 그 지위를 중시하기 때문입니다. 한 가지 일을 잘못하여도 그렇게 하거늘, 온갖 허물과 잘못이 신의 몸에 집중되었으니, 조정의 고위 반열에 끼기 어려운 줄 알고 있습니다. 그런데 어찌 중한 직책을 그대로 맡아서 자리를 더럽힐 수 있겠습니까? 그러므로 성상의 은혜가 비록 깊기는 하지만 신의 잘못은 더욱 드러나 가릴 수 없게 되어서 하찮은 이 한 몸 스스로 용납될 곳이 없게 되었습니다.

이때도 인종은 사피辭避하지 말라고 하며 술을 내렸다. 인종은 자신이 상중에 있으면서 상례에 관한 일은 모두 조정에 의지하고 있으니, 이러한 때에 굳이 사피하지 말고 직에 나아가라고 했다.

이튿날 1월 3일정유에도 홍언필은 다시 세 번이나 사직을 청했다. 인종은 대행 대왕의 시호도 정하지 못하는 등, 국가의 일이 여러모로 바쁘므로 다시 사피하지 말라고 했다.

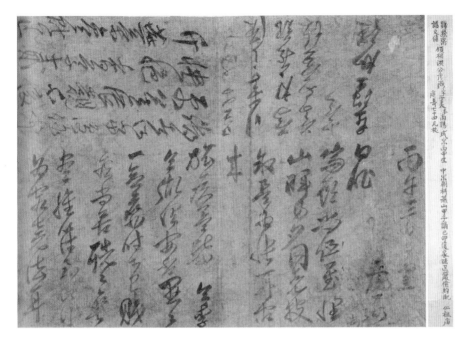

홍언필 간찰

국립중앙박물관 소장. 허가번호[중박 201110-5651].

인종이 이렇게 간곡히 만류했으나, 위에서 보았듯이 홍언필은 1월 7일신축에도 사장사직을 청하는 글월을 올렸다. 그러자 1월 10일갑진에 대사헌 이해 등이 홍언필의 체직을 청했다. 인종은 홍언필이 기구대신耆舊大臣·노성한 원로대신이므로 뒤흔들 수 없다는 이유로 윤허하지 않았다.

1월 11일을사에 홍언필은 증세가 더 악화되었으므로 빨리 체직시켜 달라는 사장을 올렸다. 인종은 그 사장을 정원에 내리면서, "날씨가 점점 따뜻해지고 있으니 어찌 오래도록 낫지 않겠는가. 마음을 편히 하고 조리하라는 뜻으로 이르라."라고 명했다. 그런데 대사헌 이해 등과 정언 김난상이 합사合司하여 홍언필의 체직을 청했다. 대행대왕의 시호를 정하는 중대한 사안에 우의정이 의론을 주관했으므로 정치의 모양새를 잃었다는 것이 첫 번째 이유였다. 또 산릉의 일이 임박했고 중국 사신도 나올 것이므로 정승 자리를 오래 비워 두는 것은 마땅하지 않다는 것이 두 번째 이유였다. 이런 합사가 세 번에 이르렀다. 인종은 산릉과 중국 사신 등의 일은 앞으로 삼공이 자리를 갖추어서 처리하면 된다고 하면서, 합사의 주장을 윤허하지 않았다.

1월 12일_{병오}에도 대간이 합사하여 홍언필의 일을 두 번 아뢰었으나 윤허하지 않았다. 하지만 다음날 인종은 홍언필을 영의정으로, 윤인경을 좌의정으로, 이기를 우의정으로 삼았다. 그러자 1월 14일_{무신}부터 여러 날에 걸쳐 대간이 합사하여 홍언필과 이기의 체직을 청했다. 결국 인종은 홍언필을 체직하여 영중추부사로 삼았다. 윤1월 2일_{을축}에 홍언필은 영중추부사로서 인종의 병문안을 하지 못한 죄를 자책하면서 대죄했으나, 인종은 대죄하지 말라고 했다.

인종 원년에 홍언필이 사장을 올려 수락되기까지 한 달 남짓 걸렸다. 《실록》의 사평에서 사신은, "상감이 홍언필의 사람됨을 모르지는 않으나 새 왕이 처음 즉위한 때라서 옛 신하를 즉시 버리기는 어렵다고 여겼으므로 답변의 내용이 이러했던 것이다. 조야에서 상감이 하신 말씀을 전해 듣고 기뻐하지 않는 이가 없었다."라고 했다. 인종도 홍언필을 마뜩치 않게 생각했는지 모른다. 하지만 대대로 국가에 봉사해 온 집안의 출신으로서 오랫동안 조정에서 일해 온 대신을 갑자기 체직할 수는 없다고 여겼던 것이다. 그만큼 인종은 근실한 군주였다.

조선의 제12대 군주 인종은 시호가 헌문의무장숙흠효대왕獻文懿武章肅欽孝大王이고 능은 효릉이다. 이름은 환峘이다. 중종이 재위 39년_{갑진} 11월 경술_{15일}에 창경궁의 환경당에서 승하하자, 6일 만에 즉위했다. 중종의 원자다. 모후 윤씨는 영돈녕부사 홍여필洪汝弼의 따님인데, 왕을 낳고 이레 만에 서거했다. 윤씨의 시호는 장경章敬이다.

인종은 3세에 이미 한자의 뜻을 통했으며, 자라면서 장난을 일삼지 않았다. 중종 때 세자로 책봉되었다.

┃ 중묘조서연관사연도(中廟朝書筵官賜宴圖)

채색 궁중행사도, 〈의령남씨전가경완도(宜寧南氏傳家敬翫圖)〉에 수록. 고려대학교박물관 소장.

국왕이 신하를 위해 연회를 마련하는 것을 사연(賜宴)이라 하고, 그 광경을 그림으로 그린 것을 사연도(賜宴圖)라 한다. 이것은 의령남씨 집안에 전하는 〈의령남씨전가경완도(宜寧南氏傳家敬翫圖)〉에 들어있는 세 점 가운데 한 장면이다. 중종 30년(1535년)에 훗날 인종(仁宗)이 된 왕세자가 강학(講學)에서 《춘추(春秋)》를 마치자 중종이 경복궁 근정전의 전정(殿庭)에서 좌의정 김근사(金謹思), 좌찬성 김안로(金安老) 등 39명의 서연관(書筵官)들에게 내린 법연(法宴)의 모습을 그린 것이다. 서연관들은 당시를 기념하여 여러 점의 그림을 제작하여 한 점씩 나누어 가졌다. 고려대학교박물관의 이 그림 이외에 홍익대학교박물관, 서울대학교 규장각한국학연구원, 문화재연구소에도 후모본(後摸本)이 전한다. 당시 우부승지 겸 경연관이었던 남세건(南世健)이 시참(侍參)한 뒤 이 그림을 받았다. 이날의 사연은 근정전 앞에서 베풀어졌지만 왕과 왕세자는 참여하지 않았다. 천막 옆에는 술항아리와 주탁(酒卓)이 있고, 그 주위에 사옹원 관리와 승지가 있다. 과음한 관원들이 시종들에게 업히거나 부축을 받으며 동·서로 빠져나가는 모습이 그려져 있다.

    13세 때는 궁료세강원 직를 시켜서 정이程頤의 〈사물잠四勿箴〉과 범준范浚의 〈심잠心箴〉 및 《서경》〈무일無逸〉편과 《시경》〈칠월七月〉편을 써서 바치게 하고는 마음으로 따랐다. 또 손수 성현의 격언과 빈사賓師의 훈계를 써서 가까이 벌여놓고 반드시 준행했다. 그리고 밤늦도록 《대학연의》·《근사록》·《자경편》 등을 읽고 이튿날 새벽이면 또 서연에서 강독할 책을 읽었으며, 경구들을 반우盤盂와 궤장几杖에까지 새겼다. 이렇게 인종은 동궁에 있던 25년간 학문에 힘을 기울였다.

하루는 빈료들에게 생강을 하사하면서 수찰을 내리기를, "생강 먹기를 그치지 않은 것은 신명을 통하게 하고 더럽고 악한 것을 제거하고자 함이었다. 여러 군자들이 항상 공자를 사모하여 자잘한 음식조차도 반드시 본받으려 했으므로 이것을 궁료들에게 보내니, 서로 전하여 보물로 삼도록 하라."라고 했다. 《논어》에서 공자가 생강을 늘 잡수셨다고 한 것을 그대로 따르려 한 것이다.

세자로 있으면서 인종은 중종을 섬기는 데 정성을 다했고, 모친 장경왕후를 섬기지 못한 것을 서러워하여 대왕대비에게 효도를 다했다. 누나 효혜공주가 일찍 죽었을 때는 대단히 슬퍼하여 병이 날 뻔했다. 어렸을 때 서형 이미李嵋의 어머니 박빈朴嬪이 참람하여 죄를 얻어 모자가 함께 귀양을 갔는데, 인종은 장성한 뒤에 그 사실을 알고 손수 소疏를 지어 관작을 회복시켜 주길 청해, 중종의 마음을 돌렸다.

인종은 즉위한 다음해 1545년 6월 29일, 윤인경 등을 불러 세자에게 전위하고, 다음날 7월 1일신유에 경복궁의 정침에서 서거했다. 보령 31세였다. 홍언필이 원상院相이 되어, 우의정 윤인경과 함께 유명遺命에 따라 국보國寶를 명종에게 올렸다.

인종은 왕비 박씨에게 후사가 없었고 지서支庶에도 자녀가 없었다. 임종에 붓을 잡고 쓰려 했으나 쓰지 못하자, "이 지경이 되었으니 내 생각을 신하들에게 상세히 이르려 해도 그럴 수 있겠는가!"라고 탄식했다. 인종은 부왕의 상을 겪었거늘 상례도 마치지 못해 종효終孝하지 못한 것을 탄식하여, 죽거든 부모의 능 곁에 묻어달라고 했다. 그해 10월 15일갑진에 고양군 남쪽에 있는 정릉靖陵 곁에 안장했다.

홍언필은 한양의 동리東里에 살았다. 동리는 동대문 북쪽의 낙산 아랫동네를 말한다. 군호는 익성군益城君이다. 명종은 재위 3년1548년 9월, 영의정 홍언필에게 궤장을 하사하고, 그의 집에 궁온을 내리고 음악을 하사했다.

홍언필은 사치를 좋아하지 않았다. 환갑을 맞아 자제들이 음악으로 주흥을 돋우려 하자, "내가 외람하게 높은 지위를 차지하고 있기에 항상 경계하고 조심해야 하거늘, 노래와 기생의 오락이 다 무엇이냐!"라고 하며, 의복과 장식을 모두 물리쳤다. 아들과 사위가 고위직이 된 뒤 집에 와서 문안할 때는 벽제를 못하게 했다.

홍언필은 판중추부사를 지낸 청백리 조원기趙元紀의 생질로, 조원기가 곧 조광조의 삼촌이다. 홍언필의 어머니는 한양조씨였다. 《패관잡기》와 《병진정사록》에 따르면 조원기는 미래를 예견하는 지혜가 있어, 일찍이 생질 홍언필과 조카 조광조에게 다음 글을 보냈다고 한다.

미美(언필의 자가 자미子美)가 한직으로 옮긴 것은 진실로 남자의 일이로다. 요직은 원망이 모이는 자리니, 어찌 감히 오래 있단 말인가. 범(호랑이)에 올라 탔다가 잘 내리기는 예로부터 어렵다. 비록 벼슬이 떨어져 나가도 다행이라 여기겠거늘, 하물며 한가하고 우아한 전부典簿의 관직에 있게 되다니 어떠하겠는가. 직直(광조의 자가 효직孝直)이 천거를 받은 것은 진실로 하례할 일이지만 기쁜 중에 근심이 따른다.

특별히 말할 것이 있다. 천거하는 것은 사람에게 달려 있고 쓰이는 것은 하늘에 달려 있으니, 대개 사람은 자신이 할 도리를 다할 뿐이다. 명성이 성대하면 실질을 맞추기 어려우므로, 칭찬하는 자가 있으면 훼방하는 자가 그에 따라 배척한다. 칭찬이 있으면 훼방이 있는 것은 고금의 공통된 우환이니, 행동을 삼가는 것이 더욱 어렵다. 위태로운 말과 지나치게 교만한 태도가 몸을 해치고 실패하게 만든다는 경계는 내가 효직孝直에게 더 깨우칠 필요도 없을 것이다. 내가 걱정하는 바는 여기에 있는 것이 아니다. 사람들은 하늘과 땅 사이에서 다른 사람들과 함께 살아야 하는데, 새처럼 높이 날거나 짐승처럼 멀리 달아날 수 없으므로, 반드시 조금 세속과 같이 하여야 다른 사람들의 미움을 면할 수 있다. 북송의 두기공杜祁公(두연杜衍)이 문인들을 경계하여 말하기를, "자기 재주를 숨겨, 모난 것은 헐어 보통의 기와瓦 노릇을 하여 규각圭角을 나타내지 말아야 한다. 그렇지 않으면 일에 무익하고 화만 당할 뿐이다."라고 했다. 지금 나의 지식은 두기공에게 미치지 못하고 너의 아는 것은 두기공의 문인보다 뛰어나므로, 이것으로 너를 경계할 수는 없다. 그러나 지금 때가 두기공의 시절과 판이하게 다르고 세상길이 험한 것은 1만 배나 심하므로, 나의 경계하는 것이 어찌 소견이 없는 것이겠느냐.

작년 가을 사관士卿의 의논도 험악했다. 그 당시 한두 군자가 막고 억제하지 않았더라면 헐뜯는 자들의 칼날에 욕보지 않았겠느냐. 이제 들으니 네가 천거 받고도 뽑혀 등용되는 것을 면하고자 했다더라. 네 마음에도 역시 벼슬길에 매이면 공부에 전념하지 못하게 될까봐 걱정해서 였을 것이다. 맹자의 말에, "벼슬이란 가난하기 때문에 하는 것은 아니나, 때로는 가난하기 때문에 벼슬하는 수도 있다."라고 했다. 가난하기 때문에 벼슬하는 것은 오늘날 너의 처지가 그러하다. 집이 가난하고 어버이가 늙어 벼슬을 해야 할 사정과 공부에 전념하지 못하기 때문에 벼슬할 수 없다는 사정은 서로 차이가 있을 것이다. 하물며 옛날 성인도 벼슬과 녹을 사양하기 어렵다는 사실을 칼날 밟는 어려운 일에 비유했다. 말썽 좋아하는 사람들이 혹시 너의 벼슬 사양하는 것을 두고 명성을 구하기 위한 일이라고 비방할 수도 있지 않겠느냐. 그저 허물도 없고 칭찬도 없는 것이 참으로 몸을 보전하는 길이다. 한나라 마복파馬伏波(마원馬援)가 교지交趾에 있으면서 글을 보내어 형의 아들 엄돈嚴敦을 경계한 일이 있다. 지금 너의 행동이 비록 엄돈과 같지는 않으나, 내가 너희들로 하여금 어진 이름을 잃지 않고 가업을 이루어 문호를 온전히 했으면 하는 뜻은 마복파와 다를 것이 없다.

홍언필의 아들 홍섬1504~1585년은 호가 인재仁齋다. 이조좌랑으로 있을 때 허항과 채무택이 김안로와 결탁하여 허항 등이 김안로의 아들을 전랑에 천거했으나 홍섬은 그들의 압력에 굴복하지 않았다. 이 때문에 허항이 죄를 얽어 옥사를 일으켰으므로 홍섬은 국문을 받고 흥양으로 귀양 갔다. 금오랑의금부도사이 압송하여 공주 금강에 이르렀을 때, 과거를 보러 상경하던 한 연소한 선비가 대중에게 외치기를, "홍섬은 사류이거늘, 죄 없이 매 맞고 귀양 가는 것을 보니 필시 소인들이 국정을 담당한 모양이오. 이런 때 과거에 응시할 수가 있겠소?"라고 했다. 이 말을 듣고 남방에서 과거를 보러 올라오던 사람들이 말머리를 되돌렸다고 한다.

그 연소한 선비는 곧 임형수林亨秀라는 기인이자 천재적인 문인이었다.

홍언필이 수상으로 있을 때 아들 홍섬이 대사헌이 되었다. 언젠가 길에서 마주치자 홍섬이 말에서 내렸는데, 홍언필도 가마에서 내려 몇 걸음을 걸은 뒤 다시 탔다. 홍언필은 아들이지만 대사헌이 길에 서 있는데 그냥 지나칠 수 없다고 여겨 그런 것이다.

또 홍섬이 판서가 되어 처음으로 초헌을 타게 되자, 그 어머니가 기뻐서 부군에게 말했으나, 홍언필은 아들을 불러 성만盛滿을 경계하여, "감히 태연하게 초헌을 탄단 말이냐?"라고 꾸짖은 뒤에, 아들로 하여금 초헌을 타고 뜰 안을 돌게 했다. 홍섬은 황공해서 다시는 초헌을 타지 않았다고 한다.

홍언필은 이행과 함께 《신증동국여지승람》을 엮고 그 발문을 썼다. 본래 《동국여지승람》 50권이 성종 12년1481년에 이루어진 뒤, 1486년에 증산增删·수정하여 《동국여지승람》 35권이 간행되고, 연산군 5년1499년의 개수를 거쳐 중종 25년1530년에 이 신증본이 간행되었다. 홍언필은 그해 6월 초이레에 발문에 서명했는데 당시 직함은 자헌대부 형조판서 겸 동지경연 춘추관사 예문관제학 세자우부빈객資憲大夫刑曹判書兼同知經筵春秋館事藝文館提學世子右副賓客이었다.

홍언필은 전시殿試의 책제策題로 신하라면 군주가 몸가짐을 다잡도록 간언하고 보필해야 한다는 뜻을 담은 문제를 낸 일이 있다. 아마도 50세가 되던 중종 20년1525년에 첨지중추부사나 대사헌으로서 예문관제학 동지경연성균관사를 겸할 때 고시관이 되어 출제한 듯하다.

묻는다. 옛날의 군주는 재앙을 만나면 두려워 떨어, 군주는 '나를 경계하라.'라고 하고 신하는 '일을 바로하소서.'라고 하여 감히 스스로를 용서하지 않아서 자신의 부족한 점을 꾸짖기를 잊지 않았다. 그 뒤에 응하는 것은 한 가지 방도가 아니었다. 승만乘縛과 강복降服의 행동을 하기도 하고, 방정方正과 직언直言의 대책을 올리기도 했다. 이것은 앞서의 어떤 설을 스승으로 삼아 이러한 일을 한 것인가? 이렇게 하더라도 하늘의 견벌譴罰에 답할 수 있었는가? 우리 왕조는 조종祖宗 이래로 변이變異를 만나서 수성修省한 것이 역시 한 가지 일이 아니었다. 그 경구警懼의 실질과 규계規戒의 이익을 지목하여 말할 수 있겠는가?

바야흐로 성명聖明께서 우근憂勤하고 긍외兢畏하심을 극도로 하지 않으신 것이 없되, 재진災疹이 일어남은 답지하듯이 몰려와서, 하늘의 견책과 경고가 절박하다. 이러한 때에 어떤 것이 하늘에 응하는 급선무이고 어떤 것이 재이를 종식시키는 좋은 도구인가? 초야의 고아나 과부는 시무時務에 통달하지 않아서 간혹 봉함하여 올리는 자가 있는데, 그 말이 모두 황탄하여 시용에 절실하지가 않다. 만약 일체 쓰지 않는다면 선언을 올리라고 한 의리에 어긋날 것이고, 만약 따서 쓴다면 모두 병증에 대처하는 약이 될 수 없을 것이다. 이 두 가지 가운데서 하나를 택한다면 어느 것이 올바른 방책을 얻었다고 할 것인가? 어떻게 하면 경계하여 바로잡는 실질을 궁구하여, 귀를 거슬리게 하는 충언을 오게 하고 수성修省의 도리를 다하여 재진災疹을 변화시켜 상서로움으로 만들 것인가? 그 설을 듣고자 하노라.

홍언필은 천문의 변이나 자연의 재이가 있을 때 군주가 구언求言을 하고 수성修省하는 도리를 충실히 해야 한다고 생각했기에 이러한 책문을 제출했으리라. 세자 때 그의 근실한 가르침을 받은 인종은 성군으로서의 자질을 갖추고 있었을 것이다. 하지만 안타깝게도 인종은 그 자질을 실제 정무에 쏟아내지 못하고 즉위한 다음해에 급서하고 말았다.

홍언필은 일상의 분별식을 넘어서서 우주자연의 도에 오묘하게 합하는 경지를 추구했다. 하지만 그 추구는 활달한 것이 아니라 제한적이고 소극적인 것이었다. 그 사실은 그가 심의의 《대관재난고大觀齋亂稿》에 대한 서문으로 작성한 〈서대관재집고풍書大觀齋集古風〉에서 추측할 수 있다. 이 글은 중종 36년1541년 중동11월에 지은 글이다.

대관하는 사람은 천하에서

무엇을 보기에 대관이라고 하는가

조그만 몸뚱이는 돌피나 쌀알 같아

굽어보고 쳐다보면 망망하여 하늘과 땅이 있을 뿐이다

분분하게 온갖 품물이 스스로 피었다가 시들어

나와는 아무 관계도 없고 회동도 하지 않는 듯하다

그 가운데 하늘로부터 품부 받은 하나의 이치가 있으니

예로부터 태극이라 하여 크디커서 바깥이 없다

자색 비단 장막 속에 검붉은 구슬을 뿌려 둔 듯하였으되

본분에 따라 지닌 것이라서 지나치다 여기지를 않는다

그것을 미루어 나가면 우주 안에 가득하여

삼천 대천 세계가 모두 다 삼매의 경지이다

약목若木과 곤륜산 사이를 문 안의 뜰처럼 여기고

복연南쪽 끝에 있는 땅이름과 축률北쪽 끝에 있는 땅이름을 허리띠쯤으로 여긴다

무궁하게 천상에 노닐어 1만 인연을 공허로 돌리니

우리는 이 즐거움이 최고라는 것을 안다

대관이란 명칭이 여기에서 나왔으니

때때로 망묘芒眇에 올라타고 구름 깃발을 앞세운다.

티끌 세상에서 관리의 동곳과 인끈으로도 나를 묶지 못하고

조식曹植·유정劉楨의 묵은 빛은 구슬과 조개의 남은 것 같도다

조각조각 자세히 봄은 대관에서 말미암고

장강과 황하가 커진 것은 개울물들이 와서 이룬 것이로다

허공에 굽이굽이 서리는 난해한 시어는 용을 붙잡은 듯하고

하늘에 의지한 꽃다운 태깔은 아침햇살을 밀치는 듯하다

야광주가 번쩍번쩍하니 칼을 꺼내들려는 자들이 많고

여섯 지체를 감추는 묘용을 부리니 채나라의 영험한 거북과도 같다

곡령鵠嶺의 산 아래 깊은 곳에 강당을 세우니

벗을 만나 이택(麗澤, 서로 붙어 있는 택이 태) 태괘(兌卦태괘는 상하괘가 모두 택괘로 이루어져 있다) 이룬 듯하고
좋은 일로 문안을 드리고 때때로 술을 싣고 오나니
맑은 물의 흐름은 졸졸거리고 푸른 회나무는 그늘을 드리웠구나
거나하게 취해 누워 속세의 때 낀 기운은 멀리하고
홀로 찾는 지극한 즐거움은 피리며 퉁소 같은 악기에 있지 않네
머리 희도록 명성이 없는 나 같은 자는
작은 물웅덩이나 지킬 뿐 저 넘실거리는 바다와는 동떨어져 있구나

大觀之人於天下(대관지인어천하)　所觀者何而云大(소관자하이운대)

眇眇吾身一稊米(묘묘오신일제미)　俯仰茫茫但壤蓋(부앙망망단양개)

繽粉萬類自榮枯(빈분만류자영고)　不似與我相關會(불사여아상관회)

箇中天賦有一理(개중천부유일리)　古稱太極大無外(고칭태극대무외)

紫羅帳裡撤玄珠(자라장리철현주)　本分所有不爲泰(본분소유불위태)

推之可彌宇宙內(추지가미우주내)　三千大界均三昧(삼천대계균삼매)

若木崑墟爲戶庭(약목곤허위호정)　濮沿祝栗如襟帶(복연축율여금대)

天遊無窮萬緣虛(천유무궁만연허)　吾人此樂知爲最(오인차락지위최)

大觀之名兆於玆(대관지명조어자)　時騎莽眇前雲斾(시기망묘전운패)

塵區簪紱不我縛(진구잠불불아박)　曹劉宿債餘珠貝(조류숙채여주패)

段段細觀自大觀(단단세관자대관)　江河成大來群澮(강하성대내군회)

盤空險語看龍拏(반공험어간용나)　倚天葩艶排朝曋(의천파염배조개)

夜光焚煌按劍多(야광형황안검다)　藏六妙用同靈蔡(장육묘용동영채)

鵠嶺山下講堂深(곡령산하강당심)　得友麗澤還成兌(득우려택환성태)

好事問字時載酒(호사문자시재주)　淸流瀌瀌蔭蒼檜(청류곽곽음창회)

陶然醉臥遠垢氛(도연취와원구분)　獨尋至樂非竽籟(독심지락비우뢰)

頭白無聞如我者(두백무문여아자)　等守蹄涔隔汪濊(등수제잠격왕예)

392

대관이란 《주역》의 관괘觀卦에 나오는 말이다. 《주역》에서는 윗자리에 있어 순하고 공손하며 중정한 덕으로 천하를 보는 것을 강조했다. 하지만 심의나 홍언필이 추구한 경지는 정치적인 것을 넘어서 있다. 오히려 《장자》가 말하는 대인의 경치를 추구했다. 다만 홍언필은 실제 삶에서 대관을 추구한 것이 아니라 시문에서 독특한 미학을 추구했을 따름이다.

심의는 〈대관재기몽〉을 남긴 기이한 문인이다. 본관은 풍산이다. 그는 주정薑疾이 심하여 평소 꿈을 꾸면 가위에 눌리기도 했는데, 어느 해인가 12월 16일 밤에 팔을 괴고 선잠이 들었다가 문득 큰 도읍에 이르렀다. 그곳 궁궐에는 천성전天聖殿이란 편액이 걸려 있었고, 천자는 최치원이었다. 수상은 을지문덕, 이제현은 좌상, 이규보는 우상, 이색은 대제학을 맡고 있었으며, 김극기·이인로·권근·정몽주·이숭인·유방선·강희맹·김종직이 청요직清要職을 맡고 있었다. 한편 김시습은 당풍唐風을 지나치게 옹호하는 최치원에 반대하며 반란을 일으켰다고 했다. 이 꿈을 보면, 심의의 의식은 문필을 숭상하는 분분한 세계에 머물러 있음을 알 수 있다.

홍언필은 대대로 종묘사직에 충성하는 교목세가喬木世家의 출신으로, 인종의 세자 시절 스승으로서 교육을 충실히 했다. 그런데 그는 조광조의 삼촌 조원기가 가르쳤듯이 늘 성만盛滿을 경계했으므로 조정 대신으로 있으면서 이렇다 할 건백建白, 조정에서 의견을 말함을 하지 않았다. 대관大觀을 지향하면서도 섬세한 지각과 일상의 감각을 중시하고 시문의 연마에 깊은 관심을 두었다. 인종의 좋은 스승이기는 했으나, 성향 때문에 애당초 정치적 개혁을 주창할 수는 없었다. 기묘사화 이후 조광조를 싫어하여, 조광조를 신원해야 한다는 요청이 있으면 그 요청을 제지했다.

죽은 뒤 문희文僖의 시호를 받고, 인종의 묘정에 배향되었다. 묘는 경기도 화성 서신면에 있다.

朝鮮 제28장

명종, 조식에게 약재를 내려 보내다

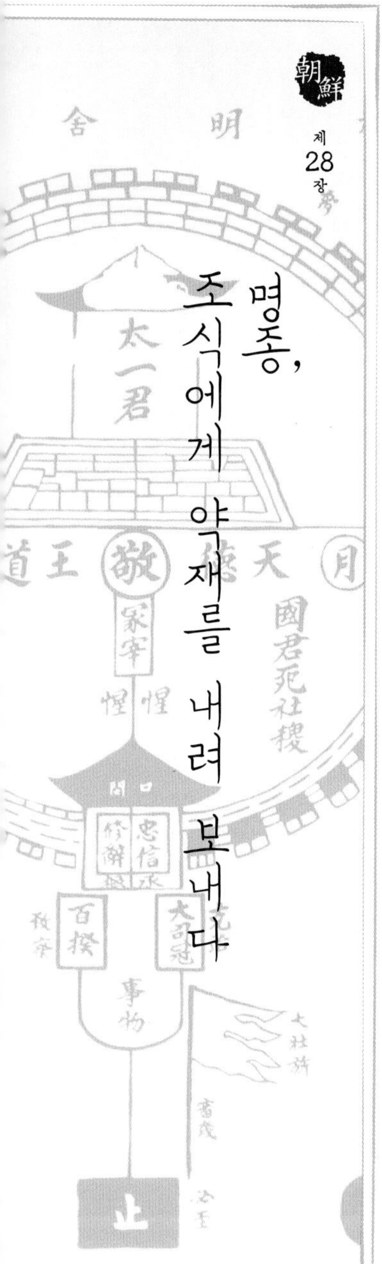

보시게 천 석 들이 종은
크게 치지 않으면 소리가 없나니
그러나 어찌 두류산이
하늘이 울어도 울지 않음만 하랴!

請看千石鍾(청간천석종)
非大扣無聲(비대구무성)
爭似頭流山(쟁사두류산)
天鳴猶不鳴(천명유불명)

'암혈에 눈비 맞아 볕뉘 쬔 적 없다.'라고 호언할 만큼 벼슬길에 나가지 않고 고고하게 살았던 조식曺植·1501~1572년이 지은 시다. 하늘이 울어도 울지 않는 두류산지리산과 같고자 했고, 나아가 스스로 두류산이라고 자부한 감마저 있다. 〈덕산 계정의 기둥에 쓰다題德山溪亭柱〉라는 제목이다. 어느 책에는 둘째 구의 구扣가 고叩로 되어 있다. 뜻은 같다. 또 셋째 구가 만고천왕봉萬古天王峰으로 되어 있기도 하다. 그렇다면 셋째 구와 넷째 구는 '만고의 천왕봉은, 하늘이 울어도 울지 않는다.'라고 풀이해야 할 것이다. 천왕봉은 두류산의 주산이니, 그렇게 바꾸어도 역시 뜻은 같다.

천석종이란 말은 《전국책》에서 제나라 선왕宣王이 안촉顔斶을 인견한 일과 관련이 있다.

제나라 선왕이 처사 안촉을 인견하여 "이리 오라."라고 하자, 안촉은 거꾸로 선왕에게 "이리로 오시라."라고 했다. 선왕이 불쾌하여 까닭을 묻자 안촉은 "내가 왕 앞으로 나아간다면 권세를 흠모하는 저열한 자가 되고, 왕이 내 앞으로 온다면 어진 선비를 좇는 영명한 군주가 될 것이오."라고 했다. 선왕이 "왕이 귀한가 선비가 귀한가?"라고 묻자, 안촉은 "선비가 귀하오."라고 했다. 이때 선왕의 좌우 신하들이 "이리 오라!"라고 하면서 "우리 대왕은 천승의 땅을 거점으로 삼아 천석의 종을 주조하고 그 종을 매다는 만석의 대를 세웠으므로, 천하의 인의를 추구하는 선비들이 속속 와서 대왕의 밑에서 일을 하고 변설가와 지혜가도 모두 오라고 하지 않아도 동서남북에서 오며, 백성들도 어느 한 사람도 따르지 않는 자가 없다."라고 했다. 그러자 안촉은 "옛날 우임금 때는 제후의 나라가 1만이나 되었소. 왜냐하면 우임금은 덕 있는 선비를 후대하는 도를 터득하여 역량 있는 선비를 존중했기 때문이오."라고 했다. 이후 선왕이 안촉에게 벼슬을 주고 수레에 태우려 하자, 안촉은 "선비는 시골에 묻혀 살아야 하지, 벼슬을 탐내면 몸을 온전히 보전할 수 없소. 또 편안히 걸어 다니는 것이 수레 타는 것보다 낫소."라고 하며 거절했다.

조식은 안촉이 지조를 지켜 권세에 아부하지 않은 것을 흠모하여, 제나라 선왕의 좌우 신하들이 천석종 운운한 고사를 환기했다. 천석종은 권력자에게 아부하는 지식인이나 권력을 분식하는 관료들을 상징한다. 그러한 지식인들은 웬만큼 크게 각성하지 않으면 한 시대를 울려낼 수 없다. 예로부터 문인 지식인들이 한 시대에 의미 있는 사업을 행하는 것을 명세鳴世라고 했기 때문에 그렇게 비유한다.

조식은 어떠한 권력에도 부동의 마음을 유지하고자 하여, 하늘이 울어도 울지 않는 두류산을 닮으려 했다. 이러한 부동의 경지에 서 있었기에 현실의 복잡다단한 사실들이 그의 마음에 아무런 상처를 남기지 않았을 것이다.

조식은 호가 남명으로, 경상도 합천 삼가에서 태어났으나, 부친을 따라 서울에서 교육을 받으며 자랐다. 그러나 숙부 조원경이 중종 14년1519년 기묘사화 때 억울하게 죽고 부친 역시 관직을 박탈당하자, 벼슬길을 포기했다. 명종 16년1561년에는 지리산 덕산곧 덕천동으로 들어가 은둔했다. 방정方正하고 염결廉潔하여, 형제와 같이 살면서 재물을 혼자만 쌓지 않았으며, 학문에 뜻을 두고 과거는 일삼지 않았다. 부모의 상을 당해서는 3년 동안 최질부모 상매 입는 상복을 벗지 않았고, 집에 먹을 곡식이 한 섬도 없어도 태연했다. 명종이 그에게 여러 벼슬을 내리고 불렀으나 끝내 나아가지 않았다.

48세가 되던 명종 3년1548년에 유일遺逸로 천거되어 전생서 주부에 제수되었으나 나아가지 않았다. 명종 7년1552년 7월 11일신묘에는 이조가 재야에 있되 쓸 만한 인물을 서용할 것을 건의했는데, 조식의 이름이 그 속에 들어 있어, 종부시 주부에 제수되었다. 하지만 나아가지 않았다.

명종 10년1555년에 조식은 단성현감에 제수되었다. 그런데 11월 19일경술에 직책에 나아가기 어려운 이유 두 가지를 들어 사직소를 올렸다. 그가 든 첫 번째 이유는 나이가 60에 가까우나 학술이 거칠고 문장은 병과丙科에 뽑히지도 못할 정도로 부족하고 행실은 초학자들이 하는 일을 맡기에도 부족하다는 것이다. 그런데 자신이 직책에 나아가기 어려운 둘째 이유는 당시의 무너져가는 상황을 스스로의 힘으로는 되돌릴 수 없기 때문이라고 했다.

즉 조식은 당시의 상황에 대해, 국사國事가 잘못되고 나라의 근본이 망하여 천의天意가 떠나고 인심도 떠나갔다고 지적하고, 대왕대비는 깊숙한 궁중의 한 과부에 지나지 않고 임금은 선왕의 한낱 외로운 후사에 지나지 않아서 이 상황을 돌이킬 수 없다고 진단했다. 자신이 관직에 나아가지 못하는 두 번째 이유를 말한 대목만 보면 다음과 같다.

전하의 국사國事가 잘못되고 나라의 근본이 망하여 천의天意가 떠나고 인심도 떠났습니다. 비유하자면 100년 된 큰 나무에 벌레가 속을 갉아먹어 진액이 다 말랐는데 회오리바람과 사나운 비가 언제 닥쳐올지를 전혀 모르는 것처럼 된 지가 이미 오래입니다. 조정에 있는 사람 중에 충의忠義로운 선비와 근면한 양신良臣이 없는 것은 아니지만, 그런 형세가 이미 극에 달하여 미칠 수 없으므로 사방을 돌아보아도 손 쓸 곳이 없음을 이미 알고 있습니다. 소관小官은 아래에서 해해거리면서 주색이나 즐기고 대관大官은 위에서 어물거리면서 재물만을 불립니다. 백성들의 고통은 아랑곳하지 않으며, 내신內臣은 후원하는 세력을 심어서 용龍을 못에 끌어들이듯이 하고, 외신外臣은 백성의 재물을 긁어모아 이리가 들판에서 날뛰듯이 하면서도, 가죽이 다 해지면 털도 붙어 있을 데가 없다는 것을 알지 못합니다. 신은 이 때문에 깊이 생각하고 길게 탄식하며 낮에 하늘을 우러러본 것이 한두 번이 아니며, 한탄하고 아픈 마음을 억누르며 밤에 멍하니 천장을 처다본 지가 오래되었습니다.

자전大王大妃께서는 생각이 깊으시지만 깊숙한 궁중의 한 과부에 지나지 않고, 전하께서는 어리시어 선왕의 한낱 외로운 후사後嗣에 지나지 않습니다. 그러니 백 가지 천 가지의 천재天災와 만 갈래 억 갈래의 인심을 무엇으로 감당해 내며 무엇으로 수습하겠습니까? 냇물이 마르고[낙동강 상류가 끊긴 것을 말하는데, 갑인년 겨울에 이런 변고가 있었다.] 곡식이 비처럼 내렸으니 그 조짐이 어떠합니까? 음악 소리가 슬프고 흰옷을 즐겨 입으니 소리와 형상에 조짐이 벌써 나타났습니다. 이런 시기에는 주공周公과 소공召公 같은 덕을 겸한 자가 정승의 자리에 있다 하더라도 어떻게 하지 못할 것이거늘, 지푸라기 같이 미약한 신하의 재질로 어찌하겠습니까? 위로는 위태로움을 만에 하나도 지탱하지 못할 것이고, 아래로는 백성을 털끝만큼도 보호하지 못할 것이므로, 전하의 신하가 되기가 어렵지 않겠습니까? 변변찮은 명성을 팔아 전하의 관작을 사고 녹을 먹으면서 맡은 일을 하지 못하는 것은 또한 신이 원하는 바가 아닙니다. 이것이 나아가기 어려워하는 둘째 이유입니다.

《실록》을 편찬할 때 사관은 조식의 이 상소문에 많은 논평과 주석을 붙였다. '형세가 이미 극에 달하여 미칠 수 없으므로 사방을 돌아보아도 손 쓸 곳이 없음을 이미 알고 있습니다.'라고 한 말 다음에는 다음과 같은 긴 논평을 붙였다.

이 말은 당시의 병통을 곧바로 지적한 것이다. 오늘날 공도公道는 쓸어버린 듯이 없어졌고 사문私門이 활짝 열려서, 때 지어 쫓아다니는 자는 공사公事를 받들 생각은 하지 않고 오직 자신의 이익만을 일삼으면서 아무것도 하는 일 없이 세월을 보내며 나랏일이 어떻게 되어 가는지를 모르니, 통탄스럽다. 조식은 초야의 일사逸士로서 한때 높은 명성이 있었는데, 비록 부름을 받고 나아간다 하더라도 어찌해 볼 수가 없음을 스스로 알았다. 이 때문에 상소疏를 올려 진언하면서 당시의 폐단을 절실하게 비판했으니, 또한 강직하지 않은가!

또한 '내신은 후원하는 세력을 심어서 용을 못에 끌어들이듯이 하고'라는 말에 대해 사신은 "이것은 이리와 승냥이 같은 무리가 정권을 잡고 있다는 뜻인데, 그 말의 뜻이 은미하고도 심장하다."라고 논평했다.
조식은 상소문에서 자신이 직책에 나아가기 어려운 두 가지 이유를 모두 거론한 후 이렇게 덧붙였다.

그리고 신이 보건대, 근래 변방에 변고가 있어 여러 대부가 제때에 밥을 먹지 못하고 있습니다. 그러나 신은 이를 놀랍게 여기지 않습니다. 왜냐하면 이 사건은 20년 전에 터졌을 것인데 전하의 신무神武하심에 힘입어 지금에야 비로소 터진 것이지, 하루아침에 생긴 사고가 아니기 때문입니다. 평소 조정에서는 재물로 사람을 이끌어 쓰며 재물을 모으고 백성을 흩어지게 했습니다. 그래서 마침내 장수로서 적합한 사람이 없고 성에는 군졸이 없게 되었습니다. 그러니 적들이 무인지경에 들어오듯이 들어온 것이 어찌 괴상한 일이겠습니까? 이것은 바로 대마도의 왜가 적왜와 몰래 결탁해서 그들을 안내하여 만고토록 무궁한 치욕을 끼친 것인데, 왕령王靈을 떨치지 못해서 담이 무너지듯 패했습니다. 이것이 오랜 신하를 대우하는 것은 주나라 법보다 엄격하면서 [남쪽을 정벌한 장사將士에게 형벌을 준 것을 지목한 듯하다-《실록》의 사평] 원수인 적을 총애하는 은덕은 도리어 망한 송나라보다 더해서가 아니겠습니까? 세종대왕께서 남정南征하시고 성종대왕께서 북벌北伐하신 일로 보더라도, 어느 것이 오늘날의 일과 같았습니까?

그러나 이런 것은 피부에 생긴 병에 불과하고 심복心腹의 병통은 못 됩니다. 심복의 병통이란 걸리거나 맺히며 찌르거나 막혀 상하가 통하지 못하는 것을 말합니다. 바로 이럴 때에 경대부卿大夫가 목구멍이 마르고 입술이 타도록 분주하게 수고해야 하는 것입니다. 근왕병勤王兵을 불러 모으고 국사國事를 정돈하는 것은 구구한 정무나 형벌에 달려 있지 않고 오직 전하의 한마음에 달려 있습니다. 노심초사하여 큰 공을 세우는 그 기틀도 진실로 자신에게 달려 있을 뿐입니다.

이어서 조식은 국가의 존망이야말로 국왕이 군자를 좋아하느냐 소인을 좋아하느냐에 달려 있다고 강한 어조로 말했다. 그리고 국왕이 만일 분연히 학문에 힘을 써서 홀연히 덕을 밝히고 백성을 새롭게 하는 도리를 얻을 수 있다면, 덕을 밝히고 백성을 새롭게 하는 도리를 가져다 시행하면 나라를 평등하게 할 수 있고 백성도 교화시킬 수 있으며 위태로움도 편안하게 할 수 있다고 주장했다.

《실록》의 사신은 이 상소문에 대해 다음과 같이 총평을 했다.

세도가 쇠미해져서 염치가 모두 상실되고 절개가 쓸어버린 듯하여, 유일遺逸이란 이름을 칭탁하고 공명을 낚는 자가 참으로 많거늘, 어질도다. 조식이여! 몸가짐을 조심스럽고 조촐하게 하며 초야에서 빛을 감추었지만 난초와 같은 향기는 저절로 알려지고 명망은 조정에 진달되어, 이미 참봉에 차임差任되고 또 주부에 임명된 것이 두 번 세 번에 이르렀지만, 모두 머리를 저어 거절한 바 있다. 지금 이 수령의 직임은 영광이라고 이를 만하고 특별히 제수한 은혜는 전례가 드물다고 이를 만한데도, 가난을 편안히 여기고 스스로 도道를 즐기면서 끝까지 취직하려고 하지 않았으니, 그 뜻을 높이 살 만하다.

그러면서도 세상의 일을 잊어버리는 데 과감하지 못하여 상소를 올려 의義를 지키며 당시의 폐단을 극력 논했는데, 사연이 간절하고 의리가 강직하다. 시대를 걱정하고 변란을 근심하여 우리 임금으로 하여금 덕을 밝히고 백성을 새롭게 하는 곳으로 인도하려고 했으며, 풍속과 교화가 왕도 정치의 경지에 도달하기를 바랐으니, 나라를 근심하는 정성이 지극하도다.

아, 마침내 뜻한 바를 대궐에 진달은 했지만 은거하던 곳에서 일생을 마쳤으니 그 마음은 충성스럽고 그 절개는 고상하다. 오늘과 같은 때에 이와 같이 염퇴恬退·세간사에 담백하여 물러남한 선비가 있거늘, 그를 높여 포상하거나 등용하지는 않고 도리어 그를 공손하지 못하고 공경스럽지 못하다고 책망했다. 그러니 세도가 날로 떨어지고 명절名節이 땅에 떨어진 것이 당연하다. 국가 위망의 조짐이 이때 이미 이루어진 것이다.

　그러나 이것은 훗날의 평가다. 명종 10년1555년 11월 19일경술에 조식의 상소가 올라오자, 그것을 본 명종은 정원에 다음과 같이 전교했다.

지금 조식의 상소를 보니, 간절하고 강직한 듯하기는 하지만, 자전대왕대비에 대해 공손하지 못한 말이 있으니, 군신의 의리를 모르는 듯하여 매우 한심스럽다. 정원에서는 이와 같은 소를 보았으면 신하된 사람의 마음에 마땅히 통분하며 처벌을 주청했어야 할 것인데, 평안한 마음으로 펼쳐 보고 한 마디도 아뢰지 않았으니 더욱 한심스럽다. 이런 사람을 군신의 명분을 안다고 하여 천거했는가? 임금이 아무리 어질지 못하더라도 신자로서 어찌 차마 욕설을 하는가? 이것이 현인·군자가 임금을 사랑하고 윗사람을 공경하는 일이겠는가? 곡식을 바치게 하고 벼슬에 보임하는 것은 비록 아름다운 일은 아니라 하더라도 옛날에도 있었으니, 그것은 반드시 백성의 생명을 소중하게 여겨 그런 것이다. 요즈음 고매한 명성만 숭상하는 사람들이 있지만, 100만의 생령이 모두 굶어 죽더라도 앉아서 보기만 하고 구원하지 않아야 하겠는가?
그리고 내가 부처를 좋아한다고 했는데, 내가 학식이 밝지 못해 비록 덕을 밝히고 백성을 새롭게 하는 공부는 하지 못한다 하더라도, 어찌 불교를 좋아하고 숭상하는 데까지 이르겠는가?
하지만 이와 같은 말들은 오히려 가납할 수 있다. 그러나 공손치 못한 말이 자전에게 관계되는 것은 매우 통분하지 않을 수 없다. 군상君上을 공경하지 않은 죄를 다스리고 싶으나 일사逸士라 하므로 내버려 두고 묻지 않겠다. 이조로 하여금 속히 개차改差하도록 하라. 나의 부덕을 헤아리지 못하고 잘못해서 대현大賢을 조그마한 고을에다 두려고 했으니, 이것은 내가 불민不敏한 탓이다. 정원에서는 이를 자세히 알도록 하라.

명종이 "나의 부덕을 헤아리지 못하고 잘못해서 대현을 조그마한 고을에다 두려고 했으니"라고 한 말에는 노기가 담겨 있다. 그렇기에 훗날《실록》을 편수할 때 사관은 "이 말은 진실로 군주로서 할 말이 아니다. 옛날의 제왕과 비교하면 참으로 부끄러운 바가 있다."라고 비판한 것이다.

명종은 조식이 올린 상소 가운데 "자전께서 생각이 깊으시나 깊숙한 궁중의 한 과부에 지나지 않는다."라고 한 부분과, "전하의 신하 되기가 또한 어렵지 않겠는가."라고 한 말은 공손하지 못하며, "음악소리는 슬프고 흰옷을 입기를 즐기니 소리와 형상에 조짐이 벌써 나타났다."라고 한 말은 불길하다고 했다. 그래서 명종은 조식의 소에 답하지 않았으며, 정원이 그의 처벌을 주청하지 않은 것을 두고 책망했다.

조식의 상소에서 가장 문제된 어구는 '자전은 깊숙한 궁중의 한 과부'라고 한 부분이었다. 이 말은 조식이 새로 지어낸 것이 아니고 선현의 말을 인용하여 지은 것이라고도 한다. 하지만 이 말에 대해서는 명종과 조정 신료들뿐만 아니라 동시대의 다른 지식인들이나 후대의 지식인들까지도 '공손하지 못하다.'라고 비판했다.

당시에 승지 백인영·신희복·윤옥·박영준·심수경·오상은 조식의 상소를 경상도 감사가 접수하여 올려 보내 어쩔 수 없이 입계入啓했으며, 초야 사람의 말이라 따질 것이 못된다고 여겨 내용의 잘못을 아뢰지 않았다고 하고, 대죄한다고 했다. 명종은 이들에게 대죄하지 말라 했으나, 경상도 감사의 경우는 신하로서의 체모를 상실했다고 비난했다.

명종은 비록 재위 10년에 조식이 올렸던 상소에 대해 분개했지만, 조식을 유일의 선비로서 등용하려고 노력했다. 곧, 재위 15년1560년 7월 3일정묘에 명종은 사정전에서 친정하면서, 국가는 충효·유일의 선비를 우선 등용해야 한다고 전교했다. 이때 성수침과 함께 조식이 거론되었다. 그러나 전조銓曹는 빈자리가 없다고 하여 끝내 두 사람을 주의注擬하지 않았다.

명종은 재위 21년1566년 8월에도 조식에게 하유하여 조속히 올라오라고 했다. 하지만 조식은 나이 곧 70으로 현기증이 심하여 길을 떠날 수 없다고 했다. 당시 경상 감사는 조식의 병증을 치계馳啓했다. 치계란 역마를 이용해 급히 소식을 알리는 것을 말한다. 그 치계는 이러했다. "전 현감 조식은 나이 곧 70으로서 여러 질병들을 앓고 있습니다만 그 가운데서도 현기증이 가장 급한 증세입니다. 2, 3일 간격으로 불의에 발병하여 수없이 구토를 하고 잠시 동안 의식을 잃으므로, 이 때문에 길을 떠날 수 없다고 합니다." 명종은 이 치계를 보고 8월 28일병술에 조식에게 조리하여 속히 올라오도록 하유하면서 내의원으로 하여금 약을 지어 보내게 했다.

전번에 경상 감사의 치계를 보고, 그대가 노병 때문에 올라오지 못한 것을 알았으나, 내 마음이 서운하다. 내가 민첩하지 못해 어진 이를 좋아하는 성의가 모자라 이와 같이 되었으니 도무지 부끄럽다. 병증에 효과가 있다는 약제를 내려 보내니, 노병에 형식절차에 구애받지 말고 편의대로 잘 조리해서 올라오도록 하라. 또 본도 감사로 하여금 식물食物을 갖춰 지급하게 했으니, 그대는 그런 줄 알라.

조식은 자기 자신의 병을 구구하게 적어서 사장辭狀을 올리지 않았다. 그해 9월 24일신해에 사지司紙 성운成運이 상소하여 자신의 병세를 자세히 갖추어 진술하고, 심지어 "신이 시골에 있을 때는 해마다 겨울만 되면 깊숙한 방에 들어앉아서 사방 창문을 꼭 봉하고 단지 문 하나만을 내놓아 조석 밥상을 받을 뿐이며, 뜰 같은 가까운 땅에도 발을 내딛지 못하고 있다가 다음해 3월 날씨가 화창할 때에 가서야 비로소 밖에 나가곤 했습니다."라고까지 말했다. 조식은 뒤에 이 상소를 보고, "신병이 무슨 관계가 있기에 임금에게 갖추 진달하는가!"라고 비판했다고 한다.

조식은 61세 때 덕산에 서실을 짓고 산천재山天齋라 이름했다. 명칭은 《주역》 대

│ 산천재(山天齋)

경남 산청군 시천면(矢川面) 원리(院里)에 있는 서재. 필자 촬영.

조식이 제자들을 가르친 곳으로, 명종 16년(1561년)에 건립했다. 정면 3칸, 측면 2칸의 팔작지붕이다. 이곳에는 그의 문집을 판각한 48.5×
19.5(단위 : cm)의 문집책판(文集冊板) 185매와 기와 등이 있다. 주련(柱聯)에는 조식의 《덕산복거(德山卜居)》 시가 기록되어 있는데 원문과
뜻은 다음과 같다.

"春山底處無芳草(춘산저처무방초) 只愛天王近帝居(지애천왕근제거) 白手歸來何物食(백수귀래하물식) 銀河十里喫猶餘(은하십리끽유여)"

"봄 산 어느 곳인들 방초가 없으랴만, 다만 천왕산이 옥황상제 거처에 가깝기에 사랑하노라. 맨손으로 귀거래하니 무엇을 먹으랴, 십리 은하
수는 먹어도 남으리라."

축괘大畜卦의 다음과 같은 말에서 따온 것이다.

강건하고 독실하게 수양해서 안으로 덕을 쌓아 밖으로 빛을 드러내서, 날마다 그 덕
을 새롭게 한다.

剛健(강건), 篤實(독실), 輝光(휘광), 日新其德(일신기덕)

    조식은 또《주역》곤괘坤卦 문언전文言傳의 다음과 같은 말에 깊이 감동했다.

경으로써 안을 곧게 하고 의로써 밖을 방정하게 하여,
경과 의가 확립되면 덕이 외롭지 않다.
敬以直內(경이직내) 義以方外(의이방외)
敬義立而德不孤(경의립이덕불고)

　　조식은 경敬의 자세를 지키고 의義를 행한다는 유가의 행위준칙에 철저했다.
선과 악이 서로 물어뜯고 뒤집어엎는 현실에서 선의 일단을 붙잡으려고 고투했
기에, 명明과 단斷을 정신경계로 삼았다.
　　조식은 스스로 천리의 운행을 직관하고 있다고 확신했으며, 그것을 단형의 시
로 표출하고는 했다. 〈우연히 읊다偶吟〉라는 제목의 시를 보면 확신 가운데 기백
이 넘쳐난다.

큰 기둥 같이 높은 산이
하늘 한쪽을 버티고 섰다
잠시도 내려놓지 않았으니
그 또한 절로 그러하지 않음이 없다

高山如大柱(고산여대주) 撐却一邊天(탱각일변천)
頃刻未嘗下(경각미상하) 亦非不自然(역비불자연)

　　조식은 두류산지리산을 무척 사랑했다. 그는 두류산이 곧 무릉도원이라고 하여,
다음과 같은 시조를 지었다.

두류산頭流山 양단수兩端水를 내 듣고 이제 보니
도화桃花 뜬 맑은 물에 산영山影조차 잠겼어라
아희야, 무릉武陵이 어디오 나난 옌가 하노라

최석기 씨가 밝혀냈듯이, 조식은 지리산을 무려 열일곱 번이나 올랐다. 특히 명종 13년1558년, 57세 되던 해에는 5월 10일음력부터 25일까지 16일간, 문인들은 물론 기생들과 종, 취사를 주관하는 고을 아전 등을 데리고 지리산에 올랐고, 탐방의 기록을 〈유두류록遊頭流錄〉으로 엮었다. 그런데 조식은 산놀이에서까지도 도심道心을 기르는 문제를 시시로 환기했다.

조식의 제자이자 사위인 김우옹이 쓴 〈남명행장南冥行狀〉에 보면, 조식은 뜻을 세우면서 학문을 함에 있어서는 지엽적인 것을 버리고 요점만 마음으로 깨닫기를 귀중히 여겼으며, "깨달은 것을 생활에 적용하며 실천하기를 서두르고, 강론과 분석하는 일을 좋아하지 않았다."라고 했다. 강론과 분석이 한갓 빈말만 일삼을 뿐이고 도리를 실행하는 데에는 도움이 되지 않을 것으로 생각했기 때문이다.

조식은 일생 특립독행特立獨行·혼자 자립하여 고고히 실천함의 태도를 견지했다. 명종 말년 훈구세력이 무너지고 국왕이 상서원尙瑞院 판관으로 그를 부르자 처음으로 조정에 나아가 정치와 학문의 도리를 제시하여 선비로서의 국가에 대한 책임을 밝혔다. 그러나 그것도 불과 9일뿐, 벼슬을 사퇴하고 귀향했다. 이어 선조 초 사림 정치의 시대가 열리자 국왕은 이황과 조식 등 당대의 석학들을 거듭 간곡히 불렀지만 조식은 상소를 올려 왕도정치의 이상을 제시했을 뿐 결국 나아가지 않았다.

이황은 조식이 세상을 외면한다고 보아 불만을 표시했고, 학문적으로도 찬성하지 않는 점이 많았다. 그래서 조식을 두고, "중용의 도를 기대하기 어렵고, 노장老莊에 물든 병통이 있다."라고 비판했다. 한편 조식은 퇴계를 두고, "요즘 학자들은 물 뿌리고 청소하는 절차도 모르면서 입으로는 천리를 담론하며 헛된 이름을 훔친다."라고 비난했다.

명종은 중종대왕의 둘째아들로, 즉위 전에는 경원대군慶原大君이라 했다. 인종이 1545년 7월 1일신유에 경복궁의 청연루에서 승하하고, 6일째 되는 6일병인에 근정문에서 즉위했다. 명종은 즉위 때의 나이가 12세였다. 그래서 성송 때의 고사에 따라 대왕대비 윤씨가 수렴청정을 했다.

조식의 신명사도

신명사란 마음의 오묘한 작용이 깃드는 집이란 뜻이니, 신명사도는 마음의 작용을 도식화한 그림이다. 성곽의 안쪽이 사람의 마음이고 바깥쪽은 외부세계이다. 외부로부터 마음으로 들어오는 사사로운 욕심을 막아내야 한다는 뜻에서 마음과 그 바깥의 경계를 굳은 성곽으로 표시했다. 조식은 신명사도에 따라 합천 삼가 뇌룡정을 지었다고 한다. 세 군데에 세운 깃발은 대장기(大壯旗)라고 했다. 대장은 大將이 아니라 大壯이다. 大壯은 《주역》 대장괘(大壯卦)의 뜻을 취한 것이다. 대장괘는 우리가 하늘에 있음을 상징한다.

인종의 상례 때는 영의정 윤인경, 좌의정 유관, 영중추부사 홍언필이 함께 원상院相으로 있었다. 그러다가 성복한 뒤에는 윤인경 등의 청에 따라 좌찬성 이언적, 우찬성 권벌 등까지 모두 원상으로 삼았다. 원상은 국상이 있고 새 왕이 상중에 있을 때 정무를 실질적으로 맡아 보는 중신들을 가리킨다.

당시 정부가 명종에게 국왕으로서 경계할 일 10개 조목을 진달했는데, 그 첫 번째가 "자전께서는 문왕 어머니와 맹자 어머니의 자애를 체득하셔서 성상의 자질을 잘 인도하셔야 합니다."라는 내용이었다. 대왕대비의 수렴청정을 정당화한 것이다.

명종은 즉위 후 큰외삼촌 윤원로를 해남으로 유배 보냈다. 윤원로는 윤원형의 형이다. 인종이 춘궁동궁에 있을 때 명종과의 우애를 이간하려 했다는 죄목이었다.

선조 22년1589년의 기축옥사를 계기로 퇴계학파는 남인, 남명학파는 북인의 중심이 되었다. 그리고 두 학파는 광해군 때 문묘종사를 통한 스승 존숭사업 때문에 정치적·사상적으로 대립했다. 1623년 인조반정 이후 남명학파의 북인은 숙청을 당하고, 퇴계학파의 남인은 서인 붕당정치의 핵심에 진입한다.

조식의 문하에서는 오건·김우옹·정구·정인홍·최영경 등 많은 학자들이 배출되었다. 그들은 특히 절의를 중시했기에, 임진왜란 때 의병을 일으켜 적과 싸운 사람이 60여 명에 달했다. 정인홍·곽재우·김면은 3대 의병장으로 꼽힌다.

조식은 71세 되던 선조 4년_{1571년} 정월에, 이황이 전년도에 서거했다는 부음을 듣고 몹시 슬퍼했다. 그리고 자신의 장례 절차를 위해 《사상례절요》 1권을 문인들에게 주었다. 그해_{선조 4년} 12월에 병을 얻어 72세 되던 다음해에 서거했다. 조식의 졸기는 《선조실록》에는 선조 5년 2월 8일_{을미}에 실려 있으나, 《선조수정실록》에서는 선조 5년 1월 1일에 실려 있다. 《선조수정실록》의 졸기에 다음과 같은 일화가 실려 있다.

명종조에 이항_{李恒}과 함께 임금의 부름을 받고 입대했을 때 임금이 치도_{治道}를 물으니 조식은 매우 소략하게 대답했는데, 물러나 이항과 술을 마시고 취하여 농담하기를, "너는 상적_{上賊}이고 나는 다음가는 도적이니 우리들 도적이 남의 집 담장을 뚫는 부류가 아니겠는가."라고 했다. 그리고 그 길로 하직하고 고향으로 돌아가자 청백한 이름이 더 한층 소문이 났다.

《선조수정실록》의 졸기를 적은 사관은 조식의 학문에 대해서는 다음과 같이 논평했다.

조식의 학문은 마음으로 도를 깨닫는 것을 중시하고 치용_{致用}과 실천을 앞세웠다. 시비를 강론하거나 변론하는 것을 좋아하지 않아 학도를 위해 경서를 풀이해 준 것은 없고, 다만 자신에게서 돌이켜 구하여 스스로 터득하게 했다. 그 정신과 기풍이 사람을 격려하고 움직이는 점이 있기 때문에 그를 따라 배우는 자들이 공부가 열리는 일이 많았다. 《참동계_{參同契}》를 꽤나 즐겨 보면서, 좋은 곳이 매우 많아 학문을 하는 데 도움이 된다고 했고, 또 석씨_{釋氏}의 최고 경지는 우리 유가와 일반이라고도 했다. 일찍이 '경의_{敬義}'라는 두 글자를 벽에 써 두고 배우는 자들에게 보였는데, 임종 시에 문인에게 말하기를, "이 두 글자는 일월처럼 폐할 수 없다."라고 했다. 조식의 저서는 없고 약간의 시문_{詩文}만 세상에 나돌 뿐인데, 학자들이 남명 선생_{南冥先生}이라 불렀다.

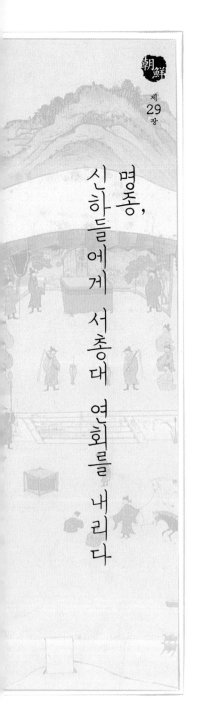

명종,
신하들에게 서총대 연회를 내리다

서총대는 창덕궁 후원에 쌓았던 석대와 정자이다. 앞서 말했듯이 연산군 때 만든 것으로, 영화당映花堂 동남쪽, 지금의 춘당대春塘臺 동편에 있었다.

명종은 재위 15년1560년 9월 19일임오에 서총대에서 곡연曲宴을 행했다. 곡연이란 흔히 국왕이 궁중의 금원禁苑에서 가까운 사람들을 불러 베풀던 사사로운 연회를 말한다. 규모가 작은 것이 보통이지만, 매우 성대한 것도 있었다. 이날의 곡연은 규모가 매우 컸다.

이날 명종은 율시로 지은 어제御題를 내리고 좌우에게 명하여 화운시를 지어 올리게 하고, 또 무신에게 명하여 과녁을 쏘게 하여 차등 있게 상을 내렸다. 그리고서 좌우에게 명하여 국화를 머리에 꽂게 하고, 술 잘 마시는 몇 사람에게는 특별히 큰 잔으로 마시게 했다. 그리고 술을 종자기에다 따르게 하여 좌의정 이준경에게 권하도록 명하고, "경이 지난해 취로정翠露亭의 연회에 병 때문에 참석하지 못했으므로 경에게 벌주를 내린다."라고 했다. 저녁이 되어 신하들은 모두 궁촉宮燭을 하사받아 집으로 돌아갔다.

훗날 《명종실록》을 편찬한 사신은, 곡연은 조정에서 하는 연향이 아니라 국왕이 사사롭게 신하들을 유희로 이끈 것이거늘 대간까지도 곡연에 참여한 것은 잘못이라고 비판했다. 그만큼 이날의 서총대 곡연은 매우 성대한 연회였던 것이다.

영의정 상진尙震은 그 다음날 국왕의 은혜에 감사하는 전箋을 올렸다. 이것은 〈상사서총대사연전上謝瑞蔥臺賜宴箋〉이라는 제목으로 그의 문집 《범허정집》에 전한다.

어제 서총대에 거둥하시어 별도로 회연會筵을 베푸시고 술을 들고 시를 지으라 명하시고는 이어서 황화菊花를 하사하시고 또 납촉을 하사하시어 신하들에게 은총을 더하시고 영광을 주시니 은혜롭게 돌아보시는 융성한 뜻이 보통의 경우보다 매우 달랐기에 전문을 받들어 사은의 뜻을 칭하는 바입니다.

삼가 1,000년 만에 황하가 맑아지듯 정치가 맑아져서 성인이 나시는 기회에 저희들이 함께 맞닥뜨리매, 구름 하늘에서 비가 풍성하게 쏟아져 내려, 성상께서 호경서울에 계시어 저희들이 즐거워 술을 마실 수 있는 은혜를 입게 되었으니, 스스로를 돌이켜 보면 어이 감당하겠습니까, 뼛속에 깊이 새겨도 갚기 어렵습니다.

생각건대 저희들은 재주가 적절히 쓰일 만한 자들도 아니고 학문은 사방팔방으로 통하는 데 어둡거늘, 기회를 타고 일광에 의지하여, 다만 비와 이슬이 촉촉이 적셔 주는 것에 충분히 젖었을 뿐이고, 거저 밥을 먹고 지위에 맞는 직분을 못하고 있으니, 이슬 한 방울 티끌 하나 같은 미미한 힘이 무슨 보탬이 되겠습니까? 바야흐로 공을 이루지 못할 우려감을 품고, 다시 분수에 넘는 부르심을 받들어서는, 연회를 베풀어 주시고 맞아 초빙하여 주시어, 황화의 꽃을 비녀처럼 꽂게 허락하시고, 취하지 않으면 돌아가지 못하게 하시며, 자하주紫霞酒의 궁온을 자주 내리시니, 술잔을 들게 하심은 한나라 궁전의 옛 사례가 아니되, 납촉을 하사하심은 송나라 조정의 영광과 같으니, 단지 일시의 미담에 그치는 것이 아니라, 매 시대마다 있을 수 없는 특별한 우대가 아니겠습니까?

이것은 하늘이 내신 주상 전하의 크나큰 덕으로, 날마다 새로워지고 더욱 크게 드러나심은 조종祖宗의 성헌成憲을 받들고, 한 번 시위를 당기고 한 번 그치듯 긴장과 이완을 반복하심은 문왕과 무왕의 크나큰 규모를 준수하시어, 마침내 떡갈나무같이 질박하여 재주가 미미한 저희들로 하여금, 촉촉하게 이슬처럼 적셔 주시는 기이한 운수를 균등하게 입도록 하신 것을 만났기 때문입니다. 저희들이 소절素節·절개을 어깨에 지고 더욱 단충丹衷·충성심을 갈고닦아, 힘을 합치고 함께 일하여 더불어 경건하여, 비궁匪躬·몸을 돌보지 않음의 책무를 부디 다 하여서, 손을 놀려 춤을 추고 빌을 굴려 춤을 추어, 성상께서 하늘과 같은 수명을 다하시길 항구히 기원합니다.

명종은 사전謝箋을 받아보고, "군주와 신하의 사이는 막히거나 거리를 두어서는 안 되오. 공경 벼슬과 시종 신하들은 예법에 따라 마땅히 후하게 대접하여야 할 것이오. 사은하지 않도록 하오."라고 비답을 내렸다.

그런데 명종 15년 서총대의 곡연에 참석한 사람들은 당시의 성사를 그림으로 그려 보관했다. 연회에 참석한 사람들은, "성군과 명신이 만나는 성대한 일이요, 감동하여 군주를 추대함이 기쁜 일이므로 반드시 도화에 옮겨 그린 뒤에야 이 사실을 전하는 것이 오래갈 수 있다."라고 생각했다. 그래서 그림 그리는 일을 예조에 부탁해서, 명종 19년1564년에 비로소 축軸을 장황표구했다. 이 그림은 〈서총대인견도瑞蔥臺引見圖〉, 혹은 〈서총대친림사연도瑞蔥臺親臨賜宴圖〉나 〈서총대시연도瑞蔥臺侍宴圖〉라고 했다.

상진의 《범허정집》 부록에 〈서총대사연좌목瑞蔥臺賜宴座目〉이 실려 있어, 이날의 곡연에 참석한 면면들이 누구인지 잘 알 수가 있다. 좌목이란 연회에 참석한 명부를 말한다. 이 좌목에는 참석자의 관직이 자세히 적혀 있다.

대광보국숭록대부大匡輔國崇祿大夫 의정부영의정겸영경연연議政府領議政兼領經筵 홍문관弘文館 춘추관春秋館 관상감사觀象監事 세자사世子師 상진尙震

대광보국숭록대부大匡輔國崇祿大夫 의정부좌의정겸영경연사議政府左議政兼領經筵事 감춘추관사監春秋館事 세자부世子傅 이준경李浚慶

대광보국숭록대부大匡輔國崇祿大夫 의정부우의정겸영경연사議政府右議政兼領經筵事 감춘추관사監春秋館事 세자부世子傅 심통원沈通源

보국숭록대부輔國崇祿大夫 영돈녕부사겸오위도총부도총관領敦寧府事兼五衛都摠府都摠管 청릉부원군青陵府院君 심강沈鋼

숭정대부崇政大夫 의정부좌찬성겸지경연춘추관사議政府左贊成兼知經筵春秋館事 세자이사世子貳師 홍섬洪暹

숭정대부崇政大夫 행이조판서겸판의금부사行吏曹判書兼判義禁府事 광평군光平君 김명윤金明胤

자헌대부資憲大夫 의정부우찬성議政府右贊成 창양군昌陽君 조광원曺光遠

자헌대부資憲大夫 지중추부사知中樞府事 심광언沈光彥

410

명묘조서총대시예도(明廟朝瑞蔥臺試藝圖)

채색 궁중행사도 〈의령남씨전가경완도(宜寧南氏傳家敬翫圖)〉 수록. 고려대학교박물관 소장.

명종이 서총대에 친림하여 문무시예(文武試藝)를 시행한 날 남응운(南應雲, 1509~1587년)이 글짓기와 활쏘기에서 모두 으뜸으로 뽑혀 말 두 필을 상으로 하사 받은 고사를 그린 것이다. 그림과 함께 있던 글이 유몽인(柳夢寅, 1559~1623년)의 《어우야담》에 인용되어 있다. 서총대 위에는 초승달 모양의 차일을 설치했고 어좌를 중심으로 관원들이 열 지어 있다. 화면 중앙에 흰 말과 검은 말을 하사받는 모습이 그려져 있다. 홍익대학교박물관에도 같은 소재의 그림이 있다.

자헌대부資憲大夫 병조판서兵曹判書 권철權轍

자헌대부資憲大夫 호조판서겸지경연사戶曹判書兼知經筵事 세자우빈객世子右賓客 금양군錦陽君 오겸吳謙

자헌대부資憲大夫 예조판서겸지경연사禮曹判書兼知經筵事 세자좌부빈객世子左副賓客 오위도총부

　　도총관五衛都摠府都摠管 원계검元繼儉

자헌대부資憲大夫 형조판서刑曹判書 조언수趙彦秀

자헌대부資憲大夫 동지중추부사同知中樞府事 이윤경李潤慶

자헌대부資憲大夫 동지중추부사겸홍문관대제학同知中樞府事兼弘文館大提學 예문관대제학藝文館大提學

지성균관사知成均館事 동지경연同知經筵 춘추관사春秋館事 정유길鄭惟吉

자헌대부資憲大夫 지중추부사知中樞府事 안위安瑋

자헌대부資憲大夫 한성판윤漢城判尹 이몽량李夢亮

가의대부嘉義大夫 평양군겸오위도총부부총관平陽君兼五衛都摠府副摠管 김순고金舜皐

가선대부嘉善大夫 첨지중추부사僉知中樞府事 양윤의梁允義

가선대부嘉善大夫 행의흥위대호군行義興衛大護軍 송맹경宋孟璟

가선대부嘉善大夫 행성균관대사성行成均館大司成 김주金澍

가선대부嘉善大夫 행호분위대호군行虎賁衛大護軍 김경석金景錫

가선대부嘉善大夫 행의흥위대호군行義興衛大護軍 오성吳誠

가선대부嘉善大夫 행의흥위대호군行義興衛大護軍 조안국趙安國

가선대부嘉善大夫 행의흥위대호군行義興衛大護軍 이세린李世麟

가선대부嘉善大夫 호분위상호군虎賁衛上護軍 박영준朴永俊

가선대부嘉善大夫 한성부좌윤漢城府左尹 임열任說

가선대부嘉善大夫 병조참판兵曹參判 이감李戡

가선대부嘉善大夫 경기도관찰사京畿道觀察使 신희부慎希復

가선대부嘉善大夫 행장예원판결사行掌隷院判決事 심수경沈守慶

가선대부嘉善大夫 이조참판吏曹參判 김개金鎧

가선대부嘉善大夫 한성부좌윤漢城府左尹 김귀영金貴榮

가선대부嘉善大夫 아선군겸오위도총부부총관牙善君兼五衛都摠府副摠管 어계선魚季瑄

가선대부嘉善大夫 예조참판禮曹參判 이량李樑

가선대부嘉善大夫 호조참판戶曹參判 이문형李文馨

통정대부通政大夫 승정원도승지承政院都承旨 지제교겸예문관직제학知製教兼藝文館直提學 강욱姜昱

통정대부通政大夫 승정원우승지承政院右承旨 지제교겸경연知製教兼經筵 참찬관參贊官 류창문柳昌文

통정대부通政大夫 승정원좌부승지承政院左副承旨 지제교겸경연知製教兼經筵 참찬관參贊官 이희검李希儉

통정대부通政大夫 승정원우부승지承政院右副承旨 지제교겸경연知製教兼經筵 참찬관參贊官 노정盧楨

통정대부通政大夫 승정원동부승지承政院同副承旨 지제교겸경연知製教兼經筵 참찬관參贊官 기대항奇大恒

통정대부通政大夫 홍문관부제학弘文館副提學 지제교知製教 강사상姜士尚

절충장군折衝將軍 용양위대호군龍驤衛大護軍 윤의중尹毅中

통정대부通政大夫 사간원대사간司諫院大司諫 이중경李重慶

통정대부通政大夫 병조참지兵曹參知 박대립朴大立

통훈대부通訓大夫 홍문관직제학弘文館直提學 지제교겸홍문관응교知製敎兼弘文館應敎 홍천민洪天民

통훈대부通訓大夫 통례원좌통례通禮院左通禮 임윤任尹

통훈대부通訓大夫 행사헌부집의行司憲府執義 권신權信

통훈대부通訓大夫 사간원사간司諫院司諫 이세림李世琳

통훈대부通訓大夫 세자시강원보덕世子侍講院輔德 조광언趙光彦

중훈대부中訓大夫 홍문관전한지제교弘文館典翰知製敎 성의국成義國

조산대부朝散大夫 사헌부장령司憲府掌令 송하宋賀

조산대부朝散大夫 사헌부장령司憲府掌令 황림黃琳

어모장군禦侮將軍 오위도총부경력五衛都摠府經歷 박곤朴坤

봉정대부奉正大夫 행사헌부지평行司憲府持平 김경원金慶元

봉렬대부奉列大夫 행의정부검상行議政府檢詳 지제교知製敎 박응남朴應男

조산대부朝散大夫 행이조좌랑行吏曹佐郎 지제교知製敎 정윤희丁胤禧

중훈대부中訓大夫 행병조정랑겸승문원교리行兵曹正郎兼承文院校理 김첨경金添慶

통덕랑通德郎 병조정랑兵曹正郎 김제갑金悌甲

봉훈랑奉訓郎 수사헌부지평守司憲府持平 김억령金億齡

조산대부朝散大夫 행홍문관부교리行弘文館副校理 지제교知製敎 정척鄭惕

봉정대부奉正大夫 행홍문관수찬行弘文館修撰 강극성姜克誠

선교랑宣敎郎 수사간원정언守司諫院正言 구사맹具思孟

선교랑宣敎郎 수사간원정언守司諫院正言 이선李選

선무랑宣務郎 홍문관수찬弘文館修撰 지제교知製敎 이양원李陽元

어모장군禦侮將軍 오위도총부도사五衛都摠府都事 최여주崔汝舟

승의랑承義郎 병조좌랑지제교兵曹佐郎知製敎 이후백李後白

선무랑宣務郎 세자시강원사서世子侍講院司書 하진보河晉寶

계공랑啓功郎 수승정원주서守承政院注書 윤근수尹根壽

계공랑啓功郎 수승정원주서守承政院注書 박희립朴希立

선무랑宣務郎 행세자시강원설서行世子侍講院說書 최홍한崔弘僩

선교랑宣敎郎 행홍문관저작겸춘추관기사관行弘文館著作兼春秋館記事官 윤인함尹仁涵

선교랑宣敎郎 예문관대교藝文館待敎 이제민李齊閔

선교랑宣敎郎 행홍문관정자行弘文館正字 윤두수尹斗壽

통사랑通仕郎 행예문관검열行藝文館檢閱 황정욱黃廷彧

이 좌목을 보면, '가선대부 예조참판 이양李樑', '가선대부 행 성균관 대사성 김주金澍' 등의 이름이 들어 있다. 이양은 윤원형과 함께 권세를 부려, 그해에 홍섬의 탄핵을 받게 된다. 한편 김주는 선조 때 종계변무를 위해 중국에 사신으로 갔으나 옥하관에서 병으로 죽어 사후인 선조 23년1590년에 수충익모 광국공신輸忠翼謨光國功臣 화산군花山君에 봉해진다.

〈서총대인견도〉에는 명종 19년1564년에 홍섬洪暹이 서문을 적었다. 이 글을 〈서총대인견도서瑞蔥臺引見圖序〉라고도 하고 〈서총대시연도첩후서瑞蔥臺侍宴圖帖後敍〉라고도 했다.

아아, 우리 주상전하는 나라 다스리는 일에 근실하시길 10년 하고도 여섯 해나 하여, 조정이나 재야가 모두 안녕하고 평온하여, 때때로 여가와 일예逸豫가 많으셨다. 마침내 경신년 9월 19일에 장전帳殿을 창덕궁 서총대에 설치하시니, 금원禁苑이 새벽에 열리고 옥로玉露가 땅의 먼지를 촉촉이 적실 정도였다. 해가 막 나올 때, 상께서 견여를 타시고 보좌黼座·보불 무늬의 장막을 친 자리에 나아가시자, 여섯 방위의 장막이 높이 걷히고, 바람과 햇빛은 맑고 아름다웠다. 국화는 황금빛을 열어 계단에 둘러 있고, 단풍은 붉게 물을 들여 숲을 장식했으며, 앞에는 법주法酒를 두고 음악을 뒤에서 연주했다. 재집재상 이하, 입시하는 좌우 근신과 문무 관료들이 모두 참여했다. 태관태상시 관리은 비품을 공궤供饋하고, 황문내시은 궁온宮醞을 반포하여 권하는데, 어필로 시제를 내려주시어, 좌중의 사람들에게 시를 지어 올리라 하시고, 다시 무신들에게 두 사람씩 나란

414

히 활을 쏘게 하여 그 능력을 보셨다. 꽃을 뿌려 모자에 동곳처럼 꽂아, 영화로운 광채를 손으로 딸 수가 있을 정도였다. 술이 서너 번 돌자, 3품 이상의 관원들에게 계단을 올라와 상수上壽·헌수하게 하고, 술잔을 돌리는 것이 끝나자, 문득 친히 어찬御饌을 거두어서 하사하셨으니, 은덕에 배부르고 술에 취하지 않은 사람이 없어(군덕에 배부르고 군은에 배부르지 않은 사람이 없어) 혹은 감격하여 울기까지 했으니, 상께서도 이것을 만족해 하셨다. 날이 장차 기울려 하자, 내탕고의 호피·표피와 태복시의 마필 등 물품을 내어서, 귀한 지위의 신하들에게 반사하시고, 응제應製한 문신과 무신의 재주를 시험하시고는 무신들 가운데 합격한 사람들에게 상을 내리기를 차등 있게 하셨으며, 귀인과 근신들에게는 어촉御燭 각 한 자루씩을 더 하사하시고 파하셨다. 취해서 부축을 받으며 돌아오는데, 밀랍의 불빛이 거리를 가득 채워, 보는 사람들은 근세 이래 보기 드문 일이라고 여겼다. 다음날 대궐에 나아가 사전謝箋을 올려 군은에 감사했다. 그러고 나서 여러 분들이 도모하기를, "성군과 명신이 만나는 성대한 일이요 감동하여 군주를 추대함이 기쁜 일이므로 반드시 도화에 옮겨 그린 뒤에야 이 사실을 전하는 것이 오래갈 수 있다."라고 하여, 마침내 그림 그리는 일을 예조에게 부탁해서, 갑자의 해명종 19년, 1564년에 비로소 축軸을 장황표구했다. 아아, 군은에 감사하다가 부족하여 크게 빛내고, 크게 빛내다가 부족하여 도화로 만들었다. 이제부터는 벽에다 걸어두고 눈으로 주면서 늘 대월對越·군은을 마주하고 선양함할 것이니, 이 어찌 충애의 상념이 격동되어 그런 것이 아니겠는가. 이것이 도화를 그리지 않을 수 없었던 이유이다.

하맹夏孟·초하 기망, 좌찬성 홍섬은 삼가 적는다. (갑자년 맹하 기망, 숭정대부 의정부 좌찬성 원임 홍문관 대제학 예문관 대제학 겸 지경연 춘추관사 홍섬은 삼가 적는다.)

홍섬은 명종 15년1560년에 이양李樑의 횡포를 탄핵하다가 사임했으나, 명종 18년1563년 의금부판사로 복직되어 양관 대제학을 지냈다. 명종 22년1567년 예조판서가 되었다가 그해 선조가 즉위하자 원상院相으로 정무를 처결하고 우의정에 올랐다. 하지만 남곤의 죄상을 탄핵하다가 파직되었다. 선조 4년1571년 좌의정이 되고 선

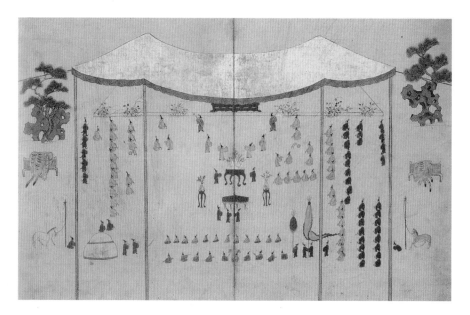

서총대친림사연도(瑞蔥臺親臨賜宴圖)

고려대학교박물관 소장.

명종 15년(1560년) 9월 19일, 명종이 창덕궁 후원의 서총대에 나와 재상들이 자리한 가운데 베푼 작은 연회를 그린 그림이다.

조 6년1573년 궤장을 하사받고 영의정을 세 번에 걸쳐 중임했다. 선조 12년1579년에 병으로 사임하고 중추부영사가 되었다.

조선 후기에는 서총대에서 중구절에 시사試射를 하기도 했다. 서총대 시사의 상격賞格을 반사하고 거둥 전후에 어가를 따르는 군병에게 시상하라는 영이 내리면 호조의 여러 낭청이 계사計士와 서리書吏를 인솔하여 무명·베와 호피·표피를 가지고 대령했다. 단, 국왕이 친림하여 상을 주는 경우가 아닐 때는 판하判下를 기다려서 제급題給했다.

정조는 서총대 시사를 통해 신하들의 결속을 다졌다. 2권에서 보듯 정약용이 〈구월 서총대에서 시사하던 날에 짓다九月瑞蔥臺試射日作〉라는 시를 남긴 것이 있다.

한편, 조선시대 국왕이 신하들을 위해 벌이는 연회에는 기로회와 기영회 등

서총대친림사연도(瑞葱臺親臨賜宴圖)

고려대학교박물관 소장

명종 15년(1560년) 9월 19일, 명종이 창덕궁 후원의 서총대에 나와 재상들이 자리한 가운데 베푼 작은 연회를 그린 그림이다. 표지에 '서총대시연도(瑞葱臺侍宴圖)'라는 제목이 붙어 있고 홍섬(洪暹, 1504~1585년)의 서문, 그림, 81명의 참연제신(參宴諸臣)의 이름과 벼슬이 적힌 목록 순으로 되어 있다. 명종은 이날 서총대에서 문신에게는 주제를 주어 시를 짓게 하고 무신에게는 짝을 지어 활쏘기를 시켰다. 성적이 좋은 사람들에게는 내탕고(內帑庫)에서 호랑이 가죽 등을 내어 상으로 하사했다. 기녀들이 한 줄로 앉아 있고 그 뒤에는 거문고, 대금, 피리, 비파, 장고 등을 연주하는 악공 10명이 나란히 앉아 있다. 호랑이 가죽과 두 필의 말이 차일 밖에 준비되어 있다. 당시에 이 그림을 여러 개 만들어 서로 나누어 가졌다고 한다.

여러 가지가 있었다. 관료들은 각 관아마다 일자를 잡아서 연회를 했고, 춘추관의 실록청은 사초를 물에 씻어 버리고 세초연洗草宴을 벌였다. 또한 진사과의 동년들은 사마방회司馬榜會를 열었다.

그런데 관료들이 관아에서 소연을 벌이거나 사대부들이 사적으로 소연을 벌이는 일은 중종 말부터 성행한 듯하다. 그리고 그러한 연회가 끝난 다음에는 기념으로 시축이나 도화를 엮는 풍습이 생겨났다.

신광한申光漢·1484~1555년은 관료 문인들의 모임에 참석하고 이루어진 계회도契會圖에 시를 많이 남겼다. 그는 기묘사화 때 조광조 일파라고 탄핵을 받아 삼척부사로 좌천되고, 이듬해 파직되었다. 그 뒤 다시 여주로 추방되어, 그곳에서 18년 동안 칩거했다. 중종 33년1538년에 대사성으로 복직했고, 대사간을 거쳐 경기도관찰사·한성부우윤·병조참판을 역임한 뒤에, 대사헌이 되었다. 중종 37년1542년 세자시강원의 우부빈객을 겸하고, 이어 호조참판을 거쳐 한성부판윤에 올랐다. 이듬해 형조판서를 지냈으며 지중추부사를 거쳐, 중종 39년1544년에는 이조판서가 되었다. 인종 때 대제학을 거쳐, 명종 즉위와 함께 우참찬이 되었다. 윤원형 등이 을사사화를 일으키자 소윤에 가담해서 보익공신 3등에 책록되고, 정헌대부에 올라 영성군에 봉해졌다. 지의금부사·대제학·지성균관사·경연동지사·춘추관동지사를 겸임하고, 좌참찬·예조판서를 역임했다. 명종 3년1548년 판돈녕부사가 되고, 이듬해 좌찬성이 되어 지성균관사와 지경연사를 겸했다. 1553년에는 기로소에 들어가고 궤장을 하사받았으나, 명종 8년1554년에 사직한 뒤 그 이듬해에 병사했다.

이렇게 신광한은 청요직을 두루 거쳤는데, 그 관력에 따라 계회도의 제시題詩도 상당히 많다. 그의 문집《기재집》을 권수별로 나누어 보면 대개 다음과 같다.

권2: 〈동호계회도東湖契會圖〉·〈총마계회도驄馬契會圖〉·
〈부장계회도部將契會圖〉

권4: 〈제미원계회도題薇垣契會圖〉·〈제은대계회도題銀臺契會圖〉·
〈민조계회도民曹契會圖〉·
〈춘방계회도위조사서조보덕형제작春坊契會圖爲趙司書趙輔德兄弟作〉·
〈선전관계회도宣傳官契會圖〉·〈금오계회도金吾契會圖〉

권5: 〈오부낭관계회도五部郎官契會圖〉

권6: 〈제은대계회도題銀臺契會圖〉·〈총마계회도驄馬契會圖〉·
〈제춘방계회도題春坊契會圖〉·〈서총마계회도書驄馬契會圖〉·
〈하관계회도夏官契會圖〉·〈제기전수재계회도題畿甸守宰契會圖〉

권7: 〈은대계회도銀臺契會圖〉·〈서부장계회도書部將契會圖〉·
〈사옹원계회도司饔院契會圖〉·〈미원계회도薇垣契會圖〉

권8 :　　　〈제천문지리명과삼학세교계회도題天文地理命課三學世交契會圖〉

권9 :　　　〈제금오계회도題金吾契會圖〉·〈제사옹원계회도題司饔院契會圖〉·

　　　　　　〈제효경전사관계회도題孝景殿祀官契會圖〉·

　　　　　　〈제육조승정원중서당계회도題六曹承政院中書堂契會圖〉,

별집 권1 :　〈이성실록청계회도二聖實錄廳契會圖〉·

　　　　　　〈제오부호적청계회도題五部戶籍廳契會圖〉·

　　　　　　〈제비변사계회도題備邊司契會圖〉·〈제상방계도題尙方契圖〉,

별집 권3 :　〈추관계회도秋官契會圖〉·〈제미원계회도題薇垣契會圖〉

　　신광한은 부인이 그린 잠두계회도에도 시를 지었다. 곧, 〈제부인소화잠두계회도題婦人所畵蠶頭契會圖〉가 그것이다. 사대부 여성들도 계회를 갖고, 그 모임을 그림으로 그려서 나누어 가졌음을 알 수 있다. 심지어 민간에서도 계회를 열고 도화를 남겼다. 신광한은 〈제시정효자계회도題市井孝子契會圖〉의 시를 남겼다.

　　명종은 한양궁궐도漢陽宮闕圖의 병풍에 홍섬洪暹을 시켜 기문을 짓고 정사룡鄭士龍에게 장편시를 짓게 하고, 평양도平壤圖 병풍에는 정유길鄭惟吉에게 장편시를 짓게 했으며, 전주도全州圖는 이량李樑에게 장편시를 짓게 했다. 이 병풍들은 임진왜란의 병화로 없어지고 말았다.

　　재위 17년1562년 11월 10일에는 김주金澍·박충원朴忠元·오상吳祥·심수경沈守慶을 승정원에 불러 비단에 그린 병풍 네 벌을 내렸는데, 병풍마다 8폭으로 되어 있고 그 끝 폭은 비워 두었다. 그림은 네 벌로, 〈성천도成川圖〉·〈영흥도永興圖〉·〈의주도義州圖〉·〈영변도寧邊圖〉였다. 하교하기를, 김주는 성천도를, 박충원은 영흥도를, 오상은 의주도를, 심수경은 영변도를 각기 맡아 기문記文과 장편시를 지어서 비어 있는 비단 폭에 직접 써서 들이라고 했다. 네 명이 배복拜伏하고 황공히 물러나서 저마다 수일 내에 기사記事와 시를 써서 바쳤다. 심수경의 《견한잡록》에 그 일화가 기록되어 있다.

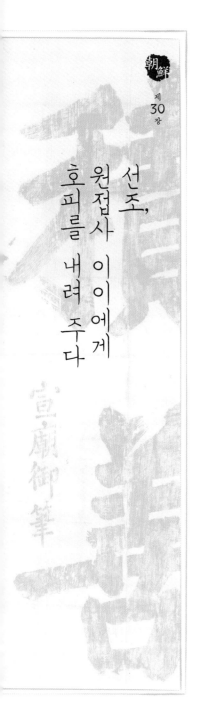

선조는 재위 15년1582년 10월 6일경인, 원접사 이이李珥가 길을 떠나려 하자, 인견하고 호피를 하사했다.

이때 중국에서는 황태자가 그해 8월 11일에 태어나자 주변국에 조서를 반사하게 되었는데, 조선으로 오는 조사詔使는 한림 편수翰林編修 황홍헌黃洪憲과 공과 급사중工科給事中 왕경민王敬民을 차송하기로 했다. 이들은 9월 15일 무렵에 북경을 출발할 예정이었다. 이 사실은 9월 7일임술에 성절사 이해수李海壽가 치계함으로써 조선에 알려졌다. 선조는 대신을 불러 전례에 따라 조처하도록 했다. 도사 영위사都司迎慰使는 문장에 능한 사람을 임용해야 하므로 광주목사 신응시辛應時를 차임하여 역마를 타고 올라오게 하고, 정유길鄭惟吉을 관반館伴, 이이를 원접사遠接使로 삼게 하라고 청했다. 9월 13일무진, 원접사 이이는 좌통례 황정욱黃廷彧, 응교 허봉許篈, 서산군수 고경명高敬命을 종사관으로 데리고 가게 해달라고 청했다. 선조는 아뢴 대로 하라고 전교했다.

그런데 이이가 종사관으로 선택한 사람들은 어떤 인물들인가?

황정욱은 명종 때 문과에 급제했으나 빛을 보지 못하다가 선조 17년1584년에 종계변무 주청사宗系辨誣奏請使로서 수공首功을 인정받아 광국공신 장계부원군으로 책봉되었으며, 정사룡의 추대로 대제학이 되었다. 하지만 임진왜란 때 순화군과 임해군을 호종하여 관북지방으로 피난했다가 회령의 국경인이 반란을 일으켜 안변의 토굴에 갇혀 있다가 가토 기요마사에게 넘겨지고, 왜적의 강요로 선조에게 보내는 항복 권유문을 아들 황혁黃赫에게 대신 쓰게 했다. 이듬해 왜군이 부산에서 철수할 때 석방되었는데, 동인의 집요한 탄핵으로 길주에 유배되었다. 1579년에 특명으로 석방되었고, 그와 기영사를 만든 인연이 있는 윤근수가 복권 운동을 벌였으나, 복관되지 못하고 죽었다. 1612년에는 그의 아들 황혁이 평소 사이가 나빴던 이이첨으로부터 순화군의 아들 진릉군晉陵君을 왕으로 추대한다는 무함을 입고 투옥되어 옥사했다. 황정욱은 인조 반정 이후에 가서야 복권된다.

허봉은 허엽의 아들로 허균의 중형, 허난설헌의 아우이다. 《미암일기》로 저명한 유희춘柳希春의 문인으로, 친시문과에 병과로 급제, 사가독서를 했다. 선조 7년1574년에 성절사 사행의 서장관을 자청하여 명나라에 다녀온 뒤에 이조좌랑이 되었고, 선조 10년1577년 교리를 거쳐, 선조 16년1583년에 창원부사를 역임했다. 김효원金孝元과 함께 동인의 선봉이 되어 서인들과 대립했다. 선조 15년1582년에 이이가 종사관으로 발탁했지만, 선조 17년1584년에 병조판서 이이를 탄핵했다가 종성에 유배되었다. 이듬해 풀려났으나 정치에 뜻을 버리고 방랑생활을 하다 38세로 금강산에서 죽었다.

고경명은 임진왜란 때의 의병장으로 유명하다. 명종 때 생원시와 진사시에 합격하고 문과에 갑과로 합격했으며, 28세 되던 명종 15년1560년에는 문신 정시庭試에서도 수석을 하고 사가독서를 했다. 명종 18년1563년에 인순왕후의 외숙 이조판서 이량의 전횡을 논척할 때 교리로서 참여했다가 그 경위를 이량에게 알려준 사실이 발각되어, 울산군수로 좌천된 뒤 파면되었다. 선조 14년1581년에야 영암군수로 기용되었고, 이어 종계변무 주청사의 서장관으로 명나라에 다녀왔다. 이듬해 봄에는 서산군수가 되고, 가을에는 명나라 조사詔使를 영접하는 원접사 이이의 종사관으로 활약했다. 선조 23년1590년 가을에 동래부사가 되었고, 이듬해에는 종계변무의 공으로 광국원종공신에 녹훈되었다. 하지만 그해 여름에 정철이 파직되고 나서, 고경명도 정철의 추천을 받았다는 이유로 동래부사의 직에서 해직되었다. 고향에 돌아와 있던 선조 25년1592년에 임진왜란이 발발하자, 5월에 담양에서 의병을 일으켰다. 7월의 금산 전투에서 아들 고인후와 함께 전사했다.

이렇게 보면 이이는 자신의 종사관으로 동인과 서인을 망라하려 했음을 알수 있다.

실로 이이는 동인과 서인이 당쟁을 벌이던 혼란의 시기에 보합保合을 위해 헌신했다.

이이는 젊은 시절 불교에도 관심을 가져 정통과 이단의 논쟁에서 늘 불리한 처지에 있었다. 심지어 조정에서 《매월당집》을 간행할 때 김시습의 전傳을 작성하면서 김시습을 '심유적불心儒跡佛'의 인물로 논평하여, 굳이 그를 유학자로 변호하기까지 했다. 하지만 이이는 유가적인 경세제민의 뜻이 강했다. 1558년 처가인 성주에서 외가인 강릉으로 향하던 길에 도산에 들러 이황을 찾아뵙고 이틀간 머물며 학문적 대화를 나누었다. 이이는 1567년 이황에게 올린 편지에서, 20년 지속된 국가의 고질병을 다스리기 위해 개혁을 서둘러야 한다고 했다. 이이는 경세의 포부가 강하였기 때문에, 이황에게 서울에 있으면서 위로 나라의 은혜를 생각하고 아래로 백성을 불쌍히 여겨 주기를 간청했다. 선조 즉위년 1568년에 이황에게 올린 편지에서, 이이는 새로 등극한 선조가 젊고 자질이 아름다워 배양하고 보도輔導하여 군덕을 이룰 수 있다면 나라가 반석 위에 서게 되리라고 기대했다. 하지만 이황이 예조판서의 사면을 청하는 글을 올리고 명종의 장례식이 끝나기도 전에 낙향을 하고 말았으므로, 이이의 실망은 컸다.

이이는 29세 때 호조좌랑에 임명되면서 본격적으로 관직에 진출해서 청요직을 두루 거쳤다. 아울러 청주목사와 황해도관찰사를 맡아 외직의 경험까지 쌓았다. 그는 정치적 식견과 왕의 두터운 신임을 바탕으로 40세 무렵 정국을 주도하게 되었다. 이이는 학문을 하면서도 현실정치에 항상 마음을 썼다. 34세에는 《동호문답》, 39세에는 〈만언봉사〉를 지어 정치의 도리를 논했고, 40세에는 《성학집요》를 완성하여 군왕의 도를 더욱 체계화했다.

이이는 '리와 기가 서로 떨어지지 않는다理氣不相離'는 관념을 관철시켜, 칠정 속에 사단을 포함시켰다. 이것은 곧 '인심이 형기를 통해 발하는' 현실을 목도한 결

┃ 퇴계 이황 교지

진성이씨 상계종책 기탁. 한국국학진흥원 유교문화박물관 전시.

가정(嘉靖) 35년, 즉 명종 21년(1566년)에 퇴계 이황을 공조판서 겸 홍문관 대제학, 예문관 대제학, 지성균관사, 동지경연춘추관사에 임명한다는 내용의 교지이다.

과 주자학의 이기론을 독특하게 재해석한 것이다. 이이는 특히 요·순과 삼대 이후로 왕도를 행한 자가 없었다는 사실을 직시하고, 내성內聖의 교육과 외왕外王의 정치가 실체로 일치하지 않아 왔다는 점을 분명히 알고 있었다. 그렇기에 도학가의 교조주의, 원리주의를 고수하지 않았으며, 정치에 있어서 갱장更張과 변법變法의 필요성을 누차 강조했다.

이이는 정치경제의 여러 면에서 건의를 많이 했는데, 그 가운데 실현되지 못한 일도 많다. 방납防納을 금지할 것을 주장했으나 시행되지 못한 것은 그 한 예이다. 방납은 조선시대에 백성을 대신하여 공물貢物을 대납代納하고 이利를 붙여 받는 일로, 공납을 농민이 직접 내는 것을 방해한다는 뜻이다. 상인과 관원이 끼어들어 백성 대신 공물을 대납해 주고 그 대가로 막대한 이익을 붙여 착취했다. 또 방납자와 악덕 관원이 결탁하여 관청에서 물품을 수납할 때 그 규격을 검사하면서 물품에 퇴짜를 놓는 점퇴點退도 많았다. 백성은 점퇴의 위협 때문에 막대한 손실을 무릅쓰고 방납자들에게 공물 대납을 맡겨야 했다. 중종 때 조광조는 공안貢案을 개정할 것을 주장하였고, 선조 7년1574년에 이이는 방납 금지책을 실시할 것을 주장하였으나, 실현되지 못했다. 광해군 원년1609년에 선혜청이 설치되어 경기도에 대동법이 실시되고, 이후 인조와 숙종 때 대동법이 전국적으로 정착되자 비로소 방납의 폐단이 없어지게 된다.

이이가 현실에서 왕도정치를 실현하지 못하리라고 불안해했던 것은 당시의 정치상황이 바람직하지 못했기 때문이다. 처음에 심의겸이 외척으로서 권세를 누리자 명류들이 모두 붙좇았는데 전랑 김효원이 배척하기 시작했으므로 심의겸의 무리들이 그를 미워하여 동인과 서인이 나뉘게 되었다. 이이는 대신들에게 말하여 둘 다 내쳐서 화단이 생길 빌미를 막아야 한다고 청했다. 이에 따라 김효원은 삼척부사에 제수되고 심의겸도 감사에 제수되었다. 하지만 사사로운 당론이 극성했다. 선조 9년1576년 동인과 서인의 갈등이 심화되자, 이이는 파주 율곡리로 낙향했다. 그리고 본가가 있는 파주의 율곡과 처가가 있는 해주의 석담石潭을 오가며 저술에 힘썼다. 아동의 입문서로 유명한 《격몽요결》도 이 무렵에 저술했다. 이 무

┃ 선묘어필(宣廟御筆) '적선(積善)'

국립중앙박물관 소장. 허가번호[중박 201110−5651].

《주역》〈문언전(文言傳)〉에 나오는 "적선지가(積善之家) 필유여경(必有餘慶)"에서 '적선'의 글자를 따서 해서체로 쓴 글씨이다.

렵 김우옹도 병을 핑계로 향리로 돌아갔다. 그러다가 선조 12년_{1579년} 3월에 사헌부가 동서 사류의 시비를 논하자, 이이는 5월에 상소하여 동서 사류의 보합을 주장했다. 이때 백인걸이 동서분당을 규탄하면서 당쟁은 오히려 격화되었다.

이이는 선조 13년_{1580년} 12월에 대사간의 직으로 부름을 받았다. 다음해_{1581년} 정월, 송익필은 서찰을 내어 몸조심을 당부했다. 하지만 이이는 "오늘의 급선무는 정성을 쌓아 임금의 마음을 돌리는 일이며, 그 다음은 사림들을 조화시키는 일입니다."라고 답했다. 그러면서, "원하는 뜻을 이루지 못할까 두렵습니다. 오직 믿는 바는 저 푸른 하늘뿐입니다."라고 토로했다. 5월에 이이는 상소를 하여, 공안貢案을 개정할 것, 주현州縣을 합병할 것, 감사직을 오래 맡길 것을 주장했다. 선조는 그 일을 대신들에게 의론케 했으나, 좌의정이 병을 이유로 불참하여 결말이 나지 못했다. 6월에 이이는 대사헌이 되었고, 8월에는 대사간이 되었다.

그해_{1581년} 송익필은 이이가 정치에 깊이 개입하는 것을 우려하여, "안으로 자기의 덕을 훼손하고 밖으로 뭇사람의 시기를 초래하니, 옛사람의 출처는 이러하지 않았습니다. 임금의 예우를 입으면서 특별한 계책을 베풀어 행하지 못한다면 이를 어찌 예우를 입는다고 하겠소?"라고 질책했다. 음력 11월 15일에 이이는 송익필에게 답서를 내어, "억만 대중이 물 새는 배에 타고 있으므로 그것을 구할 책임이 실로 우리들에게 있습니다."라고 하여 우국의 정을 절절하게 토로했다.

이이는 이 서찰에서, 유학자의 사업은 여러가지일 수 있되 대개 세 가지 유형이 있다고 했다. 어떤 사람은 천민天民, 즉 하늘이 낸 백성을 자처하여 유가의 이상적인 문화와 도리가 크게 행해지는 것을 보고서야 세상에 나와 벼슬길에 든다. 또 어떤 사람은 세상의 도리를 차츰차츰 구원하되, 군주가 알아들을 수 있는 데서부터 차근차근 깨우쳐 나간다. 또 어떤 사람은 하·은·주 세 왕조의 이상 정치를 조목조목 거론하여 그것대로 실행하라고 청하다가, 그 말이 받아들여지지 않으면 곧바로 은둔한다.

이이는 이 세 유형 가운데 자신이 취할 방도는 두 번째라고 보았다. 그리고 성혼이 마지막 유형의 태도를 취한 것은 옳지 않다고 비판했다. 지금은 온 백성이 물 새는 배 위에 올라 앉아 있는 것과 같이 위태롭다. 이런 때에 잘못된 정치를 바로잡아 온 백성을 구원하는 일은 나와 그대와 같은 지식인의 몫이라고 환기시켰다.

이이는 군주를 깨우쳐서 성학聖學으로 인도하기 위해서는, 납약자유納約自牖의 방법을 사용해야 한다고 보았다.

납약자유란 군주가 알아들을 수 있는 데서부터 차근차근 깨우쳐 나간다는 말이다. 본래《주역》습감習坎괘 육사六四 효사에 나온다. 습감괘는 감상·감하坎上坎下 감위수坎爲水이다. 그 괘사는 "믿음이 있으면 오직 마음으로 형통할 것이다. 행하면 높임을 받으리라."라는 것으로, 어려운 처지일수록 믿음을 지니라고 가르친다. 그런데 육사의 효는 음효로, 재능은 부족하지만 바른 자리에 있어서 뜻이 바르고, 구오九五의 군주에게 진심으로 봉사하므로 잘못이 없다. 또 습감괘에는 음효가 네 개 있지만 육사六四만 바른 자리에 있으며 구오九五와 이웃하여 화가 없다. 그렇기에 한 단지의 술과 한 궤제기의 밥은 천자가 종묘에 제사지낼 때 쓰는 것일 수도 있고, 천자가 미행하여 대신의 집에 갔을 때 대신이 천자를 대접하는 것일 수도 있다. 곧, 습감괘의 육사六四 효사는 대신과 천자가 가까이하여 험난한 시국을 구하려고 노력하는 형상이다.

이이는 군주를 권면하는 것이 대신의 임무라고 보았기 때문에, 그 정치론을 〈납약자유에 대하여 지은 부納約自牖賦〉에 담았다.

내가 관찰하건대, 임금의 잘못을 중지시키는 중요한 길은, 그 선심의 단서를 틈타서 바른 것을 진언해야 하네. 참으로 하늘의 이치가 없어지지 않으니, 이 때문에 계발할 시기가 있도다.《주역》의 효사爻辭를 읽고 깨달음이 있어, 납약納約하는 그 중요한 방법을 알았네. 이미 건괘蹇卦가 어렵고 감괘坎卦도 험하거늘, 게다가 높고 낮은 지위가 현격해라. 앞뒤로 달리어 보필하고 싶지만, 영수領袖께서 나를 살펴주지 않을까 두렵다. 물결 따라 되는 대로 맡겨두려 하지만, 임금의 행동이 날로 잘못됨을 차마 어찌 보겠는가. 또 군자는 유순함으로써 일을 잘 성립시켜야 하니, 어찌 잠시나마 임금의 그

롯된 마음 바로잡기를 잊으랴! 아! 안으로 성신誠信을 쌓아야지, 밖으로 많은 형식만 일삼아서는 안 되네. 저 뭇 물욕의 공격이 날로 양심을 해쳐, 마치 산의 나무에 마구 도끼질하듯 하도다. 그러나 원래 착한 성품의 밝음이, 참으로 사단四端에 불쑥 드러나네. 그 밝은 것을 따라 임금을 받들면, 남의 마음을 내가 헤아릴 수 있으리. 이에 임금이 사욕을 버리고 밝은 데로 나아가기를, 달아오른 솥이 물을 받듯이 서둘 터이니, 빤짝한 불을 불어 불꽃이 왕성하도록 하고, 원류의 샘물을 처음 솟아날 때부터 잘 이끌어가야 하네. 그 누가 알리오! 임금 면전에서 번거롭게 간하지 않고도 회천回天의 힘이 있고, 약이 아찔하지 않아도 병을 낫게 할 수 있는 줄을. 이에 나아가 임금에게 결속하여 심복이 되니, 모나고 둥근 것이 통하지 않는 것과 다르다네. 반드시 시행할 만한 계획을 세우되, 그것을 임금의 아름다운 계획인 것처럼 해야 하리. 손순한 말을 받아들여 용감히 고친 것은, 그 통명通明함을 확충했기 때문이지만, 정당한 말일지라도 기뻐하기만 하고 그 내용을 사색하지 않는다면, 어찌 나의 심정을 이해하리오. 이 때문에 진언하는 것은 나 자신에 있지만 실로 그 말을 들어 쓰는 것은 임금에게 있다네.

이이는 〈납약자유에 대하여 지은 부〉의 결론에서, 가장 높은 것이 하늘이지만 정성으로써 통할 수 있고, 가장 존엄한 이가 임금이지만 선으로써 깨우칠 수 있다고 전제하고, "임금의 마음이 열리어 쉽게 이해하는 것부터 해야 하네."라고 납약자유의 방법을 다시 한 번 강조했다. 또한 "우리 임금이 등극하시어 범민들도 다 흥기하거늘, 어찌 모두 돌아와서 조금이나마 도움이 되는 일을 하지 않겠는가."라고 하여 신하로서 국왕에게 거는 기대를 잊지 않았다.

이이는 동서 분당을 조정하려고 했으나, 동인과 서인 양쪽으로부터 비난을 받았다. 정국의 혼란을 그치게 할 방도가 없자, 이이는 대사간의 직을 사직하려고 했다. 이때 토정 이지함李之菡이 이이를 찾아갔는데, 그 자리에 명사들이 많이 모여 있었다. 이지함은 큰소리로, "성현이 한 일들이 후일의 폐단이 되고 있다. 공자가 병을 핑계 대고서 유비孺悲를 만나 보지 않은 일과 맹자가 병을 핑계 대고서 제왕齊王의 부름에 나아가지 않은 까닭에, 후세의 선비들이 대부분 병이 없는데도 병이 있다고 핑계를 댄다. 병을 핑계 대고 남을 속이는 것은 곧 사가의 게으른 노비들이나 할 짓인데 선비라는 자들이 차마 이런 일을 하면서 곧 공자와 맹자도 그랬다고 칭탁하니, 어찌 성현의 일이 후일의 폐단이 되고 있는 셈이 아니겠는가!"라고 했다.

《논어》에 보면 공자는 유비가 뵙기를 청하자 병이 나서 만날 수 없다며 사절하고는, 말을 전하는 사람이 문을 나가자 비파를 타서 유비로 하여금 그 소리를 듣게 했다. 사절한 것이 병 때문이 아니라 딴 뜻이 있기 때문임을 드러낸 것이다. 유비는 노나라 애공의 신하인데, 잘못을 저지른 사람이었기 때문에 공자가 만나려 하지 않은 것이다. 한편 《맹자》에 보면, 맹자는 제나라 선왕의 빈객으로 있을 때 조정에 나아가려다가 선왕 쪽에서 부르자 병을 핑계로 조정에 나아가지 않고는 다음날 제나라 대부 동곽씨東郭氏에게 조문하러 갔다. 제나라 왕의 부름에 응하지 않은 것이 병 때문은 아니라는 점을 일부러 드러낸 것이다. 앞에서 이지함이 그런 말을 한 것은, 정국이 혼란하여 이이가 조정을 떠나려는 것을 알고 마음이 아팠기 때문이었다.

이이는 그해 12월에 호조판서 겸 양관 대제학의 직에 올랐다. 또 48세 되던 선조 16년1583년에는 〈시무육조時務六條〉를 써 올려 나라의 급무를 진단하고 대책을 건의했다. 같은 해 4월에는 국방을 튼튼히 할 것을 주장했다.

이이가 전후에 걸쳐 올린 봉장封章과 면대하여 아뢴 말들을 보면 그 내용이 간절하고도 강직하다. 그것은 그가 치체治體를 논하면서 규모가 높고 원대하여 삼대의 정치를 회복하는 것으로 목표를 삼았기 때문이다. 즉, 임금의 마음을 바르게 하고 풍속을 바로잡고 조정을 화합하게 하는 것을 근본으로 삼았고, 폐정을 고치고 생민을 구제하고 무비武備를 닦는 것으로 급무를 삼았다. 그리고 이를 반복해서 시종일관 한 뜻으로 논계했다. 이이는 소인이나 속류의 배척을 당했지만, 흔들리지 않았다. 또 선조

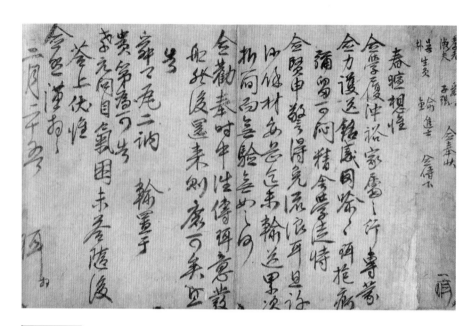

이이(李珥) 간찰

국립중앙박물관 소장. 허가번호[중박 201110-5651].

이이가 김효원(金孝元)에게 부친 간찰이다. 奉侍中性傳珥意發

도 처음에는 견제를 했으나 늦게나마 다시 뜻이 일치되었다. 하지만 선조의 신임이 바야흐로 두터워지고 있는 때에 이이는 세상을 떴다.

《선조실록》의 선조 17년1584년 1월 16일갑오 기록에는 이이의 졸기가 이렇게 간략하게 기록되어 있다. 그러나 《선조수정실록》의 1월 1일에는 이이의 졸기가 매우 상세하게 기록된다. 《선조수정실록》은 이이의 죽음에 대해 다음과 같이 적었다.

이이는 병조판서로 있을 때부터 과로로 인하여 병이 생겼는데, 이때에 이르러 병세가 악화되었으므로 상이 의원을 보내 치료하게 했다. 이때 서익徐益이 순무어사巡撫御史로 관북關北에 가게 되었는데, 상이 이이에게 찾아가 변방에 관한 일을 묻게 했다. 자제들은 병이 현재 조금 차도가 있으나 몸을 수고롭게 해서는 안 되니 접응하지 말도록 청했다. 그러나 이이는 말하기를, "나의 이 몸은 다만 나라를 위할 뿐이다. 만약 이일로 인하여 병이 더 심해져도 이 역시 운명이다."라고 하며, 억지로 일어나 맞이하여 입으로 육조六條의 방략方略을 불러주었는데, 이를 다 받아쓰자 호흡이 끊어졌다가 다시 소생하더니 하루를 넘기고 졸했다. 향년 49세였다.

이이는 문집 이외에 《성학집요》·《격몽요결》과 《소학집주》 개정본을 후세에 전해 주었다.

이이는 정치적 역량이나 철학적 업적이 널리 알려져서, 그가 문장가로서 명망이 높았다는 사실은 상대적으로 덜 알려져 있다. 이이는 명종 15년1560년에 문장양망文章養望으로 선발되어 왕명을 받들어 배율을 지어 올린 일이 있다. 이때 오상·정유길·민기·심수경·이량·김주·임수 등 문장양망에 선발된 여러 사람들과 더불어 팔문장이라 일컬어졌다.

노안 이이는 《시경》 이후의 시를 섭보아녀 《시경》의 성성에 섭근한 성노에 따라 미적美的 특성을 8가지로 분류해서 《정언묘선精言妙選》을 엮었다. 이이는 《시경》300편을 성정지정性情之正에서 나온 시로 규정했다.

선조 15년에 이이가 원접사에 차입된 것은 그가 문장에 뛰어났기 때문이었다. 그는 타고난 총명을 바탕으로 치열하게 문예를 연마하여, 29세 때인 1564년에 대과 급제를 비롯하여 전후 아홉 번이나 장원을 차지했다. 이이는 〈문무책文武策〉이나 〈문책文策〉에서 문도합일의 사상을 피로했다. 그는 선비들이 문과 도를 분리시키고 본과 말을 전도시키고 있는 현실을 광정匡正하겠다는 의지에서, 예조에서 인재를 뽑을 때에 덕행을 우선하고 문예를 뒤로하며, 강학할 때는 위기지학爲己之學을 높여야 한다고 주장했다.

이이는 '주경主敬의 공부=내성內省'의 국면을 '외왕外王'과 연결시키려고 한 경세적 의도의 시문을 많이 남겼다. 또한 그러한 시문들에서는 왕도정치를 실현하지 못하는 데서 오는 우환의 감정과 고독의 심리를 드러내었다. 조정에서 동서 당쟁을 목도하고 지식인들이 남의 비난과 칭찬에 넋이 나가 있는 것을 보고 세상 구원의 가능성에 회의를 느꼈던 것일까? 이이는 〈배를 타고 서쪽으로 내려가다乘舟西下〉에서 다음과 같이 속내를 토로했다.

세상살이 너무 맞지 않아서
유연히 돌아가고 싶어졌어라
천심이야 달라지지 않는다 해도
쇠퇴한 세태를 그 누가 막으랴
바다에는 가랑비 아득히 내리는데
석양에 외로운 배 떠나간다
아름다워라, 넘실거리는 저 물결
아, 온갖 생각 이미 식어버렸다
오직 지닌 일편단심만은
아홉 번 죽는다 해도 변치 않으리

處世苦不諧(처세고불해)　悠然歸意催(유연귀의최)
天心縱不移(천심종불이)　變態知誰裁(변태지수재)
滄海細雨迷(창해세우미)　斜陽孤棹開(사양고도개)
美哉水洋洋(미재수양양)　萬念嗟已灰(만념차이회)
只有一寸丹(지유일촌단)　九死終不回(구사종불회)

　　이이는 내성을 바탕으로 현실에서 왕도정치를 실현하고자 했다. 그러나 현실의 결함상은 그의 이념을 온전히 실현하도록 놓아두지 않았다. 자신감의 결핍은 초탈에의 유혹과 손을 잡기 일쑤였다. 〈우연히 읊다偶吟〉에서는 고독한 도학가의 또 한 모습을 보게 된다.

세상맛이 물보다 싱거우니
나의 인생도 이미 쇠하였구나
안쓰러워 마음 놓이지 않는 것은
오로지 슬하의 아이들뿐

世味淡於水(세미담어수)　吾生嗟已衰(오생차이쇠)
憐憐不能釋(연련불능석)　只有膝前兒(지유슬전아)

　　사실 한시의 가장 큰 주제는 우환의식이요, 독성獨醒의 자각이라고 할 수 있다. 하지만 이이의 경우 고적감은 세상에 대한 향수를 그림자로 달고 다닌다. 현실에서 배반당하면서도 경장과 변법을 통해서라도 현실을 구원해야겠다는 의식을 버리지 않으려는 자세가 두드러진다.
　　선조는 조선 제14대 왕으로, 시호는 소문의무성경달효대왕昭文毅武聖敬達孝大王이다. 어머니 정씨鄭氏는 영의정 정세호鄭世虎의 따님이다. 명종이 어렸을 때부터 기특하게 여겨 하성군河城君에 봉했다. 1567년에 명종이 서거하자, 대신들이 왕비가 받든 유명교서遺命教書에 의거하여 하성군을 맞이하여 오게 했다. 당시 나이가 16세였다. 본디 유학을 좋아하여 경연을 열어 경전을 강독하면서 고금의 일을 토론했다.

선조는 이황에게 예폐禮幣를 극진히 내려 조정에 나오도록 유시하고, 발탁해서 이공貳公에 제수했다. 이황은 사장을 올리면서 치도治道에 대한 여섯 조항을 진달하고, 또 《성학십도聖學十圖》·《서명고증西銘考證》을 찬술했으며 정이의 〈사물잠四勿箴〉을 손수 써서 올렸다.

또, 선조는 고려의 정몽주로부터 김굉필·정여창·조광조·이언적 등으로 이어지면서 도의道義를 강명講明한 계보를 중시해서 유희춘柳希春에게 명하여 그들의 행적을 《유선록儒先錄》으로 엮도록 했다. 그리고 선조는 유희춘의 천거로 이이를 시켜 교정청의 경서 언해 작업을 총괄하게 했다. 하지만 동서 분당의 와중에 이이는 경서 언해본 편찬에 전념할 수 없었다. 경서언해도 《소학》과 사서언해가 먼저 간행되고, 《시경》과 《서경》 언해는 원고 상태로 있다가 임진왜란 이후에 간행되었다. 선조는 임진왜란 이후 《주역》을 좋아해서, 《주역언해》의 편찬에 각별한 관심을 기울였다. 재위 41년인 1608년에 57세의 나이로 정릉동 행궁의 정침에서 서거했다.

《선조수정실록》의 이이 졸기는 이이의 업적과 사업에 대해 총괄하면서, "한 시대를 구제하는 것을 급선무로 여겼기 때문에 물러났다가 다시 조정에 진출해서도 사류를 보합시키는 것으로 자신의 임무를 삼아 사심 없이 할 말을 다하다가 주위 사람들에게 꺼리는 대상이 되었고 마침내 당인黨人에게 원수처럼 여겨져 큰 화를 면치 못할 뻔했다."라고 안타까워 했다. 그 졸기의 사평에 따르면, 이이는 인물을 논하고 추천할 때 반드시 학문과 명망과 품행을 위주로 했으므로 진실되지 못하면서 빌붙으려는 자들은 나중에 많이 배반했다. 그래서 세속의 여론은 그를 너무도 현실에 어둡다고 지목했다. 그러나 이이가 졸한 뒤에 편당이 크게 기세를 부려 한쪽을 제거했으며, 그 내부에서 다시 알력이 생겨 사분오열되어 마침내 나라의 무궁한 화근이 되었다. 임진왜란에 이르러서는 강토가 무너지고 나라가 마침내 기울어지는 결과를 빚고 말았다. 이이가 생전에 염려하여 말했던 것이 사실과 부합되었으므로, 그가 건의했던 각종 편의책便宜策들이 다시 추후에 채택되었다.

이이는 서울에 집이 없었으며 집안에는 남은 곡식이 없었다. 친우들이 수의와 부의를 거두어 염하여 장례를 치른 뒤 조그마한 집을 사서 가족에게 주었으나 그래도 가족들은 살아갈 방도가 없었다. 서자 두 사람이 있었다. 부인 노씨는 그 뒤 임진왜란 때에 죽었는데, 선조는 그 문에 정표旌表하게 했다.

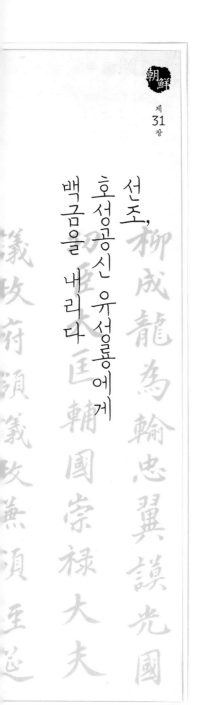

선조,
호성공신 유성룡에게
백금을 내리다

재위 38년1605년 정월, 선조는 지난해 10월의 삼공신 회맹 제례에 참여하지 못했으나 호성공신으로 녹훈된 유성룡柳成龍에게 특별히 백금銀 7량과 내구마 한 필, 표리表裏 2단端을 선물했다.

삼공신이라고 하면 흔히 조선 개국에 공을 세운 개국공신과 이방원의 혁명에 공을 세운 정사공신, 그리고 이방간과 벌인 개경 시가전에서 공을 세우고 이방원의 등극에 이바지한 좌명공신을 연상한다. 공신들은 모두가 태종이방원의 권력기반이었다. 그런데 선조 연간의 삼공신이란 선조가 임진왜란을 겪으면서 공신으로 정한 청난공신淸難功臣, 선무공신宣武功臣, 그리고 호성공신扈聖功臣을 말한다.

청난공신은 선조 29년1596년에 이몽학李夢鶴의 난을 평정하는 데 공을 세운 사람에게 내린 칭호다. 왜란의 뒤처리 등으로 8년이 지난 선조 37년1604년에야 영의정 이항복의 제의로 5명을 3등급으로 구분하여 책록했다. 1등은 분충출기합모적의청난공신奮忠出氣合謀迪義淸難功臣이라 하여 홍가신을, 2등은 분충출기적의청난공신이라 하여 박명현·최호를, 3등은 분충출기청난공신이라 하여 신경행·임득의를 책록했다.

선무공신은 임진왜란 때 큰 공을 세운 사람에게 내린 칭호다. 선조 37년 6월 호성·청난공신과 함께 녹훈한 것이다. 3등으로 나누어 1등을 효충장의적의협력공신效忠杖義迪毅協力功臣, 2등을 효충장의협력공신, 3등을 효충장의선무공신이라 했다. 1등은 이순신李舜臣·권율·원균, 2등은 신점·권응수·김시민·이정암·이억기, 3등은 정기원·권

유성룡(柳成龍) 갑주(甲胄)

류영하 기탁. 한국국학진흥원 유교문화박물관 전시.

임진왜란 때 유성룡이 착용했던 갑옷과 투구.

협·유사원·고언백·이광악·조경·권준·이순신李純信·기효근·이운용 등 모두 18명에게 주었다.

호성공신은 임진왜란 때 선조를 의주까지 호종하는 데 공을 세운 사람에게 내린 훈호다. 선조 37년에 86명을 3등으로 나누어 녹훈했다. 1등에는 이항복·정곤수 등 2명, 2등에는 신성군[선조의 넷째 아들 珝] · 이원익·윤두수·심우승·이호민·윤근수·유성룡·김응남 등 31명, 3등에는 정탁·이헌국·유희림·이유중·임발영·기효복 등 53명이다.

유성룡은 이보다 앞서 선조 31년1598년에 명나라의 정응태丁應泰가 경리 양호楊鎬를 무고하는 사건이 일어나자, 그 사건을 해결하기 위한 진주사陳奏使로 임명되었으나 사퇴했다. 그리고 탄핵을 받아 파직되었다가 삭탈관직까지 당했다. 그리고 하회에 거주하고 있었다.

선조의 선물에 대해 유성룡은 다음과 같은 〈사은전謝恩箋〉을 올렸다.

수충익모광국 충근정량 효절협책 호성공신輸忠翼謨光國 忠勤貞亮 效節協策 扈聖功臣 대광보국 숭록대부 풍원부원군大匡輔國崇祿大夫豊原府院君 신 유성룡은 감히 말씀을 올리나이다.

삼가 삼공신 회맹제를 만나 예식이 이루어졌으나, 신은 이전에 노쇠한 병이 이미 극심한 까닭에 스스로 무리해서 달려가 쫓아가 볼 수가 없어서, 성대한 거행을 멀리서 우러러보면서 밤낮으로 전전긍긍하고 황공해 했습니다. 근자에 도성에서 한 사람이 삼가 받들어 가지고 와서 교서 1축과 백금 7량, 내구마 1필, 표리 2단襲을 하사했는데, 이것은 금년 정월 초하루에 속했습니다. 본도의 감사가 교지의 영을 받들어 준수하겠다는 뜻을 장리수령를 시켜 문안하게 하고 아울러 쌀과 콩과 술과 찬거리를 가져다주었습니다. 신은 감격함을 이기지 못하여 그 모든 것에 대해 이미 북향하여 머리를 조아리고 군은에 사례하면서 공손하게 받들었습니다. 이에 삼가 전문을 받들어 사례의 뜻을 진술하나이다.

신은 진실로 황공하고 진실로 두려워하면서 머리를 조아리고 또 조아리나이다. 삼가 죄 많고 패려궂은 여생으로 오랫동안 천지의 커다란 조화의 힘을 저버리고, 외롭고 썩은 미약한 것이 다시 비이슬이 푹 적셔주는 덕택을 입었기에, 감격하여 쏟는 눈물을 저절로 흘려보내면서 놀란 혼이 마치 꿈결인 듯 여기고 있습니다.

엎드려 생각하건대, 신은 용렬한 재주와 얕은 지식으로 임무를 맡은 것이 분애分涯·분수를 뛰어넘어, 유악帷幄·군주가 있는 옥좌에 둘러친 장막으로, 어좌의 가까운 곳에 출입한 지 30년에, 군은에 보답하여 공을 바친 일을 신하로서 헌체獻替·과감히 건의하거나 과감히 그만두도록 간함하여야 하는 사이에 말씀드린 적이 없습니다. 또한 외직으로 발령을 내리는 기첩羈牒·외직 발령장을 따라 쫓아다니길 수천 리에, 과실과 허물은 더욱 국가가 망할 만큼 위태로운 즈음에 뚜렷하게 드러났습니다. 평소 개나 말의 수고로움과 같은 미미한 정도의 수고도 부족했으면서, 거듭 심상치 않고 특이한 녹훈에 외람되이 끼어서, 따스하신 윤음과 장려하시는 유시諭示가 이미 과도하시거늘, 크게 하사품을 가져다주심이 빈번하면서 이전보다 더 이어졌습니다. 철이 바뀌어 새 철이 오는 때를 당하여, 또 살았는지 죽었는지 문안하시는 군은을 입어, 장리守令가 직접 와서 임하여, 관가의 선사품이 일시에 이르러 왔으니, 명운은 하늘에서 받은 것이로되, 죄벌을 면하길 기도하는 것을 정말로 용납하기 어렵기에, 몸을 둘 곳이 없어, 진실로 더욱 두렵고 부끄럽습니다.

이는 대개 엎드려 생각하건대, 대우하셔서 상을 내리심이 아마도 우악優渥하심을 따른 듯하여, 어지시어 옛 신하를 버려두지 않으시고, 양춘의 은택이 촉촉하게 적셔 그늘진 벼랑까지 미치고, 일월의 밝은 빛이 두루 미쳐 궁벽한 숲까지 덮어서, 마침내 노둔한 자질로 하여금 거듭 홍사鴻私·크나큰 은총를 짊어지게 된 듯합니다. 신이 어찌 감히 흰 머리와 붉은 마음으로, 은총을 받들고 대궐을 그리워하여, 주남의 땅에 정체되어 있는 자취를 옮겨, 신하들이 원추리·해오라기처럼 무리지어 이루는 반열로 달려가서, 한강 이북으로 멀리 정성을 쏟아서, 강릉岡陵·산과 구릉처럼 오래 사시라는 축원을 길이 바치지 않겠습니까?

신은 하늘을 바라보고 성군을 우러르면서, 부끄럽고 두려워하여 극도로 안절부절함을 차마 이기지 못하겠습니다. 이에 삼가 죽기를 각오하면서 사례의 뜻을 진술하여 아룁나이다.

이보다 한 해 전인 선조 37년^{1604년} 10월 28일^{갑술}에 삼공신 회맹제가 있었다. 유성룡은 이 회맹제에 참석하지 못했다. 그날 낭독된 제문은 다음과 같다.

신하의 공에 군주가 보답하나니, 위에서 헛되이 취하지 않았다

맹세를 거듭하여, 모토^{茅土·봉토}를 내리고

상 주어 격려하시는 예식은, 예로부터 그래왔기에

옛날 우리 선왕께서, 이미 시행하셨다

이백 년 이래, 크게 책훈함이 여러 번이었고

창업하여 전통을 이어오는 동안, 공적 책록이 열 번이었다

부지런히 수고함은 사람에게 달렸으니, 태산이 숫돌만큼 닳도록 나라를 영구히 편안케 하자는 맹세는 어제와 같다

내 몸에 이르러, 다시 떳떳한 의식을 거행하게 되니

광국공신과 평난공신이 일시에 서로 이었다

구물거리는 교활한 저 오랑캐가 대국을 원수로 삼아

길을 빌리겠다고 큰소리쳤지만, 흉악한 꾀를 멋대로 부린 것이기에

의리에 입각해 배척하여 끊고, 정성을 다하여 명나라에 호소했더니

부모 같은 대국이 가까이 있어, 불끈 한번 노하매

무신은 힘을 다하고, 왕사^{王師·천자의 군대}는 용기를 내어서

처마에서 물병을 거꾸로 쏟고 단칼에 대나무 쪼개듯, 지시대로 이루어져

왜적을 쫓고 군사를 주둔하여, 동방을 깨끗이 청소했으니

감격하여 황제의 은혜를 추대하여, 보답하려 해도 길이 없구나

가죽이 진실로 없다고 하면, 털이 장차 어디에 붙어 있으랴

무릇 나의 여러 신하들이, 한데 참여하여 수고했도다

항우는 상으로 줄 관인^{官印}이 닳도록 주지 않았다니, 유독 무슨 마음이었던가

내가 서쪽으로 달려가려 했던 것은, 천자의 조정이 가까웠기 때문이다만

문득 달리던 말의 고삐를 부여잡고, 대략 조정을 이루고는

┃유성룡 교지┃

풍산류씨 충효당 기탁. 한국국학진흥원 유교문화박물관 전시.

만력(萬曆) 20년, 즉 선조 25년(1592년)의 5월 2일에 유성룡을 영의정에 임명한 교지이다. 이때 유성룡은 개성(開城)에서 영의정에 임명되었으나 곧 파직되고, 12월에 평안도 도체찰사(平安道都體察使)가 된다.

내가 받아주길 청하고자 하여, 간을 가르고 피를 뿌렸으니

초나라 신포서(申包胥)가 오나라 침략으로부터 구애낼라고 신나바 조정에서 곡하듯이

했다면, 어찌 칠일 동안 곡할 정도에 그쳤겠는가

군사를 맡은 장수는 창을 메고 자기 몸뚱이를 잊어서

혹은 주사舟師를 정돈하여, 길을 막고 몰아치기도 하고

혹은 외로운 성을 지키면서, 한 구역을 탐색하고 꽉 쥐기도 하여

앞서거니 뒤서거니 내달리어, 하늘의 주살誅殺을 찬조했다

얼아孼牙가 그 사이에 생겨나, 역적 놈[이몽학]이 갑자기 일어났으나

수비를 확고히 했기에, 하루가 되지 않아 섬멸되었다

세 훈신들은 의당 급히 책봉해야 했기에, 각각 너의 호를 내렸으니, 진실로 그 실질에 부합하도다

아아! 시기에는 고금의 차이가 있어도, 공적에는 옛것과 새것의 차이가 없기에

길한 날을 택하여, 힘써 훈신을 인솔하나니

그대와 손자들도, 함께 와서 모이길 허락하고

은택이 후손에게까지 미쳐, 은혜를 선대로부터 미루어 나가게 하노라

평탄하든 험난하든 변하지 말고, 이 나라와 슬픔과 기쁨을 함께 하라

삼엄하게 도열한 그대들에게 밝게 선포하나니, 신명께서 맹약을 하리라

우리 동맹한 이들아, 희생의 피를 마시는 이 서약을 잊지 말지어다

　이튿날 10월 29일乙亥, 선조는 공신에게 교서를 반사했다. 공신이 작고했을 때는 적장자가 참석하거나 여러 아들 가운데 한 사람이 참석했다. 반사의 의식은 다음과 같았다.

- 액정서掖庭署에서 어좌를 북벽北壁에 설치하여 남향하게 했다. 보안寶案은 어좌 앞에 설치하여 동쪽으로 가깝게 하고 교서안教書案은 보안의 남쪽에 설치했다. 공신축안功臣軸案은 왼쪽, 사물안賜物案은 오른쪽에 두었다. 사마賜馬는 전정殿庭 앞 남쪽 끝에 세워 두었다. 향안香案 2개는 전외殿外에 설치했다.

442

- 좌우 전의典儀가 전정殿庭에 공신위功臣位를 설치했다. 종친직은 따로 위차를 설치했다. 시신侍臣·국왕을 가까이에서 모시는 신하의 위차는 전정의 동서에 설치하고, 전의의 위차는

동쪽 계단 위에 설치했다. 전의·선교관宣教官의 위차는 동계 아래에 설치하고, 찬의贊儀·인의引儀는 서쪽 계단 아래에 설치했다. 또 인의引儀의 위차를 상의常儀와 마찬가지로 문밖에 설치했다.

- 임금의 거둥을 알리는 엄고嚴鼓가 울리자, 병조에서 제위諸衛를 정돈하여 의장을 정계正階와 전정의 동서 안팎에 진설했다. 사복시 정司僕寺正이 소여小輿와 대여大輿의 여연輿輦은 전정의 중도에, 어마御馬도 중도에, 좌우의 장마仗馬는 그 남쪽에 진설했다. 전의가 개독위開讀位를 전계殿階 위에 설치했다. 공신과 시신들은 모두 조당朝堂에 모여 시복時服을 입었다.

- 두 번째 엄고가 울리자, 공신과 시신들이 문밖에 있는 위차로 나아갔다. 호위하는 관원들은 모두 기복器服을 갖추었다. 상서원 관원이 보책寶冊을 받들고 함께 합문閤門 밖으로 나아가 사후伺候했다. 좌통례가 합문 밖에 나아가 부복하고 꿇어앉아 중엄中嚴임을 아뢰자, 국왕은 익선관·곤룡포 차림으로 내전으로 나아갔다. 산선繖扇의 시위는 평상시 의식과 같았다.

- 세 번째 엄고가 울리자, 집사관이 먼저 위차에 나아가고 인의가 시신들을 나누어 인도하여 위차로 나아갔다. 북소리가 그치자, 내문과 외문을 열고 좌통례가 꿇어앉아 모든 것이 정돈되었다는 뜻에서 외판外辦이라 아뢰었다. 국왕이 어연을 타고 산선의 시위를 받으면서 나아갔다. 국왕이 어좌에 오르니 향로에서 연기가 피어 올랐다. 상서원 관원이 산선으로 시위를 받으며 보책을 받들어 보안에 올려 놓았다. 호위관들이 어좌의 뒤와 전내의 동서 위차位次에 들어가 진열했다. 승지가 전내의 동쪽과 서쪽으로 나누어 들어가 부복했다. 사관은 그 뒤에 위치해 있었다.

- 전의가 "네 번 절하고 일어나 평신하시오."라고 하자, 시신들이 모두 국궁하여 네 번 절하고 일어나 평신했다. 그러고 나서 반열로 돌아가 서로 마주 향했다. 인의가 공신들을 나누어 인도하여 들어와서 위차로 나아갔다. 전의가 사배四拜라고 하자, 찬의가 "국궁하여 네 번 절하고 일어나 평신하시오."라고 했다. 공신들이 국궁하여 네 번 절하고 일어나 평신했다. 찬의가 또 찬창贊唱하면, 인의가 공신의 반수班首를 인도하여 동쪽 뜰로 올라갔다. 공신들은 동쪽을 거쳐 축안軸案 앞에 나아

가서 북향했다. 전의가 "궤跪"라고 하자, 공신들이 반수와 함께 축을 받들고 꿇어 앉아 진달했다. 내시가 이를 받아 진상하면 국왕이 열람한 다음 도로 내시에게 주어 축안에 가져다 놓았다. 반수가 부복했다가 일어나서 동편으로 나아가 내려와서 위차로 돌아갔다. 전의도 같이 부복했다가 일어나 평신했다. 공신들도 선교 관과 함께 동편 뜰로 올라가 위차로 나아갔다.

• 전교관傳敎官이 어좌 앞으로 나아가 부복하고 꿇어앉아 전교傳敎라 아뢰고 나서 부 복했다가 일어나 동편을 거쳐 나와 선교관 북쪽으로 나아갔다. 공복을 입은 전교 관 2인이 교서안敎書案을 마주 들고 따랐다. 전교관이 교서를 가져다가 선교관에게 주면 선교관이 꿇어앉아 받아서 전교관展敎官에게 주면 전교관이 서서 펼쳤다. 전 교관이 뜰 가까이에서 서쪽을 향해 서서 곧 선교한다고 말하자, 찬의가 "궤跪"라 고 외쳤다. 공신들이 전교관과 함께 시위侍位로 나아갔는데, 선교관은 선교를 마치 고 부복했다가 일어나 물러나왔다. 전교관展敎官이 교서를 교서안에다 가져다 놓고 는 부복했다가 일어나 물러나왔다.

• 예조정랑이 동편 뜰로 올라와 교서축안 앞으로 나아가 교서를 가지고 왔다. 교서 함은 집사자에게 주었다. 선교관이 부복했다가 일어나 물러나와 내려와서 다시 위차로 돌아왔다. 예조정랑이 앞에서 인도하여 뜰에 내려가 공신들에게 나누어 반사했다. 상도 같이 반사했다. 마친 다음 전의가 "부복했다가 일어나서 네 번 절 하고 일어나 평신하시오."라고 했다. 인의가 공신들을 인도하여 내려와 나아갔다. 사마賜馬는 공신들이 나아갈 때 순차대로 교배를 끌고 나아가게 했다. 시신이 순차 대로 각기 배위에 나아가자 전의가 "사배四拜"라고 했다. 시신 이하 모두가 국궁하 고 네 번 절한 다음 일어나 평신했다. 좌통례가 서편 뜰로 올라가 어좌 앞으로 나 아가 부복하고 꿇어앉은 다음 예가 끝났음을 아뢰었다. 그러고 나서 부복했다가 일어나 내려와서 위차로 돌아갔다.

• 국왕이 어좌에서 내려와 산선繖扇의 시위를 받으면서 대내大內로 돌아갔다. 인의가 시신들 이하를 인도하여 나아갔다. 좌통례가 부복했다가 꿇어앉아 해엄解嚴이라 아뢰면, 병조가 전교를 받들어 의장을 풀었다.

이날 진시辰時·오전 7시부터 9시까지에 선조는 장전帳殿으로 나아가 공신과 공신의 아들들로부터 사배례를 받았다. 삼공신의 반수班首가 각각 녹권을 올리자 선조는 이를 열람했다. 열람을 마치자 신하들은 사배례를 행하고 꿇어앉았다. 예방승지가 허리를 굽혀 상의 앞으로 빨리 가서 선교가 있음을 아뢰고 뜰로 내려가 "유교有教"라 외쳤다. 그리고 삼공신의 별교서別教書를 내어오도록 명하자, 뜰에 있는 사람들은 모두 꿇어앉았다. 홍문관 교리가 별교서를 선독宣讀하자 여러 신하들이 또 사배례를 행했다.

선조는 청난공신의 교서를 반급할 때나 선무공신의 교서를 반급할 때, 그리고 호성공신의 교서를 반급할 때 각각 별도로 교서를 선독했다. 이어서 선조가 공신들에게 공신녹권을 반급하자, 신하들이 또 사배례를 행했다. 이로써 예식이 끝났다.

이때 나누어준 공신회맹록이나 공신녹권은 목활자와 금속활자를 섞어서 사용했다. 규장각에 모두 남아 있다.

유성룡은 호성공신이었지만 선조 37년 10월의 삼공신 회맹연에는 참가하지 않았다. 그래서 선조는 그 이듬해 정월에 특별히 백금을 하사한 것이다.

유성룡은 임진왜란 이전인 선조 23년1590년 5월, 49세에 우의정이 되었고, 종계변무의 공으로 수충익모광국공신輸忠翼謨光國功臣 3등, 풍원부원군豊原府院君에 봉해졌다. 이듬해에는 좌의정이 되었고, 이조판서를 겸했으며, 대제학도 겸했다. 그해 명나라에 왜의 실정을 통보하자고 요청했고, 형조정랑 권율을 의주목사, 정읍현감 이순신을 전라좌수사全羅左水使로 천거했다. 선조 25년1592년에는 특명으로 병조판서를 겸하고 도체찰사가 되었다. 이때 세자 책봉을 건의하여 광해군이 세자가 되었다.

윤국형尹國馨, 1546~1611의 《문소만록聞韶漫錄》에 따르면, 임진년 4월 그믐에 대가임금의수레가 도성 문을 나가서 송일 비를 맞으며 임신상에 이르러 배글 덮을 때, 신조가 정승 유성룡에게 이르기를, "경이 항상 나라의 방비가 소홀하다고 경계하더

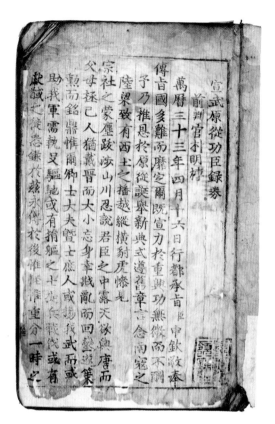

선무원종공신녹권(宣武原從功臣錄券)

선조 38년(1605년) 선무도감 편찬. 서울역사박물관 소
장. 한국학중앙연구원 사진 제공.

임진왜란 때 공을 세운 선무원종공신들에게 공신녹권
을 준 사적을 기록한 책이다. 원종공신은 정식 공신으
로 책봉되지 못했지만 나름대로 공로가 있는 인물들을
지칭한다. 선조는 재위 37년(1604년)에 임진왜란 당시
무공을 세웠거나 명나라에 병량주청사신(兵糧奏請使
臣)으로 가서 성과를 거둔 문무 관원 18명에게는 1604
년에 선무공신의 훈호를 주었다. 그리고 이듬해 선무
공신보다 한 단계 낮은 선무원종공신 9,060명에게 공
신녹권을 주었다. 이들은 왕실 종친부터 아래로는 천
민들까지 두루 망라되어 있다. 선무공신은 공신교서와
공신녹권을 모두 받았지만 선무원종공신들은 공신녹
권만 받았다. 공신녹권에는 공신들 전체의 신상기록과
공적·포상 내용 등이 자세히 기록되어 있다. 공신교
서는 손으로 직접 쓴 두루마리 형태의 개별 문서지만
공신녹권은 활자를 사용해 책자 형태로 발행했다. 선
무원종공신녹권의 책머리에 신흠이 국왕 선교의 전교
를 받들어 하달한 전지가 있고, 공신을 3등급으로 나눠
유공자의 성명·관직·공적 사항 등을 기록했다. 각
등급의 공신에게는 관직을 한 계급씩 올려주고 그 자
손들에게는 음직(蔭職)을 주게 했다. 또한 그 부모에게
는 봉작(奉爵)하고 죽은 자에게는 추증했으며, 기왕의
범죄는 탕감하고 노비들은 면천(免賤)하여 양민이 되
게 했다. 선무원종공신녹권 실물은 국립진주박물관, 국
립광주박물관 등에 10점 이상이 전한다.

니, 마침내 이 지경에 이르렀구려."라고 하면서 눈물을 흘렸다고 한다. 선조가 시
종이 지닌 소주 한 병을, 뱃사공이 지닌 사기 종지로 한 잔씩 돌렸다. 저물녘에
동파역에 이르렀을 때 밤비가 죽죽 내렸으나 사람들이 모두 굶고 잤다. 선조가
먹을 음식도 군사들에게 뺏기게 되어 찬성 최황이 쌀 두 말을 바쳤다고 한다. 선
조는 평양을 떠나 의주로 향하면서, 정승 윤두수에게 성을 지키게 하고, 정승 유
성룡에게는 중국 장수를 영접하게 하고, 병사 이윤덕과 감사 이원익에게는
진鎭에 머물러 방비하도록 했다. 이 이야기는 실은 허목이 작성한 〈서애 유사西厓遺
事〉에 근거를 두고 있는 듯하다.

대가가 의주로 향하던 5월에 유성룡은 개성에서 영의정에 임명되었으나 곧 파직되고, 12월에 평안도 도체찰사가 되었다. 이듬해 정월에는 삼도 도체찰사가 되었다. 그리고 10월에 대가가 환도한 뒤 훈련도감을 설치하기로 했는데, 유성룡은 다시 영의정이 되었다. 선조 27년1594년에는 〈전수기의 십조戰守機宜十條〉와 〈군국기무 십조軍國機務十條〉를 올렸다. 선조 28년1595년, 기축옥사의 신설伸雪을 청했다. 10월에는 경기도·황해도·평안도·함경도 도체찰사가 되었다.

그런데 선조 31년1598년에 명나라의 정응태丁應泰가 경리 양호楊鎬를 무고하는 사건이 일어났다. 9월에 유성룡은 그 사건을 해결하기 위한 진주사가 되었다. 당시 주사 정응태는 양호가 군사들을 못살게 굴어 원망이 많았고, 패배한 것을 숨기고 공으로 삼아 군문軍門·감군監軍과 함께 황제를 기만했다고 무고했다. 명나라 황제는 급사중 서관란徐觀瀾을 파견하여 정응태와 함께 사실을 조사하게 했는데, 이로써 양호는 파직되어 하남河南으로 돌아가고 만세덕萬世德이 그 후임으로 왔다. 유성룡은 병을 이유로 북경에 가는 것을 그만두었으므로, 진주사로 좌의정 이원익이 연경에 갔다. 이때 정응태가 또 조선이 왜와 통하여 임진년에 요동을 침범하려 하다가 도리어 그들의 침입을 받은 것이라고 허위 사실을 말했다. 선조는 이 말이 분해서 왕위를 세자에게 전하겠다고 하고 정사를 보지 않았다. 그러자 지평 이이첨李爾瞻이 앞장서서 유성룡이 연행燕行을 자청하지 않은 것을 탄핵했다. 유성룡에게 원한을 지녔던 정인홍의 문객 문홍도文弘道도 정언으로서, 유성룡이 주화主和했다는 것을 이유로 탄핵했다. 유성룡은 파직되었다가 삭탈관직을 당했으며, 이듬해 하회로 돌아갔다.

선조 35년1602년, 유성룡은 염근리廉謹吏에 선발되고, 선조 36년1603년 3월에 복직되어 부원군이 되었으나, 상소하여 사양하고 치사致仕를 빌었다. 또 그는 그해 7월에 호성공신이 되었지만, 상소하여 녹권에서 삭제해 주기를 청했고, 공신의 초상을 그리려고 화공이 오자 공훈을 사양했다는 이유로 사절하여 보냈다. 선조 38년1605년, 선조는 희맹히는 예를 미치고 교서를 내려 은건銀絹과 승미乘馬를 하사하고, 본도本道로 하여금 장리守令를 시켜 음식을 보내게 했다. 그리고 봉조하奉朝賀의 녹을 주

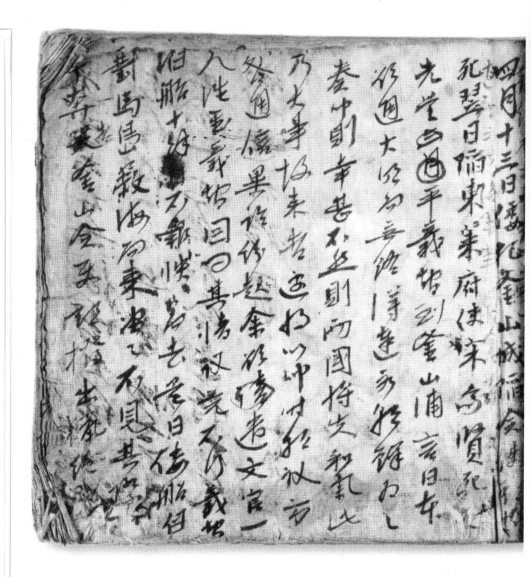

| 징비록(懲毖錄)

유성룡 필사 원본. 풍산류씨 충효당 기탁. 한국국학진흥원 유교문화박물관 전시. 국보 제132호.

임진왜란이 일어난 1592년부터 1598년까지 7년간의 상황을 기록한 것이다. 전란이 끝난 뒤 유성룡이 안동 하회마을 건너 옥연정사에서 집필했다. 유성룡은 58세 되던 선조 32년(1599년) 2월에 하회마을에 와서 집필을 시작해서 63세 되던 선조 37년(1604년) 7월에 마쳤다고 한다. 인조 25년(1647년)에 경상도 관찰사 조수익(趙壽益)은 목판으로 간행했다. 일본에서도 1695년에 교토 야마토야[大和屋]에서 간행했다. 이외에 필사본 이본도 전한다. 징비(懲毖)란 《시경(詩經)》 송(頌) 〈소비(小毖)〉의 "여기징이비후환(予其懲而毖後患)"이란 말에서 따왔다. 원래의 구절은 "내가 잘못을 뉘우쳐 미래의 우환을 대비한다."라는 뜻이다.

懲毖錄者何記黃海事

者言其當亩然以託於下事

之爲此一也託於以不共

二者先守八今處疑矢未旬之

每日於今日天日以之

尾無之結稷民之曰思

己軍上事之誠感勤望之穩

以存卿之御屬以不之則弱于時

因卽其諮以沈必須去而達

자 유성룡은 극구 사양했으며, 세 번이나 불렀으나 모두 사양하고 나아가지 않았다. 그 뒤 거처를 서미동西美洞으로 옮겼다가 다시 하회로 돌아오고는 했다.

유성룡은 임진왜란 7년1592~1598년 동안의 기록을 묶어 그 책을 《징비록》이라고 했다. 징비는 한번 큰일을 당해 혼쭐이 난 뒤 우환을 미리 대비한다는 말로, 《시경》 주송 〈소비小毖〉편에서 나왔다. 그 시에 이런 구절이 있다.

한번 혼쭐이 나고서는, 후환을 미리 대비하노라.
벌을 건드리지 말지어다. 건드리면 쏘이게 되느니라.
애초에 뱁새인 줄 알았더니,
그것이 하늘 높이 나는 맹금인 줄 어찌 알았던가.

予其懲(여기징) 而毖後患(이비후환) 莫予幷蜂(막모병봉)
自求辛螫(자구신석) 肇允彼桃蟲(조윤피도충) 拚飛維鳥(반비유조)

유성룡은 왜적이 침입해서 곤욕을 치른 사실을 잊지 말고 후환에 대비하는 마음가짐을 가져야 한다는 뜻에서 그런 제목을 붙인 것이다. 징비란 말을 다른 식으로 표현하면 "지난 일을 잊지 않는 것이 뒷일의 스승이다.(前事不忘, 後事之師)"라고 할 수 있다.

훗날 정약용은 〈반곡盤谷 정공丁公의 난중일기亂中日記에 제함〉에서 임진왜란의 사실을 다룬 세 기록물, 즉 선산군수 정경달丁景達의 《난중일기》, 유성룡의 《징비록》, 이항복의 《임진록》을 비교하면서, 유성룡의 《징비록》과 이항복의 《임진록》에 대해서는 "온 나라의 대세大勢를 논평하고 팔도의 많은 기무機務를 조정함에 있어서는 그 업적이 위대하다."라고 했다. 정약용은 《징비록》과 《임진록》보다는 정경달의 《난중일기》에 더 관심을 가졌다. 그래서 정경달의 《난중일기》는 "물고기도 놀라고 산짐승도 도망간 상태라든가 비바람을 맞으며 들에서 밥을 해 먹고 지새우는 고초에 대해서는 그 발자취를 선명하게 드러냈으므로, 유익함이 있을 것이다."라고 했다. 정경달의 기록이 전란의 고초를 매우 생생하게 그려내어 그 나름대로 장점이 있다고 한 것이다. 하지만 유성룡과 이항복은 모두 조정의 대신으로서 "혹은 어가를 호종하고 서쪽으로 나아가 진중陣中에서 전략을 짜냈고, 혹은 왕명을 받들고 남으로 내려와 문서상으로 공로를 평가하기도 했으므로" 온 나라의 대세大勢를 논평하고 팔도의 많은 기무機務를 조정함에 있어서는 그 업적이 위대하지 않은 것은 아니다.

유성룡이 임진왜란 때 지은 〈전수기의戰守機宜〉는 뒷날 정조 16년1792년 겨울에 정약용이 화성의 성을 쌓는 안을 마련할 때 참고했다. 이 점은 정약용이 〈전수기의 발문〉에서 밝혀 두었다. 당시 정약용은 여묘살이를 하고 있었는데, 정조가 연신筵臣·경연관을 시켜 국조國朝의 명신名臣들이 성의 제도를 의논해 놓은 것이 있는가를 물어왔다. 그래서 정약용은 유성룡의 〈전수기의〉와 모원의茅元儀의 《무비지武備志》에 기록된 윤경尹耕의 보루에 관한 설을 요약하여 대답했다.

유성룡은 임진왜란 직후 선조 27년1594년에 훈련도감訓鍊都監을 설치하여 무비武備에 힘쓰도록 하는 데 크게 기여했다. 그는 〈훈련도감〉이란 글에서 도감 설치의 연혁에 대해 밝혔는데, 1593년의 환도 후 도성 안의 처참한 광경과 양주·이천 등에 도적이 횡행하는 사정을 기록한 서두 부분은 몹시 가슴을 아프게 한다.

계사년1593년, 선조 26년 10월, 대가가 환도하니 불타다 남은 뒤라서 가시나무들이 성안에 가득하고, 게다가 전염병과 기근으로 죽은 자들이 서로 길에 겹쳐 있으며, 동대문 밖에 쌓인 시체는 성의 높이와 가지런하니[어떤 텍스트에는, 평안도에 사는 중 몇몇이 스스로 모여 도성을 청소하여, 죽은 시체를 성밖에 끌어내어 동대문 밖 오간五間 수구에 버렸는데, 쌓인 시체가 성의 높이와 같은 것이 서너 곳이었다고 되어 있다.] 냄새가 지독하고 더러워 가까이 갈 수가 없었다. 사람들이 서로 먹어서, 죽은 사람이 있으면 삽시간에 가르고 베어 피와 살덩어리가 낭자했다. 상이 용산창에 거둥하시어 창고의 곡식을 내어 방민坊民에게 흩어 주었는데, 곡식은 적고 백성은 많으므로 겨우 한 되나 한 홉의 곡식을 얻을 수 있었다. 또 어공미御供米를 삭감하여 구휼하기 위해 동·서에 진제장賑濟場을 설치했으나 겨우 만분의 일도 구제하지 못했다. 지방은 더욱 심해서 곳곳에서 도적들이 일어났다. 양주에는 극악한 도적 이능수李能水가 있었고, 이천에는 현몽玄夢이 있었으며, 충청도에는 역적의 난이 계속하여 일어났다.

유성룡은 이러한 정황을 기록한 뒤 선조의 명으로 훈련도감을 설치하고 도성 부근의 도적을 퇴치하고 백성들을 구료한 후, 훈련도감의 규모를 확대한 일, 둔전법을 시행하자고 건의했으나 병조가 즉각 시행하지 않아 실패로 돌아간 점 등을 적었다.

그런데 다른 기록에 의하면 훈련도감을 설치하게 된 것은 명나라 장군의 조언과 유성룡 자신의 판단에 따른 것이라고 되어 있다.

임진왜란 때 일본의 도요토미 히데요시가 침략할 때 명나라에서 제독 이여송李如松·이여백李如柏과 남방 출신의 장군 낙상지駱尙志 등이 4만 명의 군대를 거느리고 구원하러 왔다. 명나라 군사가 철수하려 할 때 왜적은 여전히 조선 영토 안에 있었다. 낙상지는 유성룡에게, 조선은 군사력이 약한데 적이 여전히 영토 안에 있으므로 이때 군대를 훈련시키는 것이 급선무라고 하면서, 명나라 군사가 철수하기 전에 기예技藝를 학습시키면 여러 해 동안에 정예가 될 수 있다고 했다. 유성룡은 즉시 행재소에 상주하면서 금군 한사립韓士立으로 하여금 70여 명을 모집하게 하여 낙상지에게 무예를 훈련시켜 달라고 청했다. 낙상지는 부하 장육삼張六三 등을 발탁하여 교사를 삼아서 곤방·등패籐牌·낭선狼筅·장창長鎗·당파鏜鈀·쌍수도雙手刀 등의 기예를 습득시켰다.

곤방은 길이 7척의 막대기 끝에 2촌 길이의 날이 붙어 있어, 치고 누르고 찌르는 무기였다. 등패는 등나무 줄기로 엮어 만든 방패로, 길이 3척 2촌의 칼 또는 길이 7척의 표창을 함께 써서 적을 치고 막았다. 낭선은 길이 1장 5척의 쇠·대나무에 9내지 11층의 가지가 붙어 있었고, 그 가지에 다시 복잡한 가지가 달려 있었다. 장창은 길이 15척의 나무 또는 대나무 자루 끝에 혈조血漕 있는 날을 붙였다. 당파는 길이 7척의 삼지창이었다. 쌍수도는 1척 5촌의 자루에 5척의 날이 붙은 칼로, 날이 한쪽에만 있고 칼등 쪽으로 젖혀져 있었으며, 날의 자루 쪽에 길이 1척의 구리 호인護刃이 있었다.

선조는 군사훈련을 위한 도감을 설치하게 하고, 윤두수尹斗壽에게 그 사무를 주관하게 했다가 얼마 뒤에 유성룡에게 그 사무를 대신하게 했다. 유성룡은 당속미唐粟米 1,000석을 발하여 양식으로 삼게 해 달라고 청했다. 하루에 한 사람에게 두 되씩 주기로 하면서 군인을 모집하니 응모하는 자가 사방에서 모여들었다. 당상관 조경趙儆은, 곡식이 적어 지급할 수 없다는 이유로, 군인 선발의 규칙을 하나 세웠다. 곧, 큰 돌 하나를 놓아두고 응모자들로 하여금 먼저 들게 하여 힘을 시험해 보고, 또 한 길 남짓한 흙 담장을 뛰어넘게 하여, 해내는 자는 선발하고 못하는 자는 거절했다. 사람들이 다 굶주리고 피곤해서 기운이 없으므로 합격하는 자는 열 가운데 한둘이었다. 어떤 사람은 도감문 밖에 있다가 시험을 보려고 했으나 시험을 보지 못하고 그대로 자빠져 엎어져서는 굶어 죽은 자도 있었다.

이여송이 평양을 수복하는 일을 도왔을 때 선조는, 북방 출신 장군들은 호군胡軍을 방어하는 것만 익혔으므로 싸움에 불리했지만 남방 출신 장군들은 척계광戚繼光의 《기효신서紀效新書》에 나오는 왜적 방어법을 사용해서 유리한 것을 알았다. 선조는 그 책을 몰래 구입하게 해서, 유성룡에게 보여 주었다. 유성룡은 종사관 이시발李時發 등과 토론하여 익히고, 또 유생 한교韓嶠로 낭관을 삼아 명나라 장수에게 질문하여 사수射手·포수砲手·살수殺手 등 3수三手의 기술을 단련하는 방법을 가르치며, 부문으로 나누어 연습하게 했다. 1594년에는 또 명나라 교련유격 호대수胡大受를 초청하여 3수를 교수받고자 했다. 이때 한교가 《살수제보殺手諸譜》를 번역하고 또 창법槍法을 유격 허국위許國威에게 질문하여 《후보後譜》를 만들었다.

훗날 영조 35년1759년에는 장헌세자사도세자가 영조의 명으로 18기를 정리했다. 정조는 14년1790년에 24기를 정리하여 《무예도보통지》를 편집했다. 이것들은 모두 훈련도감 때의 살수제보를 기초로 한 것이었다.

유성룡은 또 조총을 가르치려 했으나 화약이 없자, 군기시장軍器寺匠 대풍손大豊孫이

화약을 적에게 공급해서 사형 죄를 저질렀던 것을 특별히 용서하고 염초를 굽도록 했다. 그리고 각 부로 하여금 주야로 쏘기를 연습하게 하여 그 성적을 평가해서 상벌을 실시했다. 유성룡은 선조의 허락을 받아, 군병을 더 모아 1만 명을 채워 5개 영을 설치했다. 또 이덕형으로 하여금 병조판서에다 도감의 사무까지 겸하여 주관하게 하고, 무신 조경趙儆을 대장으로 삼고, 문신 신경진辛慶晉·이홍주李弘冑를 낭관으로 삼았다.

선조 27년 2월 11일경신, 병조판서 이덕형은 칼과 창 쓰는 법을 《기효신서》의 규칙에 맞게 하는 자는 별도로 포상할 것을 청했다. 선조는 칼과 창을 잘 쓰는 자에게는 요미料米를 지급하라고 했다. 4월 11일기미에는 훈련도감이 병졸의 교련도 중요하지만 장수의 교련도 중요하다고 아뢰었다. 즉, 경외를 막론하고 무사들 중에서 군대를 통솔할 만한 자를 찾아내어 부곡을 훈련시키고 진법도 익히게 하여, 대장이나 초관·기대총旗隊摠으로 삼아 평일에는 자기 부하를 자기가 훈련시키고 싸움에 임해서도 자기 군대를 자기가 쓰도록 해야 한다고 건의했다. 선조는 지당하다고 받아들였다. 이튿날인 4월 12일경신에는 습진習陣의 일로 필단 2봉封을 영의정 유성룡에게 내리고 필단 1봉을 병조판서 이덕형에게 내리고, 또 장관將官들도 포상했다.

유성룡의 《서애집》에 따르면, 정유재란 직후인 선조 13년1598년에 명나라 군사의 요청으로 관우를 모신 사당을 건립하게 되었다고 한다. 그해 명나라 군사는 정유재란이 일어난 겨울에 울산의 왜군을 공격하다가 불리하자 이듬해 정월에 퇴각하게 되었다. 당시 유격 진인陳寅이 탄환에 맞아 서울로 돌아와서 치료하면서 숭례문 밖 산기슭에다 사당을 건립하고 관우를 모셨다. 이때 양호楊鎬를 비롯하여 명나라의 장수들이 은을 내어 그 비용을 도왔고, 조선에서도 은으로 도왔다. 낙성식 때는 선조도 친림했으며, 비변사의 관료들이 임금의 행차를 따라 사당에 재배했다. 신상은 흙으로 만들었으며, 얼굴은 진한 대추 같이 붉고, 봉鳳의 눈이며, 수염은 배까지 드리웠다. 좌우에 관우의 양아들 관평關平과 관우의 부하 주창周倉을 소조한 상이 서 있었다.

유성룡은 관왕의 기이한 영험에 대해 이렇게 적었다.

5월 13일에 사당에서 큰 제사를 지냈는데, 이날은 바로 관왕의 생일로 만일 우레나 이상한 것이 있으면 이는 관왕의 신령이 이른 것이라고들 했다. 이날의 일기가 청명하다가 오후에 검은 구름이 사방에서 일어나고 큰 바람이 서북쪽으로부터 불어오며 우레 소리와 아울러 소나기가 오다가 조금 후에 그쳤다. 뭇사람들이 모두 기뻐하며 말하기를, "관왕의 신령이 강림한 것이다."라고 했다. 그 뒤에 또 안동과 성주 두 고을에 관왕묘를 세웠다. 안동에서는 나무를 깎아서 신상을 만들었고, 성주에서는 흙으로 소상을 만들었다. 성주에서는 신령의 이상한 흔적이 현저하게 나타났다고 한다. 얼마 안 되어 도요토미 히데요시가 죽고 주둔해 있던 모든 왜병이 철수했으니, 이것 또한 이치로는 측량하기 어려운 일이다.

옛날에 부견苻堅이 진晉나라를 침범해 왔을 때, 사안謝安은 대장이 징표로 지니는 정절旌節과 깃발과 북을 진열하고 장자문蔣子文의 사당에 가서 빌었다. 그 뒤 사안의 조카 사현謝玄이 부견의 군사를 물리치자, 그것을 두고 "장자문의 신령이 도왔다."라고 하기도 했다. 하물며 관왕의 강대한 기운으로 어찌 신령의 영험이 없었을까 보냐. 관왕묘 앞에 두 개의 긴 장대를 세우고 한 장대에는, '하늘을 돕는 큰 임금[協天大帝]'이라 쓰고, 다른 한 장대에는, '위엄이 중국에 떨쳤다.[威辰華夏]'라고 썼다. 그 글자들이 서까래 같이 굵어 바람 때문에 반공에 휘날려 멀고 가까운 사람들이 모두 쳐다보았다.

또 유성룡은 이런 이야기도 적었다.

서울 서강에 사는 사람들이 어느 날 밤에 모두 놀라 많은 사람들이 산골짜기로 피해 달아나고, 혹은 세간을 싣고 농서로 이사하기도 했다. 서강을 지나던 사람이 그 까닭을 물으니, "밤중에 병마가 서로 죽이는 소리가 들리더라."라고 말하여 서울에

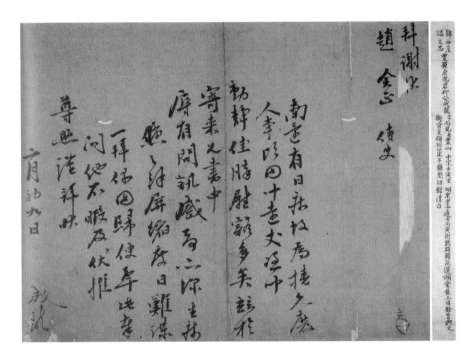

유성룡 간찰
국립중앙박물관 소장. 허가번호[중박 201110-5651].

서 온 사람들이 듣고 서로 놀라고 전파하며 무슨 변이 있지 않을까 의심했다. 그 뒤에 사람들이 의심하기를 이것은 남관왕묘의 신령이 한 일이 아닌가 의심했다 한다.

그런데 그 후 명나라 신종 황제가 4,000금을 무신撫臣 만세덕萬世德에게 부쳐서 서울에 관왕묘를 세우도록 했다고 한다. 그 조서에, "관공의 신령이 본래 중국에 출현했는데, 왜란을 평정하는 사업에서도 뚜렷한 도움을 받았다 하니, 조선에서도 당연히 신주를 모셔야 한다."라는 말이 있었다고 한다. 이 말이 사실이라면, 명나라 황제와 조정은 조선에게 자신들의 신神을 신봉하도록 강요한 셈이다.

조선 조정은 남쪽의 관왕묘와는 별도로 동대문 밖에 땅을 택하여 선조 33년

1600년부터 공사를 시작해 3년 만인 선조 35년1602년 봄에 관왕묘를 준공했다. 이것
이 오늘날의 동묘이다. 소상은 그림의 모양을 따랐고, 중국의 제도를 근거로 삼
아 전각·행랑·문간·쇠종과 북을 100여 칸이나 설치했다. 편액에 쓸 것을 명나
라 조정에 청하여 명나라 황제의 뜻을 받아 '현령 소덕왕 관공의 묘[顯靈昭德王
關公之廟]'라고 했다. 허균許筠이 왕명을 받들어 관왕묘 비문을 지어 올렸으나,
비는 끝내 세우지 않았다.

유성룡은 임진왜란과 정유재란 때 군사의 일을 전담하다시피 하고 왜란 뒤의
국정을 안정시키고자 노력하다가 선조 40년1607년 5월 6일에, 66세로 졸했다. 선
조는 승지를 보내 조문했다.

■ 국왕의 선물 내역

조선의 국왕은 신료, 공신, 종실, 부마, 지방관, 군인, 백성, 귀화인, 외국사절 등에게 필요에 따라 물품을 지급하고 무형의 선물을 하기도 했다. 선물을 내린 이유는 신료의 공로를 인정하고 신료의 공무에 대해 감사하며 유교명분의 실천을 권면하는 한편, 외국인에 대해 국가적 체모를 과시하기 위한 것이었다.

국왕이 선물한 비물질적인 것으로는 연회恩榮宴, 음악, 호, 공신호, 사면, 복호復戶 등이 있다. 이 가운데 사면 등은 통치행위를 가리키는 명기名器로서 규정된다. 하지만 그 경계가 모호한 것도 있다.

국왕의 선물은 통치행위로서의 포상제도와 밀접한 관련이 있다. 또한 한 사람에게만 특별하게 지급하는 것이 아니라 복수의 사람들에게 공로를 인정하여 포상하는 경우가 많다. 공신의 호를 지급하는 것은 그 대표적인 사례다.

그리고 국가적 혼란을 극복했을 때 노고를 아끼지 않은 사람들에게 상하를 불문하고 전부 시상하는 예가 적지 않았다. 수적 장영기張永奇를 잡는 데 공을 세운 사람들에게 포상한 성종 원년 5월의 사례가 대표적이다.

장영기는 무안 출신으로 원래는 어부였는데, 15세기에 전라도 해안에서 수적으로 활동했다. 그가 무뢰한들을 끌어모아 도당이 날로 늘어나자 주변 고을에서 그들을 억제하지 못했다. 세조는 박중선朴仲善에게 명령하여 군사를 거느리고 가서 잡아오게 했다. 박중선이 공적을 이루지 못하자, 세조는 신종호申從濩를 대신 전라 절도사를 삼았다. 장영기 등은 섬을 거점으로 출몰하다가 장흥부長興府 경계에 들어갔다. 부사 김순신金舜臣이 적을 포위했다가, 화살을 맞아 중상을 입자, 신종호는 스스로 군사를 거느리고 달려가 적을 사로잡았다. 전라도의 관찰사·절도사가 장영기를 잡는 데 군공軍功을 세운 125명을 기록해서 계달했다. 마침내 성종 원년1470년 5월 26일계묘에 신숙주·한명회·구치관·최항·조석문·윤자운 등

원상院相들은 다음과 같이 의논했다.

- 절도사 허종許琮, 표리表裏와 안마鞍馬를 하사

  장흥 부사 김순신은 가선대부에 올림

- 1등은 두 계급을 뛰어 올림

  그 가운데 계급이 높아 두 계급을 뛰어 올릴 수 없는 자는 모두 실직實職을 줌

  계궁階窮된 자는 당상관에 올림

  당상관은 안마鞍馬를 하사

- 2등으로서 계궁되지 않은 자는 한 계급을 올림

  계궁된 사람 가운데 전함前銜이 있는 사람은 서용敍用함

  준직准職되지 않은 자는 벼슬을 올림

  당상관은 숙마熟馬 한 필을 하사

  향리鄕吏와 공천公賤은 자신에 한하여 역役을 면제함

  중과 사천私賤은 면포 30필을 줌

- 3등으로서 계궁되지 않은 자는 계급을 올림

  당상관은 아마兒馬 한 필을 줌

  향리와 공천公賤은 5년을 한하여 역을 면제함

  중·백정 및 사천은 면포 15필을 줌

또한 조선의 국왕은 중국에 사신으로 가는 정사에게 특별히 선물을 내렸다. 이를테면 성종은 즉위년1469년 12월 2일신해에 청승습사請承襲使 권감權瑊에게 흑전립黑氈笠 침속향 영자구沈束香纓子具 1개, 아청필단초피이엄鴉靑匹段貂皮耳掩 1개, 아청 필단 초피이엄병모관鴉靑匹段貂皮耳掩幷毛冠 1개, 초서피모관貂鼠皮毛冠 1개, 아청필단 겹원령鴉靑匹段裌圓領 1개, 초피필단허흉貂皮匹段虛胸 1개, 회색주호피오자灰色紬狐皮襖子 1개, 주유과두紬襦裹肚 1개, 주삼 사紬衫兒 2개, 회색주유답호灰色紬襦搭胡 1개, 회색주유질덕灰色紬襦帖裏 1개, 호피리백녹비화전정흑사피투혜구狐皮裏白鹿皮靴氈精黑斜皮套鞋具 1개, 마피유화전정

유투혜구馬皮油靴氈精油套鞋具 1새, 두석 장식豆錫粧飾 3개, 병도자幷刀子 1개, 별인정입모別人情笠帽 100개, 소촉小燭 20병柄, 단도자單刀子 30부部, 선자扇子 50파把, 변아침석邊兒寢席 10장張, 인삼人蔘 30근, 표지表紙 3권卷, 백후도련지白厚搗鍊紙 5권, 백주지白注紙 50권, 책지冊紙 50권, 11새升 흑마포黑麻布 40필, 11새 백저포白苧布 25필, 작설차雀舌茶 1두斗, 곽藿 300근, 다식茶食 2각角, 대계大桂 2각角, 초피貂皮 20장張, 무심필無心筆 100병柄, 유연묵油煙墨 10홀笏을 하사했다. 고부청시사告訃請諡使 송문림宋文琳에게도 또한 차등이 있게 하사했다.

며칠 후 12월 7일병진에는 최근 국가에 일이 많아서 전날 물건을 충분히 하사하지 못했으나 전례에 맞춰 하사물을 더 내린다고 하면서, 청승습사 권감에게 궁시弓矢와 초록주유철릭草綠紬襦帖裏 1개, 낭자囊子 1개, 삼합노구三合爐口 1개, 석탕관石湯罐 1개, 모마장毛馬粧 1부部, 비우제연備雨諸緣을 하사했다. 고부청시사 송문림에게는 궁시와 자주유답호紫紬襦搭胡 1개, 석탕관 1개, 모마장 1부部, 비우제연을 하사했다.

또한 조선의 국왕은 함경도의 도원수에게 각별히 선물을 더했다.

예를 들면 성종은 재위 10년1479년 11월 18일기해, 도원수 윤필상에게 초구貂裘 2령領, 각궁角弓 3장張, 대전大箭 1부部, 건복구鞬服具와 궁전모弓箭帽 각기 2부部, 유둔油芚 2개, 궁현弓弦 10매枚, 결궁녹비結弓鹿皮 5장張, 갑주甲冑 1부部, 장전長箭·편전片箭 각 2부部씩을 하사했다. 또 재위 22년1491년 8월 28일임신에는 도원수 이극균李克均에게 주자소오자紬子小襖子 1개, 호초胡椒 4두斗, 사의蓑衣 1부部, 석웅황石雄黃 1근, 낭자囊子 1개를 하사하고, 부원수 오순吳純에게는 남주겹철릭藍紬裌帖裏, 대홍주유철릭大紅紬襦帖裏 각 1령領씩과 낭자囊子 1개, 궁전건복구弓箭鞬服具를 하사했다.

한편, 매우 드물지만 국왕이 매를 하사한 예도 있다.

곧, 《중종실록》을 보면, 중종 12년1517년 2월 26일임신에, 공상貢上하지 않은 매는 감하도록 하라는 전교가 있는데, 이때 이미 공상된 매는 더러 하사했다고 했다.

한편 국왕은 어제시나 아회도를 하사하기도 했다.

영조는 재위 9년1733년 2월 3일을묘에 봉조하 이광좌가 사은하자, 어제시와 서序를 하사했다. 이광좌는 소론의 문신으로, 영조 4년1728년 이인좌의 난이 평정된 뒤 분무원종공신 1등에 봉해지고, 이듬해 벼슬에서 물러났다가 영중추부사로 복직했다. 영조 6년1730년에는 노론의 민진원과 제휴하여 노론·소론의 연립정권을 세웠다. 영조 9년에 봉조하가 되어 정계에서 물러나게 되자 영조에게 사은했는데, 이때 영조가 어제시를 내린 것이다. 이광좌는 영조 13년1737년에 다시 영의정에 오르지만 박동준朴東俊의 모함을 받자 격분하여 단식하다가 죽었다. 영조 31년1755년의 나주괘서사건 때 관직이 추탈되었다.

국왕이 개최하는 잔치는 공연公讌 가운데서도 군신 사이의 의리를 되새기는 중요한 의식이었다. 국왕은 잔치를 열고, 그 잔치의 광경을 그림으로 그려서 참석자들에게 하사하는 일이 많았다. 심지어 국왕이 되기 전에 동궁으로 있으면서 잔치를 열고 그 광경을 그림으로 그려 참석자들에게 주기도 했다. 최신崔愼이 기록한 스승 송시열의 《어록》에 따르면, 송시열의 좌우座右에 인물을 그린 족자가 하나 있어서 상하의 질서가 정연했다. 최신이 그림에 대해 묻자, 송시열은 다음과 같이 대답했다고 한다.

금상현종께서 춘궁동궁으로 계실 때에 동춘송준길·시남俞榮·유계과 내가 주연胄筵·왕세자의 강론 자리의 시강으로 있었다. 하루는 춘궁께서 술자리를 베푸셨는데, 자리에 모시고 있던 신료들이 각기 잠규箴規가 될 만한 말을 드렸다. 시남은 "저하께서는 선비를 대우하는 도리를 부지런히 하시고 스승 섬기는 예절도 더욱 경건히 하셔야 합니다."라고 했다. 동춘과 나는 "유 아무개의 말이 옳습니다. 신 등이 매우 미천하고 고루하기는 합니다만 초야로부터 와서 외람되이 주연에 모시어 진강進講하고 있으니, 소홀히 대할 수 없습니다. 뒷날에도 오늘의 말씀을 잊으셔서는 안 됩니다."라고 했다. 저하께서는 "공들의 말이 모두 옳으니, 내가 어찌 잊겠는가."라고 하셨다. 조용히 이야기를 나누다가 물러나올 적에는 먹다 남은 진수성찬을 싸가지고 각기 집으로 돌아가게 하셨다. 또 그날의 일을 그림으로 그려 족자를 만들어 각기 하나씩 하사하셨다. '오래도록 그 규간을 잊지 않겠다.'는 뜻을 보이신 것이다.

-《송자대전》 부록 제18권 어록 5

과안過眼한 기록을 통해 조선시대에 국왕이 선물한 물품들을 개괄하면 다음과
같다.

- 옷감, 의복, 복식
어의
옷감
정포(正布)
채단의, 남필단의(藍匹段衣), 필단의, 채단(綵段)
주자소오자(紬子小襖子)
초구(貂裘), 초피오자(貂皮襖子), 초피의(貂皮衣)
초피(貂皮), 호피, 범비, 녹비, 백록비(白鹿皮)
서양포(西洋布)
흑피화(黑皮靴)
철릭[天翼/帖裏], 면주유철릭(綿紬襦帖裏), 대홍주철릭(大紅紬帖裏), 유청필단겹
천익(柳靑匹段袷天益) 자주유철릭(紫紬襦帖裏), 초록주철릭(草綠紬帖裏), 회색
주유철릭(灰色紬襦帖裏), 초록주유철릭(草綠紬襦帖裏), 면주유철릭(綿紬襦帖裏)
자적도련주(紫的擣鍊紬)
남도련주(藍擣鍊紬)
답호(搭胡), 회색주유답호(灰色紬襦搭胡)
백세면포(白細綿布), 11새[升] 흑마포(黑麻布), 11새 백저포(白苧布)
초록필단(草綠匹段), 대홍필단(大紅匹段), 남라(藍羅)
동옷[襦衣]
이엄(耳掩), 아청필단초피이엄(鴉靑匹段貂皮耳掩), 아청필단초피이엄병모관(鴉靑
匹段貂皮耳掩并毛冠)
사의(簑衣)
망건(網巾), 옥환(玉環)을 갖춘 망건

정포(正布), 백저포(白苧布)

금대(金帶)

흑전립(黑氈笠)

침속향 영자구(沈束香纓子具)

초서피 모관(貂鼠皮毛冠)

아청필단겹원령(鴉靑匹段裌圓領)

초피필단허흉(貂皮匹段虛胸)

회색주호피오자(灰色紬狐皮襖子)

주유과두(紬襦裹肚)

주삼아(紬衫兒)

초록토주(草綠吐紬)

호피리백녹비화전정흑사피투혜구(狐皮裏白鹿皮靴氈精黑斜皮套鞋具), 마피유화
전정유투혜구(馬皮油靴氈精油套鞋具)

별인정 입모(別人情笠帽)

서피(鼠皮)

표피(豹皮)

녹피(鹿皮)

• 활, 화살, 무기

활, 궁현(弓弦, 활술), 별조궁(別造弓), 각궁(角弓), 흑각활(黑角弓)

궁시(弓矢), 화살, 장전(長箭), 편전(片箭), 대전(大箭)

유둔(油芚), 결궁녹비(結弓鹿皮)

갑주(甲冑)

건복구(鞬服具), 궁전모(弓箭帽),

• 자리, 우구

유석(油席)

우구(雨具), 유유(油襦)

비우제연(備雨諸緣)

• 말, 안장, 꼴

말, 아마, 숙마, 왜마, 내구마(內廐馬 : 廐馬)

마장(馬裝)

안자(鞍子)

모마장(毛馬粧)

마포교초(麻浦郊草)

• 곡물, 과일, 음식물, 술

콩

녹미(祿米) 곤미(貢米)[쌀]

낙죽(타락죽)

호초(胡椒)[후추]

백자(伯子)[잣]

당유자(唐柚子)

동정귤(洞庭橘), 감귤(柑橘), 황감(黃柑)

작설차(雀舌茶)

곽(藿)[콩], 녹태(祿太)

다식(茶食)

사냥한 짐승,

술(궁온, 내온, 선온, 황봉주), 홍소주(紅燒酒)

생치(生雉)

생선(生鮮)

농포향청(農圃鄕菁)

감자(柑子)

건문어(乾文魚), 건대구어(乾大口魚), 장인복(長引魚), 편포(片脯), 쾌포(快脯)

생세어(生細魚), 생전어(生箭魚), 생대하(生大鰕)

건수어(乾秀魚), 건부어(乾鮒魚), 건광어(乾廣魚)

전복(全鰒)

생선(生鮮)

생록후각(生鹿後脚)

생위어(生葦魚)[생문어]

생장(生獐)

• 소금, 약재

향훈산(香薰散)

청간해울탕료(淸肝解欝湯料)

석웅황(石雄黃)

인삼(人蔘)

전약(煎藥)

향수산(香薷散)[향유가루]

육군자탕열첩생료(六君子湯十貼生料)

• 서적, 역서, 종이, 부채, 자리, 장식, 칼, 관곽, 얼음, 황금 등등

서적

역서(曆書), 책력(册曆)

종이, 표지(表紙), 백후도련지(白厚擣鍊紙), 백주지(白注紙), 책지(册紙)

수촉(小燭)

단도자(單刀子)

선자(扇子)[부채], 절선(節扇), 칠별선(漆別扇), 유별선(油別扇), 백첩선(白貼扇)

변아침석(邊兒寢席), 사장부-유서(四丈付油席), 유석(油席)

대계(大桂), 무심필(無心筆), 유연묵(油煙墨)

붉은 매듭 은립식(銀笠飾)

공작우(孔雀羽)

낭자(囊子), 삼합노구(三合爐口), 석탕관(石湯罐)

관곽

나무[공목(木貢)]

얼음

황금

춘번자삽모

벼루

두석장식(豆錫粧飾), 병 도자(幷刀子)

매

노비, 밭, 저택

석정(石鼎)

기생

• 어제시, 아회도, 초상화

어제시

아회도

초상화

■ 국왕의 하사 사례 : 세조와 성종의 예

《세조실록》과 《성종실록》을 통해, 국왕의 선물 하사 내용이 가장 잘 드러나 있는 세조와 성종 때의 연도별 하사 사례를 살펴보면 다음과 같다.

(1)세조의 하사

• 세조 3년1457년 1월 5일경오, 세조가 세자에게 이르기를, "옛날 당나라 태종이 《제범帝範》을 지어 고종에게 가르쳤으니, 진실로 나라를 다스리는 요령要領인 것이다. 너는 그것을 배워야만 한다."라고 한 뒤에, 마침내 《제범》을 내려 주었다.

• 세조 10년1464년 9월 3일계축, 세종조에 첨지중추원사를 마지막으로 은퇴하여 철원부에 거주하는 검중추檢中樞 한방지韓方至가 이날의 양로연養老宴에 참여하여, 임금의 물음에 답하여 쌀을 얻고자 한다고 소원을 말하자, 임금이 승정원에 명하여 강원도 관찰사에게 치서馳書하여 한방지에게 쌀 5석石을 주게 했다.

• 세조 11년1465년 3월 8일을묘에는 왜인 평무속平茂續에게 쌀 5석을 내려 주었다. 평무속은 왜인이나, 그 어미는 우리나라 고령현 사람으로 고려 말에 사로잡혀 가서 곧 평무속을 낳았으나, 우리나라에 와서 살았다. 그러므로 하사한 것이다.

• 세조 12년1466년 5월 7일정축 정난종鄭蘭宗에게 궁내宮內에 간수한 옥환玉環을 갖춘 망건網巾 1사事를 내어다가 정난종에게 하사하고 동부승지에 임명했다.

5월 25일을미, 임금이 사정전에 나아가서 고령군 신숙주, 상당군 한명회와 의정부·도총부의 당상관, 입직한 위장衛將 등을 불러서 술자리를 베풀게 하고, 또 입직한 내금위·겸사복 등을 불러서 술과 고기를 하사했다.

5월 26일병신, 임영대군 이구李璆의 병이 나으니, 임금이 기뻐하여 인견하고 특별히 말 1필을 하사했다.

6월 3일임인, 형조에 전지하여 윤소훈尹昭訓에게 여러 관사官司의 노비 50구口를 하사하도록 했다.

6월 13일임자, 8도에 《구급방救急方》을 각기 2건씩 하사했다.

6월 19일무오, 좌찬성 최항, 서원군 한계미, 이조판서 한계희, 호조판서 노사신, 한성부우윤 이파, 중추부지사 윤사흔, 도총관 황치신, 위장 권경, 내금위장 민발 등을 불러 술자리를 베풀고, 또 입직한 내금위와 겸사복 등으로 하여금 바둑을 두도록 하여 이긴 사람에게 각궁을 사람마다 1장張씩 하사하고, 여러 종친과 재추에게 명하여 차례대로 술잔을 올리게 했다.

6월 29일무진, 내수소內需所에 전교해서, 윤소훈尹昭訓에게 전장과 전장 관리의 종2호를 하사하라고 했다.

7월 13일임오, 임금이 사정전에 나아가서 상참을 받은 후, 남양군 홍달손, 좌참찬 윤자운, 이조판서 한계희, 호조판서 노사신, 형조판서 홍응, 승지 등을 불러와서 술자리를 베풀었다. 또 첩고疊鼓하여 입번한 군사 2,000여 명을 근정전 뜰에 불러 모아서 술을 하사했다.

7월 19일무자, 발영시拔英試의 은영연恩榮宴을 의정부에서 하사했다.

7월 24일계사, 임금이 강녕전에 나아가서 정인지 등을 대독관對讀官으로 삼아 문신 등이 어제 지은 글을 고열考閱하도록 했다. 하루 전에 세조는 사덕四德·사단四端의 학설로 친히 책제策題를 짓고는, 종친·재추의 문신과 제술 자원자들을 모아 대답하게 했다. 시권試券을 제출한 사람은 30여 인뿐이었다. 이날 세조가 친히 과거의 차례를 매기는데, 중추부 판사 김수온 등 12인을 뽑아서 명칭을 등준시登俊試라 했다. 영순군 이보李溥도 2등에 합격하니, 세조가 어의御衣 1령領을 하사했다. 이어서 좋은 날을 골라 풍정을 올리도록 하고, 또 은문연恩門宴·종친연宗親宴·선생연先生宴·동년연同年宴 등의 잔치를 베풀었다.

7월 26일을미, 등준시의 은영연恩榮宴을 의정부에서 하사했다. 임금이 도승지 신면에게 명하여 선온宣醞을 가지고 가서 홍패와 안마鞍馬 등의 물건을 하사하고, 그대로 남아 잔치를 주관하게 했다.

8월 6일을사, 영순군 이부李溥가 축하연을 그 집에서 베푸니, 임금이 대소 문신들에게 명하여 가서 잔치에 참석하도록 했다. 또 좌승지 윤필상, 좌부승지 이수남, 동부승지 강자평에게 명하여 선온을 가지고 가서 하사하게 했다.

8월 11일^{경술}, 함길도 절도사 강효문康孝文이 하직하니, 임금이 강녕전에 나아가서 고령군 신숙주, 영의정 구치관, 이조판서 한계희, 호조판서 노사신, 예조참판 정난종, 행 호군 이약동 등에게 명하여 입시하도록 하고, 술과 밥을 베풀어 여러 재추宰樞를 접대했다. 그리고 강효문에게 임금이 타는 안자鞍子 1면面·채단綵段 초피의貂皮衣 1령領·이엄耳掩 1사事·마장馬裝·궁시弓矢·우구雨具를 하사하고, 친히 진수鎭守하는 방략方略을 주었다. 또 노사신·한계희·신면·이약동·어세겸 등에게 매를 각기 1련連씩 하사했다.

8월 27일^{병인}, 왕세자가 묘적산妙積山에서 사냥하여 노루와 꿩을 잡아서 임금에게 바치니, 승지 등에게 하사하게 했다.

10월 26일^{갑자}, 군기감의 선상노選上奴가 굶주림과 추위 때문에 입역立役을 할 수가 없어 우는 것을 알고, 의복과 양식을 하사했다.

10월 29일^{정묘}, 신숙주 등을 불러 평안도의 방어에 관한 모든 일을 의논하도록 했다. 신숙주와 노사신 등이 임금의 앞에서 상희象戲를 했는데 신숙주가 이기지 못하니, 내일 벌연을 베풀라 명하고, 술과 음악을 하사했다. 노사신에게도 활과 금낭錦囊을 하사했다.

11월 2일^{경오}, 정인지 등을 불러 생원 유척 등 6인에게 경서를 강하도록 하고, 또 겸사복과 여러 장수들을 불러 사후射侯하게 했다. 등준위의 반희潘熙가 많이 맞혔으므로 내구마 1필을 하사했다.

11월 11일^{기묘}, 중궁의 탄신일이므로 백관이 진하하자, 중궁의 족친 중 가장 연로한 중추부첨지사 이효상李孝常에게 금대金帶를 하사했다.

11월 13일^{신사}, 정인지에게 관비 1명을 하사했다. 앞서 중궁의 탄신연에 정인지가 기생 소천금小千金이 무희巫戲를 추는 것을 좋아하자, 이 기생을 하사한 것이다.

11월 22일^{경인}, 등준시에 합격한 무신 최적崔適 등에게 홍패를 하사하고, 을과 이상에게는 안마鞍馬를 차등 있게 하사했다. 이어서 은영연恩榮宴을 의정부에서 하사하고, 도승지 신면과 좌승지 윤필상을 보내어 선온을 하게 했다.

11월 27일을미, 풍저창豊儲倉의 종 장명長命이 공채公債를 짊어지고 형틀에 묶인 지여러 해에 얼고 굶주림이 날로 심하다는 말을 듣고서 주서注書에게 명하여 전옥典獄에 가서 잡아오게 하여 근인根因을 묻고는 의복을 하사하고 놓아 보내게 했다.

11월 28일병신, 한계미·황치신 등과 여러 군사들을 불러 내원에서 진법을 익히게 했다. 위장 유균과 이형손 등이 진을 치다가 군율을 어기므로 파진罷陣하도록 명하고 사후射侯하도록 하니, 최적崔適이 맞힌 것이 가장 많았으므로 즉시 말 1필을 하사했다. 해가 저물자 술자리를 베풀고 한명회에게 말 1필을 하사했다.

11월 28일병신, 내수소內需所에 전교하여 홍윤성洪允成에게 정포正布 50필을 하사하도록 했다.

12월 4일신축, 임금이 충순당忠順堂에 나아가서 신숙주와 한명회 등을 불러서, 금령禁令을 범한 수령의 죄를 의논하도록 했다. 수령이 대납代納하는 이유를 물으니, 감사監司가 간경도감刊經都監의 관문關文에 의거하여 행이行移하므로 수령들이 감사監司의 말을 어기기가 어려워 금령을 범하게 되었다는 것을 알고, 도감 제조 구치관具致寬의 죄라고 하고, 그에게 벌주罰酒의 술잔을 하사했다.

12월 9일병오, 니마거 올적합尼麻車兀狄哈의 동지중추부사 아인첩목아阿仁帖木兒가 하직하니, 임금이 명하여 빈청賓廳에서 접대하도록 하고, 채단의彩段衣 1령領을 하사했다.

(2)성종의 하사

• 성종 즉위년1469년 12월 2일신해, 청승습사請承襲使 권감權瑊에게 다양한 선물을 내렸다. 고부 청시사告訃請諡使 송문림宋文琳에게도 차등이 있게 하사했다.

12월 7일병진, 청승습사 권감과 고부 청시사 송문림에게 추가로 선물을 내렸다.

12월 14일계해, 예조에서 대마주 태수 종정국에게 보내는 회례 물품의 종류와 수량에 대해 아뢰었다. 백세면주白細綿紬 5필, 잡채화석雜綵花席 5장張, 송자松子 50근, 소주燒酒 30병, 계桂 4각角이다.

12월 25일갑술, 향화向化한 겸사복兼司僕 김상미金尙美를 불러 와서, "이거을가개李巨

乙加介가 죽임을 당한 것은 너희에게는 관계되지 않으니 너희들은 마땅히 안심하여라."라고 한 뒤에, 이내 쌀·콩 합계 6석碩, 종이 30권, 정포正布 3필을 하사했다.

•성종 원년1470년 1월 8일정해, 전 중추부 지사 정척鄭陟이 《효경》 1부를 올리자, 모마장毛馬粧을 하사했다.

1월 30일기유, 난신亂臣 조영달趙穎達의 가사家舍를 영응 대군永膺大君의 부인 송씨에게 하사했다.

•성종 2년1471년 3월 1일갑술, 쌀 40석碩을 봉선사奉先寺에 하사했다.

•성종 3년1472년 9월 18일신해, 후원에 나아가 입직 정병을 불러 사후하게 하여, 많이 맞힌 자 9인에게 아마兒馬 각각 1필씩을 하사했다.

•성종 5년1474년 10월 4일병술, 평안도 조전 절제사 박양신·박성손·박사형·김계종에게 각각 초피 오자貂皮襖子 1벌씩을, 군관들에게 각각 이엄耳掩 1벌씩을 하사했다.

12월 1일임오, 주서注書를 보내 형옥刑獄을 살피고, 어 옥수獄囚들에게 술과 고기를 하사했다.

•성종 6년1475년 6월 25일임인, 사복시에 전지하여 겸사복·내금위에 아마兒馬를 사람마다 각각 1필씩 하사하도록 했다. 모두 245인이었다.

7월 14일신유 평안도·영안도 조전장助戰將들에게 초구 1벌씩을 하사하고, 박성손·박양신에게는 유유油襦·철릭帖裏 각 1벌씩을 하사하도록 상의원에 전지했다.

7월 23일경오, 호조에 전지하여, 예종의 봉보부인 김씨에게 부의로 쌀·콩 합계 50석碩, 종이 100권, 정포正布 40필, 백저포白苧布 3필과 관곽을 하사하게 했다.

7월 26일계유, 호조에 전지하여, 좌부승지 김영견金永堅의 어머니에게 부의로 쌀·콩 합계 15석과 종이 70권을 하사하도록 했다.

8월 6일임오, 평안도 순찰사 어유소가 하직하니 인견하고 옷 1벌領, 사의蓑衣 1벌領, 활 2장張, 화살 2부部, 활줄弓弦과 유석油席 등 물건을 하사했다.

8월 9일을유, 후원에 나아가서 활 쏘는 것을 구경하고, 많이 맞힌 성승석鄭仲石 등에게 활과 화살 등의 물건을 차등 있게 하사했다.

8월 18일갑오, 도체찰사 김질金礩이 하직하니, 마장馬粧과 우구雨具를 하사했다.

8월 25일신축, 모화관에 거둥하여 군대를 사열하고 정유서 등 7인으로 활쏘기를 시험하고, 활과 화살을 차등 있게 하사했다.

10월 16일임진, 강계 갑사로 건주위建州衛에 사로잡혔다가 도망해 돌아온 이중하李仲夏에게 면포 유의綿布襦衣 1령領을 내려 주고, 관찰사에게 유시하여, 5년을 한하여 복호復戶하게 했다.

• 성종 7년1476년 1월 10일 을묘, 공조와 사복시에 전지하여 종묘의 아헌관·종헌관과 의묘懿廟 연은전延恩殿의 헌관에게도 안장을 갖춘 말 1필씩을 하사하고, 진폐찬작관進幣瓚爵官과 전폐 찬작관奠幣瓚爵官과 천조관薦俎官과 예의사禮儀使와 예조참판禮曹參判에게도 말 1필씩을 하사하며, 압책관押冊官, 다섯 승지, 당상집례堂上執禮, 좌우통례左右通禮, 집사들의 계궁階窮한 사람에게 아마 1필씩을 하사하도록 했다.

1월 11일병진, 종부시 제조宗簿寺提調 윤필상尹弼商과 우승지 이극기李克基가 회간대왕懷簡大王의 영정을 선원전에 옮겨서 봉안하니, 윤필상에게 말 1필을 하사하고, 이극기에게 아마 1필을 하사하고, 집사에게 호피虎皮 1장張씩을 하사했다.

1월 13일무오, 이조의 낭관으로서 집사한 사람에게 표피豹皮 1장씩을 하사했다.

2월 12일병술, 별선위사別宣慰使 유지柳輊가 가산嘉山으로부터 와서 복명하자 남필단의藍匹段衣 1령을 하사했다.

2월 13일정해, 의주 선위사義州宣慰使 이파李坡가 와서 복명하니, 초록필단草綠匹段 1필을 하사했다.

2월 14일무자, 도사 선위사都司宣慰使 이육李陸이 와서 복명하니, 필단匹段 1필을 하사했다.

5월 5일정미, 문소전 등에서 단오제를 비롯한 제사를 지내고, 모화관에서 무인의 기예를 관람한 뒤, 많이 맞힌 자에게 활弓과 화살矢, 그리고 표피豹皮 등을 차등 있게 하사했다. 환궁할 때에는 대방 부부인帶方府夫人 송씨의 집에 행차하여 쌀과 콩을 아울러 50석碩을 주게 했다.

5월 11일계축, 승정원에 어서를 내려 시우시時雨詩를 짓게 하고 선온을 하사했다.

5월 13일을묘, 내관 안중경을 보내어 구종직丘從直에게 주육酒肉을 하사하고 이어 노재상에게도 두루 하사했다.

10월 3일계유, 행 부사용行副司勇 황생黃生이 승정원에 나아가 소분장掃墳狀을 올리고, 가난하여 소분하러 가지 못한다고 하소연하자, 말미由와 말馬을 하사하게 하고 또 다음 정사政事 때에 승진시키기로 했다.

10월 21일신묘, 박효원朴孝元 등이 명군병明君屛·선명후암군병先明後暗君屛·현비병賢妃屛의 세 병풍을 바치자, 어의御衣 각각 한 벌씩을 내리고 이어 선온宣醞을 대접했다.

• 성종 9년1478년 3월 3일을축, 기영회耆英會를 훈련원에서 베풀고, 술과 풍악을 하사했다.

• 성종 10년1479년 윤 10월 4일병진, 삼전三殿[세조비世祖妃·덕종비德宗妃·예종 계비睿宗繼妃]에게 진연進宴하고, 부원군 이상에게 음식을 접대하게 했으며, 종친으로 팔계군八溪君 이상과 승정원에 입직한 여러 장수들과 경연관에게 음악을 하사했다.

윤10월 9일신유, 체찰사 어유소魚有沼에게 갑주甲冑·궁시弓矢·의복·잡물을 하사했다.

윤10월 16일무진, 병조·호조·예조·도총부의 당상관과 경연관에게 충훈부忠勳府에서 잔치를 하사했다. 도승지 김승경과 좌승지 김계창과 동부승지 노공필은 선온을 가지고 갔다.

11월 7일무자, 후원에 나아가서 문신의 활 쏘는 것을 구경했다. 윤필상 등이 이기자 활弓을 각기 1장張씩 하사하도록 명했다.

11월 8일기축, 후원에 나아가서 무신의 활 쏘는 것을 구경했다. 박중선朴仲善 등이 이기자 활을 각기 1장씩 하사하도록 명했다.

11월 9일경인, 후원에 나아가서 무신의 활 쏘는 것을 구경했다. 문처경文處敬 등이 이기자 활을 각기 1장씩 하사하도록 명했다.

11월 10일신묘, 이조판서 서거정, 예조판서 이승소 등에게 시폐時弊에 관한 책문의 제목을 내어서 홍문관 관원을 인정전 뜰에서 시험하도록 했더니, 8교 긴긴健이 수위를 차지했으므로, 안장을 갖춘 말鞍馬을 하사했다.

11월 18일기해, 한명회가 다시 서정군을 일으켜 건주위를 치려 하자, 동부승지 이계동李季仝을 보내 평안도 절도사 김교金嶠와 더불어 유방 군사留防軍士를 뽑아서 기다리도록 하라고 명하고, 이계동에게 초구貂裘 1령을 하사했다.

11월 18일기해, 도원수 윤필상尹弼商에게 초구貂裘 2령領, 각궁角弓 3장張, 대전大箭 1 부部, 건복구鞬服具와 궁전모弓箭帽 각기 2부部, 유둔油芚 2개, 궁현弓弦 10매枚, 결궁 녹비結弓鹿皮 5장張, 갑주甲冑 1부部, 장전長箭·편전片箭 각 2부部씩을 하사했다.

11월 21일임인, 우승지 채수蔡壽가, "서정西征의 장수와 군사들에게 동옷襦衣과 이엄耳掩을 하사하려고 하는데, 호조에서 면포綿布로써 주기를 청합니다."라고 하니, 옷을 지어주도록 명했다.

12월 9일경신, 공조정랑 성담년이 병을 치료한다는 내용의 전문을 올려 사직을 청하자, 내약방內藥房의 약재를 하사했다.

12월 12일계해, 겸사복 육한이 하직하니 관찰사 현석규와 함께 서정 군사의 회군을 도우라고 명하고 대홍주 철릭大紅紬帖裏을 하사했다.

12월 15일병인, 도원수 윤필상에게 의복을 받지 못한 군사에게는 면포를 준다고 하서했다. 군사의 수가 당초 1,500~1,600명이라고 알아 의복과 이엄耳掩 2,000 건을 하사했으나, 윤필상의 장계狀啓를 보고 군사 2,958명을 거느리고 들어갔음을 알았다.

12월 20일신미, 도원수 윤필상이 종사관 이감을 보내 전쟁에 승리한 내용의 계본을 헌첩하자, 이감李堪에게 특별히 초록색 유의襦衣와 철릭帖裏 1령領을 하사했다.

12월 24일을해, 이세좌가 교년회에 여악을 정지하도록 청했으나 승정원과 홍문관에서 이미 모임을 갖자, 술과 음악을 하사하고, 이어 사의蓑衣 1부部, 백록비白鹿皮 2장張, 석정石鼎 1사事, 활 4장張을 내어 주었다.

12월 28일기묘, 삼전三殿에 진연進宴하고, 부원군 이상과 활쏘기를 시험한 종친과 승지, 입직한 장수, 경연관·선전관들을 접대하도록 하고, 음악을 하사했다.

12월 30일신사, 평안도절도사 김교金嶠에게 하서하여, 서정에 길을 인도한 강자성姜自成 등에게 면주 유철릭綿紬襦帖裏 1령, 답호搭胡 1령領, 백세면포白細綿布 1필, 각궁角

弓 2장張, 장전長箭과 편전片箭을 각기 1부部씩 하사하고, 최자건崔自乾에게는 별도로 유철릭襦帖裏 1개를 하사하니 대신 전하라고 했다.

• 성종 11년1480년 1월 1일일오, 효령대군의 집에 잔치를 하사하고 도승지 등을 보내 선온을 하사했다.

1월 4일을유, 좌의정 윤필상에게 노비 8명과 안장을 갖춘 말 1필을 하사했다.

1월 8일기축, 서정을 건의한 한명회에게 당표리唐表裏를 하사하도록 상의원에 전지했다.

1월 18일기해, 전 여주목사 최숙정崔淑精이 《사월史鉞》과 《아음회편雅音會編》 등의 책을 바치니, 모마장毛馬粧 1부部를 하사했다.

• 성종 12년1481년 8월 1일계묘, 홍문관원 김흔에게 책문을 잘 지었다고 서양포西洋布 1필과 흑피화黑皮靴를 하사했다.

12월 9일기유, 정시庭試에 장원한 홍문관응교 이명숭에게 말馬 한 필을, 부제학 권건權健에게 아마兒馬 한 필을 하사하게 했다.

12월 14일갑인, 창원군 이성李晟에게 쌀·콩 아울러 20석을 주고, 또 전 이조참판 김계창에게 부의로 쌀·콩 아울러 10석과 종이 60권, 그리고 관곽과 유둔을 하사했다.

12월 18일무오, 사복시에 전지하여, 내관 문중선文仲善에게 왜마倭馬 한 필을 하사하게 했다.

• 성종 13년1482년 1월 7일병자, 사성司成 노자형盧自亨에게 안구마 1필을 하사했다.

1월 12일신사, 후원에서 신료들의 활쏘기를 구경하고 승리한 편에 활 1장씩을 하사했다.

1월 15일갑신, 삼전에 잔치를 올리고 승지들과 입직入直한 제장諸將과 사옹원 제조司饔院提調에게 활을 쏘게 하고 술과 안주를 하사했다.

1월 26일을미, 사복시에 전지하여, 의빈儀賓 홍상洪常에게 안구마 한 필을 하사하게 했다.

2월 9일무신, 궁으로 돌아오다가 월산대군 이정李婷의 집에 거둥하여서 대홍 필단大紅匹段·초록 필단草綠匹段 각 1필과 남라藍羅 3필을 하사했다.

5월 5일계유, 단오절 잔치를 벌여, 내관 조진曹珍을 보내어 선온宣醞을 하사하면서 '단오에 후원에서 사후射侯한다.'는 사운시四韻詩를 어서御書하고 문신이 아니라도 시를 지어 올리라 했다. 비바람 때문에 그만두었으나, 사후에서 이긴 편에 유둔油苞 각각 1장씩을 하사했다.

5월 8일병자, 봉보부인 백씨와 제안대군 이현李琄에게 구마廏馬를 각각 1필씩 하사했다.

5월 29일정유, 야인을 사살한 어모장군 이완李完 및 강계의 군관 김정보金正寶에게 각각 장전長箭 1부部와 활 1장씩을 하사했다.

• 성종 14년1483년 3월 10일임인, 월산대군 이정에게 내구마 1필을 하사했다.

• 성종 22년1491년 7월 22일병신, 후원에서 무신의 활쏘기를 시험하여 1등한 허 감과 박영문에게 별조궁別造弓 1장張과 대전大箭 1부部를 하사했다.

7월 30일갑진, 종척과 재신 1품 이상 등에게 인정전의 동무東廡에서 음식을 접 대하게 하고, 음악도 하사했다.

8월 28일임신, 평안도로 떠나는 좌승지 허침許琛에게 유청 필단 겹천익柳青匹段袨天 益과 자주 유철릭紫紬襦帖裏을 각 1령領씩을 하사하고, 도원수 이극균李克均에게는 주 자 소오자紬子小襖子 1개, 호초胡椒 4두斗, 사의蓑衣 1부部, 석웅황石雄黃 1근斤, 낭자囊子 1 개를 하사下賜하고, 부원수 오순吳純에게는 남주 겹철릭藍紬袷帖裏, 대홍주 유철릭大紅紬 襦帖裏 각 1령領씩과 낭자囊子 1개, 궁전 건복구弓箭鞬服具를 하사했다.

8월 29일계유, 평안도 도원수 이극균李克均이 군관 이석동李石仝을 보내어 고산리 성에서 적을 물리친 전과를 치계하자, 이석동에게 술과 밥을 대접하도록 하고, 초록주 철릭草綠紬帖裏 1령領과 호초胡椒 1두斗를 하사했다.

10월 27일경오, 호조에 전교하여, 정인사正因寺에 봉선사奉先寺의 예에 의하여 쌀 30섬과 면포綿布·정포正布 각각 50필을 하사하게 했다.

6월 9일갑인, 의정부 등의 당상관과 서북면 도원수 등에게 명하여 정벌에 나가 는 군사를 시험하도록 하고, 도승지 정경조鄭敬祖와 좌승지 허침許琛에게 명하여 선온宣醞을 하사하게 했다.

• 성종 23년1492년 3월 3일계유, 보제원普濟院에 기영연耆英宴을 베풀고 도승지 정경조, 좌승지 허침을 보내어 선온을 하사했다.

3월 7일정축, 근일에 비가 내리지 않다가 비가 내리니 승정원에 선온을 하사했다.

■ 하사받은 이후의 예식

(1)사은전 작성과 사은례

국왕으로부터 물품을 하사받은 신하들은 반드시 사은전謝恩箋을 작성하여 올렸다. 도성에 거주할 때는 궁궐로 가서, 국왕의 인견이 있으면 국왕에게 사은의 예를 올리고, 국왕의 인견이 없으면 궁궐의 일정한 곳에서 사은례를 올렸다.

사은전은 고문과는 달리 사육병려체에 가까운 문체를 사용하며, 전고와 미사여구를 많이 사용했다. 물품을 하사받은 데 대한 감사, 국왕 및 국가에 대한 충성의 결의, 국왕을 위한 축수祝壽 등을 주요 내용으로 했다.

한편, 서적을 하사받을 때는 승정원을 통해서 수령하게 되는데, 승정원의 승지가 작성한 내사기를 서적의 표지 안쪽 면에 작성해 받는다. 이 내사기에는 번잡하게 사은의 예를 올리지 않아도 좋다는 '명제사은命除謝恩'의 네 글자가 들어 있다. 곧, 서적을 하사받았을 때는 왕명에 따라 사은의 예식을 올리지 않아도 된 것이다.

(2)기記를 작성하고 생필품과 약재 이외의 하사품은 진장珍藏한다.

국왕으로부터 물품을 하사받으면, 음식물이나 일상용품을 제외하고 지속적으로 보관할 수 있는 물품의 경우에는 그 물품을 하사받은 것을 기념해서 기記를 작성하여 집안에 대대로 전했다. 하지만 하사품도 유전되어 다른 사람의 손에 들어가는 일이 많았다. 이 경우, 하사의 사실과 유전의 내력을 기記에 모두 적어서, 물품을 진장珍藏하기도 했다. 때로는 각閣을 만들어 물품들을 보관했다.

이를테면 고종 21년1884년에 이남규李南珪는 종중의 어른 이응철李應喆이 보관하던 철종의 옥토조원연玉兎朝元研을 증정받고 〈가장 옥토조원연에 대한 기문家藏玉兎朝元研記〉을 작성했다. 이 벼루는 청나라 고종, 즉 건륭제가 쓰던 것인데, 조선에 흘러들어와 철종이 갖고 사용했으며, 철종이 형제간인 익평공자益平公子[은언군恩彦君의 손자]에게 내린 것을 다시 이응철이 얻었다고 한다. 이남규는 벼루의 모양과 명銘에 대해 다음과 같이 자세하게 기록해 두었다.

벼루는 마간석馬肝石의 빛깔을 띤 듯했고 원만하고 광택이 났으며, 두께는 한 치 정도이고 둘레는 에둘러서 두 손 안에 채 차지 않았으며, 평평하고 반듯한 모양에 아무런 꾸밈도 없었다. 벼루의 허리에는 "송나라 옥토조원연을 모방했다(倣宋玉兔朝元硯)."라는 일곱 글자를 새겼으며, 등에는 토끼 모양을 새기고 또 해의 형상도 새겼다. 그리고 가장자리를 빙 돌아가며 명시銘詩 42자를 새겼으며, 그 왼쪽에는 '건륭어명乾隆御銘'이라는 네 글자를 새겼고, 또 그 왼쪽에는 작은 도장을 새겨서 관지款識했다. 새겨놓은 형形과 상象, 볼록글자와 도장의 오목글자 등을 제작한 것이 모두 매우 빼어났다.

이남규는 "나는 다 보고 나서 우뚝 몸을 일으키고는 숙연하여 한참 동안 말을 잃었다."라고 했다. 청나라 황제와 조선 국왕이 사용하던 벼루라서 각별히 숙연한 느낌을 받았던 것이다. 중국으로부터 물건을 받았다는 점에서 사대의 예절이 한결같았음을 알 수 있고, 이 벼루를 이용하여 글씨를 썼으므로 노는 것을 좋아하지 않았다는 것을 알 수 있으며, 이를 공자에게 내려 주었으니 동기간에 베푼 은정을 볼 수 있다고 했다. 곧 예禮와 근謹과 인仁의 덕목을 살필 수 있으므로, 국왕의 덕화德化에 젖어 오랜 시간이 흐르도록 이를 잊지 못하는 것이 당연한 일이라고 했다.

이남규가 이 벼루에서 사대의 예절을 생각한 것은 오늘날 보기에는 사대 관념이 지나치게 강고하다고 할 수 있다. 하지만 당시 사대부들은 궁중의 유물을 보고 국왕의 덕화에 감동하는 것이 상정常情이었다.

국왕의 선물은 관직이나 마찬가지로 공기公器라고 일컬었다. 그것을 어떤 장場에서 어떤 의미로 사용하는가 하는 것은, 국왕의 권력 행사로서 매우 중요한 일이었다.

태조는 동북면에 산재한 조상들의 무덤들을 보살피고 동시에 그 지역의 행정조직을 정비하기 위해 도선무순찰사 정도전에게 동옷을 내렸다. 세종은 선왕의 뜻을 이으면서 두만강을 경계로 하는 강역을 확정하기 위해 함길도 도절제사 김종서를 보내면서, 자신이 입고 있던 홍단의를 내려 주었다. 문종은 병약했지만 총명하고 인자한 군주로서, 부왕의 뜻을 이어 함길도를 안정시키기 위해 상중에 있던 이징옥을 기복시키고 의복을 내려 주었다.

조선의 국왕은 공신과 대관大官, 세신世臣을 대우하여 국가 권력의 기반을 안정시키려고 하였다.

태조는 공신 조준에게 두 번이나 초상을 하사하고 정도전에게 그 찬贊을 짓게 하였다. 태종은 공신 하륜에게 궁중의 의원을 내려 보내어 존문存問하였다. 세종은 강원도 이천의 온천에 행차했을 때 도승지 이승손 등 시종신에게도 온천욕을 하사했다. 세조는 신숙주에게 소주 다섯 병을 부치고 정인지 등 조정 신하들에게 춘번자 삽모를 하사하여 혁명 이후 군신 관계를 새로 맺어나갔다. 예종은 자신의 정권을 유지하기 위해 유자광에게 초구 한 벌을 내려 주고 공신들의 비를 세워 주라고 명했다. 성종은 자신의 장인 한명회에게 압구정시를 내려 주었고, 선왕 이래 서적의 편찬과 문화 창달에 공을 많이 세운 달성군 서거정에게 호피를 하사했으며, 외직에 잠시 나가 있었던 영안도 관찰사 허종에게 보명단을 내려 주었다. 연산군은 좌의정 성준에게 답호를 내려 주어 변함없는 충성을 요구하였으며, 인종도 좌의정 홍언필에게 산증의 처방약을 내려 주면서 왕권을 보호해 주길 기대했다. 중종이 홍문관 수찬 조광조에게 털요 한 채를 내린 일, 명종이 조식에게 약재를 내리면서 상경을 종용한 일, 선조가 원접사로 나가는 이

이에게 호피를 내려 주고 호성공신이면서 향촌에 칩거하고 있는 유성룡에게 백금을 내린 일, 광해군이 자신의 등극에 큰 힘이 되었던 좌의정 정인홍에게 표석을 내린 일, 인조가 이경석에게 황감 열 개를 내린 일, 효종이 성묘하러 가는 김육에게 요전상을 하사한 일, 효종이 세자 시절의 사부 윤선도에게 성균 사예의 벼슬을 주고 역마를 타고 올라오게 한 일과 산림의 거두 송시열에게《주자어류》를 내사한 일, 숙종이 남인의 지도자 허목에게 궤장을 내린 일, 경종이 진주 겸 주청 정사로 중국에 갔다가 돌아오자마자 유배되어 섬에 있던 이건명에게 안구마를 하사한 일, 정조가 세손 시절부터 자신을 보호한 홍국영에게 초피·사모·이엄을 내린 일, 세손 시절의 스승 서명응에게 특별히 고비를 하사한 일, 영조가 이인좌의 난 이후 정국을 안정시킬 방안을 모색하여 자문했던 정제두에게 낙죽을 수시로 내린 일, 정조가 정약용에게《시경》의 문제를 숙제로 내고 규장각의 각신 이만수에게 목극^{나막신}을 하사한 일, 순조가 국구 김조순에게 내구마로 시상한 일, 헌종이 4년 만에 권돈인에게 원보 해임의 청을 들어준 일, 철종이 자신을 옹립하는 데 기여한 정원용의 회혼례에 장악원의 이등악을 내린 일 등등은 국왕의 편에서 현량賢亮한 신하와의 제우際遇를 희원했음을 말해주는 대표적인 사례이다.

국왕은 부마나 종친과의 결속을 다지기 위해서도 노력하여, 그 경우 선물을 크게 활용했다. 영조가 부마 황인점에게 저택을 선물한 것이 그 대표적인 사례이다.

한편 국왕은 문치와 중흥을 위해서도 선물을 활용했다. 태종은 교서관의 홍도연에 궁온宣온을 내려 흥을 돋우어, 이후 국왕이 문한文翰의 관서에서 행하는 공연公讌에 찬조하는 관례를 만들었다. 성종은 독서당의 문신들에게 수정배를 선물했고, 명종은 신하들에게 서총대 연회를 내렸다. 세종은《찬주분류두시》를 편찬케 하고 그 자문에 응한 시승 만우에게 옷을 하사했다. 성종은 주자청 당상관 이유인에게 놋쇠솥을, 천문학원 이지영에게 명주저고리를 하사했다. 인조는《선조실록》을 수정하는 일을 맡은 이식에게 도원의 그림이 그려진 부채를 내렸다. 영조는 기술자 최천약에게 은그릇과 유기그릇을 내려 주었다. 정조는 이덕무에게 웅어와 조기를 내려 주었다.

국왕은 지방 민간의 삶에 대해서도 각별한 관심을 가져, 질병을 퇴치하고 재해를 막거나 지역공동체를 결속시킬 수 있는 방안을 마련하였는데, 그 경우 선물을 자주 활용했다. 곧, 문종은 전염병이 창궐하는 황해도에 벽사약을 내렸고, 예종은 호랑이를 쏘아 바친 적성현 정병에게 동옷 한 벌을 내렸다. 현종은 유랑민을 잘 구호한 광주목사 오두인에게 말을 내려 주었으며, 숙종은 황해도 연안의 이정암 사우에 은액을 하사했다. 영조는 이인좌를 체포한 신길만에게 상현궁을 하사해서 백성들의 충성심을 고취시켰다.

그러나 국왕의 권력이 미약하거나 국왕이 혼암하여 잘못된 선물을 내린 일도 있었다. 정종은 격구에 늘 함께 한다는 이유로 조온에게 말 한 필을 하사했고, 단종은 계해정난 이후 자신의 의지와 상관없이 김충·인평 등의 집을 양녕대군·효령대군 등에게 내려 주었으며, 광해군은 부질없이 종계변무의 일을 재차 거론한 허균에게 녹비 한 장을 내렸다.

조선의 국왕은 외교적으로 국가의 위신을 지키기 위해 갖가지로 노력하였다. 세종은 명나라에 대해 국격에 맞는 사절을 보내라는 무언의 압력으로 《황화집》을 간행하여 명나라 사신에게 증정했다. 성종은 유구 사신을 칭하는 하카다 출신 일본인에게 조선의 토산품을 내려서, 일본, 대마도, 유구와의 외교적 관계를 신중하게 이어나갔다.

광해군은 명나라의 요구로 후금과 전투하러 나가는 강홍립의 군사에게 몸을 덥힐 목면을 하사했다. 인조는 후금의 징병 요구를 거절한 책임을 지고 심양으로 떠나는 최명길에게 갖옷을 내려, 전대專對의 책임을 지웠다. 또한 일본의 에도막부가 일광日光·닛코에 도쿠가와 이에야스의 영혼을 모신 사당에 봉헌할 동종을 요구했을 때, 교린의 의리와 동아시아의 질서를 고려하여 그 요구를 들어 주었다.

대한제국의 고종은 최익현에게 돈 3만 냥을 선물하고, 양무위원 이기에 대한 징계를 사면하는 한편, 일제의 압력으로 퇴위하여 상왕이 되어 있을 때는 유길준에게 용양봉저정을 하사하면서, 국권을 회복하기 위해 다양한 시도를 했다.

하지만 국권을 강제로 빼앗긴 순종은 의병들을 토적으로 규정하고 일본 거주민들을 위문하는 한편, 일본군 주차사령부에 1,000원을 하사하였다. 이때에 이르러 조선 국왕은 국왕의 권력과 국가의 주권을 외세에게 넘겨주었기에, 공기公器를 적절하게 활용하지 못하게 된 것이다. 이로써 조선 500년의 역사는 막을 내렸다.

도판목록

참고문헌

1장 태조, 동북면도선무순찰사 정도전에게 동옷을 내리다

- 《태조실록》 권12, 태조 6년(1397, 정축) 12월 22일(경자), '봉화백 정도전을 동북면 도선무찰리사로 삼는 교서'.
- 《태조실록》 권13, 태조 7년(1398, 무인) 2월 5일(임오), '동북면 도선무순찰사 정도전에게 보내는 서신. 옷과 술을 내려 주다'.
- 태조(太祖), 〈사정도전서(賜鄭道傳書)〉, 《열성어제(列聖御製)》제3책 권1, 서울대학교 규장각, 2002.
- 이규경(李圭景), 〈조선 태조의 어제(御製)와 어용 후서(御容後書)에 대한 변증설[太祖御製御容後書辨證說]〉, 《오주연문장전산고(五洲衍文長箋散稿)》 경사편5 논사류1 논사(論史), 고전간행회본 권29, 1977.
- 이색(李穡), 〈이상의(李商議)가 자기의 자(字)와 거실(居室)의 이름을 지어 달라고 부탁하면서 아울러 자기 아들 가운데 일랑(一郞)의 이름도 부탁하였다. 이에 내가 '계수나무 꽃은 가을에 희고도 깨끗하다.[桂花秋皎潔]'라는 시구를 취해서 그의 자를 중결(仲潔)이라고 지었다. 그리고 계(桂)의 짝으로는 송(松)만 한 것이 없고, 또 공이 중하게 여기는 것은 바로 절의(節義)라고 생각되기에, 그의 거실의 이름을 송헌(松軒)이라고 지었다. 또 삼랑(三郞)의 이름이 방의(芳毅)인 점을 감안해서 일랑의 이름을 모(某)라고 지었으니, 이는 과(果)와 의(毅)는 그 의미가 서로 배합하면서 의존하는 관계를 지니고 있기 때문이었다. 그리고는 다음과 같이 시 한 편을 읊는다[李商議問其字及居室名 又請名其一郞 予取桂花秋皎潔 字之曰仲潔 配桂莫如松 且公所重者節義也 故扁其居曰松軒 三郞之名曰芳毅 故名一郞曰某 果毅相須者也 吟成一篇]〉, 《목은시고(牧隱詩藁)》 권29 시(詩), 한국고전번역원 영인, 한국문집총간3~5, 1988.
- 이색, 〈고려국 증 순성경절동덕보조익찬공신 벽상삼한삼중대광 문하시중판전리사사 완산부원군 삭방도만호 겸 병마사 영록대부 판장작감사 이공 신도비명[高麗國贈純誠勁節同德輔祚翊贊功臣 壁上三韓三重大匡 門下侍中判典理司事完山府院君 朔方道萬戶兼兵馬使 榮祿大夫判將作監事李公神道碑銘]〉, 《목은문고(牧隱文藁)》 권15 비명(碑銘), 한국문집총간3~5, 한국고전번역원 영인, 1988.; 같은 글, 《동문선(東文選)》 권119 비명(碑銘), 한국고전번역원 영인, 1999.
- 정도전(鄭道傳), 〈사실(事實)〉, 《삼봉집(三峰集)》 권14 부록(附錄), 한국문집총간5, 한국고전번역원 영인, 1988.
- 이상백, 〈서얼차대의 연원에 관한 일문제〉, 《진단학보》1, 진단학회, 1934.
- 이태진, 〈서얼차대고〉, 《역사학보》27집, 역사학회, 1965.
- 한영우, 《정도전사상의 연구》, 서울대출판부, 1983.
- 한영우, 《조선전기사회사상연구》, 을유문화사, 1983.
- 배현숙, 《조선실록 연구서설》, 태일사, 2002.
- 이성무, 《조선국왕전》, 청아출판사, 2012.

2장 태조, 공신 조준에게 화상을 하사하다

- 《태종실록》 태종 5년(1405, 을유) 6월 27일(신묘), '영의정부사 평양 부원군 조준의 졸기'.
- 정도전(鄭道傳), 〈조정승준진찬(趙政丞浚眞贊)〉, 《삼봉집(三峰集)》 권4 찬(贊), 한문문집총간5, 한국고전번역원 영인, 1988.

3장 정종, 격구에 능한 조온에게 말 한 필을 하사하다

- 《정종실록》 권1, 정종 1년(1399, 기묘) 1월 19일(경인), '조박이 임금이 격구 즐기는 것을 근심하여 말하다'.
- 《정종실록》 권2, 정종 1년(1399, 기묘) 8월 4일(신축), '조온·정남진·조진이 날마다 임금과 격구하였으므로 각각 말 1필을 하사하다'.

- 《용비어천가》, 아세아문화사 영인, 1972.
- 이윤석, 《완역 용비어천가》, 효성여자대학교 한국전통문화연구소, 1992.
- 김성칠 · 김기협, 《역사로 읽는 용비어천가》, 들녘, 1997.
- 이영훈, 〈조선 초기 5결자호의 성립과정 ―'조온공신전사여문서(趙溫功臣田賜與文書)'를 중심으로―〉, 《고문서연구》 12권, 한국고문서학회, 1998.
- 정형호, 《한국 마상격구의 역사와 전승》, 2002.

4장 태종, 교서관의 홍도연에 궁온을 내리다

- 《태종실록》 권3, 태종 2년(1402, 임오) 2월 28일(신사), '교서관의 홍도연에 궁온을 내리다'.
- 《태종실록》 권13, 태종 7년(1407, 정해) 3월 24일(무인), '길창군 권근이 권학에 대한 조목을 아뢴 상서문'.
- 서거정(徐居正), 《필원잡기(筆苑雜記)》 권2, 《대동야승(大東野乘)》 수록, 한국고전번역원, 1971.
- 성현(成俔), 《용재총화(慵齋叢話)》 권1, 《대동야승(大東野乘)》 수록, 한국고전번역원, 1971.
- 최립(崔岦), 〈교정청선온사전(校正廳宣醞謝箋)〉, 《간이집(簡易集)》 권1 표전(表箋), 한국문집총간49, 한국고전번역원 영인, 1988.
- 최한기(崔漢綺), 〈문(文)으로 취사(取捨)하는 것[以文取捨]〉, 《국역 인정(人政)》 권17 선인문(選人門) 4, 한국고전번역원, 1980~1982.
- 심우준, 《내사본판식 · 고문서투식연구》, 일지사, 1990.
- 이의강, 《국역 순조무자진작의궤》, 보고사, 2006.
- 국립중앙박물관, 《교서관인서체자 : 조선의 금속활자》, 2007.
- 김성수 · 이승철, 〈교서관의 기능과 조직 및 인쇄활동〉, 《조선시대 인쇄출판 기관의 변천과 발달》, 청주고인쇄박물관, 2008.

5장 태종, 공신 하륜에게 궁중 의원을 내려 보내다

- 《태종실록》 권12, 태종 6년(1406, 병술) 윤7월 4일(신유), '익명서로 인해 좌정승 하륜이 전을 올려 사직코자 했으나 허락치 않다'.
- 《태종실록》 권32, 태종 16년(1416, 병신) 10월 23일(신사), '진산 부원군 하륜이 자신의 병세를 알리는 내신을 보내다'.
- 《태종실록》 권32, 태종 16년(1416, 병신) 11월 6일(계사), '진산 부원군 하륜의 졸기'.
- 《단종실록》 권1, 단종 즉위년(1452, 임신) 5월 25일(정사), '행 부사정 임원준이 의학의 편의를 진달하다'.
- 김흔(金訢), 〈강활유풍탕을 하사하신 것에 사례하는 전(謝賜姜活愈風湯箋)〉, 《안락당집(顔樂堂集)》 권2 잡저(雜著), 한국문집총간15, 한국고전번역원 영인, 1988.; 같은 글, 《속동문선(續東文選)》 권11 전(箋), 경희출판사 영인, 1970.
- 하륜(河崙), 〈유정평사은소(留定平謝恩疏)〉 제1, 제2, 제3, 《호정집(浩亭集)》 권2 소(疏), 한국문집총간6, 한국고전번역원 영인, 1988.
- 김구진(金九鎭), 〈정도전과 하륜―숙명적 맞수〉, 《신동아》, 동아일보 매거진, 1997년 11월호.
- 三木 榮, 《朝鮮醫學史及疾病史》, 思文閣出版, 1991(復刊).

6장 세종, 시승 만우에게 옷을 하사하다

- 《세종실록》 권31, 세종 8년(1426, 병오) 1월 21일(병진), '강주승 만우와 간경승 정순을 엄중 처단하자는 사헌부의 청을 윤허하지 않다'.

- 《세종실록》 권100, 세종 25년(1443, 계해) 4월 27일(임자), '회암사 주지승 만우를 흥천사로 이주토
  록 하고 녹을 공급토록 하다'.
- 성현(成俔), 《용재총화(慵齋叢話)》 권6, 《대동야승(大東野乘)》 수록, 한국고전번역원, 1971.
- 이색(李穡), 〈설산기(雪山記)〉, 《목은문고(牧隱文藁)》 권6 기(記), 한국문집총간3〜5, 한국고전번역
  원 영인, 1988.; 같은 글, 《동문선(東文選)》 권75 기(記), 한국고전번역원 영인, 1999.
- 이색, 〈천봉설(千峯說)〉, 《목은문고(牧隱文藁)》 권10 설(說) ; 같은 글, 《동문선(東文選)》 권97 설(說)
- 이색, 〈송봉상인유방서(送峰上人遊方序)〉, 《목은문고》 권9 서(序)
- 범해(梵海) 찬(撰), 김윤세(金侖世) 역, 《동사열전(東師列傳)》, 광제원, 1991.
- 함허(涵虛) 술(述), 송재운 역, 《유석질의론(儒釋質疑論)》, 현대불교신서 51, 동국대학교 불전간행위
  원회, 1984.
- 함어, 《함허당득통화상어록(涵虛堂得通和尙語錄)》, 《한국불교전서》, 동국대학교출판부, 1979.
- 함어, 《함허당득통화상현정론(涵虛堂得通和尙顯正論)》, 《한국불교전서》, 동국대학교출판부, 1979.
- 권연웅, 〈세조대의 불교정책〉, 《진단학보》75, 진단학회, 1993.
- 김영태, 〈설잠 당시의 대불교정책과 교단사정〉, 강원대학교 인문과학연구소 편, 《매월당학술논총 :
  그 문학과 사상》, 춘천문화방송, 1988.
- 김영태, 〈조선 초 기화의 염불정토관〉, 《한국불교학》15, 한국불교학회, 1990.
- 김창규, 〈別曲體歌硏究〉, 《국어교육연구》3, 국어교육학회, 1971.
- 김창규, 〈涵虛堂攷〉, 《東洋文化》6 · 7, 1968.
- 박호남, 〈涵虛堂 得通의 顯正思想 硏究 : 加平郡〈懸燈寺誌〉와〈顯正論〉을 중심으로〉, 《기전문화
  연구》, 인천교대 기전문화연구소, 1986.
- 배상현 , 〈이태조의 불교정책과 정도전의 배불론 : 心氣理篇을 중심으로〉《연구논집》, 동국대학교
  대학원, 1977.
- 송석구, 《한국불교사의 재조명》, 불교신문사, 1994.
- 심경호, 《조선시대 한문학과 시경론》, 일지사, 1999.
- 안계현, 《한국불교사상사연구》, 동국대학교, 1983.
- 이봉춘, 《조선 초기 배불사 연구 : 왕조실록을 중심으로》, 동국대 박사학위논문, 1991.
- 이영춘, 〈정도전의 불교 비판론〉.
- 이인혜, 〈己和의 禪宗永嘉集科注說〉, 동국대 석사학위논문, 1989.
- 이철헌, 〈己和의 顯正論 硏究〉, 동국대 석사학위논문, 1989.
- 채상식, 〈성리학과 유불교체의 사상적 맥락〉, 《역사비평》24, 역사문제연구소, 1994.
- 최병헌, 〈조선시대 불교법통설의 문제〉, 《한국사론》19, 서울대 국사학과, 1988.
- 한기두, 《한국선사상연구》, 일지사, 1991.
- 한우근, 《유교정치와 불교 : 여말선초 대불교시책을 중심으로》, 일조각, 1993.
- 한종만, 〈여말선초의 배불호불사상〉, 《불교학보》8, 동국대학교 불교문화연구소, 1975.
- 허흥식, 《한국중세불교사연구》, 일조각, 1994.

7장 세종, 함길도 도절제사 김종서에게 입고 있던 홍단의를 내려 주다

- 《세종실록》 권68, 세종 17년(1435, 을묘) 4월 13일(갑인), '함길도 도절제사 김종서가 잠시 돌아오니
  홍단의를 내려주다'.
- 《세종실록》 권68, 세종 17년(1435, 을묘) 4월 25일(병인), '함길도 도절제사 김종서가 하직하니 불러
  갑산의 읍성 축조를 상의하다'.
- 《세종실록》 권71, 세종 18년(1436, 병진) 1월 21일(정해), '상제를 마치게 해 달라는 김종서의 상소'.
- 《세종실록》 권78, 세종 19년(1437, 정사) 8월 6일(계해), '김종서에게 4진의 형세와 앞으로의 추세를
  보고하게 하다'.

- 《세종실록》 권90, 세종 22년(1440, 경신) 7월 5일(을사), '김종서에 대한 문책을 논의케 하다'.
- 권별(權鼈), 《해동잡록(海東雜錄)》 권2 본조(本朝), 《대동야승(大東野乘)》 수록, 한국고전번역원, 1971.
- 김상헌(金尙憲), 〈군사를 기르고 장수를 선발하기를 청한 차자[請養兵選將箚]〉, 《청음집(淸陰集)》 권19 소차(疏箚), 한국문집총간77, 한국고전번역원 영인, 1988.
- 유성룡(柳成龍), 〈좌상(左相) 김종서(金宗瑞)의 건치육진소(建置六鎭疏) 뒤에 씀[書金左相建置六鎭疏後]〉, 《서애집(西厓集)》 권18, 발(跋), 한국문집총간52, 한국고전번역원, 1988.
- 이유원(李裕元), 〈변방의 방비[備邊]〉, 《임하필기(林下筆記)》 권10 전모편(典謨編), 성균관대학교 대동문화연구원 영인, 1961.; 〈육진(六鎭)의 설치[六鎭設置]〉, 《임하필기》 권20 문헌지장편(文獻指掌編)〉; 《국역 임하필기》, 한국고전번역원, 1999~2000.

8장 세종, 도승지 이승손에게 온천욕을 하사하다

- 《세종실록》 권90, 세종 22년(1440, 경신) 8월 27일(병신), '온정 찾는 일에 전력할 것을 예조에 전질하다'.
- 《세종실록》 권95, 세종 24년(1442, 임술) 3월 16일(정축), '온정에 이르다.흉작과 역사로 백성의 수고로움이 크다'.
- 《세종실록》 권95, 세종 24년(1442, 임술) 3월 18일(기묘), '온정에 거둥할 때의 진상을 금하였는데 이를 어긴 정분에게 전지하다'.
- 《세종실록》 권96, 세종 24년(1442, 임술) 6월 16일(을사), '눈병으로 세자로 하여금 서무를 보게 하려는 뜻을 여러 승지에게 이르다'.
- 《세종실록》 권101, 세종 25년(1443, 계해) 8월 29일(신해), '이승손 등이 온천거둥을 건의하다'.
- 《세종실록》 권125, 세종 31년(1449, 기사) 8월 25일(임신), '형조 판서 이승손이 사직하는 상서'.
- 권람(權擥), 〈어버이를 뵙기 위해 진산으로 가는 영상 강맹경을 전송하는 글[送領相姜 孟卿 歸覲晋山序]〉, 《동문선(東文選)》 권94 서(序), 한국고전번역원 영인, 1999.
- 성현(成俔), 《용재총화(慵齋叢話)》 권9, 《대동야승(大東野乘)》 수록, 한국고전번역원, 1971.
- 신숙주(申叔舟), 〈제대사헌이공사욕온천시권후(題大司憲李公賜浴溫泉詩卷後)〉, 《보한재집(保閑齋集)》 권16 제발(題跋), 한국문집총간10, 한국고전번역원 영인, 1988.
- 하연(河演), 〈승지 이승손이 상께서 이천으로 행하시는 것을 모시고 갔다가 병이 있음을 말씀 드리고 온정에서 목욕하게 해 달라고 청하자 상께서 허락했다. 승지 김요가 시를 올렸는데, 나는 압운의 글자를 뽑아 온(溫)자가 나왔다[李承旨【承孫】隨駕伊川行辛 告病請浴溫井 上許之 金承旨【銚】贈詩 余占溫字]〉, 《경재집(敬齋集)》 권1 시, 한국문집총간8, 한국고전번역원 영인, 1988.
- 하연, 〈하사욕강녕(賀賜浴康寧)〉, 《경재집》 권1 시.

9장 세종, 중국 사신에게 《황화집》을 선물하다

- 《황화집(皇華集)》 1~8, 台北: 珪庭出版社 영인, 1978.
- 성현(成俔), 《용재총화(慵齋叢話)》 권1, 《대동야승(大東野乘)》 수록, 한국고전번역원, 1971.
- 이유원(李裕元), 〈중국사신은 일대 명인[天使一代名人]〉, 《임하필기(林下筆記)》 권17 문헌지장편(文獻指掌編), 성균관대학교 대동문화연구원 영인, 1961.;《국역 임하필기》, 한국고전번역원, 1999~2000.
- 심경호, 《조선시대 한문학과 시경론》, 일지사, 1999.
- 오항녕, 〈조선 세종대 '자치통감사정전훈의'와 '자치통감강목사정전훈의'의 편찬〉, 《태동고전연구》16, 한림대 태동고전연구소, 1998.

10장 문종, 함길도 도절제사 이징옥을 기복시키고 의복을 내려 주다

- 《문종실록》 권4, 문종 즉위년(1450, 경오) 11월 18일(무오), '함길도 도절제사 이징옥이 변방의 정세를 비밀히 상서하다'.
- 《문종실록》 권9, 문종 1년(1451, 신미) 9월 12일(정미), '이징옥을 기복하니 전문을 올려 의복을 내려 준 것을 치사하다'.
- 《세종실록》 권75, 세종 18년(1436, 병진) 11월 27일(무오), '이징옥에게 인후와 자애로 사람을 복종시키도록 전지하다'.

11장 문종, 전염병이 창궐하는 황해도에 벽사약을 내리다

- 《문종실록》 권9, 문종 1년(1451, 신미) 9월 5일(경자), '임금이 친히 악질을 구료하는 의를 지은 내용'.
- 《문종실록》 권9, 문종 1년(1451, 신미) 9월 28일(계해), '황해도와 개성 및 경기의 각 고을에 행할 여제의 제문을 친히 지어 내리다'.
- 《문종실록》 권10, 문종 1년(1451, 신미) 10월 9일(갑술), '황해도 감사가 황주의 구폐 조건을 아뢰다'.
- 신흠(申欽), 《상촌잡록(象村雜錄)》, 《대동야승(大東野乘)》 수록, 한국고전번역원, 1971.
- 최숙정(崔淑精), 〈극성회고(棘城懷古)〉, 《소요재집(逍遙齋集)》 권1 시, 한국문집총간13, 한국고전번역원, 1988.
- 심경호, 《한시기행》, 2005.

12장 단종, 김충 · 인평 등의 집을 양녕대군 · 효령대군 등에게 내려 주다

- 《단종실록》 권14, 단종 3년(1455, 을해) 4월 9일(갑신), '김충 · 인평 등의 집을 양녕 대군 · 효령 대군 등에게 내려 주다'.
- 《세조실록》 권47, 세조 14년(1468, 무자) 9월 6일(임술), '계유년의 난신에 연좌된 사람들을 방면하다'.
- 윤근수(尹根壽), 《월정만필(月汀漫筆)》, 《대동야승(大東野乘)》 수록, 한국고전번역원, 1971.
- 성현(成俔), 《용재총화(慵齋叢話)》 권5, 《대동야승(大東野乘)》 수록, 한국고전번역원, 1971.
- 심경호, 《김시습평전》, 돌베개, 2003.

13장 세조, 신숙주에게 소주 다섯 병을 부치다

- 《세조실록》 권31, 세조 9년(1463, 계미) 10월 2일(정해), '신숙주 · 최항이 어제유장 3편을 주해하여 바치다'.
- 《세조실록》 권33, 세조 10년(1464, 갑신) 7월 4일(을묘), '신숙주에게 계책을 써서 벌연을 베풀게 하다'.
- 《세조실록》 권38, 세조 12년(1466, 병술) 4월 15일(을묘), '《시경》에 대해 대신들이 쟁론하다'
- 세조(世祖), 〈비빙가를 지어 신숙주에게 하사하다[作飛氷歌 賜申叔舟]〉, 《열성어제(列聖御製)》 제4책 권3, 서울대학교 규장각, 2002.
- 《병정(兵政)》, 아세아문화사 영인, 1986.
- 서거정(徐居正), 〈남원군가승기南原君家乘記〉, 《눌재집(訥齋集)》 수록, 한국문집총간9, 한국고전번역원 영인, 1988.
- 성현(成俔), 《용재총화(慵齋叢話)》 권6, 《대동야승(大東野乘)》 수록, 한국고전번역원, 1971.
- 이익(李瀷), 《해동악부(海東樂府)》, 《성호전집(星湖全集)》 권8, 한국문집총간198~200, 한국고전번역원, 1997.; 이민홍 역, 《해동악부》, 문자향, 2008.
- 최항(崔恒), 〈진어제병장설전(進御製兵將說箋)〉, 《동문선(東文選)》 권44 표전(表箋), 한국고전번역원 영인, 1999.

- 세조(世祖) 찬 ; 신숙주(申叔舟) 주해, 《병장설(兵將說)》, 훈련도감자 목활자본, 서울대학교규장각 한국학연구원.

14장 세조, 정인지에게 춘번자 삽모를 하사하다

- 《세조실록》 권40, 세조 12년(1466, 병술) 12월 22일(기미), '정인지 등에게 주연을 베풀고 춘번자 삽 모를 하사하다'
- 《광해군일기》 권111, 광해군 9년(1617, 정사) 1월 3일(기사), '춘번자의 태만함을 엄히 다스리도록 하다'
- 김극기(金克己), 〈춘번과 채승(綵勝)을 하사함을 사례하는 표[謝春幡勝表]〉, 《동문선(東文選)》 권35 표전(表箋), 한국고전번역원 영인, 1999.
- 김종직(金宗直), 〈춘번자를 언승에게 바치다[春幡子呈彦升]〉, 《점필재집(佔畢齋集)》 권9 시, 한국문 집총간12, 한국고전번역원 영인, 1988.
- 성현(成俔), 《용재총화(慵齋叢話)》 권2, 권10, 《대동야승(大東野乘)》 수록, 한국고전번역원, 1971.
- 송시열(宋時烈), 〈춘번(春幡)을 반납(反納)하고 진계(陳戒)하는 차재[箚子][還納春幡陳戒箚]〉, 《송자 대전(宋子大全)》, 한국문집총간108~116, 한국고전번역원 영인, 1988.

15장 예종, 유자광에게 초구 한 벌을 내려 주다

- 《예종실록》 권2, 예종 즉위년(1468, 무자) 11월 6일(임술), '남이의 집을 유자광에게 내려 주다'.
- 《예종실록》 권2, 예종 즉위년(1468, 무자) 11월 10일(병인), '무령군 유자광에게 초구 1령을 내려 주다'.
- 《예종실록》 권2, 예종 즉위년(1468, 무자) 12월 1일(정해), '익대 공신 유자광 등에게 내구마 각 1필과 표리 · 백금을 내려 주다'.
- 권별(權鼈), 〈유자광(柳子光)〉, 《해동잡록(海東雜錄)》 권4 본조(本朝), 《대동야승(大東野乘)》 수록, 한국고전번역원, 1971.
- 김정국(金正國), 《사재척언(思齋摭言)》, 《정가당본대동패림(靜嘉堂本大東稗林)》 수록, 국학자료원 영인, 1991.
- 유몽인(柳夢寅), 《어우야담(於于野談)》, 통문관 영인, 1960.; 신익철 외 옮김, 《어우야담》, 돌베개, 2006.
- 이자(李耔), 〈계유년에 홍문관에서 유자광의 익대 훈록을 도로 삭제하기를 청하는 소[癸酉弘文館 請還削柳子光翊戴勳錄疏]〉, 《음애일기(陰崖日記)》, 《대동야승(大東野乘)》 수록, 한국고전번역원, 1971.
- 이정형(李廷馨), 〈본조선원보록(本朝璿源寶錄)〉, 《동각잡기(東閣雜記)》상(上), 《대동야승(大東野乘)》 수록, 한국고전번역원, 1971.

16장 예종, 공신들의 비를 세워 주라고 하다

- 《예종실록》 권5, 예종 1년(1469, 기축) 5월 20일(계묘), '임금이 경회루에 나아가 익대 공신에게 교 서를 내리고, 술을 내려 주다'.
- 민정중(閔鼎重), 〈전세를 면하고 또 공신비역을 정지할 것을 청하는 차재[請免田稅且停功臣碑役 箚]〉, 《노봉집(老峯集)》 원4 소차(疏箚), 한국문집총간129, 한국고전번역원 영인, 1994.
- 성현(成俔), 《용재총화(慵齋叢話)》 권4, 《대동야승(大東野乘)》 수록, 한국고전번역원, 1971.
- 윤회(尹淮), 〈정사공신비음기(定社功臣碑陰記)〉, 《호정집(浩亭集)》 권4 수록, 한국문집총간6, 한국고 전번역원 영인, 1988.
- 이색(李穡), 〈남순부부모묘표(金純夫父母墓表)〉, 《목은문고(牧隱文藁)》 권6 묘지명(墓誌銘), 한국문 집총간3~5, 한국고전번역원 영인, 1988.

- 이의현(李宜顯), 〈도협총설(陶峽叢說)〉, 《도곡집(陶谷集)》 권28 잡저(雜著), 한국문집총간180~181, 한국고전번역원 영인, 1996.
- 정도전(鄭道傳), 〈염의지묘(廉義之墓)〉, 《삼봉집(三峰集)》 권4 묘표(墓表), 한국문집총간5, 한국고전 번역원 영인, 1988.

17장 예종, 호랑이를 쏘아 바친 적성현 정병에게 동옷 한 벌을 내리다

- 《성종실록》 권16, 성종 3년(1472, 임진) 3월 20일(병진), '병조에서 범을 잡는 조건을 아뢰다'.
- 《만기요람(萬機要覽)》, 〈군정편(軍政篇)〉3, 경인문화사 영인, 1979.; 《국역 만기요람》, 한국고전번역 원, 1971.
- 김종직(金宗直), 〈시월 십팔일에 남림에서 호랑이를 사냥했는데, 호랑이가 화살 셋을 맞은 가운데 화살 하나는 그 배를 관통하였다. 날이 저물자 사졸들로 하여금 포위하여 지키게 하였는데, 닭이 울자 호랑이가 포위망을 뚫고 달아났으므로, 마침내 이 시를 짓다[十月十八日獵虎於南林虎中三 箭而一箭洞其腹日暮令士卒圍守雞鳴虎突圍而逸遂賦此]〉, 《점필재집(佔畢齋集)》 권12 시, 한국문 집총간12, 한국고전번역원 영인, 1988.; 같은 글, 《속동문선(續東文選)》 권3 오언고시, 경희출판사 영인, 1970.
- 성현(成俔), 《용재총화(慵齋叢話)》 권3, 권6, 《대동야승(大東野乘)》 수록, 한국고전번역원, 1971.
- 신광수(申光洙), 〈남호인제문(嘑虎人祭文)〉, 《석북집(石北集)》 권14 제문(祭文), 한국문집총간231, 한 국고전번역원 영인, 1999.
- 신광수, 〈성황렵호제문(城隍獵虎祭文)〉, 《석북집》 권14 제문, 《숭문연방집(崇文聯芳集)》, 탐구당, 1975.; 한국문집총간231, 한국고전번역원 영인, 1999.
- 채제공(蔡濟恭), 〈착호행捉虎行〉, 《번암집(樊巖集)》 권3 단구록(丹丘錄) 상(上), 한국문집총간 235~236, 한국고전번역원 영인, 1999.
- 채제공, 〈착호행〉, 《번암집》 권18 시 희년록(稀年錄) 중(中), 한국문집총간235~236, 한국고전번역 원 영인, 1999.
- 박윤묵(朴允默), 〈삼길산에서 호랑이 사냥을 할 때 고유하는 제문[森吉山獵虎時告由祭文]〉, 《존재 집(存齋集)》 권25 제문(祭文), 한국문집총간292, 한국고전번역원 영인, 2002.
- 성해응(成海應), 〈원주열부(原州烈婦)〉, 《연경재전집(研經齋全集)》 외집(外集) 권58 필기류(筆記類) 난실담총(蘭室譚叢), 한국문집총간273~279, 한국고전번역원 영인, 2001.
- 정약용(丁若鏞), 〈호랑이 사냥 노래[獵虎行]〉, 《여유당전서(與猶堂全書)》 제1집 시문집 제5권 시집, 한국문집총간281~286, 한국고전번역원 영인, 2002.
- 심경호, 〈조웅전〉, 《국문학 연구와 문헌학》, 태학사, 2002.

18장 성종, 한명회에게 압구정시를 손수 적어서 내려 주다

- 김시습(金時習), 〈조이조수(嘲二釣叟)〉, 《매월당집(梅月堂集)》 권2 시 영사(詠史), 아세아문화사 영 인, 1995.
- 남효온(南孝溫), 《추강냉화(秋江冷話)》, 《대동야승(大東野乘)》 수록, 한국고전번역원, 1971.
- 서거정(徐居正), 〈응제압구정시(應製狎鷗亭詩)〉, 《사가시집(四佳詩集)》 권30 제18, 《사가집(四佳集)》, 한국문집총간10~11, 한국고전번역원 영인, 1988.
- 서거정, 〈어제 압구정시에 응제한 시, 병서(御製狎鷗亭詩序)〉, 《사가문집(四佳文集)》 권5 서(序), 《사가집》.
- 유몽인(柳夢寅), 《어우야담(於于野談)》, 통문관 영인, 1960.; 신익철 외 옮김, 《어우야담》, 돌베개, 2006.

19장 성종, 주자청 당상관 이유인에게 놋쇠솥을 하사하다

- 《성종실록》 권158, 성종 14년(1483, 계묘) 9월 21일(신해), '두 사신을 청하여 연회를 베풀다'.
- 《성종실록》 권173, 성종 15년(1484, 갑진) 12월 12일(을축), '주자청의 당상관 이유인이 대자를 다 주
  조한 것을 아뢰어 관원에게 물품을 하사하다'.
- 성현(成俔), 《용재총화(慵齋叢話)》 권7, 《대동야승(大東野乘)》 수록, 한국고전번역원, 1971.
- 손보기, 《한국의 고활자》, 보진재, 1971.
- 김두종, 《한국고인쇄기술사》, 탐구당, 1974.
- 윤병태, 《서지학 연표》, 수정본, 미정고.
- 김성수 · 이승철, 〈교서관의 기능과 조직 및 인쇄활동〉, 《조선시대 인쇄출판 기관의 변천과 발달》,
  청주고인쇄박물관, 2008.
- 천혜봉, 《한국전적인쇄사》, 범우사, 1990.
- 천혜봉, 《일본 봉좌문고 한국전적》, 지식산업사, 2003.
- 천혜봉, 《한국서지학》, 민음사, 2006.
- 청주고인쇄박물관, 《조선시대 인쇄출판 기관의 변천과 발달》, 2008.
- 청주고인쇄박물관, 《한국의 옛 인쇄문화》, 2009.

20장 성종, 달성군 서거정에게 호피를 하사하다

- 《성종실록》 권186, 성종 16년(1485, 을사) 12월 9일(병술), '서거정에게 호피 등을 하사하고 조섭을
  잘하여 몸을 보전하라고 전교하다'.
- 서거정(徐居正), 〈비궁당기(匪躬堂記)〉, 《사가문집(四佳文集)》 권3 기류(記類), 《사가집(四佳集)》, 한
  국문집총간10~11, 한국고전번역원 영인, 1988.
- 서거정, 〈동문선서(東文選序)〉, 《사가문집》 권4 서(序), 《사가집》.
- 서거정, 〈수직(守職)〉, 《사가문집》 보유(補遺)2 잡저류(雜著類), 《사가집》.
- 정호(程顥), 〈추일우성(秋日偶成)〉, 《이정문집(二程文集)》 권1, 台北: 藝文印書館, 1965.
- 심경호, 〈김시습과 서거정〉, 《한국한시의 이해》, 2000.

21장 성종, 천문학원 이지영에게 명주 저고리를 하사하다

- 《성종실록》 권205, 성종 18년(1487, 정미) 7월 17일(갑인), '천문 학원 이지영에게 명주 저고리 1령을
  하사하다'.
- 《성종실록》 권248, 성종 21년(1490, 경술) 12월 17일(갑자), '관상감에서 태백성이 낮에 출현하였음
  을 아뢰다'.
- 《영조실록》 권114, 영조 46년(1770, 경인) 윤5월 8일(계축), '관상감 문광도 등에게 성변을 관찰하게
  하는 뜻을 설명하다'.
- 《칠정산(내편)》, 세종대왕기념사업회, 1973.
- 《칠정산(외편)》, 세종대왕기념사업회, 1973.
- 김만중(金萬重), 《서포만필(西浦漫筆)》, 통문관 영인, 1971.; 심경호 옮김, 《서포만필》, 문학동네,
  2010.
- 서유구(徐有榘), 〈논동국경위도(論東國經緯度)〉, 《임원경제지(林園經濟志)》, 보경문화사 영인,
  1983.
- 서형수(徐瀅修), 〈기하실기(幾何室記)〉, 《명고전집(明皐全集)》, 한국문집총간261, 한국고전번역원
  영인, 2001.
- 이익(李瀷), 〈형혹입남두(熒惑入南斗)〉, 《국역 성오사설(星湖僿說)》 권2 천지문(天地門), 한국고전
  번역원, 1977.

  - 이은성, 《한국의 책력》(상·하), 전파과학사, 1978.
  - 한민섭, 〈서명응(徐命膺) 일가의 박학(博學)과 총서(叢書)·유서(類書) 편찬에 관한 연구〉, 고려대학교 대학원 박사학위논문, 2010.

22장 성종, 영안도 관찰사 허종에게 보명단을 내리다

  - 《성종실록》 권253, 성종 22년(1491, 신해) 5월 11일(병술), '도원수 허종·종사관 양희지 등을 불러 북방 정벌의 거사에 관한 의논을 하다'.
  - 《성종실록》 권262, 성종 23년(1492, 임자) 2월 8일(기유), '북정에 공로를 세운 영안도 관찰사 허종에게 상을 내리다'.
  - 성종(成宗), 〈사북정도원수신허종(賜北征都元帥臣許琮)〉, 《열성어제》 제5책 권6, 서울대학교 규장각, 2002.
  - 이긍익(李肯翊), 〈허종(許琮)의 야인(野人) 정벌[許琮征野人]〉, 《연려실기술(燃藜室記述)》 권6 성종조 고사본말(成宗朝故事本末), 한국고전번역원, 1966~1977.
  - 한치윤(韓致奫), 〈허종(許琮)〉, 《국역 해동역사(海東繹史)》 권69 인물고(人物考)3 본조(本朝), 한국고전번역원, 2002.
  - 허종(許琮), 〈매정(梅亭)〉, 《속동문선(續東文選)》 권7 칠언율시(七言律詩), 경희출판사 영인, 1970.
  - 허종, 〈차 안변 동헌운 영설(次安邊東軒韻詠雪)〉, 《속동문선》 권7 칠언율시.
  - 허준(許浚), 《동의보감(東醫寶鑑)》, 여강출판사 영인, 1994.
  - 허준, 〈언해납약증치방(諺解臘藥症治方)〉, 《언해두창집요(諺解痘瘡集要)》, 홍문각 영인, 1995.
  - 三木 榮, 《朝鮮醫學史及疾病史》, 思文閣出版, 1991(復刊).
  - 김호, 《조선의 명의들》, 살림, 2007.

23장 성종, 유구 사신을 칭하는 일본인에게 조선의 토산품을 내리다

  - 《성종실록》 권279, 성종 24년(1493, 계축) 6월 6일(무진), '유구 국왕 상원이 범경과 야차랑을 보내어 내빙하다'
  - 《성종실록》 권279, 성종 24년(1493, 계축) 6월 9일(신미), '문서를 위조한 야차랑의 조치에 대해 의논하다'
  - 《성종실록》 권279, 성종 24년(1493, 계축) 6월 27일(기축), '홍귀달이 유구 국왕의 서계에 답하는 일에 대해 아뢰다'
  - 《성종실록》 권280, 성종 24년(1493, 계축) 7월 15일(정미), '유구 국왕의 서계에 답하는 일을 의논하다'
  - 심경호, 〈朝鮮文獻所收の偽造の琉球書契〉, 《文化繼承學論集》 第7號, 明治大學 大學院 文學硏究科, 2011.
  - 심경호, 《여행과 동아시아 고전문학》, 고려대학교출판부, 2011.

24장 성종, 독서당의 문신들에게 수정배를 선물하다

  - 《성종실록》 권111, 성종 10년(1479, 기해) 11월 14일(을미), '승정원과 홍문관에 술과 앵무잔을 하사하다'
  - 《성종실록》 권281, 성종 24년(1493, 계축) 8월 18일(경진), '선온을 독서당에 내리다'
  - 강준흠, 〈御賜太學銀盃歌〉, 《삼명집(三溟集)》 시집 2편(編), 탐구당 영인, 1994.
  - 김일손(金馹孫), 〈관처사 묘지명(管處士墓誌銘)〉, 《속동문선(續東文選)》 권20 묘지(墓誌), 경희출판사 영인, 1970.
  - 박상(朴祥), 〈홍문관수정배(弘文館水精杯)〉, 《눌재선생속집(訥齋先生續集)》 권2 시, 《눌재집(訥齋集)》, 한국문집총간9, 한국고전번역원 영인, 1988.

- 성현(成俔), 《용재총화(慵齋叢話)》 권9, 《대동야승(大東野乘)》 수록, 한국고전번역원, 1971.
- 이긍익(李肯翊), 〈독서당(讀書堂)〉, 《연려실기술(燃藜室記述)》 별집 제7권 관직전고(官職典故), 한국고전번역원, 1966~1977.
- 이식(李植), 〈독서당(讀書堂)의 옛 터에 대한 기록[記書堂舊基]〉, 《택당선생별집(澤堂先生別集)》, 《택당집(澤堂集)》, 한국문집총간88, 한국고전번역원 영인, 1988.
- 이유원(李裕元), 〈독서당(讀書堂)에 술잔을 하사하다〉, 《임하필기(林下筆記)》 제17권 문헌지장편(文獻指掌編), 성균관대학교 대동문화연구원 영인, 1961. ;《국역 임하필기》, 한국고전번역원, 1999~2000.
- 장유(張維), 〈호당계병서(湖堂契屛序)〉, 《계곡집(谿谷集)》 권6 서(序), 한국문집총간92, 한국고전번역원 영인, 1988.
- 주세붕(周世鵬), 〈서당유감(書堂有感)〉, 《무릉잡고(武陵雜稿)》 권1 별집, 한국문집총간26~27, 한국고전번역원 영인, 1988.
- 주세붕, 〈수정배(水精杯)〉, 《무릉잡고》 권1 별집.
- 김상기, 〈독서당(호당)고〉, 《진단학보》 17, 진단학회, 1955, pp.1~30.
- 이종묵, 〈사가독서제와 독서당에서의 문학 활동〉, 《한국한시연구》8, 한국한시학회, 2000, pp.5~44.

25장 연산군, 좌의정 성준에게 답호를 내리다

- 《연산군일기》 권25, 연산군 3년(1497, 정사) 7월 11일(경술), '예문관 대교 정희량의 10가지 임금의 덕에 대한 상소문'.
- 《연산군일기》 권40, 연산군 7년(1501, 신유) 4월 23일(경자), '밤 이경에 홍문관 관원을 서빈청에 모아 칠언 율시를 짓게 하고 장원에게 녹비를 내리다'.
- 《연산군일기》 권40, 연산군 7년(1501, 신유) 윤7월 11일(정해), '대간에게 술을 내리고 대사헌 성현이 사전을 지어 바치다'.
- 《연산군일기》 권46, 연산군 8년(1502, 임술) 10월 18일(정사), '답호를 좌의정 성준에게 하사하다'.
- 윤기헌(尹耆獻), 《장빈호찬(長貧胡撰)》, 《대동야승(大東野乘)》 수록, 한국고전번역원, 1971.
- 이익(李瀷), 〈광노행(狂奴行)〉, 《해동악부(海東樂府)》, 《성호전집(星湖全集)》 권8, 한국문집총간198~200, 한국고전번역원, 1997.; 이민홍 역, 《해동악부》, 문자향, 2008.
- 허봉(許篈), 〈광해군(光海君)〉, 《해동야언(海東野言)》3 , 《대동야승(大東野乘)》 수록, 한국고전번역원, 1971.

26장 중종, 홍문관 수찬 조광조에게 털요 한 채를 내리다

- 《중종실록》 권14, 중종 6년(1511, 신미) 11월 25일(신미), '홍문관이 언로의 일로 상소하니 어서하다'.
- 《중종실록》 권14, 중종 6년(1511, 신미) 12월 7일(계미), '사간 구지신 등이 강태수 진휼종사관 황순 계심잠에 상준 일 등에 대해 아뢰다'.
- 《중종실록》 권26, 중종 11년(1516, 병자) 11월 29일(병오), '홍문관이 계심잠을 지어 올리자, 고과하니 조광조가 장원하다'.
- 김정국(金正國), 《사재척언(思齋摭言)》, 《정가당본대동패림(靜嘉堂本大東稗林)》 수록, 국학자료원 영인, 1991.
- 나세찬(羅世纘), 〈계심잠병서(戒心箴幷序)〉 《송재유고(松齋遺稿)》 권3 잠(箴), 한국문집총간28, 한국고전번역원 영인, 1988.
- 이이(李珥), 〈동호문답(東湖問答)〉, 《율곡전서(栗谷全書)》 권15 잡저(雜著), 한국문집총간44~45, 한국고전번역원 영인, 1988.
- 조광조(趙光祖), 〈춘부(春賦)〉, 《정암집(靜菴集)》 권1 부(賦), 한국문집총간22, 한국고전번역원 영인,

1988.

– 조광조, 〈계심잠병서(戒心箴幷序)〉, 《정암집》 권2 잠(箴).

– 하영휘 · 김상환, 〈도판해설〉, 《경남대학교박물관 소장 데라우치 보물, 시 · 서 · 화에 깃든 조선의 마음》, 예술의 전당, 2006, pp.281~323.

27장 인종, 좌의정 홍언필에게 산증의 처방약을 내리다

– 《인종실록》 권1, 인종 1년(1545, 을사) 1월 2일(병신), '좌의정 홍언필이 사직을 청하다'.

– 《인종실록》 권1, 인종 1년(1545, 을사) 1월 7일(신축), '좌의정 홍언필의 사직서를 정원에 내리면서 사직하지 말라고 이르다'.

– 어숙권(魚叔權), 《패관잡기(稗官雜記)》, 《정가당본대동패림(靜嘉堂本大東稗林)》 수록, 국학자료원 영인, 1991.

– 허목(許穆), 〈동리 고사(東里古事)에 붙임[附東里古事]〉, 《기언별집(記言別集)》 권9 기(記), 《기언(記言)》, 한국문집총간98~99, 한국고전번역원 영인, 1988.

– 홍언필(洪彦弼), 〈거리에서 우연히 읊는대[街上偶吟]〉, 《묵재집(默齋集)》 권4 칠언절구, 한국문집총간19, 한국고전번역원 영인, 1988.

– 홍언필, 〈전시책제(殿試策題)〉, 《묵재집》 권5 잡저(雜著).

– 홍언필, 〈서대관재집고풍(書大觀齋集古風)〉, 《대관재난고(大觀齋亂稿)》 수록, 한국문집총간19, 한국고전번역원 영인, 1988.

28장 명종, 조식에게 약재를 내려 보내다

– 《명종실록》 권19, 명종 10년(1555, 을묘) 11월 19일(경술), '단성 현감 조식이 상소하다'.

– 《선조실록》 권6, 선조 5년(1572, 임신) 2월 8일(을미), '처사 조식의 졸기'.

– 《선조수정실록》 권6, 선조 5년(1572, 임신) 1월 1일(무오), '처사 조식의 졸기'.

– 조식(曺植), 〈제덕산계정주(題德山溪亭柱)〉, 《남명집(南冥集)》 권1 오언절구, 한국문집총간31, 한국고전번역원 영인, 1988.

– 조식(曺植), 〈우연히 읊다[偶吟]〉, 《남명집(南冥集)》 권1 오언절구.

– 허권수, 《(남명 전기 자료) 남명 그 위대한 일생 : 행장 · 비문의 번역》, 경인문화사, 2010.

– 유명종, 《남명 조식의 학문과 사상 : 탄생 500주년을 기념하여》, 세종출판사, 2001.

29장 명종, 신하들에게 서총대 연회를 내리다

– 《명종실록》 권26, 명종 15년(1560, 경신) 9월 19일(임오), '서총대에서 곡연을 행하다'.

– 상진(尙震), 〈상사서총대사연전(上謝瑞蔥臺賜宴箋)〉, 《범허정집(泛虛亭集)》 권4 전(箋), 한국문집총간26, 한국고전번역원 영인, 1988.

– 상진, 〈서총대사연좌목(瑞蔥臺賜宴座目)〉, 《범허정집》 권9 부록(附錄).

– 홍섬(洪暹), 〈서총대인견도서(瑞蔥臺引見圖序)〉, 《인재집(忍齋集)》 권4 잡저(雜著), 한국문집총간32, 한국고전번역원 영인, 1988.

– 정약용(丁若鏞), 〈구월 서총대에서 시사하던 날에 짓다[九月瑞蔥臺試射日作]〉, 《여유당전서(與猶堂全書)》 제1집 시문집 제2권 시집, 한국문집총간281~286, 한국고전번역원 영인, 2002.

– 심경호, 〈기재 신광한〉, 《한국 한시의 이해》, 태학사, 2000.

– 심경호, 《산문기행》, 이가서, 2007.

– 심경호, 《내면기행》, 이가서, 2009.

30장 선조, 원접사 이이에게 호피를 내려 주다

- 《선조실록》 권16, 선조 15년(1582, 임오) 10월 6일(경인), '상이 원접사 이 이에게 인견하고 호피를 하사하다'.
- 《선조실록》 권18, 선조 17년(1584, 갑신) 1월 16일(갑오), '이조 판서 이이의 졸기'.
- 《선조수정실록》 권18, 선조 17년(1584, 갑신) 1월 1일(기묘), '이조 판서 이이의 졸기'.
- 이이(李珥), 〈배를 타고 서쪽으로 내려가다[乘舟西下]〉, 《율곡전서(栗谷全書)》 권2 시하(詩下), 한국문집총간44~45, 한국고전번역원 영인, 1988.
- 이이, 〈우연히 읊다[偶吟]〉, 《율곡전서》 권2 시하(詩下).
- 이이, 〈납약자유에 대하여 지은 부[納約自牖賦]〉, 《율곡전서습유(栗谷全書拾遺)》 권1, 《율곡전서》.
- 심경호, 《간찰, 선비의 마음을 읽다》, 한얼미디어, 2006.

31장 선조, 호성공신 유성룡에게 백금을 내리다

- 《선조실록》 권180, 선조 37년(1604, 갑진) 10월 28일(갑술), '삼공신 회맹제의 제문'.
- 《선조실록》 권180, 선조 37년(1604, 갑진) 10월 29일(을해), '공신에게 교서를 반사한 의식'.
- 유성룡(柳成龍), 〈사은전(謝恩箋)〉, 《서애집(西厓集)》 권18 전(箋), 한국문집총간52, 한국고전번역원, 1988.
- 유성룡, 〈훈련도감(訓鍊都監)〉, 《서애집》 권16 잡저(雜著).
- 윤국형(尹國馨), 《문소만록(聞韶漫錄)》, 《대동야승(大東野乘)》 수록, 한국고전번역원, 1971.
- 정약용(丁若鏞), 〈전수기의(戰守機宜)에 발함[跋戰守機宜]〉, 《여유당전서(與猶堂全書)》 제1집 시문집 제14권 문집, 한국문집총간281~286, 한국고전번역원 영인, 2002.
- 심경호, 〈동묘〉, 《문학사상》 2009년 12월호, 문학사상사, 2009.

503